LA CHARTREUSE DE PARME

STENDHAL

LA CHARTREUSE
DE
PARME

Chronologie et préface
par
Michel Crouzet

GF-Flammarion

© 1964, FLAMMARION, Paris.

ISBN 2-08-070026-X

CHRONOLOGIE

1699 : Naissance à Grenoble du *grand* Pierre Beyle, grand-père de Stendhal, futur procureur au Parlement de Grenoble.

1728 : Naissance à Grenoble d'Henri Gagnon, grand-père maternel de Stendhal.

1747 : Naissance à Grenoble de Chérubin Beyle, père de Stendhal. En 1757 naît Henriette Gagnon, sa mère. En 1781 a lieu le mariage de ses parents.

1783-1799 : L'ENFANCE GRENOBLOISE

Le 23 janvier 1783 naît Henri Beyle, à Grenoble, dans la maison paternelle de la rue des Vieux-Jésuites, aujourd'hui rue Jean-Jacques Rousseau. Trois ans plus tard viendra sa sœur Pauline, et en 1788 naîtra sa deuxième sœur Zénaïde-Caroline, qu'il détestera et accusera de « rapporter ». Le 23 novembre 1790, le jeune Henri aura le chagrin de voir mourir sa mère, dont il était, de son propre aveu, amoureux fou. De son père le sépare déjà une haine inexpiable; Chérubin Beyle, désespéré par la mort de sa femme, vit dans la retraite et, selon son fils, dans l'ennui et la *petitesse*. Cette première enfance laissera à Henri Beyle d'amers souvenirs. Sa tante Séraphie, que, croit-il, son père courtisait, l'aurait persécuté; il ne trouve de tendresse et de compréhension que près de son grand-père Gagnon, médecin renommé, et homme *éclairé*, et de la sœur de celui-ci, la tante Élisabeth au cœur « espagnol » et aux maximes généreuses. Il passe de très longues heures chez son grand-père, près de la place Grenette, dans une fort belle maison, dont il existe encore la terrasse ombragée d'une treille.

1788 : C'est l'année des premiers souvenirs révolutionnaires. Henri Beyle, dont le grand-père sera, en décembre, député aux États provinciaux de Romans, assiste entre autres à certaines scènes de la fameuse « journée des Tuiles ».

1791 : Henri, qui n'a vu encore que les alentours de Grenoble, où son père possède des domaines, et où il doit faire de mornes promenades, trouve un éphémère bonheur à séjourner chez son oncle Gagnon, aux Échelles, en Savoie; les forêts et les torrents le ravissent.

Décembre 1792 : C'est le début de la pire époque de son enfance, *la tyrannie Raillane ;* ce prêtre réfractaire et austère, « vrai jésuite », l'aurait opprimé et dégoûté à jamais de l'hypocrisie et de l'autorité. Le prêtre exécré rejoint dans ses souvenirs le Père, dont il n'est que l'instrument despotique. Cet esclavage dure jusqu'en 1794.

1793 : Par une prompte revanche, Henri voit son père atterré par la mort de Louis XVI. Il se vantera plus tard d'avoir été déjà un jacobin et un patriote intransigeant. Chérubin Beyle, « notoirement suspect », est arrêté, et ne sera libéré définitivement qu'en juillet 1794. Henri Beyle assiste à la Terreur à Grenoble, il s'amuse parfois de l'effroi de ses parents, royalistes ou « modérés », chez qui se dit le dimanche une messe clandestine. Un soir de l'hiver 1794-1795, il s'échappe et assiste avec un peu de répulsion à une séance de la Société des Jacobins. Mais la vue des beaux cavaliers de l'armée républicaine l'enthousiasme.

1796-1799 : Henri Beyle entre à l'École Centrale de Grenoble. Son grand-père a participé à l'organisation de l'École et prononce un discours à la séance d'ouverture. Henri jusque-là solitaire, et *esclave*, jouit d'un peu plus de liberté. D'autant plus que la terrible Séraphie meurt en 1797. Il connaît enfin des jeunes gens de son âge, dont certains resteront ses amis. Il demeurera trois ans à l'École Centrale, d'abord assez médiocre sujet, puis élève brillant; il remporte des mentions, puis des prix en dessin, en belles-lettres, en mathématiques surtout; il compte, pour quitter Grenoble, sur un succès à Polytechnique. C'est aussi l'époque des premières passions : il aime timidement la sœur de son ami Bigillion, et non moins timidement l'actrice Virginie Kubly. Enfin, le 30 octobre 1799, il part pour Paris, où il doit passer l'examen d'entrée a Polytechnique. Il y arrive le 10 novembre, soit le *19 brumaire*.

1799-1806 : AMOURS ET LECTURES.

1799 : Henri Beyle oublie bien vite l'examen, il s'enferme dans la solitude et l'ennui; il doit loger chez les Daru, rue de Lille, qui entreprennent de le protéger. Dès le mois de janvier 1800, Pierre Daru le prend dans ses bureaux au ministère de la Guerre.

1800 : C'est la grande année beyliste. Pierre Daru, inspecteur aux revues, le fait participer à la campagne d'Italie. Henri Beyle passe le Saint-Bernard et reçoit le baptême du feu au fort de Bard. Son arrivée en Italie n'est qu'une suite d'enchantements; à Ivrée, il entend « le Mariage secret » de Cimarosa; à Milan, il découvre l'amour vénal, et l'amour-passion en la personne d'Angela Pietragrua, qui sera sa maîtresse, mais en 1811, à l'automne, grâce à ses protecteurs, il revêt l'uniforme du 6e dragons, et se trouve sans coup férir sous-lieutenant. Il va de garnison en garnison en Lombardie. L'année suivante le trouve dans l'Italie du Nord, errant de ville en ville, à la suite du général Michaud, dont il est l'aide de camp. Mais l'ennui vient, et à la fin de 1801 il obtient un congé et rentre en France. Il a appris l'italien, écrit ses premiers essais dramatiques, et commencé son *Journal*.

1802-1805 : Henri Beyle vit à Paris, qu'il ne quitte que pour des séjours plus ou moins longs à Grenoble. C'est là qu'en janvier 1802 il connaît Victorine Mounier, sa nouvelle passion, aussi platoniquement aimée que les précédentes. Surtout, Beyle dévore livres sur livres et se forge sa doctrine personnelle, la « Filosofia Nova », consignée dans des cahiers de notes et de réflexions. Il a démissionné de l'armée, et ne rêve plus que d'égaler Molière. Il est amoureux de sa cousine Adèle Rebuffel : il ne réussit qu'à être l'amant de sa mère. Il pénètre le monde du théâtre, prend des leçons de déclamation, et fait la connaissance de la jeune actrice Mélanie Guilbert, qu'il séduira non sans peine, grâce à sa minutieuse stratégie, ou malgré elle. La politique le tente parfois : il réagit en républicain à l'avènement de l'Empire. Mais le grand fait, plus que la conception de *Letellier*, pièce jamais achevée, c'est la lecture passionnée de *L'Idéologie* de Tracy.

1805 : Il est devenu un dandy, mais son père est avare. D'où l'idée de « faire de la banque » à Marseille avec son ami Mante. Justement Mélanie a un engagement là-bas. A la fin de juillet, le voilà établi à Marseille, amant de Mélanie, et employé dans la maison de produits coloniaux Ch. Meunier et Cie. Est-ce le départ vers une rapide fortune dans le grand négoce ?

1806 : Non, c'est encore l'ennui. Beyle, qui a continué lectures et réflexions, se fatigue de Mélanie et du commerce, que la guerre condamne à stagner. Il lui faut se rallier, renouer avec les Daru, participer à la ruée vers les places. Revenu à Paris en juillet, il en repart le 16 octobre, à la suite de Martial Daru. Est-il entré à Berlin à la suite de Napoléon, comme il le prétendra, avec ses pistolets chargés ? Toujours est-il qu'il se trouve à la fin de l'année à Brunswick en qualité d'adjoint provisoire aux commissaires des Guerres.

1806-1814 : LA PASSION DE L'AMBITION

1806-1808 : Pour gagner fortune et titres, et vivre enfin à sa guise, Henri Beyle se fait fonctionnaire impérial à la suite des Daru. Il reste d'abord à Brunswick dans le même poste, puis est chargé d'administrer les domaines impériaux dans le département de

l'Ocker, et, en outre, de surveiller les biens du roi de Westphalie.
Il aime, sans espoir, Mina de Griesheim. Il écrit le *Voyage à
Brunswick* et divers essais historiques; il s'initie à la littérature
anglaise. Il parcourt l'Allemagne, et doit tenir tête à une émeute
en septembre 1808.

1809 : Rappelé à Paris, à la fin de 1808, il repart en avril pour la
campagne de Wagram. Il suit l'armée, n'assiste pas, malgré ses
dires, à la grande bataille, mais recueille d'atroces impressions de
guerre. A Vienne, où il entend le *Requiem* pour la mort de Haydn,
il appartient aux services de Martial Daru, intendant de la province,
qui lui donne une mission en Hongrie. Il aime une certaine *Babet*,
et s'éprend de la comtesse Pierre Daru, la femme de son protecteur.

1810-1811 : C'est l'apogée de sa carrière. En août 1810, il entre
comme auditeur au Conseil d'État; il est vite nommé inspecteur
du mobilier et des bâtiments de la Couronne. Il a cocher, voiture,
maîtresse entretenue, l'actrice Angeline Béreyter. Il travaille pourtant, et l'on a de lui de scrupuleux rapports sur les mobiliers des
demeures impériales et les musées. Mais il ne sait pas faire sa cour,
ni porter les fameux bas de soie du solliciteur. Un seul point noir :
après de mûres réflexions, et la « Consultation pour Banti », il a
engagé la *bataille* pour *avoir* la comtesse Daru. Mais c'est une
bataille perdue. Il prend sa revanche : un voyage en Italie, dont il
tient le *Journal*, fait de lui l'amant comblé et sans doute trompé
d'Angela Pietragrua. Il revoit Milan, découvre Florence, Rome,
Naples, a la première idée de l'*Histoire de la Peinture en Italie*. Mais
au retour *l'ambition* marque le pas, et Beyle ne progressera guère
plus.

1812 : Le 23 juillet, après une audience de l'Impératrice, il part
rejoindre le quartier général de l'Empereur, muni du portefeuille
des ministres; il y parvient le 14 août, et un mois plus tard entre à
Moscou. Il en repart, précédant la retraite, le 16 octobre, chargé
de diriger les approvisionnements à Smolensk, Mohilev et Vitebsk.
Il supporte les dangers et les souffrances avec un inaltérable sang-
froid. Mais il perd les manuscrits de l'*Histoire de la Peinture*.

1813 : Son nouveau poste est en Silésie, à Sagan, où il remplit les
fonctions d'intendant. Il est las et déçu : il n'est ni baron, ni préfet,
ni maître des requêtes. Il a vu Bautzen, et a été attaqué par les
cosaques. Un bienheureux congé lui permet de revoir Milan, et sa
chère Lombardie.

1814 : Il est à Grenoble, adjoint au comte de Saint-Vallier, commissaire extraordinaire dans la 7e région militaire. Il faut organiser la
résistance à l'invasion. Mais « le feu sacré » est éteint; las des tra-
casseries administratives, las de l'ambition, et de l'Empire, il
demande son rappel. Il se trouve à Paris lors de l'entrée des Alliés.
C'est la chute de sa fortune; Beyle adhère aux actes du Sénat,

espère encore un poste de la protection de Mme Beugnot. En mai
et juin, il écrit les *Lettres sur Haydn, Mozart et Métastase*, où le
plagiat est cynique. Enfin, en juillet, il quitte Paris pour Milan :
fuit-il les Bourbons, fuit-il l'obscurité et la gêne ? Il commence sa
vraie vie, enfin écrivain, enfin dilettante.

1814-1821 : MILANESE.

1814 : A Milan il retrouve sa liaison orageuse avec Angela. Tandis
que son père, *ultra*, est décoré de la Légion d'honneur, et devient
maire de Grenoble, il voyage, écrit, désespéré des mépris d'Angela.

1815 : Le retour de l'île d'Elbe ne lui fait pas regagner la France;
mais Waterloo le navre. Il voyage à Turin et Venise. Il travaille
beaucoup à l'*Histoire de la Peinture*. Avec Angela, c'est la rupture,
douloureuse, vers la fin de l'année.

1816 : Il passe presque toute l'année à Milan, qu'il ne quitte que
pour un séjour d'avril à juin à Grenoble, et pour un séjour à Rome
à la fin de l'année. Il se trouve à Grenoble, sans doute par hasard,
au moment du complot de Didier. On le tracasse pour son traitement de non-activité : il songe à faire fortune en Russie. Mais
surtout, un soir à la Scala, dans la loge de Mgr di Breme, il est
présenté à Byron. Et cette année, il a la révélation du vrai romantisme avec l'*Edimburgh Review*.

1817 : Stendhal est à Rome, à Naples, Milan, puis, au printemps, à
Grenoble et à Paris, enfin à Londres au mois d'août; il revient à
Milan à la fin de l'année. L'*Histoire de la Peinture en Italie*, signée
M. B. A. A., paraît à la fin de juillet et *Rome, Naples et Florence
en 1817*, de M. de Stendhal, Officier de cavalerie, est annoncé
en septembre à la Bibliographie de la France. Les *Lettres sur Haydn*
traduites en anglais ont paru à Londres. Nouvelle rencontre mémo-
rable : celle de Destutt de Tracy le 4 septembre à Paris.

1818 : L'année se passe à Milan, sur les lacs, dans la Brianza. A deux
reprises il travaille à la *Vie de Napoléon*, commencée l'année précédente et d'ailleurs impubliable; il entreprend d'intervenir dans la
querelle du « romanticisme » : il s'est lié avec le futur groupe du
Conciliatore. Mais en mars il est tombé amoureux de Métilde Dem-
bovski, qui presque tout de suite le traite fort mal. C'est peut-être
l'événement majeur de sa vie, qui va l'occuper entièrement pendant
de longues années, et qu'il ne pourra jamais évoquer sans être
bouleversé.

1819 : Il commet pour Métilde mille extravagances. En vain : elle
n'accepte presque plus de le voir. Stendhal ne quitte l'Italie que
pour Grenoble et Paris : son père est mort, et il faut régler la succession, qui se révèle fort mince. Comme il est électeur, il en profite
pour voter pour le conventionnel Grégoire.

1820 : Sa passion est sans espoir. Nouveau chagrin : ses amis milanais le prennent quelque temps pour un espion. Il écrit *De l'Amour*, qu'il termine et envoie en France.

1821 : Stendhal est pris dans le tourbillon des conjurations libérales. Ses amis sont carbonari : Métilde elle-même est suspecte. *On* lui conseille de partir : et le 13 juin, désespéré, il quitte Milan, où il ne reviendra qu'en 1828, pour être immédiatement expulsé. Il s'installe à Paris, et va passer quelques semaines à Londres.

1821-1830 : LA VIE PARISIENNE.

1822 : A Paris, Stendhal publie *De l'Amour*, annoncé le 17 août à la *Bibliographie de la France*, et commence à collaborer aux revues britanniques, qui, malgré certaines interruptions, recevront des articles de lui jusqu'en 1828. Il fréquente déjà le salon du comte de Tracy et le grenier de Delécluze.

1823 : Stendhal, qui vit dans l'intimité de la Pasta, connaît son premier véritable succès en présentant au public français Rossini : sa *Vie de Rossini* est annoncée en novembre à la *Bibliographie de la France*. Il s'est placé en première ligne sur le front du romantisme littéraire par le premier *Racine et Shakespeare*, paru en mars. Il termine l'année par un séjour à Florence et Rome.

1824 : En mai il devient l'amant de la comtesse Curial, dite Menti, qui l'aimera avec violence jusqu'en 1826. *Dilettante* expert, il écrit sur la peinture et la musique dans *le Journal de Paris ; le Globe* accueille des articles de lui; il devient presque *important* dans le romantisme libéral.

1825 : C'est l'année des pamphlets, le deuxième *Racine et Shakespeare* en mars, *D'un nouveau complot contre les industriels* en décembre. Ami de Courier, de Mérimée, de Jacquemont, habitué des grands salons libéraux, il va être redouté pour son « esprit ».

1826 : Fin de l'amour de la comtesse Curial. Voyage en Angleterre. Il publie une deuxième édition très remaniée de *Rome, Naples et Florence*, et écrit *Armance*, qui verra le jour en 1827.

1827 : Année mi-parisienne, mi-italienne.

1828 : 1er-2 janvier, Stendhal est expulsé de Milan. Il est financièrement aux abois; les revues anglaises ne paient plus; il n'a plus qu'un traitement de réforme. Il faut *solliciter :* sera-t-il archiviste, bibliothécaire ? Il est nommé vérificateur-adjoint des armoiries, titre qui ne lui rapporte rien. Il songe au suicide. Pris par la mode des « scènes historiques », il écrit *Henri III*.

1829 : Il écrit et publie les *Promenades dans Rome*, qui sont annoncées le 5 septembre par le *Journal de la Librairie*. On prend au sérieux sa connaissance de l'État romain, et le gouvernement lui *aurait* demandé un rapport sur les cardinaux papables. Liaison avec Alberthe de Rubempré, dite *Sanscrit*, ou Mme Azur, qu'il aime vigoureusement. Se sentant délaissé, il part en voyage dans le Midi et en Espagne (d'où il est expulsé) : à son retour, en décembre, il se voit définitivement supplanté par son ami Mareste. Mais il rapporte l'idée du *Rouge* et écrit *Vanina Vanini*, *Le Coffre et le Revenant*, qui vont paraître dans *la Revue de Paris*, et *Mina de Vanghel*, qui restera inédit de son vivant.

1830 : Il écrit *Le Philtre*, *Le Rouge et le Noir*, collabore au *National* et au *Temps*, il rencontre en janvier l'autre chef du romantisme, Hugo. A la même époque, Giulia Rinieri lui déclare qu'elle l'aime malgré son âge, et sa laideur; prudemment, il ne lui *cède* pas tout de suite; le 22 mars, il est son amant. Tandis qu'il achève *Le Rouge*, la Révolution de 1830 le ravit, et le venge. Il note les progrès de l'émeute dans les marges du *Mémorial de Sainte-Hélène*. Pour la première fois il aime et estime les Parisiens. Il sollicite un poste de préfet, puis de consul; le 25 septembre il est nommé consul à Trieste. Il part le 6 novembre; le même jour il demande Giulia en mariage. Le 13 le *Journal de la Librairie* annonce *Le Rouge et le Noir*.

1830-1842 : LE CONSUL DE FRANCE.

1830-1831 : La police et le gouvernement autrichiens s'inquiètent, et le 4 décembre, alors que Stendhal a rejoint son poste depuis quelques jours, les *Débats* annoncent que Vienne lui a refusé l'*exequatur*. Il quitte Trieste le 31 mars, il a été nommé consul à Civita-Vecchia. Le gouvernement pontifical, que cette nomination n'enchante pas, préfère éviter tout incident avec la France et accorde l'*exequatur* le 25 avril. Stendhal, qui est arrivé à son poste le 17, va et vient entre Civita-Vecchia et Rome. Du milieu d'août au milieu de septembre, voyages à Sienne, Florence, Prato, Viterbe. Il écrit, à la fin de septembre, *San Francesco a Ripa*, qu'il ne publie pas.

1832 : Stendhal est chargé du service financier des troupes françaises débarquées à Ancône. Après cette mission, il voyage et délaisse son poste; on le voit à Rome, à Sienne où il retrouve Giulia, encore aimée passionnément, à Florence, dans les Abruzzes. Du 20 juin au 4 juillet, il écrit les *Souvenirs d'égotisme* et, en septembre-octobre, ébauche un roman : *Une position sociale*.

1833 : Il va encore à Sienne pour Giulia. Mais elle se marie en juin. Stendhal a trouvé les « manuscrits italiens » et commence à en préparer l'adaptation. Du 11 septembre au 4 décembre il est en congé à Paris. Au retour, il voyage de Lyon à Marseille avec Musset et George Sand partant pour Venise.

1834 : Année de résidence et de tracas : il ne quitte Civita-Vecchia que pour Rome. Premières escarmouches avec son chancelier, Lysimaque Tavernier, et le ministère pour ses absences. « Je crève d'ennui. » Stendhal, en mai, entreprend de traiter pour son compte une idée de roman de son amie, Mme Gaulthier : c'est *Lucien Leuwen*, auquel il travaille « de rage-pied » pendant dix-neuf mois.

1835 : Encore résidence et ennui. Stendhal sent son poste menacé. Il est vrai qu'en janvier il a reçu la Légion d'honneur à titre d'hommes de lettres. Il est quelque peu amoureux de la comtesse Cini, qu'il appelle *Sandre*. En septembre, il abandonne *Lucien Leuwen* et en novembre il commence la *Vie de Henry Brulard*. Mais le dégoût va croissant, et l'inquiétude : « Faudra-t-il vivre et mourir sur ce rivage solitaire... J'ai tant vu le soleil... » Enfin! en mars 1836, il a un congé de trois mois; il laisse en plan *Henry Brulard* et, le 24 mai, débarque à Paris;

1836-1839 : Son congé de trois mois dure, grâce à la protection du comte Molé, trois ans. Il essaie d'abord de renouer avec la comtesse Curial; puis il livre *bataille*, mais en vain, à Mme Gaulthier, sa vieille amie. De novembre 36 à juin 37, il travaille aux *Mémoires sur Napoléon ;* d'avril à juin 1837, il écrit le *Rose et Vert ;* en 1837 encore, il fait paraître dans « la Revue des deux Mondes », *Vittoria Accoramboni* (1er mars) et *Les Cenci* (1er juillet). De la fin de mai au début de juillet 1837, il fait dans le centre et l'ouest de la France un voyage; aussitôt revenu, il écrit les *Mémoires d'un Touriste*, qui seront annoncés en juin 1838 à la *Bibliographie de la France*. De mars à juillet 1838, il repart pour une longue tournée dans le sud-ouest et le sud-est de la France, en Suisse, en Rhénanie, en Hollande et en Belgique. A son retour, il publie *La Duchesse de Palliano* (15 août); en septembre, il a la première idée de *La Chartreuse*, mais c'est au retour d'un court voyage en Bretagne et en Normandie qu'il écrit son chef-d'œuvre, du 4 novembre au 26 décembre 1838. Il publie ensuite dans *la Revue des deux Mondes L'Abbesse de Castro*, qu'il avait commencée en septembre 1838 : la première partie paraît le 1er février 1839, la seconde le 1er mars. *La Chartreuse* est annoncée par le *Journal de la Librairie* le 6 avril. Il ébauche encore deux nouvelles italiennes : *Suora Scolastica*, *Trop de faveur tue*, deux nouvelles françaises, *Le Chevalier de Saint-Ismier*, *Feder*, et conçoit le roman de *Lamiel*. Mais le 24 juin, il faut partir pour rejoindre son poste : le 10 août, le consul est dans son consulat.

1839-1841 : Il ne quitte son poste que pour Rome, Naples, où il va avec Mérimée (octobre-novembre 1839), Florence pendant l'été de 1840 et toujours pour Giulia qu'il avait d'ailleurs revue à Paris. A Civita-Vecchia il s'occupe de fouilles et de chasse, et poursuit inlassablement *Lamiel*, commence une nouvelle, *Don Pardo*, corrige *La Chartreuse*. En 1840, il s'éprend d'Earline; mais cette nou-

velle « guerre » pour une mystérieuse inconnue est encore perdue
en juin. Le 15 mars 1841, il a une attaque d'apoplexie; il se remet
assez vite, mais il s'est « colleté avec le néant ». Dernière intrigue
avec « Madame Bouche »; puis muni d'un congé, il rentre en France
en novembre 1841.

1842 : Stendhal ne peut se remettre au travail qu'en mars 1842 : il
songe à un nouveau recueil de nouvelles. Mais le soir du 22 mars
il a une nouvelle attaque dans la rue, sur le trottoir de la rue Neuve
des Capucines. Il meurt dans la nuit sans avoir repris connaissance.

PRÉFACE

C'est toujours sous l'aspect poétique que « La Chartreuse de Parme » est envisagée. Toute critique cherche à isoler cette qualité précieuse qui la distingue comme roman et même comme roman stendhalien. Ici « la poésie est partout[1] », constate Bardèche, qui conclut de son étude que Stendhal est « un des plus véritables poètes du XIXe siècle ». H. Martineau a consacré un article sur « la poésie de Stendhal » à la seule « Chartreuse », insistant sur deux aspects du roman : l'ellipse de la laideur, et les effets d'euphonie, de nombre, de cadence que révèle l'écriture beyliste[2]. Plus souvent encore le charme du roman ne semble traduisible que par des équivalents picturaux ou musicaux. Stendhal lui-même invitait à cette recherche, lui qui livrait anxieusement à Balzac ce secret : « tout le personnage de la Sanseverina est copié du Corrège (c'est-à-dire produit sur mon âme le même effet que le Corrège)[3] ». Le roman se prête autant à une transposition en termes musicaux ; ce sont des *tons* qui alternent, ton de l'opera-buffa, ou seria[4], accent héroïque ou burlesque, ici Cimarosa, là Mozart ; le début est une « ouverture », un « prélude[5] », un *allegro con brio*[6], créant un leitmotiv solennel et guerrier sans cesse rappelé par la suite. D'ordre poétique enfin est le « ton général » du roman, qui, au delà de la lettre du texte, au delà de l'intrigue événementielle, semble signifier un certain *bonheur*. L'expression du bonheur et le bonheur de l'expression se confondent. Cette plénitude poétique et joyeuse, qu'on l'attribue comme Bardèche à la rencontre du plaisir de créer et d'une sorte de grâce existentielle ou éthique, ou qu'on l'explique, comme G. Durand, par l'épanouissement, à travers « l'épaisseur sémiologique et banale du langage[7] », des symboles majeurs qui font le romanesque, et qui déguisés, mais puissamment actifs, et coulant d'une source immémorielle, font de chaque élément de l'intrigue un signe appréhendé

1. Bardèche, *Stendhal romancier*, p. 432.
2. Dans les « Cahiers de l'Ouest » de 1956.
3. Correspondance, éd. du Divan, X, 277 ; Voir encore Bardèche, *op. cit.*, p. 397, sur « le sourire de la Chartreuse », sur la « brume dorée du roman »...
4. Cf. H. Martineau, article cité.
5. *Id.*, 366.
6. Durand, *Le décor mythique de la Chartreuse de Parme*, p. 40.
7. *Id.*, p. 13.

avec ferveur et enchantement par l'inconscient du lecteur, (« les petits
faits vrais » devenant « paraboles mythiques », par « une transfusion
constante et, réversible » du réel et « des aspirations du rêve »), cette
intensité significative du roman est ce qui justement dans l'œuvre de
Stendhal en fait un accomplissement et une exception. En même temps,
par cette conversion du récit objectif à la mélodie, par cet effort pour
« échapper au prosaïque sans pour cela renier la prose [8] », le roman
s'apparenterait à cette « prosodie généralisée [9] » dont parle un romancier
actuel, qui élimine aussi bien les temps morts de la création que les
« moments nuls » de la vie.

Dans l'évolution de la création stendhalienne, « la Chartreuse »
suit et prolonge l'effort autobiographique ; l'œuvre commence où finit
la « Vie d'Henri Brulard », et, comme le dit J. Prévost, Stendhal « gardait
cet enthousiasme du souvenir intact pour une transposition romanesque [10] ». Car jusqu'alors « la chasse au bonheur », c'est ce dont
l'égotiste a le moins parlé. Il n'était disert que pour le malheur et
l'ironie, dirigée contre soi ou autrui. L'aveu de ses songes, c'était à
la rêverie muette du mélomane ou à l'analyse « idéologique » imperson-
nelle qu'il le confiait. L'état heureux fuyait le langage, sa mortelle
mise à nu qui dessèche le vécu et le livre au gros rire du vulgaire. Faire
montre de son bonheur, c'est se mettre en péril. Et le romancier craint
même que certains aveux, l'évocation du *bonheur fou* et des relations
affectives qui lui sont le plus intimes, ne le compromettent comme
personne et comme créateur, c'est tout un, s'il les attribue à ses
personnages : « les amants sont si heureux dans les scènes qu'ils ont
ensemble que le lecteur au lieu de sympathiser avec la peinture de ce
bonheur en devient jaloux et se venge d'ordinaire en disant : Bon Dieu,
que ce livre est fade ». D'autre part la leçon de « Brulard », c'était
l'impossibilité de peindre l'émotion intense tant qu'elle demeure dans
le champ de la mémoire personnelle, et liée au fait précis et vécu. C'est
par la substitution romanesque que les moments affectifs intenses
peuvent enfin être formulés ; dans « la Chartreuse » Stendhal ne parle
plus que de ce qu'il aime. L'aveu devient licite et possible, et le
langage ne reflue plus devant le seuil interdit du bonheur. Bien entendu
là comme ailleurs le romancier utilise comme matière romanesque
des faits vécus par lui. N'est-ce point Stendhal qui a connu un colonel
Le Baron, qui a vu fuir tout un convoi au seul cri : « les cosaques » ?
C'est un de ses compagnons qui en 1809 à Ebersberg sur la Traun a pris
la main d'un officier mort et a senti la peau se coller à ses doigts.
Enfin à Bautzen Stendhal a vu ce qu'on voit d'une grande bataille,
c'est-à-dire rien, quand on est, comme Fabrice, dans le rang. Mais
plus profondément le romancier ici va jusqu'au bout de sa manière
d'aimer, de sa manière de sentir et de rêver. « La Chartreuse » retrace
obliquement et objectivement les structures affectives que l'égotiste
redoute de dire à voix haute et pour son compte. Une certaine déraison
affective, il la confesse avec joie, et en renonçant à cette forme de

8. *Ibid.*, p. 232.
9. Le mot est de M. Butor, « le Roman et la Poésie », in *Lettres nouvelles*,
fév. 1961.
10. Cf. J. Prévost, *La création chez Stendhal*, p. 343.

désaveu, qu'exprime, dans les autres romans, l'échec amoureux du héros, ou le fiasco et la chute du romanesque. Stendhal adorait « les contes d'amour, de forêts (les bois et leur vaste silence), de générosité », liés tant à la lecture de l'Arioste ou du Tasse qu'à ses souvenirs d'enfant, et à ses désirs les plus cachés ; ces moments de ravissement et de folie, qui ne sont que des accords encore incertains et fugitifs dans les autres romans, à Andilly, à Vergy, sous les séculaires frondaisons de la forêt de la Faggiola, ou au cabaret du « Chasseur Vert », les voici amplifiés sans fin à Grianta, à Belgirate, ou à Sacca, formant le centre même de l'œuvre. « J'avais trop de plaisir à parler de ces temps heureux de ma jeunesse », dira Stendhal à Balzac, et pour expliquer son refus de modifier le début du roman, il aura cette note révélatrice : « je trouve que cette introduction *engage* mieux mon cœur. Il est vrai que je suis amoureux de ces temps-là ». Le langage romanesque ainsi libéré, devenu l'équivalent d'une rêverie, est la découverte d'une relation plus intime et plus réussie de soi à soi, et de soi au symbole.

A vrai dire « la Chartreuse de Parme » est née le jour où Stendhal confondit l'aventure d'Alexandre Farnèse avec la sienne propre. Originellement c'est une « chronique », une œuvre d'égotisme anachronique et involontaire. En mars 1834 il avait annoté dans le lot de manuscrits d'où sont sorties les « Chroniques italiennes » le récit des « Origine delle grandezze della famiglia Farnese », pamphlet antipapal aussi violent qu'inexact, car Vandozza, qui selon le récit avait par ses amours coupables avec Roderic Borgia, fait la fortune de son neveu, Alexandre Farnèse, plus tard pape sous le nom de Paul III, n'était pas une Farnèse, et fut la mère de Lucrèce et César Borgia. Mais Stendhal trouva « la jeunesse de Paul III... divine ». Plus tard il a tenté du récit une adaptation, dont on a le texte faussement daté de 1832, qui n'est plus du tout une satire, mais témoigne d'une sympathie toute nouvelle pour les protagonistes. Puis soudain le 16 août 1838 Stendhal en congé à Paris note ce projet : « To make of this sketch a romanzetto ». De fait « la Chartreuse », si l'on veut, reproduit les moments essentiels de l'ascension et des amours du futur pape, et le choix de Parme comme lieu du roman lie le destin de Fabrice à celui des Farnèse ; et de même le nom de la Sanseverina, emprunté à une comtesse de Sala et de Coiorno décapitée en 1612 pour un complot imaginaire contre le souverain de Parme, Ranucce premier [11]. Mais le 3 septembre 1838 surgit « the idea of the Chartreuse. » Aveu resté fort obscur : depuis deux jours Stendhal travaillait pour Eugénie de Montijo, future impératrice des Français, et sa sœur Paca à un récit de la bataille de Waterloo, où il est question d'un certain Alexandre. Ce récit est-il indépendant de l'histoire des Farnèse ? Ou Stendhal avait-il déjà fait d'Alexandre un contemporain ? A quelques jours près, il est difficile de dater l'idée de transposer au XIXe siècle la chronique. En tout cas le 3 septembre Stendhal a certainement conçu toute l'étendue de son œuvre. Après avoir ébauché d'autres projets, et voyagé en Bretagne et en Normandie, il la reprend le 4 novembre, et là, dans un

11. La meilleure étude sur les sources du roman est le livre de L.-G. BENEDETTO, *La Parma di Stendhal*, Florence 1950, auquel nous renvoyons le lecteur pour tout complément d'information.

irrésistible élan, dans « un grand appel d'imagination et d'énergie [12] », pendant « 52 jours de joie », les plus féconds des lettres françaises, il écrit « la Chartreuse », finie le 26 décembre. Le transfert au XIXe siècle de la vieille histoire est une sorte de recoupement entre le destin de Fabrice et le sien, entre celui de Vandozza et celui d'Angela Pietragrua. Ce grand mouvement de réminiscence et de création a permis l'allégresse de l'improvisation : Jean Prévost remarquait cette coïncidence entre « le mouvement de l'invention... le mouvement de la passion chez le héros et... le mouvement de sympathie chez le lecteur... » « Cette promptitude dans la perfection... miracle du métier littéraire » suppose une foi aveugle de Stendhal en ce qu'il raconte, une complicité intime et joyeuse avec lui-même.

Du 6 février au 26 mars Stendhal corrige, remanie, et parfois recommence son roman qui paraît dans les premiers jours d'avril 1839. Mais son histoire ne s'arrête pas là. D'abord parce que l'éditeur avait forcé Stendhal à « sabrer » son œuvre. Il fallut écourter la fin, les « scènes doucement attendrissantes », et couper encore çà et là. Stendhal de retour dans son consulat souffrit de ce troisième volume étouffé, et songea à compléter et amender son chef-d'œuvre. Et les éloges accompagnés de conseils prodigués par Balzac d'abord de vive voix, puis dans le grand article de la « Revue Parisienne [13] » d'une si géniale incompréhension, renforcèrent en lui le désir de revoir son roman. Ce qu'il fait en 1840, docilement, répondant aux griefs balzaciens qui incriminaient en particulier la construction du roman et tout le préambule milanais. Pour Balzac le drame est à Parme et l'ouverture doit se faire sur Waterloo, non sur Lodi. Stendhal a donc écrit un nouveau début, où le lecteur aurait connu Fabrice à Waterloo, et appris ensuite par des récits le mystère de sa présence en France et ses origines. Tous les personnages présentés d'un coup, et tout le roman se déroulant à Parme, l'œuvre se serait ainsi rapprochée du modèle balzacien. Mais Stendhal chérissait trop son prélude ; il s'est contenté, et jusqu'à sa mort, de corriger le texte, et répondant encore en pensée à Balzac, il a annoté plusieurs exemplaires de « la Chartreuse » dont l'un servit en 1846 à la réédition de R. Colomb.

Mais où est donc cette Parme où règne encore au XIXe siècle un Farnèse, qui ressemble pour la cruauté et la fausseté à François IV, duc de Modène par la grâce de Metternich ? Quelle est cette Lombardie dominée par une citadelle légendaire, qui tient du château Saint-Ange, et du Spielberg morave, et pour laquelle Stendhal mêle les récits de détention de S. Pellico, d'Andryane, et les récits d'évasion de Benvenuto Cellini, ou même du cardinal de Retz ? Balzac reprochera à Stendhal d'avoir fixé l'imagination du lecteur sur une Parme trop précise et trop fausse : « Laissez tout indécis comme réalité, tout devient réel ; en disant Parme aucun esprit ne donne son consentement ». A coup sûr la ville, dont Stendhal avait pourtant dressé un croquis géographique, est surtout une ville *morale*, incarnant toute ville lombarde, toute petite capitale, tout état de la Sainte-Alliance. S'il eût aimé l'Allemagne, Stendhal l'avoue, il y eût situé le roman.

_____

12. J. PRÉVOST, *op. cit.*, p. 345.
13. De septembre 1840.

Parme n'a ni la présence, ni l'efficacité d'influence de Guérande dans *Béatrix* ou d'Issoudun dans *La Rabouilleuse*. Stendhal a allié l'incertitude géographique à la confusion des plans temporels; les deux erreurs font une vérité mythique. Il niait qu'il y eût une discontinuité de l'histoire italienne : Marengo est justement pour lui le signal d'un grand retour de l'*énergie* restée latente et intacte depuis le Cinquecento; « La Chartreuse » pourrait être un roman historique, à l'instar de Scott ou de Manzoni. Avec plus de profondeur, Stendhal a joué de la confusion des temps; toujours le passé descend dans le présent du roman, et le présent lui-même est le répondant d'un ascendant lointain et prestigieux. Ainsi Fabrice combat à Waterloo et se réfère aussi bien à ses ancêtres ennemis des Sforza, aux héros du Tasse, à Bayard, ou plus près à son grand-oncle, l'archevêque de Parme; il manie le poignard comme s'il était Cellini, et dans l'épisode de la Fausta, il est le héros d'une aventure sanglante déjà racontée dans les manuscrits italiens, où un cardinal Aldobrandini fait assassiner son rival; il est investi d'une sorte d'équivoque temporelle. Et de même pour les allusions à Pétrarque, que suit par exemple une traduction libre d'un poème de Monti. Ainsi pour Ferrante Palla, en qui l'on voit le médecin carbonaro, et incestueux, Rasori, et aussi l'image du pamphlétaire anticlérical Ferrante Pallavicino mis traîtreusement à mort en 1644. La Parme des Farnèse, et celle des Bourbons (Mosca n'a-t-il point de ressemblances avec le grand ministre Du Tillot ?) viennent authentifier le tableau de l'Italie de Metternich : le présent a la tonalité du passé, il en est le doublet. Fort étrangement Stendhal libéral montre de l'Italie ce qui est le moins moderne, et le moins civique; le renouveau est pour lui surtout le renouveau du passé : le rajeunissement des origines.

« La Chartreuse », roman « passéiste » est de toutes les œuvres de Stendhal la seule à ne pas s'inscrire dans l'actualité, et la seule à généraliser la surimpression du passé et du présent. Nous sommes au temps de Metternich, mais l'on ne voit dans les rues des petites villes de la plaine padane que des spadassins, et des sbires, et les *gens* des grandes maisons, témoins d'un picaresque sans âge. On y aime, on y tue, on y règne comme au temps de Bandello; cette vendetta féminine, fût-elle fugitivement nuancée de carbonarisme, n'est contemporaine de personne.

Au-delà de l'amalgame des époques, Stendhal pratique l'amalgame des mémoires. Ce qu'il dit ici de l'Italie, il l'a dit ailleurs : ce n'est que la somme de ses souvenirs, de ses intuitions, de ses rêveries. Toute héroïne a le visage de ses amours italiens; ce qu'il a vécu s'allie à ce qu'il a connu ou imaginé de l'Italie. Il y a toujours cherché ce qu'il avait déjà senti, ou croyait avoir déjà senti. L'Italie est son passé, son ascendant : « par ma mère à qui je ressemble je suis peut-être de sang italien ». Stendhal se meut, plus que dans ses souvenirs, dans son passé d'élection, dans sa patrie mythique, qui est celle de sa mère absente. Telle est l'origine merveilleuse, historique et géographique (car la Renaissance est le milieu exalté selon son cœur) qu'il s'octroie et vers laquelle il remonte. « La mémoire est la condition de la poésie, le révolu, sa substance » : ce mot de Cioran répond bien au projet

stendhalien de retenir par ce roman poétique le temps perdu, le temps
qui est au-delà de toute conscience et de tout souvenir et que l'autobio-
graphie ne pouvait évoquer. Il s'est donc créé cet espace romanesque,
qui, parce qu'il est composite, est homogène, puisqu'il unifie dans
la même « idéalisation fantastique [14] », sous la même couleur intem-
porelle, une Parme qui n'est ni passée, ni présente, mais dans l'entre-
deux mythique du temps.

Est-ce cet affleurement du passé, cette réalité indéfiniment éloignée
qui n'apparaît qu'à distance, et presque abolie, qui fait le ton nostalgique, et justement corrégien du roman ? « Je sais bien, a dit Barrès,
pourquoi c'est à Parme que Stendhal situe son roman. Souvent il
vint admirer ici la volupté du Corrège... et dans son esprit le nom de
Parme restait lié à cette recherche du bonheur dans les sentiments
tendres... ». Au Corrège, qu'aucun Français selon lui ne pourrait
comprendre, est associé pour Stendhal un certain « effet » littéraire;
ou mieux, un mode de dévoilement de l'existence, qui est ressentie
comme dans les tableaux du maître parmesan, « à travers une sorte
de lumière dorée ». Cet état de brume affective et matérielle définit
l'ambivalence du roman où le présent est comme absent, le visible
comme caché. La magie des lointains, si chère aux « imaginations
tendres », et par quoi la peinture se rapproche de la musique, c'est là
où excelle le Corrège : « son art fut de peindre comme le lointain
même les figures du premier plan [15] »; cet objet demi-caché qui me
fuit, m'est plus proche, il a pris « une teinte céleste », celle de mon
bonheur. Ainsi désertant le premier plan âpre et hostile, refusant la
lumière aiguë et le son clair, le roman se réfugie dans l'évocation du
nocturne, de l'écho, du vaporeux lointain; de là la jouissance du son
porté par les eaux, la jouissance aussi corrégienne de la contemplation
aérienne. Le rêve de vol [16] rejoint chez Stendhal ce goût de l'évanes-
cence. Perception feutrée, ou panoramique, c'est toujours la séparation
d'avec l'objet qui compte. Mais de même que toute perception
heureuse privilégie ce qui dans l'espace se dérobe, tout désir est
nostalgique; il n'est d'émotion heureuse que pour l'objet qui fuit.
Le message hédoniste et mélancolique du lac, Stendhal l'avait en
termes semblables attribué aux fresques corrégiennes de la Chapelle
Saint-Paul à Parme. Le lointain est synonyme de tendresse; de même
le bonheur est marqué par son impossibilité : « les premières lueurs de
l'aube vinrent avertir ces êtres qui se croyaient malheureux que le
temps volait »; mais ce vol est heureux. La mélancolie qui fixe l'esprit
sur le bonheur évanoui au détriment du regret actuel est dans l'ordre
affectif l'équivalent du recul spatial; par un « processus presque prous-
tien par lequel le passé illusoire devient plus vrai que ce présent réel
qu'il confirme [17] », il n'est de bonheur que dans la réversion conso-
lante vers le passé. S'il y a dans « la Chartreuse », un ton général, à
la fois gai et mélancolique, c'est peut-être, comme le dit G. Durand,
qui a bien mis en valeur le thème filial chez Stendhal, parce que le

14. Le mot est de G. Durand, op. cit., p. 52.
15. Histoire de la Peinture en Italie, éd. du Divan, I, 180-182.
16. Cf. J.-P. RICHARD, Littérature et Sensation, p. 67.
17. Id., p. 57.

roman tout entier explicite un désir impossible, une image de l'absence; « l'image de Métilde morte et à jamais perdue se charge de reflets qui la rapprochent singulièrement de celle de la mère morte. Grâce à Métilde l'émancipation de l'amour devient possible, mais grâce à la mort de Métilde, la réalisation de l'amour recule et fuit dans un horizon idéal et inaccessible [18] ». Ainsi se réalise le rêve de Stendhal, « la conquête par les moyens les plus lointains d'une femme inaccessible [19] », elle-même étrangère au monde. Cette fuite, cette « couleur magique et sacrée » est inhérente à la structure même de l'œuvre.

Le paysage dans ce roman placé sous l'invocation des « luoghi ameni » est un des motifs poétiques majeurs. L'aventure de Fabrice ne peut se dissocier du murmure des eaux, et du bruissement des feuilles, du fin pinceau des cyprès des collines, du vert profond des châtaigniers, des peupliers blancs de la plaine, ou des aulnes des berges du Pô. Stendhal n'a-t-il pas dit : « mon cœur ne sent que Milan et la campagne *luxuriante* qui l'environne ». A quoi s'ajoute la volonté explicite de reprendre les grands accords rousseauistes et lamartiniens; au paysage lacustre sont liés l'enfance, presque la religion, et le secret du destin de Fabrice; c'est le « sol profond » de son psychisme. Il y sent inscrite sa ligne de vie, qu'il déchiffre aussi dans les branches de *son* arbre. L'eau et l'arbre (n'est-ce point encore dans un arbre creux qu'il se cache ?) sont pour lui familiers. Comme on sait, au delà du simple effort pour rendre la chose vue, Stendhal dédaigne le pittoresque et la coloration descriptive. Non qu'il méconnaisse, ici surtout, la couleur, la qualité de l'air, ou la caresse de la lumière. Mais le paysage est vite réduit à ses harmoniques morales, à son sens : « on croirait même que l'extérieur ne lui paraît mériter l'attention que lorsqu'il constitue un présage ou le point d'application d'un symbole [20] ». Il y a ainsi un message ambigu des choses : le monde lacustre, ou le paysage *impossible* et allégorique découvert du haut de la Tour Farnèse, invitent alternativement à la volupté, et à la sévérité, au plaisir et au sublime. Cette même ambivalence est plus obscurément généralisée par les divers symboles que contient le décor naturel du roman; Gaston Bachelard [21] n'a-t-il pas montré comment les symboles naturels qui renvoient à l'amour et à la féminité, renvoient aussi par une périlleuse proximité à la mort ? Le paysage de « la Chartreuse » révèle et cache en même temps combien le désir et la mort sont voisins. Ainsi l'accompagnement nocturne et lacustre ou fluvial du roman, symbole, selon G. Durand [22], de l'intimité amoureuse, comme la constante et heureuse évocation de la fraîcheur secrète des bois, orchestre le grand voyage de l'âme, son retour vers l'univers maternel; mais « l'imagination du malheur et de la mort trouve dans la matière de l'eau une image matérielle particulièrement puissante, et naturelle », l'eau est « la matière du désespoir », l' « élément triste »

18. *Op. cit.*, p. 149.
19. PRÉVOST, *op. cit.*, p. 353.
20. BLIN, *Stendhal et les problèmes du roman*, p. 47.
21. Voir *L'Eau et les Rêves*, en particulier p. 96 *sq.*, 122 *sq.*, 177 *sq.*
22. Cf. *op. cit.*, p. 137-199.

selon le mot de Lamartine. Il n'est pas de bonheur hors de ce monde
clos, hors de ce jardin d'Armide, écrin de solitude, de tendresse et
déjà prison. De là l'importance de la Tour Farnèse, « décor central
du roman », moment clé de l'intrigue, et surtout symbole puissant et
polyvalent. Cette prison sans âge et d'origine incestueuse, symbolise
la puissance des Farnèse, et leur bizarre cruauté, elle symbolise le
despotisme terrifié qui pèse sur la Lombardie, elle est le malheur ter-
rifiant que redoute Fabrice tout au long du roman, et qui se transmue
par une géniale inversion en bonheur secret; car elle soustrait au regard,
à l'ordre, elle opère un rapt ravissant, la capture par l'amour inconnu.
Là, la prison devient labyrinthe, lieu magique de la *descente*, et lieu
aérien de la contemplation, c'est-à-dire encore du *détachement*. Cette
alliance du désir et du renoncement explique le goût de Fabrice pour
les belvédères, et pour les chambres secrètes, les chapelles, et, pour
finir, pour la chartreuse, autre paradis clos. Le roman tout entier joue
peut-être sur l'image précieuse de l'amour-prison — ce qui fait de la
Tour Farnèse une « vaste métaphore [23] », — ou, au delà, sur les symboles
qui allient l'amour au secret, à l'interdit, le plaisir au tombeau.

Tandis que dans l'univers français Stendhal, en état d'*imagination
renversée*, ne sort ou ne fait sortir qu'à grand-peine son héros de l'enfer
des laideurs et des humiliations, et que le fait, prosaïque, contrariant,
toujours équivalent d'une épreuve, ou d'une colère, entrave l'imagination, dans le domaine italien, au contraire, disparaissent de pair le
doute psychologique et le doute esthétique; le fait ne désavoue plus
le rêve, mais s'ouvre à la projection du désir, et est bon conducteur
de poésie. De là le merveilleux qui en toute simplicité pénètre le
roman, entièrement bâti autour du thème des présages. Malgré Balzac,
Stendhal se refuse à atténuer le rôle du curé Blanès, car « l'astrologie
décide du grand trot ». Les personnages sont ainsi l'objet d'une mystérieuse et prophétique élection; par oracles directs, comme ceux de
Blanès, par intuitions mystérieuses, comme celle qui désigne Clélia
comme compagne de prison, par imprégnation tacite et en sourdine
(par exemple l'évocation constante de la Tour), ou encore par ces
effets de *hasard objectif*, comme la branche de marronnier, qui annonce
tout le destin de Fabrice, « la mort de Sandrino, et la prédiction de
cette ascension monacale de l'âme dépouillée douloureusement des
fleurs et des fruits dont l'a chargée la vie [24] », l'action acquiert un
rythme surhumain, et le monde n'est plus que le matériau du désir.
Fabrice peut alors, renouvelant le geste du chevalier errant, se fier
au hasard et laisser, à Waterloo, son cheval suivre l'escorte des généraux, où se trouve son père.

« La Chartreuse » est l'univers de la *chance*, ouvert aux coïncidences
du désir. Ailleurs c'est le ton du récit qui devient merveilleux, et
épique, ou tragique. « Une grande partie des événements est contée
comme par un historien [25] » : cette remarque de Jean Prévost montre
bien combien Stendhal s'écarte ici de la technique du « réalisme sub-

23. Cf. J.-D. Hubert, *Notes sur la dévaluation du réel dans la Chartreuse de
Parme*, Stendhal-Club, n° 5.

24. G. Durand, *op. cit.*, p. 54.

25. P. 216.

jectif » pour adopter un mode de narration inverse. S'il est vrai que dans l'épisode de Waterloo, par exemple, le réel n'existe qu'autant qu'il est perçu et vécu par la conscience du héros, ailleurs, dans les grands moments de l'action, l'évasion de Fabrice, sa prédication, ou même dans la chronique de la cour, le narrateur parle d'un passé déjà célèbre, qu'il magnifie encore par toutes les circonstances qu'il connaît. Pour la fuite de la Tour Farnèse, Stendhal se fait l'historien tardif de l'action, utilisant l'annonce inquiétante, ou le « flash-back » explicatif, se référant au présent vécu, au fait connu plus tard, ou même à un récit postérieur de Fabrice lui-même. A ce ton légendaire s'ajoute le procédé épique de la « rumeur » : les personnages sont commentés par le *on* hostile ou ému de la cour et du petit peuple ; ou bien c'est par la renommée que tel fait est su, le génie de Mosca, les procédés pénitentiaires du prince, l'ascétisme de Fabrice. Ainsi l'écho collectif amplifie l'action et exalte les protagonistes.

C'est encore un secret de « la Chartreuse » que l'universel anéantissement de toute laideur et de toute vilenie. Tout se passe comme si l'auteur, délivré de l'indignation ou de l'ennui qui ailleurs menace de le submerger, pouvait évoquer tout acte, fût-il cruel et vil, sans se départir de son allégresse. « Tout est épigramme [26] », dit Bardèche, qui analyse comment « le problème de *l'odieux* » est enfin résolu pour Stendhal, trop souvent gêné de voir ses essais satiriques basculer, hors du comique, dans l'invective, la charge, ou le sérieux. Ici l'odieux, c'est-à-dire, pour l'essentiel, l'évocation de la politique, cette pierre au cou du roman, devient un contrepoint burlesque de l'action. L'anachronisme et la réduction lilliputienne des hommes et des conflits suppriment l'odieux en supprimant la similitude de cette petite cour avec nous-mêmes. Pour Valéry la Parme de Ranuce-Ernest rejoint dans un Gotha d'opérette les cours d'Offenbach. Les personnages les plus sinistres sont aussi les plus bouffons. Rassi est issu de la farce ; son modèle est un Allemand nommé Wolf que Stendhal a connu sous l'Empire quand il était au service de la France ; c'est à lui qu'il pensait d'emblée en lisant dans Saint-Simon comment Alberoni, agent diplomatique du duc de Parme, fit son chemin en baisant le cul au sens propre du duc de Vendôme : « Bravo, note-t-il, excellent, voilà le sublime du genre Wolf! » Le bouffon, Rassi, ou Gonzo, est hors jeu, il n'est plus à prendre en considération. Et la vie de cour, faite de trop impudentes coquineries, ou de futilités laborieuses, est aussi, sur le plan affectif, ou sur le plan des valeurs, neutralisée. La politique devient ludique ; y réussit qui sait s'en moquer. Aussi est-elle sans cesse mêlée ou comparée au théâtre. Elle devient poésie comique, plongée allègre dans la fantaisie et l'irrévérence. Un prince, c'est une cérémonie : surtout si comme Ranuce-Ernest il se joue à lui-même la comédie d'en imiter un autre. Ainsi le contrepoint comique, loin de nuire à l'émotion tendre, la renforce ; pour expliquer son goût de l'opera-buffa, Stendhal avait cette remarque révélatrice : « je ne puis être touché jusqu'à l'attendrissement qu'après un passage comique ».

Il y a plus : ce monde injuste et faux n'est pas seulement neutralisé. Il est aussi indispensable à la tonalité heureuse du roman ; de la satire

26. *Op. cit.*, p. 377.

nous entrons dans l'utopie. Stendhal avait vu ce paradoxe de l'injustice politique comme climat humainement chaleureux. Et de fait tout désir y est à nu, et il n'est de relation humaine que selon *la faveur*. Comment règne et se venge la favorite, comment un ministre gouverne, et fort bien, pour s'enrichir, comment l'intrigue fait d'un prisonnier un archevêque exemplaire, comment un amoureux exalté provoque une révolution : ces actes ramènent la politique à la vie du cœur; caprice, ou passion, l'arbitraire copie le désir. Que Gina entre chez le prince en costume de voyage, ou cite à propos une fable de La Fontaine, et la face de Parme, à défaut de celle du monde, est changée. Dans ce jeu imprévisible de la vanité, de l'amour, du dévouement, le romancier libéral a montré les méfaits du despotisme moribond, et aussi exprimé le rêve impossible d'un état destitué de toute influence moralisante ou frustrante. Le pouvoir absolu est ouvert au projet personnel, à l'énergie du désir et de la ruse. L'intrigue nécessaire pour subsister devient à la limite plaisir, plaisir du déguisement, du secret, de la fourberie. Ce pouvoir humanisé jusqu'à la dérision est en pleine débâcle, traité comme un barbon de comédie; le prélude ne montre-t-il pas l'effondrement de l'autorité devant la *jeune* armée républicaine; sa victoire est celle de la gaieté et de l'amour. Les monstres autoritaires et repoussants des autres romans stendhaliens sont ici trop autoritaires pour rester monstrueux. Ce monde où les lois sont fausses, donc inexistantes, où le désir est roi, où la mise à mort est soustraite à toute justice, est le monde de la passion ; mais rejeté hors du temps de l'histoire, c'est le monde de l'utopie.

Pourtant il y a Mosca, qui n'est pas un personnage de seconde zone, mais le compagnon, le *double* de Fabrice. Balzac l'avait vu avec bonheur : il est le ministre, le politique, et par lui le roman devient un « traité de politique [27] », ou « le *Prince* moderne, le roman que Machiavel écrirait s'il vivait banni de l'Italie au XIXe siècle ». La politique comme sagesse, comme leçon de technique pour l'homme d'état, renforce par sa sérénité et sa bienfaisance la poésie du roman. Dans ce roman de la maturité stendhalienne, nous sommes *avec* Mosca et invités à comprendre du dedans la maîtrise sur les hommes et sur soi, *la science du monde* que Stendhal aspirait tant à posséder. Mosca, ministre du bon sens, contre Rassi, ministre de la peur, est un prétexte à dévoiler les secrets du pouvoir, de tout pouvoir. La cour de Parme est *la* cour, le microcosme des passions politiques et des vanités en délire. Parme, comme le ministère et la préfecture dans « Lucien Leuwen », miniaturise les conflits politiques; Stendhal comme Proust a le sens du monde clos et infime et de sa fonction révélatrice. Tel problème d'étiquette est *profond ;* les petites passions veulent tout dire. Mosca, ce ministre exemplaire, succède dans l'univers de Stendhal à M. Leuwen, avec cette différence qu'il sait ce qu'il veut, l'argent et le pouvoir, et ce qu'il ne veut pas, de trop mauvaises actions payées par des remords. Serait-il déplacé dans un régime parlementaire ? « La Chartreuse » est écrite par un homme qui trouvait Saint-Simon à court d'idées, qui le complétait par Montesquieu et qui était contemporain de Tocqueville. Ainsi à la première phrase, enthou-

---

27. *Id.*, p. 417.

siaste, du roman, répond la dernière, rayonnante. Avec Mosca,
l'héroïsme se réconcilie avec le pouvoir. Et Stendhal pouvait dire à
Balzac, à propos de Parme, ce mot révélateur : « vous avez bien senti
avec le tact d'un homme qui a agi... » Mosca est la partie « agissante »
de Fabrice.

Il faut enfin parler de Fabrice, cet « archétype » vers lequel « tend
à travers différents états » le héros stendhalien [28]. Pourtant il se distingue de ses frères, lui que ni la haine ni le doute ne paralysent.
A peine effleuré par l'inhibition scrupuleuse et péjorative, il est trop
purement noble dans tous les sens du mot pour se laisser imposer
ses goûts par le ressentiment, la vanité, ou le mépris de soi. « Tranquille, sûr de sa bienvenue, il promène autour de lui une sorte d'aisance sereine, ne s'abaisse jamais à une épreuve ou à une comparaison [29] ». Pourtant, si, il va à Waterloo chercher le baptême du feu :
« il faut que je me batte »; mais seul de tous les héros de Stendhal,
il ne répète pas l'épreuve. Comme il le dit lui-même, il a appris « à
se pardonner », et aussi éloigné du dépit que du défi, il peut, patiemment et passionnément, être lui-même. « Cet être infiniment libre que
la qualité de sa joie seule dirige et conseille [30] » est le seul des héros
stendhaliens à ne pas se leurrer gravement sur son désir, et à n'obéir
qu'à sa propre poussée. Ici Stendhal réussit enfin des êtres vraiment
passionnés : le prélude nous en avertit, l'Italie en 1796 réapprend « la
passion réelle ». Être de passion, Fabrice est un être de foi : de là
sa piété et sa confiance dans l'astrologie. Stendhal dit : « penser à
cette croyance, c'était sentir, c'était un bonheur ». Aussi est-il réservé
à Fabrice de vivre jusqu'au bout les thèmes de l'érotique stendhalienne et de la lyrique courtoise. Seuls l'amant et l'ascète ont ce détachement souverain, cette légèreté indifférente : « Fabrice amoureux,
c'est déjà Fabrice chartreux [31] ». Les références pétrarchistes répondent
à cette profondeur sacrée et destructrice de l'amour, à son ambivalence de délices et de tourments, de plaisir et de mort; comme dans
l'aventure de Tristan, l'amour est la valeur suprême, et une valeur
mortelle. C'est à lui que Fabrice rend un culte dans son refus de le
feindre, ou de le surfaire, dans son attente passive. Pour lui s'accomplit la plus stendhalienne des sacralisations de l'amour, le ravissement
mystique de l'amant au delà des limites mortelles. Le contexte reli-
gieux de l'amour, le caractère sacré de la personne de Fabrice, sont
bien loin de toute visée sacrilège; que la cellule périlleuse de la Tour,
annonçant la cellule mortelle de la chartreuse, que la chapelle noire,
l'église éclairée a giorno, que l'orangerie obscure par respect du vœu,
soient les lieux où s'accomplit la rencontre des amants, sanctionne
cette affinité symbolique du désir et de la Nuit, de l'amour et de l'ascèse. La grande prouesse de Fabrice est prouesse courtoise : conquérir
à distance, in absentia, l'aimée, par le témoignage de ses souffrances
indicibles. Ce prélat qui chante en termes mystiques le martyre de
l'âme amoureuse révèle que l'amour est passion du sacrifice, et brûlure

28. G. Durand, op. cit., p. 39.
29. Alain, Stendhal, p. 172.
30. Bardèche, op. cit., p. 407.
31. Alain, op. cit., p. 176.

sans fin, et aussi passion de l'obstacle, désir de l'inachèvement. Stendhal multiplie les clauses d'impossibilité entre les amants : les murs, la distance, les interdits, les fidélités contraires, les jalousies, et surtout les scrupules. L'amour s'acharne à renouveler sans fin la séparation, à conjurer la tentation de s'accomplir. Pourtant Clélia prononce le maître mot : « di quà amico del cuore ». Puis trois lignes résument trois ans; puis Fabrice réclame un bonheur plus tangible et plus clair [32]. Et la catastrophe survient. Elle était le terme assigné de bien loin à l'aventure; Stendhal l'a dit et répété [33], toute l'histoire est construite en fonction de la mort de Sandrino. L'amour est donc puni, et détruit en la personne de l'enfant, par la faute de l'amant qui prétend à moins de ténèbres et à moins de distance. Déjà Mme de Rénal tremblait de voir dans la maladie de ses enfants le signe que le ciel punissait sa passion. Clélia répond à la mort de Sandrino en se dérobant encore à Fabrice, par la mort cette fois. L'amour, aspiration sans fin, n'aime que ce qui éloigne, que ce qui blesse et anéantit. La passion est prison volontaire, nuit volontaire, martyre volontaire; tout le destin de Fabrice et de Clélia est d'assumer ce triomphe de la passion sur elle-même, cette ascèse de la courtoisie, « passion active de la nuit [34] ». Le roman aboutit au silence et à la mort, c'est-à-dire s'accomplit comme mythe de l'amour. Il était régi en profondeur par l'exigence courtoise, par la rigueur des symboles qui aspiraient à s'épanouir et à s'exprimer. L'amour n'est pas *profané* : il reste hors des limites du monde et de l'existence, aux confins de la vie et de la mort; « je vous aime, comme on doit aimer dans le désespoir », disait Julie de Lespinasse. Et cette rhétorique du cœur demeure un message caché, une *fable*, que toute l'œuvre manifeste sans l'expliciter ni l'épuiser. Et peut-être l'Italie stendhalienne se résume-t-elle en cette singulière complicité de la femme et de la mort. « Ce sexe fera votre fortune », a-t-on prophétisé à Fabrice : fatale, en tous les sens du mot, est bien la femme dans le roman, qu'elle soit Gina, l'amante menaçante, ou Clélia, l'amante inaccessible.

Michel CROUZET.

32. Sur *le complexe de Psyché*, voir DURAND, p. 200 *sq.*

33. Cf. Cor. X, 273 : « J'ai fait *la Chartreuse* ayant en vue la mort de Sandrino, fait qui m'avait vivement touché dans la nature »; et encore dans les bouillons de « Lamiel » : « Je pensais à la mort de Sandrino; cela seul me fit entreprendre le roman. » Le fait auquel il fait allusion est inconnu. Voir sur ce point J.-H. BORNECQUE, « Dans la chambre noire de la Chartreuse de Parme », *Information littéraire*, mai-juin 1950.

34. D. DE ROUGEMONT, « *L'Amour et l'Occident* », p. 37.

LA CHARTREUSE DE PARME

AVERTISSEMENT

C'est dans l'hiver de 1830 et à trois cents lieues de Paris que cette nouvelle fut écrite; ainsi aucune allusion aux choses de 1839.

Bien des années avant 1830, dans le temps où nos armées parcouraient l'Europe, le hasard me donna un billet de logement pour la maison d'un chanoine : c'était à Padoue, charmante ville d'Italie; le séjour s'étant prolongé, nous devînmes amis.

Repassant à Padoue vers la fin de 1830, je courus à la maison du bon chanoine : il n'était plus; je le savais, mais je voulais revoir le salon où nous avions passé tant de soirées aimables, et, depuis, si souvent regrettées. Je trouvai le neveu du chanoine et la femme de ce neveu qui me reçurent comme un vieil ami. Quelques personnes survinrent, et l'on ne se sépara que fort tard; le neveu fit venir du café Pedroti un excellent zambajon. Ce qui nous fit veiller surtout, ce fut l'histoire de la duchesse Sanseverina à laquelle quelqu'un fit allusion, et que le neveu voulut bien raconter tout entière, en mon honneur.

— Dans le pays où je vais, dis-je à mes amis, je ne trouverai guère de soirées comme celle-ci, et pour passer les longues heures du soir je ferai une nouvelle de votre histoire.

— En ce cas, dit le neveu, je vais vous donner les annales de mon oncle, qui, à l'article Parme, mentionne quelques-unes des intrigues de cette cour, du temps que la duchesse y faisait la pluie et le beau temps; mais, prenez garde! cette histoire n'est rien moins que morale, et maintenant que vous vous piquez de pureté évangélique en France, elle peut vous procurer le renom d'assassin.

Je publie cette nouvelle sans rien changer au manuscrit de 1830, ce qui peut avoir deux inconvénients :

Le premier pour le lecteur : les personnages étant Italiens l'intéresseront peut-être moins, les cœurs de ce pays-là diffèrent assez des cœurs français : les Italiens sont sincères, bonnes gens, et, non effarouchés, disent ce qu'ils pensent ; ce n'est que par accès qu'ils ont de la vanité ; alors elle devient passion, et prend le nom de *puntiglio*. Enfin la pauvreté n'est pas un ridicule parmi eux.

Le second inconvénient est relatif à l'auteur.

J'avouerai que j'ai eu la hardiesse de laisser aux personnages les aspérités de leurs caractères ; mais, en revanche, je le déclare hautement, je déverse le blâme le plus moral sur beaucoup de leurs actions. A quoi bon leur donner la haute moralité et les grâces des caractères français, lesquels aiment l'argent par-dessus tout et ne font guère de péchés par haine ou par amour ? Les Italiens de cette nouvelle sont à peu près le contraire. D'ailleurs il me semble que toutes les fois qu'on s'avance de deux cents lieues du midi au nord, il y a lieu à un nouveau paysage comme à un nouveau roman. L'aimable nièce du chanoine avait connu et même beaucoup aimé la duchesse Sanseverina, et me prie de ne rien changer à ses aventures, lesquelles sont blâmables.

23 janvier 1839.

LIVRE PREMIER

Gia mi fur dolci inviti a empir le carte
I luoghi ameni.

Ariost, sat. IV.

CHAPITRE PREMIER

MILAN EN 1796

Le 15 mai 1796, le général Bonaparte fit son entrée dans Milan à la tête de cette jeune armée qui venait de passer le pont de Lodi, et d'apprendre au monde qu'après tant de siècles César et Alexandre avaient un successeur. Les miracles de bravoure et de génie dont l'Italie fut témoin en quelques mois réveillèrent un peuple endormi ; huit jours encore avant l'arrivée des Français, les Milanais ne voyaient en eux qu'un ramassis de brigands, habitués à fuir toujours devant les troupes de Sa Majesté Impériale et Royale : c'était du moins ce que leur répétait trois fois la semaine un petit journal grand comme la main, imprimé sur du papier sale.

Au moyen âge, les Lombards républicains avaient fait preuve d'une bravoure égale à celle des Français, et ils méritèrent de voir leur ville entièrement rasée par les empereurs d'Allemagne. Depuis qu'ils étaient devenus de *fidèles sujets*, leur grande affaire était d'imprimer des sonnets sur de petits mouchoirs de taffetas rose quand arrivait le mariage d'une jeune fille appartenant à quelque famille noble ou riche. Deux ou trois ans après cette grande époque de sa vie, cette jeune fille prenait un cavalier servant : quelquefois le nom du sigisbée choisi par la famille du mari occupait une place honorable dans le contrat de mariage. Il y avait loin de ces mœurs efféminées aux émotions profondes que donna l'arrivée imprévue de l'armée française. Bientôt surgirent des mœurs nouvelles et passionnées. Un peuple tout entier s'aperçut, le 15 mai 1796, que tout ce qu'il avait respecté jusque-là était souverainement ridicule et quelquefois odieux. Le départ du dernier régiment de l'Autriche marqua la chute des idées anciennes : exposer sa vie devint à la mode ; on vit que pour être heureux après des siècles de sensations affadissantes, il fallait aimer la patrie d'un amour réel et chercher les actions héroïques. On était plongé dans une nuit profonde par la continuation du despotisme jaloux de Charles Quint et de Philippe II; on renversa leurs statues, et tout à coup l'on se trouva inondé de lumière. Depuis une cinquantaine d'années, et à mesure que l'*Encyclopédie* et Voltaire éclataient en France, les moines criaient au bon peuple de Milan, qu'apprendre à lire ou quelque chose au monde était une peine fort inutile, et qu'en payant bien exactement la dîme à son curé, et lui racontant fidèlement tous ses petits péchés, on était à peu près sûr d'avoir une belle place en paradis. Pour achever d'énerver ce peuple autrefois si terrible et si raisonneur, l'Autriche lui avait vendu à bon marché le privilège de ne point fournir de recrues à son armée.

En 1796, l'armée milanaise se composait de vingt-quatre faquins habillés de rouge, lesquels gardaient la ville de concert avec quatre magnifiques régiments de grenadiers hongrois. La liberté des mœurs était extrême, mais la passion fort rare; d'ailleurs, outre le désagrément de devoir tout raconter au curé, sous peine de ruine même en ce monde, le bon peuple de Milan était encore soumis à certaines petites entraves monarchiques qui ne laissaient pas que d'être vexantes. Par exemple l'archiduc, qui résidait à Milan et gouvernait au nom de l'Empereur, son cousin, avait eu l'idée lucrative de faire le commerce des blés. En conséquence, défense aux paysans de vendre leurs grains jusqu'à ce que Son Altesse eût rempli ses magasins.

En mai 1796, trois jours après l'entrée des Français, un jeune peintre en miniature, un peu fou, nommé Gros, célèbre depuis, et qui était venu avec l'armée, entendant raconter au grand café des *Servi* (à la mode alors) les exploits de l'archiduc, qui de plus était énorme, prit la liste des glaces imprimée en placard sur une feuille de vilain papier jaune. Sur le revers de la feuille il dessina le gros archiduc; un soldat français lui donnait un coup de baïonnette dans le ventre, et, au lieu de sang, il en sortait une quantité de blé incroyable. La chose nommée plaisanterie ou caricature n'était pas connue en ce pays de despotisme cauteleux. Le dessin laissé par Gros sur la table du café des *Servi* parut un miracle descendu du ciel; il fut gravé dans la nuit, et le lendemain on en vendit vingt mille exemplaires.

Le même jour, on affichait l'avis d'une contribution

de guerre de six millions, frappée pour les besoins de l'armée française, laquelle, venant de gagner six batailles et de conquérir vingt provinces, manquait seulement de souliers, de pantalons, d'habits et de chapeaux.

La masse de bonheur et de plaisir qui fit irruption en Lombardie avec ces Français si pauvres fut telle que les prêtres seuls et quelques nobles s'aperçurent de la lourdeur de cette contribution de six millions, qui, bientôt, fut suivie de beaucoup d'autres. Ces soldats français riaient et chantaient toute la journée; ils avaient moins de vingt-cinq ans, et leur général en chef, qui en avait vingt-sept, passait pour l'homme le plus âgé de son armée. Cette gaieté, cette jeunesse, cette insouciance, répondaient d'une façon plaisante aux prédications furibondes des moines qui, depuis six mois, annonçaient du haut de la chaire sacrée que les Français étaient des monstres, obligés, sous peine de mort, à tout brûler et à couper la tête à tout le monde. A cet effet, chaque régiment marchait avec la guillotine en tête.

Dans les campagnes l'on voyait sur la porte des chaumières le soldat français occupé à bercer le petit enfant de la maîtresse du logis, et presque chaque soir quelque tambour, jouant du violon, improvisait un bal. Les contredanses se trouvant beaucoup trop savantes et compliquées pour que les soldats, qui d'ailleurs ne les savaient guère, pussent les apprendre aux femmes du pays, c'étaient celles-ci qui montraient aux jeunes Français *la Monférine, la Sauteuse* et autres danses italiennes.

Les officiers avaient été logés, autant que possible, chez les gens riches; ils avaient bon besoin de se refaire. Par exemple, un lieutenant nommé Robert eut un billet de logement pour le palais de la marquise del Dongo. Cet officier, jeune réquisitionnaire assez leste, possédait pour tout bien, en entrant dans ce palais, un écu de six francs qu'il venait de recevoir à Plaisance. Après le passage du pont de Lodi, il prit à un bel officier autrichien tué par un boulet un magnifique pantalon de nankin tout neuf, et jamais vêtement ne vint plus à propos. Ses épaulettes d'officier étaient en laine, et le drap de son habit était cousu à la doublure des manches pour que les morceaux tinssent ensemble; mais il y avait une circonstance plus triste : les semelles de ses souliers étaient en morceaux de chapeau également pris sur le champ de bataille, au delà du pont de Lodi. Ces semelles improvisées tenaient au-dessus des souliers par des ficelles fort visibles, de façon que

lorsque le majordome de la maison se présenta dans la
chambre du lieutenant Robert pour l'inviter à dîner avec
madame la marquise, celui-ci fut plongé dans un mortel
embarras. Son voltigeur et lui passèrent les deux heures qui
les séparaient de ce fatal dîner à tâcher de recoudre un peu
l'habit et à teindre en noir avec de l'encre les malheu-
reuses ficelles des souliers. Enfin le moment terrible arriva.
« De la vie je ne fus plus mal à mon aise, me disait le lieutenant Robert ; ces dames pensaient que j'allais leur faire
peur, et moi j'étais plus tremblant qu'elles. Je regardais
mes souliers et ne savais comment marcher avec grâce.
La marquise del Dongo, ajoutait-il, était alors dans tout
l'éclat de sa beauté : vous l'avez connue avec ses yeux si
beaux et d'une douceur angélique, et ses jolis cheveux
d'un blond foncé qui dessinaient si bien l'ovale de cette
figure charmante. J'avais dans ma chambre une Héro-
diade de Léonard de Vinci, qui semblait son portrait.
Dieu voulut que je fusse tellement saisi de cette beauté
surnaturelle que j'en oubliai mon costume. Depuis
deux ans je ne voyais que des choses laides et misérables
dans les montagnes du pays de Gênes : j'osai lui adresser
quelques mots sur mon ravissement.

« Mais j'avais trop de sens pour m'arrêter longtemps
dans le genre complimenteur. Tout en tournant mes
phrases, je voyais, dans une salle à manger toute de marbre,
douze laquais et des valets de chambre vêtus avec ce qui
me semblait alors le comble de la magnificence. Figurez-
vous que ces coquins-là avaient non seulement de bons
souliers, mais encore des boucles d'argent. Je voyais du
coin de l'œil tous ces regards stupides fixés sur mon habit,
et peut-être aussi sur mes souliers, ce qui me perçait le
cœur. J'aurais pu d'un mot faire peur à tous ces gens ;
mais comment les mettre à leur place sans courir le risque
d'effaroucher les dames ? car la marquise pour se donner
un peu de courage, comme elle me l'a dit cent fois depuis,
avait envoyé prendre au couvent où elle était pensionnaire
en ce temps-là, Gina del Dongo, sœur de son mari, qui fut
depuis cette charmante comtesse Pietranera : personne
dans la prospérité ne la surpassa par la gaieté et l'esprit
aimable, comme personne ne la surpassa par le courage
et la sérénité d'âme dans la fortune contraire.

« Gina, qui pouvait avoir alors treize ans, mais qui en
paraissait dix-huit, vive et franche, comme vous savez,
avait tant de peur d'éclater de rire en présence de mon
costume, qu'elle n'osait pas manger ; la marquise, au

contraire, m'accablait de politesses contraintes; elle voyait
fort bien dans mes yeux des mouvements d'impatience.
En un mot, je faisais une sotte figure, je mâchais le mépris,
chose qu'on dit impossible à un Français. Enfin une
idée descendue du ciel vint m'illuminer : je me mis à
raconter à ces dames ma misère, et ce que nous avions souffert depuis deux ans dans les montagnes du pays de Gênes
où nous retenaient de vieux généraux imbéciles. Là, disais-
je, on nous donnait des assignats qui n'avaient pas cours
dans le pays, et trois onces de pain par jour. Je n'avais pas
parlé deux minutes, que la bonne marquise avait les
larmes aux yeux, et la Gina était devenue sérieuse.

— Quoi, monsieur le lieutenant, me disait celle-ci,
trois onces de pain!

— Oui, mademoiselle; mais en revanche la distribution
manquait trois fois la semaine, et comme les paysans
chez lesquels nous logions étaient encore plus misérables
que nous, nous leur donnions un peu de notre pain.

« En sortant de table, j'offris mon bras à la marquise
jusqu'à la porte du salon, puis, revenant rapidement sur
mes pas, je donnai au domestique qui m'avait servi à table
cet unique écu de six francs sur l'emploi duquel j'avais
fait tant de châteaux en Espagne.

« Huit jours après, continuait Robert, quand il fut bien
avéré que les Français ne guillotinaient personne, le
marquis del Dongo revint de son château de Grianta,
sur le lac de Côme, où bravement il s'était réfugié à
l'approche de l'armée, abandonnant aux hasards de la
guerre sa jeune femme si belle et sa sœur. La haine que ce
marquis avait pour nous était égale à sa peur, c'est-à-dire
incommensurable : sa grosse figure pâle et dévote était
amusante à voir quand il me faisait des politesses. Le lendemain de son retour à Milan, je reçus trois aunes de
drap et deux cents francs sur la contribution des six millions : je me remplumai, et devins le chevalier de ces dames,
car les bals commencèrent. »

L'histoire du lieutenant Robert fut à peu près celle de
tous les Français; au lieu de se moquer de la misère de ces
braves soldats, on en eut pitié, et on les aima.

Cette époque de bonheur imprévu et d'ivresse ne dura
que deux petites années; la folie avait été si excessive et si
générale, qu'il me serait impossible d'en donner une idée,
si ce n'est par cette réflexion historique et profonde : ce
peuple s'ennuyait depuis cent ans.

La volupté naturelle aux pays méridionaux avait régné

jadis à la cour des Visconti et des Sforce, ces fameux ducs
de Milan. Mais depuis l'an 1635, que les Espagnols s'étaient
emparés du Milanais, et emparés en maîtres taciturnes,
soupçonneux, orgueilleux, et craignant toujours la révolte,
la gaieté s'était enfuie. Les peuples, prenant les mœurs de
leurs maîtres, songeaient plutôt à se venger de la moindre
insulte par un coup de poignard qu'à jouir du moment
présent.

La joie folle, la gaieté, la volupté, l'oubli de tous les
sentiments tristes, ou seulement raisonnables, furent
poussés à un tel point, depuis le 15 mai 1796, que les
Français entrèrent à Milan, jusqu'en avril 1799, qu'ils en
furent chassés à la suite de la bataille de Cassano, que
l'on a pu citer de vieux marchands millionnaires, de
vieux usuriers, de vieux notaires qui, pendant cet intervalle, avaient oublié d'être moroses et de gagner de
l'argent.

Tout au plus eût-il été possible de compter quelques
familles appartenant à la haute noblesse, qui s'étaient
retirées dans leurs palais à la campagne, comme pour
bouder contre l'allégresse générale et l'épanouissement de
tous les cœurs. Il est véritable aussi que ces familles nobles
et riches avaient été distinguées d'une manière fâcheuse
dans la répartition des contributions de guerre demandées
pour l'armée française.

Le marquis del Dongo, contrarié de voir tant de gaieté,
avait été un des premiers à regagner son magnifique château de Grianta, au delà de Côme, où les dames menèrent
le lieutenant Robert. Ce château, situé dans une position
peut-être unique au monde, sur un plateau de cent cinquante pieds au-dessus de ce lac sublime dont il domine
une grande partie, avait été une place forte. La famille
del Dongo le fit construire au quinzième siècle, comme le
témoignaient de toutes parts les marbres chargés de ses
armes; on y voyait encore des ponts-levis et des fossés
profonds, à la vérité privés d'eau; mais avec ces murs de
quatre-vingts pieds de haut et de six pieds d'épaisseur,
ce château était à l'abri d'un coup de main; et c'est pour
cela qu'il était cher au soupçonneux marquis. Entouré de
vingt-cinq ou trente domestiques qu'il supposait dévoués,
apparemment parce qu'il ne leur parlait jamais que l'injure
à la bouche, il était moins tourmenté par la peur qu'à
Milan.

Cette peur n'était pas tout à fait gratuite : il correspon-
dait fort activement avec un espion placé par l'Autriche sur

la frontière suisse à trois lieues de Grianta, pour faire évader les prisonniers faits sur le champ de bataille, ce qui aurait pu être pris au sérieux par les généraux français.

Le marquis avait laissé sa jeune femme à Milan : elle y dirigeait les affaires de la famille, elle était chargée de faire face aux contributions imposées à la *casa del Dongo*, comme on dit dans le pays ; elle cherchait à les faire diminuer, ce qui l'obligeait à voir ceux des nobles qui avaient accepté des fonctions publiques, et même quelques non nobles fort influents. Il survint un grand événement dans cette famille. Le marquis avait arrangé le mariage de sa jeune sœur Gina avec un personnage fort riche et de la plus haute naissance ; mais il portait de la poudre : à ce titre, Gina le recevait avec des éclats de rire, et bientôt elle fit la folie d'épouser le comte Pietranera. C'était à la vérité un fort bon gentilhomme, très bien fait de sa personne, mais ruiné de père en fils, et, pour comble de disgrâce, partisan fougueux des idées nouvelles. Pietranera était sous-lieutenant dans la légion italienne, surcroît de désespoir pour le marquis.

Après ces deux années de folie et de bonheur, le Directoire de Paris, se donnant des airs de souverain bien établi, montra une haine mortelle pour tout ce qui n'était pas médiocre. Les généraux ineptes qu'il donna à l'armée d'Italie perdirent une suite de batailles dans ces mêmes plaines de Vérone, témoins deux ans auparavant des prodiges d'Arcole et de Lonato. Les Autrichiens se rapprochèrent de Milan ; le lieutenant Robert, devenu chef de bataillon et blessé à la bataille de Cassano, vint loger pour la dernière fois chez son amie la marquise del Dongo. Les adieux furent tristes ; Robert partit avec le comte Pietranera qui suivait les Français dans leur retraite sur Novi. La jeune comtesse, à laquelle son frère refusa de payer sa légitime, suivit l'armée montée sur une charrette.

Alors commença cette époque de réaction et de retour aux idées anciennes, que les Milanais appellent *i tredici mesi (les treize mois)*, parce qu'en effet leur bonheur voulut que ce retour à la sottise ne durât que treize mois, jusqu'à Marengo. Tout ce qui était vieux, dévot, morose, reparut à la tête des affaires, et reprit la direction de la société : bientôt les gens restés fidèles aux bonnes doctrines publièrent dans les villages que Napoléon avait été pendu par les Mameluks en Égypte, comme il le méritait à tant de titres.

Parmi ces hommes qui étaient allés bouder dans leurs

terres et qui revenaient altérés de vengeance, le marquis del Dongo se distinguait par sa fureur; son exagération le porta naturellement à la tête du parti. Ces messieurs, fort honnêtes gens quand ils n'avaient pas peur, mais qui tremblaient toujours, parvinrent à circonvenir le général autrichien : assez bon homme, il se laissa persuader que la sévérité était de la haute politique, et fit arrêter cent cinquante patriotes : c'était bien alors ce qu'il y avait de mieux en Italie.

Bientôt on les déporta aux *bouches de Cattaro*, et, jetés dans des grottes souterraines, l'humidité et surtout le manque de pain firent bonne et prompte justice de tous ces coquins.

Le marquis del Dongo eut une grande place, et, comme il joignait une avarice sordide à une foule d'autres belles qualités, il se vanta publiquement de ne pas envoyer un écu à sa sœur, la comtesse Pietranera : toujours folle d'amour, elle ne voulait pas quitter son mari, et mourait de faim en France avec lui. La bonne marquise était désespérée; enfin elle réussit à dérober quelques petits diamants dans son écrin, que son mari lui reprenait tous les soirs pour l'enfermer sous son lit, dans une caisse de fer : la marquise avait apporté huit cent mille francs de dot à son mari, et recevait quatre-vingts francs par mois pour ses dépenses personnelles. Pendant les treize mois que les Français passèrent hors de Milan, cette femme si timide trouva des prétextes et ne quitta pas le noir.

Nous avouerons que, suivant l'exemple de beaucoup de graves auteurs, nous avons commencé l'histoire de notre héros une année avant sa naissance. Ce personnage essentiel n'est autre, en effet, que Fabrice Valserra, *marchesino* del Dongo, comme on dit à Milan *. Il venait justement de se donner la peine de naître lorsque les Français furent chassés, et se trouvait, par le hasard de la naissance, le second fils de ce marquis del Dongo si grand seigneur, et dont vous connaissez déjà le gros visage blême, le sourire faux et la haine sans bornes pour les idées nouvelles. Toute la fortune de la maison était substituée au fils aîné Ascanio del Dongo, le digne portrait de son père. Il avait huit ans, et Fabrice deux, lorsque tout à coup ce général Bonaparte, que tous les gens bien nés croyaient pendu depuis longtemps, descendit du mont Saint-Bernard.

* On prononce *markésine*. Dans les usages du pays, empruntés à l'Allemagne, ce titre se donne à tous les fils de marquis; *contine* à tous les fils de comte, *contessina* à toutes les filles de comte, etc.

Il entra dans Milan : ce moment est encore unique dans
l'histoire ; figurez-vous tout un peuple amoureux fou.
Peu de jours après, Napoléon gagna la bataille de Marengo.
Le reste est inutile à dire. L'ivresse des Milanais fut au
comble ; mais, cette fois, elle était mélangée d'idées de
vengeance : on avait appris la haine à ce bon peuple.
Bientôt l'on vit arriver ce qui restait des patriotes déportés
aux bouches de Cattaro ; leur retour fut célébré par une fête
nationale. Leurs figures pâles, leurs grands yeux étonnés,
leurs membres amaigris, faisaient un étrange contraste
avec la joie qui éclatait de toutes parts. Leur arrivée fut
le signal du départ pour les familles les plus compromises.
Le marquis del Dongo fut des premiers à s'enfuir à
son château de Grianta. Les chefs des grandes familles
étaient remplis de haine et de peur ; mais leurs femmes,
leurs filles, se rappelaient les joies du premier séjour des
Français, et regrettaient Milan et les bals si gais, qui
aussitôt après Marengo s'organisèrent à la *Casa Tanzi*.
Peu de jours après la victoire, le général français, chargé
de maintenir la tranquillité dans la Lombardie, s'aperçut
que tous les fermiers des nobles, que toutes les vieilles
femmes de la campagne, bien loin de songer encore à cette
étonnante victoire de Marengo qui avait changé les destinées de l'Italie, et reconquis treize places fortes en un
jour, n'avaient l'âme occupée que d'une prophétie de
saint Giovita, le premier patron de Brescia. Suivant cette
parole sacrée, les prospérités des Français et de Napoléon
devaient cesser treize semaines juste après Marengo. Ce
qui excuse un peu le marquis del Dongo et tous les nobles
boudeurs des campagnes, c'est que réellement et sans
comédie ils croyaient à la prophétie. Tous ces gens-là
n'avaient pas lu quatre volumes en leur vie ; ils faisaient
ouvertement leurs préparatifs pour rentrer à Milan au bout
des treize semaines ; mais le temps, en s'écoulant, marquait
de nouveaux succès pour la cause de la France. De retour
à Paris, Napoléon, par de sages décrets, sauvait la révolution à l'intérieur, comme il l'avait sauvée à Marengo
contre les étrangers. Alors les nobles lombards, réfugiés
dans leurs châteaux, découvrirent que d'abord ils avaient
mal compris la prédiction du saint patron de Brescia :
il ne s'agissait pas de treize semaines, mais bien de treize
mois. Les treize mois s'écoulèrent, et la prospérité de la
France semblait s'augmenter tous les jours.

Nous glissons sur dix années de progrès et de bonheur,
de 1800 à 1810 ; Fabrice passa les premières au château de

Grianta, donnant et recevant force coups de poing au
milieu des petits paysans du village, et n'apprenant rien,
pas même à lire. Plus tard, on l'envoya au collège des
jésuites à Milan. Le marquis son père exigea qu'on lui
montrât le latin, non point d'après ces vieux auteurs qui
parlent toujours des républiques, mais sur un magnifique volume orné de plus de cent gravures, chef-d'œuvre
des artistes du XVIIe siècle; c'était la généalogie latine des
Valserra, marquis del Dongo, publiée en 1650 par Fabrice
del Dongo, archevêque de Parme. La fortune des Valserra étant surtout militaire, les gravures représentaient
force batailles, et toujours on voyait quelque héros de ce
nom donnant de grands coups d'épée. Ce livre plaisait fort
au jeune Fabrice. Sa mère, qui l'adorait, obtenait de temps
en temps la permission de venir le voir à Milan; mais son
mari ne lui offrant jamais d'argent pour ces voyages,
c'était sa belle-sœur, l'aimable comtesse Pietranera, qui
lui en prêtait. Après le retour des Français, la comtesse
était devenue l'une des femmes les plus brillantes de la
cour du prince Eugène, vice-roi d'Italie.

Lorsque Fabrice eut fait sa première communion, elle
obtint du marquis, toujours exilé volontaire, la permission
de le faire sortir quelquefois de son collège. Elle le trouva
singulier, spirituel, fort sérieux, mais joli garçon, et ne
déparant point trop le salon d'une femme à la mode; du
reste, ignorant à plaisir, et sachant à peine écrire. La
comtesse, qui portait en toutes choses son caractère enthousiaste, promit sa protection au chef de l'établissement,
si son neveu Fabrice faisait des progrès étonnants, et à la
fin de l'année avait beaucoup de prix. Pour lui donner les
moyens de les mériter, elle l'envoyait chercher tous les
samedis soir, et souvent ne le rendait à ses maîtres que le
mercredi ou le jeudi. Les jésuites, quoique tendrement
chéris par le prince vice-roi, étaient repoussés d'Italie par
les lois du royaume, et le supérieur du collège, homme
habile, sentit tout le parti qu'il pourrait tirer de ses relations avec une femme toute-puissante à la cour. Il n'eut
garde de se plaindre des absences de Fabrice, qui, plus
ignorant que jamais, à la fin de l'année obtint cinq premiers
prix. A cette condition, la brillante comtesse Pietranera,
suivie de son mari, général commandant une des divisions
de la garde, et de cinq ou six des plus grands personnages
de la cour du vice-roi, vint assister à la distribution des
prix chez les jésuites. Le supérieur fut complimenté par
ses chefs.

La comtesse conduisait son neveu à toutes ces fêtes brillantes qui marquèrent le règne trop court de l'aimable prince Eugène. Elle l'avait créé de son autorité officier de hussards, et Fabrice, âgé de douze ans, portait cet uniforme. Un jour, la comtesse, enchantée de sa jolie tournure, demanda pour lui au prince une place de page, ce qui voulait dire que la famille del Dongo se ralliait. Le lendemain, elle eut besoin de tout son crédit pour obtenir que le vice-roi voulût bien ne pas se souvenir de cette demande, à laquelle rien ne manquait que le consentement du père du futur page, et ce consentement eût été refusé avec éclat. A la suite de cette folie, qui fit frémir le marquis boudeur, il trouva un prétexte pour rappeler à Grianta le jeune Fabrice. La comtesse méprisait souverainement son frère; elle le regardait comme un sot triste, et qui serait méchant si jamais il en avait le pouvoir. Mais elle était folle de Fabrice, et, après dix ans de silence, elle écrivit au marquis pour réclamer son neveu : sa lettre fut laissée sans réponse.

A son retour dans ce palais formidable, bâti par le plus belliqueux de ses ancêtres, Fabrice ne savait rien au monde que faire l'exercice et monter à cheval. Souvent le comte Pietranera, aussi fou de cet enfant que sa femme, le faisait monter à cheval, et le menait avec lui à la parade.

En arrivant au château de Grianta, Fabrice, les yeux encore bien rouges des larmes répandues en quittant les beaux salons de sa tante, ne trouva que les caresses passionnées de sa mère et de ses sœurs. Le marquis était enfermé dans son cabinet avec son fils aîné, le marchesino Ascanio. Ils y fabriquaient des lettres chiffrées qui avaient l'honneur d'être envoyées à Vienne; le père et le fils ne paraissaient qu'aux heures des repas. Le marquis répétait avec affectation qu'il apprenait à son successeur naturel à tenir, en partie double, le compte des produits de chacune de ses terres. Dans le fait, le marquis était trop jaloux de son pouvoir pour parler de ces choses-là à un fils, héritier nécessaire de toutes ces terres substituées. Il l'employait à chiffrer des dépêches de quinze ou vingt pages que deux ou trois fois la semaine il faisait passer en Suisse, d'où on les acheminait à Vienne. Le marquis prétendait faire connaître à ses souverains légitimes l'état intérieur du royaume d'Italie qu'il ne connaissait pas lui-même, et toutefois ses lettres avaient beaucoup de succès; voici comment. Le marquis faisait compter sur la grande route, par quelque agent sûr, le nombre des soldats de tel régiment français

ou italien qui changeait de garnison, et, en rendant compte
du fait à la cour de Vienne, il avait soin de diminuer d'un
grand quart le nombre des soldats présents. Ces lettres,
d'ailleurs ridicules, avaient le mérite d'en démentir d'autres
plus véridiques, et elles plaisaient. Aussi, peu de temps
avant l'arrivée de Fabrice au château, le marquis avait-il
reçu la plaque d'un ordre renommé : c'était la cinquième
qui ornait son habit de chambellan. A la vérité, il avait le
chagrin de ne pas oser arborer cet habit hors de son cabinet ;
mais il ne se permettait jamais de dicter une dépêche
sans avoir revêtu le costume brodé, garni de tous ses ordres.
Il eût cru manquer de respect d'en agir autrement.

La marquise fut émerveillée des grâces de son fils. Mais
elle avait conservé l'habitude d'écrire deux ou trois fois
par an au général comte d'A*** ; c'était le nom actuel du
lieutenant Robert. La marquise avait horreur de mentir aux
gens qu'elle aimait ; elle interrogea son fils et fut épouvantée
de son ignorance.

S'il me semble peu instruit, se disait-elle, à moi qui ne
sais rien, Robert, qui est si savant, trouverait son éducation
absolument manquée ; or maintenant il faut du mérite.
Une autre particularité qui l'étonna presque autant, c'est
que Fabrice avait pris au sérieux toutes les choses religieuses qu'on lui avait enseignées chez les jésuites. Quoique
fort pieuse elle-même, le fanatisme de cet enfant la fit
frémir ; si le marquis a l'esprit de deviner ce moyen d'influence, il va m'enlever l'amour de mon fils. Elle pleura
beaucoup, et sa passion pour Fabrice s'en augmenta.

La vie de ce château, peuplé de trente ou quarante domestiques, était fort triste ; aussi Fabrice passait-il toutes ses
journées à la chasse ou à courir le lac sur une barque.
Bientôt il fut étroitement lié avec les cochers et les hommes
des écuries ; tous étaient partisans fous des Français et se
moquaient ouvertement des valets de chambre dévots,
attachés à la personne du marquis ou à celle de son fils
aîné. Le grand sujet de plaisanterie contre ces personnages
graves, c'est qu'ils portaient de la poudre à l'instar de
leurs maîtres.

CHAPITRE II

...Alors que Vesper vient embrunir nos yeux,
Tout épris d'avenir, je contemple les cieux,
En qui Dieu nous escrit, par notes non obscures,
Les sorts et les destins de toutes créatures.
Car lui, du fond des cieux regardant un humain,
Parfois mû de pitié, lui montre le chemin ;
Par les astres du ciel qui sont ses caractères,
Les choses nous prédit et bonnes et contraires ;
Mais les hommes, chargés de terre et de trépas,
Méprisent tel écrit, et ne le lisent pas.

RONSARD.

Le marquis professait une haine vigoureuse pour les lumières : ce sont les idées, disait-il, qui ont perdu l'Italie ; il ne savait trop comment concilier cette sainte horreur de l'instruction, avec le désir de voir son fils Fabrice perfectionner l'éducation si brillamment commencée chez les jésuites. Pour courir le moins de risques possible, il chargea le bon abbé Blanès, curé de Grianta, de faire continuer à Fabrice ses études en latin. Il eût fallu que le curé lui-même sût cette langue ; or elle était l'objet de ses mépris ; ses connaissances en ce genre se bornaient à réciter, par cœur, les prières de son missel, dont il pouvait rendre à peu près le sens à ses ouailles. Mais ce curé n'en était pas moins fort respecté et même redouté dans le canton ; il avait toujours dit que ce n'était point en treize semaines ni même en treize mois, que l'on verrait s'accomplir la célèbre prophétie de saint Giovita, le patron de Brescia. Il ajoutait, quand il parlait à des amis sûrs, que ce nombre *treize* devait être interprété d'une façon qui étonnerait bien du monde, s'il était permis de tout dire (1813).

Le fait est que l'abbé Blanès, personnage d'une honnêteté et d'une vertu *primitives*, et de plus homme d'esprit, passait toutes les nuits au haut de son clocher; il était fou d'astrologie. Après avoir usé ses journées à calculer des conjonctions et des positions d'étoiles, il employait la meilleure part de ses nuits à les suivre dans le ciel. Par suite de sa pauvreté, il n'avait d'autre instrument qu'une longue lunette à tuyau de carton. On peut juger du mépris qu'avait pour l'étude des langues un homme qui passait sa vie à découvrir l'époque précise de la chute des empires et des révolutions qui changent la face du monde. Que sais-je de plus sur un cheval, disait-il à Fabrice, depuis qu'on m'a appris qu'en latin il s'appelle *equus* ?

Les paysans redoutaient l'abbé Blanès comme un grand magicien : pour lui, à l'aide de la peur qu'inspiraient ses stations dans le clocher, il les empêchait de voler. Ses confrères les curés des environs, fort jaloux de son influence, le détestaient; le marquis del Dongo le méprisait tout simplement parce qu'il raisonnait trop pour un homme de si bas étage. Fabrice l'adorait : pour lui plaire il passait quelquefois des soirées entières à faire des additions ou des multiplications énormes. Puis il montait au clocher : c'était une grande faveur et que l'abbé Blanès n'avait jamais accordée à personne; mais il aimait cet enfant pour sa naïveté. Si tu ne deviens pas hypocrite, lui disait-il, peut-être tu seras un homme.

Deux ou trois fois par an, Fabrice, intrépide et passionné dans ses plaisirs, était sur le point de se noyer dans le lac. Il était le chef de toutes les grandes expéditions des petits paysans de Grianta et de la Cadenabia. Ces enfants s'étaient procuré quelques petites clefs, et quand la nuit était bien noire, ils essayaient d'ouvrir les cadenas de ces chaînes qui attachent les bateaux à quelque grosse pierre ou à quelque arbre voisin du rivage. Il faut savoir que sur le lac de Côme l'industrie des pêcheurs place des lignes dormantes à une grande distance des bords. L'extrémité supérieure de la corde est attachée à une planchette doublée de liège, et une branche de coudrier très flexible, fichée sur cette planchette, soutient une petite sonnette qui tinte lorsque le poisson, pris à la ligne, donne des secousses à la corde.

Le grand objet de ces expéditions nocturnes, que Fabrice commandait en chef, était d'aller visiter les lignes dormantes, avant que les pêcheurs eussent entendu l'avertissement donné par les petites clochettes. On choisissait les temps d'orage; et, pour ces parties hasardeuses, on s'embarquait le matin, une heure avant l'aube. En montant dans la barque, ces enfants croyaient se précipiter dans les plus grands dangers, c'était là le beau côté de leur action; et, suivant l'exemple de leurs pères, ils récitaient dévotement un *Ave Maria*. Or, il arrivait souvent qu'au moment du départ, et à l'instant qui suivait l'*Ave Maria*, Fabrice était frappé d'un présage. C'était là le fruit qu'il avait retiré des études astrologiques de son ami l'abbé Blanès, aux prédictions duquel il ne croyait point. Suivant sa jeune imagination, ce présage lui annonçait avec certitude le bon ou le mauvais succès; et comme il avait plus de réso-lution qu'aucun de ses camarades, peu à peu toute la troupe prit tellement l'habitude des présages, que si, au moment de s'embarquer, on apercevait sur la côte un prêtre, ou si l'on voyait un corbeau s'envoler à main gauche, on se hâtait de remettre le cadenas à la chaîne du bateau, et chacun allait se recoucher. Ainsi l'abbé Blanès n'avait pas communiqué sa science assez difficile à Fabrice; mais à son insu, il lui avait inoculé une confiance illimitée dans les signes qui peuvent prédire l'avenir.

Le marquis sentait qu'un accident arrivé à sa correspon-dance chiffrée pouvait le mettre à la merci de sa sœur; aussi tous les ans, à l'époque de la Sainte-Angela, fête de la comtesse Pietranera, Fabrice obtenait la permission d'aller passer huit jours à Milan. Il vivait toute l'année dans l'espérance ou le regret de ces huit jours. En cette grande occasion, pour accomplir ce voyage politique, le marquis remettait à son fils quatre écus, et, suivant l'usage, ne donnait rien à sa femme, qui le menait. Mais un des cuisiniers, six laquais et un cocher avec deux che-vaux, partaient pour Côme, la veille du voyage, et chaque jour, à Milan, la marquise trouvait une voiture à ses ordres, et un dîner de douze couverts.

Le genre de vie boudeur que menait le marquis del Dongo était assurément fort peu divertissant; mais il avait cet avantage qu'il enrichissait à jamais les familles qui avaient la bonté de s'y livrer. Le marquis, qui avait plus de deux cent mille livres de rente, n'en dépensait pas le quart; il vivait d'espérances. Pendant les treize années de 1800 à 1813, il crut constamment et fermement que Napoléon serait renversé avant six mois. Qu'on juge de son ravissement quand, au commencement de 1813, il apprit les désastres de la Bérésina! La prise de Paris et la chute de Napoléon faillirent lui faire perdre la tête; il se permit alors les propos les plus outrageants envers sa femme et sa sœur. Enfin, après quatorze années d'attente, il eut cette joie inexprimable de voir les troupes autrichiennes rentrer dans Milan. D'après les ordres venus de Vienne, le général autrichien reçut le marquis del Dongo avec une considération voisine du respect; on se hâta de lui offrir une des premières places dans le gouvernement, et il l'accepta comme le paiement d'une dette. Son fils aîné eut une lieutenance dans l'un des plus beaux régiments de la monarchie; mais le second ne voulut jamais accepter une place de cadet qui lui était offerte. Ce triomphe, dont le marquis jouissait avec une insolence rare, ne dura que quelques mois, et fut suivi d'un revers humiliant. Jamais il n'avait eu le talent des affaires, et quatorze années passées à la campagne, entre ses valets, son notaire et son médecin, jointes à la mauvaise humeur de la vieillesse qui était survenue, en avaient fait un homme tout à fait incapable. Or il n'est pas possible, en pays autrichien, de conserver une place importante sans avoir le genre de talent que réclame l'administration lente et compliquée, mais fort raisonnable, de cette vieille monarchie. Les bévues du marquis del Dongo scandalisaient les employés et même arrêtaient la marche des affaires. Ses propos ultra-monarchiques irritaient les populations qu'on voulait plonger dans le sommeil et l'incurie. Un beau jour, il apprit que Sa Majesté avait daigné accepter gracieusement la démission qu'il donnait de son emploi dans l'administration, et en même temps lui conférait la place de *second grand majordome major* du royaume lombardo-vénitien. Le marquis fut indigné de l'injustice atroce dont il était victime; il fit imprimer une lettre à un ami, lui qui exécrait tellement la liberté de la presse. Enfin il écrivit à l'Empereur que ses ministres le trahissaient, et n'étaient que des jacobins. Ces choses faites, il revint tristement à son château de Grianta. Il eut une consolation. Après la chute de Napoléon, certains personnages puissants à Milan firent assommer dans les rues le comte Prina, ancien ministre du roi d'Italie, et homme du premier mérite. Le comte Pietranera exposa sa vie pour sauver celle du ministre, qui fut tué à coups de parapluie, et dont le supplice dura cinq heures. Un prêtre, confesseur du marquis del Dongo, eût pu sauver Prina en lui ouvrant la grille de l'église de San Giovanni, devant laquelle on traînait le malheureux ministre, qui même un instant fut abandonné dans le ruisseau, au milieu de la rue; mais il refusa d'ouvrir sa grille avec dérision, et, six mois après, le marquis eut le bonheur de lui faire obtenir un bel avancement.

Il exécrait le comte Pietranera, son beau-frère, lequel, n'ayant pas cinquante louis de rente, osait être assez content, s'avisait de se montrer fidèle à ce qu'il avait aimé toute sa vie, et avait l'insolence de prôner cet esprit de justice sans acception de personnes, que le marquis appelait un jacobinisme infâme. Le comte avait refusé de prendre du service en Autriche ; on fit valoir ce refus, et, quelques mois après la mort de Prina, les mêmes personnages qui avaient payé les assassins obtinrent que le général Pietranera serait jeté en prison. Sur quoi la comtesse, sa femme, prit un passeport et demanda des chevaux de poste pour aller à Vienne dire la vérité à l'empereur. Les assassins de Prina eurent peur, et l'un d'eux, cousin de madame Pietranera, vint lui apporter à minuit, une heure avant son départ pour Vienne, l'ordre de mettre en liberté son mari. Le lendemain, le général autrichien fit appeler le comte Pietranera, le reçut avec toute la distinction possible, et l'assura que sa pension de retraite ne tarderait pas à être liquidée sur le pied le plus avantageux. Le brave général Bubna, homme d'esprit et de cœur, avait l'air tout honteux de l'assassinat de Prina et de la prison du comte.

Après cette bourrasque, conjurée par le caractère ferme de la comtesse, les deux époux vécurent, tant bien que mal, avec la pension de retraite, qui, grâce à la recommandation du général Bubna, ne se fit pas attendre.

Par bonheur, il se trouva que, depuis cinq ou six ans, la comtesse avait beaucoup d'amitié pour une jeune homme fort riche, lequel était aussi ami intime du comte, et ne manquait pas de mettre à leur disposition le plus bel attelage de chevaux anglais qui fût alors à Milan, sa loge au théâtre de la Scala, et son château à la campagne. Mais le comte avait la conscience de sa bravoure, son âme était généreuse, il s'emportait facilement, et alors se permettait d'étranges propos. Un jour qu'il était à la chasse avec des jeunes gens, l'un d'eux, qui avait servi sous d'autres drapeaux que lui, se mit à faire des plaisanteries sur la bravoure des soldats de la république cisalpine ; le comte lui donna un soufflet, l'on se battit aussitôt, et le comte, qui était seul de son bord, au milieu de tous ces jeunes gens, fut tué. On parla beaucoup de cette espèce de duel, et les personnes qui s'y étaient trouvées prirent le parti d'aller voyager en Suisse.

Ce courage ridicule qu'on appelle résignation, le courage d'un sot qui se laisse prendre sans mot dire, n'était

point à l'usage de la comtesse. Furieuse de la mort de son
mari, elle aurait voulu que Limercati, ce jeune homme
riche, son ami intime, prît aussi la fantaisie de voyager en
Suisse, et de donner un coup de carabine ou un soufflet
au meurtrier du comte Pietranera.

Limercati trouva ce projet d'un ridicule achevé, et la
comtesse s'aperçut que chez elle le mépris avait tué l'amour.
Elle redoubla d'attention pour Limercati; elle voulait
réveiller son amour, et ensuite le planter là et le mettre au
désespoir. Pour rendre ce plan de vengeance intelligible
en France, je dirai qu'à Milan, pays fort éloigné du nôtre,
on est encore au désespoir par amour. La comtesse, qui,
dans ses habits de deuil, éclipsait de bien loin toutes ses
rivales, fit des coquetteries aux jeunes gens qui tenaient le
haut du pavé, et l'un d'eux, le comte N..., qui, de tout
temps, avait dit qu'il trouvait le mérite de Limercati un
peu lourd, un peu empesé pour une femme d'autant d'esprit
devint amoureux fou de la comtesse. Elle écrivit à Limercati :

« Voulez-vous agir une fois en homme d'esprit ? Figu-
« rez-vous que vous ne m'avez jamais connue.
« Je suis, avec un peu de mépris peut-être, votre très
humble servante,

                                      « GINA PIETRANERA.»

A la lecture de ce billet, Limercati partit pour un de ses
châteaux; son amour s'exalta, il devint fou, et parla
de se brûler la cervelle, chose inusitée dans les pays
à enfer. Dès le lendemain de son arrivée à la campagne,
il avait écrit à la comtesse pour lui offrir sa main et ses
deux cent mille livres de rente. Elle lui renvoya sa lettre
non décachetée par le groom du comte N... Sur quoi
Limercati a passé trois ans dans ses terres, revenant tous
les deux mois à Milan, mais sans avoir jamais le courage
d'y rester, et ennuyant tous ses amis de son amour passionné
pour la comtesse, et du récit circonstancié des bontés que
jadis elle avait pour lui. Dans les commencements, il
ajoutait qu'avec le comte N... elle se perdait, et qu'une
telle liaison la déshonorait.

Le fait est que la comtesse n'avait aucune sorte d'amour
pour le comte N..., et c'est ce qu'elle lui déclara quand
elle fut tout à fait sûre du désespoir de Limercati. Le
comte, qui avait de l'usage, la pria de ne point divulguer
la triste vérité dont elle lui faisait confidence : — Si vous

avez l'extrême indulgence, ajouta-t-il, de continuer à me recevoir avec toutes les distinctions extérieures accordées à l'amant régnant, je trouverai peut-être une place convenable.

Après cette déclaration héroïque la comtesse ne voulut plus des chevaux ni de la loge du comte N... Mais depuis quinze ans elle était accoutumée à la vie la plus élégante : elle eut à résoudre ce problème difficile ou pour mieux dire impossible : vivre à Milan avec une pension de quinze cents francs. Elle quitta son palais, loua deux chambres à un cinquième étage, renvoya tous ses gens et jusqu'à sa femme de chambre remplacée par une pauvre vieille faisant des ménages. Ce sacrifice était dans le fait moins héroïque et moins pénible qu'il ne nous semble ; à Milan la pauvreté n'est pas un ridicule, et partant ne se montre pas aux âmes effrayées comme le pire des maux. Après quelques mois de cette pauvreté noble, assiégée par les lettres continuelles de Limercati, et même du comte N... qui lui aussi voulait épouser, il arriva que le marquis del Dongo, ordinairement d'une avarice exécrable, vint à penser que ses ennemis pourraient bien triompher de la misère de sa sœur. Quoi! une del Dongo être réduite à vivre avec la pension que la cour de Vienne, dont il avait tant à se plaindre, accorde aux veuves de ses généraux!

Il lui écrivit qu'un appartement et un traitement dignes de sa sœur l'attendaient au château de Grianta. L'âme mobile de la comtesse embrassa avec enthousiasme l'idée de ce nouveau genre de vie ; il y avait vingt ans qu'elle n'avait pas habité ce château vénérable s'élevant majestueusement au milieu des vieux châtaigniers plantés du temps des Sforce. Là, se disait-elle, je trouverai le repos, et, à mon âge, n'est-ce pas le bonheur? (Comme elle avait trente et un ans elle se croyait arrivée au moment de la retraite.) Sur ce lac sublime où je suis né, m'attend enfin une vie heureuse et paisible.

Je ne sais si elle se trompait, mais ce qu'il y a de sûr c'est que cette âme passionnée, qui venait de refuser si lestement l'offre de deux immenses fortunes, apporta le bonheur au château de Grianta. Ses deux nièces étaient folles de joie. — Tu m'as rendu les beaux jours de la jeunesse, lui disait la marquise en l'embrassant ; la veille de ton arrivée, j'avais cent ans. La comtesse se mit à revoir, avec Fabrice, tous ces lieux enchanteurs voisins de Grianta, et si célébrés par les voyageurs : la villa Melzi de l'autre

côté du lac, vis-à-vis le château, et qui lui sert de point
de vue ; au-dessus le bois sacré des *Sfondrata*, et le hardi
promontoire qui sépare les deux branches du lac, celle de
Côme, si voluptueuse, et celle qui court vers Lecco, pleine
de sévérité : aspects sublimes et gracieux, que le site le
plus renommé du monde, la baie de Naples, égale, mais
ne surpasse point. C'était avec ravissement que la comtesse
retrouvait les souvenirs de sa première jeunesse et les
comparait à ses sensations actuelles. Le lac de Côme, se
disait-elle, n'est point environné, comme le lac de Genève,
de grandes pièces de terre bien closes et cultivées selon
les meilleures méthodes, choses qui rappellent l'argent et
la spéculation. Ici de tous côtés je vois des collines d'iné-
gales hauteurs couvertes de bouquets d'arbres plantés
par le hasard, et que la main de l'homme n'a point encore
gâtés et forcés *à rendre du revenu*. Au milieu de ces collines
aux formes admirables et se précipitant vers le lac par
des pentes si singulières, je puis garder toutes les illusions
des descriptions du Tasse et de l'Arioste. Tout est noble
et tendre, tout parle d'amour, rien ne rappelle les laideurs
de la civilisation. Les villages situés à mi-côte sont cachés
par de grands arbres, et au-dessus des sommets des arbres
s'élève l'architecture charmante de leurs jolis clochers.
Si quelque petit champ de cinquante pas de large vient
interrompre de temps à autre les bouquets de châtaigniers
et de cerisiers sauvages, l'œil satisfait y voit croître des
plantes plus vigoureuses et plus heureuses là qu'ailleurs.
Par delà ces collines, dont le faîte offre des ermitages qu'on
voudrait tous habiter, l'œil étonné aperçoit les pics des
Alpes, toujours couverts de neige, et leur austérité sévère
lui rappelle des malheurs de la vie ce qu'il en faut pour
accroître la volupté présente. L'imagination est touchée
par le son lointain de la cloche de quelque petit village
caché sous les arbres : ces sons portés sur les eaux qui les
adoucissent prennent une teinte de douce mélancolie et
de résignation, et semblent dire à l'homme : La vie s'enfuit,
ne te montre donc point si difficile envers le bonheur qui
se présente, hâte-toi de jouir. Le langage de ces lieux ravissants, et qui n'ont point de pareils au monde, rendit à la
comtesse son cœur de seize ans. Elle ne concevait pas comment elle avait pu passer tant d'années sans revoir le lac.
Est-ce donc au commencement de la vieillesse, se disait-
elle, que le bonheur se serait réfugié ? Elle acheta une
barque que Fabrice, la marquise et elle ornèrent de leurs
mains, car on manquait d'argent pour tout, au milieu

de l'état de maison le plus splendide; depuis sa disgrâce le marquis del Dongo avait redoublé de faste aristocratique. Par exemple, pour gagner dix pas de terrain sur le lac, près de la fameuse allée de platanes, à côté de la Cadenabia, il faisait construire une digue dont le devis allait à quatre-vingt mille francs. A l'extrémité de la digue on voyait s'élever, sur les dessins du fameux marquis Cagnola, une chapelle bâtie tout entière en blocs de granit énormes, et, dans la chapelle, Marchesi, le sculpteur à la mode de Milan, lui bâtissait un tombeau sur lequel des bas-reliefs nombreux devaient représenter les belles actions de ses ancêtres.

Le frère aîné de Fabrice, le marchesine Ascagne, voulut se mettre des promenades de ces dames; mais sa tante jetait de l'eau sur ses cheveux poudrés, et avait tous les jours quelque nouvelle niche à lancer à sa gravité. Enfin il délivra de l'aspect de sa grosse figure blafarde la joyeuse troupe qui n'osait rire en sa présence. On pensait qu'il était l'espion du marquis son père, et il fallait ménager ce despote sévère et toujours furieux depuis sa démission forcée.

Ascagne jura de se venger de Fabrice.

Il y eut une tempête où l'on courut des dangers; quoiqu'on eût infiniment peu d'argent, on paya généreusement les deux bateliers pour qu'ils ne dissent rien au marquis, qui déjà témoignait beaucoup d'humeur de ce qu'on emmenait ses deux filles. On rencontra une seconde tempête; elles sont terribles et imprévues sur ce beau lac : des rafales de vent sortent à l'improviste de deux gorges de montagnes placées dans des directions opposées et luttent sur les eaux. La comtesse voulut débarquer au milieu de l'ouragan et des coups de tonnerre; elle prétendait que, placée sur un rocher isolé au milieu du lac, et grand comme une petite chambre, elle aurait un spectacle singulier; elle se verrait assiégée de toutes parts par des vagues furieuses; mais, en sautant de la barque, elle tomba dans l'eau. Fabrice se jeta après elle pour la sauver, et tous deux furent entraînés assez loin. Sans doute il n'est pas beau de se noyer, mais l'ennui, tout étonné, était banni du château féodal. La comtesse s'était passionnée pour le caractère primitif et pour l'astrologie de l'abbé Blanès. Le peu d'argent qui lui restait après l'acquisition de la barque avait été employé à acheter un petit télescope de rencontre, et presque tous les soirs, avec ses nièces et Fabrice, elle allait s'établir sur la plate-forme d'une des tours gothiques du château. Fabrice était le savant de la troupe, et l'on passait là plusieurs heures fort gaiement, loin des espions.

Il faut avouer qu'il y avait des journées où la comtesse n'adressait la parole à personne ; on la voyait se promener sous les hauts châtaigniers, plongée dans de sombres rêveries ; elle avait trop d'esprit pour ne pas sentir parfois l'ennui qu'il y a à ne pas échanger ses idées. Mais le lendemain elle riait comme la veille : c'étaient les doléances de la marquise, sa belle-sœur, qui produisaient ces impressions sombres sur cette âme naturellement si agissante.

— Passerons-nous donc ce qui nous reste de jeunesse dans ce triste château ! s'écriait la marquise.

Avant l'arrivée de la comtesse, elle n'avait pas même le courage d'avoir de ces regrets.

L'on vécut ainsi pendant l'hiver de 1814 à 1815. Deux fois, malgré sa pauvreté, la comtesse vint passer quelques jours à Milan ; il s'agissait de voir un ballet sublime de Vigano, donné au théâtre de la Scala, et le marquis ne défendait point à sa femme d'accompagner sa belle-sœur. On allait toucher les quartiers de la petite pension, et c'était la pauvre veuve du général cisalpin qui prêtait quelques sequins à la richissime marquise del Dongo. Ces parties étaient charmantes ; on invitait à dîner de vieux amis, et l'on se consolait en riant de tout, comme de vrais enfants. Cette gaieté italienne, pleine de *brio* et d'imprévu, faisait oublier la tristesse sombre que les regards du marquis et de son fils aîné répandaient autour d'eux à Grianta. Fabrice, à peine âgé de seize ans, représentait fort bien le chef de la maison.

Le 7 mars 1815, les dames étaient de retour, depuis l'avant-veille, d'un charmant petit voyage de Milan ; elles se promenaient dans la belle allée de platanes, récemment prolongée sur l'extrême bord du lac. Une barque parut, venant du côté de Côme, et fit des signes singuliers. Un agent du marquis sauta sur la digue : Napoléon venait de débarquer au golfe de Juan. L'Europe eut la bonhomie d'être surprise de cet événement, qui ne surprit point le marquis del Dongo ; il écrivit à son souverain une lettre pleine d'effusion de cœur ; il lui offrait ses talents et plusieurs millions, et lui répétait que ses ministres étaient des jacobins d'accord avec les meneurs de Paris.

Le 8 mars, à six heures du matin, le marquis, revêtu de ses insignes, se faisait dicter, par son fils aîné, le brouillon d'une troisième dépêche politique ; il s'occupait avec gravité à la transcrire de sa belle écriture soignée, sur du papier portant en filigrane l'effigie du souverain. Au même instant, Fabrice se faisait annoncer chez la comtesse Pietranera.

— Je pars, lui dit-il, je vais rejoindre l'Empereur, qui est aussi roi d'Italie; il avait tant d'amitié pour ton mari! Je passe par la Suisse. Cette nuit, à Menagio, mon ami Vasi, le marchand de baromètres, m'a donné son passeport; maintenant donne-moi quelques napoléons, car je n'en ai que deux à moi; mais s'il le faut, j'irai à pied.

La comtesse pleurait de joie et d'angoisse. — Grand Dieu! pourquoi faut-il que cette idée te soit venue! s'écriait-elle en saisissant les mains de Fabrice.

Elle se leva et alla prendre dans l'armoire au linge, où elle était soigneusement cachée, une petite bourse ornée de perles; c'était tout ce qu'elle possédait au monde.

— Prends, dit-elle à Fabrice; mais au nom de Dieu! ne te fais pas tuer. Que restera-t-il à ta malheureuse mère et à moi, si tu nous manques ? Quant au succès de Napoléon, il est impossible, mon pauvre ami; nos messieurs sauront bien le faire périr. N'as-tu pas entendu, il y a huit jours, à Milan, l'histoire des vingt-trois projets d'assassinat tous si bien combinés et auxquels il n'échappa que par miracle ? et alors il était tout-puissant. Et tu as vu que ce n'est pas la volonté de le perdre qui manque à nos ennemis; la France n'était plus rien depuis son départ.

C'était avec l'accent de l'émotion la plus vive que la comtesse parlait à Fabrice des futures destinées de Napoléon. — En te permettant d'aller le rejoindre, je lui sacrifie ce que j'ai de plus cher au monde, disait-elle. Les yeux de Fabrice se mouillèrent, il répandit des larmes en embrassant la comtesse, mais sa résolution de partir ne fut pas un instant ébranlée. Il expliquait avec effusion à cette amie si chère toutes les raisons qui le déterminaient, et que nous prenons la liberté de trouver bien plaisantes.

— Hier soir, il était six heures moins sept minutes, nous nous promenions, comme tu sais, sur le bord du lac dans l'allée de platanes, au-dessous de la Casa Sommariva, et nous marchions vers le sud. Là, pour la première fois, j'ai remarqué au loin le bateau qui venait de Côme, porteur d'une si grande nouvelle. Comme je regardais ce bateau sans songer à l'Empereur, et seulement enviant le sort de ceux qui peuvent voyager, tout à coup j'ai été saisi d'une émotion profonde. Le bateau a pris terre, l'agent a parlé bas à mon père, qui a changé de couleur, et nous a

pris à part pour nous annoncer la *terrible nouvelle*. Je me
tournai vers le lac sans autre but que de cacher les larmes
de joie dont mes yeux étaient inondés. Tout à coup, à une
hauteur immense et à ma droite j'ai vu un aigle, l'oiseau
de Napoléon; il volait majestueusement se dirigeant vers
la Suisse, et par conséquent vers Paris. Et moi aussi,
me suis-je dit à l'instant, je traverserai la Suisse avec la
rapidité de l'aigle, et j'irai offrir à ce grand homme bien
peu de chose, mais enfin tout ce que je puis offrir, le secours
de mon faible bras. Il voulut nous donner une patrie et il
aima mon oncle. A l'instant, quand je voyais encore l'aigle,
par un effet singulier mes larmes se sont taries; et la preuve
que cette idée vient d'en haut, c'est qu'au même moment,
sans discuter, j'ai pris ma résolution et j'ai vu les moyens
d'exécuter ce voyage. En un clin d'œil toutes les tristesses
qui, comme tu sais, empoisonnent ma vie, surtout les
dimanches, ont été comme enlevées par un souffle divin.
J'ai vu cette grande image de l'Italie se relever de la fange
où les Allemands la retiennent plongée*; elle étendait ses
bras meurtris et encore à demi chargés de chaînes vers son
roi et son libérateur. Et moi, me suis-je dit, fils encore
inconnu de cette mère malheureuse, je partirai, j'irai mourir ou vaincre avec cet homme marqué par le destin, et qui
voulut nous laver du mépris que nous jettent même les
plus esclaves et les plus vils parmi les habitants de
l'Europe.

— Tu sais, ajouta-t-il à voix basse en se rapprochant
de la comtesse, et fixant sur elle ses yeux d'où jaillissaient
des flammes, tu sais ce jeune marronnier que ma mère,
l'hiver de ma naissance, planta elle-même au bord de la
grande fontaine dans notre forêt, à deux lieues d'ici:
avant de rien faire, j'ai voulu l'aller visiter. Le printemps
n'est pas trop avancé, me disais-je: eh bien! si mon arbre
a des feuilles, ce sera un signe pour moi. Moi aussi je dois
sortir de l'état de torpeur où je languis dans ce triste et
froid château. Ne trouves-tu pas que ces vieux murs
noircis, symboles maintenant et autrefois moyens du
despotisme, sont une véritable image du triste hiver? ils
sont pour moi ce que l'hiver est pour mon arbre.

Le croirais-tu, Gina? hier soir à sept heures et demie
j'arrivais à mon marronnier; il avait des feuilles, de jolies
petites feuilles déjà assez grandes! Je les baisai sans leur

---

* C'est un personnage passionné qui parle, il traduit en prose
quelques vers du célèbre Monti.

faire de mal. J'ai bêché la terre avec respect à l'entour de l'arbre chéri. Aussitôt, rempli d'un transport nouveau, j'ai traversé la montagne; je suis arrivé à Menagio : il me fallait un passeport pour entrer en Suisse. Le temps avait volé, il était déjà une heure du matin quand je me suis vu à la porte de Vasi. Je pensais devoir frapper longtemps pour le réveiller; mais il était debout avec trois de ses amis. A mon premier mot : « Tu vas rejoindre Napoléon! » s'est-il écrié; et il m'a sauté au cou. Les autres aussi m'ont embrassé avec transport. « Pourquoi suis-je marié! » disait l'un d'eux.

Madame Pietranera était devenue pensive; elle crut devoir présenter quelques objections. Si Fabrice eût eu la moindre expérience, il eût bien vu que la comtesse elle-même ne croyait pas aux bonnes raisons qu'elle se hâtait de lui donner. Mais, à défaut d'expérience, il avait de la résolution; il ne daigna pas même écouter ces raisons. La comtesse se réduisit bientôt à obtenir de lui que du moins il fît part de son projet à sa mère.

— Elle le dira à mes sœurs, et ces femmes me trahiront à leur insu! s'écria Fabrice avec une sorte de hauteur héroïque.

— Parlez donc avec plus de respect, dit la comtesse souriant au milieu de ses larmes, du sexe qui fera votre fortune; car vous déplairez toujours aux hommes, vous avez trop de feu pour les âmes prosaïques.

La marquise fondit en larmes en apprenant l'étrange projet de son fils; elle n'en sentait pas l'héroïsme, et fit tout son possible pour le retenir. Quand elle fut convaincue que rien au monde, excepté les murs d'une prison, ne pourrait l'empêcher de partir, elle lui remit le peu d'argent qu'elle possédait; puis elle se souvint qu'elle avait depuis la veille huit ou dix petits diamants valant peut-être dix mille francs, que le marquis lui avait confiés pour les faire monter à Milan. Les sœurs de Fabrice entrèrent chez leur mère tandis que la comtesse cousait ces diamants dans l'habit de voyage de notre héros; il rendait à ces pauvres femmes leurs chétifs napoléons. Ses sœurs furent tellement enthousiasmées de son projet, elles l'embrassaient avec une joie si bruyante qu'il prit à la main quelques diamants qui restaient encore à cacher, et voulut partir sur-le-champ.

— Vous me trahiriez à votre insu, dit-il à ses sœurs. Puisque j'ai tant d'argent, il est inutile d'emporter des hardes; on en trouve partout. Il embrassa ces personnes

qui lui étaient si chères, et partit à l'instant même sans
vouloir rentrer dans sa chambre. Il marcha si vite, craignant
toujours d'être poursuivi par des gens à cheval, que le
soir même il entrait à Lugano. Grâce à Dieu, il était dans
une ville suisse, et ne craignait plus d'être violenté sur la
route solitaire par des gendarmes payés par son père. De
ce lieu, il lui écrivit une belle lettre, faiblesse d'enfant qui
donna de la consistance à la colère du marquis. Fabrice
prit la poste, passa le Saint-Gothard; son voyage fut
rapide, et il entra en France par Pontarlier. L'Empereur
était à Paris. Là commencèrent les malheurs de Fabrice;
il était parti dans la ferme intention de parler à l'Empereur :
jamais il ne lui était venu à l'esprit que ce fût chose difficile. A Milan, dix fois par jour il voyait le prince Eugène
et eût pu lui adresser la parole. A Paris, tous les matins, il
allait dans la cour du château des Tuileries assister aux
revues passées par Napoléon; mais jamais il ne put approcher de l'Empereur. Notre héros croyait tous les Français
profondément émus comme lui de l'extrême danger que
courait la patrie. A la table de l'hôtel où il était descendu,
il ne fit point mystère de ses projets et de son dévouement;
il trouva des jeunes gens d'une douceur aimable, encore
plus enthousiastes que lui, et qui, en peu de jours, ne
manquèrent pas de lui voler tout l'argent qu'il possédait.
Heureusement, par pure modestie, il n'avait pas parlé des
diamants donnés par sa mère. Le matin où, à la suite d'une
orgie, il se trouva décidément volé, il acheta deux beaux
chevaux, prit pour domestique un ancien soldat palefrenier
du maquignon, et, dans son mépris pour les jeunes Parisiens beaux parleurs, partit pour l'armée. Il ne savait rien,
sinon qu'elle se rassemblait vers Maubeuge. A peine fut-il
arrivé sur la frontière, qu'il trouva ridicule de se tenir
dans une maison, occupé à se chauffer devant une bonne
cheminée, tandis que des soldats bivouaquaient. Quoi que
pût lui dire son domestique, qui ne manquait pas de bon
sens, il courut se mêler imprudemment aux bivouacs de
l'extrême frontière, sur la route de Belgique. A peine
fut-il arrivé au premier bataillon placé à côté de la route,
que les soldats se mirent à regarder ce jeune bourgeois,
dont la mise n'avait rien qui rappelât l'uniforme. La
nuit tombait, il faisait un vent froid. Fabrice s'approcha
d'un feu, et demanda l'hospitalité en payant. Les soldats
se regardèrent étonnés surtout de l'idée de payer, et lui
accordèrent avec bonté une place au feu; son domestique
lui fit un abri. Mais, une heure après, l'adjudant du

régiment passant à portée du bivouac, les soldats allèrent lui raconter l'arrivée de cet étranger parlant mal français. L'adjudant interrogea Fabrice, qui lui parla de son enthousiasme pour l'Empereur avec un accent fort suspect; sur quoi ce sous-officier le pria de le suivre jusque chez le colonel, établi dans une ferme voisine. Le domestique de Fabrice s'approcha avec les deux chevaux. Leur vue parut frapper si vivement l'adjudant sous-officier, qu'aussitôt il changea de pensée, et se mit à interroger aussi le domestique. Celui-ci, ancien soldat, devinant d'abord le plan de campagne de son interlocuteur, parla des protections qu'avait son maître, ajoutant que, certes, on ne lui *chiperait* pas ses beaux chevaux. Aussitôt un soldat appelé par l'adjudant lui mit la main sur le collet; un autre soldat prit soin des chevaux, et, d'un air sévère, l'adjudant ordonna à Fabrice de le suivre sans répliquer.

Après lui avoir fait faire une bonne lieue, à pied, dans l'obscurité rendue plus profonde en apparence par le feu des bivouacs qui de toutes parts éclairaient l'horizon, l'adjudant remit Fabrice à un officier de gendarmerie qui, d'un air grave, lui demanda ses papiers. Fabrice montra son passeport qui le qualifiait marchand de baromètres *portant sa marchandise*.

— Sont-ils bêtes, s'écria l'officier, c'est aussi trop fort!

Il fit des questions à notre héros qui parla de l'Empereur et de la liberté dans les termes du plus vif enthousiasme; sur quoi l'officier de gendarmerie fut saisi d'un rire fou.

— Parbleu! tu n'es pas trop adroit! s'écria-t-il. Il est un peu fort de café que l'on ose nous expédier des blancs-becs de ton espèce! Et quoi que pût dire Fabrice, qui se tuait à expliquer qu'en effet il n'était pas marchand de baromètres, l'officier l'envoya à la prison de B..., petite ville du voisinage où notre héros arriva sur les trois heures du matin, outré de fureur et mort de fatigue.

Fabrice, d'abord étonné, puis furieux, ne comprenant absolument rien à ce qui lui arrivait, passa trente-trois longues journées dans cette misérable prison; il écrivait lettres sur lettres au commandant de la place, et c'était la femme du geôlier, belle Flamande de trente-six ans, qui se chargeait de les faire parvenir. Mais comme elle n'avait nulle envie de faire fusiller un aussi joli garçon, et que d'ailleurs il payait bien, elle ne manquait pas de jeter au feu toutes ces lettres. Le soir, fort tard, elle daignait venir écouter les doléances du prisonnier; elle avait dit à son mari que le blanc-bec avait de l'argent, sur quoi le prudent geôlier lui avait donné carte blanche. Elle usa de la permission et reçut quelques napoléons d'or, car l'adjudant n'avait enlevé que les chevaux, et l'officier de gendarmerie n'avait rien confisqué du tout. Une après-midi du mois de juin, Fabrice entendit une forte canonnade assez éloignée. On se battait donc enfin! son cœur bondissait d'impatience. Il entendit aussi beaucoup de bruit dans la ville; en effet un grand mouvement s'opérait, trois divisions traversaient B... Quand, sur les onze heures du soir, la femme du geôlier vint partager ses peines, Fabrice fut plus aimable encore que de coutume; puis lui prenant les mains :

— Faites-moi sortir d'ici, je jurerai sur l'honneur de revenir dans la prison dès qu'on aura cessé de se battre.

— Balivernes que tout cela! As-tu du *quibus* ? Il parut inquiet, il ne comprenait pas le mot *quibus*. La geôlière, voyant ce mouvement, jugea que les eaux étaient basses, et, au lieu de parler de napoléons d'or comme elle l'avait résolu, elle ne parla plus que de francs.

— Écoute, lui dit-elle, si tu peux donner une centaine de francs, je mettrai un double napoléon sur chacun des yeux du caporal qui va venir relever la garde pendant la nuit. Il ne pourra te voir partir de prison, et si son régiment doit filer dans la journée, il acceptera.

Le marché fut bientôt conclu. La geôlière consentit même à cacher Fabrice dans sa chambre, d'où il pourrait plus facilement s'évader le lendemain matin.

Le lendemain, avant l'aube, cette femme tout attendrie dit à Fabrice :

— Mon cher petit, tu es encore bien jeune pour faire ce vilain métier : crois-moi, n'y reviens plus.

— Mais quoi! répétait Fabrice, il est donc criminel de vouloir défendre la patrie?

— Suffit. Rappelle-toi toujours que je t'ai sauvé la vie; ton cas était net, tu aurais été fusillé; mais ne le dis à personne, car tu nous ferais perdre notre place à mon mari et à moi; surtout ne répète jamais ton mauvais conte d'un gentilhomme de Milan déguisé en marchand de baromètres, c'est trop bête. Écoute-moi bien, je vais te donner les habits d'un hussard mort avant-hier dans la prison : n'ouvre la bouche que le moins possible, mais enfin, si un maréchal des logis ou un officier t'interroge de façon à te forcer de répondre, dis que tu es resté malade chez un paysan qui t'a recueilli par charité comme tu tremblais la fièvre dans un fossé de la route. Si l'on n'est pas satisfait de cette réponse, ajoute que tu vas rejoindre ton régiment. On t'arrêtera peut-être à cause de ton accent : alors dis que tu es né en Piémont, que tu es un conscrit resté en France l'année passée, etc. etc.

Pour la première fois, après trente-trois jours de fureur, Fabrice comprit le fin mot de tout ce qui lui arrivait. On le prenait pour un espion. Il raisonna avec la geôlière, qui, ce matin-là, était fort tendre ; et enfin, tandis qu'armée d'une aiguille elle rétrécissait les habits du hussard, il raconta son histoire bien clairement à cette femme étonnée. Elle y crut un instant ; il avait l'air si naïf, et il était si joli habillé en hussard !

— Puisque tu as tant de bonne volonté pour te battre, lui dit-elle enfin à demi persuadée, il fallait donc en arrivant à Paris t'engager dans un régiment. En payant à boire à un maréchal des logis, ton affaire était faite ! La geôlière ajouta beaucoup de bons avis pour l'avenir, et enfin, à la petite pointe du jour, mit Fabrice hors de chez elle, après lui avoir fait jurer cent et cent fois que jamais il ne prononcerait son nom, quoi qu'il pût arriver. Dès que Fabrice fut sorti de la petite ville, marchant gaillardement le sabre de hussard sous le bras, il lui vint un scrupule. Me voici, se dit-il, avec l'habit et la feuille de route d'un hussard mort en prison, où l'avait conduit, dit-on, le vol d'une vache et de quelques couverts d'argent ! j'ai pour ainsi dire succédé à son être... et cela sans le vouloir ni le prévoir en aucune manière ! Gare la prison !... Le présage est clair, j'aurai beaucoup à souffrir de la prison !

Il n'y avait pas une heure que Fabrice avait quitté sa bienfaitrice, lorsque la pluie commença à tomber avec une telle force qu'à peine le nouvel hussard pouvait-il marcher, embarrassé par des bottes grossières qui n'étaient pas faites pour lui. Il fit rencontre d'un paysan monté sur un méchant cheval, il acheta le cheval en s'expliquant par signes ; la geôlière lui avait recommandé de parler le moins possible, à cause de son accent.

Ce jour-là l'armée, qui venait de gagner la bataille de Ligny, était en pleine marche sur Bruxelles ; on était à la veille de la bataille de Waterloo. Sur le midi, la pluie à verse continuant toujours, Fabrice entendit le bruit du canon ; ce bonheur lui fit oublier tout à fait les affreux moments de désespoir que venait de lui donner cette prison si injuste. Il marcha jusqu'à la nuit très avancée, et comme il commençait à avoir quelque bon sens, il alla prendre son logement dans une maison de paysan fort éloignée de la route. Ce paysan pleurait et prétendait

qu'on lui avait tout pris ; Fabrice lui donna un écu, et il
trouva de l'avoine. Mon cheval n'est pas beau, se dit
Fabrice ; mais qu'importe, il pourrait bien se trouver du
goût de quelque adjudant, et il alla coucher à l'écurie à
ses côtés. Une heure avant le jour, le lendemain, Fabrice
était sur la route, et, à force de caresses, il était parvenu
à faire prendre le trot à son cheval. Sur les cinq heures,
il entendit la canonnade : c'étaient les préliminaires de
Waterloo.

CHAPITRE III

Fabrice trouva bientôt des vivandières, et l'extrême reconnaissance qu'il avait pour la geôlière de B*** le porta à leur adresser la parole : il demanda à l'une d'elles où était le 4e régiment de hussards, auquel il appartenait.

— Tu ferais tout aussi bien de ne pas tant te presser, mon petit soldat, dit la cantinière touchée par la pâleur et les beaux yeux de Fabrice. Tu n'as pas encore la poigne assez ferme pour les coups de sabre qui vont se donner aujourd'hui. Encore si tu avais un fusil, je ne dis pas, tu pourrais lâcher ta balle tout comme un autre.

Ce conseil déplut à Fabrice ; mais il avait beau pousser son cheval, il ne pouvait aller plus vite que la charrette de la cantinière. De temps à autre le bruit du canon semblait se rapprocher et les empêchait de s'entendre, car Fabrice était tellement hors de lui d'enthousiasme et de bonheur, qu'il avait renoué la conversation. Chaque mot de la cantinière redoublait son bonheur en le lui faisant comprendre. A l'exception de son vrai nom et de sa fuite de prison, il finit par tout dire à cette femme qui semblait si bonne. Elle était fort étonnée et ne comprenait rien du tout à ce que lui racontait ce beau jeune soldat.

— Je vois le fin mot, s'écria-t-elle enfin d'un air de triomphe : vous êtes un jeune bourgeois amoureux de la femme de quelque capitaine du 4e de hussards. Votre amoureuse vous aura fait cadeau de l'uniforme que vous portez, et vous courez après elle. Vrai, comme Dieu est là-haut, vous n'avez jamais été soldat ; mais, comme un brave garçon que vous êtes, puisque votre régiment est au feu, vous voulez y paraître, et ne pas passer pour un capon.

Fabrice convint de tout : c'était le seul moyen qu'il eût de recevoir de bons conseils. J'ignore toutes les façons d'agir de ces Français, se disait-il, et, si je ne suis

pas guidé par quelqu'un, je parviendrai encore à me faire
jeter en prison, et l'on me volera mon cheval.

— D'abord, mon petit, lui dit la cantinière, qui devenait
de plus en plus son amie, conviens que tu n'as pas vingt et
un ans : c'est tout le bout du monde si tu en as dix-sept.

C'était la vérité, et Fabrice l'avoua de bonne grâce.

— Ainsi, tu n'es pas même conscrit ; c'est uniquement
à cause des beaux yeux de la madame que tu vas te faire
casser les os. Peste ! elle n'est pas dégoûtée. Si tu as encore
quelques-uns de ces *jaunets* qu'elle t'a remis, il faut *primo*
que tu achètes un autre cheval ; vois comme ta rosse dresse
les oreilles quand le bruit du canon ronfle d'un peu près ;
c'est là un cheval de paysan qui te fera tuer dès que tu
seras en ligne. Cette fumée blanche, que tu vois là-bas
par-dessus la haie, ce sont des feux de peloton, mon petit !
Ainsi, prépare-toi à avoir une fameuse venette, quand tu
vas entendre siffler les balles. Tu ferais aussi bien de
manger un morceau tandis que tu en as encore le temps.

Fabrice suivit ce conseil, et, présentant un napoléon
à la vivandière, la pria de se payer.

— C'est pitié de le voir ! s'écria cette femme ; le pauvre
petit ne sait pas seulement dépenser son argent ! Tu mériterais bien qu'après avoir empoigné ton napoléon je fisse
prendre son grand trot à Cocotte ; du diable si ta rosse
pourrait me suivre. Que ferais-tu, nigaud, en me voyant
détaler ? Apprends que, quand le brutal gronde, on ne
montre jamais d'or. Tiens, lui dit-elle, voilà dix-huit francs
cinquante centimes, et ton déjeuner te coûte trente sous.
Maintenant, nous allons bientôt avoir des chevaux à
revendre. Si la bête est petite, tu en donneras dix francs,
et, dans tous les cas, jamais plus de vingt francs, quand ce
serait le cheval des quatre fils Aymon.

Le déjeuner fini, la vivandière, qui pérorait toujours,
fut interrompue par une femme qui s'avançait à travers
champs, et qui passa sur la route.

— Holà, hé ! lui cria cette femme ; holà ! Margot ! ton
6e léger est sur la droite.

— Il faut que je te quitte, mon petit, dit la vivandière
à notre héros ; mais en vérité tu me fais pitié ; j'ai de l'amitié
pour toi, sacrédié ! Tu ne sais rien de rien, tu vas te faire
moucher, comme Dieu est Dieu ! Viens-t'en au 6e léger
avec moi.

— Je comprends bien que je ne sais rien, lui dit Fabrice,
mais je veux me battre et suis résolu d'aller là-bas vers
cette fumée blanche.

— Regarde comme ton cheval remue les oreilles! Dès qu'il sera là-bas, quelque peu de vigueur qu'il ait, il te forcera la main, il se mettra à galoper, et Dieu sait où il te mènera. Veux-tu m'en croire? Dès que tu seras avec les petits soldats, ramasse un fusil et une giberne, mets-toi à côté des soldats et fais comme eux, exactement. Mais, mon Dieu, je parie que tu ne sais pas seulement déchirer une cartouche.

Fabrice, fort piqué, avoua cependant à sa nouvelle amie qu'elle avait deviné juste.

— Pauvre petit! il va être tué tout de suite; vrai comme Dieu! ça ne sera pas long. Il faut absolument que tu viennes avec moi, reprit la cantinière d'un air d'autorité.

— Mais je veux me battre.

— Tu te battras aussi; va, le 6e léger est un fameux, et aujourd'hui il y en a pour tout le monde.

— Mais serons-nous bientôt à votre régiment?

— Dans un quart d'heure tout au plus.

Recommandé par cette brave femme, se dit Fabrice, mon ignorance de toutes choses ne me fera pas prendre pour un espion, et je pourrai me battre. A ce moment, le bruit du canon redoubla, un coup n'attendait pas l'autre. C'est comme un chapelet, dit Fabrice.

— On commence à distinguer les feux de peloton, dit la vivandière en donnant un coup de fouet à son petit cheval qui semblait tout animé par le feu.

La cantinière tourna à droite et prit un chemin de traverse au milieu des prairies; il y avait un pied de boue; la petite charrette fut sur le point d'y rester : Fabrice poussa à la roue. Son cheval tomba deux fois; bientôt le chemin, moins rempli d'eau, ne fut plus qu'un sentier au milieu du gazon. Fabrice n'avait pas fait cinq cents pas que sa rosse s'arrêta tout court : c'était un cadavre, posé en travers du sentier, qui faisait horreur au cheval et au cavalier.

La figure de Fabrice, très pâle naturellement, prit une teinte verte fort prononcée; la cantinière, après avoir regardé le mort, dit, comme se parlant à elle-même : Ça n'est pas de notre division. Puis, levant les yeux sur notre héros, elle éclata de rire.

— Ha! ha! mon petit! s'écria-t-elle, en voilà du nanan! Fabrice restait glacé. Ce qui le frappait surtout c'était la saleté des pieds de ce cadavre qui déjà était dépouillé de ses souliers, et auquel on n'avait laissé qu'un mauvais pantalon tout souillé de sang.

— Approche, lui dit la cantinière; descends de cheval; il faut que tu t'y accoutumes; tiens, s'écria-t-elle, il en a eu par la tête.

Une balle, entrée à côté du nez, était sortie par la tempe opposée, et défigurait ce cadavre d'une façon hideuse; il était resté avec un œil ouvert.

— Descends donc de cheval, petit, dit la cantinière, et donne-lui une poignée de main pour voir s'il te la rendra.

Sans hésiter, quoique prêt à rendre l'âme de dégoût, Fabrice se jeta à bas de cheval et prit la main du cadavre qu'il secoua ferme; puis il resta comme anéanti; il sentait qu'il n'avait pas la force de remonter à cheval. Ce qui lui faisait horreur surtout c'était cet œil ouvert.

La vivandière va me croire un lâche, se disait-il avec amertume; mais il sentait l'impossibilité de faire un mouvement : il serait tombé. Ce moment fut affreux; Fabrice fut sur le point de se trouver mal tout à fait. La vivandière s'en aperçut, sauta lestement à bas de sa petite voiture, et lui présenta, sans mot dire, un verre d'eau-de-vie qu'il avala d'un trait; il put remonter sur sa rosse, et continua la route sans dire une parole. La vivandière le regardait de temps à autre du coin de l'œil.

— Tu te battras demain, mon petit, lui dit-elle enfin, aujourd'hui tu resteras avec moi. Tu vois bien qu'il faut que tu apprennes le métier de soldat.

— Au contraire, je veux me battre tout de suite, s'écria notre héros d'un air sombre, qui sembla de bon augure à la vivandière. Le bruit du canon redoublait et semblait s'approcher. Les coups commençaient à former comme une basse continue; un coup n'était séparé du coup voisin par aucun intervalle, et sur cette basse continue, qui rappelait le bruit d'un torrent lointain, on distinguait fort bien les feux de peloton.

Dans ce moment la route s'enfonçait au milieu d'un bouquet de bois; la vivandière vit trois ou quatre soldats des nôtres qui venaient à elle courant à toutes jambes; elle sauta lestement à bas de sa voiture et courut se cacher à quinze ou vingt pas du chemin. Elle se blottit dans un trou qui était resté au lieu où l'on venait d'arracher un grand arbre. Donc, se dit Fabrice, je vais voir si je suis un lâche! Il s'arrêta auprès de la petite voiture abandonnée par la cantinière et tira son sabre. Les soldats ne firent pas attention à lui et passèrent en courant le long du bois, à gauche de la route.

— Ce sont des nôtres, dit tranquillement la vivandière

en revenant tout essoufflée vers sa petite voiture... Si
ton cheval était capable de galoper, je te dirais : pousse
en avant jusqu'au bout du bois, vois s'il y a quelqu'un
dans la plaine. Fabrice ne se le fit pas dire deux fois, il
arracha une branche à un peuplier, l'effeuilla et se mit à
battre son cheval à tour de bras; la rosse prit le galop un
instant puis revint à son petit trot accoutumé. La vivandière avait mis son cheval au galop : — Arrête-toi, donc,
arrête! criait-elle à Fabrice. Bientôt tous les deux furent
hors du bois; en arrivant au bord de la plaine, ils entendirent un tapage effroyable, le canon et la mousqueterie
tonnaient de tous les côtés, à droite, à gauche, derrière.
Et comme le bouquet de bois d'où ils sortaient occupait
un tertre élevé de huit ou dix pieds au-dessus de la plaine,
ils aperçurent assez bien un coin de la bataille; mais enfin
il n'y avait personne dans le pré au delà du bois. Ce pré
était bordé, à mille pas de distance, par une longue rangée
de saules, très touffus; au-dessus des saules paraissait une
fumée blanche qui quelquefois s'élevait dans le ciel en
tournoyant.

    — Si je savais seulement où est le régiment! disait la
cantinière embarrassée. Il ne faut pas traverser ce grand
pré tout droit. A propos, toi, dit-elle à Fabrice, si tu vois
un soldat ennemi, pique-le avec la pointe de ton sabre,
ne va pas t'amuser à le sabrer.

    A ce moment, la cantinière aperçut les quatre soldats
dont nous venons de parler, ils débouchaient du bois dans
la plaine à gauche de la route. L'un d'eux était à cheval.

    — Voilà ton affaire, dit-elle à Fabrice. Holà! ho! cria-
t-elle à celui qui était à cheval, viens donc ici boire le verre
d'eau-de-vie; les soldats s'approchèrent.

    — Où est le 6e léger ? cria-t-elle.

    — Là-bas, à cinq minutes d'ici, en avant de ce canal
qui est le long des saules; même que le colonel Macon
vient d'être tué.

    — Veux-tu cinq francs de ton cheval, toi?

    — Cinq francs! tu ne plaisantes pas mal, petite mère,
un cheval d'officier que je vais vendre cinq napoléons
avant un quart d'heure.

    — Donne-m'en un de tes napoléons, dit la vivandière
à Fabrice. Puis s'approchant du soldat à cheval : Descends
vivement, lui dit-elle, voilà ton napoléon.

    Le soldat descendit, Fabrice sauta en selle gaiement, la
vivandière détachait le petit portemanteau qui était sur la
rosse.

— Aidez-moi donc, vous autres! dit-elle aux soldats, c'est comme ça que vous laissez travailler une dame!

Mais à peine le cheval de prise sentit le portemanteau, qu'il se mit à se cabrer, et Fabrice, qui montait fort bien, eut besoin de toute sa force pour le contenir.

— Bon signe! dit la vivandière, le monsieur n'est pas accoutumé au chatouillement du portemanteau.

— Un cheval de général, s'écriait le soldat qui l'avait vendu, un cheval qui vaut dix napoléons comme un liard!

— Voilà vingt francs, lui dit Fabrice, qui ne se sentait pas de joie de se trouver entre les jambes un cheval qui eût du mouvement.

A ce moment, un boulet donna dans la ligne de saules, qu'il prit de biais, et Fabrice eut le curieux spectacle de toutes ces petites branches volant de côté et d'autre comme rasées par un coup de faux.

— Tiens, voilà le brutal qui s'avance, lui dit le soldat en prenant ses vingt francs. Il pouvait être deux heures.

Fabrice était encore dans l'enchantement de ce spectacle curieux, lorsqu'une troupe de généraux, suivis d'une vingtaine de hussards, traversèrent au galop un des angles de la vaste prairie au bord de laquelle il était arrêté : son cheval hennit, se cabra deux ou trois fois de suite, puis donna des coups de tête violents contre la bride qui le retenait. Hé bien, soit! se dit Fabrice.

Le cheval laissé à lui-même partit ventre à terre et alla rejoindre l'escorte qui suivait les généraux. Fabrice compta quatre chapeaux bordés. Un quart d'heure après, par quelques mots que dit un hussard son voisin, Fabrice comprit qu'un de ces généraux était le célèbre maréchal Ney. Son bonheur fut au comble; toutefois il ne put deviner lequel des quatre généraux était le maréchal Ney; il eût donné tout au monde pour le savoir, mais il se rappela qu'il ne fallait pas parler. L'escorte s'arrêta pour passer un large fossé rempli d'eau par la pluie de la veille; il était bordé de grands arbres et terminait sur la gauche la prairie à l'entrée de laquelle Fabrice avait acheté le cheval. Presque tous les hussards avaient mis pied à terre; le bord du fossé était à pic et fort glissant, et l'eau se trouvait bien à trois ou quatre pieds en contre-bas au-dessous de la prairie. Fabrice, distrait par sa joie, songeait plus au maréchal Ney et à la gloire qu'à son cheval, lequel, étant fort animé, sauta dans le canal; ce qui fit rejaillir l'eau à une hauteur considérable. Un des généraux fut entièrement mouillé par la nappe d'eau, et s'écria en jurant : Au diable la f... bête! Fabrice se sentit profondément blessé de cette injure. Puis-je en demander raison ? se dit-il. En attendant, pour prouver qu'il n'était pas si gauche, il entreprit de faire monter à son cheval la rive opposée du fossé; mais elle était à pic et haute de cinq à six pieds. Il fallut y renoncer; alors il remonta le courant, son cheval ayant de l'eau jusqu'à la tête, et enfin trouva une sorte d'abreuvoir; par cette pente douce il gagna facilement le champ de l'autre côté du canal. Il fut le premier homme de l'escorte qui y parut; il se mit à trotter fièrement le long du bord : au fond du canal les hussards se démenaient, assez embarrassés de leur position; car en beaucoup d'endroits l'eau avait cinq pieds de profondeur. Deux ou trois chevaux prirent peur et voulurent nager, ce qui fit un barbotement épouvantable. Un maréchal des logis s'aperçut de la manœuvre que venait de faire ce blanc-bec, qui avait l'air si peu militaire.

— Remontez! il y a un abreuvoir à gauche! s'écria-t-il, et peu à peu tous passèrent.

En arrivant sur l'autre rive, Fabrice y avait trouvé les généraux tout seuls; le bruit du canon lui sembla redoubler; ce fut à peine s'il entendit le général, par lui si bien mouillé, qui criait à son oreille :

— Où as-tu pris ce cheval ?

Fabrice était tellement troublé qu'il répondit en italien :

— *L'ho comprato poco fa.* (Je viens de l'acheter à l'instant.)

— Que dis-tu? lui cria le général.

Mais le tapage devint tellement fort en ce moment, que Fabrice ne put lui répondre. Nous avouerons que notre héros était fort peu héros en ce moment. Toutefois la peur ne venait chez lui qu'en seconde ligne; il était surtout scandalisé de ce bruit qui lui faisait mal aux oreilles. L'escorte prit le galop; on traversait une grande pièce de terre labourée, située au delà du canal, et ce champ était jonché de cadavres.

— Les habits rouges! les habits rouges! criaient avec joie les hussards de l'escorte, et d'abord Fabrice ne comprenait pas; enfin il remarqua qu'en effet presque tous les cadavres étaient vêtus de rouge. Une circonstance lui donna un frisson d'horreur; il remarqua que beaucoup de ces malheureux habits rouges vivaient encore; ils criaient évidemment pour demander du secours, et personne ne s'arrêtait pour leur en donner. Notre héros, fort humain, se donnait toutes les peines du monde pour que son cheval ne mît les pieds sur aucun habit rouge. L'escorte s'arrêta; Fabrice, qui ne faisait pas assez d'attention à son devoir de soldat, galopait toujours en regardant un malheureux blessé.

— Veux-tu bien t'arrêter, blanc-bec! lui cria le maréchal des logis. Fabrice s'aperçut qu'il était à vingt pas sur la droite en avant des généraux, et précisément du côté où ils regardaient avec leurs lorgnettes. En revenant se ranger à la queue des autres hussards restés à quelques pas en arrière, il vit le plus gros de ces généraux qui parlait à son voisin, général aussi, d'un air d'autorité et presque de réprimande; il jurait. Fabrice ne put retenir sa curiosité; et, malgré le conseil de ne point parler, à lui donné par son amie la geôlière, il arrangea une petite phrase bien française, bien correcte, et dit à son voisin :

— Quel est-il ce général qui *gourmande* son voisin ?

— Pardi, c'est le maréchal!

— Quel maréchal ?

— Le maréchal Ney, bêta! Ah çà! où as-tu servi jusqu'ici ?

Fabrice, quoique fort susceptible, ne songea point à se fâcher de l'injure; il contemplait, perdu dans une admiration enfantine, ce fameux prince de la Moskova, le brave des braves.

Tout à coup on partit au grand galop. Quelques instants après, Fabrice vit, à vingt pas en avant, une terre labourée qui était remuée d'une façon singulière. Le fond des sillons était plein d'eau, et la terre fort humide, qui formait la crête de ces sillons, volait en petits fragments noirs lancés à trois ou quatre pieds de haut. Fabrice remarqua en passant cet effet singulier; puis sa pensée se remit à songer à la gloire du maréchal. Il entendit un cri sec auprès de lui : c'étaient deux hussards qui tombaient atteints par des boulets; et, lorsqu'il les regarda, ils étaient déjà à vingt pas de l'escorte. Ce qui lui sembla horrible, ce fut un cheval tout sanglant qui se débattait sur la terre labourée, en engageant ses pieds dans ses propres entrailles; il voulait suivre les autres : le sang coulait dans la boue.

Ah! m'y voilà donc enfin au feu! se dit-il. J'ai vu le feu! se répétait-il avec satisfaction. Me voici un vrai militaire. A ce moment, l'escorte allait ventre à terre, et notre héros comprit que c'étaient des boulets qui faisaient voler la terre de toutes parts. Il avait beau regarder du côté d'où venaient les boulets, il voyait la fumée blanche de la batterie à une distance énorme, et, au milieu du ronflement égal et continu produit par les coups de canon, il lui semblait entendre des décharges beaucoup plus voisines; il n'y comprenait rien du tout.

A ce moment, les généraux et l'escorte descendirent dans un petit chemin plein d'eau, qui était à cinq pieds en contre-bas.

Le maréchal s'arrêta, et regarda de nouveau avec sa lorgnette. Fabrice, cette fois, put le voir tout à son aise; il le trouva très blond, avec une grosse tête rouge. Nous n'avons point des figures comme celle-là en Italie, se dit-il. Jamais, moi qui suis si pâle et qui ai des cheveux châtains, je ne serai comme ça, ajoutait-il avec tristesse. Pour lui ces paroles voulaient dire : Jamais je ne serai un héros. Il regarda les hussards; à l'exception d'un seul, tous avaient des moustaches jaunes. Si Fabrice regardait les hussards de l'escorte, tous le regardaient aussi. Ce regard le fit rougir, et, pour finir son embarras, il tourna la tête vers l'ennemi. C'étaient des lignes fort étendues d'hommes rouges; mais, ce qui l'étonna fort, ces hommes lui semblaient tout petits. Leurs longues files, qui étaient des régiments ou des divisions, ne lui paraissaient pas plus hautes que des haies. Une ligne de cavaliers rouges trottait pour se rapprocher du chemin en contre-bas que le maréchal et l'escorte s'étaient mis à suivre au petit pas, pataugeant dans la boue. La fumée empêchait de rien distinguer du côté vers lequel on s'avançait; l'on voyait quelquefois des hommes au galop se détacher sur cette fumée blanche.

Tout à coup, du côté de l'ennemi, Fabrice vit quatre hommes qui arrivaient ventre à terre. Ah! nous sommes attaqués, se dit-il; puis il vit deux de ces hommes parler au maréchal. Un des généraux de la suite de ce dernier partit au galop du côté de l'ennemi, suivi de deux hussards de l'escorte et des quatre hommes qui venaient d'arriver. Après un petit canal que tout le monde passa, Fabrice se trouva à côté d'un maréchal des logis qui avait l'air fort bon enfant. Il faut que je parle à celui-là, se dit-il, peut-être ils cesseront de me regarder. Il médita longtemps.

— Monsieur, c'est la première fois que j'assiste à la bataille, dit-il enfin au maréchal des logis; mais ceci est-il une véritable bataille ?

— Un peu. Mais vous, qui êtes-vous ?

— Je suis le frère de la femme d'un capitaine.

— Et comment l'appelez-vous, ce capitaine ?

Notre héros fut terriblement embarrassé; il n'avait point prévu cette question. Par bonheur, le maréchal et

l'escorte repartaient au galop. Quel nom français dirai-je ?
pensait-il. Enfin il se rappela le nom du maître d'hôtel
où il avait logé à Paris ; il rapprocha son cheval de celui
du maréchal des logis, et lui cria de toutes ses forces :

— Le capitaine Meunier ! L'autre, entendant mal à
cause du roulement du canon, lui répondit : — Ah ! le
capitaine Teulier ? Eh bien ! il a été tué. Bravo ! se dit
Fabrice. Le capitaine Teulier ; il faut faire l'affligé. — Ah,
mon Dieu ! cria-t-il ; et il prit une mine piteuse. On était
sorti du chemin en contre-bas, on traversait un petit
pré, on allait ventre à terre, les boulets arrivaient de nouveau, le maréchal se porta vers une division de cavalerie.
L'escorte se trouvait au milieu de cadavres et de blessés ;
mais ce spectacle ne faisait déjà plus autant d'impression
sur notre héros ; il avait autre chose à penser.

Pendant que l'escorte était arrêtée, il aperçut la petite
voiture d'une cantinière, et sa tendresse pour ce corps
respectable l'emportant sur tout, il partit au galop pour la
rejoindre.

— Restez donc, s...! lui cria le maréchal des logis.

Que peut-il me faire ici ? pensa Fabrice et il continua
de galoper vers la cantinière. En donnant de l'éperon à son
cheval, il avait eu quelque espoir que c'était sa bonne
cantinière du matin ; les chevaux et les petites charrettes
se ressemblaient fort, mais la propriétaire était tout autre,
et notre héros lui trouva l'air fort méchant. Comme il
l'abordait, Fabrice l'entendit qui disait : Il était pourtant
bien bel homme ! Un fort vilain spectacle attendait là le
nouveau soldat ; on coupait la cuisse à un cuirassier, beau
jeune homme de cinq pieds dix pouces. Fabrice ferma
les yeux et but coup sur coup quatre verres d'eau-de-vie.

— Comme tu y vas, gringalet ! s'écria la cantinière.
L'eau-de-vie lui donna une idée : il faut que j'achète la
bienveillance de mes camarades les hussards de l'escorte.

— Donnez-moi le reste de la bouteille, dit-il à la
vivandière.

— Mais sais-tu, répondit-elle, que ce reste-là coûte dix
francs, un jour comme aujourd'hui ?

Comme il regagnait l'escorte au galop :

— Ah ! tu nous rapportes la goutte ! s'écria le maréchal
des logis, c'est pour ça que tu désertais ? Donne.

La bouteille circula ; le dernier qui la prit la jeta en l'air
après avoir bu. — Merci, camarade ! cria-t-il à Fabrice.
Tous les yeux le regardèrent avec bienveillance. Ces
regards ôtèrent un poids de cent livres de dessus le cœur

de Fabrice : c'était un de ces cœurs de fabrique trop fine qui ont besoin de l'amitié de ce qui les entoure. Enfin il n'était plus mal vu de ses compagnons, il y avait liaison entre eux! Fabrice respira profondément, puis d'une voix libre, il dit au maréchal des logis :

— Et si le capitaine Teulier a été tué, où pourrai-je rejoindre ma sœur? Il se croyait un petit Machiavel, de dire si bien Teulier au lieu de Meunier.

— C'est ce que vous saurez ce soir, lui répondit le maréchal des logis.

L'escorte repartit et se porta vers des divisions d'infanterie. Fabrice se sentait tout à fait enivré; il avait bu trop d'eau-de-vie, il roulait un peu sur sa selle : il se souvint fort à propos d'un mot que répétait le cocher de sa mère : Quand on a levé le coude, il faut regarder entre les oreilles de son cheval, et faire comme fait le voisin. Le maréchal s'arrêta longtemps auprès de plusieurs corps de cavalerie qu'il fit charger; mais pendant une heure ou deux notre héros n'eut guère la conscience de ce qui se passait autour de lui. Il se sentait fort las, et quand son cheval galopait il retombait sur la selle comme un morceau de plomb.

Tout à coup le maréchal des logis cria à ses hommes :

— Vous ne voyez donc pas l'Empereur, s...! Sur-le-champ l'escorte cria *vive l'Empereur!* à tue-tête. On peut penser si notre héros regarda de tous ses yeux, mais il ne vit que des généraux qui galopaient, suivis, eux aussi, d'une escorte. Les longues crinières pendantes que portaient à leurs casques les dragons de la suite l'empêchèrent de distinguer les figures. Ainsi, je n'ai pu voir l'Empereur sur un champ de bataille, à cause de ces maudits verres d'eau-de-vie! Cette réflexion le réveilla tout à fait.

On redescendit dans un chemin rempli d'eau, les chevaux voulurent boire.

— C'est donc l'Empereur qui a passé là? dit-il à son voisin.

— Eh! certainement, celui qui n'avait pas d'habit brodé. Comment ne l'avez-vous pas vu? lui répondit le camarade avec bienveillance. Fabrice eut grande envie de galoper après l'escorte de l'Empereur et de s'y incorporer. Quel bonheur de faire réellement la guerre à la suite de ce héros! C'était pour cela qu'il était venu en France. J'en suis parfaitement le maître, se dit-il, car enfin je n'ai d'autre raison pour faire le service que je fais, que la volonté de mon cheval qui s'est mis à galoper pour suivre ces généraux.

Ce qui détermina Fabrice à rester, c'est que les hussards ses nouveaux camarades lui faisaient bonne mine; il commençait à se croire l'ami intime de tous les soldats avec lesquels il galopait depuis quelques heures. Il voyait entre eux et lui cette noble amitié des héros du Tasse et de l'Arioste. S'il se joignait à l'escorte de l'Empereur, il y aurait une nouvelle connaissance à faire; peut-être même on lui ferait la mine, car ces autres cavaliers étaient des dragons et lui portait l'uniforme de hussard ainsi que tout ce qui suivait le maréchal. La façon dont on le regardait maintenant mit notre héros au comble du bonheur; il eût fait tout au monde pour ses camarades; son âme et son esprit étaient dans les nues. Tout lui semblait avoir changé de face depuis qu'il était avec des amis, il mourait d'envie de faire des questions. Mais je suis encore un peu ivre, se dit-il, il faut que je me souvienne de la geôlière. Il remarqua en sortant du chemin creux que l'escorte n'était plus avec le maréchal Ney; le général qu'ils suivaient était grand, mince, et avait la figure sèche et l'œil terrible.

Ce général n'était autre que le comte d'A.., le lieutenant Robert du 15 mai 1796. Quel bonheur il eût trouvé à voir Fabrice del Dongo.

Il y avait déjà longtemps que Fabrice n'apercevait plus la terre volant en miettes noires sous l'action des boulets; on arriva derrière un régiment de cuirassiers, il entendit distinctement les biscaïens frapper sur les cuirasses et il vit tomber plusieurs hommes.

Le soleil était déjà fort bas, et il allait se coucher lorsque l'escorte, sortant d'un chemin creux, monta une petite pente de trois ou quatre pieds pour entrer dans une terre labourée. Fabrice entendit un petit bruit singulier tout près de lui : il tourna la tête, quatre hommes étaient tombés avec leurs chevaux; le général lui-même avait été renversé, mais il se relevait tout couvert de sang. Fabrice regardait les hussards jetés par terre : trois faisaient encore quelques mouvements convulsifs, le quatrième criait : Tirez-moi de dessous. Le maréchal des logis et deux ou trois hommes avaient mis pied à terre pour secourir le général qui, s'appuyant sur son aide de camp, essayait de faire quelques pas; il cherchait à s'éloigner de son cheval qui se débattait renversé par terre et lançait des coups de pied furibonds.

Le maréchal des logis s'approcha de Fabrice. A ce moment notre héros entendit dire derrière lui et tout près de son oreille : C'est le seul qui puisse encore galoper. Il se sentit saisir les pieds; on les élevait en même temps qu'on lui soutenait le corps par-dessous les bras ; on le fit passer par-dessus la croupe de son cheval, puis on le laissa glisser jusqu'à terre, où il tomba assis.

L'aide de camp prit le cheval de Fabrice par la bride ; le général, aidé par le maréchal des logis, monta et partit au galop ; il fut suivi rapidement par les six hommes qui restaient. Fabrice se releva furieux, et se mit à courir après eux en criant : *Ladri ! ladri !* (voleurs ! voleurs !) Il était plaisant de courir après des voleurs au milieu d'un champ de bataille.

L'escorte et le général, comte d'A..., disparurent bientôt derrière une rangée de saules. Fabrice, ivre de colère, arriva aussi à cette ligne de saules ; il se trouva tout contre un canal fort profond qu'il traversa. Puis, arrivé de l'autre côté, il se remit à jurer en apercevant de nouveau, mais à une très grande distance, le général et l'escorte qui se perdaient dans les arbres. Voleurs ! voleurs ! criait-il maintenant en français. Désespéré, bien moins de la perte de son cheval que de la trahison, il se laissa tomber au bord du fossé, fatigué et mourant de faim. Si son beau cheval lui eût été enlevé par l'ennemi, il n'y eût pas songé ; mais se voir trahir et voler par ce maréchal des logis qu'il aimait tant et par ces hussards qu'il regardait comme des frères ! c'est ce qui lui brisait le cœur. Il ne pouvait se consoler de tant d'infamie, et, le dos appuyé contre un saule, il se mit à pleurer à chaudes larmes. Il défaisait un à un tous ses beaux rêves d'amitié chevaleresque et sublime, comme celle des héros de la *Jérusalem délivrée*. Voir arriver la mort n'était rien, entouré d'âmes héroïques et tendres, de nobles amis qui vous serrent la main au moment du dernier soupir ! mais garder son enthousiasme, entouré de vils fripons !!! Fabrice exagérait comme tout homme indigné. Au bout d'un quart d'heure d'attendrissement, il remarqua que les boulets commençaient à arriver jusqu'à la rangée d'arbres à l'ombre desquels il méditait. Il se leva et chercha à s'orienter. Il regardait ces prairies bordées par un large canal et la rangée de saules touffus : il crut se reconnaître. Il aperçut un corps d'infanterie qui passait le fossé et entrait dans les prairies, à un quart de lieue en avant de lui. J'allais m'endormir, se dit-il ; il s'agit de n'être pas prisonnier ; et il se mit à marcher très vite. En avançant il fut rassuré, il reconnut l'uniforme, les régiments par lesquels il craignait d'être coupé étaient français. Il obliqua à droite pour les rejoindre.

Après la douleur morale d'avoir été si indignement trahi

et volé, il en était une autre qui, à chaque instant, se faisait sentir plus vivement : il mourait de faim. Ce fut donc avec une joie extrême qu'après avoir marché, ou plutôt couru pendant dix minutes, il s'aperçut que le corps d'infanterie, qui allait très vite aussi, s'arrêtait comme pour prendre position. Quelques minutes plus tard, il se trouvait au milieu des premiers soldats.

— Camarades, pourriez-vous me vendre un morceau de pain?

— Tiens, cet autre qui nous prend pour des boulangers!

Ce mot dur et le ricanement général qui le suivit accablèrent Fabrice. La guerre n'était donc plus ce noble et commun élan d'âmes amantes de la gloire qu'il s'était figuré d'après les proclamations de Napoléon! Il s'assit, ou plutôt se laissa tomber sur le gazon; il devint très pâle. Le soldat qui lui avait parlé, et qui s'était arrêté à dix pas pour nettoyer la batterie de son fusil avec son mouchoir, s'approcha et lui jeta un morceau de pain; puis, voyant qu'il ne le ramassait pas, le soldat lui mit un morceau de ce pain dans la bouche. Fabrice ouvrit les yeux, et mangea ce pain sans avoir la force de parler. Quand enfin il chercha des yeux le soldat pour le payer, il se trouva seul, les soldats les plus voisins de lui étaient éloignés de cent pas et marchaient. Il se leva machinalement et les suivit. Il entra dans un bois; il allait tomber de fatigue, et cherchait déjà de l'œil une place commode; mais quelle ne fut pas sa joie en reconnaissant d'abord le cheval, puis la voiture, et enfin la cantinière du matin! Elle accourut à lui et fut effrayée de sa mine.

— Marche encore, mon petit, lui dit-elle; tu es donc blessé? et ton beau cheval? En parlant ainsi elle le conduisait vers sa voiture, où elle le fit monter, en le soutenant par-dessous les bras. A peine dans la voiture, notre héros, excédé de fatigue, s'endormit profondément *.

* Para v. P. y E. 15 X. 38.

CHAPITRE IV

Rien ne put le réveiller, ni les coups de fusil tirés fort près de la petite charrette, ni le trot du cheval que la cantinière fouettait à tour de bras. Le régiment attaqué à l'improviste par des nuées de cavalerie prussienne, après avoir cru à la victoire toute la journée, battait en retraite, ou plutôt s'enfuyait du côté de la France.

Le colonel, beau jeune homme, bien *ficelé*, qui venait de succéder à Macon, fut sabré; le chef de bataillon qui le remplaça dans le commandement, vieillard à cheveux blancs, fit faire halte au régiment. — F.....! dit-il aux soldats, du temps de la république on attendait pour filer d'y être forcé par l'ennemi... Défendez chaque pouce de terrain et faites-vous tuer, s'écriait-il en jurant; c'est maintenant le sol de la patrie que ces Prussiens veulent envahir!

La petite charrette s'arrêta, Fabrice se réveilla tout à coup. Le soleil était couché depuis longtemps; il fut tout étonné de voir qu'il était presque nuit. Les soldats couraient de côté et d'autre dans une confusion qui surprit fort notre héros; il trouva qu'ils avaient l'air penaud.

— Qu'est-ce donc? dit-il à la cantinière.

— Rien du tout. C'est que nous sommes flambés, mon petit; c'est la cavalerie des Prussiens qui nous sabre, rien que ça. Le bêta de général a d'abord cru que c'était la nôtre. Allons, vivement, aide-moi à réparer le trait de Cocotte qui s'est cassé.

Quelques coups de fusil partirent à dix pas de distance: notre héros, frais et dispos, se dit: Mais réellement, pendant toute la journée, je ne me suis pas battu, j'ai seulement escorté un général. — Il faut que je me batte, dit-il à la cantinière.

— Sois tranquille, tu te battras, et plus que tu ne voudras! Nous sommes perdus!

— Aubry, mon garçon, cria-t-elle à un caporal qui passait, regarde toujours de temps à autre où en est la petite voiture.

— Vous allez vous battre ? dit Fabrice à Aubry.

— Non, je vais mettre mes escarpins pour aller à la danse!

— Je vous suis.

— Je te recommande le petit hussard, cria la cantinière, le jeune bourgeois a du cœur. Le caporal Aubry marchait sans mot dire. Huit ou dix soldats le rejoignirent en courant, il les conduisit derrière un gros chêne entouré de ronces. Arrivé là il les plaça au bord du bois, toujours sans mot dire, sur une ligne fort étendue ; chacun était au moins à dix pas de son voisin.

— Ah çà! vous autres, dit le caporal, et c'était la première fois qu'il parlait, n'allez pas faire feu avant l'ordre, songez que vous n'avez plus que trois cartouches.

Mais que se passe-t-il donc ? se demandait Fabrice. Enfin, quand il se trouva seul avec le caporal, il lui dit :

— Je n'ai pas de fusil.

— Tais-toi d'abord! Avance-toi là, à cinquante pas en avant du bois, tu trouveras quelqu'un des pauvres soldats du régiment qui viennent d'être sabrés ; tu lui prendras sa giberne et son fusil. Ne va pas dépouiller un blessé, au moins ; prends le fusil et la giberne d'un qui soit bien mort, et dépêche-toi, pour ne pas recevoir les coups de fusil de nos gens. Fabrice partit en courant et revint bien vite avec un fusil et une giberne.

— Charge ton fusil et mets-toi là derrière cet arbre, et surtout ne va pas tirer avant l'ordre que je t'en donnerai... Dieu de Dieu! dit le caporal en s'interrompant, il ne sait pas même charger son arme!... Il aida Fabrice en continuant son discours. Si un cavalier ennemi galope sur toi pour te sabrer, tourne autour de ton arbre et ne lâche ton coup qu'à bout portant, quand ton cavalier sera à trois pas de toi ; il faut presque que ta baïonnette touche son uniforme.

— Jette donc ton grand sabre, s'écria le caporal, veux-tu qu'il te fasse tomber, nom de D...! Quels soldats on nous donne maintenant! En parlant ainsi, il prit lui-même le sabre qu'il jeta au loin avec colère.

— Toi, essuie la pierre de ton fusil avec ton mouchoir. Mais as-tu jamais tiré un coup de fusil ?

— Je suis chasseur.

— Dieu soit loué! reprit le caporal avec un gros soupir. Surtout ne tire pas avant l'ordre que je te donnerai; et il s'en alla.

Fabrice était tout joyeux. Enfin je vais me battre réellement, se disait-il, tuer un ennemi! Ce matin ils nous envoyaient des boulets, et moi je ne faisais rien que m'exposer à être tué; métier de dupe. Il regardait de tous côtés avec une extrême curiosité. Au bout d'un moment, il entendit partir sept à huit coups de fusil tout près de lui. Mais, ne recevant point l'ordre de tirer, il se tenait tranquille derrière son arbre. Il était presque nuit; il lui semblait être à *l'espère*, à la chasse de l'ours, dans la montagne de la Tramezzina, au-dessus de Grianta. Il lui vint une idée de chasseur; il prit une cartouche dans sa giberne et en détacha la balle : si je le vois, dit-il, il ne faut pas que je le manque, et il fit couler cette seconde balle dans le canon de son fusil. Il entendit tirer deux coups de feu tout à côté de son arbre; en même temps il vit un cavalier vêtu de bleu qui passait au galop devant lui, se dirigeant de sa droite à sa gauche. Il n'est pas à trois pas, se dit-il, mais à cette distance je suis sûr de mon coup, il suivit bien le cavalier du bout de son fusil et enfin pressa la détente; le cavalier tomba avec son cheval. Notre héros se croyait à la chasse : il courut tout joyeux sur la pièce qu'il venait d'abattre. Il touchait déjà l'homme qui lui semblait mourant, lorsque, avec une rapidité incroyable deux cavaliers prussiens arrivèrent sur lui pour le sabrer. Fabrice se sauva à toutes jambes vers le bois; pour mieux courir il jeta son fusil. Les cavaliers prussiens n'étaient plus qu'à trois pas de lui lorsqu'il atteignit une nouvelle plantation de petits chênes gros comme le bras et bien droits qui bordaient le bois. Ces petits chênes arrêtèrent un instant les cavaliers, mais ils passèrent et se remirent à poursuivre Fabrice dans une clairière. De nouveau ils étaient près de l'atteindre, lorsqu'il se glissa entre sept à huit gros arbres. A ce moment, il eut presque la figure brûlée par la flamme de cinq ou six coups de fusil qui partirent en avant de lui. Il baissa la tête; comme il la relevait, il se trouva vis-à-vis du caporal.

— Tu as tué le tien ? lui dit le caporal Aubry.

— Oui, mais j'ai perdu mon fusil.

— Ce n'est pas les fusils qui nous manquent; tu es un bon b.....; malgré ton air cornichon, tu as bien gagné ta journée, et ces soldats-ci viennent de manquer ces deux qui te poursuivaient et venaient droit à eux; moi, je ne les voyais pas. Il s'agit maintenant de filer rondement; le régiment doit être à un demi-quart de lieue, et, de plus, il y a un petit bout de prairie où nous pouvons être ramassés au demi-cercle.

Tout en parlant, le caporal marchait rapidement à la tête de ses dix hommes. A deux cents pas de là, en entrant dans la petite prairie dont il avait parlé, on rencontra un général blessé qui était porté par son aide de camp et par un domestique.

— Vous allez me donner quatre hommes, dit-il au caporal d'une voix éteinte, il s'agit de me transporter à l'ambulance; j'ai la jambe fracassée.

— Va te faire f....., répondit le caporal, toi et tous les généraux. Vous avez tous trahi l'Empereur aujourd'hui.

— Comment, dit le général en fureur, vous méconnaissez mes ordres! Savez-vous que je suis le général comte B***, commandant votre division, etc., etc. Il fit des phrases. L'aide de camp se jeta sur les soldats. Le caporal lui lança un coup de baïonnette dans le bras, puis fila avec ses hommes en doublant le pas. Puissent-ils être tous comme toi, répétait le caporal en jurant, les bras et les jambes fracassés! Tas de freluquets! Tous vendus aux Bourbons, et trahissant l'Empereur! Fabrice écoutait avec saisissement cette affreuse accusation.

Vers les dix heures du soir, la petite troupe rejoignit le régiment à l'entrée d'un gros village qui formait plusieurs rues fort étroites, mais Fabrice remarqua que le caporal Aubry évitait de parler à aucun des officiers. Impossible d'avancer, s'écria le caporal! Toutes ces rues étaient encombrées d'infanterie, de cavaliers et surtout de caissons d'artillerie et de fourgons. Le caporal se présenta à l'issue de trois de ces rues; après avoir fait vingt pas, il fallait s'arrêter : tout le monde jurait et se fâchait.

Encore quelque traître qui commande! s'écria le caporal; si l'ennemi a l'esprit de tourner le village nous sommes tous prisonniers comme des chiens. Suivez-moi, vous autres. Fabrice regarda; il n'y avait plus que six soldats avec le caporal. Par une grande porte ouverte ils entrèrent dans une vaste basse-cour; de la basse-cour ils passèrent dans une écurie, dont la petite porte leur donna entrée dans un jardin. Ils s'y perdirent un moment errant de côté et d'autre. Mais enfin, en passant une haie, ils se trouvèrent dans une vaste pièce de blé noir. En moins d'une demi-heure, guidés par les cris et le bruit confus, ils eurent regagné la grande route au delà du village. Les fossés de

cette route étaient remplis de fusils abandonnés; Fabrice
en choisit un, mais la route, quoique fort large, était tellement encombrée de fuyards et de charrettes, qu'en une
demi-heure de temps, à peine si le caporal et Fabrice
avaient avancé de cinq cents pas; on disait que cette route
conduisait à Charleroi. Comme onze heures sonnaient à
l'horloge du village :

— Prenons de nouveau à travers champ, s'écria le
caporal. La petite troupe n'était plus composée que de
trois soldats, le caporal et Fabrice. Quand on fut à un
quart de lieue de la grande route :

— Je n'en puis plus, dit un des soldats.

— Et moi itou, dit un autre.

— Belle nouvelle! Nous en sommes tous logés là, dit
le caporal; mais obéissez-moi, et vous vous en trouverez
bien. Il vit cinq ou six arbres le long d'un petit fossé au
milieu d'une immense pièce de blé. Aux arbres! dit-il à
ses hommes; couchez-vous là, ajouta-t-il quand on y fut
arrivé, et surtout pas de bruit. Mais, avant de s'endormir,
qui est-ce qui a du pain?

— Moi, dit un des soldats.

— Donne, dit le caporal, d'un air magistral; il divisa
le pain en cinq morceaux et prit le plus petit.

— Un quart d'heure avant le point du jour, dit-il en
mangeant, vous allez avoir sur le dos la cavalerie ennemie.
Il s'agit de ne pas se laisser sabrer. Un seul est flambé,
avec de la cavalerie sur le dos, dans ces grandes plaines,
cinq au contraire peuvent se sauver : restez avec moi bien
unis, ne tirez qu'à bout portant, et demain soir je me fais
fort de vous rendre à Charleroi. Le caporal les éveilla une
heure avant le jour; il leur fit renouveler la charge de leurs
armes, le tapage sur la grante route continuait, et avait duré
toute la nuit : c'était comme le bruit d'un torrent entendu
dans le lointain.

— Ce sont comme des moutons qui se sauvent, dit
Fabrice au caporal, d'un air naïf.

— Veux-tu bien te taire, blanc-bec! dit le caporal
indigné; et les trois soldats qui composaient toute son armée
avec Fabrice regardèrent celui-ci d'un air de colère, comme
s'il eût blasphémé. Il avait insulté la nation.

Voilà qui est fort! pensa notre héros; j'ai déjà remarqué
cela chez le vice-roi à Milan; ils ne fuient pas, non!
Avec ces Français il n'est pas permis de dire la vérité quand
elle choque leur vanité. Mais quant à leur air méchant
je m'en moque, et il faut que je le leur fasse comprendre.

On marchait toujours à cinq cents pas de ce torrent de fuyards qui couvraient la grande route. A une lieue de là le caporal et sa troupe traversèrent un chemin qui allait rejoindre la route et où beaucoup de soldats étaient couchés. Fabrice acheta un cheval assez bon qui lui coûta quarante francs, et parmi tous les sabres jetés de côté et d'autre, il choisit avec soin un grand sabre droit. Puisqu'on dit qu'il faut piquer, pensa-t-il, celui-ci est le meilleur. Ainsi équipé il mit son cheval au galop et rejoignit bientôt le caporal qui avait pris les devants. Il s'affermit sur ses étriers, prit de la main gauche le fourreau de son sabre droit, et dit aux quatre Français :

— Ces gens qui se sauvent sur la grande route ont l'air d'un troupeau de moutons... Ils marchent comme des moutons effrayés...

Fabrice avait beau appuyer sur le mot *mouton*, ses camarades ne se souvenaient plus d'avoir été fâchés par ce mot une heure auparavant. Ici se trahit un des contrastes des caractères italien et français ; le Français est sans doute le plus heureux, il glisse sur les événements de la vie et ne garde pas rancune.

Nous ne cacherons point que Fabrice fut très satisfait de sa personne après avoir parlé des *moutons*. On marchait en faisant la petite conversation. A deux lieues de là le caporal, toujours fort étonné de ne point voir la cavalerie ennemie, dit à Fabrice :

— Vous êtes notre cavalerie, galopez vers cette ferme sur ce petit tertre, demandez au paysan s'il veut nous *vendre* à déjeuner, dites bien que nous ne sommes que cinq. S'il hésite donnez-lui cinq francs d'avance de votre argent mais soyez tranquille, nous reprendrons la pièce blanche après le déjeuner.

Fabrice regarda le caporal, il vit en lui une gravité imperturbable, et vraiment l'air de la supériorité morale ; il obéit. Tout se passa comme l'avait prévu le commandant en chef, seulement Fabrice insista pour qu'on ne reprît pas de vive force les cinq francs qu'il avait donnés au paysan.

— L'argent est à moi, dit-il à ses camarades, je ne paie pas pour vous, je paie pour l'avoine qu'il a donnée à mon cheval.

Fabrice prononçait si mal le français, que ses camarades crurent voir dans ses paroles un ton de supériorité ; ils furent vivement choqués, et dès lors dans leur esprit un duel se prépara pour la fin de la journée. Ils le trouvaient fort différent d'eux-mêmes, ce qui les choquait; Fabrice au contraire commençait à se sentir beaucoup d'amitié pour eux.

On marchait sans rien dire depuis deux heures, lorsque le caporal, regardant la grande route, s'écria avec un transport de joie : Voici le régiment! On fut bientôt sur la route; mais, hélas! autour de l'aigle il n'y avait pas deux cents hommes. L'œil de Fabrice eut bientôt aperçu la vivandière; elle marchait à pied, avait les yeux rouges et pleurait de temps à autre. Ce fut en vain que Fabrice chercha la petite charrette et Cocotte.

— Pillés, perdus, volés, s'écria la vivandière répondant aux regards de notre héros. Celui-ci, sans mot dire, descendit de son cheval, le prit par la bride, et dit à la vivandière : Montez. Elle ne se le fit pas dire deux fois.

— Raccourcis-moi les étriers, fit-elle.

Une fois bien établie à cheval, elle se mit à raconter à Fabrice tous les désastres de la nuit. Après un récit d'une longueur infinie, mais avidement écouté par notre héros qui, à dire vrai, ne comprenait rien à rien, mais avait une tendre amitié pour la vivandière, celle-ci ajouta :

— Et dire que ce sont les Français qui m'ont pillée, battue, abîmée...

— Comment! ce ne sont pas les ennemis ? dit Fabrice d'un air naïf, qui rendait charmante sa belle figure grave et pâle..

— Que tu es bête, mon pauvre petit! dit la vivandière, souriant au milieu de ses larmes; et quoique ça, tu es bien gentil.

— Et tel que vous le voyez, il a fort bien descendu son Prussien, dit le caporal Aubry qui, au milieu de la cohue générale, se trouvait par hasard de l'autre côté du cheval monté par la cantinière. Mais il est fier, continua le caporal... Fabrice fit un mouvement. Et comment t'appelles-tu ? continua le caporal, car enfin, s'il y a un rapport, je veux te nommer.

— Je m'appelle Vasi, répondit Fabrice, faisant une mine singulière, c'est-à-dire *Boulot*, ajouta-t-il se reprenant vivement.

Boulot avait été le nom du propriétaire de la feuille de route que la geôlière de B... lui avait remise; l'avant-veille il l'avait étudiée avec soin, tout en marchant, car il commençait à réfléchir quelque peu et n'était plus si étonné des choses. Outre la feuille de route du hussard Boulot, il conservait précieusement le passeport italien d'après

lequel il pouvait prétendre au noble nom de Vasi, marchand de baromètres. Quand le caporal lui avait reproché
d'être fier, il avait été sur le point de répondre : Moi fier!
moi Fabrice Valserra, *marchesino* del Dongo, qui consens à
porter le nom d'un Vasi, marchand de baromètres!

Pendant qu'il faisait des réflexions et qu'il se disait :
Il faut bien me rappeler que je m'appelle Boulot, ou gare
la prison dont le sort me menace, le caporal et la cantinière avaient échangé plusieurs mots sur son compte.

— Ne m'accusez pas d'être une curieuse, lui dit la
cantinière en cessant de le tutoyer; c'est pour votre bien
que je vous fais des questions. Qui êtes-vous, là, réellement ?

Fabrice ne répondit pas d'abord; il considérait que
jamais il ne pourrait trouver d'amis plus dévoués pour leur
demander conseil, et il avait un pressant besoin de conseils.
Nous allons entrer dans une place de guerre, le gouverneur
voudra savoir qui je suis, et gare la prison si je fais voir
par mes réponses que je ne connais personne au 4e régiment de hussards dont je porte l'uniforme! En sa qualité
de sujet de l'Autriche, Fabrice savait toute l'importance
qu'il faut attacher à un passeport. Les membres de sa
famille, quoique nobles et dévots, quoique appartenant
au parti vainqueur, avaient été vexés plus de vingt fois
à l'occasion de leurs passeports; il ne fut donc nullement
choqué de la question que lui adressait la cantinière. Mais
comme, avant que de répondre, il cherchait les mots
français les plus clairs, la cantinière, piquée d'une vive
curiosité, ajouta pour l'engager à parler : Le caporal Aubry
et moi nous allons vous donner de bons avis pour vous
conduire.

— Je n'en doute pas, répondit Fabrice : je m'appelle
Vasi et je suis de Gênes; ma sœur, célèbre par sa beauté, a
épousé un capitaine. Comme je n'ai que dix-sept ans, elle
me faisait venir auprès d'elle pour me faire voir la France,
et me former un peu; ne la trouvant pas à Paris et sachant
qu'elle était à cette armée, j'y suis venu, je l'ai cherchée
de tous les côtés sans pouvoir la trouver. Les soldats,
étonnés de mon accent, m'ont fait arrêter. J'avais de
l'argent alors, j'en ai donné au gendarme, qui m'a remis
une feuille de route, un uniforme et m'a dit : File, et jure-
moi de ne jamais prononcer mon nom.

— Comment s'appelait-il ? dit la cantinière.

— J'ai donné ma parole, dit Fabrice.

— Il a raison, reprit le caporal, le gendarme est un

gredin, mais le camarade ne doit pas le nommer. Et
comment s'appelle-t-il, ce capitaine, mari de votre sœur ?
Si nous savons son nom nous pourrons le chercher.

— Teulier, capitaine au 4e de hussards, répondit notre
héros.

— Ainsi, dit le caporal avec assez de finesse, à votre
accent étranger, les soldats vous prirent pour un espion ?

— C'est là le mot infâme! s'écria Fabrice, les yeux
brillants. Moi qui aime tant l'Empereur et les Français!
Et c'est par cette insulte que je suis le plus vexé.

— Il n'y a pas d'insulte, voilà ce qui vous trompe;
l'erreur des soldats était fort naturelle, reprit gravement
le caporal Aubry.

Alors il lui expliqua avec beaucoup de pédanterie qu'à
l'armée il faut appartenir à un corps et porter un uniforme,
faute de quoi il est tout simple qu'on vous prenne pour un
espion. L'ennemi nous en lâche beaucoup : tout le monde
trahit cette guerre. Les écailles tombèrent des yeux
de Fabrice; il comprit pour la première fois qu'il avait
tort dans tout ce qui lui arrivait depuis deux mois.

— Mais il faut que le petit nous raconte tout, dit la
cantinière dont la curiosité était de plus en plus excitée.
Fabrice obéit. Quand il eut fini :

— Au fait, dit la cantinière parlant d'un air grave au
caporal, cet enfant n'est point militaire; nous allons faire
une vilaine guerre maintenant que nous sommes battus
et trahis. Pourquoi se ferait-il casser les os *gratis pro Deo ?*

— Et même, dit le caporal, qu'il ne sait pas charger
son fusil, ni en douze temps, ni à volonté, C'est moi qui
ai chargé le coup qui a descendu le Prussien.

— De plus, il montre son argent à tout le monde, ajouta
la cantinière; il sera volé de tout dès qu'il ne sera plus
avec nous.

— Le premier sous-officier de cavalerie qu'il rencontre,
dit le caporal, le confisque à son profit pour se faire payer
la goutte, et peut-être on le recrute pour l'ennemi, car tout
le monde trahit. Le premier venu va lui ordonner de le
suivre, et il le suivra; il ferait mieux d'entrer dans notre
régiment.

— Non pas, s'il vous plaît, caporal! s'écria vivement
Fabrice; il est plus commode d'aller à cheval, et d'ailleurs
je ne sais pas charger un fusil, et vous avez vu que je manie
un cheval.

Fabrice fut très fier de ce petit discours. Nous ne rendrons pas compte de la longue discussion sur sa destinée

future qui eut lieu entre le caporal et la cantinière. Fabrice remarqua qu'en discutant ces gens répétaient trois ou quatre fois toutes les circonstances de son histoire : les soupçons des soldats, le gendarme lui vendant une feuille de route et un uniforme, la façon dont la veille il s'était trouvé faire partie de l'escorte du maréchal, l'Empereur vu au galop, le cheval *escofié*, etc., etc.

Avec une curiosité de femme, la cantinière revenait sans cesse sur la façon dont on l'avait dépossédé du bon cheval qu'elle lui avait fait acheter.

— Tu t'es senti saisir par les pieds, on t'a fait passer doucement par-dessus la queue de ton cheval, et l'on t'a assis par terre ! Pourquoi répéter si souvent, se disait Fabrice, ce que nous connaissons tous trois parfaitement bien ? Il ne savait pas encore que c'est ainsi qu'en France les gens du peuple vont à la recherche des idées.

— Combien as-tu d'argent ? lui dit tout à coup la cantinière. Fabrice n'hésita pas à répondre ; il était sûr de la noblesse d'âme de cette femme : c'est là le beau côté de la France

— En tout, il peut me rester trente napoléons en or et huit ou dix écus de cinq francs.

— En ce cas, tu as le champ libre ! s'écria la cantinière ; tire-toi du milieu de cette armée en déroute ; jette-toi de côté, prends la première route un peu frayée que tu trouveras là sur ta droite ; pousse ton cheval ferme, toujours t'éloignant de l'armée. A la première occasion achète des habits de pékin. Quand tu seras à huit ou dix lieues, et que tu ne verras plus de soldats, prends la poste, et va te reposer huit jours et manger des biftecks dans quelque bonne ville. Ne dis jamais à personne que tu as été à l'armée les gendarmes te ramasseraient comme déserteur ; et, quoique tu sois bien gentil, mon petit, tu n'est pas encore assez fûté pour répondre à des gendarmes. Dès que tu auras sur le dos des habits de bourgeois, déchire ta feuille de route en mille morceaux et reprends ton nom véritable ; dis que tu es Vasi. Et d'où devra-t-il dire qu'il vient ? fit-elle au caporal.

— De Cambrai sur l'Escaut : c'est une bonne ville toute petite, entends-tu ? et où il y a une cathédrale et Fénelon.

— C'est ça, dit la cantinière ; ne dis jamais que tu as été à la bataille, ne souffle mot de B★★★, ni du gendarme qui t'a vendu la feuille de route. Quand tu voudras rentrer à Paris, rends-toi d'abord à Versailles, et passe la barrière de Paris de ce côté-là en flânant, en marchant à pied comme

un promeneur. Couds tes napoléons dans ton pantalon ;
et surtout quand tu as à payer quelque chose, ne montre
tout juste que l'argent qu'il faut pour payer. Ce qui me
chagrine, c'est qu'on va t'empaumer, on va te chiper tout
ce que tu as ; et que feras-tu une fois sans argent ? toi qui
ne sais pas te conduire ? etc.

La bonne cantinière parla longtemps encore ; le caporal
appuyait ses avis par des signes de tête, ne pouvant trouver
jour à saisir la parole. Tout à coup cette foule qui couvrait
la grande route, d'abord doubla le pas ; puis, en un clin
d'œil, passa le petit fossé qui bordait la route à gauche,
et se mit à fuir à toutes jambes. — Les Cosaques ! les
Cosaques ! criait-on de tous les côtés.

— Reprends ton cheval ! s'écria la cantinière.

— Dieu m'en garde ! dit Fabrice. Galopez ! fuyez !
je vous le donne. Voulez-vous de quoi racheter une petite
voiture ? La moitié de ce que j'ai est à vous.

— Reprends ton cheval, te dis-je ! s'écria la cantinière
en colère ; et elle se mettait en devoir de descendre. Fabrice
tira son sabre : — Tenez-vous bien ! lui cria-t-il, et il
donna deux ou trois coups de plat de sabre au cheval, qui
prit le galop et suivit les fuyards.

Notre héros regarda la grande route ; naguère trois ou
quatre mille individus s'y pressaient, serrés comme des
paysans à la suite d'une procession. Après le mot *cosaques*
il n'y vit exactement plus personne ; les fuyards avaient
abandonné des shakos, des fusils, des sabres, etc. Fabrice,
étonné, monta dans un champ à droite du chemin, et qui
était élevé de vingt ou trente pieds ; il regarda la grande
route des deux côtés et la plaine, il ne vit pas trace de
cosaques. Drôles de gens, que ces Français ! se dit-il.
Puisque je dois aller sur la droite, pensa-t-il, autant vaut
marcher tout de suite ; il est possible que ces gens aient
pour courir une raison que je ne connais pas. Il ramassa
un fusil, vérifia qu'il était chargé, remua la poudre de
l'amorce, nettoya la pierre, puis choisit une giberne bien
garnie, et regarda encore de tous les côtés ; il était absolument seul au milieu de cette plaine naguère si couverte de
monde. Dans l'extrême lointain, il voyait les fuyards
qui commençaient à disparaître derrière les arbres, et
couraient toujours. Voilà qui est bien singulier ! se dit-il ;
et, se rappelant la manœuvre employée la veille par le
caporal, il alla s'asseoir au milieu d'un champ de blé. Il ne
s'éloignait pas, parce qu'il désirait revoir ses bons amis,
la cantinière et le caporal Aubry.

Dans ce blé, il vérifia qu'il n'avait plus que dix-huit napoléons, au lieu de trente comme il le pensait; mais il lui restait de petits diamants qu'il avait placés dans la doublure des bottes du hussard, le matin, dans la chambre de la geôlière, à B***. Il cacha ses napoléons du mieux qu'il put, tout en réfléchissant profondément à cette disparition si soudaine. Cela est-il d'un mauvais présage pour moi? se disait-il. Son principal chagrin était de ne pas avoir adressé cette question au caporal Aubry : Ai-je réellement assisté à une bataille? Il lui semblait que oui, et il eût été au comble du bonheur, s'il en eût été certain.

Toutefois, se dit-il, j'y ai assisté portant le nom d'un prisonnier, j'avais la feuille de route d'un prisonnier dans ma poche, et, bien plus, son habit sur moi! Voilà qui est fatal pour l'avenir : qu'en eût dit l'abbé Blanès? Et ce malheureux Boulot est mort en prison! Tout cela est de sinistre augure; le destin me conduira en prison. Fabrice eût donné tout au monde pour savoir si le hussard Boulot était réellement coupable; en rappelant ses souvenirs, il lui semblait que la geôlière de B*** lui avait dit que le hussard avait été ramassé non seulement pour des couverts d'argent, mais encore pour avoir volé la vache d'un paysan, et battu le paysan à toute outrance : Fabrice ne doutait pas qu'il ne fût mis un jour en prison pour une faute qui aurait quelque rapport avec celle du hussard Boulot. Il pensait à son ami le curé Blanès; que n'eût-il pas donné pour pouvoir le consulter! Puis il se rappela qu'il n'avait pas écrit à sa tante depuis qu'il avait quitté Paris. Pauvre Gina! se dit-il, et il avait les larmes aux yeux, lorsque tout à coup il entendit un petit bruit tout près de lui; c'était un soldat qui faisait manger le blé par trois chevaux auxquels il avait ôté la bride, et qui semblaient morts de faim; il les tenait par le bridon. Fabrice se leva comme un perdreau, le soldat eut peur. Notre héros le remarqua, et céda au plaisir de jouer un instant le rôle de hussard.

— Un de ces chevaux m'appartient, f...! s'écria-t-il, mais je veux bien te donner cinq francs pour la peine que tu as prise de me l'amener ici.

— Est-ce que tu te fiches de moi? dit le soldat. Fabrice le mit en joue à six pas de distance.

— Lâche le cheval ou je te brûle!

Le soldat avait son fusil en bandoulière, il donna un tour d'épaule pour le reprendre.

— Si tu fais le plus petit mouvement tu es mort! s'écria Fabrice en lui courant dessus.

— Eh bien! donnez les cinq francs et prenez un des chevaux, dit le soldat confus, après avoir jeté un regard de regret sur la grande route où il n'y avait absolument personne. Fabrice, tenant son fusil haut de la main gauche, de la droite lui jeta trois pièces de cinq francs.

— Descends, ou tu es mort... Bride le noir et va-t'en plus loin avec les deux autres... Je te brûle si tu remues.

Le soldat obéit en rechignant. Fabrice s'approcha du cheval et passa la bride dans son bras gauche, sans perdre de vue le soldat qui s'éloignait lentement; quand Fabrice le vit à une cinquantaine de pas, il sauta lestement sur le cheval. Il y était à peine et cherchait l'étrier de droite avec le pied, lorsqu'il entendit siffler une balle de fort près : c'était le soldat qui lui lâchait son coup de fusil. Fabrice, transporté de colère, se mit à galoper sur le soldat qui s'enfuit à toutes jambes, et bientôt Fabrice le vit monté sur un de ses deux chevaux et galopant. Bon, le voilà hors de portée, se dit-il. Le cheval qu'il venait d'acheter était magnifique, mais paraissait mourant de faim. Fabrice revint sur la grande route, où il n'y avait toujours âme qui vive; il la traversa et mit son cheval au trot pour atteindre un petit pli de terrain sur la gauche où il espérait retrouver la cantinière; mais quand il fut au sommet de la petite montée il n'aperçut, à plus d'une lieue de distance, que quelques soldats isolés. Il est écrit que je ne la reverrai plus, se dit-il avec un soupir, brave et bonne femme! Il gagna une ferme qu'il apercevait dans le lointain et sur la droite de la route. Sans descendre de cheval, et après avoir payé d'avance, il fit donner de l'avoine à son pauvre cheval, tellement affamé qu'il mordait la mangeoire. Une heure plus tard, Fabrice trottait sur la grande route toujours dans le vague espoir de retrouver la cantinière, ou du moins le caporal Aubry. Allant toujours et regardant de tous les côtés il arriva à une rivière marécageuse traversée par un pont en bois assez étroit. Avant le pont, sur la droite de la route, était une maison isolée portant l'enseigne du Cheval Blanc. Là, je vais dîner, se dit Fabrice. Un officier de cavalerie avec le bras en écharpe se trouvait à l'entrée du pont; il était à cheval et avait l'air fort triste; à dix pas de lui, trois cavaliers à pied arrangeaient leurs pipes.

— Voilà des gens, se dit Fabrice, qui m'ont bien la mine de vouloir m'acheter mon cheval encore moins cher qu'il ne m'a coûté. L'officier blessé et les trois piétons le regardaient venir et semblaient l'attendre. Je devrais bien ne pas passer sur ce pont, et suivre le bord de la rivière à droite, ce serait la route conseillée par la cantinière pour sortir d'embarras... Oui, se dit notre héros; mais si je prends la fuite, demain j'en serai tout honteux : d'ailleurs mon cheval a de bonnes jambes, celui de l'officier est probablement fatigué; s'il entreprend de me démonter je galoperai. En faisant ces raisonnements, Fabrice *rassemblait* son cheval et s'avançait au plus petit pas possible.

— Avancez donc, hussard, lui cria l'officier d'un air d'autorité.

Fabrice avança quelques pas et s'arrêta.

— Voulez-vous me prendre mon cheval? cria-t-il.

— Pas le moins du monde; avancez.

Fabrice regarda l'officier : il avait des moustaches blanches, et l'air le plus honnête du monde; le mouchoir qui soutenait son bras gauche était plein de sang, et sa main droite aussi était enveloppée d'un linge sanglant. Ce sont les piétons qui vont sauter à la bride de mon cheval, se dit Fabrice; mais, en y regardant de près, il vit que les piétons aussi étaient blessés.

— Au nom de l'honneur, lui dit l'officier qui portait les épaulettes de colonel, restez ici en vedette, et dites à tous les dragons, chasseurs et hussards que vous verrez, que le colonel Le Baron est dans l'auberge que voilà, et que je leur ordonne de venir me joindre. Le vieux colonel avait l'air navré de douleur; dès le premier mot il avait fait la conquête de notre héros, qui lui répondit avec bon sens :

— Je suis bien jeune, monsieur, pour que l'on veuille m'écouter; il faudrait un ordre écrit de votre main.

— Il a raison, dit le colonel en le regardant beaucoup; écris l'ordre, La Rose, toi qui as une main droite.

Sans rien dire, La Rose tira de sa poche un petit livret de parchemin, écrivit quelques lignes, et, déchirant une feuille, la remit à Fabrice; le colonel répéta l'ordre à celui-ci, ajoutant qu'après deux heures de faction il serait relevé, comme de juste, par un des trois cavaliers blessés qui étaient avec lui. Cela dit, il entra dans l'auberge avec ses hommes. Fabrice les regardait marcher et restait immobile au bout de son pont de bois, tant il avait été frappé par la douleur morne et silencieuse de ces trois personnages. On dirait des génies enchantés, se dit-il. Enfin il ouvrit le papier plié et lut l'ordre ainsi conçu :

« Le colonel Le Baron, du 6e dragons, commandant
« la seconde brigade de la première division de cavalerie
« du 14e corps, ordonne à tous cavaliers, dragons, chas-

« seurs et hussards de ne point passer le pont, et de le
« rejoindre à l'auberge du Cheval Blanc, près le pont,
« où est son quartier général.

« Au quartier général, près le pont de la *Sainte*, le
19 juin 1815.

> « Pour le colonel Le Baron, blessé
> « au bras droit, et par son ordre, le
> « maréchal des logis,
>> « LA ROSE. »

Il y avait à peine une demi-heure que Fabrice était en
sentinelle au pont, quand il vit arriver six chasseurs montés
et trois à pied; il leur communique l'ordre du colonel.
— Nous allons revenir, disent quatre des chasseurs montés,
et ils passent le pont au grand trot. Fabrice parlait alors
aux deux autres. Durant la discussion qui s'animait, les
trois hommes à pied passent le pont. Un des deux chasseurs montés qui restaient finit par demander à revoir
l'ordre, et l'emporte en disant :
— Je vais le porter à mes camarades, qui ne manqueront
pas de revenir; attends-les ferme. Et il part au galop;
son camarade le suit. Tout cela fut fait en un clin d'œil.
Fabrice, furieux, appela un des soldats blessés, qui
parut à une des fenêtres du Cheval Blanc. Ce soldat, auquel
Fabrice vit des galons de maréchal des logis, descendit et
lui cria en s'approchant :
— Sabre à la main donc! vous êtes en faction. Fabrice
obéit, puis lui dit :
— Ils ont emporté l'ordre.
— Ils ont de l'humeur de l'affaire d'hier, reprit l'autre
d'un air morne. Je vais vous donner un de mes pistolets;
si l'on force de nouveau la consigne, tirez-le en l'air, je
viendrai, ou le colonel lui-même paraîtra.
Fabrice avait fort bien vu un geste de surprise chez le
maréchal des logis, à l'annonce de l'ordre enlevé; il comprit
que c'était une insulte personnelle qu'on lui avait faite,
et se promit bien de ne plus se laisser jouer.
Armé du pistolet d'arçon du maréchal des logis, Fabrice
avait repris fièrement sa faction lorsqu'il vit arriver à lui
sept hussards montés : il s'était placé de façon à barrer le
pont, il leur communique l'ordre du colonel, ils en ont l'air
fort contrarié, le plus hardi cherche à passer. Fabrice
suivant le sage précepte de son amie la vivandière qui, la
veille au matin, lui disait qu'il fallait piquer et non sabrer,
abaisse la pointe de son grand sabre droit et fait mine

d'en porter un coup à celui qui veut forcer la consigne.

— Ah! il veut nous tuer, le blanc-bec! s'écrient les hussards, comme si nous n'avions pas été assez tués hier! Tous tirent leurs sabres à la fois et tombent sur Fabrice; il se crut mort; mais il songea à la surprise du maréchal des logis, et ne voulut pas être méprisé de nouveau. Tout en reculant sur son pont, il tâchait de donner des coups de pointe. Il avait une si drôle de mine en maniant ce grand sabre droit de grosse cavalerie, beaucoup plus lourd pour lui, que les hussards virent bientôt à qui ils avaient affaire; ils cherchèrent alors, non pas à le blesser, mais à lui couper son habit sur le corps. Fabrice reçut ainsi trois ou quatre petits coups de sabre sur les bras. Pour lui, toujours fidèle au précepte de la cantinière, il lançait de tout son cœur force coups de pointe. Par malheur un de ces coups de pointe blessa un hussard à la main : fort en colère d'être touché par un tel soldat, il riposta par un coup de pointe à fond qui atteignit Fabrice au haut de la cuisse. Ce qui fit porter le coup, c'est que le cheval de notre héros, loin de fuir la bagarre, semblait y prendre plaisir et se jeter sur les assaillants. Ceux-ci voyant couler le sang de Fabrice le long de son bras droit, craignirent d'avoir poussé le jeu trop avant, et, le poussant vers le parapet gauche du pont, partirent au galop. Dès que Fabrice eut un moment de loisir il tira en l'air son coup de pistolet pour avertir le colonel.

Quatre hussards montés et deux à pied, du même régiment que les autres, venaient vers le pont et en étaient encore à deux cents pas lorsque le coup de pistolet partit : ils regardaient fort attentivement ce qui se passait sur le pont, et s'imaginant que Fabrice avait tiré sur leurs camarades, les quatre à cheval fondirent sur lui au galop et le sabre haut; c'était une véritable charge. Le colonel Le Baron, averti par le coup de pistolet, ouvrit la porte de l'auberge et se précipita sur le pont au moment où les hussards au galop y arrivaient, et il leur intima lui-même l'ordre de s'arrêter

— Il n'y a plus de colonel ici, s'écria l'un d'eux, et il poussa son cheval. Le colonel exaspéré interrompit la remontrance qu'il leur adressait, et, de sa main droite blessée, saisit la rêne de ce cheval du côté hors du montoir.

— Arrête! mauvais soldat, dit-il au hussard; je te connais, tu es de la compagnie du capitaine Henriet.

— Eh bien! que le capitaine lui-même me donne l'ordre!

Le capitaine Henriet a été tué hier, ajouta-t-il en ricanant, et va te faire f...

En disant ces paroles il veut forcer le passage et pousse le vieux colonel qui tombe assis sur le pavé du pont. Fabrice, qui était à deux pas plus loin sur le pont, mais faisant face au côté de l'auberge, pousse son cheval, et tandis que le poitrail du cheval de l'assaillant jette par terre le colonel qui ne lâche point la rêne hors du montoir, Fabrice, indigné, porte au hussard un coup de pointe à fond. Par bonheur le cheval du hussard, se sentant tiré vers la terre par la bride que tenait le colonel, fit un mouvement de côté, de façon que la longue lame du sabre de grosse cavalerie de Fabrice glissa le long du gilet du hussard et passa tout entière sous ses yeux. Furieux, le hussard se retourne et lance un coup de toutes ses forces, qui coupe la manche de Fabrice et entre profondément dans son bras : notre héros tombe.

Un des hussards démontés voyant les deux défenseurs du pont par terre, saisit l'à-propos, saute sur le cheval de Fabrice et veut s'en emparer en le lançant au galop sur le pont.

Le maréchal des logis, en accourant de l'auberge, avait vu tomber son colonel, et le croyait gravement blessé. Il court après le cheval de Fabrice et plonge la pointe de son sabre dans les reins du voleur; celui-ci tombe. Les hussards, ne voyant plus sur le pont que le maréchal des logis à pied, passent au galop et filent rapidement. Celui qui était à pied s'enfuit dans la campagne.

Le maréchal des logis s'approcha des blessés. Fabrice s'était déjà relevé; il souffrait peu, mais perdait beaucoup de sang. Le colonel se releva plus lentement; il était tout étourdi de sa chute, mais n'avait reçu aucune blessure.

— Je ne souffre, dit-il au maréchal des logis, que de mon ancienne blessure à la main.

Le hussard blessé par le maréchal des logis mourait.

— Le diable l'emporte! s'écria le colonel, mais, dit-il au maréchal des logis et aux deux autres cavaliers qui accouraient, songez à ce petit jeune homme que j'ai exposé mal à propos. Je vais rester au pont moi-même pour tâcher d'arrêter ces enragés. Conduisez le petit jeune homme à l'auberge et pansez son bras; prenez une de mes chemises.

CHAPITRE V

Toute cette aventure n'avait pas duré une minute; les blessures de Fabrice n'étaient rien; on lui serra le bras avec des bandes taillées dans la chemise du colonel. On voulait lui arranger un lit au premier étage de l'auberge :

— Mais pendant que je serai ici bien choyé au premier étage, dit Fabrice au maréchal des logis, mon cheval, qui est à l'écurie, s'ennuiera tout seul et s'en ira avec un autre maître.

— Pas mal pour un conscrit! dit le maréchal des logis; et l'on établit Fabrice sur de la paille bien fraîche, dans la mangeoire même à laquelle son cheval était attaché.

Puis, comme Fabrice se sentait très faible, le maréchal des logis lui apporta une écuelle de vin chaud et fit un peu la conversation avec lui. Quelques compliments inclus dans cette conversation mirent notre héros au troisième ciel.

Fabrice ne s'éveilla que le lendemain au point du jour; les chevaux poussaient de longs hennissements et faisaient un tapage affreux; l'écurie se remplissait de fumée. D'abord Fabrice ne comprenait rien à tout ce bruit, et ne savait même où il était; enfin à demi étouffé par la fumée, il eut l'idée que la maison brûlait; en un clin d'œil il fut hors de l'écurie et à cheval. Il leva la tête; la fumée sortait avec violence par les deux fenêtres au-dessus de l'écurie, et le toit était couvert d'une fumée noire qui tourbillonnait. Une centaine de fuyards étaient arrivés dans la nuit à l'auberge du Cheval Blanc; tous criaient et juraient. Les cinq ou six que Fabrice put voir de près lui semblèrent complètement ivres; l'un d'eux voulait l'arrêter et lui criait : Où emmènes-tu mon cheval ?

Quand Fabrice fut à un quart de lieue, il tourna la tête; personne ne le suivait, la maison était en flammes. Fabrice

reconnut le pont, il pensa à sa blessure et sentit son bras
serré par des bandes et fort chaud. Et le vieux colonel, que
sera-t-il devenu ? Il a donné sa chemise pour panser mon
bras. Notre héros était ce matin-là du plus beau sang-froid
du monde; la quantité de sang qu'il avait perdue l'avait
délivré de toute la partie romanesque de son caractère.

A droite! se dit-il, et filons. Il se mit tranquillement à
suivre le cours de la rivière qui, après avoir passé sous le
pont, coulait vers la droite de la route. Il se rappelait les
conseils de la bonne cantinière. Quelle amitié! se disait-il,
quel caractère ouvert!

Après une heure de marche, il se trouva très faible.
Ah çà! vais-je m'évanouir ? se dit-il : si je m'évanouis, on
me vole mon cheval, et peut-être mes habits, et avec les
habits le trésor. Il n'avait plus la force de conduire son cheval, et il cherchait à se tenir en équilibre, lorsqu'un paysan,
qui bêchait dans un champ à côté de la grande route, vit
sa pâleur et vint lui offrir un verre de bière et du pain.

— A vous voir si pâle, j'ai pensé que vous étiez un des
blessés de la grande bataille! lui dit le paysan. Jamais secours
ne vint plus à propos. Au moment où Fabrice mâchait le
morceau de pain noir, les yeux commençaient à lui faire
mal quand il regardait devant lui. Quand il fut un peu
remis, il remercia. Et où suis-je ? demanda-t-il. Le paysan
lui apprit qu'à trois quarts de lieue plus loin se trouvait
le bourg de Zonders, où il serait très bien soigné. Fabrice
arriva dans ce bourg, ne sachant pas trop ce qu'il faisait,
et ne songeant à chaque pas qu'à ne pas tomber de cheval. Il vit une grande porte ouverte, il entra : c'était
l'auberge de l'Étrille. Aussitôt accourut la bonne maîtresse
de la maison, femme énorme; elle appela du secours d'une
voix altérée par la pitié. Deux jeunes filles aidèrent Fabrice
à mettre pied à terre; à peine descendu de cheval, il s'évanouit complètement. Un chirurgien fut appelé, on le
saigna. Ce jour-là et ceux qui suivirent, Fabrice ne savait
pas trop ce qu'on lui faisait, il dormait presque sans cesse.

Le coup de pointe à la cuisse menaçait d'un dépôt
considérable. Quand il avait sa tête à lui, il recommandait
qu'on prît soin de son cheval, et répétait souvent qu'il
paierait bien, ce qui offensait la bonne maîtresse de
l'auberge et ses filles. Il y avait quinze jours qu'il était
admirablement soigné, et il commençait à reprendre un
peu ses idées, lorsqu'il s'aperçut un soir que ses hôtesses
avaient l'air fort troublé. Bientôt un officier allemand entra
dans sa chambre : on se servait pour lui répondre d'une

langue qu'il n'entendait pas ; mais il vit bien qu'on parlait de lui ; il feignit de dormir. Quelque temps après, quand il pensa que l'officier pouvait être sorti, il appela ses hôtesses :

— Cet officier ne vient-il pas m'écrire sur une liste, et me faire prisonnier ? L'hôtesse en convint les larmes aux yeux.

— Eh bien ! il y a de l'argent dans mon dolman ! s'écriat-il en se relevant sur son lit ; achetez-moi des habits bourgeois, et, cette nuit, je pars sur mon cheval. Vous m'avez déjà sauvé la vie une fois en me recevant au moment où j'allais tomber mourant dans la rue ; sauvez-la-moi encore en me donnant les moyens de rejoindre ma mère.

En ce moment, les filles de l'hôtesse se mirent à fondre en larmes ; elles tremblaient pour Fabrice ; et, comme elles comprenaient à peine le français, elles s'approchèrent de son lit pour lui faire des questions. Elles discutèrent en flamand avec leur mère ; mais, à chaque instant, des yeux attendris se tournaient vers notre héros ; il crut comprendre que sa fuite pouvait les compromettre gravement, mais qu'elles voulaient bien en courir la chance. Il les remercia avec effusion et en joignant les mains. Un juif du pays fournit un habillement complet ; mais, quand il l'apporta vers les dix heures du soir, ces demoiselles reconnurent, en comparant l'habit avec le dolman de Fabrice, qu'il fallait le rétrécir infiniment. Aussitôt elles se mirent à l'ouvrage ; il n'y avait pas de temps à perdre. Fabrice indiqua quelques napoléons cachés dans ses habits, et pria ses hôtesses de les coudre dans les vêtements qu'on venait d'acheter. On avait apporté avec les habits une belle paire de bottes neuves. Fabrice n'hésita point à prier ces bonnes filles de couper les bottes à la hussarde à l'endroit qu'il leur indiqua, et l'on cacha ses petits diamants dans la doublure des nouvelles bottes.

Par un effet singulier de la perte du sang et de la faiblesse qui en était la suite, Fabrice avait presque tout à fait oublié le français ; il s'adressait en italien à ses hôtesses, qui parlaient un patois flamand, de façon que l'on s'entendait presque uniquement par signes. Quand les jeunes filles, d'ailleurs parfaitement désintéressées, virent les diamants, leur enthousiasme pour lui n'eut plus de bornes ; elles le crurent un prince déguisé. Aniken, la cadette et la plus naïve, l'embrassa sans autre façon. Fabrice, de son côté, les trouvait charmantes ; et vers minuit, lorsque le chirurgien lui eut permis un peu de vin, à cause de la route qu'il allait entreprendre, il avait presque envie de ne pas partir.

Où pourrais-je être mieux qu'ici ? disait-il. Toutefois, sur les deux heures du matin, il s'habilla. Au moment de sortir de sa chambre, la bonne hôtesse lui apprit que son cheval avait été emmené par l'officier qui, quelques heures auparavant, était venu faire la visite de la maison.

— Ah! canaille! s'écriait Fabrice en jurant, à un blessé! Il n'était pas assez philosophe, ce jeune Italien, pour se rappeler à quel prix lui-même avait acheté ce cheval.

Aniken lui apprit en pleurant qu'on avait loué un cheval pour lui; elle eût voulu qu'il ne partît pas; les adieux furent tendres. Deux grands jeunes gens, parents de la bonne hôtesse, portèrent Fabrice sur la selle; pendant la route ils le soutenaient à cheval, tandis qu'un troisième, qui précédait le petit convoi de quelques centaines de pas, examinait s'il n'y avait point de patrouille suspecte sur les chemins. Après deux heures de marche, on s'arrêta chez une cousine de l'hôtesse de l'Étrille. Quoi que Fabrice pût leur dire, les jeunes gens qui l'accompagnaient ne voulurent jamais le quitter; ils prétendaient qu'ils connaissaient mieux que personne les passages dans les bois.

— Mais demain matin, quand on saura ma fuite, et qu'on ne vous verra pas dans le pays, votre absence vous compromettra, disait Fabrice.

On se remit en marche. Par bonheur, quand le jour vint à paraître, la plaine était couverte d'un brouillard épais. Vers les huit heures du matin, l'on arriva près d'une petite ville. L'un des jeunes gens se détacha pour voir si les chevaux de la poste avaient été volés. Le maître de poste avait eu le temps de les faire disparaître, et de recruter des rosses infâmes dont il avait garni ses écuries. On alla chercher deux chevaux dans les marécages où ils étaient cachés, et, trois heures après, Fabrice monta dans un petit cabriolet tout délabré, mais attelé de deux bons chevaux de poste. Il avait repris des forces. Le moment de la séparation avec les jeunes gens, parents de l'hôtesse, fut du dernier pathétique; jamais, quelque prétexte aimable que Fabrice pût trouver, ils ne voulurent accepter d'argent.

— Dans votre état, monsieur, vous en avez plus de besoin que nous, répondaient toujours ces braves jeunes gens. Enfin ils partirent avec des lettres où Fabrice, un peu fortifié par l'agitation de la route, avait essayé de faire connaître à ses hôtesses tout ce qu'il sentait pour elles. Fabrice écrivait les larmes aux yeux, et il y avait certainement de l'amour dans la lettre adressée à la petite Aniken.

Le reste du voyage n'eut rien que d'ordinaire. En arrivant à Amiens il souffrait beaucoup du coup de pointe qu'il avait reçu à la cuisse; le chirurgien de campagne n'avait pas songé à débrider la plaie, et, malgré les saignées, il s'y était formé un dépôt. Pendant les quinze jours que Fabrice passa dans l'auberge d'Amiens, tenue par une famille complimenteuse et avide, les alliés envahissaient la France, et Fabrice devint comme un autre homme, tant il fit de réflexions profondes sur les choses qui venaient de lui arriver. Il n'était resté enfant que sur un point : ce qu'il avait vu, était-ce une bataille, et en second lieu, cette bataille était-elle Waterloo ? Pour la première fois de sa vie il trouva du plaisir à lire; il espérait toujours trouver dans les journaux, ou dans les récits de la bataille, quelque description qui lui permettrait de reconnaître les lieux qu'il avait parcourus à la suite du maréchal Ney, et plus tard avec l'autre général. Pendant son séjour à Amiens, il écrivit presque tous les jours à ses bonnes amies de l'Étrille. Dès qu'il fut guéri, il vint à Paris; il trouva à son ancien hôtel vingt lettres de sa mère et de sa tante qui le suppliaient de revenir au plus vite. Une dernière lettre de la comtesse Pietranera avait un certain tour énigmatique qui l'inquiéta fort, cette lettre lui enleva toutes ses rêveries tendres. C'était un caractère auquel il ne fallait qu'un mot pour prévoir facilement les plus grands malheurs; son imagination se chargeait ensuite de lui peindre ces malheurs avec les détails les plus horribles.

« Garde-toi bien de signer les lettres que tu écris pour donner de tes nouvelles, lui disait la comtesse. A ton retour tu ne dois point venir d'emblée sur le lac de Côme : arrête-toi à Lugano, sur le territoire suisse. » Il devait arriver dans cette petite ville sous le nom de Cavi; il trouverait à la principale auberge le valet de chambre de la comtesse, qui lui indiquerait ce qu'il fallait faire. Sa tante finissait par ces mots : « Cache par tous les moyens possibles la folie que tu as faite, et surtout ne conserve sur toi aucun papier imprimé ou écrit; en Suisse tu seras environné des amis de Sainte-Marguerite *. Si j'ai assez d'argent, lui disait la comtesse, j'enverrai quelqu'un à Genève, à l'hôtel des Balances, et tu auras des détails que je ne puis écrire et qu'il faut pourtant que tu saches avant d'arriver. Mais, au nom de Dieu, pas un jour de plus à Paris; tu y

---

* M. Pellico a rendu ce nom européen, c'est celui de la rue de Milan où se trouvent le palais et les prisons de la police.

serais reconnu par nos espions. » L'imagination de Fabrice
se mit à se figurer les choses les plus étranges, et il fut
incapable de tout autre plaisir que celui de chercher à
deviner ce que sa tante pouvait avoir à lui apprendre de si
étrange. Deux fois, en traversant la France, il fut arrêté;
mais il sut se dégager; il dut ces désagréments à son passeport italien et à cette étrange qualité de marchand de baromètres, qui n'était guère d'accord avec sa figure jeune et
son bras en écharpe.

Enfin, dans Genève, il trouva un homme appartenant
à la comtesse qui lui raconta de sa part, que lui, Fabrice,
avait été dénoncé à la police de Milan comme étant allé
porter à Napoléon des propositions arrêtées par une vaste
conspiration organisée dans le ci-devant royaume d'Italie.
Si tel n'eût pas été le but de son voyage, disait la dénonciation, à quoi bon prendre un nom supposé? Sa mère
chercherait à prouver ce qui était vrai; c'est-à-dire :

1° Qu'il n'était jamais sorti de la Suisse :

2° Qu'il avait quitté le château à l'improviste à la
suite d'une querelle avec son frère aîné.

A ce récit, Fabrice eut un sentiment d'orgueil. J'aurais
été une sorte d'ambassadeur auprès de Napoléon ! se dit-il;
j'aurais eu l'honneur de parler à ce grand homme, plût à
Dieu! Il se souvint que son septième aïeul, le petit-fils de
celui qui arriva à Milan à la suite de Sforce, eut l'honneur
d'avoir la tête tranchée par les ennemis du duc, qui le sur-
prirent comme il allait en Suisse porter des propositions
aux louables cantons et recruter des soldats. Il voyait des
yeux de l'âme l'estampe relative à ce fait, placée dans la
généalogie de la famille. Fabrice, en interrogeant ce valet
de chambre, le trouva outré d'un détail qui enfin lui échappa,
malgré l'ordre exprès de le lui taire, plusieurs fois répété
par la comtesse. C'était Ascagne, son frère aîné, qui l'avait
dénoncé à la police de Milan. Ce mot cruel donna comme
un accès de folie à notre héros. De Genève pour aller en
Italie on passe par Lausanne; il voulut partir à pied et sur-
le-champ, et faire ainsi dix ou douze lieues, quoique la
diligence de Genève à Lausanne dût partir deux heures
plus tard. Avant de sortir de Genève, il se prit de querelle
dans un des tristes cafés du pays, avec un jeune homme qui
le regardait, disait-il, d'une façon singulière. Rien de plus
vrai, le jeune Genevois flegmatique, raisonnable et ne
songeant qu'à l'argent, le croyait fou; Fabrice en entrant
avait jeté des regards furibonds de tous les côtés, puis
renversé sur son pantalon la tasse de café qu'on lui servait.

Dans cette querelle, le premier mouvement de Fabrice fut tout à fait du XVIᵉ siècle : au lieu de parler de duel au jeune Genevois, il tira son poignard et se jeta sur lui pour l'en percer. En ce moment de passion, Fabrice oubliait tout ce qu'il avait appris sur les règles de l'honneur, et revenait à l'instinct, ou, pour mieux dire, aux souvenirs de la première enfance.

L'homme de confiance intime qu'il trouva dans Lugano augmenta sa fureur en lui donnant de nouveaux détails. Comme Fabrice était aimé à Grianta, personne n'eût prononcé son nom, et sans l'aimable procédé de son frère, tout le monde eût feint de croire qu'il était à Milan, et jamais l'attention de la police de cette ville n'eût été appelée sur son absence.

— Sans doute les douaniers ont votre signalement, lui dit l'envoyé de sa tante, et si nous suivons la grande route, à la frontière du royaume lombardo-vénitien, vous serez arrêté.

Fabrice et ses gens connaissaient les moindres sentiers de la montagne qui sépare Lugano du lac de Côme : ils se déguisèrent en chasseurs, c'est-à-dire en contrebandiers, et comme ils étaient trois et porteurs de mines assez résolues, les douaniers qu'ils rencontrèrent ne songèrent qu'à les saluer. Fabrice s'arrangea de façon à n'arriver au château que vers minuit ; à cette heure, son père et tous les valets de chambre portant de la poudre étaient couchés depuis longtemps. Il descendit sans peine dans le fossé profond et pénétra dans le château par la petite fenêtre d'une cave : c'est là qu'il était attendu par sa mère et sa tante ; bientôt ses sœurs accoururent. Les transports de tendresse et les larmes se succédèrent pendant longtemps, et l'on commençait à peine à parler raison lorsque les premières lueurs de l'aube vinrent avertir ces êtres qui se croyaient malheureux, que le temps volait.

— J'espère que ton frère ne se sera pas douté de ton arrivée, lui dit madame Pietranera ; je ne lui parlais guère depuis sa belle équipée, ce dont son amour-propre me faisait l'honneur d'être fort piqué : ce soir à souper j'ai daigné lui adresser la parole ; j'avais besoin de trouver un prétexte pour cacher la joie folle qui pouvait lui donner des soupçons. Puis, lorsque je me suis aperçue qu'il était tout fier de cette prétendue réconciliation, j'ai profité de sa joie pour le faire boire d'une façon désordonnée, et certainement il n'aura pas songé à se mettre en embuscade pour continuer son métier d'espion.

— C'est dans ton appartement qu'il faut cacher notre hussard, dit la marquise, il ne peut partir tout de suite dans ce premier moment, nous ne sommes pas assez maîtresses de notre raison, et il s'agit de choisir la meilleure façon de mettre en défaut cette terrible police de Milan.

On suivit cette idée; mais le marquis et son fils aîné remarquèrent, le jour d'après, que la marquise était sans cesse dans la chambre de sa belle-sœur. Nous ne nous arrêterons pas à peindre les transports de tendresse et de joie qui ce jour-là encore agitèrent ces êtres si heureux. Les cœurs italiens sont, beaucoup plus que les nôtres, tourmentés par les soupçons et par les idées folles que leur présente une imagination brûlante, mais en revanche leurs joies sont bien plus intenses et durent plus longtemps. Ce jour-là la comtesse et la marquise étaient absolument privées de leur raison; Fabrice fut obligé de recommencer tous ses récits : enfin on résolut d'aller cacher la joie commune à Milan, tant il sembla difficile de se dérober plus longtemps à la police du marquis et de son fils Ascagne.

On prit la barque ordinaire de la maison pour aller à Côme; en agir autrement eût été réveiller mille soupçons; mais en arrivant au port de Côme la marquise se souvint qu'elle avait oublié à Grianta des papiers de la dernière importance : elle se hâta d'y envoyer les bateliers, et ces hommes ne purent faire aucune remarque sur la manière dont ces deux dames employaient leur temps à Côme. A peine arrivées, elles louèrent au hasard une de ces voitures qui attendent pratique près de cette haute tour du moyen âge qui s'élève au-dessus de la porte de Milan. On partit à l'instant même sans que le cocher eût le temps de parler à personne. A un quart de lieue de la ville on trouva un jeune chasseur de la connaissance de ces dames, et qui par complaisance, comme elles n'avaient aucun homme avec elles, voulut bien leur servir de chevalier jusqu'aux portes de Milan, où il se rendait en chassant. Tout allait bien, et ces dames faisaient la conversation la plus joyeuse avec le jeune voyageur, lorsqu'à un détour que fait la route pour tourner la charmante colline et le bois de San-Giovanni, trois gendarmes déguisés sautèrent à la bride des chevaux. — Ah! mon mari nous a trahis! s'écria la marquise, et elle s'évanouit. Un maréchal des logis qui était resté un peu en arrière s'approcha de la voiture en trébuchant, et dit d'une voix qui avait l'air de sortir du cabaret :

— Je suis fâché de la mission que j'ai à remplir, mais je vous arrête, général Fabio Conti.

Fabrice crut que le maréchal des logis lui faisait une mauvaise plaisanterie en l'appelant *général*. Tu me le paieras, se dit-il; il regardait les gendarmes déguisés et guettait le moment favorable pour sauter à bas de la voiture et se sauver à travers champs.

La comtesse sourit à tout hasard, je crois, puis dit au maréchal des logis :

— Mais, mon cher maréchal, est-donc cet enfant de seize ans que vous prenez pour le général Conti ?

— N'êtes-vous pas la fille du général ? dit le maréchal des logis.

— Voyez mon père, dit la comtesse en montrant Fabrice. Les gendarmes furent saisis d'un rire fou.

— Montrez vos passeports sans raisonner, reprit le maréchal des logis piqué de la gaieté générale.

— Ces dames n'en prennent jamais pour aller à Milan, dit le cocher d'un air froid et philosophique; elles viennent de leur château de Grianta. Celle-ci est madame la comtesse Pietranera, celle-là, madame la marquise del Dongo.

Le maréchal des logis, tout déconcerté, passa à la tête des chevaux, et là tint conseil avec ses hommes. La conférence durait bien depuis cinq minutes, lorsque la comtesse Pietranera pria ces messieurs de permettre que la voiture fût avancée de quelques pas et placée à l'ombre; la chaleur était accablante, quoiqu'il ne fût que onze heures du matin, Fabrice, qui regardait fort attentivement de tous les côtés, cherchant le moyen de se sauver, vit déboucher d'un petit sentier à travers champs, et arriver sur la grande route, couverte de poussière, une jeune fille de quatorze à quinze ans qui pleurait timidement sous son mouchoir. Elle s'avançait à pied entre deux gendarmes en uniforme, et, à trois pas derrière elle, aussi entre deux gendarmes, marchait un grand homme sec qui affectait des airs de dignité comme un préfet suivant une procession.

— Où les avez-vous donc trouvés ? dit le maréchal des logis tout à fait ivre en ce moment.

— Se sauvant à travers champs, et pas plus de passeports que sur la main.

Le maréchal des logis parut perdre tout à fait la tête; il avait devant lui cinq prisonniers au lieu de deux qu'il lui fallait. Il s'éloigna de quelques pas, ne laissant qu'un homme pour garder le prisonnier qui faisait de la majesté, et un autre pour empêcher les chevaux d'avancer.

— Reste, dit la comtesse à Fabrice qui déjà avait sauté à terre, tout va s'arranger.

On entendit un gendarme s'écrier :

— Qu'importe! s'ils n'ont pas de passeports, ils sont de bonne prise tout de même. Le maréchal des logis semblait n'être pas tout à fait aussi décidé; le nom de la comtesse Pietranera lui donnait de l'inquiétude, il avait connu le général, dont il ne savait pas la mort. Le général n'est pas homme à ne pas se venger si j'arrête sa femme mal à propos, se disait-il.

Pendant cette délibération qui fut longue, la comtesse avait lié conversation avec la jeune fille qui était à pied sur la route et dans la poussière à côté de la calèche; elle avait été frappée de sa beauté.

— Le soleil va vous faire mal, mademoiselle; ce brave soldat, ajouta-t-elle en parlant au gendarme placé à la tête des chevaux, vous permettra bien de monter en calèche.

Fabrice, qui rôdait autour de la voiture, s'approcha pour aider la jeune fille à monter. Celle-ci s'élançait déjà sur le marchepied, le bras soutenu par Fabrice, lorsque l'homme imposant, qui était à six pas en arrière de la voiture, cria d'une voix grossie par la volonté d'être digne :

— Restez sur la route, ne montez pas dans une voiture qui ne vous appartient pas.

Fabrice n'avait pas entendu cet ordre; la jeune fille, au lieu de monter dans la calèche, voulut redescendre, et Fabrice continuant à la soutenir, elle tomba dans ses bras. Il sourit, elle rougit profondément; ils restèrent un instant à se regarder après que la jeune fille se fut dégagée de ses bras.

— Ce serait une charmante compagne de prison, se dit Fabrice : quelle pensée profonde sous ce front! elle saurait aimer.

Le maréchal des logis s'approcha d'un air d'autorité :

— Laquelle de ces dames se nomme Clélia Conti ?

— Moi, dit la jeune fille.

— Et moi, s'écria l'homme âgé, je suis le général Fabio Conti, chambellan de S. A. S. monseigneur le prince de Parme; je trouve fort inconvenant qu'un homme de ma sorte soit traqué comme un voleur.

— Avant-hier, en vous embarquant au port de Côme, n'avez-vous pas envoyé promener l'inspecteur de police qui vous demandait votre passeport ? Eh bien! aujourd'hui il vous empêche de vous promener.

— Je m'éloignais déjà avec ma barque, j'étais pressé,

le temps étant à l'orage; un homme sans uniforme m'a crié du quai de rentrer au port, je lui ai dit mon nom et j'ai continué mon voyage.

— Et ce matin vous vous êtes enfui de Côme ?

— Un homme comme moi ne prend pas de passeport pour aller de Milan voir le lac. Ce matin, à Côme, on m'a dit que je serais arrêté à la porte, je suis sorti à pied avec ma fille; j'espérais trouver sur la route quelque voiture qui me conduirait jusqu'à Milan, où certes ma première visite sera pour porter mes plaintes au général commandant la province.

Le maréchal des logis parut soulagé d'un grand poids.

— Eh bien! général, vous êtes arrêté, et je vais vous conduire à Milan. Et vous, qui êtes-vous ? dit-il à Fabrice.

— Mon fils, reprit la comtesse : Ascagne, fils du général de division Pietranera.

— Sans passeport, madame la comtesse ? dit le maréchal des logis fort radouci.

— A son âge il n'en a jamais pris; il ne voyage jamais seul, il est toujours avec moi.

Pendant ce colloque, le général Conti faisait de la dignité de plus en plus offensée avec les gendarmes.

— Pas tant de paroles, lui dit l'un d'eux, vous êtes arrêté, suffit!

— Vous serez trop heureux, dit le maréchal des logis, que nous consentions à ce que vous louiez un cheval de quelque paysan; autrement, malgré la poussière et la chaleur, et le grade de chambellan de Parme, vous marcherez fort bien à pied au milieu de nos chevaux.

Le général se mit à jurer.

— Veux-tu bien te taire! reprit le gendarme. Où est ton uniforme de général ? Le premier venu ne peut-il pas dire qu'il est général ?

Le général se fâcha de plus belle. Pendant ce temps les affaires allaient beaucoup mieux dans la calèche.

La comtesse faisait marcher les gendarmes comme s'ils eussent été ses gens. Elle venait de donner un écu à l'un d'eux pour aller chercher du vin et surtout de l'eau fraîche dans une cassine que l'on apercevait à deux cents pas. Elle avait trouvé le temps de calmer Fabrice, qui, à toute force, voulait se sauver dans le bois qui couvrait la colline; j'ai de bons pistolets, disait-il. Elle obtint du général irrité qu'il laisserait monter sa fille dans la voiture. A cette occasion, le général, qui aimait à parler de lui et de sa famille, apprit à ces dames que sa fille n'avait que douze ans, étant née en 1803, le 27 octobre; mais tout le monde lui donnait quatorze ou quinze ans, tant elle avait de raison.

Homme tout à fait commun, disaient les yeux de la comtesse à la marquise. Grâce à la comtesse, tout s'arrangea après un colloque d'une heure. Un gendarme, qui se trouva avoir affaire dans le village voisin, loua son cheval au général Conti, après que la comtesse lui eut dit : Vous aurez 10 francs. Le maréchal des logis partit seul avec le général; les autres gendarmes restèrent sous un arbre en compagnie avec quatre énormes bouteilles de vin, sorte de petites *dames-jeannes*, que le gendarme envoyé à la cassine avait rapportées, aidé par un paysan. Clélia Conti fut autorisée par le digne chambellan à accepter, pour revenir à Milan, une place dans la voiture de ces dames, et personne ne songea à arrêter le fils du brave général comte Pietranera. Après les premiers moments donnés à la politesse et aux commentaires sur le petit incident qui venait de se terminer, Clélia Conti remarqua la nuance d'enthousiasme avec laquelle une aussi belle dame que la comtesse parlait à Fabrice; certainement elle n'était pas sa mère. Son attention fut surtout excitée par des allusions répétées à quelque chose d'héroïque, de hardi, de dangereux au suprême degré, qu'il avait fait depuis peu; malgré toute son intelligence, la jeune Clélia ne put deviner de quoi il s'agissait.

Elle regardait avec étonnement ce jeune héros dont les yeux semblaient respirer encore tout le feu de l'action. Pour lui, il était un peu interdit de la beauté si singulière de cette jeune fille de douze ans, et ses regards la faisaient rougir.

Une lieue avant d'arriver à Milan, Fabrice dit qu'il allait voir son oncle, et prit congé des dames.

— Si jamais je me tire d'affaire, dit-il à Clélia, j'irai voir les beaux tableaux de Parme, et alors daignerez-vous vous rappeler ce nom : Fabrice del Dongo ?

— Bon! dit la comtesse, voilà comme tu sais garder l'incognito! Mademoiselle, daignez vous rappeler que ce mauvais sujet est mon fils et s'appelle Pietranera et non del Dongo.

Le soir, fort tard, Fabrice rentra dans Milan par la porte *Renza*, qui conduit à une promenade à la mode. L'envoi des deux domestiques en Suisse avait épuisé les fort petites économies de la marquise et de sa sœur; par bonheur, Fabrice avait encore quelques napoléons, et l'un des diamants, qu'on résolut de vendre.

Ces dames étaient aimées et connaissaient toute la ville; les personnages les plus considérables dans le parti autrichien et dévot allèrent parler en faveur de Fabrice au baron Binder, chef de la police. Ces messieurs ne concevaient pas, disaient-ils, comment l'on pouvait prendre au sérieux l'incartade d'un enfant de seize ans qui se dispute avec un frère aîné et déserte la maison paternelle.

— Mon métier est de tout prendre au sérieux, répondait doucement le baron Binder, homme sage et triste; il établissait alors cette fameuse police de Milan, et s'était engagé à prévenir une révolution comme celle de 1746, qui chassa les Autrichiens de Gênes. Cette police de Milan, devenue depuis si célèbre par les aventures de MM. Pellico et d'Andryane, ne fut pas précisément cruelle, elle exécutait raisonnablement et sans pitié des lois sévères. L'empereur François II voulait qu'on frappât de terreur ces imaginations italiennes si hardies.

— Donnez-moi jour par jour, répétait le baron Binder aux protecteurs de Fabrice, l'indication *prouvée* de ce qu'a fait le jeune marchesino del Dongo; prenons-le depuis le moment de son départ de Grianta, 8 mars, jusqu'à son arrivée, hier soir, dans cette ville, où il est caché dans une des chambres de l'appartement de sa mère, et je suis prêt à le traiter comme le plus aimable et le plus espiègle des jeunes gens de la ville. Si vous ne pouvez pas me fournir l'itinéraire du jeune homme pendant toutes les journées qui ont suivi son départ de Grianta, quels que soient la grandeur de sa naissance et le respect que je porte aux amis de sa famille, mon devoir n'est-il pas de le faire arrêter? Ne dois-je pas le retenir en prison jusqu'à ce qu'il m'ait donné la preuve qu'il n'est pas allé porter des paroles à Napoléon de la part de quelques mécontents qui peuvent exister en Lombardie parmi les sujets de Sa Majesté Impériale et Royale? Remarquez encore, messieurs, que si le jeune del Dongo parvient à se justifier sur ce point, il restera coupable d'avoir passé à l'étranger sans passeport régulièrement délivré, et de plus en prenant un faux nom et faisant usage sciemment d'un passeport délivré à un simple ouvrier, c'est-à-dire à un individu d'une classe tellement au-dessous de celle à laquelle il appartient.

Cette déclaration, cruellement raisonnable, était accompagnée de toutes les marques de déférence et de respect que le chef de la police devait à la haute position de la marquise del Dongo et à celle des personnages importants qui venaient s'entremettre pour elle.

La marquise fut au désespoir quand elle apprit la réponse du baron Binder.

— Fabrice va être arrêté, s'écria-t-elle en pleurant, et une fois en prison, Dieu sait quand il en sortira! Son père le reniera!

Mme Pietranera et sa belle-sœur tinrent conseil avec deux ou trois amis intimes, et, quoi qu'ils pussent dire, la marquise voulut absolument faire partir son fils dès la nuit suivante.

— Mais tu vois bien, lui disait la comtesse, que le baron Binder sait que ton fils est ici; cet homme n'est point méchant.

— Non, mais il veut plaire à l'empereur François.

— Mais s'il croyait utile à son avancement de jeter Fabrice en prison, il y serait déjà; et c'est lui marquer une défiance injurieuse que de le faire sauver.

— Mais nous avouer qu'il sait où est Fabrice, c'est nous dire : faites-le partir! Non, je ne vivrai pas tant que je pourrai me répéter : Dans un quart d'heure mon fils peut être entre quatre murailles! Quelle que soit l'ambition du baron Binder, ajoutait la marquise, il croit utile à sa position personnelle en ce pays d'afficher des ménagements pour un homme du rang de mon mari, et j'en vois une preuve dans cette ouverture de cœur singulière avec laquelle il avoue qu'il sait où prendre mon fils. Bien plus, le baron détaille complaisamment les deux contraventions dont Fabrice est accusé d'après la dénonciation de son indigne frère; il explique que ces deux contraventions emportent la prison; n'est-ce pas nous dire que si nous aimons mieux l'exil, c'est à nous de choisir?

— Si tu choisis l'exil, répétait toujours la comtesse, de la vie nous ne le reverrons. Fabrice, présent à tout l'entretien, avec un des anciens amis de la marquise, maintenant conseiller au tribunal formé par l'Autriche, était grandement d'avis de prendre la clef des champs. Et, en effet, le soir même il sortit du palais caché dans la voiture qui conduisait au théâtre de la Scala sa mère et sa tante. Le cocher, dont on se défiait, alla faire comme d'habitude une station au cabaret, et pendant que le laquais, homme sûr, gardait les chevaux, Fabrice, déguisé en paysan, se glissa hors de la voiture et sortit de la ville. Le lendemain matin il passa la frontière avec le même bonheur, et quelques heures plus tard il était installé dans une terre que sa mère avait en Piémont, près de Novare, précisément à Romagnano, où Bayard fut tué.

On peut penser avec quelle attention ces dames arrivées dans leur loge, à la Scala, écoutaient le spectacle. Elles n'y étaient allées que pour pouvoir consulter plusieurs de leurs amis appartenant au parti libéral, et dont l'apparition au palais del Dongo eût pu être mal interprétée par la police. Dans la loge, il fut résolu de faire une nouvelle démarche auprès du baron Binder. Il ne pouvait pas être question d'offrir une somme d'argent à ce magistrat parfaitement honnête homme, et d'ailleurs ces dames étaient fort pauvres, elles avaient forcé Fabrice à emporter tout ce qui restait sur le produit du diamant.

Il était fort important toutefois d'avoir le dernier mot du baron. Les amis de la comtesse lui rappelèrent un certain chanoine Borda, jeune homme fort aimable, qui jadis avait voulu lui faire la cour, et avec d'assez vilaines façons; ne pouvant réussir, il avait dénoncé son amitié pour Limercati au général Pietranera, sur quoi il avait été chassé comme un vilain. Or, maintenant ce chanoine faisait tous les soirs la partie de tarots de la baronne Binder, et naturellement était l'ami intime du mari. La comtesse se décida à la démarche horriblement pénible d'aller voir ce chanoine; et le lendemain matin de bonne heure, avant qu'il sortît de chez lui, elle se fit annoncer.

Lorsque le domestique unique du chanoine prononça le nom de la comtesse Pietranera, cet homme fut ému au point d'en perdre la voix; il ne chercha point à réparer le désordre d'un négligé fort simple.

— Faites entrer et allez-vous-en, dit-il d'une voix éteinte. La comtesse entra; Borda se jeta à genoux.

— C'est dans cette position qu'un malheureux fou doit recevoir vos ordres, dit-il à la comtesse qui ce matin-là, dans son négligé à demi-déguisement, était d'un piquant irrésistible. Le profond chagrin de l'exil de Fabrice, la violence qu'elle se faisait pour paraître chez un homme qui en avait agi traîtreusement avec elle, tout se réunissait pour donner à son regard un éclat incroyable.

— C'est dans cette position que je veux recevoir vos ordres, s'écria le chanoine, car il est évident que vous avez quelque service à me demander, autrement vous n'auriez pas honoré de votre présence la pauvre maison d'un malheureux fou : jadis transporté d'amour et de jalousie, il se conduisit avec vous comme un lâche, une fois qu'il vit qu'il ne pouvait vous plaire.

Ces paroles étaient sincères et d'autant plus belles que le chanoine jouissait maintenant d'un grand pouvoir : la comtesse en fut touchée jusqu'aux larmes; l'humiliation, la crainte glaçaient son âme, en un instant l'attendrissement et un peu d'espoir leur succédaient. D'un état fort malheureux elle passait en un clin d'œil presque au bonheur.

— Baise ma main, dit-elle au chanoine en la lui présentant, et lève-toi. (Il faut savoir qu'en Italie le tutoiement indique la bonne et franche amitié tout aussi bien qu'un sentiment plus tendre.) Je viens te demander grâce pour mon neveu Fabrice. Voici la vérité complète et sans le moindre déguisement comme on la dit à un vieil ami. A seize ans et demi il vient de faire une insigne folie; nous étions au château de Grianta, sur le lac de Côme. Un soir, à sept heures, nous avons appris, par un bateau de Côme, le débarquement de l'Empereur au golfe de Juan. Le lendemain matin Fabrice est parti pour la France, après s'être fait donner le passeport d'un de ses amis du peuple, un marchand de baromètres nommé Vasi. Comme il n'a pas l'air précisément d'un marchand de baromètres, à peine avait-il fait dix lieues en France, que sur sa bonne mine on l'a arrêté; ses élans d'enthousiasme en mauvais français semblaient suspects. Au bout de quelque temps il s'est sauvé et a pu gagner Genève; nous avons envoyé à sa rencontre à Lugano...

— C'est-à-dire à Genève, dit le chanoine en souriant.

La comtesse acheva l'histoire.

— Je ferai pour vous tout ce qui est humainement possible, reprit le chanoine avec effusion; je me mets entièrement à vos ordres. Je ferai même des imprudences, ajouta-t-il. Dites, que dois-je faire au moment où ce pauvre salon sera privé de cette apparition céleste, et qui fait époque dans l'histoire de ma vie?

— Il faut aller chez le baron Binder lui dire que vous aimez Fabrice depuis sa naissance, que vous avez vu naître cet enfant quand vous veniez chez nous, et qu'enfin, au nom de l'amitié qu'il vous accorde, vous le suppliez d'employer tous ses espions à vérifier si, avant son départ pour la Suisse, Fabrice a eu la moindre entrevue avec aucun de ces libéraux qu'il surveille. Pour peu que le baron soit bien servi, il verra qu'il s'agit ici uniquement d'une véritable étourderie de jeunesse. Vous savez que j'avais, dans mon bel appartement du palais Dugnani, les estampes des batailles gagnées par Napoléon : c'est en lisant les légendes de ces gravures que mon neveu apprit à lire. Dès l'âge de cinq ans, mon pauvre mari lui expliquait ces batailles; nous lui mettions sur la tête le casque de mon mari, l'enfant traînait son grand sabre. Eh bien! un beau jour, il apprend que le dieu de mon mari, que l'Empereur est de retour en France; il part pour le rejoindre, comme un étourdi, mais il n'y réussit pas. Demandez à votre baron de quelle peine il veut punir ce moment de folie.

— J'oubliais une chose, s'écria le chanoine, vous allez voir que je ne suis pas tout à fait indigne du pardon que vous m'accordez. Voici, dit-il en cherchant sur la table parmi ses papiers, voici la dénonciation de cet infâme *coltorto* (hypocrite), voyez, signée *Ascanio Valserra del* Dongo, qui a commencé toute cette affaire; je l'ai prise hier soir dans les bureaux de la police, et suis allé à la Scala, dans l'espoir de trouver quelqu'un allant d'habitude dans votre loge, par lequel je pourrais vous la faire communiquer. Copie de cette pièce est à Vienne depuis longtemps. Voilà l'ennemi que nous devons combattre. Le chanoine lut la dénonciation avec la comtesse, et il fut convenu que, dans la journée, il lui en ferait tenir une copie par une personne sûre. Ce fut la joie dans le cœur que la comtesse rentra au palais del Dongo.

— Il est impossible d'être plus galant homme que cet ancien *coquin*, dit-elle à la marquise; ce soir à la Scala, à dix heures trois quarts à l'horloge du théâtre, nous renverrons tout le monde de notre loge, nous éteindrons les bougies, nous fermerons notre porte, et, à onze heures, le chanoine lui-même viendra nous dire ce qu'il a pu faire. C'est ce que nous avons trouvé de moins compromettant pour lui.

Ce chanoine avait beaucoup d'esprit; il n'eut garde de manquer au rendez-vous : il y montra une bonté complète et une ouverture de cœur sans réserve que l'on ne trouve guère que dans les pays où la vanité ne domine pas tous les sentiments. Sa dénonciation de la comtesse au général Pietranera, son mari, était un des grands remords de sa vie, et il trouvait un moyen d'abolir ce remords.

Le matin, quand la comtesse était sortie de chez lui : La voilà qui fait l'amour avec son neveu, s'était-il dit avec amertume, car il n'était point guéri. Altière comme elle l'est, être venue chez moi!... A la mort de ce pauvre Pietranera, elle repoussa avec horreur mes offres de service, quoique fort polies et très bien présentées par le colonel Scotti, son ancien amant. La belle Pietranera vivre avec 1.500 francs! ajoutait le chanoine en se promenant avec

action dans sa chambre! Puis aller habiter le château de
Grianta avec un abominable *secatore*, ce marquis del
Dongo!... Tout s'explique maintenant! Au fait, ce jeune
Fabrice est plein de grâces, grand, bien fait, une figure
toujours riante... et, mieux que cela, un certain regard
chargé de douce volupté... une physionomie à la Corrège,
ajoutait le chanoine avec amertume.

La différence d'âge... point trop grande... Fabrice né
après l'entrée des Français, vers 98, ce me semble; la
comtesse peut avoir vingt-sept ou vingt-huit ans, impossible d'être plus jolie, plus adorable; dans ce pays fertile
en beautés, elle les bat toutes; la Marini, la Gherardi, la
Ruga, l'Aresi, la Pietragrua, elle l'emporte sur toutes ces
femmes... Ils vivaient heureux cachés sur ce beau lac de
Côme quand le jeune homme a voulu rejoindre Napoléon... Il y a encore des âmes en Italie! et, quoi qu'on
fasse! Chère patrie!... Non, continuait ce cœur enflammé
par la jalousie, impossible d'expliquer autrement cette
résignation à végéter à la campagne, avec le dégoût de
voir tous les jours, à tous les repas, cette horrible figure
du marquis del Dongo, plus cette infâme physionomie
blafarde du *marchesino Ascanio*, qui sera pis que son père!...
Eh bien! je le servirai franchement. Au moins j'aurai le
plaisir de la voir autrement qu'au bout de ma lorgnette.

Le chanoine Borda expliqua fort clairement l'affaire à
ces dames. Au fond, Binder était on ne peut pas mieux
disposé; il était charmé que Fabrice eût pris la clef des
champs avant les ordres qui pouvaient arriver de Vienne;
car le Binder n'avait pouvoir de décider de rien, il attendait
des ordres pour cette affaire comme pour toutes les autres;
il envoyait à Vienne chaque jour la copie exacte de toutes
les informations : puis il attendait.

Il fallait que dans son exil à Romagnan Fabrice,

1º Ne manquât pas d'aller à la messe tous les jours,
prît pour confesseur un homme d'esprit, dévoué à la cause
de la monarchie, et ne lui avouât, au tribunal de la pénitence, que des sentiments fort irréprochables;

2º Il ne devait fréquenter aucun homme passant pour
avoir de l'esprit, et, dans l'occasion, il fallait parler de la
révolte avec horreur, et comme n'étant jamais permise;

3º Il ne devait point se faire voir au café, il ne fallait
jamais lire d'autres journaux que les gazettes officielles
de Turin et de Milan; en général, montrer du dégoût pour
la lecture, ne jamais lire, surtout aucun ouvrage imprimé

après 1720, exception tout au plus pour les romans de Walter Scott;

4° Enfin, ajouta le chanoine avec un peu de malice, il faut surtout qu'il fasse ouvertement la cour à quelqu'une des jolies femmes du pays, de la classe noble, bien entendu; cela montrera qu'il n'a pas le génie sombre et mécontent d'un conspirateur en herbe.

Avant de se coucher, la comtesse et la marquise écrivirent à Fabrice deux lettres infinies dans lesquelles on lui expliquait avec une anxiété charmante tous les conseils donnés par Borda.

Fabrice n'avait nulle envie de conspirer : il aimait Napoléon, et, en sa qualité de noble, se croyait fait pour être plus heureux qu'un autre et trouvait les bourgeois ridicules. Jamais il n'avait ouvert un livre depuis le collège, où il n'avait lu que des livres arrangés par les jésuites. Il s'établit à quelque distance de Romagnan, dans un palais magnifique, l'un des chefs-d'œuvre du fameux architecte San-Micheli; mais depuis trente ans on ne l'avait pas habité, de sorte qu'il pleuvait dans toutes les pièces et pas une fenêtre ne fermait. Il s'empara des chevaux de l'homme d'affaires, qu'il montait sans façon toute la journée; il ne parlait point, et réfléchissait. Le conseil de prendre une maîtresse dans une famille *ultra* lui parut plaisant et il le suivit à la lettre. Il choisit pour confesseur un jeune prêtre intrigant qui voulait devenir évêque (comme le confesseur du Spielberg) *; mais il faisait trois lieues à pied et s'enveloppait d'un mystère qu'il croyait impénétrable, pour lire le *Constitutionnel*, qu'il trouvait sublime : cela est aussi beau qu'Alfieri et le Dante! s'écriait-il souvent. Fabrice avait cette ressemblance avec la jeunesse française qu'il s'occupait beaucoup plus sérieusement de son cheval et de son journal que de sa maîtresse bien pensante. Mais il n'y avait pas encore de place pour l'*imitation des autres* dans cette âme naïve et ferme, et il ne fit pas d'amis dans la société du gros bourg de Romagnan; sa simplicité passait pour de la hauteur; on ne savait que dire de ce caractère. *C'est un cadet mécontent de n'être pas aîné*, dit le curé.

---

* Voir les curieux Mémoires de M. Andryane, amusants comme un conte, et qui resteront comme Tacite.

CHAPITRE VI

Nous avouerons avec sincérité que la jalousie du chanoine Borda n'avait pas absolument tort; à son retour de France, Fabrice parut aux yeux de la comtesse Pietranera comme un bel étranger qu'elle eût beaucoup connu jadis. S'il eût parlé d'amour, elle l'eût aimé; n'avait-elle pas déjà pour sa conduite et sa personne une admiration passionnée et pour ainsi dire sans bornes ? Mais Fabrice l'embrassait avec une telle effusion d'innocente reconnaissance et de bonne amitié, qu'elle se fût fait horreur à elle-même si elle eût cherché un autre sentiment dans cette amitié presque filiale. Au fond, se disait la comtesse, quelques amis qui m'ont connue il y a six ans, à la cour du prince Eugène, peuvent encore me trouver jolie et même jeune, mais pour lui je suis une femme respectable... et, s'il faut tout dire sans nul ménagement pour mon amour-propre, une femme âgée. La comtesse se faisait illusion sur l'époque de la vie où elle était arrivée, mais ce n'était pas à la façon des femmes vulgaires. A son âge, d'ailleurs, ajoutait-elle, on s'exagère un peu les ravages du temps; un homme plus avancé dans la vie...

La comtesse, qui se promenait dans son salon, s'arrêta devant une glace, puis sourit. Il faut savoir que depuis quelques mois le cœur de Mme Pietranera était attaqué d'une façon sérieuse et par un singulier personnage. Peu après le départ de Fabrice pour la France, la comtesse qui, sans qu'elle se l'avouât tout à fait, commençait déjà à s'occuper beaucoup de lui, était tombée dans une profonde mélancolie. Toutes ses occupations lui semblaient sans plaisir, et, si l'on ose ainsi parler, sans saveur; elle se disait que Napoléon voulant s'attacher ses peuples d'Italie prendrait Fabrice pour aide de camp. — Il est perdu pour moi ! s'écriait-elle en pleurant, je ne le reverrai plus;

il m'écrira, mais que serai-je pour lui dans dix ans ?

Ce fut dans ces dispositions qu'elle fit un voyage à Milan ; elle espérait y trouver des nouvelles plus directes de Napoléon, et, qui sait, peut-être par contre-coup des nouvelles de Fabrice. Sans se l'avouer, cette âme active commençait à être bien lasse de la vie monotone qu'elle menait à la campagne : c'est s'empêcher de mourir, se disait-elle, ce n'est pas vivre. Tous les jours voir ces figures *poudrées*, le frère, le neveu Ascagne, leurs valets de chambre ! Que seraient les promenades sur le lac sans Fabrice ? Son unique consolation était puisée dans l'amitié qui l'unissait à la marquise. Mais depuis quelque temps, cette intimité avec la mère de Fabrice, plus âgée qu'elle, et désespérant de la vie, commençait à lui être moins agréable.

Telle était la position singulière de Mme Pietranera : Fabrice parti, elle espérait peu de l'avenir ; son cœur avait besoin de consolation et de nouveauté. Arrivée à Milan, elle se prit de passion pour l'opéra à la mode ; elle allait s'enfermer toute seule, durant de longues heures, à la Scala, dans la loge du général Scotti, son ancien ami. Les hommes qu'elle cherchait à rencontrer pour avoir des nouvelles de Napoléon et de son armée lui semblaient vulgaires et grossiers. Rentrée chez elle, elle improvisait sur son piano jusqu'à trois heures du matin. Un soir, à la Scala, dans la loge d'une de ses amies, où elle allait chercher des nouvelles de France, on lui présenta le comte Mosca, ministre de Parme : c'était un homme aimable et qui parla de la France et de Napoléon de façon à donner à son cœur de nouvelles raisons pour espérer ou pour craindre. Elle retourna dans cette loge le lendemain : cet homme d'esprit revint, et, tout le temps du spectacle, elle lui parla avec plaisir. Depuis le départ de Fabrice, elle n'avait pas trouvé une soirée vivante comme celle-là. Cet homme qui l'amusait, le comte Mosca della Rovere Sorezana, était alors ministre de la guerre, de la police et des finances de ce fameux prince de Parme, Ernest IV, si célèbre par ses sévérités que les libéraux de Milan appelaient des cruautés. Mosca pouvait avoir quarante ou quarante-cinq ans ; il avait de grands traits, aucun vestige d'importance, et un air simple et gai qui prévenait en sa faveur ; il eût été fort bien encore, si une bizarrerie de son prince ne l'eût obligé à porter de la poudre dans les cheveux comme gages de bons sentiments politiques. Comme on craint peu de choquer la vanité, on arrive fort vite en Italie au ton de l'intimité, et à dire des choses personnelles.

Le correctif de cet usage est de ne pas se revoir si l'on s'est blessé.

— Pourquoi donc, comte, portez-vous de la poudre ? lui dit Mme Pietranera la troisième fois qu'elle le voyait. De la poudre! un homme comme vous, aimable, encore jeune et qui a fait la guerre en Espagne avec nous!

— C'est que je n'ai rien volé dans cette Espagne, et qu'il faut vivre. J'étais fou de la gloire; une parole flatteuse du général français, Gouvion-Saint-Cyr, qui nous commandait, était alors tout pour moi. A la chute de Napoléon, il s'est trouvé que, tandis que je mangeais mon bien à son service, mon père, homme d'imagination et qui me voyait déjà général, me bâtissait un palais dans Parme. En 1813, je me suis trouvé pour tout bien un grand palais à finir et une pension.

— Une pension : 3.500 francs, comme mon mari ?

— Le comte Pietranera était général de division. Ma pension, à moi, pauvre chef d'escadron, n'a jamais été que de 800 francs, et encore je n'en ai été payé que depuis que je suis ministre des finances.

Comme il n'y avait dans la loge que la dame d'opinions fort libérales à laquelle elle appartenait, l'entretien continua avec la même franchise. Le comte Mosca, interrogé, parla de sa vie à Parme. En Espagne, sous le général Saint-Cyr, j'affrontais des coups de fusil pour arriver à la croix et ensuite à un peu de gloire, maintenant je m'habille comme un personnage de comédie pour gagner un grand état de maison et quelques milliers de francs. Une fois entré dans cette sorte de jeu d'échecs, choqué des insolences de mes supérieurs, j'ai voulu occuper une des premières places; j'y suis arrivé : mais mes jours les plus heureux sont toujours ceux que de temps à autre je puis venir passer à Milan; là vit encore, ce me semble, le cœur de votre armée d'Italie.

La franchise, la *disinvoltura* avec laquelle parlait ce ministre d'un prince si redouté piqua la curiosité de la comtesse; sur son titre elle avait cru trouver un pédant plein d'importance, elle voyait un homme qui avait honte de la gravité de sa place. Mosca lui avait promis de lui faire parvenir toutes les nouvelles de France qu'il pourrait recueillir : c'était une grande indiscrétion à Milan, dans le mois qui précéda Waterloo; il s'agissait alors pour l'Italie d'être ou de n'être pas; tout le monde avait la fièvre, à Milan, d'espérance ou de crainte. Au milieu de ce trouble universel, la comtesse fit des questions sur le compte d'un homme qui parlait si lestement d'une place si enviée et qui était sa seule ressource.

Des choses curieuses et d'une bizarrerie intéressante furent rapportées à Mme Pietranera : Le comte Mosca della Rovere Sorezana, lui dit-on, est sur le point de devenir premier ministre et favori déclaré de Ranuce Ernest IV, souverain absolu de Parme, et, de plus, l'un des princes les plus riches de l'Europe. Le comte serait déjà arrivé à ce poste suprême s'il eût voulu prendre une mine plus grave; on dit que le prince lui fait souvent la leçon à cet égard.

— Qu'importent mes façons à Votre Altesse, répond-il librement, si je fais bien ses affaires ?

— Le bonheur de ce favori, ajoutait-on, n'est pas sans épines. Il faut plaire à un souverain, homme de sens et d'esprit sans doute, mais qui, depuis qu'il est monté sur un trône absolu, semble avoir perdu la tête et montre, par exemple, des soupçons dignes d'une femmelette.

Ernest IV n'est brave qu'à la guerre. Sur les champs de bataille, on l'a vu vingt fois guider une colonne à l'attaque en brave général; mais après la mort de son père Ernest III, de retour dans ses états, où, pour son malheur, il possède un pouvoir sans limites, il s'est mis à déclamer follement contre les libéraux et la liberté. Bientôt il s'est figuré qu'on le haïssait; enfin, dans un moment de mauvaise humeur il a fait pendre deux libéraux, peut-être peu coupables, conseillé à cela par un misérable nommé Rassi, sorte de ministre de la justice.

Depuis ce moment fatal, la vie du prince a été changée; on le voit tourmenté par les soupçons les plus bizarres. Il n'a pas cinquante ans, et la peur l'a tellement amoindri, si l'on peut parler ainsi, que, dès qu'il parle des jacobins et des projets du comité directeur de Paris, on lui trouve la physionomie d'un vieillard de quatre-vingts ans; il retombe dans les peurs chimériques de la première enfance. Son favori Rassi, fiscal général (ou grand juge), n'a d'influence que par la peur de son maître; et dès qu'il craint pour son crédit, il se hâte de découvrir quelque nouvelle conspiration des plus noires et des plus chimériques. Trente imprudents se réunissent-ils pour lire un numéro du *Constitutionnel*, Rassi les déclare conspirateurs et les envoie prisonniers dans cette fameuse citadelle de Parme, terreur de toute la Lombardie. Comme elle est fort élevée, cent quatre-vingts pieds, dit-on, on l'aperçoit de fort loin au milieu de cette plaine immense; et la forme physique de cette prison, de laquelle on raconte des choses horribles, la fait reine, de par la peur, de toute cette plaine, qui s'étend de Milan à Bologne.

— Le croiriez-vous ? disait à la comtesse un autre voyageur, la nuit, au troisième étage de son palais, gardé par quatre-vingts sentinelles qui, tous les quarts d'heure, hurlent une phrase entière, Ernest IV tremble dans sa chambre. Toutes les portes fermées à dix verrous, et les pièces voisines, au-dessus comme au-dessous, remplies de soldats, il a peur des jacobins. Si une feuille du parquet vient à crier, il saute sur ses pistolets et croit à un libéral caché sous son lit. Aussitôt toutes les sonnettes du château sont en mouvement, et un aide de camp va réveiller le comte Mosca. Arrivé au château, ce ministre de la police se garde bien de nier la conspiration, au contraire; seul avec le prince, et armé jusqu'aux dents, il visite tous les coins des appartements, regarde sous les lits, et, en un mot, se livre à une foule d'actions ridicules dignes d'une vieille femme. Toutes ces précautions eussent semblé bien bien avilissantes au prince lui-même dans les temps heureux où il faisait la guerre et n'avait tué personne qu'à coups de fusil. Comme c'est un homme d'infiniment d'esprit, il a honte de ces précautions; elles lui semblent ridicules, même au moment où il s'y livre, et la source de l'immense crédit du comte Mosca, c'est qu'il emploie toute son adresse à faire que le prince n'ait jamais à rougir en sa présence. C'est lui, Mosca, qui, en sa qualité de ministre de la police, insiste pour regarder sous les meubles, et, dit-on à Parme, jusque dans les étuis des contrebasses. C'est le prince qui s'y oppose, et plaisante son ministre sur sa ponctualité excessive. Ceci est un pari, lui répond le comte Mosca : songez aux sonnets satiriques dont les jacobins nous accableraient si nous vous laissions tuer. Ce n'est pas seulement votre vie que nous défendons, c'est notre honneur : mais il paraît que le prince n'est dupe qu'à demi, car si quelqu'un dans la ville s'avise de dire que la veille on a passé une nuit blanche au château, le grand fiscal Rassi envoie le mauvais plaisant à la citadelle; et une fois dans cette demeure élevée et *en bon air*, comme on dit à Parme, il faut un miracle pour que l'on se souvienne du prisonnier. C'est parce qu'il est militaire, et qu'en Espagne il s'est sauvé vingt fois le pistolet à la main, au milieu des surprises, que le prince préfère le comte Mosca à Rassi, qui est bien plus flexible et plus bas. Ces malheureux prisonniers de la citadelle sont au secret le

plus rigoureux, et l'on fait des histoires sur leur compte.
Les libéraux prétendent que, par une invention de Rassi,
les geôliers et confesseurs ont ordre de leur persuader que
tous les mois à peu près, l'un d'eux est conduit à la mort.
Ce jour-là les prisonniers ont la permission de monter sur
l'esplanade de l'immense tour, à cent quatre-vingts pieds
d'élévation, et de là ils voient défiler un cortège avec un
espion qui joue le rôle d'un pauvre diable qui marche à la
mort.

Ces contes, et vingt autres du même genre et d'une non
moindre authenticité, intéressaient vivement Mme Pietranera; le lendemain, elle demandait des détails au comte
Mosca, qu'elle plaisantait vivement. Elle le trouvait amusant et lui soutenait qu'au fond il était un monstre sans
s'en douter. Un jour, en rentrant à son auberge, le comte
se dit : Non seulement cette comtesse Pietranera est une
femme charmante; mais quand je passe la soirée dans sa
loge, je parviens à oublier certaines choses de Parme dont
le souvenir me perce le cœur. « Ce ministre, malgré son
« air léger et ses façons brillantes, n'avait pas une âme *à*
« *la française;* il ne savait pas *oublier* les chagrins. Quand
« son chevet avait une épine, il était obligé de la briser
« et de l'user à force d'y piquer ses membres palpitants. »
Je demande pardon pour cette phrase, traduite de l'italien.
Le lendemain de cette découverte, le comte trouva que
malgré les affaires qui l'appelaient à Milan, la journée était
d'une longueur énorme; il ne pouvait tenir en place; il
fatigua les chevaux de sa voiture. Vers les six heures, il
monta à cheval pour aller au *Corso;* il avait quelque
espoir d'y rencontrer Mme Pietranera; ne l'y ayant pas vue,
il se rappela qu'à huit heures le théâtre de la Scala ouvrait;
il y entra et ne vit pas dix personnes dans cette salle
immense. Il eut quelque pudeur de se trouver là. Est-il
possible, se dit-il, qu'à quarante-cinq ans sonnés je fasse
des folies dont rougirait un sous-lieutenant! Par bonheur
personne ne les soupçonne. Il s'enfuit et essaya d'user le
temps en se promenant dans ces rues si jolies qui entourent
le théâtre de la Scala. Elles sont occupées par des cafés qui,
à cette heure, regorgent de monde; devant chacun de
ces cafés, des foules de curieux établis sur des chaises, au
milieu de la rue, prennent des glaces et critiquent les
passants. Le comte était un passant remarquable; aussi
eut-il le plaisir d'être reconnu et accosté. Trois ou quatre
importuns de ceux qu'on ne peut brusquer, saisirent cette
occasion d'avoir audience d'un ministre si puissant.

Deux d'entre eux lui remirent des pétitions; le troisième se contenta de lui adresser des conseils fort longs sur sa conduite politique.

On ne dort point, dit-il, quand on a tant d'esprit; on ne se promène point quand on est aussi puissant. Il rentra au théâtre et eut l'idée de louer une loge au troisième rang; de là son regard pourrait plonger, sans être remarqué de personne, sur la loge des secondes où il espérait voir arriver la comtesse. Deux grandes heures d'attente ne parurent point trop longues à cet amoureux; sûr de n'être point vu, il se livrait avec bonheur à toute sa folie. La vieillesse, se disait-il, n'est-ce pas, avant tout, n'être plus capable de ces enfantillages délicieux ?

Enfin la comtesse parut. Armé de sa lorgnette, il l'examinait avec transport : Jeune, brillante, légère comme un oiseau, se disait-il, elle n'a pas vingt-cinq ans. Sa beauté est son moindre charme : où trouver ailleurs cette âme toujours sincère, qui jamais n'agit *avec prudence*, qui se livre tout entière à l'impression du moment, qui ne demande qu'à être entraînée par quelque objet nouveau ? Je conçois les folies du comte Nani.

Le comte se donnait d'excellentes raisons pour être fou, tant qu'il ne songeait qu'à conquérir le bonheur qu'il voyait sous ses yeux. Il n'en trouvait plus d'aussi bonnes quand il venait à considérer son âge et les soucis quelquefois fort tristes qui remplissaient sa vie. Un homme habile à qui la peur ôte l'esprit me donne une grande existence et beaucoup d'argent pour être son ministre; mais que demain il me renvoie, je reste vieux et pauvre, c'est-à-dire tout ce qu'il y a au monde de plus méprisé; voilà un aimable personnage à offrir à la comtesse! Ces pensées étaient trop noires, il revint à Mme Pietranera; il ne pouvait se lasser de la regarder, et pour mieux penser à elle il ne descendait pas dans sa loge. Elle n'avait pris Nani, vient-on de me dire, que pour faire pièce à cet imbécile de Limercati qui ne voulut pas entendre à donner un coup d'épée ou à faire donner un coup de poignard à l'assassin du mari. Je me battrais vingt fois pour elle! s'écria le comte avec transport. A chaque instant il consultait l'horloge du théâtre qui par des chiffres éclatants de lumière et se détachant sur un fond noir avertit les spectateurs, toutes les cinq minutes, de l'heure où il leur est permis d'arriver dans une loge amie. Le comte se disait : Je ne saurais passer qu'une demi-heure tout au plus dans sa loge, moi, connaissance de si fraîche date; si j'y reste davantage, je m'affiche, et grâce à mon âge et plus encore à ces maudits cheveux poudrés, j'aurai l'air attrayant d'un Cassandre. Mais une réflexion le décida tout à coup : Si elle allait quitter cette loge pour faire une visite, je serais bien récompensé de l'avarice avec laquelle je m'économise ce plaisir. Il se levait pour descendre dans la loge où il voyait la comtesse; tout à coup il ne se sentit presque plus d'envie de s'y présenter. Ah! voici qui est charmant, s'écria-t-il en riant de soi-même, et s'arrêtant sur l'escalier; c'est un mouvement de timidité véritable! voilà bien vingt-cinq ans que pareille aventure ne m'est arrivée.

Il entra dans la loge en faisant presque effort sur lui-même; et, profitant en homme d'esprit de l'accident qui lui arrivait, il ne chercha point du tout à montrer de l'aisance ou à faire de l'esprit en se jetant dans quelque récit plaisant; il eut le courage d'être timide, il employa son esprit à laisser entrevoir son trouble sans être ridicule. Si elle prend la chose de travers, se disait-il, je me perds à jamais. Quoi! timide avec des cheveux couverts de poudre, et qui sans le secours de la poudre paraîtraient gris! Mais enfin la chose est vraie, donc elle ne peut être ridicule que si je l'exagère ou si j'en fais trophée. La comtesse s'était si souvent ennuyée au château de Grianta, vis-à-vis des figures poudrées de son frère, de son neveu et de quelques ennuyeux bien pensants du voisinage, qu'elle ne songea pas à s'occuper de la coiffure de son nouvel adorateur.

L'esprit de la comtesse ayant un bouclier contre l'éclat de rire de l'entrée, elle ne fut attentive qu'aux nouvelles de France que Mosca avait toujours à lui donner en particulier, en arrivant dans la loge; sans doute il inventait. En les discutant avec lui, elle remarqua ce soir-là son regard, qui était beau et bienveillant.

— Je m'imagine, lui dit-elle, qu'à Parme au milieu de vos esclaves, vous n'allez pas avoir ce regard aimable, cela gâterait tout et leur donnerait quelque espoir de n'être pas pendus.

L'absence totale d'importance chez un homme qui passait pour le premier diplomate de l'Italie parut singulière à la comtesse; elle trouva même qu'il avait de la grâce. Enfin, comme il parlait bien et avec feu, elle ne fut point choquée qu'il eût jugé à propos de prendre pour une soirée, et sans conséquence, le rôle d'attentif.

Ce fut un grand pas de fait, et bien dangereux; par bonheur pour le ministre, qui, à Parme, ne trouvait pas de cruelles, c'était seulement depuis peu de jours que la comtesse arrivait de Grianta; son esprit était encore tout raidi par l'ennui de la vie champêtre. Elle avait comme oublié la plaisanterie; et toutes ces choses qui appartiennent à une façon de vivre élégante et légère avaient pris à ses yeux comme une teinte de nouveauté qui les rendait sacrées; elle n'était disposée à se moquer de rien, pas même d'un amoureux de quarante-cinq ans et timide. Huit jours plus tard, la témérité du comte eût pu recevoir un tout autre accueil.

A la Scala, il est d'usage de ne faire durer qu'une vingtaine de minutes ces petites visites que l'on fait dans les loges; le comte passa toute la soirée dans celle où il avait le bonheur de rencontrer Mme Pietranera : c'est une femme, se disait-il, qui me rend toutes les folies de la jeunesse! Mais il sentait bien le danger. Ma qualité de pacha tout-puissant à quarante lieues d'ici me fera-t-elle pardonner cette sottise? je m'ennuie tant à Parme! Toutefois, de quart d'heure en quart d'heure il se promettait de partir.

— Il faut avouer, madame, dit-il en riant à la comtesse, qu'à Parme je meurs d'ennui, et il doit m'être permis de m'enivrer de plaisir quand j'en trouve sur ma route. Ainsi, sans conséquence et pour une soirée, permettez-moi de jouer auprès de vous le rôle d'amoureux. Hélas! dans peu de jours je serai bien loin de cette loge qui me fait oublier tous les chagrins et même, direz-vous, toutes les convenances.

Huit jours après cette visite monstre dans la loge à la Scala, et à la suite de plusieurs petits incidents dont le récit semblerait long peut-être, le comte Mosca était absolument fou d'amour, et la comtesse pensait déjà que l'âge ne devait pas faire objection, si d'ailleurs on le trouvait aimable. On en était à ces pensées quand Mosca fut rappelé par un courrier de Parme. On eût dit que son prince avait peur tout seul. La comtesse retourna à Grianta; son imagination ne parant plus ce beau lieu, il lui parut désert. Est-ce que je me serais attachée à cet homme? se dit-elle. Mosca écrivit et n'eut rien à jouer, l'absence lui avait enlevé la source de toutes ses pensées; ses lettres étaient amusantes, et, par une petite singularité qui ne fut pas mal prise, pour éviter les commentaires du marquis del Dongo qui n'aimait pas à payer des ports de lettres, il envoyait des courriers qui jetaient les siennes à la poste à Côme, à Lecco, à Varèse ou dans quelque autre de ces petites villes charmantes des environs du lac. Ceci tendait à obtenir que le courrier lui rapportât les réponses; il y parvint.

Bientôt les jours de courrier firent événement pour la comtesse; ces courriers apportaient des fleurs, des fruits, de petits cadeaux sans valeur, mais qui l'amusaient, ainsi que sa belle-sœur. Le souvenir du comte se mêlait à l'idée de son grand pouvoir; la comtesse était devenue curieuse de tout ce qu'on disait de lui, les libéraux eux-mêmes rendaient hommage à ses talents.

La principale source de mauvaise réputation pour le comte, c'est qu'il passait pour le chef du parti *ultra* à la cour de Parme, et que le parti libéral avait à sa tête une intrigante capable de tout, et même de réussir, la marquise Raversi, immensément riche. Le prince était fort attentif à ne pas décourager celui des deux partis qui n'était pas au pouvoir; il savait bien qu'il serait toujours le maître, même avec un ministère pris dans le salon de Mme Raversi. On donnait à Grianta mille détails sur ces intrigues; l'absence de Mosca, que tout le monde peignait comme un ministre du premier talent et un homme d'action, permettait de ne plus songer aux cheveux poudrés, symbole de tout ce qui est lent et triste; c'était un détail sans conséquence, une des obligations de la cour, où il jouait d'ailleurs un si beau rôle. Une cour, c'est ridicule, disait la comtesse à la marquise, mais c'est amusant; c'est un jeu qui intéresse, mais dont il faut accepter les règles. Qui s'est jamais avisé de se récrier contre le ridicule des règles du whist? Et pourtant une fois qu'on s'est accoutumé aux règles, il est agréable de faire l'adversaire *chlemm*.

La comtesse pensait souvent à l'auteur de tant de lettres aimables. Le jour où elle les recevait était agréable pour elle; elle prenait sa barque et allait les lire dans les beaux sites du lac, à la *Pliniana*, à *Bélan*, au bois des *Sfondrata*. Ces lettres semblaient la consoler un peu de l'absence de Fabrice. Elle ne pouvait du moins refuser au comte d'être fort amoureux; un mois ne s'était pas écoulé, qu'elle songeait à lui avec une amitié tendre. De son côté, le comte Mosca était presque de bonne foi quand il lui offrait de donner sa démission, de quitter le ministère, et de venir passer sa vie avec elle à Milan ou ailleurs. J'ai 400.000 francs, ajoutait-il, ce qui nous fera toujours 15.000 livres de rente. De nouveau une loge, des chevaux! etc., se disait la comtesse; c'étaient des rêves aimables. Les sublimes beautés des aspects du lac de Côme recommençaient à la charmer. Elle allait rêver sur ses bords à ce retour de vie brillante et singulière qui, contre toute apparence, redevenait possible pour elle. Elle se voyait sur le Corso, à Milan, heureuse et gaie comme au temps du vice-roi; la jeunesse, ou du moins la vie active recommencerait pour moi!

Quelquefois son imagination ardente lui cachait les choses, mais jamais avec elle il n'y avait de ces illusions volontaires que donne la lâcheté. C'était surtout une femme de bonne foi avec elle-même. Si je suis un peu trop âgée pour faire des folies, se disait-elle, l'envie, qui se fait des illusions comme l'amour, peut empoisonner pour moi le séjour de Milan. Après la mort de mon mari, ma pauvreté noble eut du succès, ainsi que le refus de deux grandes fortunes. Mon pauvre petit comte Mosca n'a pas la vingtième partie de l'opulence que mettaient à mes pieds ces deux nigauds Limercati et Nani. La chétive pension de veuve péniblement obtenue, les gens congédiés, ce qui eut de l'éclat, la petite chambre au cinquième qui amenait vingt carrosses à la porte, tout cela forma jadis un spectacle singulier. Mais j'aurai des moments désagréables, quelque adresse que j'y mette, si, ne possédant toujours pour fortune que la pension de veuve, je reviens vivre à Milan avec la bonne petite aisance bourgeoise que peuvent nous donner les 15.000 livres qui resteront à Mosca après sa démission. Une puissante objection, dont l'envie se fera une arme terrible, c'est que le comte, quoique séparé de sa femme depuis longtemps, est marié. Cette séparation se sait à Parme, mais à Milan elle sera nouvelle, et on me l'attribuera. Ainsi, mon beau théâtre de la Scala, mon divin lac de Côme... adieu! adieu!

Malgré toutes ces prévisions, si la comtesse avait eu la moindre fortune, elle eût accepté l'offre de la démission de Mosca. Elle se croyait une femme âgée, et la cour lui faisait peur; mais, ce qui paraîtra de la dernière invraisemblance de ce côté-ci des Alpes, c'est que le comte eût donné cette démission avec bonheur. C'est du moins ce qu'il parvint à persuader à son amie. Dans toutes ses lettres il sollicitait avec une folie toujours croissante une seconde entrevue à Milan, on la lui accorda. Vous jurer que j'ai pour vous une passion folle, lui disait la comtesse, un jour à Milan, ce serait mentir; je serais trop heureuse d'aimer aujourd'hui, à trente ans passés, comme jadis j'aimais à vingt-deux! Mais j'ai vu tomber tant de choses que j'avais crues éternelles! J'ai pour vous la plus tendre amitié, je vous accorde une confiance sans bornes, et de tous les hommes, vous êtes celui que je préfère. La comtesse se croyait parfaitement sincère, pourtant vers la fin, cette déclaration contenait un petit mensonge. Peut-être, si Fabrice l'eût voulu, il l'eût emporté sur tout dans son cœur. Mais Fabrice n'était qu'un enfant aux yeux du comte Mosca; celui-ci arriva à Milan trois jours après le départ du jeune étourdi pour Novare, et il se hâta d'aller parler en sa faveur au baron Binder. Le comte pensa que l'exil était une affaire sans remède.

Il n'était point arrivé seul à Milan, il avait dans sa voiture le duc Sanseverina-Taxis, joli petit vieillard de soixante-huit ans, gris pommelé, bien poli, bien propre, immensément riche, mais pas assez noble. C'était son grand-père seulement qui avait amassé des millions par le métier de fermier général des revenus de l'état de Parme. Son père s'était fait nommer ambassadeur du prince de Parme à la cour de★★★, à la suite du raisonnement que voici :
— Votre Altesse accorde 30.000 francs à son envoyé à la cour de★★★, lequel y fait une figure fort médiocre. Si elle daigne me donner cette place, j'accepterai 6.000 francs d'appointements. Ma dépense à la cour de★★★ ne sera jamais au-dessous de 100.000 francs par an et mon intendant remettra chaque année 20.000 francs à la caisse des affaires étrangères à Parme. Avec cette somme, l'on pourra placer auprès de moi tel secrétaire d'ambassade que l'on voudra, et je ne me montrerai nullement jaloux des secrets diplomatiques, s'il y en a. Mon but est de donner de l'éclat à ma maison nouvelle encore, et de l'illustrer par une des grandes charges du pays.

Le duc actuel, fils de cet ambassadeur, avait eu la gaucherie de se montrer à demi libéral, et, depuis deux ans, il était au désespoir. Du temps de Napoléon, il avait perdu deux ou trois millions par son obstination à rester à l'étranger, et toutefois, depuis le rétablissement de l'ordre en Europe, il n'avait pu obtenir un certain grand cordon qui ornait le portrait de son père; l'absence de ce cordon le faisait dépérir.

Au point d'intimité qui suit l'amour en Italie, il n'y avait plus d'objection de vanité entre les deux amants. Ce fut donc avec la plus parfaite simplicité que Mosca dit à la femme qu'il adorait :
— J'ai deux ou trois plans de conduite à vous offrir, tous assez bien combinés; je ne rêve qu'à cela depuis trois mois.

1º Je donne ma démission, et nous vivons en bons bourgeois à Milan, à Florence, à Naples, où vous voudrez.

Nous avons quinze mille livres de rente, indépendamment des bienfaits du prince qui dureront plus ou moins.

2° Vous daignez venir dans le pays où je puis quelque chose, vous achetez une terre, *Sacca*, par exemple, maison charmante, au milieu d'une forêt, dominant le cours du Pô, vous pouvez avoir le contrat de vente signé d'ici à huit jours. Le prince vous attache à sa cour. Mais ici se présente une immense objection. On vous recevra bien à cette cour ; personne ne s'aviserait de broncher devant moi ; d'ailleurs la princesse se croit malheureuse, et je viens de lui rendre des services à votre intention. Mais je vous rappellerai une objection capitale : le prince est parfaitement dévot, et comme vous le savez encore, le fatalité veut que je sois marié. De là un million de désagréments de détail. Vous êtes veuve, c'est un beau titre qu'il faudrait échanger contre un autre, et ceci fait l'objet de ma troisième proposition.

On pourrait trouver un nouveau mari, point gênant. Mais d'abord il le faudrait fort avancé en âge, car pourquoi me refuseriez-vous l'espoir de le remplacer un jour ? Eh bien ? j'ai conclu cette affaire singulière avec le duc Sanseverina-Taxis, qui, bien entendu, ne sait pas le nom de la future duchesse. Il sait seulement qu'elle le fera ambassadeur et lui donnera un grand cordon qu'avait son père, et dont l'absence le rend le plus infortuné des mortels. A cela près, ce duc n'est point trop imbécile ; il fait venir de Paris ses habits et ses perruques. Ce n'est nullement un homme à méchancetés *pourpensées* d'avance, il croit sérieusement que l'honneur consiste à avoir un cordon, et il a honte de son bien. Il vint il y a un an me proposer de fonder un hôpital pour gagner ce cordon ; je me moquai de lui, mais il ne s'est point moqué de moi quand je lui ai proposé un mariage ; ma première condition a été, bien entendu, que jamais il ne remettrait le pied dans Parme.

— Mais savez-vous que ce que vous me proposez là est fort immoral ? dit la comtesse.

— Pas plus immoral que tout ce qu'on fait à notre cour et dans vingt autres. Le pouvoir absolu a cela de commode qu'il sanctifie tout aux yeux des peuples ; or, qu'est-ce qu'un ridicule que personne n'aperçoit ? Notre politique, pendant vingt ans, va consister à avoir peur des jacobins, et quelle peur ! Chaque année nous nous croirons à la veille de 93. Vous entendrez, j'espère, les phrases que je fais là-dessus à mes réceptions ! C'est beau ! Tout ce qui pourra diminuer un peu cette peur sera *souverainement moral* aux yeux des nobles et des dévots. Or, à Parme, tout ce qui n'est pas noble ou dévot est en prison, ou fait ses paquets pour y entrer; soyez bien convaincue que ce mariage ne semblera singulier chez nous que du jour où je serai disgracié. Cet arrangement n'est une friponnerie envers personne, voilà l'essentiel, ce me semble. Le prince, de la faveur duquel nous faisons métier et marchandise, n'a mis qu'une condition à son consentement, c'est que la future duchesse fût née noble. L'an passé, ma place, tout calculé, m'a valu cent sept mille francs; mon revenu a dû être au total de cent vingt-deux mille; j'en ai placé vingt mille à Lyon. Eh bien! choisissez : 1° une grande existence basée sur cent vingt-deux mille francs à dépenser, qui, à Parme, font au moins comme quatre cent mille à Milan; mais avec ce mariage qui vous donne le nom d'un homme passable et que vous ne verrez jamais qu'à l'autel; 2° ou bien la petite vie bourgeoise avec quinze mille francs à Florence ou à Naples, car je suis de votre avis, on vous a trop admirée à Milan; l'envie nous y persécuterait, et peut-être parviendrait-elle à nous donner de l'humeur. La grande existence à Parme aura, je l'espère, quelques nuances de nouveauté, même à vos yeux qui ont vu la cour du prince Eugène; il serait sage de la connaître avant de s'en fermer la porte. Ne croyez pas que je cherche à influencer votre opinion. Quant à moi, mon choix est bien arrêté : j'aime mieux vivre dans un quatrième étage avec vous que de continuer seul cette grande existence.

La possibilité de cet étrange mariage fut débattue chaque jour entre les deux amants. La comtesse vit au bal de la Scala le duc Sanseverina-Taxis qui lui sembla fort présentable. Dans une de leurs dernières conversations, Mosca résumait ainsi sa proposition : il faut prendre un parti décisif, si nous voulons passer le reste de notre vie d'une façon allègre et n'être pas vieux avant le temps. Le prince a donné son approbation; Sanseverina est un personnage plutôt bien que mal; il possède le plus beau palais de Parme et une fortune sans bornes; il a soixante-huit ans et une passion folle pour le grand cordon; mais une grande tache gâte sa vie, il acheta jadis dix mille francs un buste de Napoléon par Canova. Son second péché qui le fera mourir, si vous ne venez pas à son secours, c'est d'avoir prêté vingt-cinq napoléons à Ferrante Palla, un fou de notre pays, mais quelque peu homme de génie, que depuis nous avons condamné à mort, heureusement par contumace. Ce Ferrante a fait deux cents vers en sa vie, dont rien n'approche; je vous les réciterai, c'est aussi beau que le Dante. Le prince envoie Sanseverina à la cour de★★★, il vous épouse le jour de son départ, et la seconde année de son voyage, qu'il appellera une ambassade, il reçoit ce cordon de★★★ sans lequel il ne peut vivre. Vous aurez en lui un frère qui ne sera nullement désagréable, il signe d'avance tous les papiers que je veux, et d'ailleurs vous le verrez peu ou jamais, comme il vous conviendra. Il ne demande pas mieux que de ne point se montrer à Parme où son grand-père fermier et son prétendu libéralisme le gênent. Rassi, notre bourreau, prétend que le duc a été abonné en secret au *Constitutionnel* par l'intermédiaire de Ferrante Pella le poète, et cette calomnie a fait longtemps obstacle sérieux au consentement du prince.

Pourquoi l'historien qui suit fidèlement les moindres détails du récit qu'on lui a fait serait-il coupable? Est-ce sa faute si les personnages, séduits par des passions qu'il ne partage point malheureusement pour lui, tombent dans des actions profondément immorales? Il est vrai que des choses de cette sorte ne se font plus dans un pays où l'unique passion survivante à toutes les autres est l'argent, moyen de vanité.

Trois mois après les événements racontés jusqu'ici, la duchesse Sanseverina-Taxis étonnait la cour de Parme par son amabilité facile et par la noble sérénité de son esprit; sa maison fut sans comparaison la plus agréable de la ville. C'est ce que le comte Mosca avait promis à son maître. Ranuce-Ernest IV, le prince régnant, et la princesse sa femme, auxquels elle fut présentée par deux des plus grandes dames du pays, lui firent un accueil fort distingué. La duchesse était curieuse de voir ce prince maître du sort de l'homme qu'elle aimait, elle voulut lui plaire et y réussit trop. Elle trouva un homme d'une taille élevée, mais un peu épaisse; ses cheveux, ses moustaches, ses énormes favoris étaient d'un beau blond selon ses courtisans; ailleurs ils eussent provoqué, par leur couleur effacée, le mot ignoble de filasse. Au milieu d'un gros visage s'élevait fort peu un tout petit nez presque féminin. Mais la duchesse remarqua que pour apercevoir tous ces motifs de laideur, il fallait chercher à détailler les traits du prince. Au total, il avait l'air d'un homme d'esprit et d'un caractère ferme. Le port du prince, sa manière de se tenir n'étaient point sans majesté, mais souvent il voulait imposer à son interlocuteur; alors il s'embarrassait lui-même et tombait dans un balancement d'une jambe à l'autre presque conti-

nuel. Du reste, Ernest IV avait un regard pénétrant et
dominateur; les gestes de ses bras avaient de la noblesse, et
ses paroles étaient à la fois mesurées et concises.

Mosca avait prévenu la duchesse que le prince avait,
dans le grand cabinet où il recevait en audience, un portrait
en pied de Louis XIV, et une table fort belle de *scagliola*
de Florence. Elle trouva que l'imitation était frappante;
évidemment il cherchait le regard et la parole noble de
Louis XIV, et il s'appuyait sur la table de *scagliola*, de
façon à se donner la tournure de Joseph II. Il s'assit aussitôt après les premières paroles adressées par lui à la
duchesse, afin de lui donner l'occasion de faire usage du
tabouret qui appartenait à son rang. A cette cour, les
duchesses, les princesses et les femmes des grands d'Espagne s'assoient seules; les autres femmes attendent que
le prince ou la princesse les y engagent; et, pour marquer
la différence des rangs, ces personnes augustes ont toujours soin de laisser passer un petit intervalle avant de
convier les dames non duchesses à s'asseoir. La duchesse
trouva qu'en de certains moments l'imitation de Louis XIV
était un peu trop marquée chez le prince; par exemple,
dans sa façon de sourire avec bonté tout en renversant la
tête.

Ernest IV portait un frac à la mode arrivant de Paris;
on lui envoyait tous les mois de cette ville, qu'il abhorrait,
un frac, une redingote et un chapeau. Mais, par un bizarre
mélange de costumes, le jour où la duchesse fut reçue il
avait pris une culotte rouge, des bas de soie et des souliers
fort couverts, dont on peut trouver les modèles dans les
portraits de Joseph II.

Il reçut Mme Sanseverina avec grâce; il lui dit des
choses spirituelles et fines; mais elle remarqua fort bien
qu'il n'y avait pas excès dans la bonne réception. — Savez-
vous pourquoi? lui dit le comte Mosca au retour de
l'audience, c'est que Milan est une ville plus grande et
plus belle que Parme. Il eût craint, en vous faisant l'accueil
auquel je m'attendais et qu'il m'avait fait espérer, d'avoir
l'air d'un provincial en extase devant les grâces d'une belle
dame arrivant de la capitale. Sans doute aussi il est encore
contrarié d'une particularité que je n'ose vous dire : le
prince ne voit à sa cour aucune femme qui puisse vous le
disputer en *beauté*. Tel a été hier soir, à son petit coucher,
l'unique sujet de son entretien avec Pernice, son premier
valet de chambre, qui a des bontés pour moi. Je prévois
une petite révolution dans l'étiquette; mon plus grand

ennemi à cette cour est un sot qu'on appelle le général Fabio Conti. Figurez-vous un original qui a été à la guerre un jour peut-être en sa vie, et qui part de là pour imiter la tenue de Frédéric le Grand. De plus, il tient aussi à reproduire l'affabilité noble du général Lafayette, et cela parce qu'il est ici le chef du parti libéral. (Dieu sait quels libéraux!)

— Je connais le Fabio Conti, dit la duchesse; j'en ai eu la vision près de Côme; il se disputait avec la gendarmerie. Elle raconta la petite aventure dont le lecteur se souvient peut-être.

— Vous saurez un jour, madame, si votre esprit parvient jamais à se pénétrer des profondeurs de notre étiquette, que les demoiselles ne paraissent à la cour qu'après leur mariage. Eh bien, le prince a pour la supériorité de sa ville de Parme sur toutes les autres un patriotisme tellement brûlant, que je parierais qu'il va trouver un moyen de se faire présenter la petite Clélia Conti, fille de notre Lafayette. Elle est ma foi charmante, et passait encore, il y a huit jours, pour la plus belle personne des états du prince.

Je ne sais, continua le comte, si les horreurs que les ennemis du souverain ont publiées sur son compte sont arrivées jusqu'au château de Grianta; on en a fait un monstre, un ogre. Le fait est qu'Ernest IV avait tout plein de bonnes petites vertus, et l'on peut ajouter que, s'il eût été invulnérable comme Achille, il eût continué à être le modèle des potentats. Mais dans un moment d'ennui et de colère, et aussi un peu pour imiter Louis XIV faisant couper la tête à je ne sais quel héros de la Fronde que l'on découvrit vivant tranquillement et insolemment dans une terre à côté de Versailles, cinquante ans après la Fronde, Ernest IV a fait pendre un jour deux libéraux. Il paraît que ces imprudents se réunissaient à jour fixe pour dire du mal du prince et adresser au ciel des vœux ardents, afin que la peste pût venir à Parme, et les délivrer du tyran. Le mot *tyran* a été prouvé. Rassi appela cela conspirer; il les fit condamner à mort, et l'exécution de l'un d'eux, le comte L..., fut atroce. Ceci se passait avant moi. Depuis ce moment[1] fatal, ajouta le comte en baissant la voix, le prince est sujet à des accès de peur *indignes d'un homme*, mais qui sont la source unique de la faveur dont je jouis. Sans la peur souveraine, j'aurais un genre de mérite trop brusque, trop âpre pour cette cour, où l'imbécile foisonne. Croiriez-vous que le prince regarde sous les lits de son appartement avant de se coucher, et dépense un million, ce qui à Parme est comme quatre millions à Milan, pour avoir une bonne police, et vous voyez devant vous, madame la duchesse, le chef de cette police terrible. Par la police, c'est-à-dire par la peur, je suis devenu ministre de la guerre et des finances; et comme le ministre de l'intérieur est mon chef nominal, en tant qu'il a la police dans ses attributions, j'ai fait donner ce portefeuille au comte Zurla-Contarini, un imbécile bourreau de travail, qui se donne le plaisir d'écrire quatre-vingts lettres chaque jour. Je viens d'en recevoir une ce matin sur laquelle le comte Zurla-Contarini a eu la satisfaction d'écrire de sa propre main le numéro 20.715.

La duchesse Sanseverina fut présentée à la triste princesse de Parme Clara-Paolina, qui, parce que son mari avait une maîtresse (une assez jolie femme, la marquise Balbi), se croyait la plus malheureuse personne de l'univers, ce qui l'en avait rendue peut-être la plus ennuyeuse. La duchesse trouva une femme fort grande et fort maigre, qui n'avait pas trente-six ans et en paraissait cinquante. Une figure régulière et noble eût pu passer pour belle, quoique un peu déparée par de gros yeux ronds qui n'y voyaient guère, si la princesse ne se fût pas abandonnée elle-même. Elle reçut la duchesse avec une timidité si marquée, que quelques courtisans ennemis du comte Mosca osèrent dire que la princesse avait l'air de la femme qu'on présente, et la duchesse de la souveraine. La duchesse, surprise et presque déconcertée, ne savait où trouver des termes pour se mettre à une place inférieure à celle que la princesse se donnait à elle-même. Pour rendre quelque sang-froid à cette pauvre princesse, qui au fond ne manquait point d'esprit, la duchesse ne trouva rien de mieux que d'entamer et de faire durer une longue dissertation sur la botanique. La princesse était réellement savante en ce genre; elle avait de fort belles serres avec force plantes des tropiques. La duchesse, en cherchant tout simplement à se tirer d'embarras, fit à jamais la conquête de la princesse Clara-Paolina, qui, de timide et d'interdite qu'elle avait été au commencement de l'audience, se trouva vers la fin tellement à son aise, que, contre toutes les règles de l'étiquette, cette première audience ne dura pas moins de cinq quarts d'heure. Le lendemain, la duchesse fit acheter des plantes exotiques, et se porta pour grand amateur de botanique.

La princesse passait sa vie avec le vénérable père Lan-

driani, archevêque de Parme, homme de science, homme
d'esprit même, et parfaitement honnête homme, mais qui
offrait un singulier spectacle quand il était assis dans sa
chaise de velours cramoisi (c'était le droit de sa place),
vis-à-vis le fauteuil de la princesse, entourée de ses dames
d'honneur et de ses deux dames *pour accompagner*. Le
vieux prélat en longs cheveux blancs était encore plus
timide, s'il se peut, que la princesse; ils se voyaient tous
les jours, et toutes les audiences commençaient par un
silence d'un gros quart d'heure. C'est au point que la
comtesse Alvizi, une des dames pour accompagner, était
devenue une sorte de favorite, parce qu'elle avait l'art de
les encourager à se parler et de les faire rompre le silence.

Pour terminer le cours de ses présentations, la duchesse
fut admise chez S.A.S. le prince héréditaire, personnage
d'une plus haute taille que son père, et plus timide que
sa mère. Il était fort en minéralogie, et avait seize ans.
Il rougit excessivement en voyant entrer la duchesse, et
fut tellement désorienté, que jamais il ne put inventer un
mot à dire à cette belle dame. Il était fort bel homme, et
passait sa vie dans les bois un marteau à la main. Au
moment où la duchesse se levait pour mettre fin à cette
audience silencieuse :

— Mon Dieu! madame, que vous êtes jolie! s'écria le
prince héréditaire, ce qui ne fut pas trouvé de trop mauvais goût par la dame présentée.

La marquise Balbi, jeune femme de vingt-cinq ans,
pouvait encore passer pour le plus parfait modèle du *joli
italien*, deux ou trois ans avant l'arrivée de la duchesse
Sanseverina à Parme. Maintenant c'étaient toujours les
plus beaux yeux du monde et les petites mines les plus
gracieuses; mais, vue de près, sa peau était parsemée d'un
nombre infini de petites rides fines, qui faisaient de la
marquise comme une jeune vieille. Aperçue à une certaine
distance par exemple au théâtre, dans sa loge, c'était encore
une beauté; et les gens du parterre trouvaient le prince de
fort bon goût. Il passait toutes les soirées chez la marquise
Balbi, mais souvent sans ouvrir la bouche, et l'ennui où
elle voyait le prince avait fait tomber cette pauvre femme
dans une maigreur extraordinaire. Elle prétendait à une
finesse sans bornes, et toujours souriait avec malice; elle
avait les plus belles dents du monde, et à tout hasard
n'ayant guère de sens, elle voulait, par un sourire malin,
faire entendre autre chose que ce que disaient ses paroles.
Le comte Mosca disait que c'étaient ces sourires continuels,

tandis qu'elle bâillait intérieurement, qui lui donnaient tant de rides. La Balbi entrait dans toutes les affaires, et l'état ne faisait pas un marché de mille francs, sans qu'il y eût un *souvenir* pour la marquise (c'était le mot honnête à Parme). Le bruit public voulait qu'elle eût placé dix millions de francs en Angleterre, mais sa fortune, à la vérité de fraîche date, ne s'élevait pas en réalité à quinze cent mille francs. C'était pour être à l'abri de ses finesses, et pour l'avoir dans sa dépendance, que le comte Mosca s'était fait ministre des finances. La seule passion de la marquise était la peur déguisée en avarice sordide : *Je mourrai sur la paille*, disait-elle quelquefois au prince que ce propos outrait. La duchesse remarqua que l'antichambre, resplendissante de dorures, du palais de la Balbi, était éclairée par une seule chandelle coulant sur une table de marbre précieux, et les portes de son salon étaient noircies par les doigts des laquais.

— Elle m'a reçue, dit la duchesse à son ami, comme si elle eût attendu de moi une gratification de cinquante francs.

Le cours des succès de la duchesse fut un peu interrompu par la réception que lui fit la femme la plus adroite de la cour, la célèbre marquise Raversi, intrigante consommée qui se trouvait à la tête du parti opposé à celui du comte Mosca. Elle voulait le renverser, et d'autant plus depuis quelques mois, qu'elle était nièce du duc Sanseverina, et craignait de voir attaquer l'héritage par les grâces de la nouvelle duchesse. La Raversi n'est point une femme à mépriser, disait le comte à son amie, je la tiens pour tellement capable de tout que je me suis séparé de ma femme uniquement parce qu'elle s'obstinait à prendre pour amant le chevalier Bentivoglio, l'un des amis de la Raversi. Cette dame, grande virago aux cheveux fort noirs, remarquable par les diamants qu'elle portait dès le matin, et par le rouge dont elle couvrait ses joues, s'était déclarée d'avance l'ennemie de la duchesse, et en la recevant chez elle prit à tâche de commencer la guerre. Le duc Sanseverina, dans les lettres qu'il écrivait de ***, paraissait tellement enchanté de son ambassade et surtout de l'espoir du grand cordon, que sa famille craignait qu'il ne laissât une partie de sa fortune à sa femme qu'il accablait de petits cadeaux. La Raversi, quoique régulièrement laide, avait pour amant le comte Balbi, le plus joli homme de la cour : en général elle réussissait à tout ce qu'elle entreprenait.

La duchesse tenait le plus grand état de maison. Le

palais Sanseverina avait toujours été un des plus magnifiques de la ville de Parme, et le duc, à l'occasion de son ambassade et de son futur grand cordon, dépensait de fort grosses sommes pour l'embellir : la duchesse dirigeait les réparations.

Le comte avait deviné juste : peu de jours après la présentation de la duchesse, la jeune Clélia Conti vint à la cour, on l'avait faite chanoinesse. Afin de parer le coup que cette faveur pouvait avoir l'air de porter au crédit du comte, la duchesse donna une fête sous prétexte d'inaugurer le jardin de son palais, et, par ses façons pleines de grâces, elle fit de Clélia, qu'elle appelait sa jeune amie du lac de Côme, la reine de la soirée. Son chiffre se trouva comme par hasard sur les principaux transparents. La jeune Clélia, quoique un peu pensive, fut aimable dans ses façons de parler de la petite aventure près du lac, et de sa vive reconnaissance. On la disait fort dévote et fort amie de la solitude. Je parierais, disait le comte, qu'elle a assez d'esprit pour avoir honte de son père. La duchesse fit son amie de cette jeune fille, elle se sentait de l'inclination pour elle; elle ne voulait pas paraître jalouse, et la mettait de toutes ses parties de plaisir; enfin son système était de chercher à diminuer toutes les haines dont le comte était l'objet.

Tout souriait à la duchesse; elle s'amusait de cette existence de cour où la tempête est toujours à craindre; il lui semblait recommencer la vie. Elle était tendrement attachée au comte, qui littéralement était fou de bonheur. Cette aimable situation lui avait procuré un sang-froid parfait pour tout ce qui ne regardait que ses intérêts d'ambition. Aussi deux mois à peine après l'arrivée de la duchesse, il obtint la patente et les honneurs de premier ministre, lesquels approchent fort de ceux que l'on rend au souverain lui-même. Le comte pouvait tout sur l'esprit de son maître, on en eut à Parme une preuve qui frappa tous les esprits.

Au sud-est, et à dix minutes de la ville, s'élève cette fameuse citadelle si renommée en Italie, et dont la grosse tour a cent quatre-vingts pieds de haut et s'aperçoit de si loin. Cette tour, bâtie sur le modèle du mausolée d'Adrien, à Rome, par les Farnèse, petits-fils de Paul III, vers le commencement du XVIe siècle, est tellement épaisse, que sur l'esplanade qui la termine on a pu bâtir un palais pour le gouverneur de la citadelle et une nouvelle prison appelée la tour Farnèse. Cette prison, construite en l'hon-

neur du fils aîné de Ranuce-Ernest II, lequel était devenu
l'amant aimé de sa belle-mère, passe pour belle et singulière dans le pays. La duchesse eut la curiosité de la voir;
le jour de sa visite, la chaleur était accablante à Parme, et
là-haut, dans cette position élevée, elle trouva de l'air, ce
dont elle fut tellement ravie, qu'elle y passa plusieurs
heures. On s'empressa de lui ouvrir les salles de la tour
Farnèse.

La duchesse rencontra sur l'esplanade de la grosse tour
un pauvre libéral prisonnier, qui était venu jouir de la
demi-heure de promenade qu'on lui accordait tous les
trois jours. Redescendue à Parme, et n'ayant pas encore
la discrétion nécessaire dans une cour absolue, elle parla
de cet homme qui lui avait raconté toute son histoire. Le
parti de la marquise Raversi s'empara de ces propos de
la duchesse et les répéta beaucoup, espérant fort qu'ils
choqueraient le prince. En effet, Ernest IV répétait souvent que l'essentiel était surtout de frapper les imaginations. *Toujours* est un grand mot, disait-il, et plus terrible
en Italie qu'ailleurs : en conséquence, de sa vie il n'avait
accordé de grâce. Huit jours après sa visite à la forteresse,
la duchesse reçut une lettre de commutation de peine,
signée du prince et du ministre, avec le nom en blanc.
Le prisonnier dont elle écrirait le nom devait obtenir la
restitution de ses biens, et la permission d'aller passer
en Amérique le reste de ses jours. La duchesse écrivit
le nom de l'homme qui lui avait parlé. Par malheur cet
homme se trouva un demi-coquin, une âme faible; c'était
sur ses aveux que le fameux Ferrante Palla avait été
condamné à mort.

La singularité de cette grâce mit le comble à l'agrément
de la position de Mme Sanseverina. Le comte Mosca était
fou de bonheur, ce fut une belle époque de sa vie, et elle
eut une influence décisive sur les destinées de Fabrice.
Celui-ci était toujours à Romagnan, près de Novare, se
confessant, chassant, ne lisant point et faisant la cour à
une femme noble comme le portaient ses instructions.
La duchesse était toujours un peu choquée de cette dernière nécessité. Un autre signe qui ne valait rien pour le
comte, c'est qu'étant avec lui de la dernière franchise sur
tout au monde, et pensant tout haut en sa présence, elle
ne lui parlait jamais de Fabrice qu'après avoir songé à
la tournure de sa phrase.

— Si vous voulez, lui disait un jour le comte, j'écrirai
à cet aimable frère que vous avez sur le lac de Côme,

et je forcerai bien ce marquis del Dongo, avec un peu de peine pour moi et mes amis de ***, à demander la grâce de votre aimable Fabrice. S'il est vrai, comme je me garderais bien d'en douter, que Fabrice soit un peu au-dessus des jeunes gens qui promènent leurs chevaux anglais dans les rues de Milan, quelle vie que celle qui à dix-huit ans ne fait rien et a la perspective de ne jamais rien faire! Si le ciel lui avait accordé une vraie passion pour quoi que ce soit, fût-ce pour la pêche à la ligne, je la respecterais; mais que fera-t-il à Milan même après sa grâce obtenue ? Il montera un cheval qu'il aurait fait venir d'Angleterre à une certaine heure, à une autre le désœuvrement le conduira chez sa maîtresse qu'il aimera moins que son cheval... Mais si vous m'en donnez l'ordre, je tâcherai de procurer ce genre de vie à votre neveu.

— Je le voudrais officier, dit la duchesse.

— Conseilleriez-vous à un souverain de confier un poste qui, dans un jour donné, peut être de quelque importance à un jeune homme 1° susceptible d'enthousiasme; 2° qui a montré de l'enthousiasme pour Napoléon, au point d'aller le rejoindre à Waterloo ? Songez à ce que nous serions tous si Napoléon eût vaincu à Waterloo! Nous n'aurions point de libéraux à craindre, il est vrai, mais les souverains des anciennes familles ne pourraient régner qu'en épousant les filles de ses maréchaux. Ainsi la carrière militaire pour Fabrice, c'est la vie de l'écureuil dans la cage qui tourne : beaucoup de mouvement pour n'avancer en rien. Il aura le chagrin de se voir primer par tous les dévouements plébéiens. La première qualité chez un jeune homme aujourd'hui, c'est-à-dire pendant cinquante ans peut-être, tant que nous aurons peur et que la religion ne sera point rétablie, c'est de n'être pas susceptible d'enthousiasme et de n'avoir pas d'esprit.

J'ai pensé à une chose, mais qui va vous faire jeter les hauts cris d'abord, et qui me donnera à moi des peines infinies et pendant plus d'un jour, c'est une folie que je veux faire pour vous. Mais, dites-moi, si vous le savez, quelle folie je ne ferais pas pour obtenir un sourire.

— Eh bien ? dit la duchesse.

— Eh bien! nous avons eu pour archevêques à Parme trois membres de votre famille : Ascagne del Dongo qui a écrit, en 16..., Fabrice en 1699, et un second Ascagne en 1740. Si Fabrice veut entrer dans la prélature et marquer par des vertus du premier ordre, je le fais évêque quelque part, puis archevêque ici, si toutefois mon influence dure.

L'objection réelle est celle-ci : resterai-je ministre assez longtemps pour réaliser ce beau plan qui exige plusieurs années ? Le prince peut mourir, il peut avoir le mauvais goût de me renvoyer. Mais enfin c'est le seul moyen que j'aie de faire pour Fabrice quelque chose qui soit digne de vous.

On discuta longtemps : cette idée répugnait fort à la duchesse.

— Reprouvez-moi, dit-elle au comte, que toute autre carrière est impossible pour Fabrice. Le comte prouva.

— Vous regrettez, ajouta-t-il, le brillant uniforme ; mais à cela je ne sais que faire.

Après un mois que la duchesse avait demandé pour réfléchir, elle se rendit en soupirant aux vues sages du ministre. — Monter d'un air empesé un cheval anglais dans quelque grande ville, répétait le comte, ou prendre un état qui ne jure pas avec sa naissance ; je ne vois pas de milieu. Par malheur, un gentilhomme ne peut se faire ni médecin, ni avocat, et le siècle est aux avocats.

Rappelez-vous toujours, madame, répétait le comte, que vous faites à votre neveu, sur le pavé de Milan, le sort dont jouissent les jeunes gens de son âge qui passent pour les plus fortunés. Sa grâce obtenue, vous lui donnez quinze, vingt, trente mille francs ; peu vous importe, ni vous ni moi ne prétendons faire des économies.

La duchesse était sensible à la gloire ; elle ne voulait pas que Fabrice fût un simple mangeur d'argent ; elle revint au plan de son amant.

— Remarquez, lui disait le comte, que je ne prétends pas faire de Fabrice un prêtre exemplaire comme vous en voyez tant. Non ; c'est un grand seigneur avant tout ; il pourra rester parfaitement ignorant si bon lui semble, et n'en deviendra pas moins évêque et archevêque, si le prince continue à me regarder comme un homme utile.

Si vos ordres daignent changer ma proposition en décret immuable, ajouta le comte, il ne faut point que Parme voie notre protégé dans une petite fortune. La sienne choquera, si on l'a vu ici simple prêtre ; il ne doit paraître à Parme qu'avec les *bas violets* * et dans un équipage convenable. Tout le monde alors devinera que votre neveu doit être évêque, et personne ne sera choqué.

---

* En Italie les jeunes gens protégés ou savants deviennent *monsignore* et *prélat*, ce qui ne veut pas dire évêque ; on porte alors des bas violets. On ne fait pas de vœux pour être *monsignore*, on peut quitter les bas violets et se marier.

Si vous m'en croyez, vous enverrez Fabrice faire sa théologie, et passer trois années à Naples. Pendant les vacances de l'Académie ecclésiastique, il ira, s'il veut, voir Paris et Londres; mais il ne se montrera jamais à Parme. Ce mot donna comme un frisson à la duchesse.

Elle envoya un courrier à son neveu, et lui donna rendez-vous à Plaisance. Faut-il dire que ce courrier était porteur de tous les moyens d'argent et de tous les passeports nécessaires ?

Arrivé le premier à Plaisance, Fabrice courut au-devant de la duchesse, et l'embrassa avec des transports qui la firent fondre en larmes. Elle fut heureuse que le comte ne fût pas présent; depuis leurs amours, c'était la première fois qu'elle éprouvait cette sensation.

Fabrice fut profondément touché, et ensuite affligé des plans que la duchesse avait faits pour lui; son espoir avait toujours été que, son affaire de Waterloo arrangée, il finirait par être militaire. Une chose frappa la duchesse et augmenta encore l'opinion romanesque qu'elle s'était formée de son neveu; il refusa absolument de mener la vie de café dans une des grandes villes d'Italie.

— Te vois-tu au *Corso* de Florence ou de Naples, disait la duchesse, avec des chevaux anglais de pur sang! Pour le soir, une voiture, un joli appartement, etc. Elle insistait avec délices sur la description de ce bonheur vulgaire qu'elle voyait Fabrice repousser avec dédain. C'est un héros, pensait-elle.

— Et après dix ans de cette vie agréable, qu'aurai-je fait ? disait Fabrice; que serai-je ? Un jeune homme *mûr* qui doit céder le haut du pavé au premier bel adolescent qui débute dans le monde, lui aussi sur un cheval anglais.

Fabrice rejeta d'abord bien loin le parti de l'Église; il parlait d'aller à New-York, de se faire citoyen et soldat républicain en Amérique.

— Quelle erreur est la tienne: Tu n'auras pas la guerre, et tu retombes dans la vie de café, seulement sans élégance, sans musique, sans amours, répliqua la duchesse. Crois-moi, pour toi comme pour moi, ce serait une triste vie que celle d'Amérique. Elle lui expliqua le culte du *dieu* dollar, et ce respect qu'il faut avoir pour les artisans de la rue, qui par leurs votes décident de tout. On revint au parti de l'Église.

— Avant de te gendarmer, lui dit la duchesse, comprends donc ce que le comte te demande : il ne s'agit pas du tout d'être un pauvre prêtre plus ou moins exemplaire et vertueux, comme l'abbé Blanès. Rappelle-toi ce que furent tes oncles les archevêques de Parme; relis les notices sur leurs vies, dans le supplément à la généalogie. Avant tout il convient à un homme de ton nom d'être un grand seigneur, noble, généreux, protecteur de la justice, destiné d'avance à se trouver à la tête de son ordre... et dans toute sa vie ne faisant qu'une coquinerie, mais celle-là fort utile.

— Ainsi voilà toutes mes illusions à vau-l'eau, disait Fabrice en soupirant profondément; le sacrifice est cruel! je l'avoue, je n'avais pas réfléchi à cette horreur pour l'enthousiasme et l'esprit, même exercés à leur profit, qui désormais va régner parmi les souverains absolus.

— Songe qu'une proclamation, qu'un caprice du cœur précipite l'homme enthousiaste dans le parti contraire à celui qu'il a servi toute la vie!

— Moi enthousiaste! répéta Fabrice; étrange accusation! je ne puis pas même être amoureux !

— Comment ? s'écria la duchesse.

— Quand j'ai l'honneur de faire la cour à une beauté, même de bonne naissance, et dévote, je ne puis penser à elle que quand je la vois.

Cet aveu fit une étrange impression sur la duchesse.

— Je te demande un mois, reprit Fabrice, pour prendre congé de madame C. de Novare et, ce qui est encore plus difficile, des châteaux en Espagne de toute ma vie. J'écrirai à ma mère, qui sera assez bonne pour venir me voir à *Belgirate*, sur la rive piémontaise du lac Majeur, et le trente et unième jour après celui-ci, je serai incognito dans Parme.

— Garde-t'en bien! s'écria la duchesse. Elle ne voulait pas que le comte Mosca la vît parler à Fabrice.

Les mêmes personnages se revirent à Plaisance; la duchesse cette fois était fort agitée; un orage s'était élevé à la cour; le parti de la marquise Raversi touchait au triomphe; il était possible que le comte Mosca fût remplacé par le général Fabio Conti, chef de ce qu'on appelait à Parme le *parti libéral*. Excepté le nom du rival qui croissait dans la faveur du prince, la duchesse dit tout à Fabrice. Elle discuta de nouveau les chances de son avenir, même avec la perspective de manquer de la toute-puissante protection du comte.

— Je vais passer trois ans à l'Académie ecclésiastique de Naples, s'écria Fabrice; mais puisque je dois être avant tout un jeune gentilhomme, et que tu ne m'astreins pas à mener la vie sévère d'un séminariste vertueux, ce séjour

à Naples ne m'effraie nullement, cette vie-là vaudra bien
celle de Romagnano; la bonne compagnie de l'endroit
commençait à me trouver jacobin. Dans mon exil j'ai
découvert que je ne sais rien, pas même le latin, pas même
l'orthographe. J'avais le projet de refaire mon éducation
à Novare, j'étudierai volontiers la théologie à Naples :
c'est une science compliquée. La duchesse fut ravie;
si nous sommes chassés, lui dit-elle, nous irons te voir à
Naples. Mais puisque tu acceptes jusqu'à nouvel ordre
le parti des bas violets, le comte, qui connaît bien l'Italie
actuelle, m'a chargé d'une idée pour toi. Crois ou ne
crois pas à ce qu'on t'enseignera, *mais ne fais jamais aucune
objection*. Figure-toi qu'on t'enseigne les règles du jeu de
whist; est-ce que tu ferais des objections aux règles du
whist ? J'ai dit au comte que tu croyais, et il s'en est félicité;
cela est utile dans ce monde et dans l'autre. Mais si tu crois,
ne tombe point dans la vulgarité de parler avec horreur
de Voltaire, Diderot, Raynal, et de tous ces écervelés de
Français précurseurs des deux chambres. Que ces noms-là
se trouvent rarement dans ta bouche; mais enfin quand il
le faut, parle de ces messieurs avec une ironie calme; ce
sont gens depuis longtemps réfutés, et dont les attaques
ne sont plus d'aucune conséquence. Crois aveuglément
tout ce que l'on te dira à l'Académie. Songe qu'il y a des
gens qui tiendront note fidèle de tes moindres objections;
on te pardonnera une petite intrigue galante si elle est
bien menée, et non pas un doute; l'âge supprime l'intrigue
et augmente le doute. Agis sur ce principe au tribunal de
la pénitence. Tu auras une lettre de recommandation pour
un évêque factotum du cardinal archevêque de Naples;
à lui seul tu dois avouer ton escapade en France, et ta
présence, le 18 juin, dans les environs de Waterloo. Du
reste abrège beaucoup, diminue cette aventure, avoue-la
seulement pour qu'on ne puisse pas te reprocher de l'avoir
cachée; tu étais si jeune alors!

    La seconde idée que le comte t'envoie est celle-ci :
S'il te vient une raison brillante, une réplique victorieuse
qui change le cours de la conversation, ne cède point à la
tentation de briller, garde le silence; les gens fins verront
ton esprit dans tes yeux. Il sera temps d'avoir de l'esprit
quand tu seras évêque.

    Fabrice débuta à Naples avec une voiture modeste,
et quatre domestiques, bons Milanais, que sa tante lui
avait envoyés. Après une année d'étude personne ne disait
que c'était un homme d'esprit, on le regardait comme un

grand seigneur appliqué, fort généreux, mais un peu
libertin.

Cette année, assez amusante pour Fabrice, fut terrible
pour la duchesse. Le comte fut trois ou quatre fois à
deux doigts de sa perte; le prince, plus peureux que jamais
parce qu'il était malade cette année-là, croyait, en le ren-
voyant, se débarrasser de l'odieux des exécutions faites
avant l'entrée du comte au ministère. Le Rassi était le
favori du cœur qu'on voulait garder avant tout. Les périls
du comte lui attachèrent passionnément la duchesse, elle
ne songeait plus à Fabrice. Pour donner une couleur à leur
retraite possible, il se trouva que l'air de Parme, un peu
humide en effet, comme celui de toute la Lombardie, ne
convenait nullement à sa santé. Enfin après des intervalles
de disgrâce, qui allèrent pour le comte, premier ministre,
jusqu'à passer quelquefois vingt jours entiers sans voir
son maître en particulier, Mosca l'emporta; il fit nommer
le général Fabio Conti, le prétendu libéral, gouverneur
de la citadelle où l'on enfermait les libéraux jugés par
Rassi. Si Conti use d'indulgence envers ses prisonniers,
disait Mosca à son amie, on le disgracie comme un jacobin auquel ses idées politiques font oublier ses devoirs
de général; s'il se montre sévère et impitoyable, et c'est ce
me semble de ce côté-là qu'il inclinera, il cesse d'être le
chef de son propre parti, et s'aliène toutes les familles qui
ont un des leurs à la citadelle. Ce pauvre homme sait
prendre un air tout confit de respect à l'approche du prince;
au besoin il change de costume quatre fois en un jour; il
peut discuter une question d'étiquette, mais ce n'est point
une tête capable de suivre le chemin difficile par lequel
seulement il peut se sauver; et dans tous les cas je suis
là.

Le lendemain de la nomination du général Fabio Conti,
qui terminait la crise ministérielle, on apprit que Parme
aurait un journal ultra-monarchique.

— Que de querelles ce journal va faire naître! disait la
duchesse.

— Ce journal, dont l'idée est peut-être mon chef-
d'œuvre, répondait le comte en riant, peu à peu je m'en laisserai bien malgré moi ôter la direction par les ultra-furibonds. J'ai fait attacher de beaux appointements aux places
de rédacteur. De tous côtés on va solliciter ces places: cette
affaire va nous faire passer un mois ou deux, et l'on
oubliera les périls que je viens de courir. Les graves personnages P. et D. sont déjà sur les rangs.

— Mais ce journal sera d'une absurdité révoltante.

— J'y compte bien, répliquait le comte. Le prince le lira tous les matins et admirera ma doctrine à moi qui l'ai fondé. Pour les détails, il approuvera ou sera choqué; des heures qu'il consacre au travail en voilà deux de prises. Le journal se fera des affaires, mais à l'époque où arriveront les plaintes sérieuses, dans huit ou dix mois, il sera entièrement dans les mains des ultra-furibonds. Ce sera ce parti qui me gêne qui devra répondre, moi j'élèverai des objections contre le journal; au fond, j'aime mieux cent absurdités atroces qu'un seul pendu. Qui se souvient d'une absurdité deux ans après le numéro du journal officiel? Au lieu que les fils et la famille du pendu me vouent une haine qui durera autant que moi et qui peut-être abrégera ma vie.

La duchesse, toujours passionnée pour quelque chose, toujours agissante, jamais oisive, avait plus d'esprit que toute la cour de Parme; mais elle manquait de patience et d'impassibilité pour réussir dans les intrigues. Toutefois, elle était parvenue à suivre avec passion les intérêts des diverses coteries, elle commençait même à avoir un crédit personnel auprès du prince. Clara-Paolina, la princesse régnante, environnée d'honneurs, mais emprisonnée dans l'étiquette la plus surannée, se regardait comme la plus malheureuse des femmes. La duchesse Sanseverina lui fit la cour, et entreprit de lui prouver qu'elle n'était point si malheureuse. Il faut savoir que le prince ne voyait sa femme qu'à dîner : ce repas durait trente minutes et le prince passait des semaines entières sans adresser la parole à Clara-Paolina. Mme Sanseverina essaya de changer tout cela; elle amusait le prince, et d'autant plus qu'elle avait su conserver toute son indépendance. Quand elle l'eût voulu, elle n'eût pas pu ne jamais blesser aucun des sots qui pullulaient à cette cour. C'était cette parfaite inhabileté de sa part qui la faisait exécrer du vulgaire des courtisans, tous comtes ou marquis, jouissant en général de cinq mille livres de rentes. Elle comprit ce malheur dès les premiers jours, et s'attacha exclusivement à plaire au souverain et à sa femme, laquelle dominait absolument le prince héréditaire. La duchesse savait amuser le souverain et profitait de l'extrême attention qu'il accordait à ses moindres paroles pour donner de bons ridicules aux courtisans qui la haïssaient. Depuis les sottises que Rassi lui avait fait faire, et les sottises de sang ne se réparent pas, le prince avait peur quelquefois, et s'ennuyait souvent, ce qui l'avait conduit à la triste envie; il sentait qu'il ne s'amusait guère, et devenait sombre quand il croyait voir que d'autres s'amusaient; l'aspect du bonheur le rendait furieux. Il faut cacher nos amours, dit la duchesse à son ami; et elle laissa deviner au prince qu'elle n'était plus que fort médiocrement éprise du comte, homme d'ailleurs si estimable.

Cette découverte avait donné un jour heureux à Son Altesse. De temps à autre, la duchesse laissait tomber quelques mots du projet qu'elle aurait de se donner chaque année un congé de quelques mois qu'elle emploierait à voir l'Italie qu'elle ne connaissait point : elle irait visiter Naples, Florence, Rome. Or, rien au monde ne pouvait faire plus de peine au prince qu'une telle apparence de désertion : c'était là une de ses faiblesses les plus marquées, les démarches qui pouvaient être imputées à mépris pour sa ville capitale lui perçaient le cœur. Il sentait qu'il n'avait aucun moyen de retenir Mme Sanseverina, et Mme Sanseverina était de bien loin la femme la plus brillante de Parme. Chose unique avec la paresse italienne, on revenait des campagnes environnantes pour assister à ses *jeudis;* c'étaient de véritables fêtes; presque toujours la duchesse y avait quelque chose de neuf et de piquant. Le prince mourait d'envie de voir un de ces jeudis; mais comment s'y prendre? Aller chez un simple particulier! c'était une chose que ni son père ni lui n'avaient jamais faite!

Un certain jeudi, il pleuvait, il faisait froid; à chaque instant de la soirée le duc entendait des voitures qui ébranlaient le pavé de la place du palais, en allant chez Mme Sanseverina. Il eut un mouvement d'impatience : d'autres s'amusaient, et lui, prince souverain, maître absolu, qui devait s'amuser plus que personne au monde, il connaissait l'ennui! Il sonna son aide de camp, il fallut le temps de placer une douzaine de gens affidés dans la rue qui conduisait du palais de Son Altesse au palais Sanseverina. Enfin, après une heure qui parut un siècle au prince, et pendant laquelle il fut vingt fois tenté de braver les poignards et de sortir à l'étourdie et sans nulle précaution, il parut dans le premier salon de Mme Sanseverina. La foudre serait tombée dans ce salon qu'elle n'eût pas produit une pareille surprise. En un clin d'œil, et à mesure que le prince s'avançait, s'établissait dans ces salons si bruyants et si gais un silence de stupeur; tous les yeux, fixés sur le prince, s'ouvraient outre mesure. Les courtisans paraissaient déconcertés; la duchesse elle seule n'eut point l'air étonné. Quand enfin l'on eut retrouvé la force de parler, la grande préoccupation de toutes les personnes présentes fut de décider cette importante question : la duchesse avait-elle été avertie de cette visite, ou bien a-t-elle été surprise comme tout le monde?

Le prince s'amusa, et l'on va juger du caractère tout de premier mouvement de la duchesse, et du pouvoir infini que les idées vagues de départ adroitement jetées lui avaient laissé prendre.

En reconduisant le prince qui lui adressait des mots fort aimables, il lui vint une idée singulière et qu'elle osa bien lui dire tout simplement, et comme une chose des plus ordinaires.

— Si Votre Altesse Sérénissime voulait adresser à la princesse trois ou quatre de ces phrases charmantes qu'elle me prodigue, elle ferait mon bonheur bien plus sûrement qu'en me disant ici que je suis jolie. C'est que je ne voudrais pas pour tout au monde que la princesse pût voir de mauvais œil l'insigne marque de faveur dont Votre Altesse vient de m'honorer. Le prince la regarda fixement et répliqua d'un air sec :

— Apparemment que je suis le maître d'aller où il me plaît.

La duchesse rougit.

— Je voulais seulement, reprit-elle à l'instant, ne pas exposer Son Altesse à faire une course inutile, car ce jeudi sera le dernier; je vais aller passer quelques jours à Bologne ou à Florence.

Comme elle rentrait dans ses salons, tout le monde la croyait au comble de la faveur, et elle venait de hasarder ce que de mémoire d'homme personne n'avait osé à Parme. Elle fit un signe au comte qui quitta sa table de whist et la suivit dans un petit salon éclairé, mais solitaire.

— Ce que vous avez fait est bien hardi, lui dit-il; je ne vous l'aurais pas conseillé; mais dans les cœurs bien épris, ajouta-t-il en riant, le bonheur augmente l'amour, et si vous partez demain matin, je vous suis demain soir. Je ne serai retardé que par cette corvée du ministère des finances dont j'ai eu la sottise de me charger, mais en quatre heures de temps bien employées on peut faire la remise de bien des caisses. Rentrons, chère amie, et faisons de la fatuité ministérielle en toute liberté, et sans nulle retenue; c'est peut-être la dernière représentation que nous donnons en cette ville. S'il se croit bravé, l'homme est capable de tout; il appellera cela *faire un exemple*. Quand ce monde sera

parti, nous aviserons aux moyens de vous barricader pour
cette nuit; le mieux serait peut-être de partir sans délai
pour votre maison de Sacca, près du Pô, qui a l'avantage
de n'être qu'à une demi-heure de distance des États autrichiens.

L'amour et l'amour-propre de la duchesse eurent un
moment délicieux; elle regarda le comte, et ses yeux se
mouillèrent de larmes. Un ministre si puissant, environné
de cette foule de courtisans qui l'accablaient d'hommages
égaux à ceux qu'ils adressaient au prince lui-même, tout
quitter pour elle et avec cette aisance!

En rentrant dans les salons, elle était folle de joie. Tout
le monde se prosternait devant elle.

Comme le bonheur change la duchesse, disaient de
toutes parts les courtisans, c'est à ne pas la reconnaître.
Enfin cette âme romaine et au-dessus de tout daigne pourtant apprécier la faveur exorbitante dont elle vient d'être
l'objet de la part du souverain.

Vers la fin de la soirée, le comte vint à elle : — Il faut
que je vous dise des nouvelles. Aussitôt les personnes qui
se trouvaient auprès de la duchesse s'éloignèrent.

— Le prince en rentrant au palais, continua le comte,
s'est fait annoncer chez sa femme. Jugez de la surprise! Je
viens vous rendre compte, lui a-t-il dit, d'une soirée fort
aimable, en vérité, que j'ai passée chez la Sanseverina. C'est
elle qui m'a prié de vous faire le détail de la façon dont elle a
arrangé ce vieux palais enfumé. Alors le prince, après s'être
assis, s'est mis à faire la description de chacun de vos salons.

Il a passé plus de vingt-cinq minutes chez sa femme qui
pleurait de joie; malgré son esprit, elle n'a pas pu trouver
un mot pour soutenir la conversation sur le ton léger que
Son Altesse voulait bien lui donner.

Ce prince n'était point un méchant homme, quoi qu'en
pussent dire les libéraux d'Italie. A la vérité, il avait fait
jeter dans les prisons un assez bon nombre d'entre eux,
mais c'était par peur, et il répétait quelquefois comme
pour se consoler de certains souvenirs : Il vaut mieux tuer
le diable que si le diable nous tue. Le lendemain de la
soirée dont nous venons de parler, il était tout joyeux, il
avait fait deux belles actions : aller au jeudi et parler à sa
femme. A dîner, il lui adressa la parole; en un mot, ce
jeudi de Mme Sanseverina amena une révolution d'intérieur dont tout Parme retentit; la Raversi fut consternée, et
la duchesse eut une double joie : elle avait pu être utile à son
amant et l'avait trouvé plus épris que jamais.

Tout cela à cause d'une idée bien imprudente qui m'est venue! disait-elle au comte. Je serais plus libre sans doute à Rome ou à Naples, mais y trouverais-je un jeu aussi attachant ? Non, en vérité, mon cher comte, et vous faites mon bonheur.

CHAPITRE VII

C'est de petits détails de cour aussi insignifiants que celui que nous venons de raconter qu'il faudrait remplir l'histoire des quatre années qui suivirent. Chaque printemps, la marquise venait avec ses filles passer deux mois au palais Sanseverina ou à la terre de Sacca, aux bords du Pô; il y a avait des moments bien doux, et l'on parlait de Fabrice; mais le comte ne voulut jamais lui permettre une seule visite à Parme. La duchesse et le ministre eurent bien à réparer quelques étourderies, mais en général Fabrice suivait assez sagement la ligne de conduite qu'on lui avait indiquée : un grand seigneur qui étudie la théologie et qui ne compte point absolument sur sa vertu pour faire son avancement. A Naples, il s'était pris d'un goût très vif pour l'étude de l'antiquité, il faisait des fouilles; cette passion avait presque remplacé celle des chevaux. Il avait vendu ses chevaux anglais pour continuer des fouilles à Misène, où il avait trouvé un buste de Tibère, jeune encore, qui avait pris rang parmi les plus beaux restes de l'antiquité. La découverte de ce buste fut presque le plaisir le plus vif qu'il eût rencontré à Naples. Il avait l'âme trop haute pour chercher à imiter les autres jeunes gens, et, par exemple, pour vouloir jouer avec un certain sérieux le rôle d'amoureux. Sans doute il ne manquait point de maîtresses, mais elles n'étaient pour lui d'aucune conséquence, et, malgré son âge, on pouvait dire de lui qu'il ne connaissait point l'amour; il n'en était que plus aimé. Rien ne l'empêchait d'agir avec le plus beau sang-froid, car pour lui une femme jeune et jolie était toujours l'égale d'une autre femme jeune et jolie; seulement la dernière connue lui semblait la plus piquante. Une des dames les plus admirées à Naples avait fait des folies en son honneur pendant la dernière année de son séjour, ce qui d'abord l'avait amusé, et avait fini par l'excéder d'ennui, tellement qu'un des bonheurs de son départ fut d'être délivré des attentions de la charmante duchesse d'A... Ce fut en 1821, qu'ayant subi passablement tous ses examens, son directeur d'études ou gouverneur eut une croix et un cadeau, et lui partit pour voir enfin cette ville de Parme, à laquelle il songeait souvent. Il était *Monsignore*, et il avait quatre chevaux à sa voiture; à la poste avant Parme, il n'en prit que deux, et dans la ville fit arrêter devant l'église de Saint-Jean. Là se trouvait le riche tombeau de l'archevêque Ascagne del Dongo, son arrière-grand-oncle, l'auteur de la *Généalogie latine*. Il pria auprès du tombeau, puis arriva au pied au palais de la duchesse qui ne l'attendait que quelques jours plus tard. Elle avait grand monde dans son salon, bientôt on la laissa seule.

— Eh bien! es-tu contente de moi? lui dit-il en se jetant dans ses bras : grâce à toi, j'ai passé quatre années assez heureuses à Naples, au lieu de m'ennuyer à Novare avec ma maîtresse autorisée par la police.

La duchesse ne revenait pas de son étonnement, elle ne l'eût pas reconnu à le voir passer dans la rue; elle le trouvait ce qu'il était en effet, l'un des plus jolis hommes de l'Italie; il avait surtout une physionomie charmante. Elle l'avait envoyé à Naples avec la tournure d'un hardi casse-cou; la cravache qu'il portait toujours alors semblait faire partie inhérente de son être : maintenant il avait l'air le plus noble et le plus mesuré devant les étrangers, et dans le particulier, elle lui trouvait tout le feu de sa première jeunesse. C'était un diamant qui n'avait rien perdu à être poli. Il n'y avait pas une heure que Fabrice était arrivé, lorsque le comte Mosca survint; il arriva un peu trop tôt. Le jeune homme lui parla en si bons termes de la croix de Parme accordée à son gouverneur, et il exprima sa vive reconnaissance pour d'autres bienfaits dont il n'osait parler d'une façon aussi claire, avec une mesure si parfaite, que du premier coup d'œil le ministre le jugea favorablement. Ce neveu, dit-il tout bas à la duchesse, est fait pour orner toutes les dignités auxquelles vous voudrez l'élever par la suite. Tout allait à merveille jusque-là, mais quand le ministre, fort content de Fabrice, et jusque-là attentif uniquement à ses faits et gestes, regarda la duchesse, il lui trouva des yeux singuliers. Ce jeune homme fait ici une étrange impression, se dit-il. Cette réflexion fut amère; le comte avait atteint la *cinquantaine*, c'est un mot bien cruel et dont peut-être un homme éperdument amoureux peut

seul sentir tout le retentissement. Il était fort bon, fort
digne d'être aimé, à ses sévérités près comme ministre.
Mais, à ses yeux, ce mot cruel la *cinquantaine* jetait du noir
sur toute sa vie et eût été capable de le faire cruel pour son
propre compte. Depuis cinq années qu'il avait décidé
la duchesse à venir à Parme, elle avait souvent excité sa
jalousie, surtout dans les premiers temps, mais jamais elle
ne lui avait donné de sujet de plainte réel. Il croyait même,
et il avait raison, que c'était dans le dessein de mieux
s'assurer de son cœur que la duchesse avait eu recours à ces
apparences de distinction en faveur de quelques jeunes
beaux de la cour. Il était sûr, par exemple, qu'elle avait
refusé les hommages du prince, qui même, à cette occasion,
avait dit un mot instructif.

— Mais si j'acceptais les hommages de Votre Altesse,
lui disait la duchesse en riant, de quel front oser reparaître
devant le comte ?

— Je serais presque aussi décontenancé que vous. Le
cher comte ! mon ami ! Mais c'est un embarras bien facile
à tourner et auquel j'ai songé : le comte serait mis à la
citadelle pour le reste de ses jours.

Au moment de l'arrivée de Fabrice, la duchesse fut
tellement transportée de bonheur, qu'elle ne songea pas
du tout aux idées que ses yeux pourraient donner au comte.
L'effet fut profond et les soupçons sans remède.

Fabrice fut reçu par le prince deux heures après son
arrivée; la duchesse, prévoyant le bon effet que cette
audience impromptu devait produire dans le public, la
sollicitait depuis deux mois : cette faveur mettait Fabrice
hors de pair dès le premier instant; le prétexte avait été
qu'il ne faisait que passer à Parme pour aller voir sa mère
en Piémont. Au moment où un petit billet charmant de
la duchesse vint dire au prince que Fabrice attendait ses
ordres, Son Altesse s'ennuyait. Je vais voir, se dit-elle,
un petit saint bien niais, une mine plate ou sournoise. Le
commandant de la place avait déjà rendu compte de la
première visite au tombeau de l'oncle archevêque. Le
prince vit entrer un grand jeune homme, que, sans ses
bas violets, il eût pris pour quelque jeune officier.

Cette petite surprise chassa l'ennui : voilà un gaillard,
se dit-il, pour lequel on va me demander Dieu sait quelles
faveurs, toutes celles dont je puis disposer. Il arrive, il
doit être ému : je m'en vais faire de la politique jacobine;
nous verrons un peu comment il répondra.

Après les premiers mots gracieux de la part du prince :

— Eh bien! *Monsignore*, dit-il à Fabrice, les peuples de Naples sont-ils heureux ? Le roi est-il aimé ?

— Altesse Sérénissime, répondit Fabrice sans hésiter un instant, j'admirais, en passant dans la rue, l'excellente tenue des soldats des divers régiments de S. M. le Roi; la bonne compagnie est respectueuse envers ses maîtres comme elle doit l'être; mais j'avouerai que de la vie je n'ai souffert que les gens des basses classes me parlassent d'autre chose que du travail pour lequel je les paie.

— Peste! dit le prince, quel *sacre!* voici un oiseau bien stylé, c'est l'esprit de la Sanseverina. Piqué au jeu, le prince employa beaucoup d'adresse à faire parler Fabrice sur ce sujet si scabreux. Le jeune homme, animé par le danger, eut le bonheur de trouver des réponses admirables : c'est presque de l'insolence que d'afficher de l'amour pour son roi, disait-il, c'est de l'obéissance aveugle qu'on lui doit. A la vue de tant de prudence le prince eut presque de l'humeur; il paraît que voici un homme d'esprit qui nous arrive de Naples, et je n'aime pas *cette engeance;* un homme d'esprit a beau marcher dans les meilleurs principes et même de bonne foi, toujours par quelque côté il est cousin germain de Voltaire et de Rousseau.

Le prince se trouvait comme bravé par les manières si convenables et les réponses tellement inattaquables du jeune échappé de collège; ce qu'il avait prévu n'arrivait point : en un clin d'œil il prit le ton de la bonhomie, et, remontant, en quelques mots, jusqu'aux grands principes des sociétés et du gouvernement, il débita, en les adaptant à la circonstance, quelques phrases de Fénelon qu'on lui avait fait apprendre par cœur dès l'enfance pour les audiences publiques.

— Ces principes vous étonnent, jeune homme, dit-il à Fabrice (il l'avait appelé *monsignore* au commencement de l'audience, et il comptait lui donner du *monsignore* en le congédiant, mais dans le courant de la conversation il trouvait plus adroit, plus favorable aux tournures pathétiques, de l'interpeller par un petit nom d'amitié); ces principes vous étonnent, jeune homme, j'avoue qu'ils ne ressemblent guère aux *tartines d'absolutisme* (ce fut le mot) que l'on peut lire tous les jours dans mon journal officiel... Mais, grand Dieu! qu'est-ce que je vais vous citer là ? ces écrivains du journal sont pour vous bien inconnus.

— Je demande pardon à Votre Altesse Sérénissime; non seulement je lis le journal de Parme, qui me semble assez bien écrit, mais encore je tiens, avec lui, que tout ce qui a été fait depuis la mort de Louis XIV, en 1715, est à la fois un crime et une sottise. Le plus grand intérêt de l'homme, c'est son salut, il ne peut pas y avoir deux façons de voir à ce sujet, et ce bonheur-là doit durer une éternité. Les mots *liberté, justice, bonheur du plus grand nombre*, sont infâmes et criminels : ils donnent aux esprits l'habitude de la discussion et de la méfiance. Une chambre des députés *se défie* de ce que ces gens-là appellent *le ministère*. Cette fatale habitude de la *méfiance* une fois contractée, la faiblesse humaine l'applique à tout, l'homme arrive à se méfier de la Bible, des ordres de l'Église, de la tradition, etc., etc.; dès lors il est perdu. Quand bien même, ce qui est horriblement faux et criminel à dire, cette méfiance envers l'autorité des princes *établis de Dieu* donnerait le bonheur pendant les vingt ou trente années de vie que chacun de nous peut prétendre, qu'est-ce qu'un demi-siècle ou un siècle tout entier, comparé à une éternité de supplices ? etc.

On voyait, à l'air dont Fabrice parlait, qu'il cherchait à arranger ses idées de façon à les faire saisir le plus facilement possible par son auditeur, il était clair qu'il ne récitait pas une leçon.

Bientôt le prince ne se soucia plus de lutter avec ce jeune homme dont les manières simples et graves le gênaient.

— Adieu, *monsignore*, lui dit-il brusquement, je vois qu'on donne une excellente éducation dans l'Académie ecclésiastique de Naples, et il est tout simple que quand ces bons préceptes tombent sur un esprit aussi distingué, on obtienne des résultats brillants. Adieu; et il lui tourna le dos.

Je n'ai point plu à cet animal-là, se dit Fabrice.

Maintenant il nous reste à voir, dit le prince dès qu'il fut seul, si ce beau jeune homme est susceptible de passion pour quelque chose; en ce cas il serait complet... Peut-on répéter avec plus d'esprit les leçons de la tante ? Il me semblait l'entendre parler; s'il y avait une révolution chez moi, ce serait elle qui rédigerait le *Moniteur*, comme jadis la San Felice à Naples ! Mais la San Felice, malgré ses vingt-cinq ans et sa beauté, fut un peu pendue ! Avis aux femmes de trop d'esprit. En croyant Fabrice l'élève de sa tante, le prince se trompait : les gens d'esprit qui naissent sur le trône ou à côté perdent bientôt toute finesse de tact; ils proscrivent, autour d'eux, la liberté de conversation qui leur paraît grossièreté; ils ne veulent voir que des masques et prétendent juger de la beauté du teint; le plaisant c'est qu'ils se croient beaucoup de tact. Dans ce cas-ci, par exemple, Fabrice croyait à peu près tout ce que nous lui avons entendu dire; il est vrai qu'il ne songeait pas deux fois par mois à tous ces grands principes. Il avait des goûts vifs, il avait de l'esprit, mais il avait la foi.

Le goût de la liberté, la mode et le culte du *bonheur du plus grand nombre*, dont le XIXᵉ siècle s'est entiché, n'étaient à ses yeux qu'une *hérésie* qui passera comme les autres, mais après avoir tué beaucoup d'âmes, comme la peste tandis qu'elle règne dans une contrée tue beaucoup de corps. Et malgré tout cela Fabrice lisait avec délices les journaux français, et faisait même des imprudences pour s'en procurer.

Comme Fabrice revenait tout ébouriffé de son audience au palais, et racontait à sa tante les diverses attaques du prince :

— Il faut, lui dit-elle, que tu ailles tout présentement chez le père Landriani, notre excellent archevêque; vas-y à pied, monte doucement l'escalier, fais peu de bruit dans les antichambres; si l'on te fait attendre, tant mieux, mille fois tant mieux! en un mot, sois *apostolique!*

— J'entends, dit Fabrice, notre homme est un Tartufe.

— Pas le moins du monde, c'est la vertu même.

— Même après ce qu'il a fait, reprit Fabrice étonné, lors du supplice du comte Palanza ?

— Oui, mon ami, après ce qu'il a fait : le père de notre archevêque était un commis au ministère des finances, un petit bourgeois, voilà qui explique tout. Monseigneur Landriani est un homme d'un esprit vif, étendu, profond; il est sincère, il aime la vertu : je suis convaincue que si un empereur Décius revenait au monde, il subirait le martyre comme le Polyeucte de l'Opéra, qu'on nous donnait la semaine passée. Voilà le beau côté de la médaille, voici le revers : dès qu'il est en présence du souverain, ou seulement du premier ministre, il est ébloui de tant de grandeur, il se trouble, il rougit; il lui est matériellement impossible de dire non. De là les choses qu'il a faites, et qui lui ont valu cette cruelle réputation dans toute l'Italie; mais ce qu'on ne sait pas, c'est que, lorsque l'opinion publique vint l'éclairer sur le procès du comte Palanza, il s'imposa pour pénitence de vivre au pain et à l'eau pendant treize semaines, autant de semaines qu'il y a de lettres dans les noms *Davide Palanza*. Nous avons à cette cour un coquin d'infiniment d'esprit, nommé *Rassi*, grand juge ou fiscal général, qui, lors de la mort du comte Palanza, ensorcela le père Landriani. A l'époque de la pénitence des treize semaines, le comte Mosca, par pitié et un peu par malice, l'invitait à dîner une et même deux fois par semaine ; le bon archevêque, pour faire sa cour, dînait comme tout le monde. Il eût cru qu'il y avait rébellion et jacobinisme à afficher une pénitence pour une action approuvée du souverain. Mais l'on savait que, pour chaque dîner, où son devoir de fidèle sujet l'avait obligé à manger comme tout le monde, il s'imposait une pénitence de deux journées de nourriture au pain et à l'eau.

Monseigneur Landriani, esprit supérieur, savant du premier ordre, n'a qu'un faible, *il veut être aimé :* ainsi, attendris-toi en le regardant, et, à la troisième visite, aime-le tout à fait. Cela, joint à ta naissance, te fera adorer tout de suite. Ne marque pas de surprise s'il te reconduit jusque sur l'escalier, aie l'air d'être accoutumé à ces façons ; c'est un homme né à genoux devant la noblesse. Du reste, sois simple, apostolique, pas d'esprit, pas de brillant, pas de repartie prompte ; si tu ne l'effarouches point, il se plaira avec toi ; songe qu'il faut que de son propre mouvement il te fasse son grand vicaire. Le comte et moi nous serons surpris et même fâchés de ce trop rapide avancement, cela est essentiel vis-à-vis du souverain.

Fabrice courut à l'archevêché : par un bonheur singulier, le valet de chambre du bon prélat, un peu sourd, n'entendit pas le nom *del Dongo ;* il annonça un jeune prêtre, nommé Fabrice ; l'archevêque se trouvait avec un curé de mœurs peu exemplaires, et qu'il avait fait venir pour le gronder. Il était en train de faire une réprimande, chose très pénible pour lui, et ne voulait pas avoir ce chagrin sur le cœur plus longtemps ; il fit donc attendre trois quarts d'heure le petit neveu du grand archevêque Ascanio del Dongo.

Comment peindre ses excuses et son désespoir quand, après avoir reconduit le curé jusqu'à la seconde anti-chambre, et lorsqu'il demandait en repassant, à cet homme qui attendait, en *quoi il pouvait le servir,* il aperçut les bas violets et entendit le nom Fabrice del Dongo ? La chose parut si plaisante à notre héros, que, dès cette première visite, il hasarda de baiser la main du saint prélat, dans un transport de tendresse. Il fallait entendre l'archevêque répéter avec désespoir : Un del Dongo attendre dans mon antichambre ! Il se crut obligé, en forme d'excuse, de lui raconter toute l'anecdote du curé, ses torts, ses réponses, etc.

Est-il bien possible, se disait Fabrice en revenant au palais Sanseverina, que ce soit là l'homme qui a fait hâter le supplice de ce pauvre comte Palanza !

— Que pense Votre Excellence, lui dit en riant le comte Mosca, en le voyant rentrer chez la duchesse (le comte ne voulait pas que Fabrice l'appelât Excellence).

— Je tombe des nues ; je ne connais rien au caractère des hommes : j'aurais parié, si je n'avais pas su son nom, que celui-ci ne peut voir saigner un poulet.

— Et vous auriez gagné, reprit le comte ; mais quand il est devant le prince, ou seulement devant moi, il ne peut dire non. A la vérité, pour que je produise tout mon effet, il faut que j'aie le grand cordon jaune passé par-dessus l'habit ; en frac il me contredirait, aussi je prends toujours un uniforme pour le recevoir. Ce n'est pas à nous à détruire le prestige du pouvoir, les journaux français le démolissent bien assez vite ; à peine si la *manie respectante* vivra autant que nous, et vous, mon neveu, vous survivrez au respect. Vous, vous serez bon homme !

Fabrice se plaisait fort dans la société du comte : c'était le premier homme supérieur qui eût daigné lui parler sans comédie ; d'ailleurs ils avaient un goût commun, celui des antiquités et des fouilles. Le comte, de son côté, était flatté de l'extrême attention avec laquelle le jeune homme l'écoutait ; mais il y avait une objection capitale : Fabrice occupait un appartement dans le palais Sanseverina, passait sa vie avec la duchesse, laissait voir en toute innocence que cette intimité faisait son bonheur, et Fabrice avait des yeux, un teint d'une fraîcheur désespérante.

De longue main, Ranuce-Ernest IV, qui trouvait rarement de cruelles, était piqué de ce que la vertu de la duchesse, bien connue à la cour, n'avait pas fait une exception en sa faveur. Nous l'avons vu, l'esprit et la présence d'esprit de Fabrice l'avaient choqué dès le premier jour. Il prit mal l'extrême amitié que sa tante et lui se montraient à l'étourdie ; il prêta l'oreille avec une extrême attention aux propos de ses courtisans, qui furent infinis. L'arrivée de ce jeune homme et l'audience si extraordinaire qu'il avait obtenue firent pendant un mois à la cour la nouvelle et l'étonnement ; sur quoi le prince eut une idée.

Il avait dans sa garde un simple soldat qui supportait le vin d'une admirable façon ; cet homme passait sa vie au cabaret, et rendait compte de l'esprit du militaire directement au souverain. Carlone manquait d'éducation, sans quoi depuis longtemps il eût obtenu de l'avancement.

Or, sa consigne était de se trouver devant le palais tous les jours quand midi sonnait à la grande horloge. Le prince alla lui-même un peu avant midi disposer d'une certaine façon la persienne d'un entre-sol tenant à la pièce où Son Altesse s'habillait. Il retourna dans cet entre-sol un peu après que midi eut sonné, il y trouva le soldat; le prince avait dans sa poche une feuille de papier et une écritoire, il dicta au soldat le billet que voici :

« Votre Excellence a beaucoup d'esprit, sans doute,
« et c'est grâce à sa profonde sagacité que nous voyons
« cet État si bien gouverné. Mais, mon cher comte, de si
« grands succès ne marchent point sans un peu d'envie,
« et je crains fort qu'on ne rie un peu à vos dépens, si
« votre sagacité ne devine pas qu'un certain beau jeune
« homme a eu le bonheur d'inspirer, malgré lui peut-être,
« un amour des plus singuliers. Cet heureux mortel n'a,
« dit-on, que vingt-trois ans, et, cher comte, ce qui
« complique la question, c'est que vous et moi nous avons
« beaucoup plus que le double de cet âge. Le soir, à une
« certaine distance, le comte est charmant, sémillant,
« homme d'esprit, aimable au possible; mais le matin,
« dans l'intimité, à bien prendre les choses, le nouveau
« venu a peut-être plus d'agréments. Or, nous autres
« femmes, nous faisons grand cas de cette fraîcheur de la
« jeunesse, surtout quand nous avons passé la trentaine.
« Ne parle-t-on pas déjà de fixer cet aimable adolescent
« à notre cour, par quelque belle place ? Et quelle est donc
« la personne qui en parle le plus souvent à votre Excel-
« lence ? »

Le prince prit la lettre et donna deux écus au soldat.

— Ceci outre vos appointements, lui dit-il d'un air morne; le silence absolu envers tout le monde, ou bien la plus humide des basses fosses à la citadelle. Le prince avait dans son bureau une collection d'enveloppes avec les adresses de la plupart des gens de la cour, de la main de ce même soldat qui passait pour ne pas savoir écrire, et n'écrivait jamais même ses rapports de police : le prince choisit celle qu'il fallait.

Quelques heures plus tard, le comte Mosca reçut une lettre par la poste; on avait calculé l'heure où elle pourrait arriver, et au moment où le facteur, qu'on avait vu entrer tenant une petite lettre à la main, sortit du palais du ministère, Mosca fut appelé chez Son Altesse. Jamais le favori n'avait paru dominé par une plus noire tristesse; pour en jouir plus à l'aise, le prince lui cria en le voyant :

— J'ai besoin de me délasser en jasant au hasard avec l'ami, et non pas de travailler avec le ministre. Je jouis ce soir d'un mal à la tête fou, et de plus il me vient des idées noires.

Faut-il parler de l'humeur abominable qui agitait le premier ministre, comte Mosca de la Rovère, à l'instant où il lui fut permis de quitter son auguste maître ? Ranuce-Ernest IV était parfaitement habile dans l'art de torturer un cœur, et je pourrais faire ici sans trop d'injustice la comparaison du tigre qui aime à jouer avec sa proie.

Le comte se fit reconduire chez lui au galop; il cria en passant qu'on ne laissât monter âme qui vive, fit dire à l'*auditeur* de service qu'il lui rendait la liberté (savoir un être humain à portée de sa voix lui était odieux), et courut s'enfermer dans la grande galerie de tableaux. Là enfin il put se livrer à toute sa fureur; là il passa la soirée sans lumières à se promener au hasard, comme un homme hors de lui. Il cherchait à imposer silence à son cœur, pour concentrer toute la force de son attention dans la discussion du parti à prendre. Plongé dans des angoisses qui eussent fait pitié à son plus cruel ennemi, il se disait : L'homme que j'abhorre loge chez la duchesse, passe tous ses moments avec elle. Dois-je tenter de faire parler une de ses femmes ? Rien de plus dangereux; elle est si bonne; elle les paie bien! elle en est adorée! (Et de qui, grand Dieu, n'est-elle pas adorée!) Voici la question, reprenait-il avec rage :

Faut-il laisser deviner la jalousie qui me dévore, ou ne pas en parler ?

Si je me tais, on ne se cachera point de moi. Je connais Gina, c'est une femme toute de premier mouvement; sa conduite est imprévue même pour elle; si elle veut se tracer un rôle d'avance, elle s'embrouille; toujours, au moment de l'action, il lui vient une nouvelle idée qu'elle suit avec transport comme étant ce qu'il y a de mieux au monde, et qui gâte tout.

Ne disant mot de mon martyre, on ne se cache point de moi et je vois tout ce qui peut se passer...

Oui, mais en parlant, je fais naître d'autres circonstances; je fais faire des réflexions; je préviens beaucoup de ces choses horribles qui peuvent arriver... Peut-être on l'éloigne (le comte respira), alors j'ai presque partie gagnée; quand même on aurait un peu d'humeur dans le moment, je la calmerai... et cette humeur quoi de plus naturel ?... elle l'aime comme un fils depuis quinze ans. Là gît tout mon espoir : *comme un fils...* mais elle a cessé de le voir depuis sa fuite pour Waterloo ; mais en revenant de Naples, surtout pour elle, c'est un autre homme. *Un autre homme,* répéta-t-il avec rage, et cet homme est charmant ; il a surtout cet air naïf et tendre et cet œil souriant qui promettent tant de bonheur ! et ces yeux-là la duchesse ne doit pas être accoutumée à les trouver à notre cour !... Ils y sont remplacés par le regard morne et sardonique. Moi-même, poursuivi par les affaires, ne régnant que par mon influence sur un homme qui voudrait me tourner en ridicule, quels regards dois-je avoir souvent ? Ah ! quelques soins que je prenne, c'est surtout mon regard qui doit être vieux en moi ! Ma gaieté n'est-elle pas toujours voisine de l'ironie ?... Je dirai plus, ici il faut être sincère, ma gaieté ne laisse-t-elle pas entrevoir, comme chose toute proche, le pouvoir absolu... et la méchanceté ? Est-ce que quelquefois je ne me dis pas à moi-même, surtout quand on m'irrite : Je puis ce que je veux ? et même j'ajoute une sottise : je dois être plus heureux qu'un autre, puisque je possède ce que les autres n'ont pas : le pouvoir souverain dans les trois quarts des choses. Eh bien ! soyons juste ; l'habitude de cette pensée doit gâter mon sourire... doit me donner un air d'égoïsme... content... Et, comme son sourire à lui est charmant ! il respire le bonheur facile de la première jeunesse, et il le fait naître.

Par malheur pour le comte, ce soir-là le temps était chaud, étouffé, annonçant la tempête ; de ces temps, en un mot, qui, dans ces pays-là, portent aux résolutions extrêmes. Comment rapporter tous les raisonnements, toutes les façons de voir ce qui lui arrivait, qui, durant trois mortelles heures, mirent à la torture cet homme passionné ? Enfin le parti de la prudence l'emporta, uniquement par suite de cette réflexion : Je suis fou, probablement ; en croyant raisonner, je ne raisonne pas ; je me retourne seulement pour chercher une position moins cruelle, je passe sans la voir à côté de quelque raison décisive. Puisque je suis aveuglé par l'excessive douleur, suivons cette règle, approuvée de tous les gens sages, qu'on appelle *prudence.*

D'ailleurs, une fois que j'ai prononcé le mot fatal *jalousie,* mon rôle est tracé à tout jamais. Au contraire, ne disant rien aujourd'hui, je puis parler demain, je reste maître de tout. La crise était trop forte, le comte serait devenu fou, si elle eût duré. Il fut soulagé pour quelques instants, son attention vint à s'arrêter sur la lettre anonyme. De quelle part pouvait-elle venir ? Il y eut là une recherche de noms, et un jugement à propos de chacun d'eux, qui fit diversion. A la fin, le comte se rappela un éclair de malice qui avait jailli de l'œil du souverain, quand il en était venu à dire, vers la fin de l'audience : Oui, cher ami, convenons-en, les plaisirs et les soins de l'ambition la plus heureuse, même du pouvoir sans bornes, ne sont rien auprès du bonheur intime que donnent les relations de tendresse et d'amour. Je suis homme avant d'être prince, et, quand j'ai le bonheur d'aimer, ma maîtresse s'adresse à l'homme et non au prince. Le comte rapprocha ce moment de bonheur malin de cette phrase de la lettre : *C'est grâce à votre profonde sagacité que nous voyons cet État si bien gouverné.* Cette phrase est du prince, s'écria-t-il, chez un courtisan elle serait d'une imprudence gratuite; le lettre vient de Son Altesse.

Ce problème résolu, la petite joie causée par le plaisir de deviner fut bientôt effacée par la cruelle apparition des grâces charmantes de Fabrice, qui revint de nouveau. Ce fut comme un poids énorme qui retomba sur le cœur du malheureux. Qu'importe de qui soit la lettre anonyme! s'écria-t-il avec fureur, le fait qu'elle me dénonce en existe-t-il moins ? Ce caprice peut changer ma vie, dit-il comme pour s'excuser d'être tellement fou. Au premier moment, si elle l'aime d'une certaine façon, elle part avec lui pour Belgirate, pour la Suisse, pour quelque coin du monde. Elle est riche, et d'ailleurs, dût-elle vivre avec quelques louis chaque année, que lui importe ? Ne m'avouait-elle pas, il n'y a pas huit jours, que son palais, si bien arrangé, si magnifique, l'ennuie ? Il faut du nouveau à cette âme si jeune! Et avec quelle simplicité se présente cette félicité nouvelle! elle sera entraînée avant d'avoir songé au danger, avant d'avoir songé à me plaindre! Et je suis pourtant si malheureux! s'écria le comte fondant en larmes.

Il s'était juré de ne pas aller chez la duchesse ce soir-là, mais il n'y put tenir; jamais ses yeux n'avaient eu une telle soif de la regarder. Sur le minuit il se présenta chez elle; il la trouva seule avec son neveu; à dix heures elle avait renvoyé tout le monde et fait fermer sa porte.

A l'aspect de l'intimité tendre qui régnait entre ces deux êtres, et de la joie naïve de la duchesse, une affreuse difficulté s'éleva devant les yeux du comte, et à l'improviste! il n'y avait pas songé durant la longue délibération dans la galerie de tableaux : comment cacher sa jalousie ?

Ne sachant à quel prétexte avoir recours, il prétendit

que ce soir-là, il avait trouvé le prince excessivement
prévenu contre lui, contredisant toutes ses assertions, etc.,
etc. Il eut la douleur de voir la duchesse l'écouter à peine,
et ne faire aucune attention à ces circonstances qui, l'avant-
veille encore, l'auraient jetée dans des raisonnements
infinis. Le comte regarda Fabrice : jamais cette belle
figure lombarde ne lui avait paru si simple et si noble!
Fabrice faisait plus d'attention que la duchesse aux embarras qu'il racontait.

Réellement, se dit-il, cette tête joint l'extrême bonté
à l'expression d'une certaine joie naïve et tendre qui est
irrésistible. Elle semble dire : il n'y a que l'amour et le
bonheur qu'il donne qui soient choses sérieuses en ce
monde. Et pourtant arrive-t-on à quelque détail où l'esprit
soit nécessaire, son regard se réveille et vous étonne, et
l'on reste confondu.

Tout est simple à ses yeux parce que tout est vu de
haut. Grand Dieu! comment combattre un tel ennemi ?
Et après tout, qu'est-ce que la vie sans l'amour de Gina ?
Avec quel ravissement elle semble écouter les charmantes
saillies de cet esprit si jeune, et qui, pour une femme, doit
sembler unique au monde!

Une idée atroce saisit le comte comme une crampe :
le poignarder là devant elle, et me tuer après ?

Il fit un tour dans la chambre se soutenant à peine sur
ses jambes, mais la main serrée convulsivement autour du
manche de son poignard. Aucun des deux ne faisait attention à ce qu'il pouvait faire. Il dit qu'il allait donner un
ordre à son laquais, on ne l'entendit même pas; la duchesse
riait tendrement d'un mot que Fabrice venait de lui
adresser. Le comte s'approcha d'une lampe dans le premier
salon, et regarda si la pointe de son poignard était bien
affilée. Il faut être gracieux et de manières parfaites envers
ce jeune homme, se disait-il en revenant et se rapprochant
d'eux.

Il devenait fou; il lui sembla qu'en se penchant ils se
donnaient des baisers, là, sous ses yeux. Cela est impossible en ma présence, se dit-il; ma raison s'égare. Il faut se
calmer; si j'ai des manières rudes, la duchesse est capable,
par simple pique de vanité, de le suivre à Belgirate; et là,
ou pendant le voyage, le hasard peut amener un mot qui
donnera un nom à ce qu'ils sentent l'un pour l'autre;
et après, en un instant, toutes les conséquences.

La solitude rendra ce mot décisif, et d'ailleurs, une fois
la duchesse loin de moi, que devenir ? et si, après beaucoup

de difficultés surmontées du côté du prince, je vais montrer ma figure vieille et soucieuse à Belgirate, quel rôle jouerai-je au milieu de ces gens fous de bonheur ?

Ici même que suis-je autre chose que le *terzo incomodo* (cette belle langue italienne est toute faite pour l'amour)! *Terzo incomodo* (un tiers présent qui incommode)! Quelle douleur pour un homme d'esprit de sentir qu'on joue ce rôle exécrable, et de ne pouvoir prendre sur soi de se lever et de s'en aller!

Le comte allait éclater ou du moins trahir sa douleur par la décomposition de ses traits. Comme en faisant des tours dans le salon, il se trouvait près de la porte, il prit la fuite en criant d'un air bon et intime : Adieu, vous autres! il faut éviter le sang, se dit-il.

Le lendemain de cette horrible soirée, après une nuit passée tantôt à se détailler les avantages de Fabrice, tantôt dans les affreux transports de la plus cruelle jalousie, le comte eut l'idée de faire appeler un jeune valet de chambre à lui; cet homme faisait la cour à une jeune fille nommée Chékina, l'une des femmes de chambre de la duchesse et sa favorite. Par bonheur ce jeune domestique était fort rangé dans sa conduite, avare même, et il désirait une place de concierge dans l'un des établissements publics de Parme. Le comte ordonna à cet homme de faire venir à l'instant Chékina, sa maîtresse. L'homme obéit, et une heure plus tard le comte parut à l'improviste dans la chambre où cette fille se trouvait avec son prétendu. Le comte les effraya tous deux par la quantité d'or qu'il leur donna, puis il adressa ce peu de mots à la tremblante Chékina, en la regardant entre les deux yeux.

— La duchesse fait-elle l'amour avec Monsignore ?

— Non, dit cette fille prenant sa résolution après un moment de silence;... non, *pas encore*, mais il baise souvent les mains de madame, en riant il est vrai, mais avec transport.

Ce témoignage fut complété par cent réponses à autant de questions furibondes du comte; sa passion inquiète fit bien gagner à ces pauvres gens l'argent qu'il leur avait jeté : il finit par croire à ce qu'on lui disait, et fut moins malheureux. — Si jamais la duchesse se doute de cet entretien, dit-il à Chékina, j'enverrai votre prétendu passer vingt ans à la forteresse, et vous ne le reverrez qu'en cheveux blancs.

Quelques jours se passèrent pendant lesquels Fabrice à son tour perdit toute sa gaieté.

— Je t'assure, disait-il à la duchesse, que le comte Mosca a de l'antipathie pour moi.

— Tant pis pour Son Excellence, répondait-elle avec une sorte d'humeur.

Ce n'était point là le véritable sujet d'inquiétude qui avait fait disparaître la gaieté de Fabrice. La position où le hasard me place n'est pas tenable, se disait-il. Je suis bien sûr qu'elle ne parlera jamais, elle aurait horreur d'un mot trop significatif comme d'un inceste. Mais si un soir, après une journée imprudente et folle, elle vient à faire l'examen de sa conscience, si elle croit que j'ai pu deviner le goût qu'elle semble prendre pour moi, quel rôle jouerai-je à ses yeux ? exactement le *casto Giuseppe* (proverbe italien, allusion au rôle ridicule de Joseph avec la femme de l'eunuque Putiphar).

Faire entendre par une belle confidence que je ne suis pas susceptible d'amour sérieux ? je n'ai pas assez de tenue dans l'esprit pour énoncer ce fait de façon à ce qu'il ne ressemble pas comme deux gouttes d'eau à une impertinence. Il ne me reste que la ressource d'une grande passion laissée à Naples, en ce cas, y retourner pour vingt-quatre heures : ce parti est sage, mais c'est bien de la peine ! Resterait un petit amour de bas étage à Parme, ce qui peut déplaire ; mais tout est préférable au rôle affreux de l'homme qui ne veut pas deviner. Ce dernier parti pourrait, il est vrai, compromettre mon avenir ; il faudrait, à force de prudence et en achetant la discrétion, diminuer le danger. Ce qu'il y avait de cruel au milieu de toutes ces pensées, c'est que réellement Fabrice aimait la duchesse de bien loin plus qu'aucun être au monde. Il faut être bien maladroit, se disait-il avec colère, pour tant redouter de ne pouvoir persuader ce qui est si vrai ! Manquant d'habileté pour se tirer de cette position, il devint sombre et chagrin. Que serait-il de moi, grand Dieu ! si je me brouillais avec le seul être au monde pour qui j'aie un attachement passionné ? D'un autre côté, Fabrice ne pouvait se résoudre à gâter un bonheur si délicieux par un mot indiscret. Sa position était si remplie de charmes ! L'amitié intime d'une femme si aimable et si jolie était si douce ! Sous les rapports plus vulgaires de la vie, sa protection lui faisait une position si agréable à cette cour, dont les grandes intrigues, grâce à elle qui les lui expliquait, l'amusaient comme une comédie ! Mais au premier moment je puis être réveillé par un coup de foudre ! se disait-il. Ces soirées si gaies, si tendres, passées presque en tête à tête avec une femme si piquante, si elles conduisent à quelque chose de mieux, elle croira trouver en moi un amant ; elle me demandera des transports, de la folie, et je n'aurai toujours à lui offrir que l'amitié la plus vive, mais sans amour ; la nature m'a privé de cette sorte de folie sublime. Que de reproches n'ai-je pas eu à essuyer à cet égard ! Je crois encore entendre la duchesse d'A ***, et je me moquais de la duchesse ! Elle croira que je manque d'amour pour elle, tandis que c'est l'amour qui manque en moi ; jamais elle ne voudra me comprendre. Souvent à la suite d'une anecdote sur la cour contée par elle avec cette grâce, cette folie qu'elle seule au monde possède, et d'ailleurs nécessaire à mon instruction, je lui baise les mains et quelquefois la joue. Que devenir si cette main presse la mienne d'une certaine façon ?

Fabrice paraissait chaque jour dans les maisons les plus considérées et les moins gaies de Parme. Dirigé par les conseils habiles de la duchesse, il faisait une cour savante aux deux princes père et fils, à la princesse Clara-Paolina et à monseigneur l'archevêque. Il avait des succès, mais qui ne le consolaient point de la peur mortelle de se brouiller avec la duchesse.

CHAPITRE VIII

Ainsi moins d'un mois seulement après son arrivée à la cour, Fabrice avait tous les chagrins d'un courtisan, et l'amitié intime qui faisait le bonheur de sa vie était empoisonnée. Un soir, tourmenté par ces idées, il sortit de ce salon de la duchesse où il avait trop l'air d'un amant régnant; errant au hasard dans la ville, il passa devant le théâtre qu'il vit éclairé; il entra. C'était une imprudence gratuite chez un homme de sa robe et qu'il s'était bien promis d'éviter à Parme, qui après tout n'est qu'une petite ville de quarante mille habitants. Il est vrai que dès les premiers jours il s'était affranchi de son costume officiel; le soir, quand il n'allait pas dans le très grand monde, il était simplement vêtu de noir comme un homme en deuil.

Au théâtre il prit une loge du troisième rang pour n'être pas vu; l'on donnait *la Jeune Hôtesse*, de Goldoni. Il regardait l'architecture de la salle : à peine tournait-il les yeux vers la scène. Mais le public nombreux éclatait de rire à chaque instant; Fabrice jeta les yeux sur la jeune actrice qui faisait le rôle de l'hôtesse, il la trouva drôle. Il regarda avec plus d'attention, elle lui sembla tout à fait gentille et surtout remplie de naturel : c'était une jeune fille naïve qui riait la première des jolies choses que Goldoni mettait dans sa bouche, et qu'elle avait l'air tout étonnée de prononcer. Il demanda comment elle s'appelait, on lui dit : *Marietta Valserra.*

Ah! pensa-t-il, elle a pris mon nom, c'est singulier; malgré ses projets il ne quitta le théâtre qu'à la fin de la pièce. Le lendemain il revint; trois jours après il savait l'adresse de la Marietta Valserra.

Le soir même du jour où il s'était procuré cette adresse avec assez de peine, il remarqua que le comte lui faisait une mine charmante. Le pauvre amant jaloux, qui avait toutes les peines du monde à se tenir dans les bornes de la prudence, avait mis des espions à la suite du jeune homme, et son équipée du théâtre lui plaisait. Comment peindre la joie du comte lorsque le lendemain du jour où il avait pu prendre sur lui d'être aimable avec Fabrice, il apprit que celui-ci, à la vérité à demi déguisé par une longue redingote bleue, avait monté jusqu'au misérable appartement que la Marietta Valserra occupait au quatrième étage d'une vieille maison derrière le théâtre ? Sa joie redoubla lorsqu'il sut que Fabrice s'était présenté sous un faux nom, et avait eu l'honneur d'exciter la jalousie d'un mauvais garnement nommé Giletti, lequel à la ville jouait les troisièmes rôles de valet, et dans les villages dansait sur la corde. Ce noble amant de la Marietta se répandait en injures contre Fabrice et disait qu'il voulait le tuer.

Les troupes d'opéra sont formées par un *impresario* qui engage de côté et d'autre les sujets qu'il peut payer ou qu'il trouve libres, et la troupe amassée au hasard reste ensemble une saison ou deux tout au plus. Il n'en est pas de même des *compagnies comiques ;* tout en courant de ville en ville et changeant de résidence tous les deux ou trois mois, elle n'en forme pas moins comme une famille dont tous les membres s'aiment ou se haïssent. Il y a dans ces compagnies des ménages établis que les *beaux* des villes où la troupe va jouer trouvent quelquefois beaucoup de difficultés à désunir. C'est précisément ce qui arrivait à notre héros : la petite Marietta l'aimait assez, mais elle avait une peur horrible du Giletti qui prétendait être son maître unique et la surveillait de près. Il protestait partout qu'il tuerait le *monsignore*, car il avait suivi Fabrice et était parvenu à découvrir son nom. Ce Giletti était bien l'être le plus laid et le moins fait pour l'amour : démesurément grand, il était horriblement maigre, fort marqué de la petite vérole et un peu louche. Du reste, plein des grâces de son métier, il entrait ordinairement dans les coulisses où ses camarades étaient réunis, en faisant la roue sur les pieds et sur les mains, ou quelque autre tour gentil. Il triomphait dans les rôles où l'acteur doit paraître la figure blanchie avec de la farine et recevoir ou donner un nombre infini de coups de bâton. Ce digne rival de Fabrice avait 32 francs d'appointements par mois et se trouvait fort riche.

Il sembla au comte Mosca revenir des portes du tombeau, quand ses observateurs lui donnèrent la certitude de tous

ces détails. L'esprit aimable reparut; il sembla plus gai et
de meilleure compagnie que jamais dans le salon de la
duchesse, et se garda bien de rien lui dire de la petite
aventure qui le rendait à la vie. Il prit même des précautions
pour qu'elle fût informée de tout ce qui se passait le plus
tard possible. Enfin il eut le courage d'écouter la raison
qui lui criait en vain depuis un mois que toutes les fois
que le mérite d'un amant pâlit, cet amant doit voyager.

Une affaire importante l'appela à Bologne, et deux fois
par jour des courriers du cabinet lui apportaient bien
moins les papiers officiels de ses bureaux que des nouvelles
des amours de la petite Marietta, de la colère du terrible
Giletti et des entreprises de Fabrice.

Un des agents du comte demanda plusieurs fois *Arlequin
squelette et pâté*, l'un des triomphes de Giletti (il sort du
pâté au moment où son rival Brighella l'entame et le
bâtonne); ce fut un prétexte pour lui faire passer cent francs.
Giletti, criblé de dettes, se garda bien de parler de cette
bonne aubaine, mais devint d'une fierté étonnante.

La fantaisie de Fabrice se changea en pique d'amour-
propre (à son âge, les soucis l'avaient déjà réduit à avoir
des *fantaisies*)! La vanité le conduisait au spectacle; la
petite fille jouait fort gaiement et l'amusait; au sortir du
théâtre il était amoureux pour une heure. Le comte revint
à Parme sur la nouvelle que Fabrice courait des dangers
réels; le Giletti, qui avait été dragon dans le beau régiment
des dragons Napoléon, parlait sérieusement de tuer Fabrice
et prenait des mesures pour s'enfuir ensuite en Romagne.
Si le lecteur est très jeune, il se scandalisera de notre admiration pour ce beau trait de vertu. Ce ne fut pas cependant
un petit effort d'héroïsme de la part du comte que celui
de revenir de Bologne; car enfin, souvent, le matin, il
avait le teint fatigué, et Fabrice avait tant de fraîcheur,
tant de sérénité! Qui eût songé à lui faire un sujet de
reproche de la mort de Fabrice, arrivée en son absence,
et pour une si sotte cause? Mais il avait une de ces âmes
rares qui se font un remords éternel d'une action généreuse
qu'elles pouvaient faire et qu'elles n'ont pas faite; d'ailleurs
il ne put supporter l'idée de voir le duchesse triste, et par
sa faute.

Il la trouva, à son arrivée, silencieuse et morne; voici ce
qui s'était passé : la petite femme de chambre, Chékina,
tourmentée par les remords, et jugeant de l'importance
de sa faute par l'énormité de la somme qu'elle avait reçue
pour la commettre, était tombée malade. Un soir, la

duchesse, qui l'aimait, monta jusqu'à sa chambre. La petite
fille ne put résister à cette marque de bonté; elle fondit
en larmes, voulut remettre à sa maîtresse ce qu'elle possédait encore sur l'argent qu'elle avait reçu, et enfin eut le
courage de lui avouer les questions faites par le comte et ses
réponses. La duchesse courut vers la lampe qu'elle éteignit, puis dit à la petite Chékina qu'elle lui pardonnait,
mais à condition qu'elle ne dirait jamais un mot de cette
étrange scène à qui que ce fût; le pauvre comte, ajouta-
t-elle d'un air léger, craint le ridicule; tous les hommes
sont ainsi.

La duchesse se hâta de descendre chez elle. A peine
enfermée dans sa chambre, elle fondit en larmes; elle trouvait quelque chose d'horrible dans l'idée de faire l'amour
avec ce Fabrice qu'elle avait vu naître; et pourtant que
voulait dire sa conduite ?

Telle avait été la première cause de la noire mélancolie
dans laquelle le comte la trouva plongée; lui arrivé, elle
eut des accès d'impatience contre lui, et presque contre
Fabrice; elle eût voulu ne plus le revoir ni l'un ni l'autre;
elle était dépitée du rôle ridicule à ses yeux que Fabrice
jouait auprès de la petite Marietta; car le comte lui avait
tout dit en véritable amoureux incapable de garder un
secret. Elle ne pouvait s'accoutumer à ce malheur : son
idole avait un défaut; enfin dans un moment de bonne
amitié elle demanda conseil au comte; ce fut pour celui-ci
un instant délicieux et une belle récompense du mouvement honnête qui l'avait fait revenir à Parme.

— Quoi de plus simple! dit le comte en riant; les jeunes
gens veulent avoir toutes les femmes, puis le lendemain,
ils n'y pensent plus. Ne doit-il pas aller à Belgirate, voir la
marquise del Dongo ? Eh bien! qu'il parte. Pendant son
absence je prierai la troupe comique de porter ailleurs ses
talents, je paierai les frais de route; mais bientôt nous le
verrons amoureux de la première jolie femme que le hasard
conduira sur ses pas : c'est dans l'ordre, et je ne voudrais
pas le voir autrement... S'il est nécessaire, faites écrire par
la marquise.

Cette idée, donnée avec l'air d'une complète indifférence,
fut un trait de lumière pour la duchesse, elle avait peur de
Giletti. Le soir le comte annonça, comme par hasard, qu'il
y avait un courrier qui, allant à Vienne, passait par Milan;
trois jours après Fabrice recevait une lettre de sa mère. Il
partit fort piqué de n'avoir pu encore, grâce à la jalousie de
Giletti, profiter des excellentes intentions dont la petite

Marietta lui faisait porter l'assurance par une *mammacia*, vieille femme qui lui servait de mère.

Fabrice trouva sa mère et une des ses sœurs à Belgirate, gros village piémontais, sur la rive droite du lac Majeur; la rive gauche appartient au Milanais, et par conséquent à l'Autriche. Ce lac, parallèle au lac de Côme, et qui court aussi du nord au midi, est situé à une vingtaine de lieues plus au couchant. L'air des montagnes, l'aspect majestueux et tranquille de ce lac superbe qui lui rappelait celui près duquel il avait passé son enfance, tout contribua à changer en douce mélancolie le chagrin de Fabrice, voisin de la colère. C'était avec une tendresse infinie que le souvenir de la duchesse se présentait maintenant à lui; il lui semblait que de loin il prenait pour elle cet amour qu'il n'avait jamais éprouvé pour aucune femme; rien ne lui eût été plus pénible que d'en être à jamais séparé, et dans ces dispositions, si la duchesse eût daigné avoir recours à la moindre coquetterie, elle eût conquis ce cœur, par exemple, en lui opposant un rival. Mais bien loin de prendre un parti aussi décisif, ce n'était pas sans se faire de vifs reproches qu'elle trouvait sa pensée attachée aux pas du jeune voyageur. Elle se reprochait ce qu'elle appelait encore une fantaisie, comme si c'eût été une horreur; elle redoubla d'attentions et de prévenances pour le comte qui, séduit pas tant de grâces, n'écoutait pas la saine raison qui prescrivait un second voyage à Bologne.

La marquise del Dongo, pressée par les noces de sa fille aînée qu'elle mariait à un duc milanais, ne put donner que trois jours à son fils bien-aimé; jamais elle n'avait trouvé en lui une si tendre amitié. Au milieu de la mélancolie qui s'emparait de plus en plus de l'âme de Fabrice, une idée bizarre et même ridicule s'était présentée et tout à coup s'était fait suivre. Oserons-nous dire qu'il voulait consulter l'abbé Blanès? Cet excellent vieillard était parfaitement incapable de comprendre les chagrins d'un cœur tiraillé par des passions puériles et presque égales en force; d'ailleurs il eût fallu huit jours pour lui faire entrevoir seulement tous les intérêts que Fabrice devait ménager à Parme; mais en songeant à le consulter Fabrice retrouvait la fraîcheur de ses sensations de seize ans. Le croira-t-on? ce n'était pas simplement comme homme sage, comme ami parfaitement doué, que Fabrice voulait lui parler; l'objet de cette course et les sentiments qui agitèrent notre héros pendant les cinquante heures qu'elle dura, sont tellement absurdes que sans doute, dans l'intérêt du récit, il eût mieux valu les supprimer. Je crains que la crédulité de Fabrice ne le prive de la sympathie du lecteur; mais enfin, il était ainsi, pourquoi le flatter lui plutôt qu'un autre ? Je n'ai point flatté le comte Mosca ni le prince.

Fabrice donc, puisqu'il faut tout dire, Fabrice reconduisit sa mère jusqu'au port de Laveno, rive gauche du lac Majeur, rive autrichienne, où elle descendit vers les huit heures du soir. (Le lac est considéré comme un pays neutre, et l'on ne demande point de passeport à qui ne descend point à terre.) Mais à peine la nuit fut-elle venue qu'il se fit débarquer sur cette même rive autrichienne, au milieu d'un petit bois qui avance dans les flots. Il avait loué une *sediola*, sorte de tilbury champêtre et rapide, à l'aide duquel il put suivre, à cinq cents pas de distance, la voiture de sa mère; il était déguisé en domestique de la *casa del Dongo*, et aucun des nombreux employés de la police ou de la douane n'eut l'idée de lui demander son passeport. A un quart de lieue de Côme, où la marquise et sa fille devaient s'arrêter pour passer la nuit, il prit un sentier à gauche, qui, contournant le bourg de Vico, se réunit ensuite à un petit chemin récemment établi sur l'extrême bord du lac. Il était minuit, et Fabrice pouvait espérer de ne rencontrer aucun gendarme. Les arbres des bouquets de bois que le petit chemin traversait à chaque instant dessinaient le noir contour de leur feuillage sur un ciel étoilé, mais voilé par une brume légère. Les eaux et le ciel étaient d'une tranquillité profonde; l'âme de Fabrice ne put résister à cette beauté sublime; il s'arrêta, puis s'assit sur un rocher qui s'avançait dans le lac, formant comme un petit promontoire. Le silence universel n'était troublé, à intervalles égaux, que par la petite lame du lac qui venait expirer sur la grève. Fabrice avait un cœur italien; j'en demande pardon pour lui : ce défaut, qui le rendra moins aimable, consistait surtout en ceci : il n'avait de vanité que par accès, et l'aspect seul de la beauté sublime le portait à l'attendrissement, et ôtait à ses chagrins leur pointe âpre et dure. Assis sur son rocher isolé, n'ayant plus à se tenir en garde contre les agents de la police, protégé par la nuit profonde et le vaste silence, de douces larmes mouillèrent ses yeux, et il trouva là, à peu de frais, les moments les plus heureux qu'il eût goûtés depuis longtemps.

Il résolut de ne jamais dire de mensonges à la duchesse, et c'est parce qu'il l'aimait à l'adoration en ce moment, qu'il se jura de ne jamais lui dire qu'*il l'aimait;* jamais il ne prononcerait auprès d'elle le mot d'amour, puisque la passion que l'on appelle ainsi était étrangère à son cœur. Dans l'enthousiasme de générosité et de vertu qui faisait sa félicité en ce moment, il prit la résolution de lui tout dire à la première occasion : son cœur n'avait jamais connu l'amour. Une fois ce parti courageux bien adopté, il se sentit comme délivré d'un poids énorme. Elle me dira peut-être quelques mots sur Marietta : eh bien! je ne reverrai jamais la petite Marietta, se répondit-il à lui-même avec gaieté.

La chaleur accablante qui avait régné pendant la journée commençait à être tempérée par la brise du matin. Déjà l'aube dessinait par une faible lueur blanche les pics des Alpes qui s'élèvent au nord et à l'orient du lac de Côme. Leurs masses, blanchies par les neiges, même au mois de juin, se dessinent sur l'azur clair d'un ciel toujours pur à ces hauteurs immenses. Une branche des Alpes s'avançant au midi vers l'heureuse Italie sépare les versants du lac de Côme de ceux du lac de Garde. Fabrice suivait de l'œil toutes les branches de ces montagnes sublimes, l'aube en s'éclaircissant venait marquer les vallées qui les séparent en éclairant la brume légère qui s'élevait du fond des gorges.

Depuis quelques instants Fabrice s'était remis en marche; il passa la colline qui forme la presqu'île de Durini, et enfin parut à ses yeux ce clocher du village de Grianta, où si souvent il avait fait des observations d'étoiles avec l'abbé Blanès. Quelle n'était pas mon ignorance en ce temps-là! Je ne pouvais comprendre, se disait-il, même le latin ridicule de ces traités d'astrologie que feuilletait mon maître, et je crois que je les respectais surtout parce que, n'y entendant que quelques mots par-ci par-là, mon imagination se chargeait de leur prêter un sens, et le plus romanesque possible.

Peu à peu sa rêverie prit un autre cours. Y aurait-il quelque chose de réel dans cette science ? Pourquoi serait-elle différente des autres ? Un certain nombre d'imbéciles et de gens adroits conviennent entre eux qu'ils savent le *mexicain*, par exemple; ils s'imposent en cette qualité à la société qui les respecte et aux gouvernements qui les paient. On les accable de faveurs précisément parce qu'ils n'ont point d'esprit, et que le pouvoir n'a pas à craindre qu'ils soulèvent les peuples et fassent du pathos à l'aide des sentiments généreux! Par exemple le père Bari, auquel Ernest IV vient d'accorder quatre mille francs de pension et la croix de son ordre pour avoir restitué dix-neuf vers d'un dithyrambe grec!

Mais, grand Dieu! ai-je bien le droit de trouver ces choses-là ridicules? Est-ce bien à moi de me plaindre? se dit-il tout à coup en s'arrêtant, est-ce que cette même croix ne vient pas d'être donnée à mon gouverneur de Naples? Fabrice éprouva un sentiment de malaise profond; le bel enthousiasme de vertu qui naguère venait de faire battre son cœur se changeait dans le vil plaisir d'avoir une bonne part dans un vol. Eh bien! se dit-il enfin avec les yeux éteints d'un homme mécontent de soi, puisque ma naissance me donne le droit de profiter de ces abus, il serait d'une insigne duperie à moi de n'en pas prendre ma part; mais il ne faut point m'aviser de les maudire en public. Ces raisonnements ne manquaient pas de justesse; mais Fabrice était bien tombé de cette élévation de bonheur sublime où il s'était trouvé transporté une heure auparavant. La pensée du privilège avait desséché cette plante toujours si délicate qu'on nomme le bonheur.

S'il ne faut pas croire à l'astrologie, reprit-il en cherchant à s'étourdir, si cette science est, comme les trois quarts des sciences non mathématiques, une réunion de nigauds enthousiastes et d'hypocrites adroits et payés par qui ils servent, d'où vient que je pense si souvent et avec émotion à cette circonstance fatale? Jadis je suis sorti de la prison de B ***, mais avec l'habit et la feuille de route d'un soldat jeté en prison pour de justes causes.

Le raisonnement de Fabrice ne put jamais pénétrer plus loin; il tournait de cent façons, autour de la difficulté sans parvenir à la surmonter. Il était trop jeune encore; dans ses moments de loisir, son âme s'occupait avec ravissement à goûter les sensations produites par des circonstances romanesques que son imagination était toujours prête à lui fournir. Il était bien loin d'employer son temps à regarder avec patience les particularités réelles des choses pour ensuite deviner leurs causes. Le réel lui semblait encore plat et fangeux; je conçois qu'on n'aime pas à le regarder, mais alors il ne faut pas en raisonner. Il ne faut pas surtout faire des objections avec les diverses pièces de son ignorance.

C'est ainsi que, sans manquer d'esprit, Fabrice ne put parvenir à voir que sa demi-croyance dans les présages était pour lui une religion, une impression profonde reçue à son entrée dans la vie. Penser à cette croyance c'était sentir, c'était un bonheur. Et il s'obstinait à chercher comment ce pouvait être une science *prouvée,* réelle, dans le genre de la géométrie par exemple. Il recherchait avec ardeur, dans sa mémoire, toutes les circonstances où des présages observés par lui n'avaient pas été suivis de l'événement heureux ou malheureux qu'ils semblaient annoncer. Mais tout en croyant suivre un raisonnement et marcher à la vérité, son attention s'arrêtait avec bonheur sur le souvenir des cas où le présage avait été largement suivi par l'accident heureux ou malheureux qu'il lui semblait prédire, et son âme était frappée de respect et attendrie; et il eût éprouvé une répugnance invincible pour l'être qui eût nié les présages, et surtout s'il eût employé l'ironie.

Fabrice marchait sans s'apercevoir des distances, et il en était là de ses raisonnements impuissants, lorsqu'en levant la tête il vit le mur du jardin de son père. Ce mur, qui soutenait une belle terrasse, s'élevait à plus de quarante pieds au-dessus du chemin, à droite. Un cordon de pierres de taille tout en haut, près de la balustrade, lui donnait un air monumental. Il n'est pas mal, se dit froidement Fabrice, cela est d'une bonne architecture, presque dans le goût romain; il appliquait ses nouvelles connaissances en antiquités. Puis il détourna la tête avec dégoût; les sévérités de son père, et surtout la dénonciation de son frère Ascagne au retour de son voyage en France, lui revinrent à l'esprit.

Cette dénonciation dénaturée à été l'origine de ma vie actuelle; je puis la haïr, je puis la mépriser, mais enfin elle a changé ma destinée. Que devenais-je une fois relégué à Novare et n'étant presque que souffert chez l'homme d'affaires de mon père, si ma tante n'avait fait l'amour avec un ministre puissant? si cette tante se fût trouvée n'avoir qu'une âme sèche et commune au lieu de cette âme tendre et passionnée et qui m'aime avec une sorte d'enthousiasme qui m'étonne? où en serais-je maintenant si la duchesse avait eu l'âme de son frère le marquis del Dongo?

Accablé par ces souvenirs cruels, Fabrice ne marchait plus que d'un pas incertain; il parvint au bord du fossé précisément vis-à-vis la magnifique façade du château. Ce fut à peine s'il jeta un regard sur ce grand édifice noirci par le temps. Le noble langage de l'architecture le trouva insensible; le souvenir de son frère et de son père fermait son âme à toute sensation de beauté, il n'était attentif

qu'à se tenir sur ses gardes en présence d'ennemis hypocrites et dangereux. Il regarda un instant, mais avec un
dégoût marqué, la petite fenêtre de la chambre qu'il occupait avant 1815 au troisième étage. Le caractère de son
père avait dépouillé de tout charme les souvenirs de la
première enfance. Je n'y suis pas rentré, pensa-t-il,
depuis le 7 mars à 8 heures du soir. J'en sortis pour aller
prendre le passeport de Vasi, et le lendemain, la crainte
des espions me fit précipiter mon départ. Quand je repassai
après le voyage en France, je n'eus pas le temps d'y monter,
même pour revoir mes gravures, et cela grâce à la dénonciation de mon frère.

Fabrice détourna la tête avec horreur. L'abbé Blanès a
plus de quatre-vingt-trois ans, se dit-il tristement, il ne
vient presque plus au château, à ce que m'a raconté ma
sœur; les infirmités de la vieillesse ont produit leur effet.
Ce cœur si ferme et si noble est glacé par l'âge. Dieu sait
depuis combien de temps il ne va plus à son clocher!
je me cacherai dans le cellier, sous les cuves ou sous le
pressoir jusqu'au moment de son réveil; je n'irai pas
troubler le sommeil du bon vieillard; probablement il aura
oublié jusqu'à mes traits; six ans font beaucoup à cet âge!
je ne trouverai plus que le tombeau d'un ami! Et c'est
un véritable enfantillage, ajouta-t-il, d'être venu ici affron-
ter le dégoût que me cause le château de mon père.

Fabrice entrait alors sur la petite place de l'église; ce
fut avec un étonnement allant jusqu'au délire qu'il vit, au
second étage de l'antique clocher, la fenêtre étroite et
longue éclairée par la petite lanterne de l'abbé Blanès.
L'abbé avait coutume de l'y déposer, en montant à la
cage de planches qui formait son observatoire, afin que
la clarté ne l'empêchât pas de lire sur son planisphère.
Cette carte du ciel était tendue sur un grand vase de terre
cuite qui avait appartenu jadis à un oranger du château.
Dans l'ouverture, au fond du vase, brûlait la plus exiguë
des lampes, dont un petit tuyau de fer-blanc conduisait la
fumée hors du vase, et l'ombre du tuyau marquait le nord
sur la carte. Tous ces souvenirs de choses si simples
inondèrent d'émotions l'âme de Fabrice et la remplirent
de bonheur.

Presque sans y songer, il fit avec l'aide de ses deux
mains le petit sifflement bas et bref qui autrefois était le
signal de son admission. Aussitôt il entendit tirer à plusieurs reprises la corde qui, du haut de l'observatoire,
ouvrait le loquet de la porte du clocher. Il se précipita

dans l'escalier, ému jusqu'au transport; il trouva l'abbé
sur son fauteuil de bois à sa place accoutumée; son œil
était fixé sur la petite lunette d'un quart de cercle mural.
De la main gauche, l'abbé lui fit signe de ne pas l'interrompre dans son observation; un instant après il écrivit
un chiffre sur une carte à jouer, puis, se retournant sur
son fauteuil, il ouvrit les bras à notre héros qui s'y précipita en fondant en larmes. L'abbé Blanès était son véritable père.

— Je t'attendais, dit Blanès, après les premiers mots
d'épanchement et de tendresse. L'abbé faisait-il son métier
de savant; ou bien, comme il pensait souvent à Fabrice,
quelque signe astrologique lui avait-il par un pur hasard
annoncé son retour ?

— Voici ma mort qui arrive, dit l'abbé Blanès.

— Comment! s'écria Fabrice tout ému.

— Oui, reprit l'abbé d'un ton sérieux, mais point triste :
cinq mois et demi ou six mois et demi après que je t'aurai
revu, ma vie ayant trouvé son complément de bonheur,
s'éteindra

Come face al mancar dell' alimento

(comme la petite lampe quand l'huile vient à manquer).
Avant le moment suprême, je passerai probablement un ou
deux mois sans parler, après quoi je serai reçu dans le
sein de notre père; si toutefois il trouve que j'ai rempli
mon devoir dans le poste où il m'avait placé en sentinelle.
Toi tu es excédé de fatigue, ton émotion te dispose
au sommeil. Depuis que je t'attends, j'ai caché un pain
et une bouteille d'eau-de-vie dans la grande caisse de mes
instruments. Donne ces soutiens à ta vie et tâche de prendre
assez de forces pour m'écouter encore quelques instants.
Il est en mon pouvoir de te dire plusieurs choses avant
que la nuit soit tout à fait remplacée par le jour; maintenant je les vois beaucoup plus distinctement que peut-être
je ne les verrai demain. Car, mon enfant, nous sommes
toujours faibles, et il faut toujours faire entrer cette faiblesse en ligne de compte. Demain peut-être le vieil
homme, l'homme terrestre sera occupé en moi des préparatifs de ma mort, et demain soir à 9 heures, il faut que tu
me quittes.

Fabrice lui ayant obéi en silence comme c'était sa coutume,

— Donc, il est vrai, reprit le vieillard, que lorsque

tu as essayé de voir Waterloo, tu n'as trouvé d'abord qu'une prison.

— Oui, mon père, répliqua Fabrice étonné.

— Eh bien, ce fut un rare bonheur, car, averti par ma voix, ton âme peut se préparer à une autre prison bien autrement dure, bien plus terrible! Probablement tu n'en sortiras que par un crime, mais, grâce au ciel, ce crime ne sera pas commis par toi. Ne tombe jamais dans le crime avec quelque violence que tu sois tenté; je crois voir qu'il sera question de tuer un innocent, qui, sans le savoir, usurpe tes droits; si tu résistes à la violente tentation qui semblera justifiée par les lois de l'honneur, ta vie sera très heureuse aux yeux des hommes..., et raisonnablement heureuse aux yeux du sage, ajouta-t-il, après un instant de réflexion; tu mourras comme moi, mon fils, assis sur un siège de bois, loin de tout luxe, et détrompé du luxe, et comme moi n'ayant à te faire aucun reproche grave.

Maintenant, les choses de l'état futur sont terminées entre nous, je ne pourrais ajouter rien de bien important. C'est en vain que j'ai cherché à voir de quelle durée sera cette prison; s'agit-il de six mois, d'un an, de dix ans? Je n'ai rien pu découvrir; apparemment j'ai commis quelque faute, et le ciel a voulu me punir par le chagrin de cette incertitude. J'ai vu seulement qu'après la prison, mais je ne sais si c'est au moment même de la sortie, il y aura ce que j'appelle un crime, mais par bonheur je crois être sûr qu'il ne sera pas commis par toi. Si tu as la faiblesse de tremper dans ce crime, tout le reste de mes calculs n'est qu'une longue erreur. Alors tu ne mourras point avec la paix de l'âme, sur un siège de bois et vêtu de blanc. En disant ces mots, l'abbé Blanès voulut se lever; ce fut alors que Fabrice s'aperçut des ravages du temps; il mit près d'une minute à se lever et à se retourner vers Fabrice. Celui-ci le laissait faire, immobile et silencieux. L'abbé se jeta dans ses bras à diverses reprises; il le serra avec une extrême tendresse. Après quoi il reprit avec toute sa gaieté d'autrefois: Tâche de t'arranger au milieu de mes instruments pour dormir un peu commodément, prends mes pelisses; tu en trouveras plusieurs de grand prix que la duchesse Sanseverina me fit parvenir il y a quatre ans. Elle me demanda une prédiction sur ton compte, que je me gardai bien de lui envoyer, tout en gardant ses pelisses et son beau quart de cercle. Toute annonce de l'avenir est une infraction à la règle, et a ce danger qu'elle peut changer l'événement, auquel cas toute la science tombe par terre

comme un véritable jeu d'enfant; et d'ailleurs il y avait
des choses dures à dire à cette duchesse toujours si jolie.
A propos, ne sois point effrayé dans ton sommeil par les
cloches qui vont faire un tapage effroyable à côté de ton
oreille, lorsque l'on va sonner la messe de sept heures;
plus tard, à l'étage inférieur, ils vont mettre en branle le
gros bourdon qui secoue tous mes instruments. C'est
aujourd'hui saint Giovita, martyr et soldat. Tu sais, le
petit village de Grianta a le même patron que la grande
ville de Brescia, ce qui, par parenthèse, trompa d'une
façon bien plaisante mon illustre maître Jacques Marini
de Ravenne. Plusieurs fois il m'annonça que je ferais une
assez belle fortune ecclésiastique, il croyait que je serais
curé de la magnifique église de Saint-Giovita, à Brescia;
j'ai été curé d'un petit village de sept cent cinquante
feux! Mais tout a été pour le mieux. J'ai vu, il n'y a pas
dix ans de cela, que si j'eusse été curé à Brescia, ma destinée était d'être mis en prison sur une colline de la
Moravie, au Spielberg. Demain je t'apporterai toutes
sortes de mets délicats volés au grand dîner que je donne
à tous les curés des environs qui viennent chanter à ma
grand-messe. Je les apporterai en bas, mais ne cherche
point à me voir, ne descends pour te mettre en possession
de ces bonnes choses que lorsque tu m'auras entendu
ressortir. Il ne faut pas que tu me revoies *de jour*, et le soleil
se couchant demain à sept heures et vingt-sept minutes, je
ne viendrai t'embrasser que vers les huit heures, et il faut
que tu partes pendant que les heures se comptent encore
par neuf, c'est-à-dire avant que l'horloge ait sonné dix
heures. Prends garde que l'on ne te voie aux fenêtres du
clocher : les gendarmes ont ton signalement et ils sont en
quelque sorte sous les ordres de ton frère qui est un fameux
tyran. Le marquis del Dongo s'affaiblit, ajouta Blanès
d'un air triste, et s'il te revoyait, peut-être te donnerait-il
quelque chose de la main à la main. Mais de tels avantages
entachés de fraude ne conviennent point à un homme tel
que toi, dont la force sera un jour dans sa conscience. Le
marquis abhorre son fils Ascagne, et c'est à ce fils qu'échoi-
ront les cinq ou six millions qu'il possède. C'est justice.
Toi, à sa mort, tu auras une pension de quatre mille francs,
et cinquante aunes de drap noir pour le deuil de tes gens.

CHAPITRE IX

L'âme de Fabrice était exaltée par les discours du vieillard, par la profonde attention et par l'extrême fatigue. Il eut grand-peine à s'endormir, et son sommeil fut agité de songes, peut-être présages de l'avenir; le matin, à dix heures, il fut réveillé par le tremblement général du clocher, un bruit effroyable semblait venir du dehors. Il se leva éperdu, et se crut à la fin du monde, puis il pensa qu'il était en prison; il lui fallut du temps pour reconnaître le son de la grosse cloche que quarante paysans mettaient en mouvement en l'honneur du grand saint Giovita, dix auraient suffi.

Fabrice chercha un endroit convenable pour voir sans être vu; il s'aperçut que de cette grande hauteur, son regard plongeait sur les jardins, et même sur la cour intérieure du château de son père. Il l'avait oublié. L'idée de ce père arrivant aux bornes de la vie changeait tous ses sentiments. Il distinguait jusqu'aux moineaux qui cherchaient quelques miettes de pain sur le grand balcon de la salle à manger. Ce sont les descendants de ceux qu'autrefois j'avais apprivoisés, se dit-il. Ce balcon, comme tous les autres balcons du palais, était chargé d'un grand nombre d'orangers dans des vases de terre plus ou moins grands : cette vue l'attendrit; l'aspect de cette cour intérieure, ainsi ornée avec ses ombres bien tranchées et marquées par un soleil éclatant, était vraiment grandiose.

L'affaiblissement de son père lui revenait à l'esprit. Mais c'est vraiment singulier, se disait-il, mon père n'a que trente-cinq ans de plus que moi; trente-cinq et vingt-trois ne font que cinquante-huit! Ses yeux, fixés sur les fenêtres de la chambre de cet homme sévère et qui ne l'avait jamais aimé, se remplirent de larmes. Il frémit, et un froid soudain courut dans ses veines lorsqu'il crut reconnaître son père traversant une terrasse garnie d'orangers, qui se trouvait de plain-pied avec sa chambre; mais ce n'était qu'un valet de chambre. Tout à fait sous le clocher, une quantité de jeunes filles vêtues de blanc et divisées en différentes troupes étaient occupées à tracer des dessins avec des fleurs rouges, bleues et jaunes sur le sol des rues où devait passer la procession. Mais il y avait un spectacle qui parlait plus vivement à l'âme de Fabrice : du clocher, ses regards plongeaient sur les deux branches du lac à une distance de plusieurs lieues, et cette vue sublime lui fit bientôt oublier toutes les autres; elle réveillait chez lui les sentiments les plus élevés. Tous les souvenirs de son enfance vinrent en foule assiéger sa pensée; et cette journée passée en prison dans un clocher fut peut-être l'une des plus heureuses de sa vie.

Le bonheur le porta à une hauteur de pensées assez étrangère à son caractère; il considérait les événements de la vie, lui, si jeune, comme si déjà il fût arrivé à sa dernière limite. Il faut en convenir, depuis mon arrivée à Parme, se dit-il enfin, après plusieurs heures de rêveries délicieuses, je n'ai point eu de joie tranquille et parfaite, comme celle que je trouvais à Naples en galopant dans les chemins de Vomero ou en courant les rives de Misène. Tous les intérêts si compliqués de cette petite cour méchante m'ont rendu méchant... Je n'ai point du tout de plaisir à haïr, je crois même que ce serait un triste bonheur pour moi que celui d'humilier mes ennemis si j'en avais; mais je n'ai point d'ennemi... Halte-là! se dit-il tout à coup, j'ai pour ennemi Giletti... Voilà qui est singulier, se dit-il; le plaisir que j'éprouverais à voir cet homme si laid aller à tous les diables, survit au goût fort léger que j'avais pour la petite Marietta... Elle ne vaut pas, à beaucoup près, la duchesse d'A *** que j'étais obligé d'aimer à Naples puisque je lui avais dit que j'étais amoureux d'elle. Grand Dieu! que de fois je me suis ennuyé durant les longs rendez-vous que m'accordait cette belle duchesse; jamais rien de pareil dans la chambre délabrée et servant de cuisine où la petite Marietta m'a reçu deux fois, et pendant deux minutes chaque fois.

Eh, grand Dieu! qu'est-ce que ces gens-là mangent ? C'est à faire pitié! J'aurais dû faire à elle et à la *mammacia* une pension de trois beefsteaks payables tous les jours... La petite Marietta, ajouta-t-il, me distrayait des pensées méchantes que me donnait le voisinage de cette cour.

J'aurais peut-être bien fait de prendre la vie de café,

comme dit la duchesse ; elle semblait pencher de ce côté-là, et elle a bien plus de génie que moi. Grâce à ses bienfaits, ou bien seulement avec cette pension de quatre mille francs et ce fonds de quarante mille placés à Lyon et que ma mère me destine, j'aurais toujours un cheval et quelques écus pour faire des fouilles et former un cabinet. Puisqu'il semble que je ne dois pas connaître l'amour, ce seront toujours là pour moi les grandes sources de félicité ; je voudrais, avant de mourir, aller revoir le champ de bataille de Waterloo, et tâcher de reconnaître la prairie où je fus si gaiement enlevé de mon cheval et assis par terre. Ce pèlerinage accompli, je reviendrais souvent sur ce lac sublime ; rien d'aussi beau ne peut se voir au monde, du moins pour mon cœur. A quoi bon aller si loin chercher le bonheur, il est là sous mes yeux !

Ah ! se dit Fabrice, comme objection, la police me chasse du lac de Côme, mais je suis plus jeune que les gens qui dirigent les coups de cette police. Ici, ajouta-t-il en riant, je ne trouverais point de duchesse d'A ***, mais je trouverais une de ces petites filles là-bas qui arrangent des fleurs sur le pavé et, en vérité, je l'aimerais tout autant : l'hypocrisie me glace même en amour, et nos grandes dames visent à des effets trop sublimes. Napoléon leur a donné des idées de mœurs et de constance.

Diable ! se dit-il tout à coup, en retirant la tête de la fenêtre, comme s'il eût craint d'être reconnu malgré l'ombre de l'énorme jalousie de bois qui garantissait les cloches de la pluie, voici une entrée de gendarmes en grande tenue. En effet, dix gendarmes, dont quatre sous-officiers, paraissaient dans le haut de la grande rue du village. Le maréchal des logis les distribuait de cent pas en cent pas, le long du trajet que devait parcourir la procession. Tout le monde me connaît ici ; si l'on me voit, je ne fais qu'un saut des bords du lac de Côme au Spielberg, où l'on m'attachera à chaque jambe une chaîne pesant cent dix livres : et quelle douleur pour la duchesse !

Fabrice eut besoin de deux ou trois minutes pour se rappeler que d'abord il était placé à plus de quatre-vingts pieds d'élévation, que le lieu où il se trouvait était comparativement obscur, que les yeux des gens qui pourraient le regarder étaient frappés par un soleil éclatant, et qu'enfin ils se promenaient les yeux grands ouverts dans des rues dont toutes les maisons venaient d'être blanchies au lait de chaux, en l'honneur de la fête de saint Giovita. Malgré des raisonnements si clairs, l'âme italienne de

Fabrice eût été désormais hors d'état de goûter aucun plaisir, s'il n'eût interposé entre lui et les gendarmes un lambeau de vieille toile qu'il cloua contre la fenêtre et auquel il fit deux trous pour les yeux.

Les cloches ébranlaient l'air depuis dix minutes, la procession sortait de l'église, les *mortaretti* se firent entendre. Fabrice tourna la tête et reconnut cette petite esplanade garnie d'un parapet et dominant le lac, où si souvent, dans sa jeunesse, il s'était exposé à voir les mortaretti lui partir entre les jambes, ce qui faisait que le matin des jours de fête sa mère voulait le voir auprès d'elle.

Il faut savoir que les *mortaretti* (ou petits mortiers) ne sont autre chose que des canons de fusil que l'on scie de façon à ne leur laisser que quatre pouces de longueur; c'est pour cela que les paysans recueillent avidement les canons de fusil que, depuis 1796, la politique de l'Europe a semés à foison dans les plaines de la Lombardie. Une fois réduits à quatre pouces de longueur, on charge ces petits canons jusqu'à la gueule, on les place à terre dans une position verticale, et une traînée de poudre va de l'un à l'autre; ils sont rangés sur trois lignes comme un bataillon, et au nombre de deux ou trois cents, dans quelque emplacement voisin du lieu que doit parcourir la procession. Lorsque le Saint-Sacrement approche, on met le feu à la traînée de poudre, et alors commence un feu de file de coups secs, le plus inégal du monde et le plus ridicule; les femmes sont ivres de joie. Rien n'est gai comme le bruit de ces mortaretti entendu de loin sur le lac, et adouci par le balancement des eaux; ce bruit singulier et qui avait fait si souvent la joie de son enfance chassa les idées un peu trop sérieuses dont notre héros était assiégé; il alla chercher la grande lunette astronomique de l'abbé, et reconnut la plupart des hommes et des femmes qui suivaient la procession. Beaucoup de charmantes petites filles que Fabrice avait laissées à l'âge de onze et douze ans étaient maintenant des femmes superbes, dans toute la fleur de la plus vigoureuse jeunesse; elles firent renaître le courage de notre héros, et pour leur parler il eût fort bien bravé les gendarmes.

La procession passée et rentrée dans l'église par une porte latérale que Fabrice ne pouvait apercevoir, la chaleur devint bientôt extrême même au haut du clocher; les habitants rentrèrent chez eux et il se fit un grand silence dans le village. Plusieurs barques se chargèrent de paysans retournant à Belagio, à Menagio et autres villages situés sur le

lac; Fabrice distinguait le bruit de chaque coup de rame :
ce détail si simple le ravissait en extase; sa joie actuelle se
composait de tout le malheur, de toute la gêne qu'il trouvait dans la vie compliquée des cours. Qu'il eût été heureux en ce moment de faire une lieue sur ce beau lac si
tranquille et qui réfléchissait si bien la profondeur des
cieux! Il entendit ouvrir la porte d'en bas du clocher :
c'était la vieille servante de l'abbé Blanès, qui apportait
un grand panier; il eut toutes les peines du monde à
s'empêcher de lui parler. Elle a pour moi presque autant
d'amitié que son maître, se disait-il, et d'ailleurs je pars
ce soir à neuf heures; est-ce qu'elle ne garderait pas le
secret qu'elle m'aurait juré, seulement pendant quelques
heures ? Mais, se dit Fabrice, je déplairais à mon ami!
je pourrais le compromettre avec les gendarmes! et il
laissa partir la Ghita sans lui parler. Il fit un excellent dîner,
puis s'arrangea pour dormir quelques minutes : il ne se
réveilla qu'à huit heures et demie du soir, l'abbé Blanès
lui secouait le bras, et il était nuit.

Blanès était extrêmement fatigué, il avait cinquante ans
de plus que la veille. Il ne parla plus de choses sérieuses;
assis sur son fauteuil de bois, embrasse-moi, dit-il à
Fabrice. Il le reprit plusieurs fois dans ses bras. La mort,
dit-il enfin, qui va terminer cette vie si longue, n'aura rien
d'aussi pénible que cette séparation. J'ai une bourse que je
laisserai en dépôt à la Ghita, avec ordre d'y puiser pour ses
besoins, mais de te remettre ce qui restera si jamais tu viens
le demander. Je la connais; après cette recommandation,
elle est capable, par économie pour toi, de ne pas acheter de
la viande quatre fois par an, si tu ne lui donnes des ordres
bien précis. Tu peux toi-même être réduit à la misère, et
l'obole du vieil ami te servira. N'attends rien de ton frère
que des procédés atroces, et tâche de gagner de l'argent
par un travail qui te rende utile à la société. Je prévois
des orages étranges; peut-être dans cinquante ans ne vou-
dra-t-on plus d'oisifs. Ta mère et ta tante peuvent te
manquer, tes sœurs devront obéir à leurs maris... Va-t'en,
va-t'en! fuis! s'écria Blanès avec empressement il venait
d'entendre un petit bruit dans l'horloge qui annonçait que
dix heures allaient sonner, il ne voulut pas même permettre
à Fabrice de l'embrasser une dernière fois.

— Dépêche! dépêche! lui cria-t-il; tu mettras au moins
une minute à descendre l'escalier; prends garde de tomber,
ce serait d'un affreux présage. Fabrice se précipita dans
l'escalier, et, arrivé sur la place, se mit à courir. Il était

à peine arrivé devant le château de son père, que la cloche
sonna dix heures; chaque coup retentissait dans sa poitrine
et y portait un trouble singulier. Il s'arrêta pour réfléchir,
ou plutôt pour se livrer aux sentiments passionnés que lui
inspirait la contemplation de cet édifice majestueux qu'il
jugeait si froidement la veille. Au milieu de sa rêverie,
des pas d'homme vinrent le réveiller; il regarda et se vit
au milieu de quatre gendarmes. Il avait deux excellents
pistolets dont il venait de renouveler les amorces en dînant,
le petit bruit qu'il fit en les armant attira l'attention d'un
des gendarmes, et fut sur le point de le faire arrêter. Il
s'aperçut du danger qu'il courait et pensa à faire feu le
premier; c'était son droit, car c'était la seule manière qu'il
eût de résister à quatre hommes bien armés. Par bonheur
les gendarmes, qui circulaient pour faire évacuer les caba-
rets, ne s'étaient point montrés tout à fait insensibles aux
politesses qu'ils avaient reçues dans plusieurs de ces lieux
aimables; ils ne se décidèrent pas assez rapidement à faire
leur devoir. Fabrice prit la fuite en courant à toutes jambes.
Les gendarmes firent quelques pas en courant aussi et
criant : Arrête! arrête! puis tout rentra dans le silence.
A trois cents pas de là, Fabrice s'arrêta pour reprendre
haleine. Le bruit de mes pistolets a failli me faire prendre;
c'est bien pour le coup que la duchesse m'eût dit, si jamais
il m'eût été donné de revoir ses beaux yeux, que mon
âme trouve du plaisir à contempler ce qui arrivera dans
dix ans, et oublie de regarder ce qui se passe actuellement
à mes côtés.

Fabrice frémit en pensant au danger qu'il venait d'éviter;
il doubla le pas, mais bientôt il ne put s'empêcher de
courir, ce qui n'était pas trop prudent, car il se fit remarquer de plusieurs paysans qui regagnaient leur logis. Il ne
put prendre sur lui de s'arrêter que dans la montagne, à
plus d'une lieue de Grianta, et, même arrêté, il eut une
sueur froide en pensant au Spielberg.

Voilà une belle peur! se dit-il : en entendant le son de
ce mot, il fut presque tenté d'avoir honte. Mais ma tante
ne me dit-elle pas que la chose dont j'ai le plus besoin
c'est d'apprendre à me pardonner ? Je me compare toujours à un modèle parfait, et qui ne peut exister. Eh bien!
je me pardonne ma peur, car, d'un autre côté, j'étais bien
disposé à défendre ma liberté, et certainement tous les
quatre ne seraient pas restés debout pour me conduire en
prison. Ce que je fais en ce moment, ajouta-t-il, n'est pas
militaire; au lieu de me retirer rapidement, après avoir

rempli mon objet, et peut-être donné l'éveil à mes ennemis,
je m'amuse à une fantaisie plus ridicule peut-être que toutes
les prédictions du bon abbé.

En effet, au lieu de se retirer par la ligne la plus courte,
et de gagner les bords du lac Majeur, où sa barque l'attendait, il faisait un énorme détour pour aller voir *son arbre*.
Le lecteur se souvient peut-être de l'amour que Fabrice
portait à un marronnier planté par sa mère vingt-trois ans
auparavant. Il serait digne de mon frère, se dit-il, d'avoir
fait couper cet arbre; mais ces êtres-là ne sentent pas les
choses délicates; il n'y aura pas songé. Et d'ailleurs, ce
ne serait pas d'un mauvais augure, ajouta-t-il avec fermeté.
Deux heures plus tard son regard fut consterné; des
méchants ou un orage avaient rompu l'une des principales
branches du jeune arbre, qui pendait desséchée; Fabrice la
coupa avec respect, à l'aide de son poignard, et tailla bien
net la coupure, afin que l'eau ne pût pas s'introduire dans
le tronc. Ensuite, quoique le temps fût bien précieux pour
lui, car le jour allait paraître, il passa une bonne heure
à bêcher la terre autour de l'arbre chéri. Toutes ces folies
accomplies, il reprit rapidement la route du lac Majeur.
Au total, il n'était point triste, l'arbre était d'une belle
venue, plus vigoureux que jamais, et, en cinq ans, il avait
presque doublé. La branche n'était qu'un accident sans
conséquence; une fois coupée, elle ne nuisait plus à l'arbre,
et même il serait plus élancé, sa membrure commençant
plus haut.

Fabrice n'avait pas fait une lieue, qu'une bande éclatante
de blancheur dessinait à l'orient les pics du *Resegon di Lek*,
montagne célèbre dans le pays. La route qu'il suivait
se couvrait de paysans; mais, au lieu d'avoir des idées
militaires, Fabrice se laissait attendrir par les aspects
sublimes ou touchants de ces forêts des environs du lac
de Côme. Ce sont peut-être les plus belles du monde; je
ne veux pas dire celles qui rendent le plus d'*écus neufs*,
comme on dirait en Suisse, mais celles qui parlent le plus
à l'âme. Écouter ce langage dans la position où se trouvait Fabrice, en butte aux attentions de MM. les gendarmes
lombardo-vénitiens, c'était un véritable enfantillage. Je suis
à une demi-lieue de la frontière, se dit-il enfin, je vais
rencontrer des douaniers et des gendarmes faisant leur
ronde du matin : cet habit de drap fin va leur être suspect,
ils vont me demander mon passeport; or, ce passeport
porte en toutes lettres un nom promis à la prison; me voici
dans l'agréable nécessité de commettre un meurtre. Si,

comme de coutume, les gendarmes marchent deux ensemble, je ne puis pas attendre bonnement pour faire feu que l'un des deux cherche à me prendre au collet ; pour peu qu'en tombant il me retienne un instant, me voilà au Spielberg. Fabrice, saisi d'horreur surtout de cette nécessité de faire feu le premier, peut-être sur un ancien soldat de son oncle, le comte Pietranera, courut se cacher dans le tronc creux d'un énorme châtaignier ; il renouvelait l'amorce de ses pistolets, lorsqu'il entendit un homme qui s'avançait dans le bois en chantant très bien un air délicieux de *Mercadante*, alors à la mode en Lombardie.

Voilà qui est d'un bon augure ! se dit Fabrice. Cet air qu'il écoutait religieusement lui ôta la petite pointe de colère qui commençait à se mêler à ses raisonnements. Il regarda attentivement la grande route des deux côtés, il n'y vit personne ; le chanteur arrivera par quelque chemin de traverse, se dit-il. Presque au même instant, il vit un valet de chambre très proprement vêtu à l'anglaise, et monté sur un cheval de suite, qui s'avançait au petit pas en tenant en main un beau cheval de race, peut-être un peu trop maigre.

Ah ! si je raisonnais comme Mosca, se dit Fabrice, lorsqu'il me répète que les dangers que court un homme sont toujours la mesure de ses droits sur le voisin, je casserais la tête d'un coup de pistolet à ce valet de chambre, et, une fois monté sur le cheval maigre, je me moquerais fort de tous les gendarmes du monde. A peine de retour à Parme, j'enverrais de l'argent à cet homme ou à sa veuve... mais ce serait une horreur !

CHAPITRE X

Tout en se faisant la morale, Fabrice sautait sur la grande route qui de Lombardie va en Suisse : en ce lieu, elle est bien à quatre ou cinq pieds en contrebas de la forêt. Si mon homme prend peur, se dit Fabrice, il part d'un temps de galop, et je reste planté là faisant la vraie figure d'un nigaud. En ce moment, il se trouvait à dix pas du valet de chambre qui ne chantait plus : il vit dans ses yeux qu'il avait peur ; il allait peut-être retourner ses chevaux. Sans être encore décidé à rien, Fabrice fit un saut et saisit la bride du cheval maigre.

— Mon ami, dit-il au valet de chambre, je ne suis pas un voleur ordinaire, car je vais commencer par vous donner vingt francs, mais je suis obligé de vous emprunter votre cheval ; je vais être tué si je ne f... pas le camp rapidement. J'ai sur les talons les quatre frères Riva, ces grands chasseurs que vous connaissez sans doute ; ils viennent de me surprendre dans la chambre de leur sœur, j'ai sauté par la fenêtre et me voici. Ils sont sortis dans la forêt avec leurs chiens et leurs fusils. Je m'étais caché dans ce gros châtaignier creux, parce que j'ai vu l'un d'eux traverser la route, leurs chiens vont me dépister ! Je vais monter sur votre cheval et galoper jusqu'à une lieue au delà de Côme ; je vais à Milan me jeter aux genoux du vice-roi. Je laisserai votre cheval à la poste avec deux napoléons pour vous, si vous consentez de bonne grâce. Si vous faites la moindre résistance, je vous tue avec les pistolets que voici. Si, une fois parti, vous mettez les gendarmes à mes trousses, mon cousin, le brave comte Alari, écuyer de l'empereur, aura soin de vous faire casser les os.

Fabrice inventait ce discours à mesure qu'il le prononçait d'un air tout pacifique.

— Au reste, dit-il en riant, mon nom n'est point un secret ; je suis le Marchesino Ascanio del Dongo, mon château est tout près d'ici, à Grianta. F..., dit-il, en élevant la voix, lâchez donc le cheval ! Le valet de chambre, stupéfait, ne soufflait mot. Fabrice passa son pistolet dans la main gauche, saisit la bride que l'autre lâcha, sauta à cheval et partit au petit galop. Quant il fut à trois cents pas, il s'aperçut qu'il avait oublié de donner les vingt francs promis ; il s'arrêta : il n'y avait toujours personne sur la route que le valet de chambre qui le suivait au galop ; il lui fit signe avec son mouchoir d'avancer, et quand il le vit à cinquante pas, il jeta sur la route une poignée de monnaie, et repartit. Il vit de loin le valet de chambre ramasser les pièces d'argent. Voilà un homme vraiment raisonnable, se dit Fabrice en riant, pas un mot inutile. Il fila rapidement vers le midi, s'arrêta dans une maison écartée, et se remit en route quelques heures plus tard. A deux heures du matin il était sur le bord du lac Majeur ; bientôt il aperçut sa barque qui battait l'eau, elle vint au signal convenu. Il ne vit point de paysan à qui remettre le cheval ; il rendit la liberté au noble animal, trois heures après il était à Belgirate. Là, se trouvant en pays ami, il prit quelque repos ; il était fort joyeux, il avait réussi parfaitement bien. Oserons-nous indiquer les véritables causes de sa joie ? Son arbre était d'une venue superbe, et son âme avait été rafraîchie par l'attendrissement profond qu'il avait trouvé dans les bras de l'abbé Blanès. Croit-il réellement, se disait-il, à toutes les prédictions qu'il m'a faites ; ou bien comme mon frère m'a fait la réputation d'un jacobin, d'un homme sans foi ni loi, capable de tout, a-t-il voulu seulement m'engager à ne pas céder à la tentation de casser la tête à quelque animal qui m'aura joué un mauvais tour ? Le surlendemain Fabrice était à Parme, où il amusa fort la duchesse et le comte, en leur narrant avec la dernière exactitude, comme il faisait toujours, toute l'histoire de son voyage.

A son arrivée, Fabrice trouva le portier et tous les domestiques du palais Sanseverina chargés des insignes du plus grand deuil.

— Quelle perte avons-nous faite ? demanda-t-il à la duchesse.

— Cet excellent homme qu'on appelait mon mari vient de mourir à Baden. Il me laisse ce palais ; c'était une chose convenue, mais en signe de bonne amitié, il y ajoute un legs de trois cent mille francs qui m'embarrasse fort ;

je ne veux pas y renoncer en faveur de sa nièce, la marquise Raversi, qui me joue tous les jours des tours pendables. Toi qui es amateur, il faudra que tu me trouves quelque bon sculpteur ; j'élèverai au duc un tombeau de trois cent mille francs. Le comte se mit à dire des anecdotes sur la Raversi.

— C'est en vain que j'ai cherché à l'amadouer par des bienfaits, dit la duchesse. Quant aux neveux du duc, je les ai tous faits colonels ou généraux. En revanche, il ne se passe pas de mois qu'ils ne m'adressent quelque lettre anonyme abominable, j'ai été obligée de prendre un secrétaire pour lire les lettres de ce genre.

— Et ces lettres anonymes sont leurs moindres péchés, reprit le comte Mosca ; ils tiennent manufacture de dénonciations infâmes. Vingt fois j'aurais pu faire traduire toute cette clique devant les tribunaux, et Votre Excellence peut penser, ajouta-t-il en s'adressant à Fabrice, si mes bons juges les eussent condamnés.

— En bien ! voilà qui me gâte tout le reste, répliqua Fabrice avec une naïveté bien plaisante à la cour, j'aurais mieux aimé les voir condamnés par des magistrats jugeant en conscience.

— Vous me ferez plaisir, vous qui voyagez pour vous instruire, de me donner l'adresse de tels magistrats, je leur écrirai avant de me mettre au lit.

— Si j'étais ministre, cette absence de juges honnêtes gens blesserait mon amour-propre.

— Mais il me semble, répliqua le comte, que Votre Excellence, qui aime tant les Français, et qui même jadis leur prêta secours de son bras invincible, oublie en ce moment une de leurs grandes maximes : Il vaut mieux tuer le diable que si le diable vous tue. Je voudrais voir comment vous gouverneriez ces âmes ardentes, et qui lisent toute la journée l'histoire de la *Révolution de France* avec des juges qui renverraient acquittés les gens que j'accuse. Ils arriveraient à ne pas condamner les coquins le plus évidemment coupables et se croiraient des Brutus. Mais je veux vous faire une querelle ; votre âme si délicate n'a-t-elle pas quelque remords au sujet de ce beau cheval un peu maigre que vous venez d'abandonner sur les rives du lac Majeur ?

— Je compte bien, dit Fabrice d'un grand sérieux, faire remettre ce qu'il faudra au maître du cheval pour le rembourser des frais d'affiches et autres, à la suite desquels il se le sera fait rendre par les paysans qui l'auront trouvé ;

je vais lire assidûment le journal de Milan, afin d'y chercher l'annonce d'un cheval perdu; je connais fort bien le signalement de celui-ci.

— Il est vraiment *primitif*, dit le comte à la duchesse. Et que serait devenue Votre Excellence, poursuivit-il en riant, si lorsqu'elle galopait ventre à terre sur ce cheval emprunté, il se fût avisé de faire un faux pas? Vous étiez au Spielberg, mon cher petit neveu, et tout mon crédit eût à peine pu parvenir à faire diminuer d'une trentaine de livres le poids de la chaîne attachée à chacune de vos jambes. Vous auriez passé en ce lieu de plaisance une dizaine d'années; peut-être vos jambes se fussent-elles enflées et gangrenées, alors on les eût fait couper proprement...

— Ah! de grâce, ne poussez pas plus loin un si triste roman, s'écria la duchesse les larmes aux yeux. Le voici de retour...

— Et j'en ai plus de joie que vous, vous pouvez le croire, répliqua le ministre, d'un grand sérieux; mais enfin pourquoi ce cruel enfant ne m'a-t-il pas demandé un passeport sous un nom convenable, puisqu'il voulait pénétrer en Lombardie? A la première nouvelle de son arrestation je serais parti pour Milan, et les amis que j'ai dans ce pays-là auraient bien voulu fermer les yeux et supposer que leur gendarmerie avait arrêté un sujet du prince de Parme. Le récit de votre course est gracieux, amusant, j'en conviens volontiers, répliqua le comte en reprenant un ton moins sinistre; votre sortie du bois sur la grande route me plaît assez; mais entre nous, puisque ce valet de chambre tenait votre vie entre ses mains, vous aviez droit de prendre la sienne. Nous allons faire à Votre Excellence une fortune brillante, du moins voici madame qui me l'ordonne, et je ne crois pas que mes plus grands ennemis puissent m'accuser d'avoir jamais désobéi à ses commandements. Quel chagrin mortel pour elle et pour moi si dans cette espèce de course au clocher que vous venez de faire avec ce cheval maigre, il eût fait un faux pas. Il eût presque mieux valu, ajouta le comte, que ce cheval vous cassât le cou.

— Vous êtes bien tragique ce soir, mon ami, dit la duchesse tout émue.

— C'est que nous sommes environnés d'événements tragiques, répliqua le comte aussi avec émotion; nous ne sommes pas ici en France, où tout finit par des chansons ou par un emprisonnement d'un an ou deux, et j'ai réellement

tort de vous parler de toutes ces choses en riant. Ah çà!
mon petit neveu, je suppose que je trouve jour à vous faire
évêque, car bonnement je ne puis pas commencer par
l'archevêché de Parme, ainsi que le veut, très raisonnablement, Mme la Duchesse ici présente; dans cet évêché
où vous serez loin de nos sages conseils, dites-nous un
peu quelle sera votre politique ?

— Tuer le diable plutôt qu'il ne me tue, comme disent
fort bien mes amis les Français, répliqua Fabrice avec des
yeux ardents; conserver par tous les moyens possibles, y
compris le coup de pistolet, la position que vous m'aurez
faite. J'ai lu dans la généalogie des del Dongo l'histoire
de celui de nos ancêtres qui bâtit le château de Grianta.
Sur la fin de sa vie, son bon ami Galéas, duc de Milan,
l'envoie visiter un château fort sur notre lac; on craignait
une nouvelle invasion de la part des Suisses. — Il faut
pourtant que j'écrive un mot de politesse au commandant,
lui dit le duc de Milan en le congédiant; il écrit et lui remet
une lettre de deux lignes; puis il la lui redemande pour la
cacheter, ce sera plus poli, dit le prince. Vespasien del
Dongo part, mais en naviguant sur le lac, il se souvient
d'un vieux conte grec, car il était savant; il ouvre la lettre
de son bon maître et y trouve l'ordre adressé au commandant du château, de le mettre à mort aussitôt son arrivée.
Le *Sforce*, trop attentif à la comédie qu'il jouait avec notre
aïeul, avait laissé un intervalle entre la dernière ligne du
billet et sa signature; Vespasien del Dongo y écrit l'ordre de
le reconnaître pour gouverneur général de tous les châteaux
sur le lac, et supprime la tête de la lettre. Arrivé et reconnu
dans le fort, il jette le commandant dans un puits, déclare
la guerre au Sforce, et au bout de quelques années il
échange sa forteresse contre ces terres immenses qui ont
fait la fortune de toutes les branches de notre famille, et
qui un jour me vaudront à moi quatre mille livres de rente.

— Vous parlez comme un académicien, s'écria le comte
en riant; c'est un beau coup de tête que vous nous racontez
là, mais ce n'est que tous les dix ans que l'on a l'occasion
amusante de faire de ces choses piquantes. Un être à demi
stupide, mais attentif, mais prudent tous les jours, goûte
très souvent le plaisir de triompher des hommes à imagination. C'est par une folie d'imagination que Napoléon
s'est rendu au prudent *John Bull*, au lieu de chercher à
gagner l'Amérique. John Bull, dans son comptoir, a bien ri
de sa lettre où il cite Thémistocle. De tous temps les vils
Sancho Pança l'emporteront à la longue sur les sublimes

don Quichotte. Si vous voulez consentir à ne rien faire
d'extraordinaire, je ne doute pas que vous ne soyez un
évêque très respecté, si ce n'est très respectable. Toutefois, ma remarque subsiste; Votre Excellence s'est conduite
avec légèreté dans l'affaire du cheval, elle a été à deux doigts
d'une prison éternelle.

Ce mot fit tressaillir Fabrice, il resta plongé dans un
profond étonnement. Était-ce là, se disait-il, cette prison
dont je suis menacé ? Est-ce le crime que je ne devais pas
commettre ? Les prédictions de Blanès, dont il se moquait
fort en tant que prophéties, prenaient à ses yeux toute
l'importance de présages véritables.

— Eh bien! qu'as-tu donc ? lui dit la duchesse étonnée;
le comte t'a plongé dans les noires images.

— Je suis illuminé par une vérité nouvelle, et, au lieu
de me révolter contre elle, mon esprit l'adopte. Il est vrai,
j'ai passé bien près d'une prison sans fin! Mais ce valet de
chambre était si joli dans son habit à l'anglaise! quel
dommage de le tuer!

Le ministre fut enchanté de son petit air sage.

— Il est fort bien de toutes façons, dit-il en regardant
la duchesse. Je vous dirai, mon ami, que vous avez fait
une conquête, et la plus désirable de toutes, peut-être.

Ah! pensa Fabrice, voici une plaisanterie sur la petite
Marietta. Il se trompait; le comte ajouta :

— Votre simplicité *évangélique* a gagné le cœur de notre
vénérable archevêque, le père Landriani. Un de ces jours
nous allons faire de vous un grand vicaire, et, ce qui fait le
charme de cette plaisanterie, c'est que les trois grands
vicaires actuels, gens de mérite, travailleurs, et dont deux,
je pense, étaient grands vicaires avant votre naissance,
demanderont, par une belle lettre adressée à leur archevêque, que vous soyez le premier en rang parmi eux. Ces
messieurs se fondent sur vos vertus d'abord, et ensuite
sur ce que vous êtes petit-neveu du célèbre archevêque
Ascagne del Dongo. Quand j'ai appris le respect qu'on avait
pour vos vertus, j'ai sur-le-champ nommé capitaine le
neveu du plus ancien des vicaires généraux; il était lieutenant depuis le siège de Tarragone par le maréchal Suchet.

— Va-t'en tout de suite en négligé, comme tu es, faire
une visite de tendresse à ton archevêque, s'écria la duchesse.
Raconte-lui le mariage de ta sœur; quand il saura qu'elle
va être duchesse, il te trouvera bien plus apostolique. Du
reste, tu ignores tout ce que le comte vient de te confier
sur ta future nomination.

Fabrice courut au palais archiépiscopal ; il y fut simple et modeste, c'était un ton qu'il prenait avec trop de facilité ; au contraire, il avait besoin d'efforts pour jouer le grand seigneur. Tout en écoutant les récits un peu longs de monseigneur Landriani, il se disait : Aurais-je dû tirer un coup de pistolet au valet de chambre qui tenait par la bride le cheval maigre ? Sa raison lui disait oui, mais son cœur ne pouvait s'accoutumer à l'image sanglante du beau jeune homme tombant de cheval défiguré.

Cette prison où j'allais m'engloutir, si le cheval eût bronché, était-elle la prison dont je suis menacé par tant de présages ?

Cette question était de la dernière importance pour lui, et l'archevêque fut content de son air de profonde attention.

CHAPITRE XI

Au sortir de l'archevêché, Fabrice courut chez la petite Marietta; il entendit de loin la grosse voix de Giletti qui avait fait venir du vin et se régalait avec le souffleur et les moucheurs de chandelle, ses amis. La *mammacia*, qui faisait fonctions de mère, répondit seule à son signal.

— Il y a du nouveau depuis toi, s'écria-t-elle; deux ou trois de nos acteurs sont accusés d'avoir célébré par une orgie la fête du grand Napoléon, et notre pauvre troupe, qu'on appelle jacobine, a reçu l'ordre de vider les États de Parme, et vive Napoléon! Mais le ministre a, dit-on, craché au bassinet. Ce qu'il y a de sûr, c'est que Giletti a de l'argent, je ne sais pas combien, mais je lui ai vu une poignée d'écus. Marietta a reçu cinq écus de notre directeur pour frais de voyage jusqu'à Mantoue et Venise, et moi un. Elle est toujours bien amoureuse de toi, mais Giletti lui fait peur; il y a trois jours, à la dernière représentation que nous avons donnée, il voulait absolument la tuer; il lui a lancé deux fameux soufflets, et, ce qui est abominable, il lui a déchiré son châle bleu. Si tu voulais lui donner un châle bleu, tu serais bien bon enfant, et nous dirions que nous l'avons gagné à une loterie. Le tambour-maître des carabiniers donne un assaut demain, tu en trouveras l'heure affichée à tous les coins de rues. Viens nous voir; s'il est parti pour l'assaut, de façon à nous faire espérer qu'il restera dehors un peu longtemps, je serai à la fenêtre et je te ferai signe de monter. Tâche de nous apporter quelque chose de bien joli, et la Marietta t'aime à la passion.

En descendant l'escalier tournant de ce taudis infâme, Fabrice était plein de componction : je ne suis point changé, se disait-il; toutes mes belles résolutions prises au bord de notre lac quand je voyais la vie d'un œil si philosophique se sont envolées. Mon âme était hors de son assiette

ordinaire, tout cela était un rêve et disparaît devant l'austère réalité. Ce serait le moment d'agir, se dit Fabrice en
rentrant au palais Sanseverina sur les onze heures du soir.
Mais ce fut en vain qu'il chercha dans son cœur le courage
de parler avec cette sincérité sublime qui lui semblait si
facile la nuit qu'il passa aux rives du lac de Côme. Je vais
fâcher la personne que j'aime le mieux au monde ; si je
parle, j'aurai l'air d'un mauvais comédien ; je ne vaux
réellement quelque chose que dans de certains moments
d'exaltation.

— Le comte est admirable pour moi, dit-il à la duchesse,
après lui avoir rendu compte de la visite à l'archevêché ;
j'apprécie d'autant plus sa conduite que je crois m'apercevoir que je ne lui plais que fort médiocrement ; ma façon
d'agir doit donc être correcte à son égard. Il a ses fouilles
de *Sanguigna* dont il est toujours fou, à en juger du moins
par son voyage d'avant-hier ; il a fait douze lieues au
galop pour passer deux heures avec ses ouvriers. Si l'on
trouve des fragments de statues dans le temple antique
dont il vient de découvrir les fondations, il craint qu'on ne
les lui vole ; j'ai envie de lui proposer d'aller passer trente-
six heures à Sanguigna. Demain, vers les cinq heures, je
dois revoir l'archevêque, je pourrai partir dans la soirée et
profiter de la fraîcheur de la nuit pour faire la route.

La duchesse ne répondit pas d'abord.

— On dirait que tu cherches des prétextes pour t'éloigner de moi, lui dit-elle ensuite avec une extrême tendresse ;
à peine de retour de Belgirate, tu trouves une raison pour
partir.

Voici une belle occasion de parler, se dit Fabrice. Mais
sur le lac j'étais un peu fou, je ne me suis pas aperçu dans
mon enthousiasme de sincérité que mon compliment finit
par une impertinence ; il s'agirait de dire : Je t'aime de
l'amitié la plus dévouée, etc., etc., mais mon âme n'est pas
susceptible d'amour. N'est-ce pas dire : Je vois que vous
avez de l'amour pour moi ; mais prenez garde, je ne puis
vous payer en même monnaie ? Si elle a de l'amour, la
duchesse peut se fâcher d'être devinée, et elle sera révoltée
de mon impudence si elle n'a pour moi qu'une amitié
toute simple... et ce sont de ces offenses qu'on ne pardonne
point.

Pendant qu'il pesait ces idées importantes, Fabrice,
sans s'en apercevoir, se promenait dans le salon, d'un air
grave et plein de hauteur, en homme qui voit le malheur
à dix pas de lui.

La duchesse le regardait avec admiration ; ce n'était plus l'enfant qu'elle avait vu naître, ce n'était plus le neveu toujours prêt à lui obéir : c'était un homme grave et duquel il serait délicieux de se faire aimer. Elle se leva de l'ottomane où elle était assise, et, se jetant dans ses bras avec transport :

— Tu veux donc me fuir ? lui dit-elle.

— Non, répondit-il de l'air d'un empereur romain, mais je voudrais être sage.

Ce mot était susceptible de diverses interprétations ; Fabrice ne se sentit pas le courage d'aller plus loin et de courir le hasard de blesser cette femme adorable. Il était trop jeune, trop susceptible de prendre de l'émotion ; son esprit ne lui fournissait aucune tournure aimable pour faire entendre ce qu'il voulait dire. Par un transport naturel et malgré tout raisonnement, il prit dans ses bras cette femme charmante et la couvrit de baisers. Au même instant, on entendit le bruit de la voiture du comte qui entrait dans la cour, et presque en même temps lui-même parut dans le salon ; il avait l'air tout ému.

— Vous inspirez des passions bien singulières, dit-il à Fabrice, qui resta presque confondu du mot.

L'archevêque avait ce soir l'audience que Son Altesse Sérénissime lui accorde tous les jeudis ; le prince vient de me raconter que l'archevêque, d'un air tout troublé, a débuté par un discours appris par cœur et fort savant, auquel d'abord le prince ne comprenait rien. Landriani a fini par déclarer qu'il était important pour l'église de Parme que *Monsignore* Fabrice del Dongo fût nommé son premier vicaire général, et, par la suite, dès qu'il aurait vingt-quatre ans accomplis, son coadjuteur *avec future succession*.

Ce mot m'a effrayé, je l'avoue, dit le comte ; c'est aller un peu bien vite, et je craignais une boutade d'humeur chez le prince. Mais il m'a regardé en riant et m'a dit en français : Ce sont là de vos coups, monsieur !

— Je puis faire serment devant Dieu et devant Votre Altesse, me suis-je écrié avec toute l'onction possible, que j'ignorais parfaitement le mot de *future succession*. Alors j'ai dit la vérité, ce que nous répétions ici même il y a quelques heures ; j'ai ajouté, avec entraînement, que, par la suite, je me serais regardé comme comblé des faveurs de Son Altesse, si elle daignait m'accorder un petit évêché pour commencer. Il faut que le prince m'ait cru, car il a jugé à propos de faire le gracieux ; il m'a dit, avec toute la simplicité possible : Ceci est une affaire officielle entre l'archevêque et moi, vous n'y entrez pour rien; le bonhomme m'adresse une sorte de rapport fort long et passablement ennuyeux, à la suite duquel il arrive à une proposition officielle; je lui ai répondu très froidement que le sujet était bien jeune, et surtout bien nouveau dans ma cour; que j'aurais presque l'air de payer une lettre de change tirée sur moi par l'Empereur, en donnant la perspective d'une si haute dignité au fils d'un des grands officiers de son royaume lombardo-vénitien. L'archevêque a protesté qu'aucune recommandation de ce genre n'avait eu lieu. C'était une bonne sottise à me dire *à moi;* j'en ai été surpris de la part d'un homme aussi entendu; mais il est toujours désorienté quand il m'adresse la parole, et ce soir il était plus troublé que jamais, ce qui m'a donné l'idée qu'il désirait la chose avec passion. Je lui ai dit que je savais mieux que lui qu'il n'y avait point eu de haute recommandation en faveur de del Dongo, que personne à ma cour ne lui refusait de la capacité, qu'on ne parlait point trop mal de ses mœurs, mais que je craignais qu'il ne fût susceptible d'*enthousiasme,* et que je m'étais promis de ne jamais élever aux places considérables les fous de cette espèce avec lesquels un prince n'est sûr de rien. Alors, a continué Son Altesse, j'ai dû subir un pathos presque aussi long que le premier : l'archevêque me faisait l'éloge de l'enthousiasme de la maison de Dieu. Maladroit, me disais-je, tu t'égares, tu compromets la nomination qui était presque accordée; il fallait couper court et me remercier avec effusion. Point : il continuait son homélie avec une intrépidité ridicule; je cherchais une réponse qui ne fût point trop défavorable au petit del Dongo; je l'ai trouvée, et assez heureuse, comme vous allez en juger : Monseigneur, lui ai-je dit, Pie VII fut un grand pape et un grand saint; parmi tous les souverains, lui seul osa dire *non* au tyran qui voyait l'Europe à ses pieds! eh bien! il était susceptible d'enthousiasme, ce qui l'a porté, lorsqu'il était évêque d'Imola, à écrire sa fameuse pastorale *du citoyen cardinal* Chiaramonti en faveur de la république cisalpine.

Mon pauvre archevêque est resté stupéfait, et, pour achever de le stupéfier, je lui ai dit d'un air fort sérieux : Adieu, monseigneur, je prendrai vingt-quatre heures pour réfléchir à votre proposition. Le pauvre homme a ajouté quelques supplications assez mal tournées et assez inopportunes après le mot *adieu* prononcé par moi. Maintenant, comte Mosca della Rovère, je vous charge de dire à la duchesse que je ne veux pas retarder de vingt-quatre heures une chose qui peut lui être agréable ; asseyez-vous là et écrivez à l'archevêque le billet d'approbation qui termine toute cette affaire. J'ai écrit le billet, il l'a signé, il m'a dit : Portez-le à l'instant même à la duchesse. Voici le billet, madame, et c'est ce qui m'a donné un prétexte pour avoir le bonheur de vous revoir ce soir.

La duchesse lut le billet avec ravissement. Pendant le long récit du comte, Fabrice avait eu le temps de se remettre : il n'eut point l'air étonné de cet incident, il prit la chose en véritable grand seigneur qui naturellement a toujours cru qu'il avait droit à ces avancements extraordinaires, à ces coups de fortune qui mettraient un bourgeois hors des gonds ; il parla de sa reconnaissance, mais en bons termes, et finit par dire au comte :

— Un bon courtisan doit flatter la passion dominante ; hier vous témoigniez la crainte que vos ouvriers de Sanguigna ne volent les fragments de statues antiques qu'ils pourraient découvrir ; j'aime beaucoup les fouilles, moi ; si vous voulez bien le permettre, j'irai voir les ouvriers. Demain soir, après les remerciements convenables au palais et chez l'archevêque, je partirai pour Sanguigna.

— Mais devinez-vous, dit la duchesse au comte, d'où vient cette passion subite du bon archevêque pour Fabrice ?

— Je n'ai pas besoin de deviner ; le grand vicaire dont le frère est capitaine me disait hier : Le père Landriani part de ce principe certain, que le titulaire est supérieur au coadjuteur, et il ne se sent pas de joie d'avoir sous ses ordres un del Dongo et de l'avoir obligé. Tout ce qui met en lumière la haute naissance de Fabrice ajoute à son bonheur intime : il a un tel homme pour aide de camp ! En second lieu monseigneur Fabrice lui a plu, il ne se sent point timide devant lui ; enfin il nourrit depuis dix ans une haine bien conditionnée pour l'évêque de Plaisance, qui affiche hautement la prétention de lui succéder sur le siège de Parme, et qui de plus est fils d'un meunier. C'est dans ce but de succession future que l'évêque de Plaisance a pris des relations fort étroites avec la marquise Raversi, et maintenant ces liaisons font trembler l'archevêque pour le succès de son dessein favori, avoir un del Dongo à son état-major, et lui donner des ordres.

Le surlendemain, de bonne heure, Fabrice dirigeait les travaux de la fouille de Sanguigna, vis-à-vis Colorno (c'est le Versailles des princes de Parme) ; ces fouilles s'étendaient dans la plaine tout près de la grande route qui conduit de Parme au pont de Casal-Maggiore, première ville de l'Autriche. Les ouvriers coupaient la plaine par une longue tranchée profonde de huit pieds et aussi étroite que possible ; on était occupé à rechercher, le long de l'ancienne voie romaine, les ruines d'un second temple qui, disait-on dans le pays, existait encore au moyen âge. Malgré les ordres du prince, plusieurs paysans ne voyaient pas sans jalousie ces longs fossés traversant leurs propriétés. Quoi qu'on pût leur dire, ils s'imaginaient qu'on était à la recherche d'un trésor, et la présence de Fabrice était surtout convenable pour empêcher quelque petite émeute. Il ne s'ennuyait point, il suivait ces travaux avec passion ; de temps à autre on trouvait quelque médaille, et il ne voulait pas laisser le temps aux ouvriers de s'accorder entre eux pour l'escamoter.

La journée était belle, il pouvait être six heures du matin : il avait emprunté un vieux fusil à un coup, il tira quelques alouettes ; l'une d'elles blessée alla tomber sur la grande route ; Fabrice, en la poursuivant, aperçut de loin une voiture qui venait de Parme et se dirigeait vers la frontière de Casal-Maggiore. Il venait de recharger son fusil lorsque la voiture fort délabrée s'approchant au tout petit pas, il reconnut la petite Marietta ; elle avait à ses côtés le grand escogriffe Giletti, et cette femme âgée qu'elle faisait passer pour sa mère.

Giletti s'imagina que Fabrice s'était placé ainsi au milieu de la route, et un fusil à la main, pour l'insulter et peut-être même pour lui enlever la petite Marietta. En homme de cœur il sauta à bas de la voiture ; il avait dans la main gauche un grand pistolet fort rouillé, et tenait de la droite une épée encore dans son fourreau, dont il se servait lorsque les besoins de la troupe forçaient de lui confier quelque rôle de marquis.

— Ah ! brigand ! s'écria-t-il, je suis bien aise de te trouver ici à une lieue de la frontière ; je vais te faire ton affaire ; tu n'es plus protégé ici par tes bas violets.

Fabrice faisait des mines à la petite Marietta et ne s'occupait guère des cris jaloux du Giletti, lorsque tout à coup il vit à trois pieds de sa poitrine le bout du pistolet rouillé ; il n'eut que le temps de donner un coup sur ce pistolet, en se servant de son fusil comme d'un bâton : le pistolet partit, mais ne blessa personne.

— Arrêtez donc, f..., cria Giletti au *vetturino* : en même temps il eut l'adresse de sauter sur le bout du fusil de son adversaire et de le tenir éloigné de la direction de son

corps; Fabrice et lui tiraient le fusil chacun de toutes ses
forces. Giletti, beaucoup plus vigoureux, plaçant une main
devant l'autre, avançait toujours vers la batterie, et était
sur le point de s'emparer du fusil, lorsque Fabrice, pour
l'empêcher d'en faire usage, fit partir le coup. Il avait bien
observé auparavant que l'extrémité du fusil était à plus de
trois pouces au-dessus de l'épaule de Giletti : la détonation
eut lieu tout près de l'oreille de ce dernier. Il resta un peu
étonné, mais se remit en un clin d'œil.

— Ah! tu veux me faire sauter le crâne, canaille! je
vais te faire ton compte. Giletti jeta le fourreau de son
épée de marquis, et fondit sur Fabrice avec une rapidité
admirable. Celui-ci n'avait point d'arme et se vit perdu.

Il se sauva vers la voiture, qui était arrêtée à une dizaine
de pas derrière Giletti; il passa à gauche, et saisissant de
la main le ressort de la voiture, il tourna rapidement
tout autour et repassa tout près de la portière droite qui
était ouverte. Giletti, lancé avec ses grandes jambes et
qui n'avait pas eu l'idée de se retenir au ressort de la
voiture, fit plusieurs pas dans sa première direction avant
de pouvoir s'arrêter. Au moment où Fabrice passait auprès
de la portière ouverte, il entendit Marietta qui lui disait
à demi-voix :

— Prends garde à toi; il te tuera. Tiens!

Au même instant, Fabrice vit tomber de la portière une
sorte de grand couteau de chasse; il se baissa pour le
ramasser, mais, au même instant il fut touché à l'épaule par
un coup d'épée que lui lançait Giletti. Fabrice, en se relevant, se trouva à six pouces de Giletti qui lui donna dans la
figure un coup furieux avec le pommeau de son épée; ce
coup était lancé avec une telle force qu'il ébranla tout à fait
la raison de Fabrice; en ce moment il fut sur le point d'être
tué. Heureusement pour lui, Giletti était encore trop près
pour pouvoir lui donner un coup de pointe. Fabrice,
quand il revint à soi, prit la fuite en courant de toutes ses
forces; en courant, il jeta le fourreau du couteau de chasse
et ensuite, se retournant vivement, il se trouva à trois pas
de Giletti qui le poursuivait. Giletti était lancé, Fabrice
lui porta un coup de pointe; Giletti avec son épée eut le
temps de relever un peu le couteau de chasse, mais il reçut
le coup de pointe en plein dans la joue gauche. Il passa tout
près de Fabrice qui se sentit percer la cuisse, c'était le
couteau de Giletti que celui-ci avait eu le temps d'ouvrir.
Fabrice fit un saut à droite; il se retourna, et enfin les deux
adversaires se trouvèrent à une juste distance de combat.

Giletti jurait comme un damné. Ah! je vais te couper la gorge, gredin de prêtre, répétait-il à chaque instant. Fabrice était tout essoufflé et ne pouvait parler; le coup de pommeau d'épée dans la figure le faisait beaucoup souffrir, et son nez saignait abondamment; il para plusieurs coups avec son couteau de chasse et porta plusieurs bottes sans trop savoir ce qu'il faisait; il lui semblait vaguement être à un assaut public. Cette idée lui avait été suggérée par la présence de ses ouvriers qui, au nombre de vingt-cinq ou trente, formaient cercle autour des combattants, mais à distance fort respectueuse; car on voyait ceux-ci courir à tout moment et s'élancer l'un sur l'autre.

Le combat semblait se ralentir un peu; les coups ne se suivaient plus avec la même rapidité, lorsque Fabrice se dit : à la douleur que je ressens au visage, il faut qu'il m'ait défiguré. Saisi de rage à cette idée, il sauta sur son ennemi la pointe du couteau de chasse en avant. Cette pointe entra dans le côté droit de la poitrine de Giletti et sortit vers l'épaule gauche; au même instant l'épée de Giletti pénétrait de toute sa longueur dans le haut du bras de Fabrice, mais l'épée glissa sous la peau, et ce fut une blessure insignifiante.

Giletti était tombé; au moment où Fabrice s'avançait vers lui, regardant sa main gauche qui tenait un couteau, cette main s'ouvrait machinalement et laissait échapper son arme.

Le gredin est mort, se dit Fabrice; il le regarda au visage, Giletti rendait beaucoup de sang par la bouche. Fabrice courut à la voiture.

— Avez-vous un miroir ? cria-t-il à Marietta. Marietta le regardait très pâle et ne répondait pas. La vieille femme ouvrit d'un grand sang-froid un sac à ouvrage vert, et présenta à Fabrice un petit miroir à manche grand comme la main. Fabrice, en se regardant, se maniait la figure : Les yeux sont sains, se disait-il, c'est déjà beaucoup; il regarda les dents, elles n'étaient point cassées. D'où vient donc que je souffre tant ? se disait-il à demi-voix.

La vieille femme lui répondit :

— C'est que le haut de votre joue a été pilé entre le pommeau de l'épée de Giletti et l'os que nous avons là. Votre joue est horriblement enflée et bleue : mettez-y des sangsues à l'instant, et ce ne sera rien.

— Ah! des sangsues à l'instant, dit Fabrice en riant, et il reprit tout son sang-froid. Il vit que les ouvriers entouraient Giletti et le regardaient sans oser le toucher.

— Secourez donc cet homme, leur cria-t-il; ôtez-lui son habit... Il allait continuer, mais, en levant les yeux, il vit cinq ou six hommes à trois cents pas sur la grande route qui s'avançaient à pied et d'un pas mesuré vers le lieu de la scène.

Ce sont des gendarmes, pensa-t-il, et comme il y a un homme de tué, ils vont m'arrêter, et j'aurai l'honneur de faire une entrée solennelle dans la ville de Parme. Quelle anecdote pour les courtisans amis de la Raversi et qui détestent ma tante!

Aussitôt, et avec la rapidité de l'éclair, il jette aux ouvriers ébahis tout l'argent qu'il avait dans ses poches, il s'élance dans la voiture.

— Empêchez les gendarmes de me poursuivre, crie-t-il à ses ouvriers, et je fais votre fortune; dites-leur que je suis innocent, que cet homme *m'a attaqué et voulait me tuer·*

— Et toi, dit-il au *vetturino*, mets tes chevaux au galop, tu auras quatre napoléons d'or si tu passes le Pô avant que ces gens là-bas puissent m'atteindre.

— Ça va! dit le vetturino; mais n'ayez donc pas peur, ces hommes là-bas sont à pied, et le trot seul de mes petits chevaux suffit pour les laisser fameusement derrière. Disant ces paroles il les mit au galop.

Notre héros fut choqué de ce mot *peur* employé par le cocher : c'est que réellement il avait eu une peur extrême après le coup de pommeau d'épée qu'il avait reçu dans la figure.

— Nous pouvons contre-passer des gens à cheval venant vers nous, dit le vetturino prudent et qui songeait aux quatre napoléons, et les hommes qui nous suivent peuvent crier qu'on nous arrête. Ceci voulait dire : Rechargez vos armes...

— Ah! que tu es brave, mon petit abbé! s'écriait la Marietta en embrassant Fabrice. La vieille femme regardait hors de la voiture par la portière : au bout d'un peu de temps elle rentra la tête.

— Personne ne vous poursuit, monsieur, dit-elle à Fabrice d'un grand sang-froid; et il n'y a personne sur la route devant vous. Vous savez combien les employés de la police autrichienne sont formalistes : s'ils vous voient arriver ainsi au galop, sur la digue au bord du Pô, ils vous arrêteront, n'en ayez aucun doute.

Fabrice regarda par la portière.

— Au trot, dit-il au cocher. Quel passeport avez-vous ? dit-il à la vieille femme.

— Trois au lieu d'un, répondit-elle, et qui nous ont
coûté chacun quatre francs : n'est-ce pas une horreur pour
de pauvres artistes dramatiques qui voyagent toute l'année !
Voici le passeport de M. Giletti, artiste dramatique, ce
sera vous ; voici nos deux passeports à la Mariettina et à
moi. Mais Giletti avait tout notre argent dans sa poche,
qu'allons-nous devenir ?

— Combien avait-il ? dit Fabrice.

— Quarante beaux écus de cinq francs, dit la vieille
femme.

— C'est-à-dire six et de la petite monnaie, dit la
Marietta en riant ; je ne veux pas que l'on trompe mon petit
abbé.

— N'est-il pas tout naturel, monsieur, reprit la vieille
femme d'un grand sang-froid, que je cherche à vous
accrocher trente-quatre écus ? Qu'est-ce que trente-quatre
écus pour vous ? Et nous, nous avons perdu notre protecteur ; qui est-ce qui se chargera de nous loger, de
débattre les prix avec les *vetturini* quand nous voyageons,
et de faire peur à tout le monde ? Giletti n'était pas beau,
mais il était bien commode, et si la petite que voilà n'était
pas une sotte, qui d'abord s'est amourachée de vous,
jamais Giletti ne se fût aperçu de rien, et vous nous auriez
donné de beaux écus. Je vous assure que nous sommes
bien pauvres.

Fabrice fut touché ; il tira sa bourse et donna quelques
napoléons à la vieille femme.

— Vous voyez, lui dit-il, qu'il ne m'en reste que quinze,
ainsi il est inutile dorénavant de me tirer aux jambes.

La petite Marietta lui sauta au cou, et la vieille lui baisait
les mains. La voiture avançait toujours au petit trot.
Quand on vit de loin les barrières jaunes rayées de noir qui
annoncent les possessions autrichiennes, la vieille femme
dit à Fabrice :

— Vous feriez mieux d'entrer à pied avec le passeport
de Giletti dans votre poche ; nous, nous allons nous arrêter
un instant, sous prétexte de faire un peu de toilette. Et
d'ailleurs, la douane visitera nos effets. Vous, si vous m'en
croyez, traversez Casal-Maggiore d'un pas nonchalant ;
entrez même au café et buvez le verre d'eau-de-vie ; une
fois hors du village, filez ferme. La police est vigilante
en diable en pays autrichien : elle saura bientôt qu'il y a
eu un homme de tué : vous voyagez avec un passeport
qui n'est pas le vôtre, il n'en faut pas tant pour passer
deux ans en prison. Gagnez le Pô à droite en sortant de

la ville, louez une barque et réfugiez-vous à Ravenne ou à Ferrare; sortez au plus vite des états autrichiens. Avec deux louis vous pourrez acheter un autre passeport de quelque douanier, celui-ci vous serait fatal; rappelez-vous que vous avez tué l'homme.

En approchant à pied du pont de bateaux de Casal-Maggiore, Fabrice relisait attentivement le passeport de Giletti. Notre héros avait grand'peur, il se rappelait vivement tout ce que le comte Mosca lui avait dit du danger qu'il y avait pour lui à rentrer dans les états autrichiens; or, il voyait à deux cents pas devant lui le pont terrible qui allait lui donner accès en ce pays, dont la capitale à ses yeux était le Spielberg. Mais comment faire autrement ? Le duché de Modène qui borne au midi l'état de Parme lui rendait les fugitifs en vertu d'une convention expresse; la frontière de l'état qui s'étend dans les montagnes du côté de Gênes était trop éloignée; sa mésaventure serait connue à Parme bien avant qu'il pût atteindre ces montagnes; il ne restait donc que les états de l'Autriche sur la rive gauche du Pô. Avant qu'on eût le temps d'écrire aux autorités autrichiennes pour les engager à l'arrêter, il se passerait peut-être trente-six heures ou deux jours. Toutes réflexions faites, Fabrice brûla avec le feu de son cigare son propre passeport; il valait mieux pour lui en pays autrichien être un vagabond que d'être Fabrice del Dongo, et il était possible qu'on le fouillât.

Indépendamment de la répugnance bien naturelle qu'il avait à confier sa vie au passeport du malheureux Giletti, ce document présentait des difficultés matérielles : la taille de Fabrice atteignait tout au plus à cinq pieds cinq pouces, et non pas à cinq pieds dix pouces comme l'énonçait le passeport; il avait près de vingt-quatre ans et paraissait plus jeune, Giletti en avait trente-neuf. Nous avouerons que notre héros se promena une grande demi-heure sur une contre-digue du Pô voisine du pont de barques, avant de se décider à y descendre. Que conseillerais-je à un autre qui se trouverait à ma place ? se dit-il enfin. Évidemment de passer : il y a péril à rester dans l'état de Parme; un gendarme peut être envoyé à la poursuite de l'homme qui en a tué un autre, fût-ce même à son corps défendant. Fabrice fit la revue de ses poches, déchira tous les papiers et ne garda exactement que son mouchoir et sa boîte à cigares; il lui importait d'abréger l'examen qu'il allait subir. Il pensa à une terrible objection qu'on pourrait lui faire et à laquelle il ne trouvait que de mauvaises réponses : il allait dire qu'il s'appelait Giletti et tout son linge était marqué F. D.

Comme on voit, Fabrice était un de ces malheureux tourmentés par leur imagination; c'est assez le défaut des gens d'esprit en Italie. Un soldat français d'un courage égal ou même inférieur se serait présenté pour passer sur le pont tout de suite, et sans songer d'avance à aucune difficulté; mais aussi il y aurait porté tout son sang-froid, et Fabrice était bien loin d'être de sang-froid, lorsque au bout du pont un petit homme, vêtu de gris, lui dit : Entrez au bureau de police pour votre passeport.

Ce bureau avait des murs sales garnis de clous auxquels les pipes et les chapeaux sales des employés étaient suspendus. Le grand bureau de sapin derrière lequel ils étaient retranchés était tout taché d'encre et de vin; deux ou trois gros registres reliés en peau verte portaient des taches de toutes couleurs, et la tranche de leurs pages était noircie par les mains. Sur les registres placés en pile l'un sur l'autre il y avait trois magnifiques couronnes de laurier qui avaient servi l'avant-veille pour une des fêtes de l'Empereur.

Fabrice fut frappé de tous ces détails, ils lui serrèrent le cœur; il paya ainsi le luxe magnifique et plein de fraîcheur qui éclatait dans son joli appartement du palais Sanseverina. Il était obligé d'entrer dans ce sale bureau et d'y paraître comme inférieur; il allait subir un interrogatoire.

L'employé qui tendit une main jaune pour prendre son passeport était petit et noir, il portait un bijou de laiton à sa cravate. Ceci est un bourgeois de mauvaise humeur, se dit Fabrice; le personnage parut excessivement surpris en lisant le passeport, et cette lecture dura bien cinq minutes.

— Vous avez eu un accident, dit-il à l'étranger en indiquant sa joue du regard.

— Le *vetturino* nous a jetés en bas de la digue du Pô. Puis le silence recommença et l'employé lançait des regards farouches sur le voyageur.

J'y suis, se dit Fabrice, il va me dire qu'il est fâché d'avoir une mauvaise nouvelle à m'apprendre et que je suis arrêté. Toutes sortes d'idées folles arrivèrent à la tête de notre héros, qui dans ce moment n'était pas fort logique. Par exemple, il songea à s'enfuir par la porte du bureau qui était restée ouverte; je me défais de mon habit; je me jette dans le Pô, et sans doute je pourrai le traverser à la

nage. Tout vaut mieux que le Spielberg. L'employé de
police le regardait fixement au moment où il calculait les
chances de succès de cette équipée, cela faisait deux bonnes
physionomies. La présence du danger donne du génie à
l'homme raisonnable, elle le met, pour ainsi dire, au-dessus
de lui-même ; à l'homme d'imagination elle inspire des
romans, hardis il est vrai, mais souvent absurdes.

Il fallait voir l'œil indigné de notre héros sous l'œil
scrutateur de ce commis de police orné de ses bijoux de
cuivre. Si je le tuais, se disait Fabrice, je serais condamné
pour meurtre à vingt ans de galère ou à la mort, ce qui
est bien moins affreux que le Spielberg avec une chaîne
de cent vingt livres à chaque pied et huit onces de pain
pour toute nourriture, et cela dure vingt ans ; ainsi je n'en
sortirais qu'à quarante-quatre ans. La logique de Fabrice
oubliait que, puisqu'il avait brûlé son passeport, rien n'indiquait à l'employé de police qu'il fût le rebelle Fabrice
del Dongo.

Notre héros était suffisamment effrayé, comme on le
voit ; il l'eût été bien davantage s'il eût connu les pensées
qui agitaient le commis de police. Cet homme était ami de
Giletti ; on peut juger de sa surprise lorsqu'il vit son
passeport entre les mains d'un autre ; son premier mouvement fut de faire arrêter cet autre, puis il songea que
Giletti pouvait bien avoir vendu son passeport à ce beau
jeune homme qui apparemment venait de faire quelque
mauvais coup à Parme. Si je l'arrête, se dit-il, Giletti sera
compromis ; on découvrira facilement qu'il a vendu son
passeport ; d'un autre côté, que diront mes chefs si l'on
vient à vérifier que moi, ami de Giletti, j'ai visé son passeport porté par un autre ? L'employé se leva en bâillant et
dit à Fabrice : — Attendez, monsieur ; puis, par une habitude de police, il ajouta : il s'élève une difficulté. Fabrice
dit à part soi : Il va s'élever ma fuite.

En effet, l'employé quittait le bureau dont il laissait la
porte ouverte, et le passeport était resté sur la table de
sapin. Le danger est évident, pensa Fabrice ; je vais prendre
mon passeport et repasser le pont au petit pas, je dirai au
gendarme, s'il m'interroge, que j'ai oublié de faire viser
mon passeport par le commissaire de police du dernier
village des états de Parme. Fabrice avait déjà son passeport à la main, lorsque, à son inexprimable étonnement,
il entendit le commis aux bijoux de cuivre qui disait :

— Ma foi je n'en puis plus ; la chaleur m'étouffe ; je vais
au café prendre la demi-tasse. Entrez au bureau quand vous

aurez fini votre pipe, il y a un passeport à viser; l'étranger est là.

Fabrice, qui sortait à pas de loup, se trouva face à face avec un beau jeune homme qui se disait en chantonnant : Eh bien, visons donc ce passeport, je vais leur faire mon paraphe.

— Où monsieur veut-il aller ?

— A Mantoue, Venise et Ferrare.

— Ferrare soit, répondit l'employé en sifflant; il prit une griffe, imprima le visa en encre bleue sur le passeport, écrivit rapidement les mots : Mantoue, Venise et Ferrare dans l'espace laissé en blanc par la griffe, puis il fit plusieurs tours en l'air avec la main, signa et reprit de l'encre pour son paraphe qu'il exécuta avec lenteur et en se donnant des soins infinis. Fabrice suivait tous les mouvements de cette plume; le commis regarda son paraphe avec complaisance, il y ajouta cinq ou six points, enfin il remit le passeport à Fabrice en disant d'un air léger : bon voyage, monsieur.

Fabrice s'éloignait d'un pas dont il cherchait à dissimuler la rapidité, lorsqu'il se sentit arrêter par le bras gauche : instinctivement il mit la main sur le manche de son poignard, et s'il ne se fût vu entouré de maisons, il fût peut-être tombé dans une étourderie. L'homme qui lui touchait le bras gauche, lui voyant l'air tout effaré, lui dit en forme d'excuse :

— Mais j'ai appelé monsieur trois fois, sans qu'il répondît; monsieur a-t-il quelque chose à déclarer à la douane ?

— Je n'ai sur moi que mon mouchoir; je vais ici tout près chasser chez un de mes parents.

Il eût été bien embarrassé si on l'eût prié de nommer ce parent. Par la grande chaleur qu'il faisait et avec ces émotions Fabrice était mouillé comme s'il fût tombé dans le Pô. Je ne manque pas de courage entre les comédiens, mais les commis ornés de bijoux de cuivre me mettent hors de moi; avec cette idée je ferai un sonnet comique pour la duchesse.

A peine entré dans Casal-Maggiore, Fabrice prit à droite une mauvaise rue qui descend vers le Pô. J'ai grand besoin, se dit-il, des secours de Bacchus et de Cérès, et il entra dans une boutique au dehors de laquelle pendait un torchon gris attaché à un bâton; sur le torchon était écrit le mot *Trattoria*. Un mauvais drap de lit soutenu par deux cerceaux de bois fort minces, et pendant jusqu'à trois pieds de terre, mettait la porte de la *Trattoria* à l'abri des rayons directs du soleil. Là, une femme à demi-nue et fort jolie reçut notre héros avec respect, ce qui lui fit le plus vif plaisir ; il se hâta de lui dire qu'il mourait de faim. Pendant que la femme préparait le déjeuner, entra un homme d'une trentaine d'années, il n'avait pas salué en entrant ; tout à coup il se releva du banc où il s'était jeté d'un air familier, et dit à Fabrice : *Eccellenza, la riverisco* (je salue Votre Excellence). Fabrice était très gai en ce moment, et au lieu de former des projets sinistres, il répondit en riant :

— Et d'où diable connais-tu mon Excellence ?

— Comment! Votre Excellence ne reconnaît pas Ludovic, l'un des cochers de Mme la duchesse Sanseverina ? A *Sacca*, la maison de campagne où nous allions tous les ans, je prenais toujours la fièvre ; j'ai demandé la pension à madame et me suis retiré. Me voici riche ; au lieu de la pension de douze écus par an à laquelle tout au plus je pouvais avoir droit, madame m'a dit que pour me donner le loisir de faire des sonnets, car je suis poète en *langue vulgaire*, elle m'accordait vingt-quatre écus, et M. le comte m'a dit que si jamais j'étais malheureux, je n'avais qu'à venir lui parler. J'ai eu l'honneur de mener Monsignore pendant un relais lorsqu'il est allé faire sa retraite comme un bon chrétien à la chartreuse de Velleja.

Fabrice regarda cet homme et le reconnut un peu. C'était un des cochers les plus coquets de la casa Sanseverina : maintenant qu'il était riche, disait-il, il avait pour tout vêtement une grosse chemise déchirée et une culotte de toile, jadis teinte en noir, qui lui arrivait à peine aux genoux ; une paire de souliers et un mauvais chapeau complétaient l'équipage. De plus, il ne s'était pas fait la barbe depuis quinze jours. En mangeant son omelette, Fabrice fit la conversation avec lui absolument comme d'égal à égal ; il crut voir que Ludovic était l'amant de l'hôtesse. Il termina rapidement son déjeuner, puis dit à demi-voix à Ludovic : J'ai un mot pour vous.

— Votre Excellence peut parler librement devant elle, c'est une femme réellement bonne, dit Ludovic d'un air tendre.

— Eh bien, mes amis, reprit Fabrice sans hésiter, je suis malheureux, et j'ai besoin de votre secours. D'abord il n'y a rien de politique dans mon affaire ; j'ai tout simplement tué un homme qui voulait m'assassiner parce que je parlais à sa maîtresse.

— Pauvre jeune homme! dit l'hôtesse.

— Que Votre Excellence compte sur moi! s'écria le

cocher avec des yeux enflammés par le dévouement le plus vif; où Son Excellence veut-elle aller ?

— A Ferrare. J'ai un passeport, mais j'aimerais mieux ne pas parler aux gendarmes, qui peuvent avoir connaissance du fait.

— Quand avez-vous expédié cet autre ?

— Ce matin à six heures.

— Votre Excellence n'a-t-elle point de sang sur ses vêtements ? dit l'hôtesse.

— J'y pensais, reprit le cocher, et d'ailleurs le drap de ces vêtements est trop fin; on n'en voit pas beaucoup de semblable dans nos campagnes, cela nous attirerait les regards; je vais acheter des habits chez le juif. Votre Excellence est à peu près de ma taille, mais plus mince.

— De grâce, ne m'appelez plus Excellence, cela peut attirer l'attention.

— Oui, Excellence, répondit le cocher en sortant de la boutique.

— Eh bien! eh bien! cria Fabrice, et l'argent! revenez donc!

— Que parlez-vous d'argent! dit l'hôtesse, il a soixante-sept écus qui sont fort à votre service. Moi-même, ajouta-t-elle en baissant la voix, j'ai une quarantaine d'écus que je vous offre de bien bon cœur; on n'a pas toujours de l'argent sur soi lorsqu'il arrive de ces accidents.

Fabrice avait ôté son habit à cause de la chaleur en entrant dans la *Trattoria*.

— Vous avez là un gilet qui pourrait nous causer de l'embarras s'il entrait quelqu'un : cette belle *toile anglaise* attirerait l'attention. Elle donna à notre fugitif un gilet de toile teinte en noir, appartenant à son mari. Un grand jeune homme entra dans la boutique par une porte intérieure, il était mis avec une certaine élégance.

— C'est mon mari, dit l'hôtesse. Pierre-Antoine, dit-elle au mari, monsieur est un ami de Ludovic; il lui est arrivé un accident ce matin de l'autre côté du fleuve, il désire se sauver à Ferrare.

— Eh! nous le passerons, dit le mari d'un air fort poli, nous avons la barque de Charles-Joseph.

Par une autre faiblesse de notre héros, que nous avouerons aussi naturellement que nous avons raconté sa peur dans le bureau de police au bout du pont, il avait les larmes aux yeux; il était profondément attendri par le dévouement parfait qu'il rencontrait chez ces paysans : il pensait aussi à la bonté caractéristique de sa tante; il eût voulu pouvoir faire la fortune de ces gens. Ludovic rentra chargé d'un paquet.

— Adieu cet autre, lui dit le mari d'un air de bonne amitié.

— Il ne s'agit pas de ça, reprit Ludovic d'un ton fort alarmé, on commence à parler de vous, on a remarqué que vous avez hésité en entrant dans notre *vicolo*, et quittant la belle rue comme un homme qui chercherait à se cacher.

— Montez vite à la chambre, dit le mari.

Cette chambre, fort grande et fort belle, avait de la toile grise au lieu de vitres aux deux fenêtres; on y voyait quatre lits larges chacun de six pieds et hauts de cinq.

— Et vite, et vite! dit Ludovic; il y a un fat de gendarme nouvellement arrivé qui voulait faire la cour à la jolie femme d'en bas, et auquel j'ai prédit que quand il va en correspondance sur la route, il pourrait bien se rencontrer avec une balle; si ce chien-là entend parler de Votre Excellence, il voudra nous jouer un tour, il cherchera à vous arrêter ici afin de faire mal noter la *Trattoria* de la Théodolinde.

Eh quoi! continua Ludovic en voyant sa chemise toute tachée de sang et des blessures serrées avec des mouchoirs, le *porco* s'est donc défendu? En voilà cent fois plus qu'il n'en faut pour vous faire arrêter : je n'ai point acheté de chemise. Il ouvrit sans façon l'armoire du mari et donna une de ses chemises à Fabrice qui bientôt fut habillé en riche bourgeois de campagne. Ludovic décrocha un filet suspendu à la muraille, plaça les habits de Fabrice dans le panier où l'on met le poisson, descendit en courant et sortit rapidement par une porte de derrière; Fabrice le suivait.

— Théodolinde, cria-t-il en passant près de la boutique, cache ce qui est en haut, nous allons attendre dans les saules; et toi, Pierre-Antoine, envoie-nous bien vite une barque, on paie bien.

Ludovic fit passer plus de vingt fossés à Fabrice. Il y avait des planches fort longues et fort élastiques qui servaient de ponts sur les plus larges de ces fossés; Ludovic retirait ces planches après avoir passé. Arrivé au dernier canal, il tira la planche avec empressement. — Respirons maintenant, dit-il; ce chien de gendarme aurait plus de deux lieues à faire pour atteindre Votre Excellence. Vous voilà tout pâle, dit-il à Fabrice; je n'ai point oublié la petite bouteille d'eau-de-vie.

— Elle vient fort à propos : la blessure à la cuisse commence à se faire sentir ; et d'ailleurs j'ai eu une fière peur dans le bureau de la police au bout du pont.

— Je le crois bien, dit Ludovic ; avec une chemise remplie de sang comme était la vôtre, je ne conçois pas seulement comment vous avez osé entrer en un tel lieu. Quant aux blessures, je m'y connais : je vais vous mettre dans un endroit bien frais où vous pourrez dormir une heure ; la barque viendra nous y chercher, s'il y a moyen d'obtenir une barque ; sinon, quand vous serez un peu reposé nous ferons encore deux petites lieues, et je vous mènerai à un moulin où je prendrai moi-même une barque. Votre Excellence a bien plus de connaissances que moi : madame va être au désespoir quand elle apprendra l'accident ; on lui dira que vous êtes blessé à mort, peut-être même que vous avez tué l'autre en traître. La marquise Raversi ne manquera pas de faire courir tous les mauvais bruits qui peuvent chagriner madame. Votre Excellence pourrait écrire.

— Et comment faire parvenir la lettre ?

— Les garçons du moulin où nous allons gagnent douze sous par jour ; en un jour et demi ils sont à Parme, donc quatre francs pour le voyage ; deux francs pour l'usure des souliers : si la course était faite pour un pauvre homme tel que moi, ce serait six francs ; comme elle est pour le service d'un seigneur, j'en donnerai douze.

Quand on fut arrivé au lieu du repos dans un bois de vernes et de saules, bien touffu et bien frais, Ludovic alla à plus d'une heure de là chercher de l'encre et du papier. Grand Dieu, que je suis bien ici ! s'écria Fabrice. Fortune ! adieu, je ne serai jamais archevêque !

A son retour, Ludovic le trouva profondément endormi et ne voulut pas l'éveiller. La barque n'arriva que vers le coucher du soleil ; aussitôt que Ludovic la vit paraître au loin, il appela Fabrice qui écrivit deux lettres.

— Votre Excellence a bien plus de connaissances que moi, dit Ludovic d'un air peiné, et je crains bien de lui déplaire au fond du cœur, quoi qu'elle en dise, si j'ajoute une certaine chose.

— Je ne suis pas aussi nigaud que vous le pensez, répondit Fabrice, et, quoi que vous puissiez dire, vous serez toujours à mes yeux un serviteur fidèle de ma tante, et un homme qui a fait tout au monde pour me tirer d'un fort vilain pas.

Il fallut bien d'autres protestations encore pour décider

Ludovic à parler, et quand enfin il en eut pris la résolution, il commença par une préface qui dura bien cinq minutes. Fabrice s'impatienta, puis il se dit : A qui la faute ? à notre vanité que cet homme a fort bien vue du haut de son siège. Le dévouement de Ludovic le porta enfin à courir le risque de parler net.

— Combien la marquise Raversi ne donnerait-elle pas au piéton que vous allez expédier à Parme pour avoir ces deux lettres ! Elles sont de votre écriture, et par conséquent font preuves judiciaires contre vous. Votre Excellence va me prendre pour un curieux indiscret; en second lieu, elle aura peut-être honte de mettre sous les yeux de madame la duchesse ma pauvre écriture de cocher; mais enfin votre sûreté m'ouvre la bouche, quoique vous puissiez me croire un impertinent. Votre Excellence ne pourrait-elle pas me dicter ces deux lettres ? Alors je suis le seul compromis, et encore bien peu, je dirais au besoin que vous m'êtes apparu au milieu d'un champ avec une écritoire de corne dans une main et un pistolet dans l'autre, et que vous m'avez ordonné d'écrire.

— Donnez-moi la main, mon cher Ludovic, s'écria Fabrice, et pour vous prouver que je ne veux point avoir de secret pour un ami tel que vous, copiez ces deux lettres telles qu'elles sont. Ludovic comprit toute l'étendue de cette marque de confiance et y fut extrêmement sensible, mais au bout de quelques lignes, comme il voyait la barque s'avancer rapidement sur le fleuve :

— Les lettres seront plus tôt terminées, dit-il à Fabrice, si Votre Excellence veut prendre la peine de me les dicter. Les lettres finies, Fabrice écrivit un A et un B à la dernière ligne, et, sur une petite rognure de papier qu'ensuite il chiffonna, il mit en français : *Croyez A et B*. Le piéton devait cacher ce papier froissé dans ses vêtements.

La barque arrivant à portée de la voix, Ludovic appela les bateliers par des noms qui n'étaient pas les leurs; ils ne répondirent point et abordèrent cinq cents toises plus bas, regardant de tous les côtés pour voir s'ils n'étaient point aperçus par quelque douanier.

— Je suis à vos ordres, dit Ludovic à Fabrice; voulez-vous que je porte moi-même les lettres à Parme ? Voulez-vous que je vous accompagne à Ferrare ?

— M'accompagner à Ferrare est un service que je n'osais presque vous demander. Il faudra débarquer, et tâcher d'entrer dans la ville sans montrer le passeport. Je vous dirai que j'ai la plus grande répugnance à voyager sous le nom de Giletti, et je ne vois que vous qui puissiez m'acheter un autre passeport.

— Que ne parliez-vous à Casal-Maggiore! Je sais un espion qui m'aurait vendu un excellent passeport, et pas cher, pour quarante ou cinquante francs.

L'un des deux mariniers qui était né sur la rive droite du Pô, et par conséquent n'avait pas besoin de passeport à l'étranger pour aller à Parme, se chargea de porter les lettres. Ludovic, qui savait manier la rame, se fit fort de conduire la barque avec l'autre.

— Nous allons trouver sur le bas Pô, dit-il, plusieurs barques armées appartenant à la police, et je saurai les éviter. Plus de dix fois on fut obligé de se cacher au milieu de petites îles à fleur d'eau, chargées de saules. Trois fois on mit pied à terre pour laisser passer les barques vides devant les embarcations de la police. Ludovic profita de ces longs moments de loisir pour réciter à Fabrice plusieurs de ses sonnets. Les sentiments étaient assez justes, mais comme émoussés par l'expression, et ne valaient pas la peine d'être écrits; le singulier, c'est que cet ex-cocher avait des passions et des façons de voir vives et pittoresques; il devenait froid et commun dès qu'il écrivait. C'est le contraire de ce que nous voyons dans le monde, se dit Fabrice; l'on sait maintenant tout exprimer avec grâce, mais les cœurs n'ont rien à dire. Il comprit que le plus grand plaisir qu'il pût faire à ce serviteur fidèle ce serait de corriger les fautes d'orthographe de ses sonnets.

— On se moque de moi quand je prête mon cahier, disait Ludovic; mais si Votre Excellence daignait me dicter l'orthographe des mots lettre à lettre, les envieux ne sauraient plus que dire : l'orthographe ne fait pas le génie. Ce ne fut que le surlendemain dans la nuit que Fabrice put débarquer en toute sûreté dans un bois de vernes, une lieue avant que d'arriver à *Ponte Lago Oscuro*. Toute la journée il resta caché dans une chènevière, et Ludovic le précéda à Ferrare; il y loua un petit logement chez un juif pauvre, qui comprit tout de suite qu'il y avait de l'argent à gagner si l'on savait se taire. Le soir, à la chute du jour, Fabrice entra dans Ferrare monté sur un petit cheval; il avait bon besoin de ce secours, la chaleur l'avait frappé sur le fleuve; le coup de couteau qu'il avait à la cuisse, et le coup d'épée que Giletti lui avait donné dans l'épaule, au commencement du combat, s'étaient enflammés et lui donnaient de la fièvre.

CHAPITRE XII

Le juif, maître du logement, avait procuré un chirurgien discret, lequel, comprenant à son tour qu'il y avait de l'argent dans la bourse, dit à Ludovic que sa *conscience* l'obligeait à faire son rapport à la police sur les blessures du jeune homme que lui, Ludovic, appelait son frère.

— La loi est claire, ajouta-t-il; il est trop évident que votre frère ne s'est point blessé lui-même, comme il le raconte, en tombant d'une échelle, au moment où il tenait à la main un couteau tout ouvert.

Ludovic répondit froidement à cet honnête chirurgien que, s'il s'avisait de céder aux inspirations de sa conscience, il aurait l'honneur, avant de quitter Ferrare, de tomber sur lui précisément avec un couteau ouvert à la main. Quand il rendit compte de cet incident à Fabrice, celui-ci le blâma fort, mais il n'y avait plus un instant à perdre pour décamper. Ludovic dit au juif qu'il voulait essayer de faire prendre l'air à son frère; il alla chercher une voiture, et nos amis sortirent de la maison pour n'y plus rentrer. Le lecteur trouve bien longs, sans doute, les récits de toutes ces démarches que rend nécessaires l'absence d'un passeport : ce genre de préoccupation n'existe plus en France; mais en Italie, et surtout aux environs du Pô, tout le monde parle passeport. Une fois sorti de Ferrare sans encombre, comme pour faire une promenade, Ludovic renvoya le fiacre, puis il rentra dans la ville par une autre porte, et revint prendre Fabrice avec une *sediola* qu'il avait louée pour faire douze lieues. Arrivés près de Bologne, nos amis se firent conduire à travers champs sur la route qui de Florence conduit à Bologne; ils passèrent la nuit dans la plus misérable auberge qu'ils purent découvrir, et, le lendemain, Fabrice se sentant la force de marcher un peu, ils entrèrent à Bologne comme des promeneurs. On avait brûlé le passeport de Giletti : la mort du comédien devait être connue, et il y avait moins de péril à être arrêtés comme gens sans passeports que comme porteurs de passeport d'un homme tué.

Ludovic connaissait à Bologne deux ou trois domestiques de grandes maisons ; il fut convenu qu'il irait prendre langue auprès d'eux. Il leur dit que, venant de Florence et voyageant avec son jeune frère, celui-ci, se sentant le besoin de dormir, l'avait laissé partir seul une heure avant le lever du soleil. Il devait le rejoindre dans le village où lui, Ludovic, s'arrêterait pour passer les heures de la grande chaleur. Mais Ludovic, ne voyant point arriver son frère, s'était déterminé à retourner sur ses pas ; il l'avait retrouvé blessé d'un coup de pierre et de plusieurs coups de couteau, et, de plus, volé par des gens qui lui avaient cherché dispute. Ce frère était joli garçon, savait panser et conduire les chevaux, lire et écrire, et il voudrait bien trouver une place dans quelque bonne maison. Ludovic se réserva d'ajouter, quand l'occasion s'en présenterait, que, Fabrice tombé, les voleurs s'étaient enfuis emportant le petit sac dans lequel étaient leur linge et leurs passeports.

En arrivant à Bologne, Fabrice, se sentant très fatigué, et n'osant, sans passeport, se présenter dans une auberge, était entré dans l'immense église de Saint-Pétrone. Il y trouva une fraîcheur délicieuse ; bientôt il se sentit tout ranimé. Ingrat que je suis, se dit-il tout à coup, j'entre dans une église, et c'est pour m'y asseoir, comme dans un café ! Il se jeta à genoux, et remercia Dieu avec effusion de la protection évidente dont il était entouré depuis qu'il avait eu le malheur de tuer Giletti. Le danger qui le faisait encore frémir, c'était d'être reconnu dans le bureau de police de Casal-Maggiore. Comment, se disait-il, ce commis, dont les yeux marquaient tant de soupçons et qui a relu mon passeport jusqu'à trois fois, ne s'est-il pas aperçu que je n'ai pas cinq pieds dix pouces, que je n'ai pas trente-huit ans, que je ne suis pas fort marqué de la petite vérole ? Que de grâces je vous dois, ô mon Dieu ! Et j'ai pu tarder jusqu'à ce moment de mettre mon néant à vos pieds ! Mon orgueil a voulu croire que c'était à une vaine prudence humaine que je devais le bonheur d'échapper au Spielberg qui déjà s'ouvrait pour m'engloutir !

Fabrice passa plus d'une heure dans cet extrême attendrissement, en présence de l'immense bonté de Dieu. Ludovic s'approcha sans qu'il l'entendît venir, et se plaça en face de lui. Fabrice, qui avait le front caché dans ses

mains, releva la tête, et son fidèle serviteur vit les larmes
qui sillonnaient ses joues.

— Revenez dans une heure, lui dit Fabrice assez dure-
ment.

Ludovic pardonna ce ton à cause de la piété. Fabrice
récita plusieurs fois les sept psaumes de la pénitence, qu'il
savait par cœur; il s'arrêtait longuement aux versets qui
avaient du rapport avec sa situation présente.

Fabrice demandait pardon à Dieu de beaucoup de
choses, mais, ce qui est remarquable, c'est qu'il ne lui
vint pas à l'esprit de compter parmi ses fautes le projet
de devenir archevêque, uniquement parce que le comte
Mosca était premier ministre, et trouvait cette place et la
grande existence qu'elle donne convenables pour le neveu
de la duchesse. Il l'avait désirée sans passion, il est vrai,
mais enfin il y avait songé, exactement comme à une place
de ministre ou de général. Il ne lui était point venu à la
pensée que sa conscience pût être intéressée dans ce projet
de la duchesse. Ceci est un trait remarquable de la religion
qu'il devait aux enseignements des jésuites milanais. Cette
religion *ôte le courage de penser aux choses inaccoutumées*, et
défend surtout l'*examen personnel*, comme le plus énorme
des péchés; c'est un pas vers le protestantisme. Pour savoir
de quoi l'on est coupable, il faut interroger son curé, ou
lire la liste des péchés, telle qu'elle se trouve imprimée
dans les livres intitulés : *Préparation au sacrement de la
Pénitence*. Fabrice savait par cœur la liste des péchés
rédigée en langue latine, qu'il avait apprise à l'Académie
ecclésiastique de Naples. Ainsi, en récitant cette liste,
parvenu à l'article du meurtre, il s'était fort bien accusé
devant Dieu d'avoir tué un homme, mais en défendant sa
vie. Il avait passé rapidement, et sans y faire la moindre
attention, sur les divers articles relatifs au péché de *simonie*
(se procurer par de l'argent les dignités ecclésiastiques). Si
on lui eût proposé de donner cent louis pour devenir premier grand vicaire de l'archevêque de Parme, il eût repoussé
cette idée avec horreur; mais quoiqu'il ne manquât ni
d'esprit ni surtout de logique, il ne lui vint pas une seule
fois à l'esprit que le crédit du comte Mosca, employé en
sa faveur, fût une *simonie*. Tel est le triomphe de l'éducation
jésuitique : donner l'habitude de ne pas faire attention à
des choses plus claires que le jour. Un Français, élevé au
milieu des traits d'intérêt personnel et de l'ironie de Paris,
eût pu, sans être de mauvaise foi, accuser Fabrice d'hypocrisie au moment même où notre héros ouvrait son âme

à Dieu avec la plus extrême sincérité et l'attendrissement le plus profond.

Fabrice ne sortit de l'église qu'après avoir préparé la confession qu'il se proposait de faire dès le lendemain; il trouva Ludovic assis sur les marches du vaste péristyle en pierre qui s'élève sur la grande place en avant de la façade de Saint-Pétrone. Comme après un grand orage l'air est plus pur, ainsi l'âme de Fabrice était tranquille, heureuse et comme rafraîchie.

— Je me trouve fort bien, je ne sens presque plus mes blessures, dit-il à Ludovic en l'abordant; mais avant tout je dois vous demander pardon; je vous ai répondu avec humeur lorsque vous êtes venu me parler dans l'église; je faisais mon examen de conscience. Eh bien! où en sont nos affaires ?

— Elles vont au mieux : j'ai arrêté un logement, à la vérité bien peu digne de Votre Excellence, chez la femme d'un de mes amis, qui est fort jolie et de plus intimement liée avec l'un des principaux agents de la police. Demain j'irai déclarer comme quoi nos passeports nous ont été volés; cette déclaration sera prise en bonne part; mais je paierai le port de la lettre que la police écrira à Casal-Maggiore, pour savoir s'il existe dans cette commune un nommé Ludovic San-Micheli, lequel a un frère, nommé Fabrice, au service de Mme la duchesse Sanseverina, à Parme. Tout est fini, *siamo a cavallo* (Proverbe italien : nous sommes sauvés).

Fabrice avait pris tout à coup un air fort sérieux : il pria Ludovic de l'attendre un instant, rentra dans l'église presque en courant, et à peine y fut-il que de nouveau il se précipita à genoux; il baisait humblement les dalles de pierre. C'est un miracle, Seigneur, s'écriait-il les larmes aux yeux : quand vous avez vu mon âme disposée à rentrer dans le devoir, vous m'avez sauvé. Grand Dieu! il est possible qu'un jour je sois tué dans quelque affaire : souvenez-vous au moment de ma mort de l'état où mon âme se trouve en ce moment. Ce fut avec les transports de la joie la plus vive que Fabrice récita de nouveau les sept psaumes de la pénitence. Avant que de sortir il s'approcha d'une vieille femme qui était assise devant une grande madone et à côté d'un triangle de fer placé verticalement sur un pied de même métal. Les bords de ce triangle étaient hérissés d'un grand nombre de pointes destinées à porter les petits cierges que la piété des fidèles allume devant la célèbre madone de Cimabué. Sept cierges seule-

ment étaient allumés quand Fabrice s'approcha ; il plaça
cette circonstance dans sa mémoire avec l'intention d'y
réfléchir ensuite plus à loisir.

— Combien coûtent les cierges ? dit-il à la femme.

— Deux bajocs pièces.

En effet ils n'étaient guère plus gros qu'un tuyau de
plume, et n'avaient pas un pied de long.

— Combien peut-on placer encore de cierges sur votre
triangle ?

— Soixante-trois, puisqu'il y en a sept d'allumés.

Ah ! se dit Fabrice, soixante-trois et sept font soixante-
dix : ceci encore est à noter. Il paya les cierges, plaça
lui-même et alluma les sept premiers, puis se mit à genoux
pour faire son offrande, et dit à la vieille femme en se
relevant :

— C'est *pour grâce reçue*.

— Je meurs de faim, dit Fabrice à Ludovic, en le
rejoignant.

— N'entrons point dans un cabaret, allons au logement ; la maîtresse de la maison ira vous acheter ce qu'il
faut pour déjeuner ; elle volera une vingtaine de sous et
en sera d'autant plus attachée au nouvel arrivant.

— Ceci ne tend à rien moins qu'à me faire mourir de
faim une grande heure de plus, dit Fabrice en riant avec
la sérénité d'un enfant, et il entra dans un cabaret voisin
de Saint-Pétrone. A son extrême surprise, il vit à une table
voisine de celle où il était placé, Pépé, le premier valet
de chambre de sa tante, celui-là même qui autrefois était
venu à sa rencontre jusqu'à Genève. Fabrice lui fit signe
de se taire ; puis, après avoir déjeuné rapidement, le sourire du bonheur errant sur ses lèvres, il se leva ; Pépé le
suivit, et, pour la troisième fois, notre héros entra dans
Saint-Pétrone. Par discrétion, Ludovic resta à se promener
sur la place.

— Hé, mon Dieu, monseigneur ! Comment vont vos
blessures ? Mme la duchesse est horriblement inquiète :
un jour entier elle vous a cru mort abandonné dans quelque
île du Pô ; je vais lui expédier un courrier à l'instant même.
Je vous cherche depuis six jours, j'en ai passé trois à
Ferrare, courant toutes les auberges.

— Avez-vous un passeport pour moi ?

— J'en ai trois différents : l'un avec les noms et les
titres de Votre Excellence ; le second avec votre nom seulement, et le troisième sous un nom supposé, Joseph
Bossi ; chaque passeport est en double expédition, selon

que Votre Excellence voudra arriver de Florence ou de
Modène. Il ne s'agit que de faire une promenade hors de
la ville. M. le comte vous verrait loger avec plaisir à
l'auberge *del Pelegrino*, dont le maître est son ami.

Fabrice, ayant l'air de marcher au hasard, s'avança dans
la nef droite de l'église jusqu'au lieu où ses cierges étaient
allumés ; ses yeux se fixèrent sur la madone de Cimabué,
puis il dit à Pépé en s'agenouillant : Il faut que je rende
grâce un instant ; Pépé l'imita. Au sortir de l'église, Pépé
remarqua que Fabrice donnait une pièce de vingt francs
au premier pauvre qui lui demanda l'aumône ; ce mendiant
jeta des cris de reconnaissance qui attirèrent sur les pas
de l'être charitable les nuées de pauvres de tout genre qui
ornent d'ordinaire la place de Saint-Pétrone. Tous voulaient avoir leur part du napoléon. Les femmes, désespérant
de pénétrer dans la mêlée qui l'entourait, fondirent sur
Fabrice, lui criant s'il n'était pas vrai qu'il avait voulu
donner son napoléon pour être divisé parmi tous les
pauvres du bon Dieu. Pépé, brandissant sa canne à pomme
d'or, leur ordonna de laisser Son Excellence tranquille.

— Ah ! Excellence, reprirent toutes ces femmes d'une
voix plus perçante, donnez aussi un napoléon d'or pour
les pauvres femmes ! Fabrice doubla le pas, les femmes le
suivirent en criant, et beaucoup de pauvres mâles, accourant par toutes les rues, firent comme une sorte de petite
sédition. Toute cette foule horriblement sale et énergique
criait : *Excellence*. Fabrice eut beaucoup de peine à se délivrer de la cohue ; cette scène rappela son imagination sur
la terre. Je n'ai que ce que je mérite, se dit-il, je me suis
frotté à la canaille.

Deux femmes le suivirent jusqu'à la porte de Saragosse
par laquelle il sortait de la ville ; Pépé les arrêta en les
menaçant sérieusement de sa canne, et leur jetant quelque
monnaie. Fabrice monta la charmante colline de San-
Michele in Bosco, fit le tour d'une partie de la ville en
dehors des murs, prit un sentier, arriva à cinq cents pas sur
la route de Florence, puis rentra dans Bologne et remit
gravement au commis de la police un passeport où son
signalement était noté d'une façon fort exacte. Ce passeport
le nommait Joseph Bossi, étudiant en théologie. Fabrice
y remarqua une petite tache d'encre rouge, jetée, comme
par hasard, au bas de la feuille vers l'angle droit. Deux
heures plus tard il eut un espion à ses trousses, à cause du
titre d'*Excellence* que son compagnon lui avait donné
devant les pauvres de Saint-Pétrone, quoique son passe-

port ne portât aucun des titres qui donnent à un homme le droit de se faire appeler Excellence par ses domestiques.

Fabrice vit l'espion, et s'en moqua fort; il ne songeait plus ni aux passeports ni à la police, et s'amusait de tout comme un enfant. Pépé, qui avait ordre de rester auprès de lui, le voyant fort content de Ludovic, aima mieux aller porter lui-même de si bonnes nouvelles à la duchesse. Fabrice écrivit deux très longues lettres aux personnes qui lui étaient chères; puis il eut l'idée d'en écrire une troisième au vénérable archevêque Landriani. Cette lettre produisit un effet merveilleux, elle contenait un récit fort exact du combat avec Giletti. Le bon archevêque, tout attendri, ne manqua pas d'aller lire cette lettre au prince, qui voulut bien l'écouter, assez curieux de voir comment ce jeune *monsignore* s'y prenait pour excuser un meurtre aussi épouvantable. Grâce aux nombreux amis de la marquise Raversi, le prince ainsi que toute la ville de Parme croyait que Fabrice s'était fait aider par vingt ou trente paysans pour assommer un mauvais comédien qui avait l'insolence de lui disputer la petite Marietta. Dans les cours despotiques, le premier intrigant adroit dispose de la *vérité*, comme la mode en dispose à Paris.

— Mais, que diable! disait le prince à l'archevêque, on fait faire ces choses-là par un autre; mais les faire soi-même, ce n'est pas l'usage; et puis on ne tue pas un comédien tel que Giletti, on l'achète.

Fabrice ne se doutait en aucune façon de ce qui se passait à Parme. Dans le fait, il s'agissait de savoir si la mort de ce comédien, qui de son vivant gagnait trente-deux francs par mois, amènerait la chute du ministère ultra et de son chef le comte Mosca.

En apprenant la mort de Giletti, le prince, piqué des airs d'indépendance que se donnait la duchesse, avait ordonné au fiscal général Rassi de traiter tout ce procès comme s'il se fût agi d'un libéral. Fabrice, de son côté, croyait qu'un homme de son rang était au-dessus des lois; il ne calculait pas que dans les pays où les grands noms ne sont jamais punis, l'intrigue peut tout, même contre eux. Il parlait souvent à Ludovic de sa parfaite innocence qui serait bien vite proclamée; sa grande raison c'est qu'il n'était pas coupable. Sur quoi Ludovic lui dit un jour :

— Je ne conçois pas comment Votre Excellence, qui a tant d'esprit et d'instruction, prend la peine de dire de ces choses-là à moi qui suis son serviteur dévoué; Votre Excellence use de trop de précautions, ces choses-là sont bonnes à dire en public ou devant un tribunal. Cet homme me croit un assassin et ne m'en aime pas moins, se dit Fabrice, tombant de son haut.

Trois jours après le départ de Pépé, il fut bien étonné de recevoir une lettre énorme fermée avec une tresse de soie comme du temps de Louis XIV, et adressée à *Son Excellence révérendissime monseigneur Fabrice del Dongo, premier grand vicaire du diocèse de Parme, chanoine*, etc.

Mais, est-ce que je suis encore tout cela ? se dit-il en riant. L'épître de l'archevêque Landriani était un chef-d'œuvre de logique et de clarté; elle n'avait pas moins de dix-neuf grandes pages, et racontait fort bien tout ce qui s'était passé à Parme à l'occasion de la mort de Giletti.

« Une armée française commandée par le maréchal Ney
« et marchant sur la ville n'aurait pas produit plus d'effet,
« lui disait le bon archevêque; à l'exception de la duchesse
« et de moi, mon très cher fils, tout le monde croit que
« vous vous êtes donné le plaisir de tuer l'histrion Giletti.
« Ce malheur vous fût-il arrivé, ce sont de ces choses
« qu'on assoupit avec deux cents louis et une absence de
« six mois; mais la Raversi veut renverser le comte Mosca
« à l'aide de cet incident. Ce n'est point l'affreux péché
« du meurtre que le public blâme en vous, c'est unique-
« ment la *maladresse* ou plutôt l'insolence de ne pas avoir
« daigné recourir à un *bulo* (sorte de fier-à-bras, subal-
« terne). Je vous traduis ici en termes clairs les discours
« qui m'environnent, car depuis ce malheur à jamais déplo-
« rable, je me rends tous les jours dans trois maisons des
« plus considérables de la ville pour avoir l'occasion de
« vous justifier. Et jamais je n'ai cru faire un plus saint
« usage du peu d'éloquence que le Ciel a daigné m'ac-
« corder.

Les écailles tombaient des yeux de Fabrice; les nom-breuses lettres de la duchesse, remplies de transports d'amitié, ne daignaient jamais raconter. La duchesse lui jurait de quitter Parme à jamais, si bientôt il n'y rentrait triomphant. Le comte fera pour toi, lui disait-elle dans la lettre qui accompagnait celle de l'archevêque, tout ce qui est humainement possible. Quant à moi, tu as changé mon caractère avec cette belle équipée; je suis maintenant aussi avare que le banquier Tombone; j'ai renvoyé tous mes ouvriers, j'ai fait plus, j'ai dicté au comte l'inventaire de ma fortune, qui s'est trouvée bien moins considérable que

je ne le pensais. Après la mort de l'excellent comte Pietranera, que, par parenthèse, tu aurais bien plutôt dû venger,
au lieu de t'exposer contre un être de l'espèce de Giletti,
je restai avec douze cents livres de rente et cinq mille
francs de dette; je me souviens, entre autres choses, que
j'avais deux douzaines et demie de souliers de satin blanc
venant de Paris, et une seule paire de souliers pour marcher
dans la rue. Je suis presque décidée à prendre les trois
cent mille francs que me laisse le duc, et que je voulais
employer en entier à lui élever un tombeau magnifique.
Au reste, c'est la marquise Raversi qui est ta principale
ennemie, c'est-à-dire la mienne; si tu t'ennuies seul à
Bologne, tu n'as qu'à dire un mot, j'irai te joindre. Voici
quatre nouvelles lettres de change, etc., etc.

   La duchesse ne disait mot à Fabrice de l'opinion qu'on
avait à Parme sur son affaire, elle voulait avant tout le
consoler et, dans tous les cas, la mort d'un être ridicule
tel que Giletti ne lui semblait pas de nature à être reprochée
sérieusement à del Dongo. Combien de Giletti nos
ancêtres n'ont-ils pas envoyés dans l'autre monde, disait-
elle au comte, sans que personne se soit mis en tête de leur
en faire un reproche!

   Fabrice tout étonné, et qui entrevoyait pour la première
fois le véritable état des choses, se mit à étudier la lettre
de l'archevêque. Par malheur, l'archevêque lui-même le
croyait plus au fait qu'il ne l'était réellement. Fabrice comprit que ce qui faisait surtout le triomphe de la marquise
Raversi, c'est qu'il était impossible de trouver des témoins
de visu de ce fatal combat. Le valet de chambre qui le
premier en avait apporté la nouvelle à Parme était à l'auberge du village Sanguigna lorsqu'il avait eu lieu; la petite
Marietta et la vieille femme qui lui servait de mère avaient
disparu, et la marquise avait acheté le *vetturino* qui conduisait la voiture et qui faisait maintenant une déposition
abominable. « Quoique la procédure soit environnée du
« plus profond mystère, écrivait le bon archevêque avec
« son style cicéronien, et dirigée par le fiscal général
« Rassi, dont la seule charité chrétienne peut m'empêcher
« de dire du mal, mais qui a fait sa fortune en s'acharnant
« après les malheureux accusés comme le chien de chasse
« après le lièvre; quoique le Rassi, dis-je, dont votre
« imagination ne saurait s'exagérer la turpitude et la véna-
« lité, ait été chargé de la direction du procès par un prince
« irrité, j'ai pu lire les trois dépositions du *vetturino*. Par
« un insigne bonheur, ce malheureux se contredit. Et

« j'ajouterai, parce que je parle à mon vicaire général, à
« celui qui, après moi, doit avoir la direction de ce diocèse,
« que j'ai mandé le curé de la paroisse qu'habite ce pécheur
« égaré. Je vous dirai, mon très cher fils, mais sous le
« secret de la confession, que ce curé connaît déjà, par
« la femme du *vetturino*, le nombre d'écus qu'il a reçu de
« la marquise Raversi ; je n'oserai dire que la marquise
« a exigé de lui de vous calomnier, mais le fait est probable.
« Les écus ont été remis par un malheureux prêtre qui
« remplit des fonctions peu relevées auprès de cette mar-
« quise, et auquel j'ai été obligé d'interdire la messe pour
« la seconde fois. Je ne vous fatiguerai point du récit de
« plusieurs autres démarches que vous deviez attendre de
« moi, et qui d'ailleurs rentrent dans mon devoir. Un
« chanoine, votre collègue à la cathédrale, et qui d'ailleurs
« se souvient un peu trop quelquefois de l'influence que
« lui donnent les biens de sa famille, dont, par la permis-
« sion divine, il est resté le seul héritier, s'étant permis
« de dire chez M. le comte Zurla, ministre de l'intérieur,
« qu'il regardait cette bagatelle comme prouvée contre
« vous (il parlait de l'assassinat du malheureux Giletti),
« je l'ai fait appeler devant moi, et là, en précence de mes
« trois autres vicaires généraux, de mon aumônier et de
« deux curés qui se trouvaient dans la salle d'attente, je
« l'ai prié de nous communiquer, à nous ses frères, les
« éléments de la conviction complète qu'il disait avoir
« acquise contre un de ses collègues à la cathédrale ; le
« malheureux n'a pu articuler que des raisons peu
« concluantes ; tout le monde s'est élevé contre lui, et
« quoique je n'aie cru devoir ajouter que bien peu de
« paroles, il a fondu en larmes et nous a rendus témoins du
« plein aveu de son erreur complète, sur quoi je lui ai
« promis le secret en mon nom et en celui de toutes les
« personnes qui avaient assisté à cette conférence, sous la
« condition toutefois qu'il mettrait tout son zèle à rectifier
« les fausses impressions qu'avaient pu causer les discours
« par lui proférés depuis quinze jours.

« Je ne vous répéterai point, mon cher fils, ce que
« vous devez savoir depuis longtemps, c'est-à-dire que
« des trente-quatre paysans employés à la fouille entreprise
« par le comte Mosca et que la Raversi prétend soldés par
« vous pour vous aider dans un crime, trente-deux étaient
« au fond de leur fossé, tout occupés de leurs travaux,
« lorsque vous vous saisîtes du couteau de chasse et l'em-
« ployâtes à défendre votre vie contre l'homme qui vous

« attaquait à l'improviste. Deux d'entre eux, qui étaient
« hors du fossé, crièrent aux autres : *On assassine Monsei-*
« *gneur!* Ce cri seul montre votre innocence dans tout
« son éclat. Eh bien! le fiscal général Rassi prétend que
« ces deux hommes ont disparu; bien plus, on a retrouvé
« huit des hommes qui étaient au fond du fossé; dans leur
« premier interrogatoire six ont déclaré avoir entendu le
« cri *on assassine Monseigneur!* Je sais, par voies indirectes,
« que dans leur cinquième interrogatoire, qui a eu lieu
« hier soir, cinq ont déclaré qu'ils ne se souvenaient pas
« bien s'ils avaient entendu directement ce cri ou si seule-
« ment il leur avait été raconté par quelqu'un de leurs
« camarades. Des ordres sont donnés pour que l'on me
« fasse connaître la demeure de ces ouvriers terrassiers, et
« leurs curés leur feront comprendre qu'ils se damnent si,
« pour gagner quelques écus, ils se laissent aller à altérer
« la vérité. »

Le bon archevêque entrait dans des détails infinis,
comme on peut en juger par ceux que nous venons de
rapporter. Puis il ajoutait en se servant de la langue latine :

« Cette affaire n'est rien moins qu'une tentative de
« changement de ministère. Si vous êtes condamné, ce ne
« peut être qu'aux galères ou à la mort, auquel cas j'inter-
« viendrais en déclarant, du haut de ma chaire archiépis-
« copale, que je sais que vous êtes innocent, que vous
« avez tout simplement défendu votre vie contre un bri-
« gand, et qu'enfin je vous ai défendu de revenir à Parme
« tant que vos ennemis y triompheront; je me propose
« même de stigmatiser, comme il le mérite, le fiscal général;
« la haine contre cet homme est aussi commune que l'es-
« time pour son caractère est rare. Mais enfin la veille du
« jour où ce fiscal prononcera cet arrêt si injuste, la du-
« chesse Sanseverina quittera la ville et peut-être même
« les états de Parme : dans ce cas l'on ne fait aucun doute
« que le comte ne donne sa démission. Alors, très proba-
« blement, le général Fabio Conti arrive au ministère, et
« la marquise Raversi triomphe. Le grand mal de votre
« affaire, c'est qu'aucun homme entendu n'est chargé en
« chef des démarches nécessaires pour mettre au jour
« votre innocence et déjouer les tentatives faites pour
« suborner des témoins. Le comte croit remplir ce rôle;
« mais il est trop grand seigneur pour descendre à de
« certains détails; de plus, en sa qualité de ministre de la

« police, il a dû donner, dans le premier moment, les
« ordres les plus sévères contre vous. Enfin, oserai-je le
« dire ? Notre souverain seigneur vous croit coupable, ou
« du moins simule cette croyance, et apporte quelque
« aigreur dans cette affaire. » (Les mots correspondant à
notre souverain seigneur et à *simule cette croyance* étaient en
grec, et Fabrice sut un gré infini à l'archevêque d'avoir osé
les écrire. Il coupa avec un canif cette ligne de sa lettre,
et la détruisit sur-le-champ.)

Fabrice s'interrompit vingt fois en lisant cette lettre;
il était agité des transports de la plus vive reconnaissance :
il répondit à l'instant par une lettre de huit pages. Souvent
il fut obligé de relever la tête pour que ses larmes ne tom-
bassent pas sur son papier. Le lendemain, au moment de
cacheter cette lettre, il en trouva le ton trop mondain. Je
vais l'écrire en latin, se dit-il, elle en paraîtra plus convenable au digne archevêque. Mais en cherchant à construire
de belles phrases latines bien longues, bien imitées de
Cicéron, il se rappela qu'un jour l'archevêque, lui parlant
de Napoléon, affectait de l'appeler Buonaparte; à l'instant
disparut toute l'émotion qui la veille le touchait jusqu'aux
larmes. O roi d'Italie, s'écria-t-il, cette fidélité que tant
d'autres t'ont jurée de ton vivant, je te la garderai après ta
mort. Il m'aime, sans doute, mais parce que je suis un del
Dongo et lui le fils d'un bourgeois. Pour que sa belle
lettre en italien ne fût pas perdue, Fabrice y fit quelques
changements nécessaires, et l'adressa au comte Mosca.

Ce jour-là même, Fabrice rencontra dans la rue la petite
Marietta; elle devint rouge de bonheur, et lui fit signe de
la suivre sans l'aborder. Elle gagna rapidement un portique
désert; là, elle avança encore la dentelle noire qui, suivant
la mode du pays, lui couvrait la tête, de façon à ce qu'elle
ne pût être reconnue; puis, se retournant vivement :

— Comment se fait-il, dit-elle à Fabrice, que vous mar-
chiez ainsi librement dans la rue ? Fabrice lui raconta son
histoire.

— Grand Dieu! vous avez été à Ferrare! Moi qui vous
y ai tant cherché! Vous saurez que je me suis brouillée
avec la vieille femme parce qu'elle voulait me conduire
à Venise, où je savais bien que vous n'iriez jamais, puisque
vous êtes sur la liste noire de l'Autriche. J'ai vendu mon
collier d'or pour venir à Bologne, un pressentiment m'annonçait le bonheur que j'ai de vous y rencontrer; la vieille
femme est arrivée deux jours après moi. Ainsi, je ne vous
engagerai point à venir chez nous, elle vous ferait encore

de ces vilaines demandes d'argent qui me font tant de honte. Nous avons vécu fort convenablement depuis le jour fatal que vous savez, et nous n'avons pas dépensé le quart de ce que vous lui donnâtes. Je ne voudrais pas aller vous voir à l'auberge du *Pelegrino*, ce serait une *publicité*. Tâchez de louer une petite chambre dans une rue déserte, et à l'*Ave Maria* (la tombée de la nuit), je me trouverai ici, sous ce même portique. Ces mots dits, elle prit la fuite.

CHAPITRE XIII

Toutes les idées sérieuses furent oubliées à l'apparition imprévue de cette aimable personne. Fabrice se mit à vivre à Bologne dans une joie et une sécurité profondes. Cette disposition naïve à se trouver heureux de tout ce qui remplissait sa vie perçait dans les lettres qu'il adressait à la duchesse ; ce fut au point qu'elle en prit de l'humeur. A peine si Fabrice le remarqua ; seulement il écrivit en signes abrégés sur le cadran de sa montre : quand j'écris à la D. ne jamais dire *quand j'étais prélat, quand j'étais homme d'Église ; cela la fâche.* Il avait acheté deux petits chevaux dont il était fort content : il les attelait à une calèche de louage toutes les fois que la petite Marietta voulait aller voir quelqu'un de ces sites ravissants des environs de Bologne ; presque tous les soirs il la conduisait à la *Chute du Reno.* Au retour, il s'arrêtait chez l'aimable Crescentini, qui se croyait un peu le père de la Marietta.

Ma foi ! si c'est là la vie de café qui me semblait si ridicule pour un homme de quelque valeur, j'ai eu tort de la repousser, se disait Fabrice. Il oubliait qu'il n'allait jamais au café que pour lire le *Constitutionnel,* et que, parfaitement inconnu à tout le beau monde de Bologne, les jouissances de vanité n'entraient pour rien dans sa félicité présente. Quant il n'était pas avec la petite Marietta, on le voyait à l'Observatoire, où il suivait un cours d'astronomie ; le professeur l'avait pris en grande amitié et Fabrice lui prêtait ses chevaux le dimanche pour aller briller avec sa femme au *Corso* de la *Montagnola.*

Il avait en exécration de faire le malheur d'un être quelconque, si peu estimable qu'il fût. La Marietta ne voulait pas absolument qu'il vît la vieille femme ; mais un jour qu'elle était à l'église, il monta chez la *mammacia* qui rou-

git de colère en le voyant entrer. C'est le cas de faire le
del Dongo, se dit Fabrice.

— Combien la Marietta gagne-t-elle par mois quand
elle est engagée ? s'écria-t-il de l'air dont un jeune homme
qui se respecte entre à Paris au balcon des Bouffes.

— Cinquante écus.

— Vous mentez comme toujours ; dites la vérité, ou
par Dieu vous n'aurez pas un centime.

— Eh bien, elle gagnait vingt-deux écus dans notre
compagnie à Parme, quand nous avons eu le malheur de
vous connaître ; moi je gagnais douze écus, et nous donnions à Giletti, notre protecteur, chacune le tiers de ce qui
nous revenait. Sur quoi, tous les mois à peu près, Giletti
faisait un cadeau à la Marietta ; ce cadeau pouvait bien
valoir deux écus.

— Vous mentez encore ; vous, vous ne receviez que
quatre écus. Mais si vous êtes bonne avec la Marietta, je
vous engage comme si j'étais un *impresario ;* tous les mois
vous recevrez douze écus pour vous et vingt-deux pour
elle ; mais si je lui vois les yeux rouges, je fais banqueroute.

— Vous faites le fier ; eh bien ! votre rebelle générosité
nous ruine, répondit la vieille femme d'un ton furieux ;
nous perdons l'*avviamento* (l'achalandage). Quand nous
aurons l'énorme malheur d'être privées de la protection
de Votre Excellence, nous ne serons plus connues d'aucune
troupe, toutes seront au grand complet ; nous ne trouve-
rons pas d'engagement, et par vous, nous mourrons de
faim.

— Va-t'en au diable, dit Fabrice en s'en allant.

— Je n'irai pas au diable ; vilain impie ! mais tout
simplement au bureau de la police, qui saura de moi que
vous êtes un *monsignore* qui a jeté le froc aux orties, et que
vous ne vous appelez pas plus Joseph Bossi que moi.
Fabrice avait déjà descendu quelques marches de l'escalier,
il revint.

— D'abord la police sait mieux que toi quel peut être
mon vrai nom ; mais si tu t'avises de me dénoncer, si tu as
cette infamie, lui dit-il d'un grand sérieux, Ludovic te
parlera, et ce n'est pas six coups de couteau que recevra
ta vieille carcasse, mais deux douzaines, et tu seras pour
six mois à l'hôpital, et sans tabac.

La vieille femme pâlit et se précipita sur la main de
Fabrice, qu'elle voulut baiser :

— J'accepte avec reconnaissance le sort que vous nous
faites, à la Marietta et à moi. Vous avez l'air si bon, que

je vous prenais pour un niais; et pensez-y bien, d'autres que moi pourront commettre la même erreur; je vous conseille d'avoir habituellement l'air plus grand seigneur. Puis elle ajouta avec une impudence admirable : Vous réfléchirez à ce bon conseil, et, comme l'hiver n'est pas bien éloigné, vous nous ferez cadeau à la Marietta et à moi de deux bons habits de cette belle étoffe anglaise que vend le gros marchand qui est sur la place Saint-Pétrone.

L'amour de la jolie Marietta offrait à Fabrice tous les charmes de l'amitié la plus douce, ce qui le faisait songer au bonheur du même genre qu'il aurait pu trouver auprès de la duchesse.

Mais n'est-ce pas une chose bien plaisante, se disait-il quelquefois, que je ne sois pas susceptible de cette préoc-cupation exclusive et passionnée qu'ils appellent de l'amour ? Parmi les liaisons que le hasard m'a données à Novare ou à Naples, ai-je jamais rencontré de femme dont la présence, même dans les premiers jours, fût pour moi préférable à une promenade sur un joli cheval inconnu ? Ce qu'on appelle amour, ajoutait-il, serait-ce donc encore un mensonge ? J'aime sans doute, comme j'ai bon appétit à six heures ! Serait-ce cette propension quelque peu vul-gaire dont ces menteurs auraient fait l'amour d'Othello, l'amour de Tancrède ? ou bien faut-il croire que je suis organisé autrement que les autres hommes ? Mon âme manquerait d'une passion, pourquoi cela ? ce serait une singulière destinée !

A Naples, surtout dans les derniers temps, Fabrice avait rencontré des femmes qui, fières de leur rang, de leur beauté et de la position qu'occupaient dans le monde les adorateurs qu'elles lui avaient sacrifiés, avaient prétendu le mener. A la vue de ce projet, Fabrice avait rompu de la façon la plus scandaleuse et la plus rapide. Or, se disait-il, si je me laisse jamais transporter par le plaisir, sans doute très vif, d'être bien avec cette jolie femme qu'on appelle la duchesse Sanseverina, je suis exactement comme ce Français étourdi qui tua un jour la poule aux œufs d'or. C'est à la duchesse que je dois le seul bonheur que j'aie jamais éprouvé par les sentiments tendres; mon amitié pour elle est ma vie, et d'ailleurs, sans elle que suis-je ? un pauvre exilé réduit à vivoter péniblement dans un châ-teau délabré des environs de Novare. Je me souviens que durant les grandes pluies d'automne j'étais obligé, le soir, crainte d'accident, d'ajuster un parapluie sur le ciel de mon lit. Je montais les chevaux de l'homme d'affaires, qui

voulait bien le souffrir par respect pour mon *sang bleu*
(pour ma haute puissance), mais il commençait à trouver
mon séjour un peu long; mon père m'avait assigné une
pension de douze cents francs, et se croyait damné de
donner du pain à un jacobin. Ma pauvre mère et mes
sœurs se laissaient manquer de robes pour me mettre en
état de faire quelques petits cadeaux à mes maîtresses.
Cette façon d'être généreux me perçait le cœur. Et, de
plus, on commençait à soupçonner ma misère, et la jeune
noblesse des environs allait me prendre en pitié. Tôt ou
tard, quelque fat eût laissé voir son mépris pour un jacobin
pauvre et malheureux dans ses desseins, car, aux yeux de
ces gens-là, je n'étais pas autre chose. J'aurais donné ou
reçu quelque bon coup d'épée qui m'eût conduit à la
forteresse de Fenestrelles, ou bien j'eusse de nouveau été
me réfugier en Suisse, toujours avec douze cents francs
de pension. J'ai le bonheur de devoir à la duchesse l'absence de tous ces maux; de plus, c'est elle qui sent pour
moi les transports d'amitié que je devrais éprouver pour
elle.

Au lieu de cette vie ridicule et piètre qui eût fait de moi
un animal triste, un sot, depuis quatre ans je vis dans une
grande ville et j'ai une excellente voiture, ce qui m'a
empêché de connaître l'envie et tous les sentiments bas
de la province. Cette tante trop aimable me gronde toujours de ce que je ne prends pas assez d'argent chez le
banquier. Veux-je gâter à jamais cette admirable position?
Veux-je perdre l'unique amie que j'aie au monde ? Il suffit
de proférer *un mensonge*, il suffit de dire à une femme charmante et peut-être unique au monde, et pour laquelle j'ai
l'amitié la plus passionnée : *Je t'aime*, moi qui ne sais pas
ce que c'est qu'aimer d'amour. Elle passerait la journée à
me faire un crime de l'absence de ces transports qui me
sont inconnus. La Marietta, au contraire, qui ne voit pas
dans mon cœur et qui prend une caresse pour un transport
de l'âme, me croit fou d'amour, et s'estime la plus heureuse
des femmes.

Dans le fait je n'ai connu un peu cette préoccupation
tendre qu'on appelle, je crois, *l'amour*, que pour cette jeune
Aniken de l'auberge de *Zonders*, près de la frontière de
Belgique.

C'est avec regret que nous allons placer ici l'une des
plus mauvaises actions de Fabrice : au milieu de cette vie
tranquille, une misérable *pique* de vanité s'empara de ce
cœur rebelle à l'amour, et le conduisit fort loin. En

même temps que lui se trouvait à Bologne la fameuse Fausta F ***, sans contredit l'une des premières chanteuses de notre époque, et peut-être la femme la plus capricieuse que l'on ait jamais vue. L'excellent poète Burati, de Venise, avait fait sur son compte ce fameux sonnet satirique qui alors se trouvait dans la bouche des princes comme des derniers gamins de carrefours.

« Vouloir et ne pas vouloir, adorer et détester en un « jour, n'être contente que dans l'inconstance, mépriser « ce que le monde adore, tandis que le monde l'adore, « la Fausta a ces défauts et bien d'autres encore. Donc « ne vois jamais ce serpent. Si tu la vois, imprudent, tu « oublies ses caprices. As-tu le bonheur de l'entendre, tu « t'oublies toi-même, et l'amour fait de toi, en un moment, « ce que Circé fit jadis des compagnons d'Ulysse. »

Pour le moment ce miracle de beauté était sous le charme des énormes favoris et de la haute insolence du jeune comte M ***, au point de n'être pas révoltée de son abominable jalousie. Fabrice vit ce comte dans les rues de Bologne, et fut choqué de l'air de supériorité avec lequel il occupait le pavé, et daignait montrer ses grâces au public. Ce jeune homme était fort riche, se croyait tout permis, et comme ses *prepotenze* lui avaient attiré des menaces, il ne se montrait guère qu'environné de huit ou dix *buli* (sorte de coupe-jarrets), revêtus de sa livrée, et qu'il avait fait venir de ses terres dans les environs de Brescia. Les regards de Fabrice avaient rencontré une ou deux fois ceux de ce terrible comte, lorsque le hasard lui fit entendre la Fausta. Il fut étonné de l'angélique douceur de cette voix : il ne se figurait rien de pareil ; il lui dut des sensations de bonheur suprême, qui faisaient un beau contraste avec la *placidité* de sa vie présente. Serait-ce enfin là de l'amour ? se dit-il. Fort curieux d'éprouver ce sentiment, et d'ailleurs amusé par l'action de braver ce comte M ***, dont la mine était plus terrible que celle d'aucun *tambour-major*, notre héros se livra à l'enfantillage de passer beaucoup trop souvent devant le palais Tanari, que le comte M *** avait loué pour la Fausta.

Un jour, vers la tombée de la nuit, Fabrice, cherchant à se faire apercevoir de la Fausta, fut salué par des éclats de rire fort marqués lancés par les *buli* du comte, qui se trouvaient sur la porte du palais Tanari. Il courut chez lui, prit de bonnes armes et repassa devant ce palais. La Fausta, cachée derrière ses persiennes, attendait ce retour, et lui en tint compte. M ***, jaloux de toute la terre, devint spécialement jaloux de M. Joseph Bossi, et s'emporta en propos ridicules ; sur quoi tous les matins notre héros lui faisait parvenir une lettre qui ne contenait que ces mots :

« M. Joseph Bossi détruit les insectes incommodes, et « loge au *Pelegrino, via Larga*, n° 79. »

Le comte M ***, accoutumé aux respects que lui assuraient en tous lieux son énorme fortune, son *sang bleu* et la bravoure de ses trente domestiques, ne voulut point entendre le langage de ce petit billet.

Fabrice en écrivait d'autres à la Fausta ; M *** mit des espions autour de ce rival, qui peut-être ne déplaisait pas ; d'abord il apprit son véritable nom, et ensuite que pour le moment il ne pouvait se montrer à Parme. Peu de jours après, le comte M ***, ses *buli*, ses magnifiques chevaux et la Fausta partirent pour Parme.

Fabrice, piqué au jeu, les suivit le lendemain. Ce fut en vain que le bon Ludovic fit des remontrances pathétiques ; Fabrice l'envoya promener, et Ludovic, fort brave lui-même, l'admira ; d'ailleurs ce voyage le rapprochait de la jolie maîtresse qu'il avait à Casal-Maggiore. Par les soins de Ludovic, huit ou dix anciens soldats des régiments de Napoléon entrèrent chez M. Joseph Bossi, sous le nom de domestiques. Pourvu, se dit Fabrice en faisant la folie de suivre la Fausta, que je n'aie aucune communication ni avec le ministre de la police, comte Mosca, ni avec la duchesse, je n'expose que moi. Je dirai plus tard à ma tante que j'allais à la recherche de l'amour, cette belle chose que je n'ai jamais rencontrée. Le fait est que je pense à la Fausta, même quand je ne la vois pas... Mais est-ce le souvenir de sa voix que j'aime, ou sa personne ? Ne songeant plus à la carrière ecclésiastique, Fabrice avait arboré des moustaches et des favoris presque aussi terribles que ceux du comte M ***, ce qui le déguisait un peu. Il établit son quartier général non à Parme, c'eût été trop imprudent, mais dans un village des environs, au milieu des bois, sur la route de *Sacca*, où était le château de sa tante. D'après les conseils de Ludovic, il s'annonça dans ce village comme le valet de chambre d'un grand seigneur anglais fort original, qui dépensait cent mille francs par an pour se donner le plaisir de la chasse, et qui arriverait sous peu du lac de Côme, où il était retenu par la pêche des truites. Par bonheur, le joli petit palais que le comte M *** avait loué pour la belle Fausta était situé à l'extrémité méridionale de la ville de Parme, précisément sur la route de Sacca, et les fenêtres de la Fausta donnaient sur les belles allées de grands arbres qui s'étendent sous la haute tour de la citadelle. Fabrice n'était point connu dans ce quartier désert; il ne manqua pas de faire suivre le comte M ***, et, un jour que celui-ci venait de sortir de chez l'admirable cantatrice, il eut l'audace de paraître dans la rue en plein jour; à la vérité, il était monté sur un excellent cheval, et bien armé. Des musiciens, de ceux qui courent les rues en Italie, et qui parfois sont excellents, vinrent planter leurs contrebasses sous les fenêtres de la Fausta : après avoir préludé, ils chantèrent assez bien une cantate en son honneur. La Fausta se mit à la fenêtre, et remarqua facilement un jeune homme fort poli qui, arrêté à cheval au milieu de la rue, la salua d'abord, puis se mit à lui adresser des regards fort peu équivoques. Malgré le costume anglais exagéré adopté par Fabrice, elle eut bientôt reconnu l'auteur des lettres passionnées qui avaient amené son départ de Bologne. Voilà un être singulier, se dit-elle, il me semble que je vais l'aimer. J'ai cent louis devant moi, je puis fort bien planter là ce terrible comte M ***. Au fait, il manque d'esprit et d'imprévu, et n'est un peu amusant que par la mine atroce de ses gens.

Le lendemain, Fabrice ayant appris que tous les jours, vers les onze heures, la Fausta allait entendre la messe au centre de la ville, dans cette même église de Saint-Jean où se trouvait le tombeau de son grand-oncle, l'archevêque *Ascanio del Dongo*, il osa l'y suivre. A la vérité, Ludovic lui avait procuré une belle perruque anglaise avec des cheveux du plus beau rouge. A propos de la couleur de ces cheveux, qui était celle des flammes qui brûlaient son cœur, il fit un sonnet que la Fausta trouva charmant; une main inconnue avait eu soin de le placer sur son piano. Cette petite guerre dura bien huit jours, mais Fabrice trouvait que, malgré ses démarches de tout genre, il ne faisait pas de progrès réels; la Fausta refusait de le recevoir. Il outrait la nuance de singularité; elle a dit depuis qu'elle avait peur de lui. Fabrice n'était plus retenu que par un reste d'espoir d'arriver à sentir ce qu'on appelle *de l'amour*, mais souvent il s'ennuyait.

— Monsieur, allons-nous-en, lui répétait Ludovic, vous n'êtes point amoureux; je vous vois un sang-froid et un bon sens désespérants. D'ailleurs vous n'avancez point; par pure vergogne, décampons. Fabrice allait partir au premier moment d'humeur, lorsqu'il apprit que la Fausta devait chanter chez la duchesse Sanseverina; peut-être que cette voix sublime achèvera d'enflammer mon cœur, se dit-il; et il osa bien s'introduire déguisé dans ce palais où tous les yeux le connaissaient. Qu'on juge de l'émotion de la duchesse, lorsque tout à fait vers la fin du concert elle remarqua un homme en livrée de chasseur, debout près de la porte du grand salon; cette tournure rappelait quelqu'un. Elle chercha le comte Mosca qui seulement alors lui apprit l'insigne et vraiment incroyable folie de Fabrice. Il la prenait très bien. Cet amour pour une autre que la duchesse lui plaisait fort; le comte, parfaitement galant homme, hors de la politique, agissait d'après cette maxime qu'il ne pouvait trouver le bonheur qu'autant que la duchesse serait heureuse. Je le sauverai de lui-même, dit-il à son amie; jugez de la joie de nos ennemis si on l'arrêtait dans ce palais! Aussi ai-je ici plus de cent hommes à moi, et c'est pour cela que je vous ai fait demander les clefs du grand château d'eau. Il se porte pour amoureux fou de la Fausta, et jusqu'ici ne peut l'enlever au comte M *** qui donne à cette folle une existence de reine. La physionomie de la duchesse trahit la plus vive douleur : Fabrice n'était donc qu'un libertin tout à fait incapable d'un sentiment tendre et sérieux.

— Et ne pas nous voir! c'est ce que jamais je ne pourrai lui pardonner! dit-elle enfin; et moi qui lui écris tous les jours à Bologne!

— J'estime fort sa retenue, répliqua le comte, il ne veut pas nous compromettre par son équipée, et il sera plaisant de la lui entendre raconter.

La Fausta était trop folle pour savoir taire ce qui l'occupait : le lendemain du concert, dont ses yeux avaient adressé tous les airs à ce grand jeune homme habillé en chasseur, elle parla au comte M *** d'un attentif inconnu. — Où le voyez-vous ? dit le comte furieux. — Dans les rues, à l'église, répondit la Fausta interdite. Aussitôt elle voulut réparer son imprudence ou du moins éloigner tout ce qui pouvait rappeler Fabrice : elle se jeta dans une description infinie d'un grand jeune homme à cheveux rouges, il avait des yeux bleus; sans doute c'était quelque Anglais fort riche et fort gauche, ou quelque prince. A ce mot, le comte M ***, qui ne brillait pas par la justesse des aperçus, alla se figurer, chose délicieuse pour sa vanité, que ce rival n'était autre que le prince héréditaire de Parme. Ce pauvre jeune homme mélancolique, gardé par cinq ou six gouverneurs, sous-gouverneurs, précepteurs, etc., etc., qui ne le laissaient sortir qu'après avoir tenu conseil, lançait d'étranges regards sur toutes les femmes passables qu'il lui était permis d'approcher. Au concert de la duchesse, son rang l'avait placé en avant de tous les auditeurs, sur un fauteuil isolé, à trois pas de la belle Fausta, et ses regards avaient souverainement choqué le comte M ***. Cette folie d'exquise vanité : avoir un prince pour rival, amusa fort la Fausta qui se fit un plaisir de la confirmer par cent détails naïvement donnés.

— Votre race, disait-elle au comte, est aussi ancienne que celle des Farnèse à laquelle appartient ce jeune homme ?

— Que voulez-vous dire ? aussi ancienne! Moi je n'ai point de bâtardise dans ma famille *.

Le hasard voulut que jamais le comte M *** ne pût voir à son aise ce rival prétendu; ce qui le confirma dans l'idée flatteuse d'avoir un prince pour antagoniste. En effet, quand les intérêts de son entreprise n'appelaient point Fabrice à Parme, il se tenait dans les bois vers Sacca et les bords du Pô. Le comte M *** était bien plus fier, mais aussi plus prudent depuis qu'il se croyait en passe de disputer le cœur de la Fausta à un prince; il la pria fort sérieusement de mettre la plus grande retenue dans toutes ses démarches. Après s'être jeté à ses genoux en amant jaloux et passionné, il lui déclara fort net que son honneur était intéressé à ce qu'elle ne fût pas la dupe du jeune prince.

— Permettez, je ne serais pas sa dupe si je l'aimais; moi, je n'ai jamais vu de prince à mes pieds.

— Si vous cédez, reprit-il avec un regard hautain, peut-être ne pourrai-je pas me venger du prince; mais certes, je me vengerai; et il sortit en fermant les portes à tour de bras. Si Fabrice se fût présenté en ce moment, il gagnait son procès.

— Si vous tenez à la vie, lui dit-il le soir, en prenant congé d'elle après le spectacle, faites que je ne sache jamais que le jeune prince a pénétré dans votre maison. Je ne puis rien sur lui, morbleu! mais ne me faites pas souvenir que je puis tout sur vous!

— Ah! mon petit Fabrice, s'écria la Fausta; si je savais où te prendre!

La vanité piquée peut mener loin un jeune homme riche et dès le berceau toujours environné de flatteurs. La passion très véritable que le comte M *** avait eue pour

---

* *Pierre-Louis*, le premier souverain de la famille Farnèse, si célèbre par ses vertus, fut, comme on sait, fils naturel du saint pape Paul III.

la Fausta se réveilla avec fureur : il ne fut point arrêté par
la perspective dangereuse de lutter avec le fils unique du
souverain chez lequel il se trouvait ; de même qu'il n'eut
point l'esprit de chercher à voir ce prince, ou du moins
à le faire suivre. Ne pouvant autrement l'attaquer, M ***
osa songer à lui donner un ridicule. Je serai banni pour
toujours des états de Parme, se dit-il, eh ! que m'importe ?
S'il eût cherché à reconnaître la position de l'ennemi, le
comte M *** eût appris que le pauvre jeune prince ne
sortait jamais sans être suivi par trois ou quatre vieillards,
ennuyeux gardiens de l'étiquette, et que le seul plaisir de
son choix qu'on lui permît au monde, était la minéralogie.
De jour comme de nuit, le petit palais occupé par la Fausta
et où la bonne compagnie de Parme faisait foule, était
environné d'observateurs ; M *** savait heure par heure
ce qu'elle faisait et surtout ce qu'on faisait autour d'elle.
L'on peut louer ceci dans les précautions de ce jaloux, cette
femme si capricieuse n'eut d'abord aucune idée de ce
redoublement de surveillance. Les rapports de tous ses
agents disaient au comte M *** qu'un homme fort jeune,
portant une perruque de cheveux rouges, paraissait fort
souvent sous les fenêtres de la Fausta, mais toujours avec
un déguisement nouveau. Évidemment c'est le jeune
prince, se dit M ***, autrement pourquoi se déguiser ? et
parbleu ! un homme comme moi n'est pas fait pour lui
céder. Sans les usurpations de la république de Venise, je
serais prince souverain, moi aussi.

   Le jour de San Stefano, les rapports des espions prirent
une couleur plus sombre ; ils semblaient indiquer que la
Fausta commençait à répondre aux empressements de
l'inconnu. Je puis partir à l'instant avec cette femme, se
dit M *** ! Mais quoi ! à Bologne, j'ai fui devant del
Dongo ; ici je fuirais devant un prince ! Mais que dirait ce
jeune homme ? Il pourrait penser qu'il a réussi à me faire
peur ! Et pardieu ! je suis d'aussi bonne maison que lui.
M *** était furieux, mais, pour comble de misère, tenait
avant tout à ne point se donner, au yeux de la Fausta qu'il
savait moqueuse, le ridicule d'être jaloux. Le jour de *San
Stefano* donc, après avoir passé une heure avec elle, et en
avoir été accueilli avec un empressement qui lui sembla le
comble de la fausseté, il la laissa sur les onze heures, s'ha-
billant pour aller entendre la messe à l'église de Saint-Jean.
Le comte M *** revint chez lui, prit l'habit noir râpé d'un
jeune élève en théologie, et courut à Saint-Jean ; il choisit
sa place derrière un des tombeaux qui ornent la troisième

chapelle à droite ; il voyait tout ce qui se passait dans l'église par-dessous le bras d'un cardinal que l'on a représenté à genoux sur sa tombe ; cette statue ôtait la lumière au fond de la chapelle et le cachait suffisamment. Bientôt il vit arriver la Fausta plus belle que jamais ; elle était en grande toilette, et vingt adorateurs appartenant à la plus haute société lui faisaient cortège. Le sourire et la joie éclataient dans ses yeux et sur ses lèvres ; il est évident, se dit le malheureux jaloux, qu'elle compte rencontrer ici l'homme qu'elle aime, et que depuis longtemps peut-être, grâce à moi, elle n'a pu voir. Tout à coup, le bonheur le plus vif sembla redoubler dans les yeux de la Fausta ; mon rival est présent, se dit M ***, et sa fureur de vanité n'eut plus de bornes. Quelle figure est-ce que je fais ici, servant de pendant à un jeune prince qui se déguise ? Mais quelques efforts qu'il pût faire, jamais il ne parvint à découvrir ce rival que ses regards affamés cherchaient de toutes parts.

A chaque instant la Fausta, après avoir promené les yeux dans toutes les parties de l'église, finissait par arrêter des regards chargés d'amour et de bonheur, sur le coin obscur où M *** s'était caché. Dans un cœur passionné, l'amour est sujet à exagérer les nuances les plus légères, il en tire les conséquences les plus ridicules, le pauvre M *** ne finit-il pas par se persuader que la Fausta l'avait vu, que malgré ses efforts s'étant aperçue de sa mortelle jalousie, elle voulait la lui reprocher et en même temps l'en consoler par ces regards si tendres.

Le tombeau du cardinal, derrière lequel M *** s'était placé en observation, était élevé de quatre ou cinq pieds sur le pavé de marbre de Saint-Jean. La messe à la mode finie vers les une heure, la plupart des fidèles s'en allèrent, et la Fausta congédia les *beaux* de la ville, sous un prétexte de dévotion ; restée agenouillée sur sa chaise, ses yeux, devenus plus tendres et plus brillants, étaient fixés sur M *** ; depuis qu'il n'y avait plus que peu de personnes dans l'église, ses regards ne se donnaient plus la peine de la parcourir tout entière, avant de s'arrêter avec bonheur sur la statue du cardinal. Que de délicatesse, se disait le comte M *** se croyant regardé ! Enfin la Fausta se leva et sortit brusquement, après avoir fait, avec les mains, quelques mouvements singuliers.

M ***, ivre d'amour et presque tout à fait désabusé de sa folle jalousie, quittait sa place pour voler au palais de sa maîtresse et la remercier mille et mille fois, lorsqu'en passant devant le tombeau du cardinal il aperçut un jeune homme tout en noir ; cet être funeste s'était tenu jusque-là agenouillé tout contre l'épitaphe du tombeau, et de façon à ce que les regards de l'amant jaloux qui le cherchaient dussent passer par-dessus sa tête et ne point le voir.

Ce jeune homme se leva, marcha vite et fut à l'instant même environné par sept à huit personnages assez gauches, d'un aspect singulier et qui semblaient lui appartenir. M *** se précipita sur ses pas, mais, sans qu'il y eût rien de trop marqué, il fut arrêté dans le défilé que forme le tambour de bois de la porte d'entrée, par ces hommes gauches qui protégeaient son rival ; enfin, lorsque après eux il arriva à la rue, il ne put que voir fermer la portière d'une voiture de chétive apparence, laquelle, par un contraste bizarre, était attelée de deux excellents chevaux, et en un moment fut hors de sa vue.

Il rentra chez lui haletant de fureur ; bientôt arrivèrent ses observateurs, qui lui rapportèrent froidement que ce jour-là, l'amant mystérieux, déguisé en prêtre, s'était agenouillé fort dévotement, tout contre un tombeau placé à l'entrée d'une chapelle obscure de l'église de Saint-Jean. La Fausta était restée dans l'église jusqu'à ce qu'elle fût à peu près déserte, et alors elle avait échangé rapidement certains signes avec cet inconnu ; avec les mains, elle faisait comme des croix. M *** courut chez l'infidèle ; pour la première fois elle ne put cacher son trouble ; elle raconta avec la naïveté menteuse d'une femme passionnée, que comme de coutume elle était allée à Saint-Jean, mais qu'elle n'y avait pas aperçu cet homme qui la persécutait. A ces mots, M ***, hors de lui, la traita comme la dernière des créatures, lui dit tout ce qu'il avait vu lui-même, et la hardiesse des mensonges croissant avec la vivacité des accusations, il prit son poignard et se précipita sur elle. D'un grand sang-froid la Fausta lui dit :

— Eh bien ! tout ce dont vous vous plaignez est la pure vérité, mais j'ai essayé de vous la cacher afin de ne pas jeter votre audace dans des projets de vengeance insensés et qui peuvent nous perdre tous les deux ; car, sachez-le une bonne fois, suivant mes conjectures, l'homme qui me persécute de ses soins est fait pour ne pas trouver d'obstacles à ses volontés, du moins en ce pays. Après avoir rappelé fort adroitement qu'après tout M *** n'avait aucun droit sur elle, la Fausta finit par dire que probablement elle n'irait plus à l'église de Saint-Jean. M *** était éperdument amoureux, un peu de coquetterie avait pu se joindre à la prudence dans le cœur de cette jeune femme, il se sentit désarmer. Il eut l'idée de quitter Parme ; le jeune prince, si puissant qu'il fût, ne pourrait le suivre, ou s'il le suivait ne serait plus que son égal. Mais l'orgueil représenta de nouveau que ce départ aurait toujours l'air d'une fuite, et le comte M ★★★ se défendit d'y songer.

Il ne se doute pas de la présence de mon petit Fabrice, se dit la cantatrice ravie, et maintenant nous pourrons nous moquer de lui d'une façon précieuse !

Fabrice ne devina point son bonheur, trouvant le lendemain les fenêtres de la cantatrice soigneusement fermées, et ne la voyant nulle part, la plaisanterie commença à lui sembler longue. Il avait des remords. Dans quelle situation est-ce que je mets ce pauvre comte Mosca, lui ministre de la police ! on le croira mon complice, je serai venu dans ce pays pour casser le cou à sa fortune ! Mais si j'abandonne un projet si longtemps suivi, que dira la duchesse quand je lui conterai mes essais d'amour ?

Un soir que prêt à quitter la partie il se faisait ainsi la morale, en rôdant sous les grands arbres qui séparent le palais de la Fausta de la citadelle, il remarqua qu'il était suivi par un espion de fort petite taille ; ce fut en vain que pour s'en débarrasser il alla passer par plusieurs rues, toujours cet être microscopique semblait attaché à ses pas. Impatienté, il courut dans une rue solitaire située le long de la Parma, et où ses gens étaient en embuscade ; sur un signe qu'il fit ils sautèrent sur le pauvre petit espion qui se précipita à leurs genoux : c'était la *Bettina*, femme de chambre de la Fausta ; après trois jours d'ennui et de réclusion, déguisée en homme pour échapper au poignard du comte M ★★★, dont sa maîtresse et elle avaient grand-peur, elle avait entrepris de venir dire à Fabrice qu'on l'aimait à la passion et qu'on brûlait de le voir ; mais on ne pouvait plus paraître à l'église de Saint-Jean. Il était temps, se dit Fabrice, vive l'insistance !

La petite femme de chambre était fort jolie, ce qui enleva Fabrice à ses rêveries morales. Elle lui apprit que la promenade et toutes les rues où il avait passé ce soir-là étaient soigneusement gardées, sans qu'il y parût, par des espions de M ★★★. Ils avaient loué des chambres au rez-de-chaussée ou au premier étage, cachés derrière les persiennes et gardant un profond silence, ils observaient tout ce qui se passait dans la rue, en apparence la plus solitaire, et entendaient ce qu'on y disait.

— Si ces espions eussent reconnu ma voix, dit la petite

Bettina, j'étais poignardée sans rémission à ma rentrée au logis, et peut-être ma pauvre maîtresse avec moi.

Cette terreur la rendait charmante aux yeux de Fabrice.

— Le comte M ***, continua-t-elle, est furieux, et madame sait qu'il est capable de tout... Elle m'a chargée de vous dire qu'elle voudrait être à cent lieues d'ici avec vous !

Alors elle raconta la scène du jour de la Saint-Étienne, et la fureur de M ***, qui n'avait perdu aucun des regards et des signes d'amour que la Fausta, ce jour-là folle de Fabrice, lui avait adressés. Le comte avait tiré son poignard, avait saisi la Fausta par les cheveux, et, sans sa présence d'esprit, elle était perdue.

Fabrice fit monter la jolie Bettina dans un petit appartement qu'il avait près de là. Il lui raconta qu'il était de Turin, fils d'un grand personnage qui pour le moment se trouvait à Parme, ce qui l'obligeait à garder beaucoup de ménagements. La Bettina lui répondit en riant qu'il était bien plus grand seigneur qu'il ne voulait paraître. Notre héros eut besoin d'un peu de temps avant de comprendre que la charmante fille le prenait pour un non moindre personnage que le prince héréditaire lui-même. La Fausta commençait à avoir peur et à aimer Fabrice ; elle avait pris sur elle de ne pas dire ce nom à sa femme de chambre, et de lui parler du prince. Fabrice finit par avouer à la jolie fille qu'elle avait deviné juste : Mais si mon nom est ébruité, ajouta-t-il, malgré la grande passion dont j'ai donné tant de preuves à ta maîtresse, je serai obligé de cesser de la voir, et aussitôt les ministres de mon père, ces méchants drôles que je destituerai un jour, ne manqueront pas de lui envoyer l'ordre de vider le pays, que jusqu'ici elle a embelli de sa présence.

Vers le matin, Fabrice combina avec la petite camériste plusieurs projets de rendez-vous pour arriver à la Fausta ; il fit appeler Ludovic et un autre de ses gens fort adroit, qui s'entendirent avec la Bettina, pendant qu'il écrivait à la Fausta la lettre la plus extravagante ; la situation comportait toutes les exagérations de la tragédie, et Fabrice ne s'en fit pas faute. Ce ne fut qu'à la pointe du jour qu'il se sépara de la petite camériste, fort contente des façons du jeune prince.

Il avait été cent fois répété que, maintenant que la Fausta était d'accord avec son amant, celui-ci ne repasserait plus sous les fenêtres du petit palais que lorsqu'on pourrait l'y recevoir, et alors il y aurait signal. Mais Fabrice, amoureux de la Bettina, et se croyant près du dénoûment avec la

Fausta, ne put se tenir dans son village à deux lieues de Parme. Le lendemain, vers les minuit, il vint à cheval, et bien accompagné, chanter sous les fenêtres de la Fausta un air alors à la mode, et dont il changeait les paroles. N'est-ce pas ainsi qu'en agissent messieurs les amants ? se disait-il.

Depuis que la Fausta avait témoigné le désir d'un rendez-vous, toute cette chasse semblait bien longue à Fabrice. Non, je n'aime point, se disait-il en chantant assez mal sous les fenêtres du petit palais; la Bettina me semble cent fois préférable à la Fausta, et c'est par elle que je voudrais être reçu en ce moment. Fabrice, s'ennuyant assez, retournait à son village, lorsque à cinq cents pas du palais de la Fausta quinze ou vingt hommes se jetèrent sur lui, quatre d'entre eux saisirent la bride de son cheval, deux autres s'emparèrent de ses bras. Ludovic et les *bravi* de Fabrice furent assaillis, mais purent se sauver; ils tirèrent quelques coups de pistolet. Tout cela fut l'affaire d'un instant : cinquante flambeaux allumés parurent dans la rue en un clin d'œil et comme par enchantement. Tous ces hommes étaient bien armés. Fabrice avait sauté à bas de son cheval, malgré les gens qui le retenaient; il chercha à se faire jour; il blessa même un des hommes qui lui serrait les bras avec des mains semblables à des étaux; mais il fut bien étonné d'entendre cet homme lui dire du ton le plus respectueux :

— Votre Altesse me fera une bonne pension pour cette blessure, ce qui vaudra mieux pour moi que de tomber dans le crime de lèse-majesté, en tirant l'épée contre mon prince.

Voici justement le châtiment de ma sottise, se dit Fabrice, je me serai damné pour un péché qui ne me semblait point aimable.

A peine la petite tentative de combat fut-elle terminée, que plusieurs laquais en grande livrée parurent avec une chaise à porteurs dorée et peinte d'une façon bizarre : c'était une de ces chaises grotesques dont les masques se servent pendant le carnaval. Six hommes, le poignard à la main, prièrent Son Altesse d'y entrer, lui disant que l'air frais de la nuit pourrait nuire à sa voix; on affectait les formes les plus respectueuses, le nom de prince était répété à chaque instant, et presque en criant. Le cortège commença à défiler. Fabrice compta dans la rue plus de cinquante hommes portant des torches allumées. Il pouvait être une heure du matin, tout le monde s'était mis aux fenêtres, la chose se passait avec une certaine gravité. Je craignais des coups de poignard de la part du comte M***, se dit Fabrice; il se contente de se moquer de moi, je ne lui croyais pas tant de goût. Mais pense-t-il réellement avoir affaire au prince ? s'il sait que je ne suis que Fabrice, gare les coups de dague!

Ces cinquante hommes portant des torches et les vingt hommes armés, après s'être longtemps arrêtés sous les fenêtres de la Fausta, allèrent parader devant les plus beaux palais de la ville. Des majordomes placés aux deux côtés de la chaise à porteurs demandaient de temps à autre à Son Altesse si elle avait quelque ordre à leur donner. Fabrice ne perdit point la tête; à l'aide de la clarté que répandaient les torches, il voyait que Ludovic et ses hommes suivaient le cortège autant que possible. Fabrice se disait : Ludovic n'a que huit ou dix hommes et n'ose attaquer. De l'intérieur de sa chaise à porteurs, Fabrice voyait fort bien que les gens chargés de la mauvaise plaisanterie étaient armés jusqu'aux dents. Il affectait de rire avec les majordomes chargés de le soigner. Après plus de deux heures de marche triomphale, il vit que l'on allait passer à l'extrémité de la rue où était situé le palais Sanseverina.

Comme on tournait la rue qui y conduit, il ouvre avec rapidité la porte de la chaise pratiquée sur le devant, saute par-dessus l'un des bâtons, renverse d'un coup de poignard l'un des estafiers qui lui portait sa torche au visage; il reçoit un coup de dague dans l'épaule; un second estafier lui brûle la barbe avec sa torche allumée, et enfin Fabrice arrive à Ludovic auquel il crie : *Tue! tue tout ce qui porte des torches!* Ludovic donne des coups d'épée et le délivre de deux hommes qui s'attachaient à le poursuivre. Fabrice arrive en courant jusqu'à la porte du palais Sanseverina; par curiosité, le portier avait ouvert la petite porte haute de trois pieds pratiquée dans la grande, et regardait tout ébahi ce grand nombre de flambeaux. Fabrice entre d'un saut et ferme derrière lui cette porte en miniature; il court au jardin et s'échappe par une porte qui donnait sur une rue solitaire. Une heure après, il était hors de la ville, au jour il passait la frontière des états de Modène et se trouvait en sûreté. Le soir il entra dans Bologne. Voici une belle expédition, se dit-il; je n'ai pas même pu parler à ma belle. Il se hâta d'écrire des lettres d'excuses au comte et à la duchesse, lettres prudentes, et qui, en peignant ce qui se passait dans son cœur, ne pouvaient rien apprendre à un ennemi. J'étais amoureux de l'amour, disait-il à la

duchesse ; j'ai fait tout au monde pour le connaître, mais il
paraît que la nature m'a refusé un cœur pour aimer et être
mélancolique ; je ne puis m'élever plus haut que le vulgaire plaisir, etc., etc...

On ne saurait donner l'idée du bruit que cette aventure
fit dans Parme. Le mystère excitait la curiosité : une infi-
nité de gens avaient vu les flambeaux et la chaise à porteurs. Mais quel était cet homme enlevé et envers lequel on
affectait toutes les formes du respect ? Le lendemain
aucun personnage connu ne manqua dans la ville.

Le petit peuple qui habitait la rue d'où le prisonnier
s'était échappé disait bien avoir vu un cadavre, mais au
grand jour, lorsque les habitants osèrent sortir de leurs
maisons, ils ne trouvèrent d'autres traces du combat que
beaucoup de sang répandu sur le pavé. Plus de vingt mille
curieux vinrent visiter la rue dans la journée. Les villes
d'Italie sont accoutumées à des spectacles singuliers,
mais toujours elles savent le *pourquoi* et le *comment*. Ce
qui choqua Parme dans cette occurrence, ce fut que même
un mois après, quand on cessa de parler uniquement de
la promenade aux flambeaux, personne, grâce à la prudence
du comte Mosca, n'avait pu deviner le nom du rival qui
avait voulu enlever la Fausta au comte M***. Cet amant
jaloux et vindicatif avait pris la fuite dès le commencement
de la promenade. Par ordre du comte, la Fausta fut mise à
la citadelle. La duchesse rit beaucoup d'une petite injustice que le comte dut se permettre pour arrêter tout à fait
la curiosité du prince, qui autrement eût pu arriver jusqu'au
nom de Fabrice.

On voyait à Parme un savant homme arrivé du nord
pour écrire une histoire du moyen âge ; il cherchait des
manuscrits dans les bibliothèques, et le comte lui avait
donné toutes les autorisations possibles. Mais ce savant,
fort jeune encore, se montrait irascible ; il croyait, par
exemple, que tout le monde à Parme cherchait à se moquer
de lui. Il est vrai que les gamins des rues le suivaient quelquefois à cause d'une immense chevelure rouge clair étalée
avec orgueil. Ce savant croyait qu'à l'auberge on lui demandait des prix exagérés de toutes choses, et il ne payait pas
la moindre bagatelle sans en chercher le prix dans le voyage
d'une Mme Starke qui est arrivé à une vingtième édition,
parce qu'il indique à l'Anglais prudent le prix d'un dindon,
d'une pomme, d'un verre de lait, etc., etc...

Le savant à la crinière rouge, le soir même du jour où
Fabrice fit cette promenade forcée, devint furieux à son

auberge, et sortit de sa poche de *petits pistolets* pour se
venger du *cameriere* qui lui demandait deux sous d'une
pêche médiocre. On l'arrêta, car porter de petits pistolets
est un grand crime!

Comme ce savant irascible était long et maigre, le comte
eut l'idée, le lendemain matin, de le faire passer aux yeux
du prince pour le téméraire qui, ayant prétendu enlever
la Fausta au comte M***, avait été mystifié. Le port des
pistolets de poche est puni de trois ans de galère à Parme;
mais cette peine n'est jamais appliquée. Après quinze
jours de prison, pendant lesquels le savant n'avait vu qu'un
avocat qui lui avait fait une peur horrible des lois atroces
dirigées par la pusillanimité des gens au pouvoir contre
les porteurs d'armes cachées, un autre avocat visita la
prison et lui raconta la promenade infligée par le comte
M *** à un rival qui était resté inconnu. La police ne veut
pas avouer au prince qu'elle n'a pu savoir quel est ce rival :
Avouez que vous vouliez plaire à la Fausta, que cinquante
brigands vous ont enlevé comme vous chantiez sous sa
fenêtre, que pendant une heure on vous a promené en
chaise à porteurs sans vous adresser autre chose que des
honnêtetés. Cet aveu n'a rien d'humiliant, on ne vous
demande qu'un mot. Aussitôt après qu'en le prononçant
vous aurez tiré la police d'embarras, elle vous embarque
sur une chaise de poste et vous conduit à la frontière
où l'on vous souhaite le bonsoir.

Le savant résista pendant un mois; deux ou trois fois
le prince fut sur le point de le faire amener au ministère
de l'intérieur, et de se trouver présent à l'interrogatoire.
Mais enfin il n'y songeait plus quand l'historien, ennuyé,
se détermina à tout avouer et fut conduit à la frontière.
Le prince resta convaincu que le rival du comte M***
avait une forêt de cheveux rouges.

Trois jours après la promenade, comme Fabrice qui se
cachait à Bologne organisait avec le fidèle Ludovic les
moyens de trouver le comte M***, il apprit que, lui aussi,
se cachait dans un village de la montagne sur la route de
Florence. Le comte n'avait que trois de ses *buli* avec lui;
le lendemain, au moment où il rentrait de la promenade,
il fut enlevé par huit hommes masqués qui se donnèrent
à lui pour des sbires de Parme. On le conduisit, après lui
avoir bandé les yeux, dans une auberge deux lieues plus
avant dans la montagne, où il trouva tous les égards possibles et un souper fort abondant. On lui servit les meilleurs vins d'Italie et d'Espagne.

— Suis-je donc prisonnier d'état ? dit le comte.

— Pas le moins du monde ! lui répondit fort poliment
Ludovic masqué. Vous avez offensé un simple particulier,
en vous chargeant de le faire promener en chaise à porteurs ; demain matin, il veut se battre en duel avec vous.
Si vous le tuez, vous trouverez deux bons chevaux, de
l'argent et des relais préparés sur la route de Gênes.

— Quel est le nom du fier-à-bras ? dit le comte irrité.

— Il se nomme *Bombace*. Vous aurez le choix des armes
et de bons témoins, bien loyaux, mais il faut que l'un des
deux meure !

— C'est donc un assassinat ! dit le comte M★★★,
effrayé.

— A Dieu ne plaise ! c'est tout simplement un duel à
mort avec le jeune homme que vous avez promené dans
les rues de Parme au milieu de la nuit, et qui resterait déshonoré si vous restiez en vie. L'un de vous deux est de trop
sur la terre, ainsi tâchez de le tuer ; vous aurez des épées,
des pistolets, des sabres, toutes les armes qu'on a pu se
procurer en quelques heures, car il a fallu se presser ; la
police de Bologne est fort diligente, comme vous pouvez
le savoir, et il ne faut pas qu'elle empêche ce duel nécessaire à l'honneur du jeune homme dont vous vous êtes
moqué.

— Mais si ce jeune homme est un prince...

— C'est un simple particulier comme vous, et même
beaucoup moins riche que vous, mais il veut se battre
à mort, et il vous forcera à vous battre, je vous en avertis.

— Je ne crains rien au monde ! s'écria M★★★.

— C'est ce que votre adversaire désire avec le plus de
passion, répliqua Ludovic. Demain, de grand matin,
préparez-vous à défendre votre vie ; elle sera attaquée
par un homme qui a raison d'être fort en colère et qui ne
vous ménagera pas ; je vous répète que vous aurez le
choix des armes ; et faites votre testament.

Vers les six heures du matin, le lendemain, on servit à
déjeuner au comte M★★★, puis on ouvrit une porte de la
chambre où il était gardé, et on l'engagea à passer dans la
cour d'une auberge de campagne ; cette cour était environnée de haies et de murs assez hauts, et les portes en
étaient soigneusement fermées.

Dans un angle, sur une table de laquelle on invita le
comte M★★★ à s'approcher, il trouva quelques bouteilles
de vin et d'eau-de-vie, deux pistolets, deux épées, deux
sabres, du papier et de l'encre ; une vingtaine de paysans

étaient aux fenêtres de l'auberge qui donnaient sur la cour. Le comte implora leur pitié. — On veut m'assassiner! s'écriait-il; sauvez-moi la vie!

— Vous vous trompez! ou vous voulez tromper, lui cria Fabrice qui était à l'angle opposé de la cour, à côté d'une table chargée d'armes; il avait mis habit bas, et sa figure était cachée par un de ces masques en fils de fer qu'on trouve dans les salles d'armes.

— Je vous engage, ajouta Fabrice, à prendre le masque en fil de fer qui est près de vous, ensuite avancez vers moi avec une épée ou des pistolets; comme on vous l'a dit hier soir, vous avez le choix des armes.

Le comte M*** élevait des difficultés sans nombre, et semblait fort contrarié de se battre; Fabrice, de son côté, redoutait l'arrivée de la police, quoique l'on fût dans la montagne à cinq grandes lieues de Bologne; il finit par adresser à son rival les injures les plus atroces; enfin il eut le bonheur de mettre en colère le comte M***, qui saisit une épée et marcha sur Fabrice; le combat s'engagea assez mollement.

Après quelques minutes, il fut interrompu par un grand bruit. Notre héros avait bien senti qu'il se jetait dans une action, qui, pendant toute sa vie, pourrait être pour lui un sujet de reproches ou du moins d'imputations calomnieuses. Il avait expédié Ludovic dans la campagne pour lui recruter des témoins. Ludovic donna de l'argent à des étrangers qui travaillaient dans un bois voisin; ils accoururent en poussant des cris, pensant qu'il s'agissait de tuer un ennemi de l'homme qui payait. Arrivés à l'auberge, Ludovic les pria de regarder de tous leurs yeux, et de voir si l'un de ces deux jeunes gens qui se battaient, agissait en traître et prenait sur l'autre des avantages illicites.

Le combat un instant interrompu par les cris de mort des paysans tardait à recommencer; Fabrice insulta de nouveau la fatuité du comte. — Monsieur le comte, lui criait-il, quand on est insolent, il faut être brave. Je sens que la condition est dure pour vous, vous aimez mieux payer des gens qui sont braves. Le comte, de nouveau piqué, se mit à lui crier qu'il avait longtemps fréquenté la salle d'armes du fameux Battistin à Naples, et qu'il allait châtier son insolence; la colère du comte M*** ayant enfin reparu, il se battit avec assez de fermeté, ce qui n'empêcha point Fabrice de lui donner un fort beau coup d'épée dans la poitrine, qui le retint au lit plusieurs mois. Ludovic, en donnant les premiers soins au blessé, lui dit à l'oreille :

Si vous dénoncez ce duel à la police, je vous ferai poignarder dans votre lit.

Fabrice se sauva dans Florence; comme il s'était tenu caché à Bologne, ce fut à Florence seulement qu'il reçut toutes les lettres de reproches de la duchesse; elle ne pouvait lui pardonner d'être venu à son concert et de ne pas avoir cherché à lui parler. Fabrice fut ravi des lettres du comte Mosca, elles respiraient une franche amitié et les sentiments les plus nobles. Il devina que le comte avait écrit à Bologne, de façon à écarter les soupçons qui pouvaient peser sur lui relativement au duel; la police fut d'une justice parfaite : elle constata que deux étrangers, dont l'un seulement, le blessé, était connu (le comte M***) s'étaient battus à l'épée, devant plus de trente paysans, au milieu desquels se trouvait vers la fin du combat le curé du village qui avait fait de vains efforts pour séparer les duellistes. Comme le nom de Joseph Bossi n'avait point été prononcé, moins de deux mois après, Fabrice osa revenir à Bologne, plus convaincu que jamais que sa destinée le condamnait à ne jamais connaître la partie noble et intellectuelle de l'amour. C'est ce qu'il se donna le plaisir d'expliquer fort au long à la duchesse; il était bien las de sa vie solitaire et désirait passionnément alors retrouver les charmantes soirées qu'il passait entre le comte et sa tante. Il n'avait pas revu depuis eux les douceurs de la bonne compagnie.

« Je me suis tant ennuyé à propos de l'amour que je
« voulais me donner et de la Fausta, écrivait-il à la duchesse,
« que maintenant son caprice me fût-il encore favorable,
« je ne ferais pas vingt lieues pour aller la sommer de sa
« parole; ainsi ne crains pas, comme tu me le dis, que
« j'aille jusqu'à Paris où je vois qu'elle débute avec un
« succès fou. Je ferais toutes les lieues possibles pour
« passer une soirée avec toi et avec ce comte si bon pour
« ses amis. »

FIN DU LIVRE PREMIER

LIVRE SECOND

Par ses cris continuels, cette répu-
blique nous empêcherait de jouir de la
meilleure des monarchies.

Chap. XXIII

CHAPITRE XIV

Pendant que Fabrice était à la chasse de l'amour dans un village voisin de Parme, le fiscal général Rassi, qui ne le savait pas si près de lui, continuait à traiter son affaire comme s'il eût été un libéral : il feignit de ne pouvoir trouver, ou plutôt intimida les témoins à décharge; et enfin, après un travail fort savant de près d'une année, et environ deux mois après le dernier retour de Fabrice à Bologne, un certain vendredi, la marquise Raversi, ivre de joie, dit publiquement dans son salon que, le lendemain, la sentence qui venait d'être rendue depuis une heure contre le petit del Dongo serait présentée à la signature du prince et approuvée par lui. Quelques minutes plus tard la duchesse sut ce propos de son ennemie.

Il faut que le comte soit bien mal servi par ses agents! se dit-elle; encore ce matin il croyait que la sentence ne pouvait être rendue avant huit jours. Peut-être ne serait-il pas fâché d'éloigner de Parme mon jeune grand vicaire; mais, ajouta-t-elle en chantant, nous le verrons revenir, et un jour il sera notre archevêque. La duchesse sonna :

— Réunissez tous les domestiques dans la salle d'attente, dit-elle à son valet de chambre, même les cuisiniers; allez prendre chez le commandant de la place le permis nécessaire pour avoir quatre chevaux de poste, et enfin qu'avant une demi-heure ces chevaux soient attelés à mon landau. Toutes les femmes de la maison furent occupées à faire des malles, la duchesse prit à la hâte un habit de voyage, le tout sans rien faire dire au comte; l'idée de se moquer un peu de lui la transportait de joie.

« Mes amis, dit-elle aux domestiques rassemblés, j'ap-
« prends que mon pauvre neveu va être condamné par
« contumace pour avoir eu l'audace de défendre sa vie
« contre un furieux; c'était Giletti qui voulait le tuer.

« Chacun de vous a pu voir combien le caractère de
« Fabrice est doux et inoffensif. Justement indignée de
« cette injure atroce, je pars pour Florence : je laisse à cha-
« cun de vous ses gages pendant dix ans; si vous êtes mal-
« heureux, écrivez-moi, et tant que j'aurai un sequin, il y
« aura quelque chose pour vous. »

La duchesse pensait exactement ce qu'elle disait, et, à
ses derniers mots, les domestiques fondirent en larmes;
elle aussi avait les yeux humides; elle ajouta d'une voix
émue : — « Priez Dieu pour moi et pour monseigneur
« Fabrice del Dongo, premier grand vicaire du diocèse,
« qui demain matin va être condamné aux galères, ou,
« ce qui serait moins bête, à la peine de mort. »

Les larmes des domestiques redoublèrent et peu à peu
se changèrent en cris à peu près séditieux; la duchesse
monta dans son carrosse et se fit conduire au palais du
prince. Malgré l'heure indue, elle fit solliciter une audience
par le général Fontana, aide de camp de service; elle
n'était point en grand habit de cour, ce qui jeta cet aide de
camp dans une stupeur profonde. Quant au prince, il ne
fut point surpris, et encore moins fâché de cette demande
d'audience. Nous allons voir des larmes répandues par
de beaux yeux, se dit-il en se frottant les mains. Elle vient
demander grâce; enfin cette fière beauté va s'humilier!
elle était aussi trop insupportable avec ses petits airs
d'indépendance! Ces yeux si parlants semblaient toujours
me dire, à la moindre chose qui la choquait : Naples ou
Milan seraient un séjour bien autrement aimable que votre
petite ville de Parme. A la vérité je ne règne pas sur Naples
ou sur Milan; mais enfin cette grande dame vient me
demander quelque chose qui dépend de moi uniquement
et qu'elle brûle d'obtenir; j'ai toujours pensé que l'arrivée
de ce neveu m'en ferait tirer pied ou aile.

Pendant que le prince souriait à ces pensées et se livrait
à toutes ces prévisions agréables, il se promenait dans son
grand cabinet, à la porte duquel le général Fontana était
resté debout et raide comme un soldat au port d'armes.
Voyant les yeux brillants du prince, et se rappelant l'habit
de voyage de la duchesse, il crut à la dissolution de la
monarchie. Son ébahissement n'eut plus de bornes quand
il entendit le prince lui dire : — Priez Mme la duchesse
d'attendre un petit quart d'heure. Le général aide de camp
fit son demi-tour comme un soldat à la parade; le prince
sourit encore : Fontana n'est pas accoutumé, se dit-il, à
voir attendre cette fière duchesse : la figure étonnée avec

laquelle il va lui parler du *petit quart d'heure d'attente* pré-
parera le passage aux larmes touchantes que ce cabinet va
voir répandre. Ce petit quart d'heure fut délicieux pour
le prince; il se promenait d'un pas ferme et égal, il *régnait*.
Il s'agit ici de ne rien dire qui ne soit parfaitement à sa
place; quels que soient mes sentiments envers la duchesse,
il ne faut point oublier que c'est une des plus grandes
dames de ma cour. Comment Louis XIV parlait-il aux
princesses ses filles quand il avait lieu d'en être mécontent ? et ses yeux s'arrêtèrent sur le portrait du grand roi.

Le plaisant de la chose c'est que le prince ne songea
point à se demander s'il ferait grâce à Fabrice et quelle
serait cette grâce. Enfin, au bout de vingt minutes, le
fidèle Fontana se présenta de nouveau à la porte, mais
sans rien dire. — La duchesse Sanseverina peut entrer,
cria le prince d'un air théâtral. Les larmes vont commencer, se dit-il, et, comme pour se préparer à un tel spectacle,
il tira son mouchoir.

Jamais la duchesse n'avait été aussi leste et aussi jolie;
elle n'avait pas vingt-cinq ans. En voyant son petit pas
léger et rapide effleurer à peine les tapis, le pauvre aide
de camp fut sur le point de perdre tout à fait la raison.

— J'ai bien des pardons à demander à Votre Altesse
Sérénissime, dit la duchesse de sa petite voix légère et
gaie, j'ai pris la liberté de me présenter devant elle avec
un habit qui n'est pas précisément convenable, mais Votre
Altesse m'a tellement accoutumée à ses bontés que j'ai osé
espérer qu'elle voudrait bien m'accorder encore cette grâce.

La duchesse parlait assez lentement, afin de se donner
le temps de jouir de la figure du prince; elle était délicieuse
à cause de l'étonnement profond et du reste de grands airs
que la position de la tête et des bras accusait encore. Le
prince était resté comme frappé de la foudre; de sa petite
voix aigre et troublée il s'écriait de temps à autre en arti-
culant à peine : *Comment! comment!* La duchesse, comme
par respect, après avoir fini son compliment, lui laissa
tout le temps de répondre; puis elle ajouta :

— J'ose espérer que Votre Altesse Sérénissime daigne
me pardonner l'incongruité de mon costume; mais, en
parlant ainsi, ses yeux moqueurs brillaient d'un si vif éclat
que le prince ne put le supporter; il regarda au plafond,
ce qui chez lui était le dernier signe du plus extrême
embarras.

— *Comment! comment!* dit-il encore; puis il eut le bonheur de trouver une phrase : — Madame la duchesse,

asseyez-vous donc; il avança lui-même un fauteuil et avec
assez de grâce. La duchesse ne fut point insensible à cette
politesse, elle modéra la pétulance de son regard.

— *Comment! comment!* répéta encore le prince en s'agi-
tant dans son fauteuil, sur lequel on eût dit qu'il ne pouvait
trouver de position solide.

— Je vais profiter de la fraîcheur de la nuit pour courir
la poste, reprit la duchesse, et, comme mon absence peut
être de quelque durée, je n'ai point voulu sortir des états
de Son Altesse Sérénissime sans la remercier de toutes les
bontés que depuis cinq années elle a daigné avoir pour
moi. A ces mots le prince comprit enfin; il devint pâle :
c'était l'homme du monde qui souffrait le plus de se voir
trompé dans ses prévisions; puis il prit un air de grandeur
tout à fait digne du portrait de Louis XIV qui était sous ses
yeux. A la bonne heure, se dit la duchesse, voilà un homme.

— Et quel est le motif de ce départ subit ? dit le prince
d'un ton assez ferme.

— J'avais ce projet depuis longtemps, répondit la
duchesse, et une petite insulte que l'on fait à *Monsignore*
del Dongo que demain l'on va condamner à mort ou aux
galères, me fait hâter mon départ.

— Et dans quelle ville allez-vous ?

— A Naples, je pense. Elle ajouta en se levant : Il ne
me reste plus qu'à prendre congé de Votre Altesse Sérénissime et à la remercier très humblement de ses *anciennes*
bontés. A son tour, elle partait d'un air si ferme que le
prince vit bien que dans deux secondes tout serait fini;
l'éclat du départ ayant eu lieu, il savait que tout arrangement était impossible; elle n'était pas femme à revenir sur
ses démarches. Il courut après elle.

— Mais vous savez bien, madame la duchesse, lui dit-il
en lui prenant la main, que toujours je vous ai aimée, et
d'une amitié à laquelle il ne tenait qu'à vous de donner
un autre nom. Un meurtre a été commis, c'est ce qu'on
ne saurait nier; j'ai confié l'instruction du procès à mes
meilleurs juges...

A ces mots, la duchesse se releva de toute sa hauteur;
toute apparence de respect et même d'urbanité disparut
en un clin d'œil : la femme outragée parut clairement, et
la femme outragée s'adressant à un être qu'elle sait de
mauvaise foi. Ce fut avec l'expression de la colère la plus
vive et même du mépris, qu'elle dit au prince en pesant
sur tous les mots :

— Je quitte à jamais les états de Votre Altesse Sérénissime, pour ne jamais entendre parler du fiscal Rassi, et des autres infâmes assassins qui ont condamné à mort mon neveu et tant d'autres; si Votre Altesse Sérénissime ne veut pas mêler un sentiment d'amertume aux derniers instants que je passe auprès d'un prince poli et spirituel quand il n'est pas trompé, je la prie très humblement de ne pas me rappeler l'idée de ces juges infâmes qui se vendent pour mille écus ou une croix.

L'accent admirable et surtout vrai avec lequel furent prononcées ces paroles fit tressaillir le prince; il craignit un instant de voir sa dignité compromise par une accusation encore plus directe, mais au total sa sensation finit bientôt par être de plaisir : il admirait la duchesse; l'ensemble de sa personne atteignit en ce moment une beauté sublime. Grand Dieu! qu'elle est belle, se dit le prince; on doit passer quelque chose à une femme unique et telle que peut-être il n'en existe pas une seconde dans toute l'Italie... Eh bien! avec un peu de bonne politique il ne serait peut-être pas impossible d'en faire un jour ma maîtresse; il y a loin d'un tel être à cette poupée de marquise Balbi, et qui encore chaque année vole au moins trois cent mille francs à mes pauvres sujets... Mais l'ai-je bien entendu ? pensa-t-il tout à coup; elle a dit : condamné mon neveu et tant d'autres; alors la colère surnagea, et ce fut avec une hauteur digne du rang suprême que le prince dit, après un silence : — Et que faudrait-il faire pour que madame ne partît point ?

— Quelque chose dont vous n'êtes pas capable, répliqua la duchesse avec l'accent de l'ironie la plus amère et du mépris le moins déguisé.

Le prince était hors de lui, mais il devait à l'habitude de son métier de souverain absolu la force de résister à un premier mouvement. Il faut avoir cette femme, se dit-il, c'est ce que je me dois, puis il faut la faire mourir par le mépris... Si elle sort de ce cabinet, je ne la revois jamais. Mais, ivre de colère et de haine comme il l'était en ce moment, où trouver un mot qui pût satisfaire à la fois à ce qu'il se devait à lui-même et porter la duchesse à ne pas déserter sa cour à l'instant ? On ne peut, se dit-il, ni répéter ni tourner en ridicule un geste, et il alla se placer entre la duchesse et la porte de son cabinet. Peu après il entendit gratter à cette porte.

— Quel est le jean-sucre, s'écria-t-il en jurant de toute la force de ses poumons, quel est le jean-sucre qui vient ici m'apporter sa sotte présence ? Le pauvre général Fontana montra sa figure pâle et totalement renversée, et ce fut avec l'air d'un homme à l'agonie qu'il prononça ces mots mal articulés : Son Excellence le comte Mosca sollicite l'honneur d'être introduit.

— Qu'il entre! dit le prince en criant; et comme Mosca saluait :

— Eh bien! lui dit-il, voici Mme la duchesse Sanseverina qui prétend quitter Parme à l'instant pour aller s'établir à Naples, et qui par-dessus le marché me dit des impertinences.

— Comment! dit Mosca pâlissant.

— Quoi! vous ne saviez pas ce projet de départ?

— Pas la première parole; j'ai quitté madame à six heures, joyeuse et contente.

Ce mot produisit sur le prince un effet incroyable. D'abord il regarda Mosca; sa pâleur croissante lui montra qu'il disait vrai et n'était point complice du coup de tête de la duchesse. En ce cas, se dit-il, je la perds pour toujours; plaisir et vengeance tout s'envole en même temps. A Naples elle fera des épigrammes avec son neveu Fabrice sur la grande colère du petit prince de Parme. Il regarda la duchesse; le plus violent mépris et la colère se disputaient son cœur; ses yeux étaient fixés en ce moment sur le comte Mosca, et les contours si fins de cette belle bouche exprimaient le dédain le plus amer. Toute cette figure disait : vil courtisan! Ainsi, pensa le prince, après l'avoir examinée, je perds ce moyen de la rappeler en ce pays. Encore en ce moment, si elle sort de ce cabinet elle est perdue pour moi, Dieu sait ce qu'elle dira de mes juges à Naples... Et avec cet esprit et cette force de persuasion divine que le ciel lui a donnés, elle se fera croire de tout le monde. Je lui devrai la réputation d'un tyran ridicule qui se lève la nuit pour regarder sous son lit... Alors, par une manœuvre adroite et comme cherchant à se promener pour diminuer son agitation, le prince se plaça de nouveau devant la porte du cabinet; le comte était à sa droite à trois pas de distance, pâle, défait et tellement tremblant qu'il fut obligé de chercher un appui sur le dos du fauteuil que la duchesse avait occupé au commencement de l'audience, et que le prince dans un mouvement de colère avait poussé au loin. Le comte était amoureux. Si la duchesse part je la suis, se disait-il; mais voudra-t-elle de moi à sa suite? voilà la question.

A la gauche du prince, la duchesse debout, les bras croisés et serrés contre la poitrine, le regardait avec une impertinence admirable; une pâleur complète et profonde avait succédé aux vives couleurs qui naguère animaient cette tête sublime.

Le prince, au contraire des deux autres personnages, avait la figure rouge et l'air inquiet; sa main gauche jouait d'une façon convulsive avec la croix attachée au grand cordon de son ordre qu'il portait sous l'habit; de la main droite il se caressait le menton.

— Que faut-il faire ? dit-il au comte, sans trop savoir ce qu'il faisait lui-même et entraîné par l'habitude de le consulter sur tout.

— Je n'en sais rien en vérité, Altesse Sérénissime, répondit le comte de l'air d'un homme qui rend le dernier soupir. Il pouvait à peine prononcer les mots de sa réponse. Le ton de cette voix donna au prince la première consolation que son orgueil blessé eût trouvée dans cette audience, et ce petit bonheur lui fournit une phrase heureuse pour son amour-propre.

— Eh bien! dit-il, je suis le plus raisonnable des trois; je veux bien faire abstraction complète de ma position dans le monde. Je vais parler *comme un ami*, et il ajouta, avec un beau sourire de condescendance bien imité des temps heureux de Louis XIV, *comme un ami parlant à des amis :* Madame la duchesse, ajouta-t-il, que faut-il faire pour vous faire oublier une résolution intempestive ?

— En vérité, je n'en sais rien, répondit la duchesse avec un grand soupir, en vérité, je n'en sais rien, tant j'ai Parme en horreur. Il n'y avait nulle intention d'épigramme dans ce mot, on voyait que la sincérité même parlait par sa bouche.

Le comte se tourna vivement de son côté; l'âme du courtisan était scandalisée : puis il adressa au prince un regard suppliant. Avec beaucoup de dignité et de sang-froid le prince laissa passer un moment; puis s'adressant au comte :

— Je vois, dit-il, que votre charmante amie est tout à fait hors d'elle-même; c'est tout simple, elle *adore* son neveu. Et, se tournant vers la duchesse, il ajouta, avec le regard le plus galant et en même temps de l'air que l'on prend pour citer le mot d'une comédie : *Que faut-il faire pour plaire à ces beaux yeux ?*

La duchesse avait eu le temps de réfléchir; d'un ton ferme et lent, et comme si elle eût dicté son *ultimatum*, elle répondit :

— Son Altesse m'écrirait une lettre gracieuse, comme

elle sait si bien les faire ; elle me dirait que, n'étant point convaincue de la culpabilité de Fabrice del Dongo, premier grand vicaire de l'archevêque, elle ne signera point la sentence quand on viendra la lui présenter, et que cette procédure injuste n'aura aucune suite à l'avenir.

— Comment *injuste !* s'écria le prince en rougissant jusqu'au blanc des yeux, et reprenant sa colère.

— Ce n'est pas tout ! répliqua la duchesse avec une fierté romaine ; *dès ce soir*, et, ajouta-t-elle en regardant la pendule, il est déjà onze heures et un quart ; dès ce soir Son Altesse Sérénissime enverra dire à la marquise Raversi qu'elle lui conseille d'aller à la campagne pour se délasser des fatigues qu'a dû lui causer un certain procès dont elle parlait dans son salon au commencement de la soirée. Le duc se promenait dans son cabinet comme un homme furieux.

— Vit-on jamais une telle femme ?... s'écriait-il ; elle me manque de respect.

La duchesse répondit avec une grâce parfaite :

— De la vie je n'ai eu l'idée de manquer de respect à Son Altesse Sérénissime ; Son Altesse a eu l'extrême condescendance de dire qu'elle parlait *comme un ami à des amis.* Je n'ai, du reste, aucune envie de rester à Parme, ajouta-t-elle en regardant le comte avec le dernier mépris. Ce regard décida le prince, jusqu'ici fort incertain, quoique ces paroles eussent semblé annoncer un engagement ; il se moquait fort des paroles.

Il y eut encore quelques mots d'échangés, mais enfin le comte Mosca reçut l'ordre d'écrire le billet gracieux sollicité par la duchesse. Il omit la phrase : *cette procédure injuste n'aura aucune suite à l'avenir.* Il suffit, se dit le comte, que le prince promette de ne point signer la sentence qui lui sera présentée. Le prince le remercia d'un coup d'œil en signant.

Le comte eut grand tort, le prince était fatigué et eût tout signé ; il croyait se bien tirer de la scène, et toute l'affaire était dominée à ses yeux par ces mots : « Si la duchesse part, je trouverai ma cour ennuyeuse avant huit jours. » Le comte remarqua que le maître corrigeait la date et mettait celle du lendemain. Il regarda la pendule, elle marquait près de minuit. Le ministre ne vit dans cette date corrigée que l'envie pédantesque de faire preuve d'exactitude et de bon gouvernement. Quant à l'exil de la marquise Raversi, il ne fit pas un pli ; le prince avait un plaisir particulier à exiler les gens.

— Général Fontana, s'écria-t-il en entrouvrant la porte.

Le général parut avec une figure tellement étonnée et tellement curieuse, qu'il y eut échange d'un regard gai entre la duchesse et le comte, et ce regard fit la paix.

— Général Fontana, dit le prince, vous allez monter dans ma voiture qui attend sous la colonnade; vous irez chez la marquise Raversi, vous vous ferez annoncer; si elle est au lit, vous ajouterez que vous venez de ma part, et, arrivé dans sa chambre, vous direz ces précises paroles, et non d'autres : « Madame la marquise Raversi, Son Altesse Sérénissime vous engage à partir demain, avant huit heures du matin, pour votre château de Velleja; Son Altesse vous fera connaître quand vous pourrez revenir à Parme. »

Le prince chercha des yeux ceux de la duchesse, laquelle, sans le remercier comme il s'y attendait, lui fit une révérence extrêmement respectueuse et sortit rapidement.

— Quelle femme! dit le prince en se tournant vers le comte Mosca.

Celui-ci, ravi de l'exil de la marquise Raversi qui facilitait toutes ses actions comme ministre, parla pendant une grosse demi-heure en courtisan consommé; il voulait consoler l'amour-propre du souverain, et ne prit congé que lorsqu'il le vit bien convaincu que l'histoire anecdotique de Louis XIV n'avait pas de page plus belle que celle qu'il venait de fournir à ses historiens futurs.

En rentrant chez elle, la duchesse ferma sa porte, et dit qu'on n'admît personne, pas même le comte. Elle voulait se trouver seule avec elle-même, et voir un peu quelle idée elle devait se former de la scène qui venait d'avoir lieu. Elle avait agi au hasard et pour se faire plaisir au moment même; mais à quelque démarche qu'elle se fût laissé entraîner elle y eût tenu avec fermeté. Elle ne se fût point blâmée en revenant au sang-froid, encore moins repentie : tel était le caractère auquel elle devait d'être encore à trente-six ans la plus jolie femme de la cour.

Elle rêvait en ce moment à ce que Parme pouvait offrir d'agréable, comme elle eût fait au retour d'un long voyage, tant de neuf heures à onze elle avait cru fermement quitter ce pays pour toujours.

Ce pauvre comte a fait une plaisante figure lorsqu'il a connu mon départ en présence du prince... Au fait, c'est un homme aimable et d'un cœur bien rare! Il eût quitté ses ministères pour me suivre... Mais aussi pendant cinq années entières il n'a pas eu une distraction à me reprocher. Quelles femmes mariées à l'autel pourraient en dire autant

à leur seigneur et maître ? Il faut convenir qu'il n'est point
important, point pédant ; il ne donne nullement l'envie de
le tromper ; devant moi il semble toujours avoir honte de
sa puissance... Il faisait une drôle de figure en présence
de son seigneur et maître ; s'il était là je l'embrasserais...
Mais pour rien au monde je ne me chargerais d'amuser
un ministre qui a perdu son portefeuille, c'est une maladie
dont on ne guérit qu'à la mort, et... qui fait mourir. Quel
malheur ce serait d'être ministre jeune ! Il faut que je le
lui écrive, c'est une de ces choses qu'il doit savoir officiellement avant de se brouiller avec son prince... Mais
j'oubliais mes bons domestiques.

La duchesse sonna. Ses femmes étaient toujours occupées à faire des malles ; la voiture était avancée sous le
portique et on la chargeait ; tous les domestiques qui
n'avaient pas de travail à faire entouraient cette voiture,
les larmes aux yeux. La Chékina, qui dans les grandes
occasions entrait seule chez la duchesse, lui apprit tous
ces détails.

— Fais-les monter, dit la duchesse ; un instant après
elle passa dans la salle d'attente.

— On m'a promis, leur dit-elle, que la sentence contre
mon neveu ne serait pas signée par le *souverain* (c'est ainsi
qu'on parle en Italie) ; je suspens mon départ ; nous verrons
si mes ennemis auront le crédit de faire changer cette
résolution.

Après un petit silence, les domestiques se mirent à crier :
Vive madame la duchesse ! et applaudirent avec fureur.
La duchesse, qui était déjà dans la pièce voisine, reparut
comme une actrice applaudie, fit une petite révérence pleine
de grâce à ses gens et leur dit : *Mes amis, je vous remercie.*
Si elle eût dit un mot, tous, en ce moment, eussent marché
contre le palais pour l'attaquer. Elle fit un signe à un postillon, ancien contrebandier et homme dévoué, qui la
suivit.

— Tu vas t'habiller en paysan aisé, tu sortiras de Parme
comme tu pourras, tu loueras une sediola et tu iras aussi
vite que possible à Bologne. Tu entreras à Bologne en
promeneur et par la porte de Florence, et tu remettras à
Fabrice, qui est au *Pelegrino*, un paquet que Chékina va
te donner. Fabrice se cache et s'appelle là-bas M. Joseph
Bossi ; ne va pas le trahir par étourderie, n'aie pas l'air
de le connaître ; mes ennemis mettront peut-être des
espions à tes trousses. Fabrice te renverra ici au bout de
quelques heures ou de quelques jours : c'est surtout en

revenant qu'il faut redoubler de précautions pour ne pas le trahir.

— Ah! les gens de la marquise Raversi! s'écria le postillon; nous les attendons, et si madame voulait ils seraient bientôt exterminés.

— Un jour peut-être! mais gardez-vous sur votre tête de rien faire sans mon ordre.

C'était la copie du billet du prince que la duchesse voulait envoyer à Fabrice; elle ne put résister au plaisir de l'amuser, et ajouta un mot sur la scène qui avait amené le billet; ce mot devint une lettre de dix pages. Elle fit rappeler le postillon.

— Tu ne peux partir, lui dit-elle, qu'à quatre heures, à porte ouvrante.

— Je comptais passer par le grand égout, j'aurais de l'eau jusqu'au menton, mais je passerais.

— Non, dit la duchesse, je ne veux pas exposer à prendre la fièvre un de mes plus fidèles serviteurs. Connais-tu quelqu'un chez monseigneur l'archevêque ?

— Le second cocher est mon ami.

— Voici une lettre pour ce saint prélat : introduis-toi sans bruit dans son palais, fais-toi conduire chez le valet de chambre; je ne voudrais pas qu'on réveillât monseigneur. S'il est déjà renfermé dans sa chambre, passe la nuit dans le palais, et, comme il est dans l'usage de se lever avec le jour, demain matin, à quatre heures, fais-toi annoncer de ma part, demande sa bénédiction au saint archevêque, remets-lui le paquet que voici, et prends les lettres qu'il te donnera peut-être pour Bologne.

La duchesse adressait à l'archevêque l'original même du billet du prince; comme ce billet était relatif à son premier grand vicaire, elle le priait de le déposer aux archives de l'archevêché, où elle espérait que messieurs les grands vicaires et les chanoines, collègues de son neveu, voudraient bien en prendre connaissance; le tout sous la condition du plus profond secret.

La duchesse écrivait à monseigneur Landriani avec une familiarité qui devait charmer ce bon bourgeois; la signature seule avait trois lignes; la lettre, fort amicale, était suivie de ces mots : *Angelina-Cornelia-Isola Valsera del Dongo*, duchesse Sanseverina.

Je n'en ai pas tant écrit, je pense, se dit la duchesse en riant, depuis mon contrat de mariage avec le pauvre duc; mais on ne mène ces gens-là que par ces choses, et aux yeux des bourgeois la caricature fait beauté. Elle ne put pas

|finir la soirée sans céder à la tentation d'écrire une lettre de persiflage au pauvre comte ; elle lui annonçait officielle-ment, pour sa *gouverne*, disait-elle, *dans ses rapports avec les têtes couronnées*, qu'elle ne se sentait pas capable d'amu-ser un ministre disgracié. « Le prince vous fait peur ; quand « vous ne pourrez plus le voir, ce serait donc à moi à « vous faire peur ? » Elle fit porter sur-le-champ cette lettre.

De son côté, le lendemain dès sept heures du matin, le prince manda le comte Zurla, ministre de l'intérieur. — De nouveau, lui dit-il, donnez les ordres les plus sévères à tous les podestats pour qu'ils fassent arrêter le sieur Fabrice del Dongo. On nous annonce que peut-être il osera reparaître dans nos états. Ce fugitif se trouvant à Bologne, où il semble braver les poursuites de nos tribu-naux, placez des sbires qui le connaissent personnellement, 1° dans les villages sur la route de Bologne à Parme ; 2° aux environs du château de la duchesse Sanseverina, à Sacca, et de sa maison de Castelnovo ; 3° autour du châ-teau du comte Mosca. J'ose espérer de votre haute sagesse, monsieur le comte, que vous saurez dérober la connais-sance de ces ordres de votre souverain à la pénétration du comte Mosca. Sachez que je veux que l'on arrête le sieur Fabrice del Dongo.

Dès que ce ministre fut sorti, une porte secrète intro-duisit chez le prince le fiscal général Rassi, qui s'avança plié en deux et saluant à chaque pas. La mine de ce coquin-là était à peindre ; elle rendait justice à toute l'infamie de son rôle, et, tandis que les mouvements rapides et désor-donnés de ses yeux trahissaient la connaissance qu'il avait de ses mérites, l'assurance arrogante et grimaçante de sa bouche montrait qu'il savait lutter contre le mépris.

Comme ce personnage va prendre une assez grande influence sur la destinée de Fabrice, on peut en dire un mot. Il était grand, il avait de beaux yeux fort intelligents, mais un visage abîmé par la petite vérole ; pour de l'esprit, il en avait, et beaucoup et du plus fin ; on lui accordait de posséder parfaitement la science du droit, mais c'était surtout par l'esprit de ressource qu'il brillait. De quelque sens que pût se présenter une affaire, il trouvait facilement, et en peu d'instants, les moyens fort bien fondés en droit d'arriver à une condamnation ou à un acquittement ; il était surtout le roi des finesses de procureur.

A cet homme, que de grandes monarchies eussent envié au prince de Parme, on ne connaissait qu'une passion : être en conversation intime avec de grands personnages et leur plaire par des bouffonneries. Peu lui importait que l'homme puissant rît de ce qu'il disait, ou de sa propre personne, ou fît des plaisanteries révoltantes sur Mme Rassi ; pourvu qu'il le vît rire et qu'on le traitât avec familiarité, il était content. Quelquefois le prince, ne sachant plus comment abuser de la dignité de ce grand juge, lui donnait des coups de pied ; si les coups de pied lui faisaient mal, il se mettait à pleurer. Mais l'instinct de bouffonnerie était si puissant chez lui, qu'on le voyait tous les jours préférer le salon d'un ministre qui le bafouait, à son propre salon où il régnait despotiquement sur toutes les robes noires du pays. Le Rassi s'était surtout fait une position à part, en ce qu'il était impossible au noble le plus insolent de pouvoir l'humilier ; sa façon de se venger des injures qu'il essuyait toute la journée était de les raconter au prince, auquel il s'était acquis le privilège de tout dire ; il est vrai que souvent la réponse était un soufflet bien appliqué et qui faisait mal, mais il ne s'en formalisait aucunement. La présence de ce grand juge distrayait le prince dans ses moments de mauvaise humeur, alors il s'amusait à l'outrager. On voit que Rassi était à peu près l'homme parfait à la cour : sans honneur et sans humeur.

— Il faut du secret avant tout, lui cria le prince sans le saluer, et le traitant tout à fait comme un cuistre, lui qui était si poli avec tout le monde. De quand votre sentence est-elle datée ?

— Altesse Sérénissime, d'hier matin.

— De combien de juges est-elle signée ?

— De tous les cinq.

— Et la peine ?

— Vingt ans de forteresse, comme Votre Altesse Sérénissime me l'avait dit.

— La peine de mort eût révolté, dit le prince comme se parlant à soi-même, c'est dommage ! Quel effet sur cette femme ! Mais c'est un del Dongo, et ce nom est révéré dans Parme, à cause des trois archevêques presque successifs... Vous me dites vingt ans de forteresse ?

— Oui, Altesse Sérénissime, reprit le fiscal Rassi toujours debout et plié en deux, avec, au préalable, excuse publique devant le portrait de Son Altesse Sérénissime ; de plus, jeûne au pain et à l'eau tous les vendredis et toutes les veilles des fêtes principales, *le sujet étant d'une impiété notoire*. Ceci pour l'avenir et pour casser le cou à sa fortune.

— Écrivez, dit le prince : « Son Altesse Sérénissime

« ayant daigné écouter avec bonté les très humbles suppli-
« cations de la marquise del Dongo, mère du coupable,
« et de la duchesse Sanseverina, sa tante, lesquelles ont
« représenté qu'à l'époque du crime leur fils et neveu
« était fort jeune et d'ailleurs égaré par une folle passion
« conçue pour la femme du malheureux Giletti, a bien
« voulu, malgré l'horreur inspirée par un tel meurtre,
« commuer la peine à laquelle Fabrice del Dongo a été
« condamné, en celle de douze années de forteresse. »

— Donnez que je signe.

Le prince signa et data de la veille; puis, rendant la
sentence à Rassi, il lui dit : Écrivez immédiatement au-
dessous de ma signature : « La duchesse Sanseverina s'étant
« derechef jetée aux genoux de Son Altesse, le prince a
« permis que tous les jeudis le coupable ait une heure de
« promenade sur la plate-forme de la tour carrée vulgai-
« rement appelée tour Farnèse. »

— Signez cela, dit le prince, et surtout bouche close,
quoi que vous puissiez entendre annoncer par la ville.
Vous direz au conseiller Dé Capitani, qui a voté pour
deux ans de forteresse et qui a même péroré en faveur de
cette opinion ridicule, que je l'engage à relire les lois et
règlements. Derechef, silence, et bonsoir. Le fiscal Rassi
fit, avec beaucoup de lenteur, trois profondes révérences
que le prince ne regarda pas.

Ceci se passait à sept heures du matin. Quelques heures
plus tard, la nouvelle de l'exil de la marquise Raversi se
répandait dans la ville et dans les cafés, tout le monde
parlait à la fois de ce grand événement. L'exil de la marquise chassa pour quelque temps de Parme cet implacable
ennemi des petites villes et des petites cours, l'ennui. Le
général Fabio Conti, qui s'était cru ministre, prétexta une
attaque de goutte, et pendant plusieurs jours ne sortit point
de sa forteresse. La bourgeoisie et par suite le petit peuple
conclurent, de ce qui se passait, qu'il était clair que le
prince avait résolu de donner l'archevêché de Parme à
Monsignore del Dongo. Les fins politiques de café allèrent
même jusqu'à prétendre qu'on avait engagé le père Landriani, l'archevêque actuel, à feindre une maladie et à
présenter sa démission; on lui accorderait une grosse pension sur la ferme du tabac, ils en étaient sûrs : ce bruit
vint jusqu'à l'archevêque qui s'en alarma fort, et pendant
quelques jours son zèle pour notre héros en fut grandement
paralysé. Deux mois après, cette belle nouvelle se trouvait
dans les journaux de Paris, avec ce petit changement, que

c'était le comte de Mosca, neveu de la duchesse de Sanseverina, qui allait être fait archevêque.

La marquise Raversi était furibonde dans son château
de *Velleja;* ce n'était point une femmelette, de celles qui
croient se venger en lançant des propos outrageants contre
leurs ennemis. Dès le lendemain de sa disgrâce, le chevalier
Riscara et trois autres de ses amis se présentèrent au prince
par son ordre, et lui demandèrent la permission d'aller la
voir à son château. L'Altesse reçut ces messieurs avec une
grâce parfaite, et leur arrivée à Velleja fut une grande
consolation pour la marquise. Avant la fin de la seconde
semaine, elle avait trente personnes dans son château, tous
ceux que le ministère libéral devait porter aux places.
Chaque soir la marquise tenait un conseil régulier avec
les mieux informés de ses amis. Un jour qu'elle avait reçu
beaucoup de lettres de Parme et de Bologne, elle se retira
de bonne heure : la femme de chambre favorite introduisit
d'abord l'amant régnant, le comte Baldi, jeune homme
d'une admirable figure et fort insignifiant; et plus tard, le
chevalier Riscara son prédécesseur : celui-ci était un petit
homme noir au physique et au moral, qui, ayant commencé
par être répétiteur de géométrie au collège des nobles à
Parme, se voyait maintenant conseiller d'état et chevalier
de plusieurs ordres.

— J'ai la bonne habitude, dit la marquise à ces deux
hommes, de ne détruire jamais aucun papier, et bien m'en
prend; voici neuf lettres que la Sanseverina m'a écrites
en différentes occasions. Vous allez partir tous les deux
pour Gênes, vous chercherez parmi les galériens un ex-
notaire nommé Burati, comme le grand poète de Venise,
ou Durati. Vous, comte Baldi, placez-vous à mon bureau
et écrivez ce que je vais vous dicter.

« Une idée me vient et je t'écris ce mot. Je vais à ma
« chaumière près de Castelnovo; si tu veux venir passer
« douze heures avec moi, je serai bien heureuse : il n'y a,
« ce me semble, pas grand danger après ce qui vient de
« se passer; les nuages s'éclaircissent. Cependant arrête-
« toi avant d'entrer dans Castelnovo; tu trouveras sur la
« route un de mes gens, ils t'aiment tous à la folie. Tu gar-
« deras, bien entendu, le nom de Bossi pour ce petit
« voyage. On dit que tu as de la barbe comme le plus
« admirable capucin, et l'on ne t'a vu à Parme qu'avec la
« figure décente d'un grand vicaire. »

— Comprends-tu, Riscara ?

— Parfaitement; mais le voyage à Gênes est un luxe

inutile; je connais un homme dans Parme qui, à la vérité, n'est pas encore aux galères, mais qui ne peut manquer d'y arriver. Il contrefera admirablement l'écriture de la Sanseverina

A ces mots, le comte Baldi ouvrit démesurément ses yeux si beaux; il comprenait seulement.

— Si tu connais ce digne personnage de Parme, pour lequel tu espères de l'avancement, dit la marquise à Riscara, apparemment qu'il te connaît aussi; sa maîtresse, son confesseur, son ami peuvent être vendus à la Sanseverina; j'aime mieux différer cette petite plaisanterie de quelques jours, et ne m'exposer à aucun hasard. Partez dans deux heures comme de bons petits agneaux, ne voyez âme qui vive à Gênes et revenez bien vite. Le chevalier Riscara s'enfuit en riant, et parlant du nez comme Polichinelle : *Il faut préparer les paquets*, disait-il en courant d'une façon burlesque. Il voulait laisser Baldi seul avec la dame. Cinq jours après, Riscara ramena à la marquise son comte Baldi tout écorché : pour abréger de six lieues, on lui avait fait passer une montagne à dos de mulet; il jurait qu'on ne le reprendrait plus à faire de *grands voyages*. Baldi remit à la marquise trois exemplaires de la lettre qu'elle lui avait dictée, et cinq ou six autres lettres de la même écriture, composées par Riscara, et dont on pourrait peut-être tirer parti par la suite. L'une de ces lettres contenait de fort jolies plaisanteries sur les pleurs que le prince avait la nuit, et sur la déplorable maigreur de la marquise Balbi, sa maîtresse, laquelle laissait, dit-on, la marque d'une pincette sur le coussin des bergères après s'y être assise un instant. On eût juré que toutes ces lettres étaient écrites de la main de Mme Sanseverina.

— Maintenant je sais à n'en pas douter, dit la marquise, que l'ami du cœur, que le Fabrice est à Bologne ou dans les environs...

— Je suis trop malade, s'écria le comte Baldi en l'interrompant; je demande en grâce d'être dispensé de ce second voyage, ou du moins je voudrais obtenir quelques jours de repos pour remettre ma santé.

— Je vais plaider votre cause, dit Riscara; il se leva et parla bas à la marquise.

— Eh bien! soit, j'y consens, répondit-elle en souriant.

— Rassurez-vous, vous ne partirez point, dit la marquise à Baldi d'un air assez dédaigneux.

— Merci, s'écria celui-ci avec l'accent du cœur. En effet, Riscara monta seul en chaise de poste. Il était à peine à

Bologne depuis deux jours, lorsqu'il aperçut dans une
calèche Fabrice et la petite Marietta. Diable! se dit-il, il
paraît que notre futur archevêque ne se gêne point; il
faudra faire connaître ceci à la duchesse, qui en sera char-
mée. Riscara n'eut que la peine de suivre Fabrice pour
savoir son logement; le lendemain matin, celui-ci reçut
par un courrier la lettre de fabrique génoise; il la trouva
un peu courte, mais du reste n'eut aucun soupçon. L'idée
de revoir la duchesse et le comte le rendit fou de bonheur,
et quoi que pût dire Ludovic, il prit un cheval à la poste
et partit au galop. Sans s'en douter, il était suivi à peu de
distance par le chevalier Riscara, qui, en arrivant, à six
lieues de Parme, à la poste avant Castelnovo, eut le plaisir
de voir un grand attroupement dans la place devant la
prison du lieu; on venait d'y conduire notre héros, reconnu
à la poste, comme il changeait de cheval, par deux sbires
choisis et envoyés par le comte Zurla.

Les petits yeux du chevalier Riscara brillèrent de joie;
il vérifia avec une patience exemplaire tout ce qui venait
d'arriver dans ce petit village, puis expédia un courrier à
la marquise Raversi. Après quoi, courant les rues comme
pour voir l'église fort curieuse, et ensuite pour chercher
un tableau du Parmesan qu'on lui avait dit exister dans le
pays, il rencontra enfin le podestat qui s'empressa de
rendre ses hommages à un conseiller d'état. Riscara eut
l'air étonné qu'il n'eût pas envoyé sur-le-champ à la citadelle de Parme le conspirateur qu'il avait eu le bonheur
de faire arrêter.

— On pourrait craindre, ajouta Riscara d'un air froid
que ses nombreux amis qui le cherchaient avant-hier pour
favoriser son passage à travers les états de Son Altesse
Sérénissime, ne rencontrent les gendarmes; ces rebelles
étaient bien douze ou quinze à cheval.

— *Intelligenti pauca!* s'écria le podestat d'un air malin.

CHAPITRE XV

Deux heures plus tard, le pauvre Fabrice, garni de menottes et attaché par une longue chaîne à la *sediola* même dans laquelle on l'avait fait monter, partait pour la citadelle de Parme, escorté par huit gendarmes. Ceux-ci avaient l'ordre d'emmener avec eux tous les gendarmes stationnés dans les villages que le cortège devait traverser; le podestat lui-même suivait ce prisonnier d'importance. Sur les sept heures après midi, la sediola, escortée par tous les gamins de Parme et par trente gendarmes, traversa la belle promenade, passa devant le petit palais qu'habitait la Fausta quelques mois auparavant, et enfin se présenta à la porte extérieure de la citadelle à l'instant où le général Fabio Conti et sa fille allaient sortir. La voiture du gouverneur s'arrêta avant d'arriver au pont-levis pour laisser entrer la sediola à laquelle Fabrice était attaché; le général cria aussitôt que l'on fermât les portes de la citadelle, et se hâta de descendre au bureau d'entrée pour voir un peu ce dont il s'agissait; il ne fut pas peu surpris quand il reconnut le prisonnier, lequel était devenu tout raide, attaché à sa sediola pendant une aussi longue route; quatre gendarmes l'avaient enlevé et le portaient au bureau d'écrou. J'ai donc en mon pouvoir, se dit le vaniteux gouverneur, ce fameux Fabrice del Dongo, dont on dirait que depuis près d'un an la haute société de Parme a juré de s'occuper exclusivement!

Vingt fois le général l'avait rencontré à la cour, chez la duchesse et ailleurs; mais il se garda bien de témoigner qu'il le connaissait; il eût craint de se compromettre.

— Que l'on dresse, cria-t-il au commis de la prison, un procès-verbal fort circonstancié de la remise qui m'est faite du prisonnier par le digne podestat de Castelnovo.

Barbone, le commis, personnage terrible par le volume

de sa barbe et sa tournure martiale, prit un air plus important que de coutume, on eût dit un geôlier allemand.
Croyant savoir que c'était surtout la duchesse Sanseverina
qui avait empêché son maître, le gouverneur, de devenir
ministre de la guerre, il fut d'une insolence plus qu'ordinaire envers le prisonnier ; il lui adressait la parole en l'appelant *voi*, ce qui est en Italie la façon de parler aux domestiques.

— Je suis prélat de la sainte Église romaine, lui dit
Fabrice avec fermeté, et grand vicaire de ce diocèse ; ma
naissance seule me donne droit aux égards.

— Je n'en sais rien ! répliqua le commis avec impertinence ; prouvez vos assertions en exhibant les brevets qui
vous donnent droit à ces titres fort respectables. Fabrice
n'avait point de brevets et ne répondit pas. Le général
Fabio Conti, debout à côté de son commis, le regardait
écrire sans lever les yeux sur le prisonnier, afin de n'être
pas obligé de dire qu'il était réellement Fabrice del Dongo.

Tout à coup Clélia Conti, qui attendait en voiture,
entendit un tapage effroyable dans le corps de garde. Le
commis Barbone faisant une description insolente et fort
longue de la personne du prisonnier, lui ordonna d'ouvrir
ses vêtements, afin que l'on pût vérifier et constater le
nombre et l'état des égratignures reçues lors de l'affaire
Giletti.

— Je ne puis, dit Fabrice souriant amèrement ; je me
trouve hors d'état d'obéir aux ordres de monsieur, les
menottes m'en empêchent !

— Quoi ! s'écria le général d'un air naïf, le prisonnier
a des menottes ! dans l'intérieur de la forteresse ! cela est
contre les règlements, il faut un ordre *ad hoc ;* ôtez-lui les
menottes.

Fabrice le regarda. Voilà un plaisant jésuite ! pensa-t-il ;
il y a une heure qu'il me voit ces menottes qui me gênent
horriblement, et il fait l'étonné !

Les menottes furent ôtées par les gendarmes ; ils venaient
d'apprendre que Fabrice était neveu de la duchesse Sanseverina, et se hâtèrent de lui montrer une politesse miel-
leuse qui faisait contraste avec la grossièreté du commis ;
celui-ci en parut piqué et dit à Fabrice qui restait immobile :

— Allons donc ! dépêchons ! montrez-nous ces égratignures que vous avez reçues du pauvre Giletti, lors de
l'assassinat. D'un saut, Fabrice s'élança sur le commis, et
lui donna un soufflet tel, que le Barbone tomba de sa

chaise sur les jambes du général. Les gendarmes s'emparèrent des bras de Fabrice qui restait immobile; le général
lui-même et deux gendarmes qui étaient à ses côtés se
hâtèrent de relever le commis dont la figure saignait abondamment. Deux gendarmes plus éloignés coururent fermer
la porte du bureau, dans l'idée que le prisonnier cherchait
à s'évader. Le brigadier qui les commandait pensa que le
jeune del Dongo ne pouvait pas tenter une fuite bien
sérieuse, puisque enfin il se trouvait dans l'intérieur de la
citadelle; toutefois il s'approcha de la fenêtre pour empêcher le désordre, et par un instinct de gendarme. Vis-à-vis
de cette fenêtre ouverte, et à deux pas, se trouvait arrêtée
la voiture du général : Clélia s'était blottie dans le fond,
afin de ne pas être témoin de la triste scène qui se passait
au bureau; lorsqu'elle entendit tout ce bruit, elle regarda.

— Que se passe-t-il ? dit-elle au brigadier.

— Mademoiselle, c'est le jeune Fabrice del Dongo qui
vient d'appliquer un fier soufflet à cet insolent de Barbone !

— Quoi! c'est M. del Dongo qu'on amène en prison ?

— Eh sans doute, dit le brigadier; c'est à cause de la
haute naissance de ce pauvre jeune homme que l'on fait
tant de cérémonies; je croyais que mademoiselle était au
fait. Clélia ne quitta plus la portière; quand les gendarmes
qui entouraient la table s'écartaient un peu, elle apercevait le prisonnier. Qui m'eût dit, pensait-elle, que je le
reverrais pour la première fois dans cette triste situation,
quand je le rencontrai sur le route du lac de Côme ?...
Il me donna la main pour monter dans le carrosse de sa
mère... Il se trouvait déjà avec la duchesse! Leurs amours
avaient-ils commencé à cette époque ?

Il faut apprendre au lecteur que dans le parti libéral
dirigé par la marquise Raversi et le général Conti, on
affectait de ne pas douter de la tendre liaison qui devait
exister entre Fabrice et la duchesse. Le comte Mosca,
qu'on abhorrait, était pour sa duperie l'objet d'éternelles
plaisanteries.

Ainsi, pensa Clélia, le voilà prisonnier et prisonnier de
ses ennemis! car au fond, le comte Mosca, quand on voudrait le croire un ange, va se trouver ravi de cette capture.

Un accès de gros rire éclata dans le corps de garde.

— Jacopo, dit-elle au brigadier d'une voix émue, que
se passe-t-il donc ?

— Le général a demandé avec vigueur au prisonnier
pourquoi il avait frappé Barbone : Monsignore Fabrice a
répondu froidement : il m'a appelé *assassin*, qu'il montre

les titres et brevets qui l'autorisent à me donner ce titre;
et l'on rit.

Un geôlier qui savait écrire remplaça Barbone; Clélia
vit sortir celui-ci, qui essuyait avec son mouchoir le sang
qui coulait en abondance de son affreuse figure : il jurait
comme un païen : Ce f... Fabrice, disait-il à très haute voix,
ne mourra jamais que de ma main. Je volerai le bourreau,
etc., etc. Il s'était arrêté entre la fenêtre du bureau et la
voiture du général pour regarder Fabrice, et ses juremens
redoublaient.

— Passez votre chemin, lui dit le brigadier; on ne jure
point ainsi devant mademoiselle.

Barbone leva la tête pour regarder dans la voiture, ses
yeux rencontrèrent ceux de Clélia à laquelle un cri d'horreur échappa; jamais elle n'avait vu d'aussi près une expression de figure tellement atroce. Il tuera Fabrice! se dit-elle,
il faut que je prévienne don Cesare. C'était son oncle, l'un
des prêtres les plus respectables de la ville; le général Conti,
son frère, lui avait fait avoir la place d'économe et de
premier aumônier de la prison.

Le général remonta en voiture.

— Veux-tu rentrer chez toi, dit-il à sa fille, ou m'attendre peut-être longtemps dans la cour du palais? il faut
que j'aille rendre compte de tout ceci au souverain.

Fabrice sortait du bureau escorté par trois gendarmes;
on le conduisait à la chambre qu'on lui avait destinée :
Clélia regardait par la portière, le prisonnier était fort
près d'elle. En ce moment elle répondit à la question de
son père par ces mots : *Je vous suivrai.* Fabrice, entendant
prononcer ces paroles tout près de lui, leva les yeux et
rencontra le regard de la jeune fille. Il fut frappé surtout
de l'expression de mélancolie de sa figure. Comme elle
est embellie, pensa-t-il, depuis notre rencontre près de
Côme! quelle expression de pensée profonde!... On a
raison de la comparer à la duchesse; quelle physionomie
angélique! Barbone, le commis sanglant, qui ne s'était
pas placé près de la voiture sans intention, arrêta d'un
geste les trois gendarmes qui conduisaient Fabrice, et,
faisant le tour de la voiture par derrière, pour arriver à
la portière près de laquelle était le général :

— Comme le prisonnier a fait acte de violence dans
l'intérieur de la citadelle, lui dit-il, en vertu de l'article 157
du règlement, n'y aurait-il pas lieu de lui appliquer les
menottes pour trois jours?

— Allez au diable! s'écria le général, que cette arres-

tation ne laissait pas d'embarrasser. Il s'agissait pour lui
de ne pousser à bout ni la duchesse ni le comte Mosca :
et d'ailleurs, dans quel sens le comte allait-il prendre cette
affaire ? au fond, le meurtre d'un Giletti était une bagatelle, et l'intrigue seule était parvenue à en faire quelque
chose.

Durant ce court dialogue, Fabrice était superbe au milieu
de ces gendarmes, c'était bien la mine la plus fière et la
plus noble ; ses traits fins et délicats, et le sourire de mépris
qui errait sur ses lèvres, faisaient un charmant contraste
avec les apparences grossières des gendarmes qui l'entouraient. Mais tout cela ne formait pour ainsi dire que la
partie extérieure de sa physionomie ; il était ravi de la
céleste beauté de Clélia, et son œil trahissait toute sa surprise. Elle, profondément pensive, n'avait pas songé à
retirer la tête de la portière ; il la salua avec le demi-sourire
le plus respectueux ; puis, après un instant :

— Il me semble, mademoiselle, lui dit-il, qu'autrefois,
près d'un lac, j'ai déjà eu l'honneur de vous rencontrer
avec accompagnement de gendarmes.

Clélia rougit et fut tellement interdite qu'elle ne trouva
aucune parole pour répondre. Quel air noble au milieu
de ces êtres grossiers ! se disait-elle au moment où Fabrice
lui adressa la parole. La profonde pitié, et nous dirons
presque l'attendrissement où elle était plongée, lui ôtèrent
la présence d'esprit nécessaire pour trouver un mot quelconque, elle s'aperçut de son silence et rougit encore
davantage. En ce moment on tirait avec violence les verrous
de la grande porte de la citadelle, la voiture de Son Excellence n'attendait-elle pas depuis une minute au moins ? Le
bruit fut si violent sous cette voûte, que, quand même
Clélia aurait trouvé quelque mot pour répondre, Fabrice
n'aurait pu entendre ses paroles.

Emportée par les chevaux qui avaient pris le galop
aussitôt après le pont-levis, Clélia se disait : Il m'aura
trouvée bien ridicule ! Puis tout à coup elle ajouta : Non
pas seulement ridicule ; il aura cru voir en moi une âme
basse, il aura pensé que je ne répondais pas à son salut
parce qu'il est prisonnier et moi fille du gouverneur.

Cette idée fut du désespoir pour cette jeune fille qui avait
l'âme élevée. Ce qui rend mon procédé tout à fait avilissant,
ajouta-t-elle, c'est que jadis, quand nous nous rencontrâmes pour la première fois, aussi *avec accompagnement
de gendarmes*, comme il le dit, c'était moi qui me trouvais
prisonnière, et lui me rendait service et me tirait d'un fort

grand embarras... Oui, il faut en convenir, mon procédé est complet, c'est à la fois de la grossièreté et de l'ingratitude. Hélas! le pauvre jeune homme! maintenant qu'il est dans le malheur tout le monde va se montrer ingrat envers lui. Il m'avait bien dit alors : Vous souviendrez-vous de mon nom à Parme ? Combien il me méprise à l'heure qu'il est! Un mot poli était si facile à dire! Il faut l'avouer, oui, ma conduite a été atroce avec lui. Jadis, sans l'offre généreuse de la voiture de sa mère, j'aurais dû suivre les gendarmes à pied dans la poussière, ou, ce qui est bien pis monter en croupe derrière un de ces gens-là; c'était alors mon père qui était arrêté et moi sans défense! Oui, mon procédé est complet. Et combien un être comme lui a dû le sentir vivement! Quel contraste entre sa physionomie si noble et mon procédé! Quelle noblesse! quelle sérénité! Comme il avait l'air d'un héros entouré de ses vils ennemis! Je comprends maintenant la passion de la duchesse : puisqu'il est ainsi au milieu d'un événement contrariant et qui peut avoir des suites affreuses, quel ne doit-il pas paraître lorsque son âme est heureuse!

Le carrosse du gouverneur de la citadelle resta plus d'une heure et demie dans la cour du palais, et toutefois lorsque le général descendit de chez le prince, Clélia ne trouva point qu'il y fût resté trop longtemps.

— Quelle est la volonté de Son Altesse? demanda Clélia.

— Sa parole a dit : la prison! et son regard : la mort!

— La mort! Grand Dieu! s'écria Clélia.

— Allons, tais-toi! reprit le général avec humeur; que je suis sot de répondre à un enfant!

Pendant ce temps, Fabrice montait les trois cent quatre-vingts marches qui conduisaient à la tour Farnèse, nouvelle prison bâtie sur la plate-forme de la grosse tour, à une élévation prodigieuse. Il ne songea pas une seule fois, distinctement du moins, au grand changement qui venait de s'opérer dans son sort. Quel regard! se disait-il; que de choses il exprimait! quelle profonde pitié! Elle avait l'air de dire : la vie est un tel tissu de malheurs! Ne vous affligez point trop de ce qui vous arrive! est-ce que nous ne sommes point ici-bas pour être infortunés ? Comme ses yeux si beaux restaient attachés sur moi, même quand les chevaux s'avançaient avec tant de bruit sous la voûte!

Fabrice oubliait complètement d'être malheureux.

Clélia suivit son père dans plusieurs salons; au commencement de la soirée, personne ne savait encore la nouvelle de l'arrestation du *grand coupable*, car ce fut le nom que les courtisans donnèrent deux heures plus tard à ce pauvre jeune homme imprudent.

On remarqua ce soir-là plus d'animation que de coutume dans la figure de Clélia; or, l'animation, l'air de prendre part à ce qui l'environnait, étaient surtout ce qui manquait à cette belle personne. Quand on comparait sa beauté à celle de la duchesse, c'était surtout cet air de n'être émue par rien, cette façon d'être comme au-dessus de toutes choses, qui faisaient pencher la balance en faveur de sa rivale. En Angleterre, en France, pays de vanité, on eût été probablement d'un avis tout opposé. Clélia Conti était une jeune fille encore un peu trop svelte que l'on pouvait comparer aux belles figures du Guide; nous ne dissimulerons point que, suivant les données de la beauté grecque, on eût pu reprocher à cette tête des traits un peu marqués, par exemple, les lèvres remplies de la grâce la plus touchante étaient un peu fortes.

L'admirable singularité de cette figure dans laquelle éclataient les grâces naïves et l'empreinte céleste de l'âme la plus noble, c'est que, bien que de la plus rare et de la plus singulière beauté, elle ne ressemblait en aucune façon aux têtes de statues grecques. La duchesse avait au contraire un peu trop de la beauté *connue* de l'idéal, et sa tête vraiment lombarde rappelait le sourire voluptueux et la tendre mélancolie des belles Hérodiades de Léonard de Vinci. Autant la duchesse était sémillante, pétillante d'esprit et de malice, s'attachant avec passion, si l'on peut parler ainsi, à tous les sujets que le courant de la conversation amenait devant les yeux de son âme, autant Clélia se montrait calme et lente à s'émouvoir, soit par mépris de ce qui l'entourait, soit par regret de quelque chimère absente. Longtemps on avait cru qu'elle finirait par embrasser la vie religieuse. A vingt ans on lui voyait de la répugnance à aller au bal, et si elle y suivait son père, ce n'était que par obéissance et pour ne pas nuire aux intérêts de son ambition.

Il me sera donc impossible, répétait trop souvent l'âme vulgaire du général, le ciel m'ayant donné pour fille la plus belle personne des états de notre souverain, et la plus vertueuse, d'en tirer quelque parti pour l'avancement de ma fortune! Ma vie est trop isolée, je n'ai qu'elle au monde, et il me faut de toute nécessité une famille qui m'étaie dans le monde, et qui me donnne un certain nombre de salons, où mon mérite et surtout mon aptitude au minis-

tère soient posés comme bases inattaquables de tout
raisonnement politique. Eh bien! ma fille si belle, si sage,
si pieuse, prend de l'humeur dès qu'un jeune homme bien
établi à la cour entreprend de lui faire agréer ses hommages.
Ce prétendant est-il éconduit, son caractère devient moins
sombre, et je la vois presque gaie, jusqu'à ce qu'un autre
épouseur se mette sur les rangs. Le plus bel homme de la
cour, le comte Baldi, s'est présenté et a déplu : l'homme
le plus riche des états de Son Altesse, le marquis Crescenzi,
lui a succédé, elle prétend qu'il ferait son malheur.

Décidément, disait d'autres fois le général, les yeux de
ma fille sont plus beaux que ceux de la duchesse, en
cela surtout qu'en de rares occasions ils sont susceptibles
d'une expression plus profonde; mais cette expression
magnifique, quand est-ce qu'on la lui voit? Jamais dans un
salon où elle pourrait lui faire honneur, mais bien à la
promenade, seule avec moi, où elle se laissera attendrir,
par exemple, par le malheur de quelque manant hideux.
Conserve quelque souvenir de ce regard sublime, lui dis-je
quelquefois, pour les salons où nous paraîtrons ce soir.
Point : daigne-t-elle me suivre dans le monde, sa figure
noble et pure offre l'expression assez hautaine et peu
encourageante de l'obéissance passive. Le général n'épar-
gnait aucune démarche, comme on voit, pour se trouver
un gendre convenable, mais il disait vrai.

Les courtisans, qui n'ont rien à regarder dans leur âme,
sont attentifs à tout : ils avaient remarqué que c'était
surtout dans ces jours où Clélia ne pouvait prendre sur elle
de s'élancer hors de ses chères rêveries et de feindre de
l'intérêt pour quelque chose que la duchesse aimait à
s'arrêter auprès d'elle et cherchait à la faire parler. Clélia
avait des cheveux blonds cendrés, se détachant, par un
effet très doux, sur des joues d'un coloris fin, mais en
général un peu trop pâle. La forme seule du front eût
pu annoncer à un observateur attentif que cet air si noble,
cette démarche tellement au-dessus des grâces vulgaires,
tenaient à une profonde incurie pour tout ce qui est
vulgaire. C'était l'absence et non pas l'impossibilité de
l'intérêt pour quelque chose. Depuis que son père était
gouverneur de la citadelle, Clélia se trouvait heureuse, ou
du moins exempte de chagrins, dans son appartement si
élevé. Le nombre effroyable de marches qu'il fallait monter
pour arriver à ce palais du gouverneur, situé sur l'esplanade de la grosse tour, éloignait les visites ennuyeuses, et
Clélia, par cette raison matérielle, jouissait de la liberté du

couvent; c'était presque là tout l'idéal de bonheur que,
dans un temps, elle avait songé à demander à la vie religieuse. Elle était saisie d'une sorte d'horreur à la seule
pensée de mettre sa chère solitude et ses pensées intimes à
la disposition d'un jeune homme, que le titre de mari
autoriserait à troubler toute cette vie intérieure. Si par la
solitude elle n'atteignait pas au bonheur, du moins elle
était parvenue à éviter les sensations trop douloureuses.

Le jour où Fabrice fut conduit à la forteresse, la duchesse
rencontra Clélia à la soirée du ministre de l'intérieur, comte
Zurla; tout le monde faisait cercle autour d'elles : ce soir-là,
la beauté de Clélia l'emportait sur celle de la duchesse. Les
yeux de la jeune fille avaient une expression si singulière
et si profonde qu'ils en étaient presque indiscrets : il y
avait de la pitié, il y avait aussi de l'indignation et de la
colère dans ses regards. La gaieté et les idées brillantes de
la duchesse semblaient jeter Clélia dans des moments de
douleur allant jusqu'à l'horreur. Quels vont être les cris
et les gémissements de la pauvre femme, se disait-elle,
lorsqu'elle va savoir que son amant, ce jeune homme d'un
si grand cœur et d'une physionomie si noble, vient d'être
jeté en prison! Et ces regards du souverain qui le con-
damnent à mort! O pouvoir absolu, quand cesseras-tu de
peser sur l'Italie! O âmes vénales et basses! Et je suis
fille d'un geôlier! et je n'ai point démenti ce noble caractère
en ne daignant pas répondre à Fabrice! et autrefois il fut
mon bienfaiteur! Que pense-t-il de moi à cette heure,
seul dans sa chambre et en tête à tête avec sa petite lampe ?
Révoltée par cette idée, Clélia jetait des regards d'horreur
sur la magnifique illumination des salons du ministre de
l'intérieur.

Jamais, se disait-on dans le cercle de courtisans qui se
formait autour des deux beautés à la mode, et qui cherchait
à se mêler à leur conversation, jamais elles ne se sont parlé
d'un air si animé et en même temps si intime. La duchesse,
toujours attentive à conjurer les haines excitées par le
premier ministre, aurait-elle songé à quelque grand mariage
en faveur de la Clélia ? Cette conjecture était appuyée sur
une circonstance qui jusque-là ne s'était jamais présentée
à l'observation de la cour : les yeux de la jeune fille avaient
plus de feu, et même, si l'on peut ainsi dire, plus de passion
que ceux de la belle duchesse. Celle-ci, de son côté était
étonnée, et, l'on peut dire à sa gloire, ravie des grâces si
nouvelles qu'elle découvrait dans la jeune solitaire; depuis
une heure elle la regardait avec un plaisir assez rarement

senti à la vue d'une rivale. Mais que se passe-t-il donc ? se
demandait la duchesse; jamais Clélia n'a été aussi belle,
et l'on peut dire aussi touchante : son cœur aurait-il parlé ?...
Mais en ce cas-là, certes, c'est de l'amour malheureux, il y a
de la sombre douleur au fond de cette animation si nouvelle... Mais l'amour malheureux se tait! S'agirait-il
de ramener un inconstant par un succès dans le monde ?
Et la duchesse regardait avec attention les jeunes gens qui
les environnaient. Elle ne voyait nulle part d'expression
singulière, c'était toujours de la fatuité plus ou moins
contente. Mais il y a du miracle ici, se disait la duchesse,
piquée de ne pas deviner. Où est le comte Mosca, cet être
si fin ? Non, je ne me trompe point, Clélia me regarde
avec attention et comme si j'étais pour elle l'objet d'un
intérêt tout nouveau. Est-ce l'effet de quelque ordre donné
par son père, ce vil courtisan ? Je croyais cette âme noble
et jeune incapable de se ravaler à des intérêts d'argent. Le
général Fabio Conti aurait-il quelque demande décisive
à faire au comte ?

Vers les dix heures, un ami de la duchesse s'approcha
et lui dit deux mots à voix basse; elle pâlit excessivement;
Clélia lui prit la main et osa la lui serrer.

— Je vous remercie et je vous comprends maintenant...
vous avez une belle âme! dit la duchesse, faisant effort
sur elle-même; elle eut à peine la force de prononcer ce
peu de mots. Elle adressa beaucoup de sourires à la
maîtresse de la maison qui se leva pour l'accompagner
jusqu'à la porte du dernier salon : ces honneurs n'étaient
dus qu'à des princesses de sang et faisaient pour la duchesse
un cruel contresens avec sa position présente. Aussi elle
sourit beaucoup à la comtesse Zurla, mais malgré des
efforts inouïs ne put jamais lui adresser un seul mot.

Les yeux de Clélia se remplirent de larmes en voyant
passer la duchesse au milieu de ces salons peuplés alors
de ce qu'il y avait de plus brillant dans la société. Que va
devenir cette pauvre femme, se dit-elle, quand elle se
trouvera seule dans sa voiture ? Ce serait une indiscrétion
à moi de m'offrir pour l'accompagner! je n'ose... Combien
le pauvre prisonnier, assis dans quelque affreuse chambre,
tête à tête avec sa petite lampe, serait consolé pourtant
s'il savait qu'il est aimé à ce point! Quelle solitude affreuse
que celle dans laquelle on l'a plongé! et nous, nous sommes
ici dans ces salons si brillants! quelle horreur! Y aurait-il
un moyen de lui faire parvenir un mot ? Grand Dieu!
ce serait trahir mon père; sa situation est si délicate entre

les deux partis! Que devient-il s'il s'expose à la haine
passionnée de la duchesse qui dispose de la volonté du
premier ministre, lequel est le maître dans les trois quarts
des affaires! D'un autre côté le prince s'occupe sans cesse
de ce qui se passe à la forteresse, et il n'entend pas raillerie
sur ce sujet; la peur rend cruel... Dans tous les cas, Fabrice
(Clélia ne disait plus M. del Dongo) est bien autrement
à plaindre!... il s'agit pour lui de bien autre chose que du
danger de perdre une place lucrative!... Et la duchesse!...
Quelle horrible passion que l'amour!... et cependant tous
ces menteurs du monde en parlent comme d'une source
de bonheur! On plaint les femmes âgées parce qu'elles
ne peuvent plus ressentir ou inspirer de l'amour!... Jamais
je n'oublierai ce que je viens de voir; quel changement
subit! Comme les yeux de la duchesse, si beaux, si radieux,
sont devenus mornes, éteints, après le mot fatal que le
marquis N... est venu lui dire!... Il faut que Fabrice soit
bien digne d'être aimé!...

Au milieu de ces réflexions fort sérieuses et qui occupaient toute l'âme de Clélia, les propos complimenteurs
qui l'entouraient toujours lui semblèrent plus désagréables
encore que de coutume. Pour s'en délivrer, elle s'approcha
d'une fenêtre ouverte et à demi voilée par un rideau de
taffetas; elle espérait que personne n'aurait la hardiesse
de la suivre dans cette sorte de retraite. Cette fenêtre
donnait sur un petit bois d'orangers en pleine terre : à la
vérité, chaque hiver on était obligé de les recouvrir d'un
toit. Clélia respirait avec délices le parfum de ces fleurs, et
ce plaisir semblait rendre un peu de calme à son âme...
Je lui ai trouvé l'air fort noble, pensa-t-elle; mais inspirer
une telle passion à une femme si distinguée!... Elle a eu
la gloire de refuser les hommages du prince, et si elle eût
daigné le vouloir, elle eût été la reine de ces états... Mon
père dit que la passion du souverain allait jusqu'à l'épouser
si jamais il fût devenu libre!... Et cet amour pour Fabrice
dure depuis si longtemps! car il y a bien cinq ans que
nous les rencontrâmes près du lac de Côme!... Oui, il y a
cinq ans, se dit-elle après un instant de réflexion. J'en fus
frappée même alors, où tant de choses passaient inaperçues
devant mes yeux d'enfant! Comme ces deux dames semblaient admirer Fabrice!...

Clélia remarqua avec joie qu'aucun des jeunes gens
qui lui parlaient avec tant d'empressement n'avait osé
se rapprocher du balcon. L'un d'eux, le marquis Crescenzi,
avait fait quelques pas dans ce sens, puis s'était arrêté

auprès d'une table de jeu. Si au moins, se disait-elle, sous ma petite fenêtre du palais de la forteresse, la seule qui ait de l'ombre, j'avais la vue de jolis orangers, tels que ceux-ci, mes idées seraient moins tristes! mais pour toute perspective les énormes pierres de taille de la tour *Farnèse*... Ah! s'écria-t-elle en faisant un mouvement, c'est peut-être là qu'on l'aura placé! Qu'il me tarde de pouvoir parler à don Cesare! il sera moins sévère que le général. Mon père ne me dira rien certainement en rentrant à la forteresse, mais je saurai tout par don Cesare... J'ai de l'argent; je pourrais acheter quelques orangers qui, placés sous la fenêtre de ma volière, m'empêcheraient de voir ce gros mur de la tour Farnèse. Combien il va m'être plus odieux encore maintenant que je connais l'une des personnes qu'il cache à la lumière!... Oui, c'est bien la troisième fois que je l'ai vu; une fois à la cour, au bal du jour de naissance de la princesse; aujourd'hui, entouré de trois gendarmes, pendant que cet horrible Barbone sollicitait les menottes contre lui, et enfin près du lac de Côme... Il y a bien cinq ans de cela; quel air de mauvais garnement il avait alors! quels yeux il faisait aux gendarmes, et quels regards singuliers sa mère et sa tante lui adressaient! Certainement il y avait ce jour-là quelque secret, quelque chose de particulier entre eux; dans le temps, j'eus l'idée que lui aussi avait peur des gendarmes... Clélia tressaillit; mais que j'étais ignorante! Sans doute, déjà dans ce temps, la duchesse avait de l'intérêt pour lui... Comme il nous fit rire au bout de quelques moments, quand ces dames, malgré leur préoccupation évidente, se furent un peu accoutumées à la présence d'une étrangère!... et ce soir j'ai pu ne pas répondre au mot qu'il m'a adressé!... O ignorance et timidité! combien souvent vous ressemblez à ce qu'il y a de plus noir! Et je suis ainsi à vingt ans passés!... J'avais bien raison de songer au cloître; réellement je ne suis faite que pour la retraite! Digne fille d'un geôlier! se sera-t-il dit. Il me méprise, et, dès qu'il pourra écrire à la duchesse, il parlera de mon manque d'égard, et la duchesse me croira une petite fille bien fausse; car enfin ce soir elle a pu me croire remplie de sensibilité pour son malheur.

Clélia s'aperçut que quelqu'un s'approchait et apparemment dans le dessein de se placer à côté d'elle au balcon de fer de cette fenêtre; elle en fut contrariée, quoiqu'elle se fît des reproches; les rêveries auxquelles on l'arrachait n'étaient point sans quelque douceur. Voilà un importun que je vais joliment recevoir! pensa-t-elle. Elle tournait

la tête avec un regard altier, lorsqu'elle aperçut la figure
timide de l'archevêque qui s'approchait du balcon par de
petits mouvements insensibles. Ce saint homme n'a point
d'usage, pensa Clélia ; pourquoi venir troubler une pauvre
fille telle que moi ? Ma tranquillité est tout ce que je
possède. Elle le saluait avec respect, mais aussi d'un air
hautain, lorsque le prélat lui dit :

— Mademoiselle, savez-vous l'horrible nouvelle ?

Les yeux de la jeune fille avaient déjà pris une tout autre
expression ; mais, suivant les instructions cent fois répétées de son père, elle répondit avec un air d'ignorance que
le langage de ses yeux contredisait hautement :

— Je n'ai rien appris, Monseigneur.

— Mon premier grand vicaire, le pauvre Fabrice del
Dongo, qui est coupable comme moi de la mort de ce
brigand de Giletti, a été enlevé à Bologne où il vivait sous
le nom supposé de Joseph Bossi ; on l'a renfermé dans votre
citadelle ; il y est arrivé *enchaîné* à la voiture même qui le
portait. Une sorte de geôlier nommé Barbone, qui jadis
eut sa grâce après avoir assassiné un de ses frères, a voulu
faire éprouver une violence personnelle à Fabrice ; mais
mon jeune ami n'est point homme à souffrir une insulte.
Il a jeté à ses pieds son infâme adversaire, sur quoi on l'a
descendu dans un cachot à vingt pieds sous terre, après
lui avoir mis les menottes.

— Les menottes, non.

— Ah ! vous savez quelque chose ! s'écria l'archevêque,
et les traits du vieillard perdirent de leur profonde expression de découragement ; mais, avant tout, on peut approcher
de ce balcon et nous interrompre : seriez-vous assez charitable pour remettre vous-même à don Cesare mon anneau
pastoral que voici ?

La jeune fille avait pris l'anneau, mais ne savait où le
placer pour ne pas courir la chance de le perdre.

— Mettez-le au pouce, dit l'archevêque ; et il le plaça
lui-même. Puis-je compter que vous remettrez cet anneau ?

— Oui, monseigneur.

— Voulez-vous me promettre le secret sur ce que je vais
ajouter, même dans le cas où vous ne trouveriez pas convenable d'accéder à ma demande ?

— Mais oui, Monseigneur, répondit la jeune fille toute
tremblante en voyant l'air sombre et sérieux que le vieillard
avait pris tout à coup...

Notre respectable archevêque, ajouta-t-elle, ne peut que
me donner des ordres dignes de lui et de moi.

— Dites à don Cesare que je lui recommande mon fils adoptif : je sais que les sbires qui l'ont enlevé ne lui ont pas donné le temps de prendre son bréviaire, je prie don Cesare de lui faire tenir le sien, et si monsieur votre oncle veut envoyer demain à l'archevêché, je me charge de remplacer le livre par lui donné à Fabrice. Je prie don Cesare de faire tenir également l'anneau que porte cette jolie main, à M. del Dongo. L'archevêque fut interrompu par le général Fabio Conti qui venait prendre sa fille pour la conduire à sa voiture ; il y eut là un petit moment de conversation, qui ne fut pas dépourvu d'adresse de la part du prélat. Sans parler en aucune façon du nouveau prisonnier, il s'arrangea de façon à ce que le courant du discours pût amener convenablement dans sa bouche certaines maximes morales et politiques ; par exemple : Il y a des moments de crise dans la vie des cours qui décident pour longtemps de l'existence des plus grands personnages ; il y aurait une imprudence notable à changer en *haine personnelle* l'état d'éloignement politique qui est souvent le résultat fort simple de positions opposées. L'archevêque, se laissant un peu emporter par le profond chagrin que lui causait une arrestation si imprévue, alla jusqu'à dire qu'il fallait assurément conserver les positions dont on jouissait, mais qu'il y aurait une imprudence bien gratuite à s'attirer pour la suite des haines furibondes en se prêtant à de certaines choses que l'on n'oublie point.

Quand le général fut dans son carrosse avec sa fille :
— Ceci peut s'appeler des menaces, lui dit-il... des menaces à un homme de ma sorte ! Il n'y eut pas d'autres paroles échangées entre le père et la fille pendant vingt minutes.

En recevant l'anneau pastoral de l'archevêque, Clélia s'était bien promis de parler à son père, lorsqu'elle serait en voiture, du petit service que le prélat lui demandait. Mais après le mot *menaces* prononcé avec colère, elle se tint pour assurée que son père intercepterait la commission ; elle recouvrait cet anneau de la main gauche et le serrait avec passion. Durant tout le temps que l'on mit pour aller du ministère de l'intérieur à la citadelle, elle se demanda s'il serait criminel à elle de ne pas parler à son père. Elle était fort pieuse, fort timorée, et son cœur, si tranquille d'ordinaire, battait avec une violence inaccoutumée ; mais enfin le *qui vive* de la sentinelle placée sur le rempart au-dessus de la porte retentit à l'approche de la voiture, avant que Clélia eût trouvé les termes convenables pour disposer

son père à ne pas refuser, tant elle avait peur d'être refusée!
En montant les trois cent soixante marches qui conduisaient
au palais du gouverneur, Clélia ne trouva rien.

Elle se hâta de parler à son oncle, qui la gronda et refusa
de se prêter à rien.

CHAPITRE XVI

Eh bien! s'écria le général, en apercevant son frère don Cesare, voilà la duchesse qui va dépenser cent mille écus pour se moquer de moi et faire sauver le prisonnier!

Mais pour le moment, nous sommes obligés de laisser Fabrice dans sa prison, tout au faîte de la citadelle de Parme; on le garde bien, et nous l'y retrouverons peut-être un peu changé. Nous allons nous occuper avant tout de la cour, où des intrigues fort compliquées, et surtout les passions d'une femme malheureuse vont décider de son sort. En montant les trois cent quatre-vingt-dix marches de sa prison à la tour *Farnèse*, sous les yeux du gouverneur, Fabrice, qui avait tant redouté ce moment, trouva qu'il n'avait pas le temps de songer au malheur.

En rentrant chez elle après la soirée du comte Zurla, la duchesse renvoya ses femmes d'un geste; puis, se laissant tomber tout habillée sur son lit : *Fabrice*, s'écria-t-elle à haute voix, *est au pouvoir de ses ennemis, et peut-être à cause de moi ils lui donneront du poison!* Comment peindre le moment de désespoir qui suivit cet exposé de la situation, chez une femme aussi peu raisonnable, aussi esclave de la sensation présente, et, sans se l'avouer, éperdument amoureuse du jeune prisonnier? Ce furent des cris inarticulés, des transports de rage, des mouvements convulsifs, mais pas une larme. Elle renvoyait ses femmes pour les cacher, elle pensait qu'elle allait éclater en sanglots dès qu'elle se trouverait seule; mais les larmes, ce premier soulagement des grandes douleurs, lui manquèrent tout à fait. La colère, l'indignation, le sentiment d'infériorité vis-à-vis du prince, dominaient trop cette âme altière.

Suis-je assez humiliée! s'écriait-elle à chaque instant; on m'outrage, et, bien plus, on expose la vie de Fabrice! et je ne me vengerai pas! Halte-là, mon prince! vous me

tuez, soit, vous en avez le pouvoir; mais ensuite moi
j'aurai votre vie. Hélas! pauvre Fabrice, à quoi cela te
servira-t-il? Quelle différence avec ce jour où je voulus
quitter Parme! et pourtant alors je me croyais malheureuse...
quel aveuglement! J'allais briser toutes les habitudes
d'une vie agréable : hélas! sans le savoir, je touchais à un
événement qui allait à jamais décider de mon sort. Si,
par ses infâmes habitudes de plate courtisanerie, le comte
n'eût supprimé le mot *procédure injuste* dans ce fatal
billet que m'accordait la vanité du prince, nous étions
sauvés. J'avais eu le bonheur plus que l'adresse, il faut
en convenir, de mettre en jeu son amour-propre au sujet
de sa chère ville de Parme. Alors je menaçais de partir,
alors j'étais libre! Grand Dieu! suis-je assez esclave! Maintenant me voici clouée dans ce cloaque infâme, et Fabrice
enchaîné dans la citadelle, dans cette citadelle qui pour
tant de gens distingués a été l'antichambre de la mort!
et je ne puis plus tenir ce tigre en respect par la crainte
de me voir quitter son repaire!

Il a trop d'esprit pour ne pas sentir que je ne m'éloigne-
rai jamais de la tour infâme où mon cœur est enchaîné.
Maintenant la vanité piquée de cet homme peut lui suggérer les idées les plus singulières; leur cruauté bizarre ne
ferait que piquer au jeu son étonnante vanité. S'il revient
à ses anciens propos de fade galanterie, s'il me dit : Agréez
les hommages de votre esclave, ou Fabrice périt : eh bien!
la vieille histoire de Judith... Oui, mais si ce n'est qu'un
suicide pour moi, c'est un assassinat pour Fabrice; le
benêt de successeur, notre prince royal, et l'infâme bourreau Rassi font pendre Fabrice comme mon complice.

La duchesse jeta des cris : cette alternative dont elle
ne voyait aucun moyen de sortir torturait ce cœur malheureux. Sa tête troublée ne voyait aucune autre probabilité
dans l'avenir. Pendant dix minutes elle s'agita comme une
insensée; enfin un sommeil d'accablement remplaça pour
quelques instants cet état horrible, la vie était épuisée.
Quelques minutes après, elle se réveilla en sursaut, et
se trouva assise sur son lit; il lui semblait qu'en sa présence le prince voulait faire couper la tête à Fabrice. Quels
yeux égarés la duchesse ne jeta-t-elle pas autour d'elle!
Quand enfin elle se fut convaincue qu'elle n'avait sous les
yeux ni le prince ni Fabrice, elle retomba sur son lit, et
fut sur le point de s'évanouir. Sa faiblesse physique était
telle qu'elle ne se sentait pas la force de changer de position. Grand Dieu! si je pouvais mourir! se dit-elle... Mais

quelle lâcheté! moi abandonner Fabrice dans le malheur! Je
m'égare... Voyons, revenons au vrai; envisageons de sang-
froid l'exécrable position où je me suis plongée comme à
plaisir. Quelle funeste étourderie! venir habiter la cour
d'un prince absolu! un tyran qui connaît toutes ses vic-
times! chacun de leurs regards lui semble une bravade
pour son pouvoir. Hélas! c'est ce que ni le comte ni moi
nous ne vîmes lorsque je quittai Milan : je pensais aux
grâces d'une cour aimable; quelque chose d'inférieur, il
est vrai, mais quelque chose dans le genre des beaux jours
du prince Eugène!

De loin nous ne nous faisions pas d'idée de ce que c'est
que l'autorité d'un despote qui connaît de vue tous ses
sujets. La forme extérieure du despotisme est la même que
celle des autres gouvernements : il y a des juges, par
exemple, mais ce sont des Rassi; le monstre, il ne trouverait rien d'extraordinaire à faire pendre son père si le
prince le lui ordonnait... il appellerait cela son devoir...
Séduire Rassi! malheureuse que je suis! je n'en possède
aucun moyen. Que puis-je lui offrir? cent mille francs
peut-être! et l'on prétend que, lors du dernier coup de
poignard auquel la colère du ciel envers ce malheureux
pays l'a fait échapper, le prince lui a envoyé dix mille
sequins d'or dans une cassette! D'ailleurs quelle somme
d'argent pourrait le séduire? Cette âme de boue, qui n'a
jamais vu que du mépris dans les regards des hommes, a
le plaisir ici d'y voir maintenant de la crainte, et même du
respect; il peut devenir ministre de la police, et pourquoi
pas? Alors les trois quarts des habitants du pays seront
ses bas courtisans, et trembleront devant lui, aussi servi-
lement que lui-même tremble devant le souverain.

Puisque je ne peux fuir ce lieu détesté, il faut que j'y
sois utile à Fabrice : vivre seule, solitaire, désespérée!
que puis-je alors pour Fabrice? Allons, *marche, malheureuse femme*, fais ton devoir; va dans le monde, feins de
ne plus penser à Fabrice... Feindre de t'oublier, cher
ange!

A ce mot, la duchesse fondit en larmes; enfin, elle
pouvait pleurer. Après une heure accordée à la faiblesse
humaine, elle vit avec un peu de consolation que ses idées
commençaient à s'éclaircir. Avoir le tapis magique, se
dit-elle, enlever Fabrice de la citadelle, et me réfugier avec
lui dans quelque pays heureux, où nous ne puissions être
poursuivis, Paris, par exemple. Nous y vivrions d'abord
avec les douze cents francs que l'homme d'affaires de son

père me fait passer avec une exactitude si plaisante. Je pourrais bien ramasser cent mille francs des débris de ma fortune! L'imagination de la duchesse passait en revue avec des moments d'inexprimables délices tous les détails de la vie qu'elle mènerait à trois cents lieues de Parme. Là, se disait-elle, il pourrait entrer au service sous un nom supposé... Placé dans un régiment de ces braves Français, bientôt le jeune Valserra aurait une réputation; enfin il serait heureux.

Ces images fortunées rappelèrent une seconde fois les larmes, mais celles-ci étaient de douces larmes. Le bonheur existait donc encore quelque part! Cet état dura longtemps; la pauvre femme avait horreur de revenir à la contemplation de l'affreuse réalité. Enfin, comme l'aube du jour commençait à marquer d'une ligne blanche le sommet des arbres de son jardin, elle se fit violence. Dans quelques heures, se dit-elle, je serai sur le champ de bataille; il sera question d'agir, et s'il m'arrive quelque chose d'irritant, si le prince s'avise de m'adresser quelque mot relatif à Fabrice, je ne suis pas assurée de pouvoir garder tout mon sang-froid. Il faut donc ici et sans délai *prendre des résolutions.*

Si je suis déclarée criminelle d'État, Rassi fait saisir tout ce qui se trouve dans ce palais; le 1ᵉʳ de ce mois, le comte et moi nous avons brûlé, suivant l'usage, tous les papiers dont la police pourrait abuser, et il est le ministre de la police, voilà le plaisant. J'ai trois diamants de quelque prix : demain, Fulgence, mon ancien batelier de Grianta, partira pour Genève où il les mettra en sûreté. Si jamais Fabrice s'échappe (grand Dieu! soyez-moi propice! et elle fit un signe de croix), l'incommensurable lâcheté du marquis del Dongo trouvera qu'il y a du péché à envoyer du pain à un homme poursuivi par un prince légitime, alors il trouvera du moins mes diamants, il aura du pain.

Renvoyer le comte... me trouver seule avec lui, après ce qui vient d'arriver, c'est ce qui m'est impossible. Le pauvre homme! Il n'est point méchant, au contraire; il n'est que faible. Cette âme vulgaire n'est point à la hauteur des nôtres. Pauvre Fabrice! que ne peux-tu être ici un instant avec moi, pour tenir conseil sur nos périls!

La prudence méticuleuse du comte gênerait tous mes projets, et d'ailleurs il ne faut point l'entraîner dans ma perte... Car pourquoi la vanité de ce tyran ne me jetterait-elle pas en prison? J'aurai conspiré... quoi de plus facile à prouver? Si c'était à sa citadelle qu'il m'envoyât et que je pusse à force d'or parler à Fabrice, ne fût-ce qu'un instant, avec quel courage nous marcherions ensemble à la mort! Mais laissons ces folies; son Rassi lui conseillerait de finir avec moi par le poison; ma présence dans les rues, placée sur une charrette, pourrait émouvoir la sensibilité de ses chers Parmesans... Mais quoi! toujours le roman! Hélas! l'on doit pardonner ces folies à une pauvre femme dont le sort réel est si triste! Le vrai de tout ceci, c'est que le prince ne m'enverra point à la mort; mais rien de plus facile que de me jeter en prison et de m'y retenir; il fera cacher dans un coin de mon palais toutes sortes de papiers suspects comme on a fait pour ce pauvre L... Alors trois juges pas trop coquins, car il y aura ce qu'ils appellent des *pièces probantes*, et une douzaine de faux témoins suffisent. Je puis donc être condamnée à mort comme ayant conspiré; et le prince, dans sa clémence infinie, considérant qu'autrefois j'ai eu l'honneur d'être admise à sa cour, commuera ma peine en dix ans de forteresse. Mais moi, pour ne point déchoir de ce caractère violent qui a fait dire tant de sottises à la marquise Raversi et à mes autres ennemis, je m'empoisonnerai bravement. Du moins le public aura la bonté de le croire; mais je gage que le Rassi paraîtra dans mon cachot pour m'apporter galamment, de la part du prince, un petit flacon de strychnine ou de l'opium de Pérouse.

Oui, il faut me brouiller très ostensiblement avec le comte, car je ne veux pas l'entraîner dans ma perte, ce serait une infamie; le pauvre homme m'a aimée avec tant de candeur! Ma sottise a été de croire qu'il restait assez d'âme dans un courtisan véritable pour être capable d'amour. Très probablement le prince trouvera quelque prétexte pour me jeter en prison; il craindra que je ne pervertisse l'opinion publique relativement à Fabrice. Le comte est plein d'honneur; à l'instant il fera ce que les cuistres de cette cour, dans leur étonnement profond, appelleront une folie, il quittera la cour. J'ai bravé l'autorité du prince le soir du billet, je puis m'attendre à tout de la part de sa vanité blessée : un homme né prince oublie-t-il jamais la sensation que je lui ai donnée ce soir-là? D'ailleurs le comte brouillé avec moi est en meilleure position pour être utile à Fabrice. Mais si le comte, que ma résolution va mettre au désespoir, se vengeait?... Voilà, par exemple, une idée qui ne lui viendra jamais; il n'a point l'âme foncièrement basse du prince : le comte peut, en gémissant, contre-signer un décret infâme, mais il a de l'honneur, Et puis, de quoi se venger ? de ce que, après l'avoir aimé cinq ans, sans faire la moindre offense à son amour, je lui dis : Cher comte! j'avais le bonheur de vous aimer : eh bien, cette flamme s'éteint; je ne vous aime plus! mais je connais le fond de votre cœur, je garde pour vous une estime profonde, et vous serez toujours le meilleur de mes amis.

Que peut répondre un galant homme à une déclaration aussi sincère ?

Je prendrai un nouvel amant, du moins on le croira dans le monde. Je dirai à cet amant : Au fond le prince a raison de punir l'étourderie de Fabrice; mais le jour de sa fête, sans doute notre gracieux souverain lui rendra la liberté. Ainsi je gagne six mois. Le nouvel amant désigné par la prudence serait ce juge vendu, cet infâme bourreau, ce Rassi... il se trouverait anobli, et dans le fait, je lui donnerais l'entrée de la bonne compagnie. Pardonne, cher Fabrice! un tel effort est pour moi au delà du possible. Quoi! ce monstre, encore tout couvert du sang du comte P. et de D.! il me ferait évanouir d'horreur en s'approchant de moi, ou plutôt je saisirais un couteau et le plongerais dans son infâme cœur. Ne me demande pas des choses impossibles!

Oui, surtout oublier Fabrice! et pas l'ombre de colère contre le prince, reprendre ma gaieté ordinaire, qui paraîtra plus aimable à ces âmes fangeuses, premièrement, parce que j'aurai l'air de me soumettre de bonne grâce à leur souverain; en second lieu, parce que, bien loin de me moquer d'eux, je serai attentive à faire ressortir leurs jolis petits mérites; par exemple, je ferai compliment au comte Zurla sur la beauté de la plume blanche de son chapeau qu'il vient de faire venir de Lyon par un courrier, et qui fait son bonheur.

Choisir un amant dans le parti de la Raversi... Si le comte s'en va, ce sera le parti ministériel; là sera le pouvoir. Ce sera un ami de la Raversi qui régnera sur la citadelle, car le Fabio Conti arrivera au ministère. Comment le prince, homme de bonne compagnie, homme d'esprit, accoutumé au travail charmant du comte, pourra-t-il traiter d'affaires avec ce bœuf, avec ce roi des sots qui toute sa vie s'est occupé de ce problème capital : les soldats de Son Altesse doivent-ils porter sur leur habit, à la poitrine, sept boutons ou bien neuf ? Ce sont ces bêtes brutes fort jalouses de moi, et voilà ce qui fait ton danger, cher Fabrice! ce sont ces bêtes brutes qui vont décider de mon

sort et du tien! Donc, ne pas souffrir que le comte donne
sa démission! qu'il reste, dût-il subir des humiliations! il
s'imagine toujours que donner sa démission est le plus
grand sacrifice que puisse faire un premier ministre; et
toutes les fois que son miroir lui dit qu'il vieillit, il m'offre
ce sacrifice : donc brouillerie complète, oui, et réconciliation seulement dans le cas où il n'y aurait que ce moyen
de l'empêcher de s'en aller. Assurément, je mettrai à son
congé toute la bonne amitié possible; mais après l'omission
courtisanesque des mots *procédure injuste* dans le billet
du prince, je sens que pour ne pas le haïr j'ai besoin de
passer quelques mois sans le voir. Dans cette soirée décisive, je n'avais pas besoin de son esprit; il fallait seulement
qu'il écrivît sous ma dictée, il n'avait qu'à écrire ce mot,
que j'avais obtenu par mon caractère : ses habitudes de
bas courtisan l'ont emporté. Il me disait le lendemain
qu'il n'avait pu faire signer une absurdité par son prince,
qu'il aurait fallu des *lettres de grâce :* eh, bon Dieu! avec
de telles gens, avec des monstres de vanité et de rancune
qu'on appelle des *Farnèse*, on prend ce qu'on peut.

A cette idée, toute la colère de la duchesse se ranima. Le
prince m'a trompée, se disait-elle, et avec quelle lâcheté!...
Cet homme est sans excuse : il a de l'esprit, de la finesse,
du raisonnement; il n'y a de bas en lui que ses passions.
Vingt fois le comte et moi nous l'avons remarqué, son
esprit ne devient vulgaire que lorsqu'il s'imagine qu'on a
voulu l'offenser. Eh bien! le crime de Fabrice est étranger
à la politique, c'est un petit assassinat comme on en compte
cent par an dans ses heureux états, et le comte m'a juré
qu'il a fait prendre les renseignements les plus exacts, et
que Fabrice est innocent. Ce Giletti n'était point sans
courage : se voyant à deux pas de la frontière, il eut tout
à coup la tentation de se défaire d'un rival qui plaisait.

La duchesse s'arrêta longtemps pour examiner s'il était
possible de croire à la culpabilité de Fabrice : non pas
qu'elle trouvât que ce fût un bien gros péché, chez un
gentilhomme du rang de son neveu, de se défaire de l'impertinence d'un histrion; mais, dans son désespoir, elle
commençait à sentir vaguement qu'elle allait être obligée
de se battre pour prouver cette innocence de Fabrice.
Non, se dit-elle enfin, voici une preuve décisive; il est
comme le pauvre Pietranera, il a toujours des armes dans
toutes ses poches, et, ce jour-là, il ne portait qu'un mauvais
fusil à un coup, et encore, emprunté à l'un des ouvriers.

Je hais le prince parce qu'il m'a trompée, et trompée de

la façon la plus lâche; après son billet de pardon, il a
fait enlever le pauvre garçon à Bologne, etc. Mais ce compte
se réglera. Vers les cinq heures du matin, la duchesse,
anéantie par ce long accès de désespoir, sonna ses femmes;
celles-ci jetèrent un cri. En l'apercevant sur son lit, tout
habillée, avec ses diamants, pâle comme ses draps et les
yeux fermés, il leur sembla la voir exposée sur un lit de
parade après sa mort. Elles l'eussent crue tout à fait éva-
nouie, si elles ne se fussent pas rappelé qu'elle venait de
les sonner. Quelques larmes fort rares coulaient de temps
à autre sur ses joues insensibles; ses femmes comprirent
par un signe qu'elle voulait être mise au lit.

Deux fois après la soirée du ministre Zurla, le comte
s'était présenté chez la duchesse : toujours refusé, il lui
écrivit qu'il avait un conseil à lui demander pour lui-
même : « Devait-il garder sa position après l'affront qu'on
osait lui faire ? » Le comte ajoutait : « Le jeune homme est
innocent; mais, fût-il coupable, devait-on l'arrêter sans
m'en prévenir, moi, son protecteur déclaré ? » La duchesse
ne vit cette lettre que le lendemain.

Le comte n'avait pas de vertu; l'on peut même ajouter
que ce que les libéraux entendent par *vertu* (chercher le
bonheur du plus grand nombre) lui semblait une duperie;
il se croyait obligé à chercher avant tout le bonheur du
comte Mosca della Rovère; mais il était plein d'honneur
et parfaitement sincère lorsqu'il parlait de sa démission.
De la vie il n'avait dit un mensonge à la duchesse; celle-ci
du reste ne fit pas la moindre attention à cette lettre; son
parti, et un parti bien pénible, était pris, *feindre d'oublier
Fabrice;* après cet effort, tout lui était indifférent.

Le lendemain, sur le midi, le comte, qui avait passé
dix fois au palais Sanseverina, enfin fut admis; il fut atterré
à la vue de la duchesse... Elle a quarante ans! se dit-il,
et hier si brillante! si jeune!... Tout le monde me dit que,
durant sa longue conversation avec la Clélia Conti, elle
avait l'air aussi jeune et bien autrement séduisante.

La voix, le ton de la duchesse étaient aussi étranges
que l'aspect de sa personne. Ce ton, dépouillé de toute
passion, de tout intérêt humain, de toute colère, fit pâlir
le comte; il lui rappela la façon d'être d'un de ses amis qui,
peu de mois auparavant, sur le point de mourir, et ayant
déjà reçu les sacrements, avait voulu l'entretenir.

Après quelques minutes, la duchesse put lui parler. Elle
le regarda, et ses yeux restèrent éteints :

— Séparons-nous, mon cher comte, lui dit-elle d'une

voix faible, mais bien articulée, et qu'elle s'efforçait de
rendre aimable; séparons-nous, il le faut! Le ciel m'est
témoin que, depuis cinq ans, ma conduite envers vous a
été irréprochable. Vous m'avez donné une existence brillante, au lieu de l'ennui qui aurait été mon triste partage
au château de Grianta; sans vous j'aurais rencontré la
vieillesse quelques années plus tôt... De mon côté, ma
seule occupation a été de chercher à vous faire trouver le
bonheur. C'est parce que je vous aime que je vous propose
cette séparation *à l'amiable,* comme on dirait en France.

Le comte ne comprenait pas; elle fut obligée de répéter
plusieurs fois. Il devint d'une pâleur mortelle, et, se jetant
à genoux auprès de son lit, il dit tout ce que l'étonnement
profond, et ensuite le désespoir le plus vif, peuvent inspirer à un homme d'esprit passionnément amoureux. A
chaque moment il offrait de donner sa démission et de
suivre son amie dans quelque retraite à mille lieues de
Parme.

— Vous osez me parler de départ, et Fabrice est ici!
s'écria-t-elle enfin en se soulevant à demi. Mais comme elle
aperçut que ce nom de Fabrice faisait une impression
pénible, elle ajouta après un moment de repos et en serrant
légèrement la main du comte : — Non, cher ami, je ne
vous dirai pas que je vous ai aimé avec cette passion et
ces transports que l'on n'éprouve plus, ce me semble,
après trente ans, et je suis déjà bien loin de cet âge. On
vous aura dit que j'aimais Fabrice, car je sais que le bruit
en a couru dans cette cour *méchante.* (Ses yeux brillèrent
pour la première fois dans cette conversation, en prononçant ce mot *méchante.*) Je vous jure devant Dieu, et sur
la vie de Fabrice, que jamais il ne s'est passé entre lui et
moi la plus petite chose que n'eût pas pu souffrir l'œil
d'une tierce personne. Je ne vous dirai pas non plus que
je l'aime exactement comme ferait une sœur; je l'aime d'instinct, pour parler ainsi. J'aime en lui son courage si simple
et si parfait, que l'on peut dire qu'il ne s'en aperçoit pas
lui-même; je me souviens que ce genre d'admiration
commença à son retour de Waterloo. Il était encore enfant,
malgré ses dix-sept ans; sa grande inquiétude était de
savoir si réellement il avait assisté à la bataille, et dans le
cas du *oui,* s'il pouvait dire s'être battu, lui qui n'avait
marché à l'attaque d'aucune batterie ni d'aucune colonne
ennemie. Ce fut pendant les graves discussions que nous
avions ensemble sur ce sujet important, que je commençai
à voir en lui une grâce parfaite. Sa grande âme se révélait

à moi; que de savants mensonges eût étalés, à sa place, un jeune homme bien élevé! Enfin, s'il n'est heureux je ne puis être heureuse. Tenez, voilà un mot qui peint bien l'état de mon cœur; si ce n'est la vérité, c'est au moins tout ce que j'en vois. Le comte, encouragé par ce ton de franchise et d'intimité, voulut lui baiser la main : elle la retira avec une sorte d'horreur. Les temps sont finis, lui dit-elle; je suis une femme de trente-sept ans, je me trouve à la porte de la vieillesse, j'en ressens déjà tous les découragements, et peut-être même suis-je voisine de la tombe. Ce moment est terrible, à ce qu'on dit, et pourtant il me semble que je le désire. J'éprouve le pire symptôme de la vieillesse : mon cœur est éteint par cet affreux malheur, je ne puis plus aimer. Je ne vois plus en vous, cher comte, que l'ombre de quelqu'un qui me fut cher. Je dirai plus, c'est la reconnaissance toute seule qui me fait vous tenir ce langage.

— Que vais-je devenir? lui répétait le comte, moi qui sens que je vous suis attaché avec plus de passion que les premiers jours, quand je vous voyais à *la Scala!*

— Vous avouerai-je une chose, cher ami, parler d'amour m'ennuie, et me semble indécent. Allons, dit-elle en essayant de sourire, mais en vain, courage! soyez homme d'esprit, homme judicieux, homme à ressources dans les occurrences. Soyez avec moi ce que vous êtes réellement aux yeux des indifférents, l'homme le plus habile et le plus grand politique que l'Italie ait produit depuis des siècles.

Le comte se leva et se promena en silence pendant quelques instants.

— Impossible, chère amie, lui dit-il enfin : je suis en proie aux déchirements de la passion la plus violente, et vous me demandez d'interroger ma raison! Il n'y a plus de raison pour moi!

— Ne parlons pas de passion, je vous prie, dit-elle d'un ton sec; et ce fut pour la première fois, après deux heures d'entretien, que sa voix prit une expression quelconque. Le comte, au désespoir lui-même, chercha à la consoler.

— Il m'a trompée, s'écriait-elle sans répondre en aucune façon aux raisons d'espérer que lui exposait le comte; *il* m'a trompée de la façon la plus lâche! Et sa pâleur mortelle cessa pour un instant; mais, même dans ce moment d'excitation violente, le comte remarqua qu'elle n'avait pas la force de soulever les bras.

Grand Dieu! serait-il possible, pensa-t-il, qu'elle ne fût

que malade ? en ce cas pourtant ce serait le début de quelque maladie fort grave. Alors, rempli d'inquiétude, il proposa de faire appeler le célèbre Rozari, le premier médecin du pays et de l'Italie.

— Vous voulez donc donner à un étranger le plaisir de connaître toute l'étendue de mon désespoir ?... Est-ce là le conseil d'un traître ou d'un ami ? Et elle le regarda avec des yeux étranges.

C'en est fait, se dit-il avec désespoir, elle n'a plus d'amour pour moi, et bien plus, elle ne me place plus même au rang des hommes d'honneur vulgaires.

— Je vous dirai, ajouta le comte en parlant avec empressement, que j'ai voulu avant tout avoir des détails sur l'arrestation qui nous met au désespoir, et, chose étrange! je ne sais encore rien de positif; j'ai fait interroger les gendarmes de la station voisine, ils ont vu arriver le prisonnier par le route de Castelnovo, et ont reçu l'ordre de suivre sa sediola. J'ai réexpédié aussitôt Bruno, dont vous connaissez le zèle non moins que le dévouement; il a ordre de remonter de station en station pour savoir où et comment Fabrice a été arrêté.

En entendant prononcer ce nom de Fabrice, la duchesse fut saisie d'une légère convulsion.

— Pardonnez, mon ami, dit-elle au comte dès qu'elle put parler; ces détails m'intéressent fort, donnez-les-moi tous, faites-moi bien comprendre les plus petites circonstances.

— Eh bien! madame, reprit le comte en essayant un petit air de légèreté pour tenter de la distraire un peu, j'ai envie d'envoyer un commis de confiance à Bruno et d'ordonner à celui-ci de pousser jusqu'à Bologne; c'est là, peut-être, qu'on aura enlevé notre jeune ami. De quelle date est sa dernière lettre ?

— De mardi, il y a cinq jours.

— Avait-elle été ouverte à la poste ?

— Aucune trace d'ouverture. Il faut vous dire qu'elle était écrite sur du papier horrible; l'adresse est d'une main de femme, et cette adresse porte le nom d'une vieille blanchisseuse parente de ma femme de chambre. La blanchisseuse croit qu'il s'agit d'une affaire d'amour, et la Chékina lui rembourse les ports de lettres sans y rien ajouter. Le comte, qui avait pris tout à fait le ton d'un homme d'affaires, essaya de découvrir, en discutant avec la duchesse, quel pouvait avoir été le jour de l'enlèvement à Bologne. Il s'aperçut alors seulement, lui qui avait ordinairement tant de tact, que c'était là le ton qu'il fallait prendre. Ces détails intéressaient la malheureuse femme et semblaient la distraire un peu. Si le comte n'eût pas été amoureux, il eût eu cette idée si simple dès son entrée dans la chambre. La duchesse le renvoya pour qu'il pût sans délai expédier de nouveaux ordres au fidèle Bruno. Comme on s'occupait en passant de la question de savoir s'il y avait eu sentence avant le moment où le prince avait signé le billet adressé à la duchesse, celle-ci saisit avec une sorte d'empressement l'occasion de dire au comte : Je ne vous reprocherai point d'avoir omis les mots *injuste procédure* dans le billet que vous écrivîtes et qu'il signa, c'était l'instinct de courtisan qui vous prenait à la gorge; sans vous en douter, vous préfériez l'intérêt de votre maître à celui de votre amie. Vous avez mis vos actions à mes ordres, cher comte, et cela depuis longtemps, mais il n'est pas en votre pouvoir de changer votre nature; vous avez de grands talents pour être ministre, mais vous avez aussi l'instinct de ce métier. La suppression du mot *injuste* me perd; mais loin de moi de vous la reprocher en aucune façon, ce fut la faute de l'instinct et non pas celle de la volonté.

Rappelez-vous, ajouta-t-elle en changeant de ton et de l'air le plus impérieux, que je ne suis point trop affligée de l'enlèvement de Fabrice, que je n'ai pas eu la moindre velléité de m'éloigner de ce pays-ci, que je suis remplie de respect pour le prince. Voilà ce que vous avez à dire, et voici, moi, ce que je veux vous dire : Comme je compte seule diriger ma conduite à l'avenir, je veux me séparer de vous à l'amiable, c'est-à-dire en bonne et vieille amie. Comptez que j'ai soixante ans; la jeune femme est morte en moi, je ne puis plus m'exagérer rien au monde, je ne puis plus aimer. Mais je serais encore plus malheureuse que je ne le suis s'il m'arrivait de compromettre votre destinée. Il peut entrer dans mes projets de me donner l'apparence d'avoir un jeune amant, et je ne voudrais pas vous voir affligé. Je puis vous jurer sur le bonheur de Fabrice, elle s'arrêta une demi-minute après ce mot, que jamais je ne vous ai fait une infidélité, et cela en cinq années de temps. C'est bien long, dit-elle; elle essaya de sourire; ses joues si pâles s'agitèrent, mais ses lèvres ne purent se séparer. Je vous jure même que jamais je n'en ai eu le projet ni l'envie. Cela bien entendu, laissez-moi.

Le comte sortit, au désespoir, du palais Sanseverina : il voyait chez la duchesse l'intention bien arrêtée de se sépa-

rer de lui, et jamais il n'avait été aussi éperdument amoureux. C'est là une de ces choses sur lesquelles je suis obligé
de revenir souvent, parce qu'elles sont improbables hors
de l'Italie. En rentrant chez lui, il expédia jusqu'à six personnes différentes sur la route de Castelnovo et de Bologne,
et les chargea de lettres. Mais ce n'est pas tout, se dit
le malheureux comte, le prince peut avoir la fantaisie de
faire exécuter ce malheureux enfant, et cela pour se venger
du ton que la duchesse prit avec lui le jour de ce fatal billet.
Je sentais que la duchesse passait une limite que l'on ne
doit jamais franchir, et c'est pour raccommoder les choses
que j'ai eu la sottise incroyable de supprimer le mot *procédure injuste*, le seul qui liât le souverain... Mais bah! ces
gens-là sont-ils liés par quelque chose ? C'est là sans doute
la plus grande faute de ma vie, j'ai mis au hasard tout ce
qui peut en faire le prix pour moi : il s'agit de réparer
cette étourderie à force d'activité et d'adresse; mais enfin
si je ne puis rien obtenir, même en sacrifiant un peu de
ma dignité, je plante là cet homme; avec ses rêves de
haute politique, avec ses idées de se faire roi constitutionnel de la Lombardie, nous verrons comment il me
remplacera... Fabio Conti n'est qu'un sot, le talent de Rassi
se réduit à faire pendre légalement un homme qui déplaît
au pouvoir.

Une fois cette résolution bien arrêtée de renoncer au
ministère si les rigueurs à l'égard de Fabrice dépassaient
celles d'une simple détention, le comte se dit : Si un caprice
de la vanité de cet homme imprudemment bravée me coûte
le bonheur, du moins l'honneur me restera... A propos,
puisque je me moque de mon portefeuille, je puis me
permettre cent actions qui, ce matin encore, m'eussent
semblé hors du possible. Par exemple, je vais tenter tout
ce qui est humainement faisable pour faire évader Fabrice...
Grand Dieu! s'écria le comte en s'interrompant et ses yeux
s'ouvrant à l'excès comme à la vue d'un bonheur imprévu,
la duchesse ne m'a pas parlé d'évasion, aurait-elle manqué
de sincérité une fois en sa vie, et la brouille ne serait-elle
que le désir que je trahisse le prince ? Ma foi, c'est fait!

L'œil du comte avait repris toute sa finesse satirique.
Cet aimable fiscal Rassi est payé par le maître pour toutes
les sentences qui nous déshonorent en Europe, mais il
n'est pas homme à refuser d'être payé par moi pour trahir
les secrets du maître. Cet animal-là a une maîtresse et un
confesseur, mais la maîtresse est d'une trop vile espèce
pour que je puisse lui parler, le lendemain elle raconterait

l'entrevue à toutes les fruitières du voisinage. Le comte, ressuscité par cette lueur d'espoir, était déjà sur le chemin de la cathédrale; étonné de la légèreté de sa démarche, il sourit malgré son chagrin : Ce que c'est, dit-il, que de n'être plus ministre! Cette cathédrale, comme beaucoup d'églises en Italie, sert de passage d'une rue à l'autre, le comte vit de loin un des grands vicaires de l'archevêque qui traversait la nef.

— Puisque je vous rencontre, lui dit-il, vous serez assez bon pour épargner à ma goutte la fatigue mortelle de monter jusque chez monseigneur l'archevêque. Je lui aurais toutes les obligations du monde s'il voulait bien descendre jusqu'à la sacristie. L'archevêque fut ravi de ce message, il avait mille choses à dire au ministre au sujet de Fabrice. Mais le ministre devina que ces choses n'étaient que des phrases et ne voulut rien écouter.

— Quel homme est-ce que Dugnani, vicaire de Saint-Paul ?

— Un petit esprit et une grande ambition, répondit l'archevêque, peu de scrupules et une extrême pauvreté, car nous en avons des vices!

— Tudieu, monseigneur! s'écria le ministre, vous peignez comme Tacite; et il prit congé de lui en riant. A peine de retour au ministère, il fit appeler l'abbé Dugnani.

— Vous dirigez la conscience de mon excellent ami le fiscal général Rassi, n'aurait-il rien à me dire ? Et, sans autres paroles ou plus de cérémonie, il renvoya le Dugnani.

CHAPITRE XVII

Le comte se regardait comme hors du ministère. Voyons un peu, se dit-il, combien nous pourrons avoir de chevaux après ma disgrâce, car c'est ainsi qu'on appellera ma retraite. Le comte fit l'état de sa fortune : il était entré au ministère avec quatre-vingt mille francs de bien ; à son grand étonnement, il trouva que, tout compté, son avoir actuel ne s'élevait pas à cinq cent mille francs : c'est vingt mille livres de rente tout au plus, se dit-il. Il faut convenir que je suis un grand étourdi ! Il n'y a pas un bourgeois à Parme qui ne me croie cent cinquante mille livres de rente ; et le prince, sur ce sujet, est plus bourgeois qu'un autre. Quand ils me verront dans la crotte, ils diront que je sais bien cacher ma fortune. Pardieu, s'écria-t-il, si je suis encore ministre trois mois, nous la verrons doublée cette fortune. Il trouva dans cette idée l'occasion d'écrire à la duchesse, et la saisit avec avidité ; mais pour se faire pardonner une lettre, dans les termes où ils en étaient, il remplit celle-ci de chiffres et de calculs. Nous n'aurons que vingt mille livres de rente, lui dit-il, pour vivre tous trois à Naples, Fabrice, vous et moi. Fabrice et moi nous aurons un cheval de selle à nous deux. Le ministre venait à peine d'envoyer sa lettre, lorsqu'on annonça le fiscal général Rassi ; il le reçut avec une hauteur qui frisait l'impertinence.

— Comment, monsieur, lui dit-il, vous faites enlever à Bologne un conspirateur que je protège, de plus vous voulez lui couper le cou, et vous ne me dites rien ! Savez-vous au moins le nom de mon successeur ? est-ce le général Conti, ou vous-même ?

Le Rassi fut atterré ; il avait trop peu d'habitude de la bonne compagnie pour deviner si le comte parlait sérieusement : il rougit beaucoup, ânonna quelques mots peu intelligibles ; le comte le regardait et jouissait de son embar-

ras. Tout à coup le Rassi se secoua et s'écria avec une
aisance parfaite et de l'air de Figaro pris en flagrant délit
par Almaviva :

— Ma foi, monsieur le comte, je n'irai point par quatre
chemins avec Votre Excellence : que me donnerez-vous
pour répondre à toutes vos questions comme je ferais à
celles de mon confesseur ?

— La croix de Saint-Paul (c'est l'ordre de Parme), ou
de l'argent, si vous pouvez me fournir un prétexte pour
vous en accorder.

— J'aime mieux la croix de Saint-Paul, parce qu'elle
m'anoblit.

— Comment, cher fiscal, vous faites encore quelque cas
de notre pauvre noblesse ?

— Si j'étais né noble, répondit le Rassi avec toute
l'impudence de son métier, les parents des gens que j'ai
fait pendre me haïraient, mais ils ne me mépriseraient
pas.

— Eh bien! je vous sauverai du mépris, dit le comte,
guérissez-moi de mon ignorance. Que comptez-vous faire
de Fabrice ?

— Ma foi, le prince est fort embarrassé : il craint que,
séduit par les beaux yeux d'Armide, pardonnez à ce langage un peu vif, ce sont les termes précis du souverain;
il craint que, séduit par de fort beaux yeux qui l'ont un
peu touché lui-même, vous ne le plantiez là, et il n'y a
que vous pour les affaires de Lombardie. Je vous dirai
même, ajouta Rassi en baissant la voix, qu'il y a là une
fière occasion pour vous, et qui vaut bien la croix de
Saint-Paul que vous me donnez. Le prince vous accorderait, comme récompense nationale, une jolie terre valant
six cent mille francs qu'il distrairait de son domaine, ou
une gratification de trois cent mille francs écus, si vous
vouliez consentir à ne pas vous mêler du sort de Fabrice
del Dongo, ou du moins à ne lui en parler qu'en
public.

— Je m'attendais à mieux que ça, dit le comte; ne pas
me mêler de Fabrice c'est me brouiller avec la duchesse.

— Eh bien! c'est encore ce que dit le prince : le fait
est qu'il est horriblement monté contre Mme la duchesse,
entre nous soit dit; et il craint que, pour dédommagement de la brouille avec cette dame aimable, maintenant
que vous voilà veuf, vous ne lui demandiez la main de
sa cousine, la vieille princesse Isota, laquelle n'est âgée
que de cinquante ans.

— Il a deviné juste, s'écria le comte; notre maître est l'homme le plus fin de ses états.

Jamais le comte n'avait eu l'idée baroque d'épouser cette vieille princesse; rien ne fût allé plus mal à un homme que les cérémonies de cour ennuyaient à la mort.

Il se mit à jouer avec sa tabatière sur le marbre d'une petite table voisine de son fauteuil. Rassi vit dans ce geste d'embarras la possibilité d'une bonne aubaine; son œil brilla.

— De grâce, monsieur le comte, s'écria-t-il, si Votre Excellence veut accepter, ou la terre de six cent mille francs, ou la gratification en argent, je la prie de ne point choisir d'autre négociateur que moi. Je me ferais fort, ajouta-t-il en baissant la voix, de faire augmenter la gratification en argent ou même de faire joindre une forêt assez importante à la terre domaniale. Si Votre Excellence daignait mettre un peu de douceur et de ménagement dans sa façon de parler au prince de ce morveux qu'on a coffré, on pourrait peut-être ériger en duché la terre que lui offrirait la reconnaissance nationale. Je le répète à Votre Excellence; le prince, pour le quart d'heure, exècre la duchesse, mais il est fort embarrassé, et même au point que j'ai cru parfois qu'il y avait quelque circonstance secrète qu'il n'osait pas m'avouer. Au fond on peut trouver ici une mine d'or, moi vous vendant ses secrets les plus intimes et fort librement, car on me croit votre ennemi juré. Au fond, s'il est furieux contre la duchesse, il croit aussi, et comme nous tous, que vous seul au monde pouvez conduire à bien toutes les démarches secrètes relatives au Milanais. Votre Excellence me permet-elle de lui répéter textuellement les paroles du souverain? dit le Rassi en s'échauffant, il y a souvent une physionomie dans la position des mots, qu'aucune traduction ne saurait rendre, et vous pourrez y voir plus que je n'y vois.

— Je permets tout, dit le comte en continuant, d'un air distrait, à frapper la table de marbre avec sa tabatière d'or, je permets tout et je serai reconnaissant.

— Donnez-moi des lettres de noblesse transmissible, indépendamment de la croix, et je serai plus que satisfait. Quand je parle d'anoblissement au prince, il me répond : Un coquin tel que toi, noble! il faudrait fermer boutique dès le lendemain; personne à Parme ne voudrait plus se faire anoblir. Pour en revenir à l'affaire du Milanais, le prince me disait, il n'y a pas trois jours : Il n'y a que ce fripon-là pour suivre le fil de nos intrigues; si je le chasse ou s'il suit la duchesse, il vaut autant que je renonce à l'espoir de me voir un jour le chef libéral et adoré de toute l'Italie.

A ce mot le comte respira : Fabrice ne mourra pas, se dit-il.

De sa vie le Rassi n'avait pu arriver à une conversation intime avec le premier ministre : il étais hors de lui de bonheur ; il se voyait à la veille de pouvoir quitter ce nom de Rassi, devenu dans le pays synonyme de tout ce qu'il y a de bas et de vil ; le petit peuple donnait le nom de *Rassi* aux chiens enragés; depuis peu des soldats s'étaient battus en duel parce qu'un de leurs camarades les avait appelés *Rassi*. Enfin il ne se passait pas de semaine sans que ce malheureux nom ne vînt s'enchâsser dans quelque sonnet atroce. Son fils, jeune et innocent écolier de seize ans, était chassé des cafés, sur son nom.

C'est le souvenir brûlant de tous ces agréments de sa position qui lui fit commettre une imprudence.

— J'ai une terre, dit-il au comte en rapprochant sa chaise du fauteuil du ministre, elle s'appelle Riva, je voudrais être baron Riva.

— Pourquoi pas ? dit le ministre. Rassi était hors de lui.

— Eh bien! monsieur le comte, je me permettrai d'être indiscret, j'oserai deviner le but de vos désirs, vous aspirez à la main de la princesse Isota, et c'est une noble ambition. Une fois parent, vous êtes à l'abri de la disgrâce, vous *bouclez* notre homme. Je ne vous cacherai pas qu'il a ce mariage avec la princesse Isota en horreur; mais si vos affaires étaient confiées à quelqu'un d'adroit et *de bien payé*, on pourrait ne pas désespérer du succès.

— Moi, mon cher baron, j'en désespérais; je désavoue d'avance toutes les paroles que vous pourrez porter en mon nom; mais le jour où cette alliance illustre viendra enfin combler mes vœux et me donner une si haute position dans l'état, je vous offrirai, moi, trois cent mille francs de mon argent, ou bien je conseillerai au prince de vous accorder une marque de faveur que vous-même vous préférerez à cette somme d'argent.

Le lecteur trouve cette conversation longue; pourtant nous lui faisons grâce de plus de la moitié; elle se prolongea encore deux heures. Le Rassi sortit de chez le comte fou de bonheur ; le comte resta avec de grandes espérances de sauver Fabrice, et plus résolu que jamais à donner sa démission. Il trouvait que son crédit avait raison d'être renouvelé par la présence au pouvoir de gens tels que

Rassi et le général Conti; il jouissait avec délices d'une possibilité qu'il venait d'entrevoir de se venger du prince : Il peut faire partir la duchesse, s'écriait-il, mais parbleu il renoncera à l'espoir d'être roi constitutionnel de la Lombardie. (Cette chimère était ridicule : le prince avait beaucoup d'esprit, mais, à force d'y rêver, il en était devenu amoureux fou.)

Le comte ne se sentait pas de joie en courant chez la duchesse lui rendre compte de sa conversation avec le fiscal. Il trouva la porte fermée pour lui; le portier n'osait presque pas lui avouer cet ordre reçu de la bouche même de sa maîtresse. Le comte regagna tristement le palais du ministère, le malheur qu'il venait d'essuyer éclipsait en entier la joie que lui avait donnée sa conversation avec le confident du prince. N'ayant plus le cœur de s'occuper de rien, le comte errait tristement dans sa galerie de tableaux, quand, un quart d'heure après, il reçut un billet ainsi conçu :

« Puisqu'il est vrai, cher et bon ami, que nous ne
« sommes plus qu'amis, il faut ne venir me voir que trois
« fois par semaine. Dans quinze jours nous réduirons ces
« visites, toujours si chères à mon cœur, à deux par mois.
« Si vous voulez me plaire, donnez de la publicité à cette
« sorte de rupture; si vous vouliez me rendre presque tout
« l'amour que jadis j'eus pour vous, vous feriez choix
« d'une nouvelle amie. Quant à moi, j'ai de grands pro-
« jets de dissipation : je compte aller beaucoup dans le
« monde, peut-être même trouverai-je un homme d'esprit
« pour me faire oublier mes malheurs. Sans doute en
« qualité d'ami la première place dans mon cœur vous
« sera toujours réservée; mais je ne veux plus que l'on
« dise que mes démarches ont été dictées par votre
« sagesse; je veux surtout que l'on sache bien que j'ai
« perdu toute influence sur vos déterminations. En un
« mot, cher comte, croyez que vous serez toujours mon
« ami le plus cher, mais jamais autre chose. Ne gardez,
« je vous prie, aucune idée de retour, tout est bien fini.
« Comptez à jamais sur mon amitié. »

Ce dernier trait fut trop fort pour le courage du comte : il fit une belle lettre au prince pour donner sa démission de tous ses emplois, et il l'adressa à la duchesse avec prière de la faire parvenir au palais. Un instant après, il reçut sa démission, déchirée en quatre, et, sur un des blancs du papier, la duchesse avait daigné écrire : *Non, mille fois non!*

Il serait difficile de décrire le désespoir du pauvre

ministre. Elle a raison, j'en conviens, se disait-il à chaque instant ; mon omission du mot *procédure injuste* est un affreux malheur ; elle entraînera peut-être la mort de Fabrice, et celle-ci amènera la mienne. Ce fut avec la mort dans l'âme que le comte, qui ne voulait pas paraître au palais du souverain avant d'y être appelé, écrivit de sa main le *motu proprio* qui nommait Rassi chevalier de l'ordre de Saint-Paul et lui conférait la noblesse transmissible ; le comte y joignit un rapport d'une demi-page qui exposait au prince les raisons d'état qui conseillaient cette mesure. Il trouva une sorte de joie mélancolique à faire de ces pièces deux belles copies qu'il adressa à la duchesse.

Il se perdait en suppositions ; il cherchait à deviner quel serait à l'avenir le plan de conduite de la femme qu'il aimait. Elle n'en sait rien elle-même, se disait-il ; une seule chose reste certaine, c'est que, pour rien au monde, elle ne manquerait aux résolutions qu'elle m'aurait une fois annoncées. Ce qui ajoutait encore à son malheur, c'est qu'il ne pouvait parvenir à trouver la duchesse blâmable. Elle m'a fait une grâce en m'aimant, elle cesse de m'aimer après une faute involontaire, il est vrai, mais qui peut entraîner une conséquence horrible ; je n'ai aucun droit de me plaindre. Le lendemain matin, le comte sut que la duchesse avait recommencé à aller dans le monde ; elle avait paru la veille au soir dans toutes les maisons qui recevaient. Que fût-il devenu s'il se fût rencontré avec elle dans le même salon ? Comment lui parler ? de quel ton lui adresser la parole ? et comment ne pas lui parler ?

Le lendemain fut un jour funèbre ; le bruit se répandait généralement que Fabrice allait être mis à mort, la ville fut émue. On ajoutait que le prince, ayant égard à sa haute naissance, avait daigné décider qu'il aurait la tête tranchée.

— C'est moi qui le tue, se dit le comte ; je ne puis plus prétendre à revoir jamais la duchesse. Malgré ce raisonnement assez simple, il ne put s'empêcher de passer trois fois à sa porte ; à la vérité, pour n'être pas remarqué, il alla chez elle à pied. Dans son désespoir, il eut même le courage de lui écrire. Il avait fait appeler Rassi deux fois ; le fiscal ne s'était point présenté. Le coquin me trahit, se dit le comte.

Le lendemain, trois grandes nouvelles agitaient la haute société de Parme, et même la bourgeoisie. La mise à mort de Fabrice était plus que jamais certaine ; et, complément bien étrange de cette nouvelle, la duchesse ne paraissait point trop au désespoir. Selon les apparences, elle n'accordait que des regrets assez modérés à son jeune amant; toutefois elle profitait avec un art infini de la pâleur que venait de lui donner une indisposition assez grave, qui était survenue en même temps que l'arrestation de Fabrice. Les bourgeois reconnaissaient bien à ces détails le cœur sec d'une grande dame de la cour. Par décence cependant, et comme sacrifice aux mânes du jeune Fabrice, elle avait rompu avec le comte Mosca. Quelle immoralité! s'écriaient les jansénistes de Parme. Mais déjà la duchesse, chose incroyable! paraissait disposée à écouter les cajoleries des plus beaux jeunes gens de la cour. On remarquait, entre autres singularités, qu'elle avait été fort gaie dans une conversation avec le comte Baldi, l'amant actuel de la Raversi, et l'avait beaucoup plaisanté sur ses courses fréquentes au château de Velleja. La petite bourgeoisie et le peuple étaient indignés de la mort de Fabrice, que ces bonnes gens attribuaient à la jalousie du comte Mosca. La société de la cour s'occupait aussi beaucoup du comte, mais c'était pour s'en moquer. La troisième des grandes nouvelles que nous avons annoncées n'était autre en effet que la démission du comte; tout le monde se moquait d'un amant ridicule qui, à l'âge de cinquante-six ans, sacrifiait une position magnifique au chagrin d'être quitté par une femme sans cœur et qui, depuis longtemps, lui préférait un jeune homme. Le seul archevêque eut l'esprit, ou plutôt le cœur, de deviner que l'honneur défendait au comte de rester premier ministre dans un pays où l'on allait couper la tête, et sans le consulter, à un jeune homme, son protégé. La nouvelle de la démission du comte eut l'effet de guérir de sa goutte le général Fabio Conti, comme nous le dirons en son lieu, lorsque nous parlerons de la façon dont le pauvre Fabrice passait son temps à la citadelle, pendant que toute la ville s'enquérait de l'heure de son supplice.

Le jour suivant, le comte revit Bruno, cet agent fidèle qu'il avait expédié sur Bologne; le comte s'attendrit au moment où cet homme entrait dans son cabinet; sa vue lui rappelait l'état heureux où il se trouvait lorsqu'il l'avait envoyé à Bologne, presque d'accord avec la duchesse. Bruno arrivait de Bologne où il n'avait rien découvert; il n'avait pu trouver Ludovic, que le podestat de Castelnovo avait gardé dans la prison de son village.

— Je vais vous renvoyer à Bologne, dit le comte à Bruno : la duchesse tiendra au triste plaisir de connaître

les détails du malheur de Fabrice. Adressez-vous au brigadier de gendarmerie qui commande le poste de Castelnovo...

Mais non! s'écria le comte en s'interrompant; partez à
l'instant même pour la Lombardie, et distribuez de l'argent
et en grande quantité à tous nos correspondants. Mon but
est d'obtenir de tous ces gens-là des rapports de la nature
la plus encourageante. Bruno ayant bien compris le but
de sa mission, se mit à écrire ses lettres de créance; comme
le comte lui donnait ses dernières instructions, il reçut
une lettre parfaitement fausse, mais fort bien écrite; on
eût dit un ami écrivant à son ami pour lui demander un
service. L'ami qui écrivait n'était autre que le prince.
Ayant ouï parler de certains projets de retraite, il suppliait
son ami, le comte Mosca, de garder le ministère; il le lui
demandait au nom de l'amitié et des *dangers de la patrie;*
et le lui ordonnait comme son maître. Il ajoutait que le
roi de *** venant de mettre à sa disposition deux cordons
de son ordre, il en gardait un pour lui, et envoyait l'autre
à son cher comte Mosca.

Cet animal-là fait mon malheur! s'écria le comte furieux,
devant Bruno stupéfait, et croit me séduire par ces mêmes
phrases hypocrites que tant de fois nous avons arrangées
ensemble pour prendre à la glu quelque sot. Il refusa
l'ordre qu'on lui offrait, et dans sa réponse parla de l'état
de sa santé comme ne lui laissant que bien peu d'espérance de pouvoir s'acquitter longtemps encore des pénibles
travaux du ministère. Le comte était furieux. Un instant
après, on annonça le fiscal Rassi, qu'il traita comme un
nègre.

— Eh bien! parce que je vous ai fait noble, vous
commencez à faire l'insolent! Pourquoi n'être pas venu
hier pour me remercier, comme c'était votre devoir étroit,
monsieur le cuistre?

Le Rassi était bien au-dessus des injures; c'était sur ce
ton-là qu'il était journellement reçu par le prince; mais il
voulait être baron et se justifia avec esprit. Rien n'était
plus facile.

— Le prince m'a tenu cloué à une table hier toute la
journée; je n'ai pu sortir du palais. Son Altesse m'a fait
copier de ma mauvaise écriture de procureur une quantité
de pièces diplomatiques tellement niaises et tellement
bavardes que je crois, en vérité, que son but unique était
de me retenir prisonnier. Quand enfin j'ai pu prendre
congé, vers les cinq heures, mourant de faim, il m'a
donné l'ordre d'aller chez moi directement, et de n'en pas

sortir de la soirée. En effet, j'ai vu deux de ses espions particuliers, de moi bien connus, se promener dans ma rue jusque sur le minuit. Ce matin, dès que je l'ai pu, j'ai fait venir une voiture qui m'a conduit jusqu'à la porte de la cathédrale. Je suis descendu de voiture très lentement, puis, prenant le pas de course, j'ai traversé l'église et me voici. Votre Excellence est dans ce moment-ci l'homme du monde auquel je désire plaire avec le plus de passion.

— Et moi, monsieur le drôle, je ne suis point dupe de tous ces contes plus ou moins bien bâtis! Vous avez refusé de me parler de Fabrice avant-hier; j'ai respecté vos scrupules, et vos serments touchant le secret, quoique les serments pour un être tel que vous ne soient tout au plus que des moyens de défaite. Aujourd'hui, je veux la vérité: Qu'est-ce que ces bruits ridicules qui font condamner à mort ce jeune homme comme assassin du comédien Giletti!

— Personne ne peut mieux rendre compte à Votre Excellence de ces bruits, puisque c'est moi-même qui les ai fait courir par ordre du souverain; et, j'y pense! c'est peut-être pour m'empêcher de vous faire part de cet incident qu'hier, toute la journée, il m'a retenu prisonnier. Le prince, qui ne me croit pas un fou, ne pouvait pas douter que je ne vinsse vous apporter ma croix et vous supplier de l'attacher à ma boutonnière.

— Au fait! s'écria le ministre, et pas de phrases.

— Sans doute le prince voudrait bien tenir une sentence de mort contre M. del Dongo, mais il n'a, comme vous le savez sans doute, qu'une condamnation en vingt années de fers, commuée par lui, le lendemain même de la sentence, en douze années de forteresse avec jeûne au pain et à l'eau tous les vendredis, et autres bamboches religieuses.

— C'est parce que je savais cette condamnation à la prison seulement, que j'étais effrayé des bruits d'exécution prochaine qui se répandent par la ville; je me souviens de la mort du comte Palanza, si bien escamotée par vous.

— C'est alors que j'aurais dû avoir la croix! s'écria Rassi sans se déconcerter; il fallait serrer le bouton tandis que je le tenais, et que l'homme avait envie de cette mort. Je fus un nigaud alors, et c'est armé de cette expérience que j'ose vous conseiller de ne pas m'imiter aujourd'hui. (Cette comparaison parut du plus mauvais goût à l'interlocuteur, qui fut obligé de se retenir pour ne pas donner des coups de pied à Rassi.)

— D'abord, reprit celui-ci avec la logique d'un jurisconsulte et l'assurance parfaite d'un homme qu'aucune
insulte ne peut offenser, d'abord il ne peut être question
de l'exécution dudit del Dongo; le prince n'oserait! les
temps sont bien changés! et enfin, moi, noble et espérant
par vous de devenir baron, je n'y donnerais pas les mains.
Or, ce n'est que de moi, comme le sait Votre Excellence,
que l'exécuteur des hautes œuvres peut recevoir des
ordres, et, je vous le jure, le chevalier Rassi n'en donnera
jamais contre le sieur del Dongo.

— Et vous ferez sagement, dit le comte en le toisant
d'un air sévère.

— Distinguons! reprit le Rassi avec un sourire. Moi
je ne suis que pour les morts officielles, et si M. del Dongo
vient à mourir d'une colique, n'allez pas me l'attribuer!
Le prince est outré, et je ne sais pourquoi, contre la Sanseverina (trois jours auparavant le Rassi eût dit la duchesse,
mais, comme toute la ville, il savait la rupture avec le
premier ministre); le comte fut frappé de la suppression
du titre dans une telle bouche, et l'on peut juger du plaisir
qu'elle lui fit; il lança au Rassi un regard chargé de la plus
vive haine. Mon cher ange! se dit-il ensuite, je ne puis
te montrer mon amour qu'en obéissant aveuglément à
tes ordres.

— Je vous avouerai, dit-il au fiscal, que je ne prends
pas un intérêt bien passionné aux divers caprices de Mme la
duchesse; toutefois, comme elle m'avait présenté ce mauvais sujet de Fabrice, qui aurait bien dû rester à Naples,
et ne pas venir ici embrouiller nos affaires, je tiens à ce
qu'il ne soit pas mis à mort de mon temps, et je veux
bien vous donner ma parole que vous serez baron dans
les huit jours qui suivront sa sortie de prison.

— En ce cas, monsieur le comte, je ne serai baron que
dans douze années révolues, car le prince est furieux, et
sa haine contre la duchesse est tellement vive, qu'il cherche
à la cacher.

— Son Altesse est bien bonne! qu'a-t-elle besoin de
cacher sa haine, puisque son premier ministre ne protège
plus la duchesse? Seulement je ne veux pas qu'on puisse
m'accuser de vilenie, ni surtout de jalousie : c'est moi qui
ai fait venir la duchesse en ce pays, et si Fabrice meurt
en prison, vous ne serez pas baron, mais vous serez peut-
être poignardé. Mais laissons cette bagatelle : le fait est
que j'ai fait le compte de ma fortune; à peine si j'ai trouvé
vingt mille livres de rente, sur quoi j'ai le projet d'adresser

très humblement ma démission au souverain. J'ai quelque espoir d'être employé par le roi de Naples : cette grande ville m'offrira les distractions dont j'ai besoin en ce moment, et que je ne puis trouver dans un trou tel que Parme; je ne resterais qu'autant que vous me feriez obtenir la main de la princesse Isota, etc., etc.; la conversation fut infinie dans ce sens. Comme Rassi se levait, le comte lui dit d'un air fort indifférent :

— Vous savez qu'on a dit que Fabrice me trompait, en ce sens qu'il était un des amants de la duchesse; je n'accepte point ce bruit, et pour le démentir, je veux que vous fassiez passer cette bourse à Fabrice.

— Mais, monsieur le comte, dit Rassi effrayé, et regardant la bourse, il y a là une somme énorme, et les règlements...

— Pour vous, mon cher, elle peut être énorme, reprit le comte de l'air du plus souverain mépris : un bourgeois tel que vous, envoyant de l'argent à son ami en prison, croit se ruiner en lui donnant dix sequins : moi, je *veux* que Fabrice reçoive ces six mille francs, et surtout que le château ne sache rien de cet envoi.

Comme le Rassi effrayé voulait répliquer, le comte ferma la porte sur lui avec impatience. Ces gens-là, se dit-il, ne voient le pouvoir que derrière l'insolence. Cela dit, ce grand ministre se livra à une action tellement ridicule, que nous avons quelque peine à la rapporter; il courut prendre dans son bureau un portrait en miniature de la duchesse, et le couvrit de baisers passionnés. Pardon, mon cher ange, s'écriait-il, si je n'ai pas jeté par la fenêtre et de mes propres mains ce cuistre qui ose parler de toi avec une nuance de familiarité, mais, si j'agis avec cet excès de patience, c'est pour t'obéir! et il ne perdra rien pour attendre!

Après une longue conversation avec le portrait, le comte, qui se sentait le cœur mort dans la poitrine, eut l'idée d'une action ridicule et s'y livra avec un empressement d'enfant. Il se fit donner un habit avec des plaques, et fut faire une visite à la vieille princesse Isota; de la vie il ne s'était présenté chez elle qu'à l'occasion du jour de l'an. Il la trouva entourée d'une quantité de chiens, et parée de tous ses atours, et même avec des diamants comme si elle allait à la cour. Le comte, ayant témoigné quelque crainte de déranger les projets de Son Altesse, qui probablement allait sortir, l'Altesse répondit au ministre qu'une princesse de Parme se devait à elle-même d'être toujours ainsi. Pour la première fois depuis son malheur le comte eut un mouvement de gaieté ; j'ai bien fait de paraître ici, se dit-il, et dès aujourd'hui il faut faire ma déclaration. La princesse avait été ravie de voir arriver chez elle un homme aussi renommé par son esprit et un premier ministre ; la pauvre vieille fille n'était guère accoutumée à de semblables visites. Le comte commença par une préface adroite, relative à l'immense distance qui séparera toujours d'un simple gentilhomme les membres d'une famille régnante.

— Il faut faire une distinction, dit la princesse : la fille d'un roi de France, par exemple, n'a aucun espoir d'arriver jamais à la couronne ; mais les choses ne vont point ainsi dans la famille de Parme. C'est pourquoi nous autres Farnèse nous devons toujours conserver une certaine dignité dans notre extérieur ; et moi, pauvre princesse telle que vous me voyez, je ne puis pas dire qu'il soit absolument impossible qu'un jour vous soyez mon premier ministre.

Cette idée par son imprévu baroque donna au pauvre comte un second instant de gaieté parfaite.

Au sortir de chez la princesse Isota, qui avait grandement rougi en recevant l'aveu de la passion du premier ministre, celui-ci rencontra un des fourriers du palais : le prince le faisait demander en toute hâte.

— Je suis malade, répondit le ministre, ravi de pouvoir faire une malhonnêteté à son prince. Ah ! ah ! vous me poussez à bout, s'écria-t-il avec fureur, et puis vous voulez que je vous serve ! mais sachez, mon prince, qu'avoir reçu le pouvoir de la Providence ne suffit plus en ce siècle-ci, il faut beaucoup d'esprit et un grand caractère pour réussir à être despote.

Après avoir renvoyé le fourrier du palais fort scandalisé de la parfaite santé de ce malade, le comte trouva plaisant d'aller voir les deux hommes de la cour qui avaient le plus d'influence sur le général Fabio Conti. Ce qui surtout faisait frémir le ministre et lui ôtait tout courage, c'est que le gouverneur de la citadelle était accusé de s'être défait jadis d'un capitaine, son ennemi personnel, au moyen de l'*aquetta* de Pérouse.

Le comte savait que depuis huit jours la duchesse avait répandu des sommes folles pour se ménager des intelligences à la citadelle ; mais, suivant lui, il y avait peu d'espoir de succès, tous les yeux étaient encore trop ouverts. Nous ne raconterons point au lecteur toutes les tentatives de corruption essayées par cette femme malheureuse : elle était au désespoir, et des agents de toute sorte et parfaitement dévoués la secondaient. Mais il n'est peut-être qu'un seul genre d'affaires dont on s'acquitte parfaitement bien dans les petites cours despotiques, c'est la garde des prisonniers politiques. L'or de la duchesse ne produisit d'autre effet que de faire renvoyer de la citadelle huit ou dix hommes de tout grade.

accomplis. Ceci n'a par ainsi formé mathématiquement, n'est-ce pas... [illegible]
à ferminer l'enseignement des après-demains après serment public...
rappeler d'Aristoxène comme dix... Mais il n'a pas, ceux-ci...
où on sait à peine laisser demander à ceux, une existence...
non dans les points qu'il distingue, et si... que de ce...
présenter à principe du tout où la déduit... la pratique...
à cause qu'il sait de... du trouver de la plus belle partie...
des hommes... qui parle...

CHAPITRE XVIII

Ainsi, avec un dévouement complet pour le prisonnier, la duchesse et le premier ministre n'avaient pu faire pour lui que bien peu de chose. Le prince était en colère, la cour ainsi que le public étaient *piqués* contre Fabrice et ravis de lui voir arriver malheur ; il avait été trop heureux. Malgré l'or jeté à pleines mains, la duchesse n'avait pu faire un pas dans le siège de la citadelle ; il ne se passait pas de jour sans que la marquise Raversi ou le chevalier Riscara eussent quelque nouvel avis à communiquer au général Fabio Conti. On soutenait sa faiblesse.

Comme nous l'avons dit, le jour de son emprisonnement Fabrice fut conduit d'abord au *palais du gouverneur :* C'est un joli petit bâtiment construit dans le siècle dernier sur les dessins de Vanvitelli, qui le plaça à cent quatre-vingts pieds de haut, sur la plate-forme de l'immense tour ronde. Des fenêtres de ce petit palais, isolé sur le dos de l'énorme tour comme la bosse d'un chameau, Fabrice découvrait la campagne et les Alpes fort au loin ; il suivait de l'œil, au pied de la citadelle, le cours de la Parma, sorte de torrent, qui, tournant à droite à quatre lieues de la ville, va se jeter dans le Pô. Par delà la rive gauche de ce fleuve, qui formait comme une suite d'immenses taches blanches au milieu des campagnes verdoyantes, son œil ravi apercevait distinctement chacun des sommets de l'immense mur que les Alpes forment au nord de l'Italie. Ces sommets, toujours couverts de neige, même au mois d'août où l'on était alors, donnent comme une sorte de fraîcheur par souvenir au milieu de ces campagnes brûlantes ; l'œil en peut suivre les moindres détails, et pourtant ils sont à plus de trente lieues de la citadelle de Parme. La vue si étendue du joli palais du gouverneur est interceptée vers un angle au midi par la tour *Farnèse*, dans laquelle on préparait à la hâte une chambre pour Fabrice. Cette seconde tour, comme le lecteur s'en souvient peut-être, fut élevée sur la plate-forme de la grosse tour, en l'honneur d'un prince héréditaire qui, fort différent de l'Hippolyte fils de Thésée, n'avait point repoussé les politesses d'une jeune belle-mère. La princesse mourut en quelques heures; le fils du prince ne recouvra sa liberté que dix-sept ans plus tard en montant sur le trône à la mort de son père. Cette tour Farnèse où, après trois quarts d'heure, l'on fit monter Fabrice, fort laide à l'extérieur, est élevée d'une cinquantaine de pieds au-dessus de la plate-forme de la grosse tour et garnie d'une quantité de paratonnerres. Le prince mécontent de sa femme, qui fit bâtir cette prison aperçue de toutes parts, eut la singulière prétention de persuader à ses sujets qu'elle existait depuis longues années : c'est pourquoi il lui imposa le nom de *tour Farnèse*. Il était défendu de parler de cette construction, et de toutes les parties de la ville de Parme et des plaines voisines on voyait parfaitement les maçons placer chacune des pierres qui composent cet édifice pentagone. Afin de prouver qu'elle était ancienne, on plaça au-dessus de la porte de deux pieds de large et de quatre de hauteur, par laquelle on y entre, un magnifique bas-relief qui représente Alexandre Farnèse, le général célèbre, forçant Henri IV à s'éloigner de Paris. Cette tour Farnèse placée en si belle vue se compose d'un rez-de chaussée long de quarante pas au moins, large à proportion et tout rempli de colonnes fort trapues, car cette pièce si démesurément vaste n'a pas plus de quinze pieds d'élévation. Elle est occupée par le corps de garde, et, du centre, l'escalier s'élève en tournant autour d'une des colonnes : c'est un petit escalier en fer, fort léger, large de deux pieds à peine et construit en filigrane. Par cet escalier tremblant sous le poids des geôliers qui l'escortaient, Fabrice arriva à de vastes pièces de plus de vingt pieds de haut, formant un magnifique premier étage. Elles furent jadis meublées avec le plus grand luxe pour le jeune prince qui y passa les dix-sept plus belles années de sa vie. A l'une des extrémités de cet appartement, on fit voir au nouveau prisonnier une chapelle de la plus grande magnificence; les murs et la voûte sont entièrement revêtus de marbre noir; des colonnes noires aussi et de la plus noble proportion sont placées en lignes le long des murs noirs, sans les toucher, et ces murs sont ornés d'une quantité de têtes de morts en marbre blanc, de proportions colossales, élégamment sculptées et placées sur deux os en sautoir. Voilà bien une invention de la haine qui ne peut tuer, se dit Fabrice, et quelle diable d'idée de me montrer cela!

Un escalier en fer et en filigrane fort léger, également disposé autour d'une colonne, donne accès au second étage de cette prison, et c'est dans les chambres de ce second étage, hautes de quinze pieds environ, que depuis un an le général Fabio Conti faisait preuve de génie. D'abord, sous sa direction, l'on avait solidement grillé les fenêtres de ces chambres jadis occupées par les domestiques du prince, et qui sont à plus de trente pieds des dalles de pierre formant la plate-forme de la grosse tour ronde. C'est par un corridor obscur placé au centre du bâtiment que l'on arrive à ces chambres, qui toutes ont deux fenêtres; et dans ce corridor fort étroit, Fabrice remarqua trois portes de fer successives formées de barreaux énormes et s'élevant jusqu'à la voûte. Ce sont les plans, coupes et élévations de toutes ces belles inventions, qui pendant deux ans avaient valu au général une audience de son maître chaque semaine. Un conspirateur placé dans l'une de ces chambres ne pourrait pas se plaindre à l'opinion d'être traité d'une façon inhumaine, et pourtant ne saurait avoir de communication avec personne au monde, ni faire un mouvement sans qu'on l'entendît. Le général avait fait placer dans chaque chambre de gros madriers de chêne formant comme des bancs de trois pieds de haut, et c'était là son invention capitale, celle qui lui donnait des droits au ministère de la police. Sur ces bancs il avait fait établir une cabane en planches, fort sonore, haute de dix pieds, et qui ne touchait au mur que du côté des fenêtres. Des trois autres côtés il régnait un petit corridor de quatre pieds de large, entre le mur primitif de la prison, composé d'énormes pierres de taille, et les parois en planches de la cabane. Ces parois, formées de quatre doubles de planches de noyer, chêne et sapin, étaient solidement reliées par des boulons de fer et par des clous sans nombre.

Ce fut dans l'une de ces chambres construites depuis un an, et chef-d'œuvre du général Fabio Conti, laquelle avait reçu le beau nom d'*Obéissance passive*, que Fabrice fut introduit. Il courut aux fenêtres; la vue qu'on avait de ces fenêtres grillées était sublime : un seul petit coin de l'horizon était caché, vers le nord-est, par le toit en galerie du joli palais du gouverneur, qui n'avait que deux étages; le rez-de-chaussée était occupé par les bureaux de l'état-major; et d'abord les yeux de Fabrice furent attirés vers une des fenêtres du second étage, où se trouvaient, dans de jolies cages, une grande quantité d'oiseaux de toute sorte. Fabrice s'amusait à les entendre chanter, et à les voir saluer les derniers rayons du crépuscule du soir, tandis que les geôliers s'agitaient autour de lui. Cette fenêtre de la volière n'était pas à plus de vingt-cinq pieds de l'une des siennes, et se trouvait à cinq ou six pieds en contrebas, de façon qu'il plongeait sur les oiseaux.

Il y avait lune ce jour-là, et au moment où Fabrice entrait dans sa prison, elle se levait majestueusement à l'horizon à droite, au-dessus de la chaîne des Alpes, vers Trévise. Il n'était que huit heures et demie du soir, et à l'autre extrémité de l'horizon, au couchant, un brillant crépuscule rouge orangé dessinait parfaitement les contours du mont Viso et des autres pics des Alpes qui remontent de Nice vers le mont Cenis et Turin; sans songer autrement à son malheur, Fabrice fut ému et ravi par ce spectacle sublime. C'est donc dans ce monde ravissant que vit Clélia Conti! avec son âme pensive et sérieuse, elle doit jouir de cette vue plus qu'un autre; on est ici comme dans des montagnes solitaires à cent lieues de Parme. Ce ne fut qu'après avoir passé plus de deux heures à la fenêtre, admirant cet horizon qui parlait à son âme, et souvent aussi arrêtant sa vue sur le joli palais du gouverneur que Fabrice s'écria tout à coup : Mais ceci est-il une prison? est-ce là ce que j'ai tant redouté? Au lieu d'apercevoir à chaque pas des désagréments et des motifs d'aigreur, notre héros se laissait charmer par les douceurs de la prison.

Tout à coup son attention fut violemment rappelée à la réalité par un tapage épouvantable : sa chambre de bois, assez semblable à une cage et surtout fort sonore, était violemment ébranlée; des aboiements de chien et de petits cris aigus complétaient le bruit le plus singulier. Quoi donc! si tôt pourrais-je m'échapper! pensa Fabrice. Un instant après, il riait comme jamais peut-être on n'a ri dans une prison. Par ordre du général, on avait fait monter en même temps que les geôliers un chien anglais, fort méchant, préposé à la garde des prisonniers d'importance, et qui devait passer la nuit dans l'espace si ingénieusement ménagé tout autour de la cage de Fabrice. Le chien et le geôlier devaient coucher dans l'intervalle de trois pieds ménagé entre les dalles de pierre du sol primitif de la chambre et le plancher en bois sur lequel le prisonnier ne pouvait faire un pas sans être entendu.

Or, à l'arrivée de Fabrice, la chambre de l'*Obéissance*

passive se trouvait occupée par une centaine de rats énormes qui prirent la fuite dans tous les sens. Le chien, sorte d'épagneul croisé avec un fox anglais, n'était point beau, mais en revanche, il se montra fort alerte. On l'avait attaché sur le pavé en dalles de pierre au-dessous du plancher de la chambre de bois; mais lorsqu'il sentit passer les rats tout près de lui il fit des efforts si extraordinaires qu'il parvint à retirer la tête de son collier; alors advint cette bataille admirable et dont le tapage réveilla Fabrice lancé dans les rêveries des moins tristes. Les rats qui avaient pu se sauver du premier coup de dent, se réfugiant dans la chambre de bois, le chien monta après eux les six marches qui conduisaient du pavé en pierre à la cabane de Fabrice. Alors commença un tapage bien autrement épouvantable : la cabane était ébranlée jusqu'en ses fondements. Fabrice riait comme un fou et pleurait à force de rire : le geôlier Grillo, non moins riant, avait fermé la porte; le chien, courant après les rats, n'était gêné par aucun meuble, car la chambre était absolument nue; il n'y avait pour gêner les bonds du chien chasseur qu'un poêle de fer dans un coin. Quand le chien eut triomphé de tous ses ennemis, Fabrice l'appela, le caressa, réussit à lui plaire : Si jamais celui-ci me voit sautant par-dessus quelque mur, se dit-il, il n'aboiera pas. Mais cette politique raffinée était une prétention de sa part : dans la situation d'esprit où il était, il trouvait son bonheur à jouer avec ce chien. Par une bizarrerie à laquelle il ne réfléchissait point, une secrète joie régnait au fond de son âme.

Après qu'il se fut bien essoufflé à courir avec le chien,

— Comment vous appelez-vous, dit Fabrice au geôlier.

— Grillo, pour servir Votre Excellence dans tout ce qui est permis par le règlement.

— Eh bien! mon cher Grillo, un nommé Giletti a voulu m'assassiner au milieu d'un grand chemin, je me suis défendu et l'ai tué; je le tuerais encore si c'était à faire : mais je n'en veux pas moins mener joyeuse vie, tant que je serai votre hôte. Sollicitez l'autorisation de vos chefs et allez demander du linge au palais Sanseverina; de plus, achetez-moi force *nébieu d'Asti.*

C'est un assez bon vin mousseux qu'on fabrique en Piémont dans la patrie d'Alfieri et qui est fort estimé surtout de la classe d'amateurs à laquelle appartiennent les geôliers. Huit ou dix de ces messieurs étaient occupés à transporter dans la chambre de bois de Fabrice quelques meubles antiques et fort dorés que l'on enlevait au premier étage dans l'appartement du prince; tous recueillirent religieusement dans leur pensée le mot en faveur du vin d'Asti. Quoi qu'on pût faire, l'établissement de Fabrice pour cette première nuit fut pitoyable; mais il n'eut l'air choqué que de l'absence d'une bouteille de bon *nébieu*. — Celui-là a l'air d'un bon enfant... dirent les geôliers en s'en allant... et il n'y a qu'une chose à désirer, c'est que nos messieurs lui laissent passer de l'argent.

Quand il fut seul et un peu remis de tout ce tapage : Est-il possible que ce soit là la prison, se dit Fabrice en regardant cet immense horizon de Trévise au mont Viso, la chaîne si étendue des Alpes, les pics couverts de neige, les étoiles, etc., et une première nuit en prison encore! Je conçois que Clélia Conti se plaise dans cette solitude aérienne; on est ici à mille lieues au-dessus des petitesses et des méchancetés qui nous occupent là-bas. Si ces oiseaux qui sont là sous ma fenêtre lui appartiennent, je la verrai... Rougira-t-elle en m'apercevant ? Ce fut en discutant cette grande question que le prisonnier trouva le sommeil à une heure fort avancée de la nuit.

Dès le lendemain de cette nuit, la première passée en prison, et durant laquelle il ne s'impatienta pas une seule fois, Fabrice fut réduit à faire la conversation avec Fox le chien anglais; Grillo le geôlier lui faisait bien toujours des yeux fort aimables, mais un ordre nouveau le rendait muet, et il n'apportait ni linge ni nébieu.

Verrai-je Clélia? se dit Fabrice en s'éveillant. Mais ces oiseaux sont-ils à elle ? Les oiseaux commençaient à jeter des petits cris et à chanter, et à cette élévation c'était le seul bruit qui s'entendît dans les airs. Ce fut une sensation pleine de nouveauté et de plaisir pour Fabrice que ce vaste silence qui régnait à cette hauteur : il écoutait avec ravissement les petits gazouillements interrompus et si vifs par lesquels ses voisins les oiseaux saluaient le jour. S'ils lui appartiennent, elle paraîtra un instant dans cette chambre, là sous ma fenêtre; et tout en examinant les immenses chaînes des Alpes, vis-à-vis le premier étage desquelles la citadelle de Parme semblait s'élever comme un ouvrage avancé, ses regards revenaient à chaque instant aux magnifiques cages de citronnier et de bois d'acajou qui, garnies de fils dorés, s'élevaient au milieu de la chambre fort claire, servant de volière. Ce que Fabrice n'apprit que plus tard, c'est que cette chambre était la seule du second étage du palais qui eût de l'ombre de onze heures à quatre; elle était abritée par la tour Farnèse.

Quel ne va pas être mon chagrin, se dit Fabrice, si, au lieu de cette physionomie céleste et pensive que j'attends et qui rougira peut-être un peu si elle m'aperçoit, je vois arriver la grosse figure de quelque femme de chambre bien commune, chargée par procuration de soigner les oiseaux! Mais si je vois Clélia, daignera-t-elle m'apercevoir? Ma foi, il faut faire des indiscrétions pour être remarqué; ma situation doit avoir quelques privilèges; d'ailleurs nous sommes tous deux seuls ici et si loin du monde! Je suis un prisonnier, apparemment ce que le général Conti et les autres misérables de cette espèce appellent un de leurs subordonnés... Mais elle a tant d'esprit, ou pour mieux dire tant d'âme, comme le suppose le comte, que peut-être, à ce qu'il dit, méprise-t-elle le métier de son père; de là viendrait sa mélancolie! Noble cause de tristesse! Mais après tout, je ne suis point précisément un étranger pour elle. Avec quelle grâce pleine de modestie elle m'a salué hier soir! Je me souviens fort bien que lors de notre rencontre près de Côme je lui dis : Un jour je viendrai voir vos beaux tableaux de Parme, vous souviendrez-vous de ce nom : Fabrice del Dongo? L'aura-t-elle oublié? elle était si jeune alors!

Mais à propos, se dit Fabrice étonné en interrompant tout à coup le cours de ses pensées, j'oublie d'être en colère! Serais-je un de ces grands courages comme l'antiquité en a montré quelques exemples au monde? Suis-je un héros sans m'en douter? Comment! moi qui avais tant de peur de la prison, j'y suis, et je ne me souviens pas d'être triste! c'est bien le cas de dire que la peur a été cent fois pire que le mal. Quoi! j'ai besoin de me raisonner pour être affligé de cette prison, qui, comme le dit Blanès, peut durer dix ans comme dix mois? Serait-ce l'étonnement de tout ce nouvel établissement qui me distrait de la peine que je devrais éprouver? Peut-être que cette bonne humeur indépendante de ma volonté et peu raisonnable cessera tout à coup, peut-être en un instant je tomberai dans le noir malheur que je devrais éprouver.

Dans tous les cas, il est bien étonnant d'être en prison et de devoir se raisonner pour être triste! Ma fois, j'en reviens à ma supposition, peut-être que j'ai un grand caractère.

Les rêveries de Fabrice furent interrompues par le menuisier de la citadelle, lequel venait prendre mesure d'*abat-jour* pour ses fenêtres; c'était la première fois que cette prison servait, et l'on avait oublié de la compléter en cette partie essentielle.

Ainsi, se dit Fabrice, je vais être privé de cette vue sublime, et il cherchait à s'attrister de cette privation.

— Mais quoi! s'écria-t-il tout à coup parlant au menuisier, je ne verrai plus ces jolis oiseaux?

— Ah! les oiseaux de mademoiselle! qu'elle aime tant! dit cet homme avec l'air de la bonté; cachés, éclipsés, anéantis comme tout le reste.

Parler était défendu au menuisier tout aussi strictement qu'aux geôliers, mais cet homme avait pitié de la jeunesse du prisonnier : il lui apprit que ces abat-jour énormes, placés sur l'appui des deux fenêtres, et s'éloignant du mur tout en s'élevant, ne devaient laisser aux détenus que la vue du ciel. On fait cela pour la morale, lui dit-il, afin d'augmenter une tristesse salutaire et l'envie de se corriger dans l'âme des prisonniers; le général, ajouta le menuisier, a aussi inventé de leur retirer les vitres, et de les faire remplacer à leurs fenêtres par du papier huilé.

Fabrice aima beaucoup le tour épigrammatique de cette conversation, fort rare en Italie.

— Je voudrais bien avoir un oiseau pour me désennuyer, je les aime à la folie; achetez-en un de la femme de chambre de mademoiselle Clélia Conti.

— Quoi! vous la connaissez, s'écria le menuisier, que vous dites si bien son nom?

— Qui n'a pas ouï parler de cette beauté si célèbre? Mais j'ai eu l'honneur de la rencontrer plusieurs fois à la cour.

— La pauvre demoiselle s'ennuie bien ici, ajouta le menuisier; elle passe sa vie là avec ses oiseaux. Ce matin elle vient de faire acheter de beaux orangers que l'on a placés par son ordre à la porte de la tour sous votre fenêtre; sans la corniche vous pourriez les voir. Il y avait dans cette réponse des mots bien précieux pour Fabrice, il trouva une façon obligeante de donner quelque argent au menuisier.

— Je fais deux fautes à la fois, lui dit cet homme, je parle à Votre Excellence et je reçois de l'argent. Après-demain, en revenant pour les abat-jour, j'aurai un oiseau dans ma poche, et si je ne suis pas seul, je ferai semblant de le laisser envoler; si je puis même, je vous apporterai un livre de prières : vous devez bien souffrir de ne pas pouvoir dire vos offices.

Ainsi, se dit Fabrice, dès qu'il fut seul, ces oiseaux sont à elle, mais dans deux jours je ne les verrai plus! A cette pensée, ses regards prirent une teinte de malheur. Mais enfin, à son inexprimable joie, après une si longue attente

et tant de regards, vers midi Clélia vint soigner ses oiseaux.
Fabrice resta immobile et sans respiration, il était debout
contre les énormes barreaux de sa fenêtre et fort près. Il
remarqua qu'elle ne levait pas les yeux sur lui, mais ses
mouvements avaient l'air gêné, comme ceux de quelqu'un
qui se sent regardé. Quand elle l'aurait voulu, la pauvre
fille n'aurait pas pu oublier le sourire si fin qu'elle avait vu
errer sur les lèvres du prisonnier, la veille, au moment où
les gendarmes l'emmenaient du corps de garde.

Quoique, suivant toute apparence, elle veillât sur ses
actions avec le plus grand soin, au moment où elle s'approcha de la fenêtre de la volière, elle rougit fort sensiblement.
La première pensée de Fabrice, collé contre les barreaux de
fer de sa fenêtre, fut de se livrer à l'enfantillage de frapper
un peu avec la main sur ces barreaux, ce qui produirait
un petit bruit; puis la seule idée de ce manque de délicatesse
lui fit horreur. Je mériterais que pendant huit jours elle
envoyât soigner ses oiseaux par sa femme de chambre. Cette
idée délicate ne lui fût point venue à Naples ou à Novare.

Il la suivait ardemment des yeux : Certainement, se
disait-il, elle va s'en aller sans daigner jeter un regard sur
cette pauvre fenêtre, et, pourtant elle est bien en face. Mais,
en revenant du fond de la chambre que Fabrice, grâce à sa
position plus élevée, apercevait fort bien, Clélia ne put
s'empêcher de le regarder du haut de l'œil, tout en marchant, et c'en fut assez pour que Fabrice se crût autorisé
à la saluer. Ne sommes-nous pas seuls au monde ici ? se
dit-il pour s'en donner le courage. Sur ce salut, la jeune
fille resta immobile et baissa les yeux; puis Fabrice les lui
vit relever fort lentement; et évidemment, en faisant
effort sur elle-même, elle salua le prisonnier avec le mouvement le plus grave et le plus *distant*, mais elle ne put
imposer silence à ses yeux; sans qu'elle le sût probablement, ils exprimèrent un instant la pitié la plus vive.
Fabrice remarqua qu'elle rougissait tellement que la
teinte rose s'étendait rapidement jusque sur le haut des
épaules, dont la chaleur venait d'éloigner, en arrivant à
la volière, un châle de dentelle noire. Le regard involontaire par lequel Fabrice répondit à son salut redoubla le
trouble de la jeune fille. Que cette pauvre femme serait
heureuse, se disait-elle en pensant à la duchesse, si un
instant seulement elle pouvait le voir comme je le vois!

Fabrice avait eu quelque léger espoir de la saluer de
nouveau à son départ; mais, pour éviter cette nouvelle
politesse, Clélia fit une savante retraite par échelons, de

cage en cage, comme si, en finissant, elle eût dû soigner les oiseaux placés le plus près de la porte. Elle sortit enfin; Fabrice restait immobile à regarder la porte par laquelle elle venait de disparaître; il était un autre homme.

Dès ce moment l'unique objet de ses pensées fut de savoir comment il pourrait parvenir à continuer de la voir, même quand on aurait posé cet horrible abat-jour devant la fenêtre qui donnait sur le palais du gouverneur.

La veille au soir, avant de se coucher, il s'était imposé l'ennui fort long de cacher la meilleure partie de l'or qu'il avait, dans plusieurs des trous de rats qui ornaient sa chambre de bois. Il faut, ce soir, que je cache ma montre. N'ai-je pas entendu dire qu'avec de la patience et un ressort de montre ébréché on peut couper le bois et même le fer ? Je pourrai donc scier cet abat-jour. Ce travail de cacher la montre, qui dura deux grandes heures, ne lui sembla point long; il songeait aux différents moyens de parvenir à son but, et à ce qu'il savait faire en travaux de menuiserie. Si je sais m'y prendre, se disait-il, je pourrai couper bien carrément un compartiment de la planche de chêne qui formera l'abat-jour, vers la partie qui reposera sur l'appui de la fenêtre; j'ôterai et je remettrai ce morceau suivant les circonstances; je donnerai tout ce que je possède à Grillo afin qu'il veuille bien ne pas s'apercevoir de ce petit manège. Tout le bonheur de Fabrice était désormais attaché à la possibilité d'exécuter ce travail, et il ne songeait à rien autre. Si je parviens seulement à la voir, je suis heureux... Non pas, se dit-il; il faut aussi qu'elle voie que je la vois. Pendant toute la nuit, il eut la tête remplie d'inventions de menuiserie, et ne songea peut-être pas une seule fois à la cour de Parme, à la colère du prince, etc., etc. Nous avouerons qu'il ne songea pas davantage à la douleur dans laquelle la duchesse devait être plongée. Il attendait avec impatience le lendemain, mais le menuisier ne reparut plus : apparemment qu'il passait pour libéral dans la prison; on eut soin d'en envoyer un autre à mine rébarbative, lequel ne répondit jamais que par un grognement de mauvais augure à toutes les choses agréables que l'esprit de Fabrice cherchait à lui adresser. Quelques-unes des nombreuses tentatives de la duchesse pour lier une correspondance avec Fabrice avaient été dépistées par les nombreux agents de la marquise Raversi, et, par elle, le général Fabio Conti était journellement averti, effrayé, piqué d'amour-propre. Toutes les huit heures, six soldats de garde se relevaient dans la grande salle aux cent colonnes du rez-de-chaussée;

de plus, le gouverneur établit un geôlier de garde à chacune des trois portes de fer successives du corridor, et le
pauvre Grillo, le seul qui vît le prisonnier, fut condamné
à ne sortir de la tour Farnèse que tous les huit jours, ce
dont il se montra fort contrarié. Il fit sentir son humeur à
Fabrice qui eut le bon esprit de ne répondre que par ces
mots : Force *nébieu d'Asti*, mon ami, et il lui donna de
l'argent.

— Eh bien! même cela, qui nous console de tous les
maux, s'écria Grillo indigné, d'une voix à peine assez
élevée pour être entendu du prisonnier, on nous défend
de le recevoir et je devrais le refuser, mais je le prends; du
reste, argent perdu; je ne puis rien vous dire sur rien.
Allez, il faut que vous soyez joliment coupable, toute la
citadelle est sens dessus dessous à cause de vous; les belles
menées de madame la duchesse ont déjà fait renvoyer trois
d'entre nous.

L'abat-jour sera-t-il prêt avant midi ? Telle fut la grande
question qui fit battre le cœur de Fabrice pendant toute
cette longue matinée; il comptait tous les quarts d'heure
qui sonnaient à l'horloge de la citadelle. Enfin, comme
les trois quarts après onze heures sonnaient, l'abat-jour
n'était pas encore arrivé; Clélia reparut donnant des soins
à ses oiseaux. La cruelle nécessité avait fait faire de si grands
pas à l'audace de Fabrice, et le danger de ne plus la voir
lui semblait tellement au-dessus de tout, qu'il osa, en
regardant Clélia, faire avec le doigt le geste de scier l'abat-
jour; il est vrai qu'aussitôt après avoir aperçu ce geste si
séditieux en prison, elle salua à demi, et se retira.

Hé quoi! se dit Fabrice étonné, serait-elle assez déraisonnable pour voir une familiarité ridicule dans un geste dicté
par le plus impérieuse nécessité ? Je voulais la prier de
daigner toujours, en soignant ses oiseaux, regarder quelquefois la fenêtre de la prison, même quand elle la trouvera
masquée par un énorme volet de bois; je voulais lui indiquer que je ferai tout ce qui est humainement possible pour
parvenir à la voir. Grand Dieu! est-ce qu'elle ne viendra pas
demain à cause de ce geste indiscret ? Cette crainte, qui
troubla le sommeil de Fabrice, se vérifia complètement;
le lendemain Clélia n'avait pas paru à trois heures, quand
on acheva de poser devant les fenêtres de Fabrice les deux
énormes abat-jour; les diverses pièces en avaient été élevées, à partir de l'esplanade de la grosse tour, au moyen de
cordes et de poulies attachées par dehors aux barreaux de
fer des fenêtres. Il est vrai que, cachée derrière une per-

sienne de son appartement, Clélia avait suivi avec angoisse tous les mouvements des ouvriers; elle avait fort bien vu la mortelle inquiétude de Fabrice, mais n'en avait pas moins eu le courage de tenir la promesse qu'elle s'était faite.

Clélia était une petite sectaire de libéralisme; dans sa première jeunesse elle avait pris au sérieux tous les propos de libéralisme qu'elle entendait dans la société de son père, lequel ne songeait qu'à se faire une position; elle était partie de là pour prendre en mépris et presque en horreur le caractère flexible du courtisan : de là son antipathie pour le mariage. Depuis l'arrivée de Fabrice, elle était bourrelée de remords : Voilà, se disait-elle, que mon indigne cœur se met du parti des gens qui veulent trahir mon père! il ose me faire le geste de scier une porte!... Mais, se dit-elle aussitôt l'âme navrée, toute la ville parle de sa mort prochaine! Demain peut être le jour fatal! avec les monstres qui nous gouvernent, quelle chose au monde n'est pas possible! Quelle douceur, quelle sérénité héroïque dans ces yeux qui peut-être vont se fermer! Dieu! quelles ne doivent pas être les angoisses de la duchesse! aussi on la dit tout à fait au désespoir. Moi j'irais poignarder le prince, comme l'héroïque Charlotte Corday.

Pendant toute cette troisième journée de sa prison Fabrice fut outré de colère, mais uniquement de ne pas avoir vu reparaître Clélia. Colère pour colère, j'aurais dû lui dire que je l'aimais, s'écriait-il; car il en était arrivé à cette découverte. Non, ce n'est point par grandeur d'âme que je ne songe pas à la prison et que je fais mentir la prophétie de Blanès, tant d'honneur ne m'appartient point. Malgré moi je songe à ce regard de douce pitié que Clélia laissa tomber sur moi lorsque les gendarmes m'emmenaient du corps de garde; ce regard a effacé toute ma vie passée. Qui m'eût dit que je trouverais des yeux si doux en un tel lieu! et au moment où j'avais les regards salis par la physionomie de Barbone et par celle de M. le général gouverneur. Le ciel parut au milieu de ces êtres vils. Et comment faire pour ne pas aimer la beauté et chercher à la revoir? Non, ce n'est point par grandeur d'âme que je suis indifférent à toutes les petites vexations dont la prison m'accable. L'imagination de Fabrice, parcourant rapidement toutes les possibilités, arriva à celle d'être mis en liberté. Sans doute l'amitié de la duchesse fera des miracles pour moi. Eh bien! je ne la remercierais de la liberté que du bout des lèvres; ces lieux ne sont point de ceux où l'on revient! une fois hors de prison, séparés de sociétés comme nous le sommes, je ne reverrais presque jamais Clélia! Et, dans le fait, quel mal me fait la prison ? Si Clélia daignait ne pas m'accabler de sa colère, qu'aurais-je à demander au ciel ?

Le soir de ce jour où il n'avait pas vu sa jolie voisine, il eut une grande idée : avec la croix de fer du chapelet que l'on distribue à tous les prisonniers à leur entrée en prison, il commença, et avec succès, à percer l'abat-jour. C'est peut-être une imprudence, se dit-il avant de commencer. Les menuisiers n'ont-ils pas dit devant moi que, dès demain, ils seront remplacés par les ouvriers peintres ? Que diront ceux-ci s'ils trouvent l'abat-jour de la fenêtre percé ? Mais si je ne commets cette imprudence, demain je ne puis la voir. Quoi! par ma faute je resterais un jour sans la voir! et encore quand elle m'a quitté fâchée! L'imprudence de Fabrice fut récompensée; après quinze heures de travail, il vit Clélia, et, par excès de bonheur, comme elle ne croyait point être aperçue de lui, elle resta longtemps immobile et le regard fixé sur cet immense abat-jour; il eut tout le temps de lire dans ses yeux les signes de la pitié la plus tendre. Sur la fin de la visite elle négligeait même évidemment les soins à donner à ses oiseaux, pour rester des minutes entières immobile à contempler la fenêtre. Son âme était profondément troublée; elle songeait à la duchesse dont l'extrême malheur lui avait inspiré tant de pitié, et cependant elle commençait à la haïr. Elle ne comprenait rien à la profonde mélancolie qui s'emparait de son caractère, elle avait de l'humeur contre elle-même. Deux ou trois fois, pendant le cours de cette visite, Fabrice eut l'impatience de chercher à ébranler l'abat-jour; il lui semblait qu'il n'était pas heureux tant qu'il ne pouvait pas témoigner à Clélia qu'il la voyait. Cependant, se disait-il, si elle savait que je l'aperçois avec autant de facilité, timide et réservée comme elle l'est, sans doute elle se déroberait à mes regards.

Il fut bien plus heureux de lendemain (de quelles misères l'amour ne fait-il pas son bonheur!) : pendant qu'elle regardait tristement l'immense abat-jour, il parvint à faire passer un petit morceau de fil de fer par l'ouverture que la croix de fer avait pratiquée, et il lui fit des signes qu'elle comprit évidemment, du moins dans ce sens qu'ils voulaient dire : je suis là et je vous vois.

Fabrice eut du malheur les jours suivants. Il voulait enlever à l'abat-jour colossal un morceau de planche grand

comme la main, que l'on pourrait remettre à volonté et qui
lui permettrait de voir et d'être vu, c'est-à-dire de parler,
par signes du moins, de ce qui se passait dans son âme;
mais il se trouva que le bruit de la petite scie fort imparfaite
qu'il avait fabriquée avec le ressort de sa montre ébréché
par la croix, inquiétait Grillo qui venait passer de longues
heures dans sa chambre. Il crut remarquer, il est vrai, que
la sévérité de Clélia semblait diminuer à mesure qu'aug-
mentaient les difficultés matérielles qui s'opposaient à toute
correspondance; Fabrice observa fort bien qu'elle n'affectait plus de baisser les yeux ou de regarder les oiseaux
quand il essayait de lui donner signe de présence à l'aide
de son chétif morceau de fil de fer; il avait le plaisir de voir
qu'elle ne manquait jamais à paraître dans la volière au
moment précis où onze heures trois quarts sonnaient, et
il eut presque la présomption de se croire la cause de cette
exactitude si ponctuelle. Pourquoi ? cette idée ne semble
pas raisonnable; mais l'amour observe des nuances invi-
sibles à l'œil indifférent, et en tire des conséquences infinies. Par exemple, depuis que Clélia ne voyait plus le
prisonnier, presque immédiatement en entrant dans la
volière, elle levait les yeux vers sa fenêtre. C'était dans ces
journées funèbres où personne dans Parme ne doutait que
Fabrice ne fût bientôt mis à mort : lui seul l'ignorait; mais
cette affreuse idée ne quittait plus Clélia, et comment se
serait-elle fait des reproches du trop d'intérêt qu'elle portait
à Fabrice ? il allait périr! et pour la cause de la liberté! car
il était trop absurde de mettre à mort un del Dongo pour
un coup d'épée à un histrion. Il est vrai que cet aimable
jeune homme était attaché à une autre femme! Clélia était
profondément malheureuse, et sans s'avouer bien précisément le genre d'intérêt qu'elle prenait à son sort : Certes, se
disait-elle, si on le conduit à la mort, je m'enfuirai dans un
couvent, et de la vie je ne reparaîtrai dans cette société de
la cour, elle me fait horreur. Assassins polis!
    Le huitième jour de la prison de Fabrice, elle eut un bien
grand sujet de honte : elle regardait fixement, et absorbée
dans ses tristes pensées, l'abat-jour qui cachait la fenêtre
du prisonnier; ce jour-là il n'avait encore donné aucun
signe de présence : tout à coup un petit morceau d'abat-
jour, plus grand que la main, fut retiré par lui; il la regarda
d'un air gai, et elle vit ses yeux qui la saluaient. Elle ne put
soutenir cette épreuve inattendue, elle se retourna rapidement vers ses oiseaux et se mit à les soigner; mais elle
tremblait au point qu'elle versait l'eau qu'elle leur distri-

buait, et Fabrice pouvait voir parfaitement son émotion ; elle ne put supporter cette situation, et prit le parti de se sauver en courant.

Ce moment fut le plus beau de la vie de Fabrice, sans aucune comparaison. Avec quels transports il eût refusé la liberté, si on la lui eût offerte en cet instant !

Le lendemain fut le jour de grand désespoir de la duchesse. Tout le monde tenait pour sûr dans la ville que c'en était fait de Fabrice ; Clélia n'eut pas le triste courage de lui montrer une dureté qui n'était pas dans son cœur, elle passa une heure et demie à la volière, regarda tous ses signes, et souvent lui répondit, au moins par l'expression de l'intérêt le plus vif et le plus sincère ; elle le quittait des instants pour lui cacher ses larmes. Sa coquetterie de femme sentait bien vivement l'imperfection du langage employé : si l'on se fût parlé, de combien de façons différentes n'eût-elle pas pu chercher à deviner quelle était précisément la nature des sentiments que Fabrice avait pour la duchesse ! Clélia ne pouvait presque plus se faire d'illusion, elle avait de la haine pour Mme Sanseverina.

Une nuit Fabrice vint à penser un peu sérieusement à sa tante : il fut étonné, il eut peine à reconnaître son image, le souvenir qu'il conservait d'elle avait totalement changé ; pour lui, à cette heure, elle avait cinquante ans.

— Grand Dieu ! s'écria-t-il avec enthousiasme, que je fus bien inspiré de ne pas lui dire que je l'aimais ! Il en était au point de ne presque plus pouvoir comprendre comment il l'avait trouvée si jolie. Sous ce rapport, la petite Marietta lui faisait une impression de changement moins sensible : c'est que jamais il ne s'était figuré que son âme fût de quelque chose dans l'amour pour la Marietta, tandis que souvent il avait cru que son âme tout entière appartenait à la duchesse. La duchesse d'A... et la Marietta lui faisaient l'effet maintenant de deux jeunes colombes dont tout le charme serait dans la faiblesse et dans l'innocence, tandis que l'image sublime de Clélia Conti, en s'emparant de toute son âme, allait jusqu'à lui donner de la terreur. Il sentait trop bien que l'éternel bonheur de sa vie allait le forcer de compter avec la fille du gouverneur, et qu'il était en son pouvoir de faire de lui le plus malheureux des hommes. Chaque jour il craignait mortellement de voir se terminer tout à coup, par un caprice sans appel de sa volonté, cette sorte de vie singulière et délicieuse qu'il trouvait auprès d'elle ; toutefois, elle avait déjà rempli de félicité les deux premiers mois de sa prison. C'était le temps où, deux fois la semaine, le général Fabio Conti disait au prince : Je puis donner ma parole d'honneur à Voltre Altesse que le prisonnier del Dongo ne parle à âme qui vive, et passe sa vie dans l'accablement du plus profond désespoir, ou à dormir.

Clélia venait deux ou trois fois le jour voir ses oiseaux, quelquefois pour des instants : si Fabrice ne l'eût pas tant aimée, il eût bien vu qu'il était aimé ; mais il avait des doutes mortels à cet égard. Clélia avait fait placer un piano dans la volière. Tout en frappant les touches, pour que le son de l'instrument pût rendre compte de sa présence et occupât les sentinelles qui se promenaient sous ses fenêtres, elle répondait des yeux aux questions de Fabrice. Sur un seul sujet elle ne faisait jamais de réponse, et même, dans les grandes occasions, prenait la fuite, et quelquefois disparaissait pour une journée entière ; c'était lorsque les signes de Fabrice indiquaient des sentiments dont il était trop difficile de ne pas comprendre l'aveu : elle était inexorable sur ce point.

Ainsi, quoique étroitement resserré dans une assez petite cage, Fabrice avait une vie fort occupée ; elle était employée tout entière à chercher la solution de ce problème si important : M'aime-t-elle ? Le résultat de milliers d'observations sans cesse renouvelées, mais aussi sans cesse mises en doute, était ceci : Tous ses gestes volontaires disent non, mais ce qui est involontaire dans le mouvement de ses yeux semble avouer qu'elle prend de l'amitié pour moi.

Clélia espérait bien ne jamais arriver à un aveu, et c'est pour éloigner ce péril qu'elle avait repoussé, avec une colère excessive, une prière que Fabrice lui avait adressée plusieurs fois. La misère des ressources employées par le pauvre prisonnier aurait dû, ce semble, inspirer à Clélia plus de pitié. Il voulait correspondre avec elle au moyen de caractères qu'il traçait sur sa main avec un morceau de charbon dont il avait fait la précieuse découverte dans son poêle ; il aurait formé les mots lettre à lettre, successivement. Cette invention eût doublé les moyens de conversation en ce qu'elle eût permis de dire des choses précises. Sa fenêtre était éloignée de celle de Clélia d'environ vingt-cinq pieds ; il eût été trop chanceux de se parler par-dessus la tête des sentinelles se promenant devant le palais du gouverneur. Fabrice doutait d'être aimé ; s'il eût eu quelque expérience de l'amour, il ne lui fût pas resté de doutes : mais jamais femme n'avait occupé son cœur; il n'avait, du reste, aucun soupçon d'un secret qui l'eût mis au désespoir s'il l'eût connu; il était grandement question du mariage de Clélia Conti avec le marquis Crescenzi, l'homme le plus riche de la cour.

CHAPITRE XIX

L'ambition du général Fabio Conti, exaltée jusqu'à la folie par les embarras qui venaient se placer au milieu de la carrière du premier ministre Mosca, et qui semblaient annoncer sa chute, l'avait porté à faire des scènes violentes à sa fille; il lui répétait sans cesse, et avec colère, qu'elle cassait le cou à sa fortune si elle ne se déterminait enfin à faire un choix; à vingt ans passés il était temps de prendre un parti; cet état d'isolement cruel, dans lequel son obstination déraisonnable plongeait le général, devait cesser à la fin, etc., etc.

C'était d'abord pour se soustraire à ces accès d'humeur de tous les instants que Clélia s'était réfugiée dans la volière; on n'y pouvait arriver que par un petit escalier de bois fort incommode, et dont la goutte faisait un obstacle sérieux pour le gouverneur.

Depuis quelques semaines, l'âme de Clélia était tellement agitée, elle savait si peu elle-même ce qu'elle devait désirer, que, sans donner précisément une parole à son père, elle s'était presque laissé engager. Dans un de ses accès de colère, le général s'était écrié qu'il saurait bien l'envoyer s'ennuyer dans le couvent le plus triste de Parme, et que, là, il la laisserait se morfondre jusqu'à ce qu'elle daignât faire un choix.

— Vous savez que notre maison, quoique fort ancienne, ne réunit pas six mille livres de rente, tandis que la fortune du marquis Crescenzi s'élève à plus de cent mille écus par an. Tout le monde à la cour s'accorde à lui reconnaître le caractère le plus doux; jamais il n'a donné de sujet de plainte à personne; il est fort bel homme, jeune, fort bien vu du prince, et je dis qu'il faut être folle à lier pour repousser ses hommages. Si ce refus était le premier, je pourrais peut-être le supporter; mais voici cinq ou six

partis, et des premiers de la cour, que vous refusez, comme
une petite sotte que vous êtes. Et que deviendriez-vous,
je vous prie, si j'étais mis à la demi-solde ? quel triomphe
pour mes ennemis, si l'on me voyait logé dans quelque
second étage, moi dont il a été si souvent question pour
le ministère! Non, morbleu! voici assez de temps que ma
bonté me fait jouer le rôle d'un Cassandre. Vous allez
me fournir quelque objection valable contre ce pauvre
marquis Crescenzi, qui a la bonté d'être amoureux de vous,
de vouloir vous épouser sans dot, et de vous assigner un
douaire de trente mille livres de rente, avec lequel du
moins je pourrai me loger; vous allez me parler raisonnablement, ou, morbleu! vous l'épousez dans deux mois!...

Un seul mot de tout ce discours avait frappé Clélia,
c'était la menace d'être mise au couvent, et par conséquent
éloignée de la citadelle, et au moment encore où la vie
de Fabrice semblait ne tenir qu'à un fil, car il ne se passait
pas de mois que le bruit de sa mort prochaine ne courût
de nouveau à la ville et à la cour. Quelque raisonnement
qu'elle se fît, elle ne put se déterminer à courir cette chance :
Être séparée de Fabrice, et au moment où elle tremblait
pour sa vie! c'était à ses yeux le plus grand des maux,
c'en était du moins le plus immédiat.

Ce n'est pas que, même en n'étant pas éloignée de
Fabrice, son cœur trouvât la perspective du bonheur; elle
le croyait aimé de la duchesse, et son âme était déchirée
par une jalousie mortelle. Sans cesse elle songeait aux
avantages de cette femme si généralement admirée. L'extrême réserve qu'elle s'imposait envers Fabrice, le langage
des signes dans lequel elle l'avait confiné, de peur de
tomber dans quelque indiscrétion, tout semblait se réunir
pour lui ôter les moyens d'arriver à quelque éclaircisse-
ment sur sa manière d'être avec la duchesse. Ainsi, chaque
jour, elle sentait plus cruellement l'affreux malheur d'avoir
une rivale dans le cœur de Fabrice, et chaque jour elle
osait moins s'exposer au danger de lui donner l'occasion
de dire toute la vérité sur ce qui se passait dans ce cœur.
Mais quel charme cependant de l'entendre faire l'aveu de
ses sentiments vrais! quel bonheur pour Clélia de pouvoir
éclaircir les soupçons affreux qui empoisonnaient sa vie!

Fabrice était léger; à Naples, il avait la réputation de
changer assez facilement de maîtresse. Malgré toute la
réserve imposée au rôle d'une demoiselle, depuis qu'elle
était chanoinesse et qu'elle allait à la cour, Clélia, sans
interroger jamais, mais en écoutant avec attention, avait

appris à connaître la réputation que s'étaient faite les
jeunes gens qui avaient successivement recherché sa main;
eh bien! Fabrice, comparé à tous ces jeunes gens, était
celui qui portait le plus de légèreté dans ses relations de
cœur. Il était en prison, il s'ennuyait, il faisait la cour à
l'unique femme à laquelle il pût parler; quoi de plus
simple ? quoi même de *plus commun* ? et c'était ce qui déso-
lait Clélia. Quand même, par une révélation complète, elle
eût appris que Fabrice n'aimait plus la duchesse, quelle
confiance pouvait-elle avoir dans ses paroles ? quand même
elle eût cru à la sincérité de ses discours, quelle confiance
eût-elle pu avoir dans la durée de ses sentiments ? Et enfin,
pour achever de porter le désespoir dans son cœur, Fabrice
n'était-il pas déjà fort avancé dans la carrière ecclésiastique ? n'était-il pas à la veille de se lier par des vœux
éternels ? Les plus grandes dignités ne l'attendaient-elles
pas dans ce genre de vie ? S'il me restait la moindre lueur
de bon sens, se disait la malheureuse Clélia, ne devrais-je
pas prendre la fuite ? ne devrais-je pas supplier mon père
de m'enfermer dans quelque couvent fort éloigné ? Et,
pour comble de misère, c'est précisément la crainte d'être
éloignée de la citadelle et renfermée dans un couvent qui
dirige toute ma conduite! C'est cette crainte qui me force
à dissimuler, qui m'oblige au hideux et déshonorant mensonge de feindre d'accepter les soins et les attentions
publiques du marquis Crescenzi.

Le caractère de Clélia était profondément raisonnable;
en toute sa vie elle n'avait pas eu à se reprocher une
démarche inconsidérée, et sa conduite en cette occurrence
était le comble de la déraison : on peut juger de ses souffrances!... Elles étaient d'autant plus cruelles qu'elle ne
se faisait aucune illusion. Elle s'attachait à un homme qui
était éperdument aimé de la plus belle femme de la cour,
d'une femme qui, à tant de titres, était supérieure à elle
Clélia! Et cet homme même, eût-il été libre, n'était pas
capable d'un attachement sérieux, tandis qu'elle, comme
elle le sentait trop bien, n'aurait jamais qu'un seul attachement dans la vie.

C'était donc le cœur agité des plus affreux remords que
tous les jours Clélia venait à la volière : portée en ce lieu
comme malgré elle, son inquiétude changeait d'objet et
devenait moins cruelle, les remords disparaissaient pour
quelques instants; elle épiait, avec des battements de cœur
indicibles, les moments où Fabrice pouvait ouvrir la sorte
de vasistas par lui pratiqué dans l'immense abat-jour qui

masquait sa fenêtre. Souvent la présence du geôlier Grillo dans sa chambre l'empêchait de s'entretenir par signes avec son amie.

Un soir, sur les onze heures, Fabrice entendit des bruits de la nature la plus étrange dans la citadelle : de nuit, en se couchant sur la fenêtre et sortant la tête hors du vasistas, il parvenait à distinguer les bruits un peu forts qu'on faisait dans le grand escalier, dit *des trois cents marches*, lequel conduisait de la première cour dans l'intérieur de la tour ronde, à l'esplanade en pierre sur laquelle on avait construit le palais du gouverneur et la prison Farnèse où il se trouvait.

Vers le milieu de son développement, à cent quatre-vingts marches d'élévation, cet escalier passait du côté méridional d'une vaste cour, au côté du nord; là se trouvait un pont en fer fort léger et fort étroit, au milieu duquel était établi un portier. On relevait cet homme toutes les six heures, et il était obligé de se lever et d'effacer le corps pour que l'on pût passer sur le pont qu'il gardait, et par lequel seul on pouvait parvenir au palais du gouverneur et à la tour Farnèse. Il suffisait de donner deux tours à un ressort, dont le gouverneur portait la clef sur lui, pour précipiter ce pont de fer dans la cour, à une profondeur de plus de cent pieds; cette simple précaution prise, comme il n'y avait pas d'autre escalier dans toute la citadelle, et que tous les soirs à minuit un adjudant rapportait chez le gouverneur, et dans un cabinet auquel on entrait par sa chambre, les cordes de tous les puits, il restait complètement inaccessible dans son palais, et il eût été également impossible à qui que ce fût d'arriver à la tour Farnèse. C'est ce que Fabrice avait parfaitement bien remarqué le jour de son entrée à la citadelle, et ce que Grillo, qui comme tous les geôliers aimait à vanter sa prison, lui avait plusieurs fois expliqué : ainsi il n'avait guère d'espoir de se sauver. Cependant il se souvenait d'une maxime de l'abbé Blanès : « L'amant songe plus « souvent à arriver à sa maîtresse que le mari à garder sa « femme; le prisonnier songe plus souvent à se sauver, « que le geôlier à fermer sa porte; donc, quels que soient « les obstacles, l'amant et le prisonnier doivent réussir. »

Ce soir-là Fabrice entendait fort distinctement un grand nombre d'hommes passer sur le pont en fer, dit le pont de l'*esclave*, parce que jadis un esclave dalmate avait réussi à se sauver, en précipitant le gardien du pont dans la cour.

On vient faire ici un enlèvement, on va peut-être me

mener pendre; mais il peut y avoir du désordre, il s'agit
d'en profiter. Il avait pris ses armes, il retirait déjà de
l'or de quelques-unes de ses cachettes, lorsque tout à coup
il s'arrêta.

— L'homme est un plaisant animal, s'écria-t-il, il faut
en convenir! Que dirait un spectateur invisible qui verrait
mes préparatifs? Est-ce que par hasard je veux me
sauver? Que deviendrais-je le lendemain du jour où je
serais de retour à Parme? est-ce que je ne ferais pas tout
au monde pour revenir auprès de Clélia? S'il y a du
désordre, profitons-en pour me glisser dans le palais du
gouverneur; peut-être je pourrai parler à Clélia, peut-être
autorisé par le désordre j'oserai lui baiser la main. Le général Conti, fort défiant de sa nature, et non moins vaniteux,
fait garder son palais par cinq sentinelles, une à chaque
angle du bâtiment, et une cinquième à la porte d'entrée,
mais par bonheur la nuit est fort noire. A pas de loup,
Fabrice alla vérifier ce que faisaient le geôlier Grillo et son
chien : le geôlier était profondément endormi dans une
peau de bœuf suspendue au plancher par quatre cordes, et
entourée d'un filet grossier; le chien Fox ouvrit les yeux,
se leva, et s'avança doucement vers Fabrice pour le caresser.
Notre prisonnier remonta légèrement les six marches
qui conduisaient à sa cabane de bois; le bruit devenait
tellement fort au pied de la tour Farnèse, et précisément
devant la porte, qu'il pensa que Grillo pourrait bien se
réveiller. Fabrice, chargé de toutes ses armes, prêt à agir,
se croyait réservé cette nuit-là aux grandes aventures,
quand tout à coup il entendit commencer la plus belle
symphonie du monde : c'était une sérénade que l'on donnait au général ou à sa fille. Il tomba dans un accès de rire
fou : Et moi qui songeais déjà à donner des coups de dague!
comme si une sérénade n'était pas une chose infiniment
plus ordinaire qu'un enlèvement nécessitant la présence
de quatre-vingts personnes dans une prison ou qu'une
révolte! La musique était excellente et parut délicieuse à
Fabrice, dont l'âme n'avait eu aucune distraction depuis
tant de semaines; elle lui fit verser de bien douces larmes;
dans son ravissement, il adressait les discours les plus irré-
sistibles à la belle Clélia. Mais le lendemain, à midi, il
la trouva d'une mélancolie tellement sombre, elle était si
pâle, elle dirigeait sur lui des regards où il lisait quelquefois tant de colère, qu'il ne se sentit pas assez autorisé
pour lui adresser une question sur la sérénade; il craignit
d'être impoli.

Clélia avait grandement raison d'être triste, c'était une sérénade que lui donnait le marquis Crescenzi; une démarche aussi publique était en quelque sorte l'annonce officielle du mariage. Jusqu'au jour même de la sérénade, et jusqu'à neuf heures du soir, Clélia avait fait la plus belle résistance, mais elle avait eu la faiblesse de céder à la menace d'être envoyée immédiatement au couvent, qui lui avait été faite par son père.

Quoi! je ne le verrais plus! s'était-elle dit en pleurant. C'est en vain que sa raison avait ajouté : Je ne le verrais plus cet être qui fera mon malheur de toutes les façons, je ne verrais plus cet amant de la duchesse, je ne verrais plus cet homme léger qui a eu dix maîtresses connues à Naples, et les a toutes trahies; je ne verrais plus ce jeune ambitieux qui, s'il survit à la sentence qui pèse sur lui, va s'engager dans les ordres sacrés! Ce serait un crime pour moi de le regarder encore lorsqu'il sera hors de cette citadelle, et son inconstance naturelle m'en épargnera la tentation; car, que suis-je pour lui ? un prétexte pour passer moins ennuyeusement quelques heures de chacune de ses journées de prison. Au milieu de toutes ces injures, Clélia vint à se souvenir du sourire avec lequel il regardait les gendarmes qui l'entouraient lorsqu'il sortait du bureau d'écrou pour monter à la tour Farnèse. Les larmes inondèrent ses yeux : Cher ami, que ne ferais-je pas pour toi! Tu me perdras, je le sais, tel est mon destin; je me perds moi-même d'une manière atroce en assistant ce soir à cette affreuse sérénade; mais demain, à midi, je reverrai tes yeux!

Ce fut précisément le lendemain de ce jour où Clélia avait fait de si grands sacrifices au jeune prisonnier, qu'elle aimait d'une passion si vive; ce fut le lendemain de ce jour où, voyant tous ses défauts, elle lui avait sacrifié sa vie, que Fabrice fut désespéré de sa froideur. Si même en n'employant que le langage si imparfait des signes il eût fait la moindre violence à l'âme de Clélia, probablement elle n'eût pu retenir ses larmes, et Fabrice eût obtenu l'aveu de tout ce qu'elle sentait pour lui; mais il manquait d'audace, il avait une trop mortelle crainte d'offenser Clélia, elle pouvait le punir d'une peine trop sévère. En d'autres termes, Fabrice n'avait aucune expérience du genre d'émotion que donne une femme que l'on aime; c'était une sensation qu'il n'avait jamais éprouvée, même dans sa plus faible nuance. Il lui fallut huit jours, après celui de la sérénade, pour se remettre avec Clélia sur le pied

accoutumé de bonne amitié. La pauvre fille s'armait de
sévérité, mourant de crainte de se trahir, et il semblait
à Fabrice que chaque jour il était moins bien avec elle.

Un jour, et il y avait alors près de trois mois que Fabrice
était en prison sans avoir eu aucune communication quelconque avec le dehors, et pourtant sans se trouver malheureux; Grillo était resté fort tard le matin dans sa
chambre; Fabrice ne savait comment le renvoyer, il était
au désespoir; enfin midi et demi avait déjà sonné lorsqu'il put ouvrir les deux petites trappes d'un pied de haut
qu'il avait pratiquées à l'abat-jour fatal.

Clélia était debout à la fenêtre de la volière, les yeux
fixés sur celle de Fabrice; ses traits contractés exprimaient
le plus violent désespoir. A peine vit-elle Fabrice, qu'elle
lui fit signe que tout était perdu : elle se précipita à son
piano et, feignant de chanter un récitatif de l'opéra
alors à la mode, elle lui dit, en phrases interrompues par
le désespoir et par la crainte d'être comprise par les sentinelles qui se promenaient sous la fenêtre :

« Grand Dieu! vous êtes encore en vie? Que ma
« reconnaissance est grande envers le Ciel! Barbone, ce
« geôlier dont vous punîtes l'insolence le jour de votre
« entrée ici, avait disparu, il n'était plus dans la citadelle;
« avant-hier soir il est rentré, et depuis hier j'ai lieu de
« croire qu'il cherche à vous empoisonner. Il vient rôder
« dans la cuisine particulière du palais qui fournit vos
« repas. Je ne sais rien de sûr, mais ma femme de chambre
« croit que cette figure atroce ne vient dans les cuisines
« du palais que dans le dessein de vous ôter la vie. Je
« mourais d'inquiétude ne vous voyant point paraître,
« je vous croyais mort. Abstenez-vous de tout aliment
« jusqu'à nouvel avis, je vais faire l'impossible pour vous
« faire parvenir quelque peu de chocolat. Dans tous les
« cas, ce soir à neuf heures, si la bonté du Ciel veut que
« vous ayez un fil, ou que vous puissiez former un ruban
« avec votre linge, laissez-le descendre de votre fenêtre
« sur les orangers, j'y attacherai une corde que vous reti-
« rerez à vous, et à l'aide de cette corde je vous ferai
« passer du pain et du chocolat. »

Fabrice avait conservé comme un trésor le morceau de
charbon qu'il avait trouvé dans le poêle de sa chambre :
il se hâta de profiter de l'émotion de Clélia, et d'écrire
sur sa main une suite de lettres dont l'apparition successive
formait ces mots :

« Je vous aime, et la vie ne m'est précieuse que parce

« que je vous vois; surtout envoyez-moi du papier et
« un crayon. »

Ainsi que Fabrice l'avait espéré, l'extrême terreur qu'il
lisait dans les traits de Clélia empêcha la jeune fille de
rompre l'entretien après ce mot si hardi, je vous aime;
elle se contenta de témoigner beaucoup d'humeur. Fabrice
eut l'esprit d'ajouter : Par le grand vent qu'il fait aujour-
d'hui, je n'entends que fort imparfaitement les avis que
vous daignez me donner en chantant, le son du piano
couvre la voix. Qu'est-ce que c'est, par exemple, que ce
poison dont vous me parlez ?

A ce mot, la terreur de la jeune fille reparut tout entière;
elle se mit à la hâte à tracer de grandes lettres à l'encre
sur les pages d'un livre qu'elle déchira, et Fabrice fut
transporté de joie en voyant enfin établi, après trois mois
de soins, ce moyen de correspondance qu'il avait si vainement. sollicité. Il n'eut garde d'abandonner la petite ruse
qui lui avait si bien réussi, il aspirait à écrire des lettres,
et feignait à chaque instant de ne pas bien saisir les mots
dont Clélia exposait successivement à ses yeux toutes les
lettres.

Elle fut obligée de quitter la volière pour courir auprès
de son père; elle craignait par-dessus tout qu'il ne vînt
l'y chercher; son génie soupçonneux n'eût point été
content du grand voisinage de la fenêtre de cette volière et
de l'abat-jour qui masquait celle du prisonnier. Clélia elle-
même avait eu l'idée quelques moments auparavant,
lorsque la non-apparition de Fabrice la plongeait dans une
si mortelle inquiétude, que l'on pourrait jeter une petite
pierre enveloppée d'un morceau de papier vers la partie
supérieure de cet abat-jour; si le hasard voulait qu'en cet
instant le geôlier chargé de la garde de Fabrice ne se trouvât pas dans sa chambre, c'était un moyen de correspondance certain.

Notre prisonnier se hâta de construire une sorte de
ruban avec du linge; et le soir, un peu après neuf heures,
il entendit fort bien de petits coups frappés sur les caisses
des orangers qui se trouvaient sous sa fenêtre; il laissa
glisser son ruban qui lui ramena une petite corde fort
longue, à l'aide de laquelle il retira d'abord une provision
de chocolat, et ensuite, à son inexprimable satisfaction, un
rouleau de papier et un crayon. Ce fut en vain qu'il tendit
la corde ensuite, il ne reçut plus rien; apparemment que
les sentinelles s'étaient rapprochées des orangers. Mais il
était ivre de joie. Il se hâta d'écrire une lettre infinie à

Clélia : à peine fut-elle terminée qu'il l'attacha à sa corde
et la descendit. Pendant plus de trois heures il attendit
vainement qu'on vînt la prendre, et plusieurs fois la retira
pour y faire des changements. Si Clélia ne voit pas ma lettre
ce soir, se disait-il, tandis qu'elle est encore émue par ses
idées de poison, peut-être demain matin rejettera-t-elle
bien loin l'idée de recevoir une lettre.

Le fait est que Clélia n'avait pu se dispenser de descendre à la ville avec son père : Fabrice en eut presque
l'idée en entendant, vers minuit et demi, rentrer la voiture
du général; il connaissait le pas des chevaux. Quelle ne
fut pas sa joie lorsque, quelques minutes après avoir
entendu le général traverser l'esplanade et les sentinelles
lui présenter les armes, il sentit s'agiter la corde qu'il
n'avait cessé de tenir autour du bras! On attachait un
grand poids à cette corde, deux petites secousses lui donnèrent le signal de la retirer. Il eut assez de peine à faire
passer au poids qu'il ramenait une corniche extrêmement
saillante qui se trouvait sous sa fenêtre.

Cet objet qu'il avait eu tant de peine à faire remonter,
c'était une carafe remplie d'eau et enveloppée dans un
châle. Ce fut avec délices que ce pauvre jeune homme, qui
vivait depuis si longtemps dans une solitude si complète,
couvrit ce châle de ses baisers. Mais il faut renoncer à
peindre son émotion lorsque enfin, après tant de jours
d'espérance vaine, il découvrit un petit morceau de papier
qui était attaché au châle par une épingle.

« Ne buvez que de cette eau, vivez avec du chocolat;
« demain je ferai tout au monde pour vous faire parvenir
« du pain, je le marquerai de tous les côtés avec de petites
« croix tracées à l'encre. C'est affreux à dire, mais il faut
« que vous le sachiez, peut-être Barbone est-il chargé de
« vous empoisonner. Comment n'avez-vous pas senti que
« le sujet que vous traitez dans votre lettre au crayon est
« fait pour me déplaire ? Aussi je ne vous écrirais pas
« sans le danger extrême qui vous menace. Je viens de
« voir la duchesse, elle se porte bien ainsi que le comte,
« mais elle est fort maigrie; ne m'écrivez plus sur ce
« sujet : voudriez-vous me fâcher ? »

Ce fut un grand effort de vertu chez Clélia que d'écrire
l'avant-dernière ligne de ce billet. Tout le monde prétendait, dans la société de la cour, que Mme Sanseverina
prenait beaucoup d'amitié pour le comte Baldi, ce si bel
homme, l'ancien ami de la marquise Raversi. Ce qu'il y
avait de sûr, c'est qu'il s'était brouillé de la façon la plus

scandaleuse avec cette marquise qui, pendant six ans, lui avait servi de mère et l'avait établi dans le monde.

Clélia avait été obligée de recommencer ce petit mot écrit à la hâte, parce que dans la première rédaction il perçait quelque chose des nouvelles amours que la malignité publique supposait à la duchesse.

— Quelle bassesse à moi! s'était-elle écriée : dire du mal à Fabrice de la femme qu'il aime!...

Le lendemain matin, longtemps avant le jour, Grillo entra dans la chambre de Fabrice, y déposa un assez lourd paquet, et disparut sans mot dire. Ce paquet contenait un pain assez gros, garni de tous les côtés de petites croix tracées à la plume : Fabrice les couvrit de baisers : il était amoureux. A côté du pain se trouvait un rouleau recouvert d'un grand nombre de doubles de papier; il renfermait six mille francs en sequins; enfin, Fabrice trouva un beau bréviaire tout neuf : une main qu'il commençait à connaître avait tracé ces mots à la marge :

« *Le poison!* Prendre garde à l'eau, au vin, à tout; « vivre de chocolat, tâcher de faire manger par le chien « le dîner auquel on ne touchera pas; il ne faut pas paraître « méfiant, l'ennemi chercherait un autre moyen. Pas « d'étourderie, au nom de Dieu! pas de légèreté! »

Fabrice se hâta d'enlever ces caractères chéris qui pouvaient compromettre Clélia, et de déchirer un grand nombre de feuillets du bréviaire, à l'aide desquels il fit plusieurs alphabets; chaque lettre était proprement tracée avec du charbon écrasé délayé dans du vin. Ces alphabets se trouvèrent secs lorsqu'à onze heures trois quarts Clélia parut à deux pas en arrière de la fenêtre de la volière. La grande affaire maintenant, se dit Fabrice, c'est qu'elle consente à en faire usage. Mais, par bonheur, il se trouva qu'elle avait beaucoup de choses à dire au jeune prisonnier sur la tentative d'empoisonnement : un chien des filles de service était mort pour avoir mangé un plat qui lui était destiné. Clélia, bien loin de faire des objections contre l'usage des alphabets, en avait préparé un magnifique avec de l'encre. La conversation suivie par ce moyen, assez incommode dans les premiers moments, ne dura pas moins d'une heure et demie, c'est-à-dire tout le temps que Clélia put rester à la volière. Deux ou trois fois, Fabrice se permettant des choses défendues, elle ne répondit pas, et alla pendant un instant donner à ses oiseaux les soins nécessaires.

Fabrice avait obtenu que, le soir, en lui envoyant de

l'eau, elle lui ferait parvenir un des alphabets tracés par elle avec de l'encre, et qui se voyait beaucoup mieux. Il ne manqua pas d'écrire une fort longue lettre dans laquelle il eut soin de ne point placer de choses tendres, du moins d'une façon qui pût offenser. Ce moyen lui réussit; sa lettre fut acceptée.

Le lendemain, dans la conversation par les alphabets, Clélia ne lui fit pas de reproches; elle lui apprit que le danger du poison diminuait; le Barbone avait été attaqué et presque assommé par les gens qui faisaient la cour aux filles de cuisine du palais du gouverneur; probablement il n'oserait plus reparaître dans les cuisines. Clélia lui avoua que, pour lui, elle avait osé voler du contre-poison à son père; elle le lui envoyait : l'essentiel était de repousser à l'instant tout aliment auquel on trouverait une saveur extraordinaire.

Clélia avait fait beaucoup de questions à don Cesare, sans pouvoir découvrir d'où provenaient les six cents sequins reçus par Fabrice; dans tous les cas, c'était un signe excellent; la sévérité diminuait.

Cet épisode du poison avança infiniment les affaires de notre prisonnier; toutefois jamais il ne put obtenir le moindre aveu qui ressemblât à de l'amour, mais il avait le bonheur de vivre de la manière la plus intime avec Clélia. Tous les matins, et souvent les soirs, il y avait une longue conversation avec les alphabets; chaque soir, à neuf heures, Clélia acceptait une longue lettre, et quelquefois y répondait par quelques mots; elle lui envoyait le journal et quelques livres; enfin, Grillo avait été amadoué au point d'apporter à Fabrice du pain et du vin, qui lui étaient remis journellement par la femme de chambre de Clélia. Le geôlier Grillo en avait conclu que le gouverneur n'était pas d'accord avec les gens qui avaient chargé Barbone d'empoisonner le jeune Monsignore, et il en était fort aise, ainsi que tous ses camarades, car un proverbe s'était établi dans la prison : il suffit de regarder en face monsignore del Dongo pour qu'il vous donne de l'argent.

Fabrice était devenu fort pâle; le manque absolu d'exercice nuisait à sa santé; à cela près, jamais il n'avait été aussi heureux. Le ton de la conversation était intime, et quelquefois fort gai, entre Clélia et lui. Les seuls moments de la vie de Clélia qui ne fussent pas assiégés de prévisions funestes et de remords étaient ceux qu'elle passait à s'entretenir avec lui. Un jour elle eut l'imprudence de lui dire :

— J'admire votre délicatesse; comme je suis la fille du gouverneur, vous ne me parlez jamais du désir de recouvrer la liberté!

— C'est que je me garde bien d'avoir un désir aussi absurde, lui répondit Fabrice; une fois de retour à Parme, comment vous reverrais-je?, et la vie me serait désormais insupportable si je ne pouvais vous dire tout ce que je pense... non, pas précisément tout ce que je pense, vous y mettez bon ordre; mais enfin, malgré votre méchanceté, vivre sans vous voir tous les jours serait pour moi un bien autre supplice que cette prison! de la vie je ne fus aussi heureux!... N'est-il pas plaisant de voir que le bonheur m'attendait en prison?

— Il y a bien des choses à dire sur cet article, répondit Clélia d'un air qui devint tout à coup excessivement sérieux et presque sinistre.

— Comment! s'écria Fabrice fort alarmé, serais-je exposé à perdre cette place si petite que j'ai pu gagner dans votre cœur, et qui fait ma seule joie en ce monde?

— Oui, lui dit-elle, j'ai tout lieu de croire que vous manquez de probité envers moi, quoique passant d'ailleurs dans le monde pour fort galant homme; mais je ne veux pas traiter ce sujet aujourd'hui.

Cette ouverture singulière jeta beaucoup d'embarras dans leur conversation, et souvent l'un et l'autre eurent les larmes aux yeux.

Le fiscal général Rassi aspirait toujours à changer de nom; il était bien las de celui qu'il s'était fait, et voulait devenir baron Riva. Le comte Mosca, de son côté, travaillait, avec toute l'habileté dont il était capable, à fortifier chez ce juge vendu la passion de la baronnie, comme il cherchait à redoubler chez le prince la folle espérance de se faire roi constitutionnel de la Lombardie. C'étaient les seuls moyens qu'il eût pu inventer de retarder la mort de Fabrice.

Le prince disait à Rassi:

— Quinze jours de désespoir et quinze jours d'espérance, c'est par ce régime patiemment suivi que nous parviendrons à vaincre le caractère de cette femme altière; c'est par ces alternatives de douceur et de dureté que l'on arrive à dompter les chevaux les plus féroces. Appliquez le caustique ferme.

En effet, tous les quinze jours on voyait renaître dans Parme un nouveau bruit annonçant la mort prochaine de

Fabrice. Ces propos plongeaient la malheureuse duchesse dans le dernier désespoir. Fidèle à la résolution de ne pas entraîner le comte dans sa ruine, elle ne le voyait que deux fois par mois ; mais elle était punie de sa cruauté envers ce pauvre homme par les alternatives continuelles de sombre désespoir où elle passait sa vie. En vain le comte Mosca, surmontant la jalousie cruelle que lui inspiraient les assiduités du comte Baldi, ce si bel homme, écrivait à la duchesse quand il ne pouvait la voir, et lui donnait connaissance de tous les renseignements qu'il devait au zèle du futur baron Riva, la duchesse aurait eu besoin, pour pouvoir résister aux bruits atroces qui couraient sans cesse sur Fabrice, de passer sa vie avec un homme d'esprit et de cœur tel que Mosca ; la nullité du Baldi, la laissant à ses pensées, lui donnait une façon d'exister affreuse, et le comte ne pouvait parvenir à lui communiquer ses raisons d'espérer.

Au moyen de divers prétextes assez ingénieux, ce ministre était parvenu à faire consentir le prince à ce que l'on déposât dans un château ami, au centre même de la Lombardie, dans les environs de Sarono, les archives de toutes les intrigues fort compliquées au moyen desquelles Ranuce-Ernest IV nourrissait l'espérance archifolle de se faire roi constitutionnel de ce beau pays.

Plus de vingt de ces pièces fort compromettantes étaient de la main du prince ou signées par lui, et dans le cas où la vie de Fabrice serait sérieusement menacée, le comte avait le projet d'annoncer à Son Altesse qu'il allait livrer ces pièces à une grande puissance qui d'un mot pouvait l'anéantir.

Le comte Mosca se croyait sûr du futur baron Riva, il ne craignait que le poison ; la tentative de Barbone l'avait profondément alarmé, et à un tel point qu'il s'était déterminé à hasarder une démarche folle en apparence. Un matin il passa à la porte de la citadelle, et fit appeler le général Fabio Conti qui descendit jusque sur le bastion au-dessus de la porte ; là, se promenant amicalement avec lui, il n'hésita pas à lui dire, après une petite préface aigre-douce et convenable :

— Si Fabrice périt d'une façon suspecte, cette mort pourra m'être attribuée, je passerai pour un jaloux, ce serait pour moi un ridicule abominable et que je suis résolu de ne pas accepter. Donc, et pour m'en laver, s'il périt de maladie, *je vous tuerai de ma main ;* comptez là-dessus. Le général Fabio Conti fit une réponse magnifique

et parla de sa bravoure, mais le regard du comte resta
présent à sa pensée.

Peu de jours après, et comme s'il se fût concerté avec
le comte, le fiscal Rassi se permit une imprudence bien
singulière chez un tel homme. Le mépris public attaché à
son nom qui servait de proverbe à la canaille, le rendait
malade depuis qu'il avait l'espoir fondé de pouvoir y
échapper. Il adressa au général Fabio Conti une copie
officielle de la sentence qui condamnait Fabrice à douze
années de citadelle. D'après la loi, c'est ce qui aurait dû
être fait dès le lendemain même de l'entrée de Fabrice
en prison; mais ce qui était inouï à Parme, dans ce pays
de mesures secrètes, c'est que la justice se permît une telle
démarche sans l'ordre exprès du souverain. En effet,
comment nourrir l'espoir de redoubler tous les quinze
jours l'effroi de la duchesse, et de dompter ce caractère
altier, selon le mot du prince, une fois qu'une copie officielle de la sentence était sortie de la chancellerie de justice ? La veille du jour où le général Fabio Conti reçut le
pli officiel du fiscal Rassi, il apprit que le commis Barbone
avait été roué de coups en rentrant un peu tard à la citadelle; il en conclut qu'il n'était plus question en certain
lieu de se défaire de Fabrice; et, par un trait de prudence
qui sauva Rassi des suites immédiates de sa folie, il ne parla
point au prince, à la première audience qu'il en obtint,
de la copie officielle de la sentence du prisonnier à lui
transmise. Le comte avait découvert, heureusement pour
la tranquillité de la pauvre duchesse, que la tentative
gauche de Barbone n'avait été qu'une velléité de vengeance particulière, et il avait fait donner à ce commis
l'avis dont on a parlé.

Fabrice fut bien agréablement surpris quand, après cent
trente-cinq jours de prison dans une cage assez étroite,
le bon aumônier don Cesare vint le chercher un jeudi
pour le faire promener sur le donjon de la tour Farnèse :
Fabrice n'y eut pas été dix minutes que, surpris par le
grand air, il se trouva mal.

Don Cesare prit prétexte de cet accident pour lui accorder une promenade d'une demi-heure tous les jours. Ce
fut une sottise; ces promenades fréquentes eurent bientôt
rendu à notre héros des forces dont il abusa.

Il y eut plusieurs sérénades; le ponctuel gouverneur ne
les souffrait que parce qu'elles engageaient avec le marquis
Crescenzi sa fille Clélia, dont le caractère lui faisait peur :
il sentait vaguement qu'il n'y avait nul point de contact

entre elle et lui, et craignait toujours de sa part quelque
coup de tête. Elle pouvait s'enfuir au couvent, et il restait
désarmé. Du reste, le général craignait que toute cette
musique, dont les sons pouvaient pénétrer jusque dans les
cachots les plus profonds, réservés aux plus noirs libéraux,
ne contînt des signaux. Les musiciens aussi lui donnaient
de la jalousie par eux-mêmes; aussi, à peine la sérénade
terminée, on les enfermait à clef dans les grandes salles
basses du palais du gouverneur, qui de jour servaient de
bureaux pour l'état-major, et on ne leur ouvrait la porte
que le lendemain matin au grand jour. C'était le gouverneur lui-même qui, placé sur le pont de *l'esclave*, les faisait
fouiller en sa présence et leur rendait la liberté, non sans
leur répéter plusieurs fois qu'il ferait pendre à l'instant
celui d'entre eux qui aurait l'audace de se charger de la
moindre commission pour quelque prisonnier. Et l'on
savait que dans sa peur de déplaire il était homme à tenir
parole, de façon que le marquis Crescenzi était obligé de
payer triple ses musiciens fort choqués de cette nuit à
passer en prison.

Tout ce que la duchesse put obtenir et à grand-peine
de la pusillanimité de l'un de ces hommes, ce fut qu'il
se chargerait d'une lettre pour la remettre au gouverneur.
La lettre était adressée à Fabrice; on y déplorait la fatalité
qui faisait que depuis plus de cinq mois qu'il était en
prison, ses amis du dehors n'avaient pu établir avec lui
la moindre correspondance.

En entrant à la citadelle, le musicien gagné se jeta aux
genoux du général Fabio Conti, et lui avoua qu'un prêtre,
à lui inconnu, avait tellement insisté pour le charger d'une
lettre adressée au sieur del Dongo, qu'il n'avait osé refuser;
mais, fidèle à son devoir, il se hâtait de la remettre entre
les mains de Son Excellence.

L'Excellence fut très flattée : elle connaissait les ressources dont la duchesse disposait, et avait grand-peur
d'être mystifié. Dans sa joie, le général alla présenter cette
lettre au prince, qui fut ravi.

— Ainsi, la fermeté de mon administration est parvenue
à me venger! Cette femme hautaine souffre depuis cinq
mois! Mais l'un de ces jours nous allons faire préparer un
échafaud, et sa folle imagination ne manquera pas de croire
qu'il est destiné au petit del Dongo.

CHAPITRE XX

Une nuit, vers une heure du matin, Fabrice, couché sur sa fenêtre, avait passé la tête par le guichet pratiqué dans l'abat-jour, et contemplait les étoiles et l'immense horizon dont on jouit du haut de la tour Farnèse. Ses yeux, errant dans la campagne du côté du bas Pô et de Ferrare, remarquèrent par hasard une lumière excessivement petite, mais assez vive, qui semblait partir du haut d'une tour. Cette lumière ne doit pas être aperçue de la plaine, se dit Fabrice, l'épaisseur de la tour l'empêche d'être vue d'en bas; ce sera quelque signal pour un point éloigné. Tout à coup il remarqua que cette lueur paraissait et disparaissait à des intervalles fort rapprochés. C'est quelque jeune fille qui parle à son amant du village voisin. Il compta neuf apparitions successives : Ceci est un I, dit-il; en effet, l'I est la neuvième lettre de l'alphabet. Il y eut ensuite, après un repos, quatorze apparitions : Ceci est un N; puis, encore après un repos, une seule apparition : C'est un A; le mot est *Ina*.

Quelle ne fut pas sa joie et son étonnement, quand les apparitions successives, toujours séparées par de petits repos, vinrent compléter les mots suivants :

INA PENSA A TE.

Évidemment : *Gina pense à toi!*

Il répondit à l'instant par des apparitions successives de sa lampe au vasistas par lui pratiqué :

FABRICE T'AIME!

La correspondance continua jusqu'au jour. Cette nuit était la cent soixante-treizième de sa captivité, et on lui apprit que depuis quatre mois on faisait ces signaux toutes les nuits. Mais tout le monde pouvait les voir et les comprendre; on commença dès cette première nuit à établir des abréviations : trois apparitions se suivant très rapidement indiquaient la duchesse; quatre, le prince; deux, le comte Mosca; deux apparitions rapides suivies de deux lentes voulaient dire *évasion*. On convint de suivre à l'avenir l'ancien alphabet *alla Monaca*, qui, afin de n'être pas deviné par des indiscrets, change le numéro ordinaire des lettres, et leur en donne d'arbitraires; A, par exemple, porte le numéro 10; le B, le numéro 3; c'est-à-dire que trois éclipses successives de la lampe veulent dire B, dix éclipses successives, l'A, etc.; un moment d'obscurité fait la séparation des mots. On prit rendez-vous pour le lendemain à une heure après minuit, et le lendemain la duchesse vint à cette tour qui était à un quart de lieue de la ville. Ses yeux se remplirent de larmes en voyant les signaux faits par ce Fabrice qu'elle avait cru mort si souvent. Elle lui dit elle-même par des apparitions de lampe : *Je t'aime, bon courage, santé, bon espoir! Exerce tes forces dans ta chambre, tu auras besoin de la force de tes bras.* Je ne l'ai pas vu, se disait la duchesse, depuis le concert de la Fausta, lorsqu'il parut à la porte de mon salon habillé en chasseur. Qui m'eût dit alors le sort qui nous attendait!

La duchesse fit faire des signaux qui annonçaient à Fabrice que bientôt il serait délivré, GRACE A LA BONTÉ DU PRINCE (ces signaux pouvaient être compris); puis elle revint à lui dire des tendresses; elle ne pouvait s'arracher d'auprès de lui! Les seules représentations de Ludovic, qui, parce qu'il avait été utile à Fabrice, était devenu son factotum, purent l'engager, lorsque le jour allait déjà paraître, à discontinuer des signaux qui pouvaient attirer les regards de quelque méchant. Cette annonce plusieurs fois répétée d'une délivrance prochaine jeta Fabrice dans une profonde tristesse : Clélia, la remarquant le lendemain, commit l'imprudence de lui en demander la cause.

— Je me vois sur le point de donner un grave sujet de mécontentement à la duchesse.

— Et que peut-elle exiger de vous que vous lui refusiez ? s'écria Clélia transportée de la curiosité la plus vive.

— Elle veut que je sorte d'ici, lui répondit-il, et c'est à quoi je ne consentirai jamais.

Clélia ne put répondre, elle le regarda et fondit en larmes. S'il eût pu lui adresser la parole de près, peut-être alors eût-il obtenu l'aveu de sentiments dont l'incertitude le plongeait souvent dans un profond découragement; il sentait vivement que la vie, sans l'amour de Clélia, ne pouvait être pour lui qu'une suite de chagrins amers ou d'ennuis insupportables. Il lui semblait que ce n'était plus la peine de vivre pour retrouver ces mêmes bonheurs qui lui semblaient intéressants avant d'avoir connu l'amour, et quoique le suicide ne soit pas encore à la mode en Italie, il y avait songé comme à une ressource, si le destin le séparait de Clélia.

Le lendemain il reçut d'elle une fort longue lettre.

« Il faut, mon ami, que vous sachiez la vérité : bien souvent, depuis que vous êtes ici, l'on a cru à Parme que votre dernier jour était arrivé. Il est vrai que vous n'êtes condamné qu'à douze années de forteresse ; mais il est, par malheur, impossible de douter qu'une haine toute-puissante ne s'attache à vous poursuivre, et vingt fois j'ai tremblé que le poison ne vînt mettre fin à vos jours : saisissez donc tous les moyens *possibles* de sortir d'ici. Vous voyez que pour vous je manque aux devoirs les plus saints ; jugez de l'imminence du danger par les choses que je me hasarde à vous dire et qui sont si déplacées dans ma bouche. S'il le faut absolument, s'il n'est aucun autre moyen de salut, fuyez. Chaque instant que vous passez dans cette forteresse peut mettre votre vie dans le plus grand péril ; songez qu'il est un parti à la cour que la perspective d'un crime n'arrêta jamais dans ses desseins. Et ne voyez-vous pas tous les projets de ce parti sans cesse déjoués par l'habileté supérieure du comte Mosca ? Or, on a trouvé un moyen certain de l'exiler de Parme, c'est le désespoir de la duchesse ; et n'est-on pas trop certain d'amener ce désespoir par la mort d'un jeune prisonnier ? Ce mot seul, qui est sans réponse, doit vous faire juger de votre situation. Vous dites que vous avez de l'amitié pour moi : songez d'abord que des obstacles insurmontables s'opposent à ce que ce sentiment prenne jamais une certaine fixité entre nous. Nous nous serons rencontrés dans notre jeunesse, nous nous serons tendu une main secourable dans une période malheureuse ; le destin m'aura placée en ce lieu de sévérité pour adoucir vos peines, mais je me ferais des reproches éternels si des illusions, que rien n'autorise et n'autorisera jamais, vous portaient à ne pas saisir toutes les occasions possibles de soustraire votre vie à un si affreux péril. J'ai perdu la paix de l'âme par la cruelle imprudence que j'ai commise en échangeant avec vous quelques signes de bonne amitié. Si nos jeux d'enfant, avec des alphabets, vous conduisent à des illusions si peu fondées et qui peuvent vous être si fatales, ce serait en vain que pour me justifier je me rappellerais la tentative de Barbone. Je vous aurais jeté moi-même dans un péril bien plus affreux, bien plus certain, en croyant vous soustraire à un danger du moment ; et mes imprudences sont à jamais impardonnables si elles ont fait naître des sentiments qui puissent vous porter à résister aux conseils de la duchesse. Voyez ce que vous m'obligez à vous répéter ; sauvez-vous, je vous l'ordonne... »

Cette lettre était fort longue ; certains passages, tels que le *je vous l'ordonne*, que nous venons de transcrire, donnèrent des moments d'espoir délicieux à l'amour de Fabrice. Il lui semblait que le fond des sentiments était assez tendre, si les expressions étaient remarquablement pru-dentes. Dans d'autres instants, il payait la peine de sa complète ignorance en ce genre de guerre ; il ne voyait que de la simple amitié, ou même de l'humanité fort ordinaire, dans cette lettre de Clélia.

Au reste, tout ce qu'elle lui apprenait ne lui fit pas changer un instant de dessein : en supposant que les périls qu'elle lui peignait fussent bien réels, était-ce trop que d'acheter, par quelques dangers du moment, le bonheur de la voir tous les jours ? Quelle vie mènerait-il quand il serait de nouveau réfugié à Bologne ou à Florence ? car, en se sauvant de la citadelle, il ne pouvait pas même espérer la permission de vivre à Parme. Et même, quand le prince changerait au point de le mettre en liberté (ce qui était si peu probable, puisque lui, Fabrice, était devenu, pour une faction puissante, un moyen de renverser le comte Mosca), quelle vie mènerait-il à Parme, séparé de Clélia par toute la haine qui divisait les deux partis ? Une ou deux fois par mois, peut-être, le hasard les placerait dans les mêmes salons ; mais, même alors, quelle sorte de conversation pourrait-il avoir avec elle ? Comment retrouver cette inti-mité parfaite dont chaque jour maintenant il jouissait pen-dant plusieurs heures ? que serait la conversation de salon, comparée à celle qu'ils faisaient avec des alphabets ? Et, quand je devrais acheter cette vie de délices et cette chance unique de bonheur par quelques petits dangers, où serait le mal ? Et ne serait-ce pas encore un bonheur que de trouver ainsi une faible occasion de lui donner une preuve de mon amour ?

Fabrice ne vit dans la lettre de Clélia que l'occasion de lui demander une entrevue : c'était l'unique et constant objet de tous ses désirs ; il ne lui avait parlé qu'une fois, et encore un instant, au moment de son entrée en prison, et il y avait alors de cela plus de deux cents jours.

Il se présentait un moyen facile de rencontrer Clélia : l'excellent abbé don Cesare accordait à Fabrice une demi-heure de promenade sur la terrasse de la tour Farnèse tous les jeudis, pendant le jour; mais les autres jours de la semaine, cette promenade, qui pouvait être remarquée par tous les habitants de Parme et des environs et compromettre gravement le gouverneur, n'avait lieu qu'à la tombée de la nuit. Pour monter sur la terrasse de la tour Farnèse il n'y avait d'autre escalier que celui du petit clocher dépendant de la chapelle si lugubrement décorée en marbre noir et blanc, et dont le lecteur se souvient peut-être. Grillo conduisait Fabrice à cette chapelle, il lui ouvrait le petit escalier du clocher : son devoir eût été de l'y suivre, mais, comme les soirées commençaient à être fraîches, le geôlier le laissait monter seul, l'enfermait à clef dans ce clocher qui communiquait à la terrasse, et retournait se chauffer dans sa chambre. Eh bien! un soir, Clélia ne pourrait-elle pas se trouver, escortée par sa femme de chambre, dans la chapelle de marbre noir ?

Toute la longue lettre par laquelle Fabrice répondait à celle de Clélia était calculée pour obtenir cette entrevue. Du reste, il lui faisait confidence avec une sincérité parfaite, et comme s'il se fût agi d'une autre personne, de toutes les raisons qui le décidaient à ne pas quitter la citadelle.

Je m'exposerais chaque jour à la perspective de mille morts pour avoir le bonheur de vous parler à l'aide de nos alphabets, qui maintenant ne nous arrêtent pas un instant, et vous voulez que je fasse la duperie de m'exiler à Parme, ou peut-être à Bologne, ou même à Florence! Vous voulez que je marche pour m'éloigner de vous! Sachez qu'un tel effort m'est impossible; c'est en vain que je vous donnerais ma parole, je ne pourrais la tenir.

Le résultat de cette demande de rendez-vous fut une absence de Clélia, qui ne dura pas moins de cinq jours; pendant cinq jours elle ne vint à la volière que dans les instants où elle savait que Fabrice ne pouvait pas faire usage de la petite ouverture pratiquée à l'abat-jour. Fabrice fut au désespoir; il conclut de cette absence que, malgré certains regards qui lui avaient fait concevoir de folles espérances, jamais il n'avait inspiré à Clélia d'autres sentiments que ceux d'une simple amitié. En ce cas, se disait-il, que m'importe la vie ? que le prince me la fasse perdre, il sera le bienvenu; raison de plus pour ne pas quitter la forteresse. Et c'était avec un profond sentiment de dégoût que, toutes les nuits, il répondait aux signaux de la petite lampe. La duchesse le crut tout à fait fou quand elle lut, sur le bulletin des signaux que Ludovic lui apportait tous les matins, ces mots étranges : *je ne veux pas me sauver ; je veux mourir ici !*

Pendant ces cinq journées, si cruelles pour Fabrice, Clélia était plus malheureuse que lui ; elle avait eu cette idée, si poignante pour une âme généreuse : mon devoir est de m'enfuir dans un couvent, loin de la citadelle ; quand Fabrice saura que je ne suis plus ici, et je le lui ferai dire par Grillo et par tous les geôliers, alors il se déterminera à une tentative d'évasion. Mais aller au couvent, c'était renoncer à jamais revoir Fabrice ; et renoncer à le voir quand il donnait une preuve si évidente que les sentiments qui avaient pu autrefois le lier à la duchesse n'existaient plus maintenant ! Quelle preuve d'amour plus touchante un jeune homme pouvait-il donner ? Après sept longs mois de prison, qui avaient gravement altéré sa santé, il refusait de reprendre sa liberté. Un être léger, tel que les discours des courtisans avaient dépeint Fabrice aux yeux de Clélia, eût sacrifié vingt maîtresses pour sortir un jour plus tôt de la citadelle ; et que n'eût-il pas fait pour sortir d'une prison où chaque jour le poison pouvait mettre fin à sa vie !

Clélia manqua de courage, elle commit la faute insigne de ne pas chercher un refuge dans un couvent, ce qui en même temps lui eût donné un moyen tout naturel de rompre avec le marquis Crescenzi. Une fois cette faute commise, comment résister à ce jeune homme si aimable, si naturel, si tendre, qui exposait sa vie à des périls affreux pour obtenir le simple bonheur de l'apercevoir d'une fenêtre à l'autre ? Après cinq jours de combats affreux, entremêlés de moments de mépris pour elle-même, Clélia se détermina à répondre à la lettre par laquelle Fabrice sollicitait le bonheur de lui parler dans la chapelle de marbre noir. A la vérité elle refusait, et en termes assez durs ; mais de ce moment toute tranquillité fut perdue pour elle, à chaque instant son imagination lui peignait Fabrice succombant aux atteintes du poison ; elle venait six ou huit fois par jour à la volière, elle éprouvait le besoin passionné de s'assurer par ses yeux que Fabrice vivait.

S'il est encore à la forteresse, se disait-elle, s'il est exposé à toutes les horreurs que la faction Raversi trame peut-être contre lui dans le but de chasser le comte Mosca, c'est uniquement parce que j'ai eu la lâcheté de ne pas m'enfuir au couvent! Quel prétexte pour rester ici une fois qu'il eût été certain que je m'en étais éloignée à jamais ?

Cette fille si timide à la fois et si hautaine en vint à courir la chance d'un refus de la part du geôlier Grillo; bien plus, elle s'exposa à tous les commentaires que cet homme pourrait se permettre sur la singularité de sa conduite. Elle descendit à ce degré d'humiliation de le faire appeler, et de lui dire d'une voix tremblante et qui trahissait tout son secret, que sous peu de jours Fabrice allait obtenir sa liberté, que la duchesse Sanseverina se livrait dans cet espoir aux démarches les plus actives, que souvent il était nécessaire d'avoir à l'instant même la réponse du prisonnier à de certaines propositions qui étaient faites, et qu'elle l'engageait, lui Grillo, à permettre à Fabrice de pratiquer une ouverture dans l'abat-jour qui masquait sa fenêtre, afin qu'elle pût lui communiquer par signes les avis qu'elle recevait plusieurs fois la journée de Mme Sanseverina.

Grillo sourit et lui donna l'assurance de son respect et de son obéissance. Clélia lui sut un gré infini de ce qu'il n'ajoutait aucune parole; il était évident qu'il savait fort bien tout ce qui se passait depuis plusieurs mois.

A peine ce geôlier fut-il hors de chez elle que Clélia fit le signal dont elle était convenue pour appeler Fabrice dans les grandes occasions; elle lui avoua tout ce qu'elle venait de faire. Vous voulez périr par le poison, ajouta-t-elle : j'espère avoir le courage un de ces jours de quitter mon père, et de m'enfuir dans quelque couvent lointain; voilà l'obligation que je vous aurai; alors j'espère que vous ne résisterez plus aux plans qui peuvent vous être proposés pour vous tirer d'ici; tant que vous y êtes, j'ai des moments affreux et déraisonnables; de la vie je n'ai contribué au malheur de personne, et il me semble que je suis cause que vous mourrez. Une pareille idée que j'aurais au sujet d'un parfait inconnu me mettrait au désespoir, jugez de ce que j'éprouve quand je viens à me figurer qu'un ami, dont la déraison me donne de graves sujets de plaintes, mais qu'enfin je vois tous les jours depuis si longtemps, est en proie dans ce moment même aux douleurs de la mort. Quelquefois je sens le besoin de savoir de vous-même que vous vivez.

C'est pour me soustraire à cette affreuse douleur que je viens de m'abaisser jusqu'à demander une grâce à un subalterne qui pouvait me la refuser, et qui peut encore me trahir. Au reste, je serais peut-être heureuse qu'il vînt me dénoncer à mon père, à l'instant je partirais pour le couvent, je ne serais plus la complice bien involontaire de vos cruelles folies. Mais, croyez-moi, ceci ne peut durer longtemps, vous obéirez aux ordres de la duchesse. Êtes-vous satisfait, ami cruel ? c'est moi qui vous sollicite de trahir mon père ! Appelez Grillo, et faites-lui un cadeau.

Fabrice était tellement amoureux, la plus simple expression de la volonté de Clélia le plongeait dans une telle crainte, que même cette étrange communication ne fut point pour lui la certitude d'être aimé. Il appela Grillo auquel il paya généreusement les complaisances passées, et quant à l'avenir, il lui dit que pour chaque jour qu'il lui permettrait de faire usage de l'ouverture pratiquée dans l'abat-jour, il recevrait un sequin. Grillo fut enchanté de ces conditions.

— Je vais vous parler le cœur sur la main, monseigneur : voulez-vous vous soumettre à manger votre dîner froid tous les jours ? il est un moyen bien simple d'éviter le poison. Mais je vous demande la plus profonde discrétion, un geôlier doit tout voir et ne rien deviner, etc., etc. Au lieu d'un chien j'en aurai plusieurs, et vous-même vous leur ferez goûter de tous les plats dont vous aurez le projet de manger ; quant au vin, je vous donnerai du mien, et vous ne toucherez qu'aux bouteilles dont j'aurai bu. Mais si Votre Excellence veut me perdre à jamais, il suffit qu'elle fasse confidence de ces détails même à Mlle Clélia ; les femmes sont toujours femmes ; si demain elle se brouille avec vous, après-demain, pour se venger, elle raconte toute cette invention à son père, dont la plus douce joie serait d'avoir de quoi faire pendre un geôlier. Après Barbone, c'est peut-être l'être le plus méchant de la forteresse, et c'est là ce qui fait le vrai danger de votre position ; il sait manier le poison, soyez-en sûr, et il ne me pardonnerait pas cette idée d'avoir trois ou quatre petits chiens.

Il y eut une nouvelle sérénade. Maintenant Grillo répondait à toutes les questions de Fabrice ; il s'était bien promis toutefois d'être prudent, et de ne point trahir Mlle Clélia, qui, selon lui, tout en étant sur le point d'épouser le marquis Crescenzi, l'homme le plus riche des états de Parme, n'en faisait pas moins l'amour, autant que les murs de la prison le permettaient, avec l'aimable monsignore del Dongo. Il répondait aux dernières questions de celui-ci sur la sérénade, lorsqu'il eut l'étourderie d'ajouter : On pense qu'il l'épousera bientôt. On peut juger de l'effet de ce simple mot sur Fabrice. La nuit il ne répondit aux signaux de la lampe que pour annoncer qu'il était malade. Le len-

demain matin, dès les dix heures, Clélia ayant paru à la
volière, il lui demanda, avec un ton de politesse cérémo-
nieuse bien nouveau entre eux, pourquoi elle ne lui avait
pas dit tout simplement qu'elle aimait le marquis Crescenzi, et qu'elle était sur le point de l'épouser.

— C'est que rien de tout cela n'est vrai, répondit Clélia
avec impatience. Il est véritable aussi que le reste de sa
réponse fut moins net : Fabrice le lui fit remarquer et profita de l'occasion pour renouveler la demande d'une entrevue. Clélia, qui voyait sa bonne foi mise en doute, l'accorda
presque aussitôt, tout en lui faisant observer qu'elle se
déshonorait à jamais aux yeux de Grillo. Le soir, quand la
nuit fut faite, elle parut, accompagnée de sa femme de
chambre, dans la chapelle de marbre noir ; elle s'arrêta au
milieu, à côté de la lampe de veille ; la femme de chambre
et Grillo retournèrent à trente pas auprès de la porte.
Clélia, toute tremblante, avait préparé un beau discours :
son but était de ne point faire d'aveu compromettant, mais
la logique de la passion est pressante ; le profond intérêt
qu'elle met à savoir la vérité ne lui permet point de garder
de vains ménagements, en même temps que l'extrême
dévouement qu'elle sent pour ce qu'elle aime lui ôte la
crainte d'offenser. Fabrice fut d'abord ébloui de la beauté
de Clélia, depuis près de huit mois il n'avait vu d'aussi
près que des geôliers. Mais le nom du marquis Crescenzi
lui rendit toute sa fureur, elle augmenta quand il vit clairement que Clélia ne répondait qu'avec des ménagements
prudents ; Clélia elle-même comprit qu'elle augmentait les
soupçons au lieu de les dissiper. Cette sensation fut trop
cruelle pour elle.

— Serez-vous bien heureux, lui dit-elle avec une sorte
de colère et les larmes aux yeux, de m'avoir fait passer
par-dessus tout ce que je me dois à moi-même ? Jusqu'au
3 août de l'année passée, je n'avais éprouvé que de l'éloignement pour les hommes qui avaient cherché à me plaire.
J'avais un mépris sans bornes et probablement exagéré
pour le caractère des courtisans, tout ce qui était heureux
à cette cour me déplaisait. Je trouvai au contraire des qualités singulières à un prisonnier qui le 3 août fut amené
dans cette citadelle. J'éprouvai, d'abord sans m'en rendre
compte, tous les tourments de la jalousie. Les grâces d'une
femme charmante, et de moi bien connue, étaient des
coups de poignard pour mon cœur, parce que je croyais,
et je crois encore un peu, que ce prisonnier lui était attaché.
Bientôt les persécutions du marquis Crescenzi, qui avait

demandé ma main, redoublèrent ; il est fort riche et nous n'avons aucune fortune ; je les repoussais avec une grande liberté d'esprit, lorsque mon père prononça le mot fatal de couvent ; je compris que si je quittais la citadelle je ne pourrais plus veiller sur la vie du prisonnier dont le sort m'intéressait. Le chef-d'œuvre de mes précautions avait été que jusqu'à ce moment il ne se doutât en aucune façon des affreux dangers qui menaçaient sa vie. Je m'étais bien promis de ne jamais trahir ni mon père ni mon secret ; mais cette femme d'une activité admirable, d'un esprit supérieur, d'une volonté terrible, qui protège ce prisonnier, lui offrit, à ce que je suppose, des moyens d'évasion, il les repoussa et voulut me persuader qu'il se refusait à quitter la citadelle pour ne pas s'éloigner de moi. Alors je fis une grande faute, je combattis pendant cinq jours, j'aurais dû à l'instant me réfugier au couvent et quitter la forteresse : cette démarche m'offrait un moyen bien simple de rompre avec le marquis Crescenzi. Je n'eus point le courage de quitter la forteresse et je suis une fille perdue ; je me suis attachée à un homme léger : je sais quelle a été sa conduite à Naples ; et quelle raison aurais-je de croire qu'il aura changé de caractère ? Enfermé dans une prison sévère, il a fait la cour à la seule femme qu'il pût voir, elle a été une distraction pour son ennui. Comme il ne pouvait lui parler qu'avec de certaines difficultés, cet amusement a pris la fausse apparence d'une passion. Ce prisonnier s'étant fait un nom dans le monde par son courage, il s'imagine prouver que son amour est mieux qu'un simple goût passager, en s'exposant à d'assez grands périls pour continuer à voir la personne qu'il croit aimer. Mais dès qu'il sera dans une grande ville, entouré de nouveau des séductions de la société, il sera de nouveau ce qu'il a toujours été, un homme du monde adonné aux dissipations, à la galanterie, et sa pauvre compagne de prison finira ses jours dans un couvent, oubliée de cet être léger, et avec le mortel regret de lui avoir fait un aveu.

Ce discours historique, dont nous ne donnons que les principaux traits, fut, comme on le pense bien, vingt fois interrompu par Fabrice. Il était éperdument amoureux, aussi il était parfaitement convaincu qu'il n'avait jamais aimé avant d'avoir vu Clélia, et que la destinée de sa vie était de ne vivre que pour elle.

Le lecteur se figure sans doute les belles choses qu'il disait, lorsque la femme de chambre avertit sa maîtresse que onze heures et demie venaient de sonner, et que le

général pouvait rentrer à tout moment; la séparation fut
cruelle.

— Je vous vois peut-être pour la dernière fois, dit Clélia
au prisonnier : une mesure qui est dans l'intérêt évident
de la cabale Raversi peut vous fournir une cruelle façon de
prouver que vous n'êtes pas inconstant. Clélia quitta
Fabrice étouffée par ses sanglots, et mourant de honte de
ne pouvoir les dérober entièrement à sa femme de chambre
ni surtout au geôlier Grillo. Une seconde conversation
n'était possible que lorsque le général annoncerait devoir
passer la soirée dans le monde; et comme depuis la prison
de Fabrice, et l'intérêt qu'elle inspirait à la curiosité du
courtisan, il avait trouvé prudent de se donner un accès de
goutte presque continuel, ses courses à la ville, soumises
aux exigences d'une politique savante, ne se décidaient
qu'au moment de monter en voiture.

Depuis cette soirée dans la chapelle de marbre, la vie de
Fabrice fut une suite de transports de joie. De grands
obstacles, il est vrai, semblaient encore s'opposer à son
bonheur; mais enfin il avait cette joie suprême et peu
espérée d'être aimé par l'être divin qui occupait toutes ses
pensées.

La troisième journée après cette entrevue, les signaux
de la lampe finirent de fort bonne heure, à peu près sur
le minuit; à l'instant où ils se terminaient, Fabrice eut
presque la tête cassée par une grosse balle de plomb
qui, lancée dans la partie supérieure de l'abat-jour de sa
fenêtre, vint briser ses vitres de papier et tomba dans sa
chambre.

Cette fort grosse balle n'était point aussi pesante à beaucoup près que l'annonçait son volume; Fabrice réussit
facilement à l'ouvrir et trouva une lettre de la duchesse.
Par l'entremise de l'archevêque qu'elle flattait avec soin,
elle avait gagné un soldat de la garnison de la citadelle. Cet
homme, frondeur adroit, trompait les soldats placés en sentinelle aux angles et à la porte du palais du gouverneur ou
s'arrangeait avec eux.

« Il faut te sauver avec des cordes : je frémis en te don-
« nant cet avis étrange, j'hésite depuis plus de deux mois
« entiers à te dire cette parole; mais l'avenir officiel se
« rembrunit chaque jour, et l'on peut s'attendre à ce qu'il
« y a de pis. A propos, recommence à l'instant les signaux
« avec ta lampe, pour nous prouver que tu as reçu cette
« lettre dangereuse; marque P, B et G à la *monaca*, c'est-
« à-dire quatre, douze et deux; je ne respirerai pas jusqu'à

« ce que j'aie vu ce signal; je suis à la tour, on répondra
« par N et O, sept et cinq. La réponse reçue, ne fais plus
« aucun signal, et occupe-toi uniquement à comprendre
« ma lettre. »

Fabrice se hâta d'obéir, et fit les signaux convenus qui
furent suivis des réponses annoncées, puis il continua la
lecture de la lettre.

« On peut s'attendre à ce qu'il y a de pis; c'est ce que
« m'ont déclaré les trois hommes dans lesquels j'ai le plus
« de confiance, après que je leur ai fait jurer sur l'Évangile
« de me dire la vérité, quelque cruelle qu'elle pût être pour
« moi. Le premier de ces hommes menaça le chirurgien
« dénonciateur à Ferrare de tomber sur lui avec un couteau
« ouvert à la main; le second te dit à ton retour de Belgi-
« rate, qu'il aurait été plus strictement prudent de donner
« un coup de pistolet au valet de chambre qui arrivait en
« chantant dans le bois et conduisant en laisse un beau
« cheval un peu maigre; tu ne connais pas le troisième,
« c'est un voleur de grand chemin de mes amis, homme
« d'exécution s'il en fut, et qui a autant de courage que
« toi; c'est pourquoi surtout je lui ai demandé de me décla-
« rer ce que tu devais faire. Tous les trois m'ont dit, sans
« savoir chacun que j'eusse consulté les deux autres, qu'il
« vaut mieux s'exposer à se casser le cou que de passer
« encore onze années et quatre mois dans la crainte conti-
« nuelle d'un poison fort probable.

« Il faut pendant un mois t'exercer dans ta chambre à
« monter et descendre au moyen d'une corde nouée.
« Ensuite, un jour de fête où la garnison de la citadelle
« aura reçu une gratification de vin, tu tenteras la grande
« entreprise. Tu auras trois cordes en soie et chanvre, de
« la grosseur d'une plume de cygne, la première de quatre-
« vingts pieds pour descendre les trente-cinq pieds qu'il y a
« de ta fenêtre au bois d'orangers, la seconde de trois cents
« pieds, et c'est là la difficulté à cause du poids, pour des-
« cendre les cent quatre-vingts pieds qu'a de hauteur le
« mur de la grosse tour; une troisième de trente pieds te
« servira à descendre le rempart. Je passe ma vie à étudier
« le grand mur à l'orient, c'est-à-dire du côté de Ferrare :
« une fente causée par un tremblement de terre a été rem-
« plie au moyen d'un contrefort qui forme *plan incliné*.
« Mon voleur de grand chemin m'assure qu'il se ferait fort
« de descendre de ce côté-là sans trop de difficulté et sous
« peine seulement de quelques écorchures, en se laissant
« glisser sur le plan incliné formé par ce contrefort.

« L'espace vertical n'est que de vingt-huit pieds tout à fait
« au bas ; ce côté est le moins bien gardé.

    « Cependant, à tout prendre, mon voleur, qui trois fois
« s'est sauvé de prison, et que tu aimerais si tu le connais-
« sais, quoiqu'il exècre les gens de ta caste ; mon voleur
« de grand chemin, dis-je, agile et leste comme toi, pense
« qu'il aimerait mieux descendre par le côté du couchant,
« exactement vis-à-vis le petit palais occupé jadis par la
« Fausta, de vous bien connu. Ce qui le déciderait pour
« ce côté, c'est que la muraille, quoique très peu inclinée,
« est presque constamment garnie de broussailles ; il y a
« des brins de bois, gros comme le petit doigt, qui peuvent
« fort bien écorcher si l'on n'y prend garde, mais qui,
« aussi, sont excellents pour se retenir. Encore ce matin,
« je regardais ce côté du couchant avec une excellente
« lunette ; la place à choisir, c'est précisément au-dessous
« d'une pierre neuve que l'on a placée à la balustrade d'en
« haut, il y a deux ou trois ans. Verticalement au-dessous
« de cette pierre, tu trouveras d'abord un espace nu d'une
« vingtaine de pieds ; il faut aller là très lentement (tu sens
« si mon cœur frémit en te donnant ces instructions ter-
« ribles, mais le courage consiste à savoir choisir le moindre
« mal, si affreux qu'il soit encore) ; après l'espace nu, tu
« trouveras quatre-vingts ou quatre-vingt-dix pieds de
« broussailles fort grandes, où l'on voit voler des oiseaux,
« puis un espace de trente pieds qui n'a que des herbes,
« des violiers et des pariétaires. Ensuite, en approchant de
« terre, vingt pieds de broussailles, et enfin vingt-cinq ou
« trente pieds récemment éparvérés.

    « Ce qui me déciderait pour ce côté, c'est que là se
« trouve verticalement, au-dessous de la pierre neuve de
« la balustrade d'en haut, une cabane en bois bâtie par un
« soldat dans son jardin, et que le capitaine du génie
« employé à la forteresse veut le forcer à démolir ; elle a
« dix-sept pieds de haut, elle est couverte en chaume, et
« le toit touche au grand mur de la citadelle. C'est ce toit
« qui me tente ; dans le cas affreux d'un accident, il amor-
« tirait la chute. Une fois arrivé là, tu es dans l'enceinte
« des remparts assez négligemment gardés ; si l'on t'arrê-
« tait là, tire des coups de pistolet et défends-toi quelques
« minutes. Ton ami de Ferrare et un autre homme de
« cœur, celui que j'appelle le voleur de grand chemin,
« auront des échelles, et n'hésiteront pas à escalader ce
« rempart assez bas, et à voler à ton secours.

    « Le rempart n'a que vingt-trois pieds de haut, et un

« fort grand talus. Je serai au pied de ce dernier mur avec
« bon nombre de gens armés.

« J'ai l'espoir de te faire parvenir cinq ou six lettres par
« la même voie que celle-ci. Je répéterai sans cesse les
« mêmes choses en d'autres termes, afin que nous soyons
« bien d'accord. Tu devines de quel cœur je te dis que
« l'homme *du coup de pistolet au valet de chambre*, qui,
« après tout, est le meilleur des êtres et se meurt de repen-
« tir, pense que tu en seras quitte pour un bras cassé. Le
« voleur de grand chemin, qui a plus d'expérience de ces
« sortes d'expéditions, pense que, si tu veux descendre
« fort lentement, et surtout sans te presser, ta liberté ne
« te coûtera que des écorchures. La grande difficulté, c'est
« d'avoir des cordes ; c'est à quoi aussi je pense unique-
« ment depuis quinze jours que cette grande idée occupe
« tous mes instants.

« Je ne réponds pas à cette folie, la seule chose sans
« esprit que tu aies dite de ta vie : « Je ne veux pas me
« sauver ! » L'homme du coup de pistolet au valet de
« chambre s'écria que l'ennui t'avait rendu fou. Je ne te
« cacherai point que nous redoutons un fort imminent
« danger qui peut-être fera hâter le jour de ta fuite. Pour
« t'annoncer ce danger, la lampe dira plusieurs fois de
« suite : *Le feu a pris au château !*

« Tu répondras :

« *Mes livres sont-ils brûlés ?* »

Cette lettre contenait encore cinq ou six pages de détails ;
elle était écrite en caractères microscopiques sur du papier
très fin.

— Tout cela est fort beau et fort bien inventé, se dit
Fabrice ; je dois une reconnaissance éternelle au comte et
à la duchesse ; ils croiront peut-être que j'ai eu peur, mais
je ne me sauverai point. Est-ce que jamais l'on se sauva
d'un lieu où l'on est au comble du bonheur, pour aller se
jeter dans un exil affreux où tout manquera, jusqu'à l'air
pour respirer ? Que ferais-je au bout d'un mois que je
serais à Florence ? je prendrais un déguisement pour venir
rôder auprès de la porte de cette forteresse, et tâcher
d'épier un regard !

Le lendemain, Fabrice eut peur ; il était à sa fenêtre,
vers les onze heures, regardant le magnifique paysage et
attendant l'instant heureux où il pourrait voir Clélia,
lorsque Grillo entra hors d'haleine dans sa chambre :

— Et vite ! vite ! monseigneur, jetez-vous sur votre lit,

faites semblant d'être malade; voici trois juges qui montent! Ils vont vous interroger : réfléchissez bien avant de parler; ils viennent pour vous *entortiller*.

En disant ces paroles Grillo se hâtait de fermer la petite trappe de l'abat-jour, poussait Fabrice sur son lit, et jetait sur lui deux ou trois manteaux.

— Dites que vous souffrez beaucoup et parlez peu, surtout faites répéter les questions pour réfléchir.

Les trois juges entrèrent. Trois échappés des galères, se dit Fabrice en voyant ces physionomies basses, et non pas trois juges; ils avaient de longues robes noires. Ils saluèrent gravement, et occupèrent, sans mot dire, les trois chaises qui étaient dans la chambre.

— Monsieur Fabrice del Dongo, dit le plus âgé, nous sommes peinés de la triste mission que nous venons remplir auprès de vous. Nous sommes ici pour vous annoncer le décès de Son Excellence M. le marquis del Dongo, votre père, second grand majordome major du royaume lombardo-vénitien, chevalier grand-croix des ordres de, etc., etc., etc. Fabrice fondit en larmes; le juge continua.

— Madame la marquise del Dongo, votre mère, vous fait part de cette nouvelle par une lettre missive; mais comme elle a joint au fait des réflexions inconvenantes, par un arrêt d'hier, la cour de justice a décidé que sa lettre vous serait communiquée seulement par extrait, et c'est cet extrait que M. le greffier Bona va vous lire.

Cette lecture terminée, le juge s'approcha de Fabrice toujours couché, et lui fit suivre sur la lettre de sa mère les passages dont on venait de lire les copies. Fabrice vit dans la lettre les mots *emprisonnement injuste, punition cruelle pour un crime qui n'en est pas un*, et comprit ce qui avait motivé la visite des juges. Du reste dans son mépris pour les magistrats sans probité, il ne leur dit exactement que ces paroles :

— Je suis malade, messieurs, je me meurs de langueur, et vous m'excuserez si je ne puis me lever.

Les juges sortis, Fabrice pleura encore beaucoup, puis il se dit : Suis-je hypocrite ? il me semblait que je ne l'aimais point.

Ce jour-là et les suivants, Clélia fut fort triste; elle l'appela plusieurs fois, mais eut à peine le courage de lui dire quelques paroles. Le matin du cinquième jour qui suivit la première entrevue, elle lui dit que dans la soirée elle viendrait à la chapelle de marbre.

— Je ne puis vous adresser que peu de mots, lui dit-elle

en entrant. Elle était tellement tremblante qu'elle avait besoin de s'appuyer sur sa femme de chambre. Après l'avoir renvoyée à l'entrée de la chapelle : — Vous allez me donner votre parole d'honneur, ajouta-t-elle d'une voix à peine intelligible, vous allez me donner votre parole d'honneur d'obéir à la duchesse, et de tenter de fuir le jour qu'elle vous l'ordonnera et de la façon qu'elle vous l'indiquera, ou demain matin je me réfugie dans un couvent, et je vous jure ici que de la vie je ne vous adresserai la parole.

Fabrice resta muet.

— Promettez, dit Clélia les larmes aux yeux et comme hors d'elle-même, ou bien nous nous parlons ici pour la dernière fois. La vie que vous m'avez faite est affreuse : vous êtes ici à cause de moi et chaque jour peut être le dernier de votre existence. En ce moment Clélia était si faible qu'elle fut obligée de chercher un appui sur un énorme fauteuil placé jadis au milieu de la chapelle, pour l'usage du prince prisonnier; elle était sur le point de se trouver mal.

— Que faut-il promettre ? dit Fabrice d'un air accablé.

— Vous le savez.

— Je jure donc de me précipiter sciemment dans un malheur affreux, et de me condamner à vivre loin de tout ce que j'aime au monde.

— Promettez des choses précises.

— Je jure d'obéir à la duchesse, et de prendre la fuite le jour qu'elle le voudra et comme elle le voudra. Et que deviendrai-je une fois loin de vous ?

— Jurez de vous sauver, quoi qu'il puisse arriver.

— Comment! êtes-vous décidée à épouser le marquis Crescenzi dès que je n'y serai plus ?

— O Dieu! quelle âme me croyez-vous ?... Mais jurez, ou je n'aurai plus un seul instant la paix de l'âme.

— Eh bien! je jure de me sauver d'ici le jour que Mme Sanseverina l'ordonnera, et quoi qu'il puisse arriver d'ici là.

Ce serment obtenu, Clélia était si faible qu'elle fut obligée de se retirer après avoir remercié Fabrice.

— Tout était prêt pour ma fuite demain matin, lui dit-elle, si vous vous étiez obstiné à rester. Je vous aurais vu en cet instant pour la dernière fois de ma vie, j'en avais fait le vœu à la Madone. Maintenant, dès que je pourrai sortir de ma chambre, j'irai examiner le mur terrible au-dessous de la pierre neuve de la balustrade.

Le lendemain, il la trouva pâle au point de lui faire une vive peine. Elle lui dit de la fenêtre de la volière :

— Ne nous faisons point illusion, cher ami ; comme il y a du péché dans notre amitié, je ne doute pas qu'il ne nous arrive malheur. Vous serez découvert en cherchant à prendre la fuite, et perdu à jamais, si ce n'est pis ; toutefois il faut satisfaire à la prudence humaine, elle nous ordonne de tout tenter. Il vous faut pour descendre en dehors de la grosse tour une corde solide de plus de deux cents pieds de longueur. Quelques soins que je me donne depuis que je sais le projet de la duchesse, je n'ai pu me procurer que des cordes formant à peine ensemble une cinquantaine de pieds. Par un ordre du jour du gouverneur, toutes les cordes que l'on voit dans la forteresse sont brûlées, et tous les soirs on enlève les cordes des puits, si faibles d'ailleurs que souvent elles cassent en remontant leur léger fardeau. Mais priez Dieu qu'il me pardonne, je trahis mon père, et je travaille, fille dénaturée, à lui donner un chagrin mortel. Priez Dieu pour moi, et si votre vie est sauvée, faites le vœu d'en consacrer tous les instants à sa gloire.

Voici une idée qui m'est venue : dans huit jours je sortirai de la citadelle pour assister aux noces d'une des sœurs du marquis Crescenzi. Je rentrerai le soir comme il est convenable, mais je ferai tout au monde pour ne rentrer que fort tard, et peut-être Barbone n'osera-t-il pas m'examiner de trop près. A cette noce de la sœur du marquis se trouveront les plus grandes dames de la cour, et sans doute Mme Sanseverina. Au nom de Dieu ! faites qu'une de ces dames me remette un paquet de cordes bien serrées, pas trop grosses, et réduites au plus petit volume. Dussé-je m'exposer à mille morts, j'emploierai les moyens même les plus dangereux pour introduire ce paquet de cordes dans la citadelle, au mépris, hélas ! de tous mes devoirs. Si mon père en a connaissance je ne vous reverrai jamais ; mais quelle que soit la destinée qui m'attend, je serai heureuse dans les bornes d'une amitié de sœur si je puis contribuer à vous sauver.

Le soir même, par la correspondance de nuit au moyen de la lampe, Fabrice donna avis à la duchesse de l'occasion unique qu'il y aurait de faire entrer dans la citadelle une quantité de cordes suffisante. Mais il la suppliait de garder le secret même envers le comte, ce qui parut bizarre. Il est fou, pensa la duchesse, la prison l'a changé, il prend les choses au tragique. Le lendemain, une balle de plomb, lancée par le frondeur, apporta au prisonnier l'annonce du

plus grand péril possible : la personne qui se chargeait de
faire entrer les cordes, lui disait-on, lui sauvait positive-
ment et exactement la vie. Fabrice se hâta de donner cette
nouvelle à Clélia. Cette balle de plomb apportait aussi à
Fabrice une vue fort exacte du mur du couchant par lequel
il devait descendre du haut de la grosse tour dans l'espace
compris entre les bastions ; de ce lieu, il était assez facile
ensuite de se sauver, les remparts n'ayant que vingt-trois
pieds de haut et étant assez négligemment gardés. Sur le
revers du plan était écrit d'une petite écriture fine un sonnet magnifique : une âme généreuse exhortait Fabrice à
prendre la fuite, et à ne pas laisser avilir son âme et dépérir
son corps par les onze années de captivité qu'il avait encore
à subir.

Ici un détail nécessaire et qui explique en partie le courage qu'eut la duchesse de conseiller à Fabrice une fuite
si dangereuse, nous oblige d'interrompre pour un instant
l'histoire de cette entreprise hardie.

Comme tous les partis qui ne sont point au pouvoir, le
parti Raversi n'était pas fort uni. Le chevalier Riscara
détestait le fiscal Rassi qu'il accusait de lui avoir fait
perdre un procès important dans lequel, à la vérité, lui
Riscara avait tort. Par Riscara, le prince reçut un avis anonyme qui l'avertissait qu'une expédition de la sentence de
Fabrice avait été adressée officiellement au gouverneur de
la citadelle. La marquise Raversi, cet habile chef de parti,
fut excessivement contrariée de cette fausse démarche, et
en fit aussitôt donner avis à son ami, le fiscal général ; elle
trouvait fort simple qu'il voulût tirer quelque chose du
ministre Mosca, tant que Mosca était au pouvoir. Rassi se
présenta intrépidement au palais, pensant bien qu'il en
serait quitte pour quelques coups de pied ; le prince ne
pouvait se passer d'un jurisconsulte habile, et Rassi avait
fait exiler comme libéraux un juge et un avocat, les seuls
hommes du pays qui eussent pu prendre sa place.

Le prince hors de lui le chargea d'injures et avançait sur
lui pour le battre.

— Eh bien ; c'est une distraction de commis, répondit
Rassi du plus grand sang-froid ; la chose est prescrite par
la loi, elle aurait dû être faite le lendemain de l'écrou du
sieur del Dongo à la citadelle. Le commis plein de zèle a
cru avoir fait un oubli, et m'aura fait signer la lettre d'envoi
comme une chose de forme.

— Et tu prétends me faire croire des mensonges aussi
mal bâtis ? s'écria le prince furieux ; dis plutôt que tu t'es

vendu à ce fripon de Mosca, et c'est pour cela qu'il t'a donné la croix. Mais parbleu, tu n'en seras pas quitte pour des coups : je te ferai mettre en jugement, je te révoquerai honteusement.

— Je vous défie de me faire mettre en jugement! répondit Rassi avec assurance; il savait que c'était un sûr moyen de calmer le prince : la loi est pour moi, et vous n'avez pas un second Rassi pour savoir l'éluder. Vous ne me révoquerez pas, parce qu'il est des moments où votre caractère est sévère; vous avez soif de sang alors, mais en même temps vous tenez à conserver l'estime des Italiens raisonnables; cette estime est un *sine qua non* pour votre ambition. Enfin, vous me rappellerez au premier acte de sévérité dont votre caractère vous fera un besoin, et, comme à l'ordinaire, je vous procurerai une sentence bien régulière rendue par des juges timides et assez honnêtes gens, et qui satisfera vos passions. Trouvez un autre homme dans vos états aussi utile que moi!

Cela dit, Rassi s'enfuit; il en avait été quitte pour un coup de règle bien appliqué et cinq ou six coups de pied. En sortant du palais, il partit pour sa terre de Riva; il avait quelque crainte d'un coup de poignard dans le premier mouvement de colère, mais il ne doutait pas non plus qu'avant quinze jours un courrier ne le rappelât dans la capitale. Il employa le temps qu'il passa à la campagne à organiser un moyen de correspondance sûr avec le comte Mosca; il était amoureux fou du titre de baron, et pensait que le prince faisait trop de cas de cette chose jadis sublime, la noblesse, pour la lui conférer jamais; tandis que le comte, très fier de sa naissance, n'estimait que la noblesse prouvée par des titres avant l'an 1400.

Le fiscal général ne s'était point trompé dans ses prévisions : il y avait à peine huit jours qu'il était à sa terre, lorsqu'un ami du prince, qui y vint par hasard, lui conseilla de retourner à Parme sans délai; le prince le reçut en riant, prit ensuite un air fort sérieux, et lui fit jurer sur l'Évangile qu'il garderait le secret sur ce qu'il allait lui confier; Rassi jura d'un grand sérieux, et le prince, l'œil enflammé de haine, s'écria qu'il ne serait pas le maître chez lui tant que Fabrice del Dongo serait en vie.

— Je ne puis, ajouta-t-il, ni chasser la duchesse ni souffrir sa présence; ses regards me bravent et m'empêchent de vivre.

Après avoir laissé le prince s'expliquer bien au long, lui, Rassi, jouant l'extrême embarras, s'écria enfin :

— Votre Altesse sera obéie, sans doute, mais la chose est d'une horrible difficulté : il n'y a pas d'apparence de condamner un del Dongo à mort pour le meurtre d'un Giletti ; c'est déjà un tour de force étonnant que d'avoir tiré de cela douze années de citadelle. De plus, je soupçonne la duchesse d'avoir découvert trois des paysans qui travaillaient à la fouille de *Sanguigna*, et qui se trouvaient hors du fossé au moment où ce brigand de Giletti attaqua del Dongo.

— Et où sont ces témoins ? dit le prince irrité.

— Cachés en Piémont, je suppose. Il faudrait une conspiration contre la vie de Votre Altesse...

— Ce moyen a ses dangers, dit le prince, cela fait songer à la chose.

— Mais pourtant, dit Rassi avec une feinte innocence, voilà tout mon arsenal officiel.

— Reste le poison...

— Mais qui le donnera ? Sera-ce cet imbécile de Conti ?

— Mais, à ce qu'on dit, ce ne serait pas son coup d'essai...

— Il faudrait le mettre en colère, reprit Rassi ; et d'ailleurs, lorsqu'il expédia le capitaine, il n'avait pas trente ans, et il était amoureux et infiniment moins pusillanime que de nos jours. Sans doute, tout doit céder à la raison d'État ; mais, ainsi pris au dépourvu et à la première vue, je ne vois, pour exécuter les ordres du souverain, qu'un nommé Barbone, commis-greffier de la prison, et que le sieur del Dongo renversa d'un soufflet le jour qu'il y entra.

Une fois le prince mis à son aise, la conversation fut infinie ; il la termina en accordant à son fiscal général un délai d'un mois ; le Rassi en voulait deux. Le lendemain, il reçut une gratification secrète de mille sequins. Pendant trois jours il réfléchit ; le quatrième il revint à son raisonnement, qui lui semblait évident : le seul comte Mosca aura le cœur de me tenir parole, parce que, en me faisant baron, il ne me donne pas ce qu'il estime ; *secundo*, en l'avertissant, je me sauve probablement un crime pour lequel je suis à peu près payé d'avance ; *tertio*, je venge les premiers coups humiliants qu'ait reçus le chevalier Rassi. La nuit suivante, il communiqua au comte Mosca toute sa conversation avec le prince.

Le comte faisait en secret la cour à la duchesse ; il est bien vrai qu'il ne la voyait toujours chez elle qu'une ou deux fois par mois, mais presque toutes les semaines, et quand il savait faire naître les occasions de parler de

Fabrice, la duchesse, accompagnée de *Chékina*, venait, dans la soirée avancée, passer quelques instants dans le jardin du comte. Elle savait tromper même son cocher, qui lui était dévoué et qui la croyait en visite dans une maison voisine.

On peut penser si le comte, ayant reçu la terrible confidence du fiscal, fit aussitôt à la duchesse le signal convenu. Quoique l'on fût au milieu de la nuit, elle le fit prier par la Chékina de passer à l'instant chez elle. Le comte, ravi comme un amoureux de cette apparence d'intimité, hésitait cependant à tout dire à la duchesse; il craignait de la voir devenir folle de douleur.

Après avoir cherché des demi-mots pour mitiger l'annonce fatale, il finit cependant par lui tout dire; il n'était pas en son pouvoir de garder un secret qu'elle lui demandait. Depuis neuf mois le malheur extrême avait eu une grande influence sur cette âme ardente, elle l'avait fortifiée, et la duchesse ne s'emporta point en sanglots ou en plaintes.

Le lendemain soir elle fit faire à Fabrice le signal du grand péril.

Le feu a pris au château.

Il répondit fort bien.

Mes livres sont-ils brûlés ?

La même nuit elle eut le bonheur de lui faire parvenir une lettre dans une balle de plomb. Ce fut huit jours après qu'eut lieu le mariage de la sœur du marquis Crescenzi, où la duchesse commit une énorme imprudence dont nous rendrons compte en son lieu.

CHAPITRE XXI

A l'époque de ses malheurs il y avait déjà près d'une année que la duchesse avait fait une rencontre singulière : un jour qu'elle avait la *luna*, comme on dit dans le pays, elle était allée à l'improviste, sur le soir, à son château de Sacca, situé au delà de Colorno, sur la colline qui domine le Pô. Elle se plaisait à embellir cette terre; elle aimait la vaste forêt qui couronne la colline et touche au château; elle s'occupait à y faire tracer des sentiers dans des directions pittoresques.

— Vous vous ferez enlever par les brigands, belle duchesse, lui disait un jour le prince; il est impossible qu'une forêt où l'on sait que vous vous promenez, reste déserte. Le prince jetait un regard sur le comte dont il prétendait émoustiller la jalousie.

— Je n'ai pas de craintes, Altesse Sérénissime, répondit la duchesse d'un air ingénu, quand je me promène dans mes bois; je me rassure par cette pensée : je n'ai fait de mal à personne, qui pourrait me haïr ? Ce propos fut trouvé hardi, il rappelait les injures proférées par les libéraux du pays, gens fort insolents.

Le jour de la promenade dont nous parlons, le propos du prince revint à l'esprit de la duchesse, en remarquant un homme fort mal vêtu qui la suivait de loin à travers le bois. A un détour imprévu que fit la duchesse en continuant sa promenade, cet inconnu se trouva tellement près d'elle qu'elle eut peur. Dans le premier mouvement elle appela son garde-chasse qu'elle avait laissé à mille pas de là, dans le parterre de fleurs tout près du château. L'inconnu eut le temps de s'approcher d'elle et se jeta à ses pieds. Il était jeune, fort bel homme, mais horriblement mal mis; ses habits avaient des déchirures d'un pied de long, mais ses yeux respiraient le feu d'une âme ardente.

— Je suis condamné à mort, je suis le médecin Ferrante Palla, je meurs de faim ainsi que mes cinq enfants.

La duchesse avait remarqué qu'il était horriblement maigre; mais ses yeux étaient tellement beaux et remplis d'une exaltation si tendre, qu'ils lui ôtèrent l'idée du crime. Pallagi, pensa-t-elle, aurait bien dû donner de tels yeux au saint Jean dans le désert qu'il vient de placer à la cathédrale. L'idée de saint Jean lui était suggérée par l'incroyable maigreur de Ferrante. La duchesse lui donna trois sequins qu'elle avait dans sa bourse, s'excusant de lui offrir si peu sur ce qu'elle venait de payer un compte à son jardinier. Ferrante la remercia avec effusion. — Hélas, lui dit-il, autrefois j'habitais les villes, je voyais des femmes élégantes; depuis qu'en remplissant mes devoirs de citoyen je me suis fait condamner à mort, je vis dans les bois, et je vous suivais, non pour vous demander l'aumône ou vous voler, mais comme un sauvage fasciné par une angélique beauté. Il y a si longtemps que je n'ai vu deux belles mains blanches!

— Levez-vous donc, lui dit la duchesse; car il était resté à genoux.

— Permettez que je reste ainsi, lui dit Ferrante; cette position me prouve que je ne suis pas occupé actuellement à voler, et elle me tranquillise; car vous saurez que je vole pour vivre depuis que l'on m'empêche d'exercer ma profession. Mais dans ce moment-ci je ne suis qu'un simple mortel qui adore la sublime beauté. La duchesse comprit qu'il était un peu fou, mais elle n'eut point peur; elle voyait dans les yeux de cet homme qu'il avait une âme ardente et bonne, et d'ailleurs elle ne haïssait pas les physionomies extraordinaires.

— Je suis donc médecin, et je faisais la cour à la femme de l'apothicaire *Sarasine* de Parme : il nous a surpris et l'a chassée, ainsi que trois enfants qu'il soupçonnait avec raison être de moi et non de lui. J'en ai eu deux depuis. La mère et les cinq enfants vivent dans la dernière misère, au fond d'une sorte de cabane construite de mes mains à une lieue d'ici, dans le bois. Car je dois me préserver des gendarmes, et la pauvre femme ne veut pas se séparer de moi. Je fus condamné à mort, et fort justement : je conspirais. J'exècre le prince, qui est un tyran. Je ne pris pas la fuite faute d'argent. Mes malheurs sont bien plus grands, et j'aurais dû mille fois me tuer; je n'aime plus la malheureuse femme qui m'a donné ces cinq enfants et s'est perdue pour moi; j'en aime une autre. Mais si je me tue, les cinq enfants et la mère mourront littéralement de faim. Cet homme avait l'accent de la sincérité.

— Mais comment vivez-vous ? lui dit la duchesse attendrie.

— La mère des enfants file ; la fille aînée est nourrie dans une ferme de libéraux, où elle garde les moutons ; moi, je vole sur la route de Plaisance à Gênes.

— Comment accordez-vous le vol avec vos principes libéraux ?

— Je tiens note des gens que je vole, et si jamais j'ai quelque chose, je leur rendrai les sommes volées. J'estime qu'un tribun du peuple tel que moi exécute un travail qui, à raison de son danger, vaut bien cent francs par mois ; ainsi je me garde bien de prendre plus de douze cents francs par an.

Je me trompe, je vole quelque petite somme au delà, car je fais face par ce moyen aux frais d'impression de mes ouvrages.

— Quels ouvrages ?

— *La... aura-t-elle jamais une chambre et un budget ?*

— Quoi ! dit la duchesse étonnée, c'est vous, monsieur, qui êtes l'un des plus grands poètes du siècle, le fameux Ferrante Palla !

— Fameux peut-être, mais fort malheureux, c'est sûr.

— Et un homme de votre talent, monsieur, est obligé de voler pour vivre !

— C'est peut-être pour cela que j'ai quelque talent. Jusqu'ici tous nos auteurs qui se sont fait connaître étaient des gens payés par le gouvernement ou par le culte qu'ils voulaient saper. Moi, *primo*, j'expose ma vie ; *secundo*, songez, madame, aux réflexions qui m'agitent lorsque je vais voler ! Suis-je dans le vrai, me dis-je ? La place de tribun rend-elle des services valant réellement cent francs par mois ? J'ai deux chemises, l'habit que vous voyez, quelques mauvaises armes, et je suis sûr de finir par la corde : j'ose croire que je suis désintéressé. Je serais heureux sans ce fatal amour qui ne me laisse plus trouver que malheur auprès de la mère de mes enfants. La pauvreté me pèse comme laide : j'aime les beaux habits, les mains blanches...

Il regardait celles de la duchesse de telle sorte que la peur la saisit.

— Adieu, monsieur, lui dit-elle : puis-je vous être bonne à quelque chose à Parme ?

— Pensez quelquefois à cette question : son emploi est

de réveiller les cœurs et de les empêcher de s'endormir dans ce faux bonheur tout matériel que donnent les monarchies. Le service qu'il rend à ses concitoyens vaut-il cent francs par mois ?... Mon malheur est d'aimer, dit-il d'un air fort doux, et depuis près de deux ans mon âme n'est occupée que de vous, mais jusqu'ici je vous avais vue sans vous faire peur. Et il prit la fuite avec une rapidité prodigieuse qui étonna la duchesse et la rassura. Les gendarmes auraient de la peine à l'atteindre, pensa-t-elle ; en effet, il est fou.

Il est fou, lui dirent ses gens ; nous savons tous depuis longtemps que le pauvre homme est amoureux de madame ; quand madame est ici nous le voyons errer dans les parties les plus élevées du bois, et dès que madame est partie, il ne manque pas de venir s'asseoir aux mêmes endroits où elle s'est arrêtée ; il ramasse curieusement les fleurs qui ont pu tomber de son bouquet et les conserve longtemps attachées à son mauvais chapeau.

— Et vous ne m'avez jamais parlé de ces folies, dit la duchesse presque du ton du reproche.

— Nous craignions que madame ne le dît au ministre Mosca. Le pauvre Ferrante est si bon enfant ! ça n'a jamais fait de mal à personne, et parce qu'il aime notre Napoléon, on l'a condamné à mort.

Elle ne dit mot au ministre de cette rencontre, et comme depuis quatre ans c'était le premier secret qu'elle lui faisait, dix fois elle fut obligée de s'arrêter court au milieu d'une phrase. Elle revint à Sacca avec de l'or. Ferrante ne se montra point. Elle revint quinze jours plus tard : Ferrante, après l'avoir suivie quelque temps en gambadant dans le bois à cent pas de distance, fondit sur elle avec la rapidité de l'épervier, et se précipita à ses genoux comme la première fois.

— Où étiez-vous il y a quinze jours ?

— Dans la montagne au delà de Novi, pour voler des muletiers qui revenaient de Milan où ils avaient vendu de l'huile.

— Acceptez cette bourse.

Ferrante ouvrit la bourse, y prit un sequin qu'il baisa et qu'il mit dans son sein, puis la rendit.

— Vous me rendez cette bourse et vous volez !

— Sans doute ; mon institution est telle, jamais je ne dois avoir plus de cent francs ; or, maintenant, la mère de mes enfants a quatre-vingts francs et moi j'en ai vingt-cinq, je suis en faute de cinq francs, et si l'on me pendait en ce

moment j'aurais des remords. J'ai pris ce sequin parce qu'il
vient de vous et que je vous aime.

L'intonation de ce mot fort simple fut parfaite. Il aime
réellement, se dit la duchesse.

Ce jour-là, il avait l'air tout à fait égaré. Il dit qu'il y
avait à Parme des gens qui lui devaient six cents francs, et
qu'avec cette somme il réparerait sa cabane où maintenant
ses pauvres petits enfants s'enrhumaient.

— Mais je vous ferai l'avance de ces six cents francs,
dit la duchesse tout émue.

— Mais alors, moi, homme public, le parti contraire ne
pourra-t-il pas me calomnier, et dire que je me vends ?

La duchesse attendrie lui offrit une cachette à Parme s'il
voulait lui jurer que pour le moment il n'exercerait point sa
magistrature dans cette ville, que surtout il n'exécuterait
aucun des arrêts de mort que, disait-il, il avait *in petto*.

— Et si l'on me pend par suite de mon imprudence, dit
gravement Ferrante, tous ces coquins, si nuisibles au
peuple, vivront de longues années, et à qui la faute ? Que
me dira mon père en me recevant là-haut ?

La duchesse lui parla beaucoup de ses petits enfants à
qui l'humidité pouvait causer des maladies mortelles ; il
finit par accepter l'offre de la cachette à Parme.

Le duc Sanseverina, dans la seule demi-journée qu'il eût
passée à Parme depuis son mariage, avait montré à la
duchesse une cachette fort singulière qui existe à l'angle
méridional du palais de ce nom. Le mur de façade, qui date
du moyen âge, a huit pieds d'épaisseur ; on l'a creusé
en dedans, et là se trouve une cachette de vingt pieds de
haut, mais de deux seulement de largeur. C'est tout à côté
que l'on admire ce réservoir d'eau cité dans tous les
voyages, fameux ouvrage du douzième siècle, pratiqué
lors du siège de Parme par l'empereur Sigismond, et qui
plus tard fut compris dans l'enceinte du palais Sanseverina.

On entre dans la cachette en faisant mouvoir une énorme
pierre sur un axe de fer placé vers le centre du bloc. La
duchesse était si profondément touchée de la folie du
Ferrante et du sort de ses enfants, pour lesquels il refusait
obstinément tout cadeau ayant une valeur, qu'elle lui
permit de faire usage de cette cachette pendant assez longtemps. Elle le revit un mois après, toujours dans les bois
de Sacca, et comme ce jour-là il était un peu plus calme,
il lui récita un de ses sonnets qui lui sembla égal ou supérieur à tout ce qu'on a fait de plus beau en Italie depuis

deux siècles. Ferrante obtint plusieurs entrevues; mais son
amour s'exalta, devint importun, et la duchesse s'aperçut
que cette passion suivait les lois de tous les amours que
l'on met dans la possibilité de concevoir une lueur d'espérance. Elle le renvoya dans ses bois, lui défendit de lui
adresser la parole : il obéit à l'instant et avec une douceur
parfaite. Les choses en étaient à ce point quand Fabrice
fut arrêté. Trois jours après, à la tombée de la nuit, un
capucin se présenta à la porte du palais Sanseverina;
il avait, disait-il, un secret important à communiquer à la
maîtresse du logis. Elle était si malheureuse qu'elle fit
entrer : c'était Ferrante. — Il se passe ici une nouvelle
iniquité dont le tribun du peuple doit prendre connaissance,
lui dit cet homme fou d'amour. D'autre part, agissant
comme simple particulier, ajouta-t-il, je ne puis donner
à madame la duchesse Sanseverina que ma vie, et je la lui
apporte.

Ce dévouement si sincère de la part d'un voleur et d'un
fou toucha vivement la duchesse. Elle parla longtemps à
cet homme qui passait pour le plus grand poète du nord
de l'Italie, et pleura beaucoup. Voilà un homme qui com-
prend mon cœur, se disait-elle. Le lendemain il reparut
toujours à l'*Ave Maria*, déguisé en domestique et portant
livrée.

— Je n'ai point quitté Parme; j'ai entendu dire une
horreur que ma bouche ne répétera point; mais me voici.
Songez, madame, à ce que vous refusez! L'être que vous
voyez n'est pas une poupée de cour, c'est un homme!
Il était à genoux en prononçant ces paroles d'un air à leur
donner de la valeur. Hier, je me suis dit, ajouta-t-il : Elle
a pleuré en ma présence; donc elle est un peu moins
malheureuse!

— Mais, monsieur, songez donc quels dangers vous
environnent, on vous arrêtera dans cette ville!

— La tribun vous dira : Madame, qu'est-ce que la vie
quand le devoir parle ? L'homme malheureux, et qui a la
douleur de ne plus sentir de passion pour la vertu depuis
qu'il est brûlé par l'amour, ajoutera : Madame la duchesse,
Fabrice, un homme de cœur, va périr peut-être; ne repous-
sez pas un autre homme de cœur qui s'offre à vous ! Voici
un corps de fer et une âme qui ne craint au monde que de
vous déplaire.

— Si vous me parlez encore de vos sentiments, je vous
ferme ma porte à jamais.

La duchesse eut bien l'idée, ce soir-là, d'annoncer à

Ferrante qu'elle ferait une petite pension à ses enfants, mais elle eut peur qu'il ne partît de là pour se tuer.

A peine fut-il sorti que, remplie de pressentiments funestes, elle se dit : Moi aussi je puis mourir, et plût à Dieu qu'il en fût ainsi, et bientôt ! si je trouvais un homme digne de ce nom à qui recommander mon pauvre Fabrice.

Une idée saisit la duchesse : elle prit un morceau de papier et reconnut, par un écrit auquel elle mêla le peu de mots de droit qu'elle savait, qu'elle avait reçu du sieur Ferrante Palla la somme de 25.000 francs, sous l'expresse condition de payer chaque année une rente viagère de 1.500 francs à la dame Sarasine et à ses cinq enfants. La duchesse ajouta : De plus je lègue une rente viagère de 300 francs à chacun de ses cinq enfants, sous la condition que Ferrante Palla donnera des soins comme médecin à mon neveu Fabrice del Dongo, et sera pour lui un frère. Je l'en prie. Elle signa, antidata d'un an et serra ce papier.

Deux jours après Ferrante reparut. C'était au moment où toute la ville était agitée par le bruit de la prochaine exécution de Fabrice. Cette triste cérémonie aurait-elle lieu dans la citadelle ou sous les arbres de la promenade publique ? Plusieurs hommes du peuple allèrent se promener ce soir-là devant la porte de la citadelle, pour tâcher de voir si l'on dressait l'échafaud : ce spectacle avait ému Ferrante. Il trouva la duchesse noyée dans les larmes, et hors d'état de parler ; elle le salua de la main et lui montra un siège. Ferrante, déguisé ce jour-là en capucin, était superbe ; au lieu de s'asseoir il se mit à genoux et pria Dieu dévotement à demi-voix. Dans un moment où la duchesse semblait un peu plus calme, sans se déranger de sa position, il interrompit un instant sa prière pour dire ces mots : De nouveau il offre sa vie.

— Songez à ce que vous dites, s'écria la duchesse, avec cet œil hagard qui, après les sanglots, annonce que la colère prend le dessus sur l'attendrissement.

— Il offre sa vie pour mettre obstacle au sort de Fabrice, ou pour le venger.

— Il y a telle occurrence, répliqua la duchesse, où je pourrais accepter le sacrifice de votre vie.

Elle le regardait avec une attention sévère. Un éclair de joie brilla dans son regard ; il se leva rapidement et tendit les bras vers le ciel. La duchesse alla se munir d'un papier caché dans le secret d'une grande armoire de noyer.

— Lisez, dit-elle à Ferrante. C'était la donation en faveur de ses enfants, dont nous avons parlé.

Les larmes et les sanglots empêchaient Ferrante de lire la fin; il tomba à genoux.

— Rendez-moi ce papier, dit la duchesse, et, devant lui, elle le brûla à la bougie.

Il ne faut pas, ajouta-t-elle, que mon nom paraisse si vous êtes pris et exécuté, car il y va de votre tête.

— Ma joie est de mourir en nuisant au tyran, une bien plus grande joie de mourir pour vous. Cela posé et bien compris, daignez ne plus faire mention de ce détail d'argent, j'y verrais un doute injurieux.

— Si vous êtes compromis, je puis l'être aussi, repartit la duchesse, et Fabrice après moi : c'est pour cela, et non pas parce que je doute de votre bravoure, que j'exige que l'homme qui me perce le cœur soit empoisonné et non tué. Par la même raison importante pour moi, je vous ordonne de faire tout au monde pour vous sauver.

— J'exécuterai fidèlement, ponctuellement et prudemment. Je prévois, madame la duchesse, que ma vengeance sera mêlée à la vôtre : il en serait autrement, que j'obéirais encore fidèlement, ponctuellement et prudemment. Je puis ne pas réussir, mais j'emploierai toute ma force d'homme.

— Il s'agit d'empoisonner le meurtrier de Fabrice.

— Je l'avais deviné, et depuis vingt-sept mois que je mène cette vie errante et abominable, j'ai souvent songé à une pareille action pour mon compte.

— Si je suis découverte et condamnée comme complice, poursuivit la duchesse d'un ton de fierté, je ne veux point que l'on puisse m'imputer de vous avoir séduit. Je vous ordonne de ne plus chercher à me voir avant l'époque de notre vengeance : il ne s'agit point de le mettre à mort avant que je vous en aie donné le signal. Sa mort en cet instant, par exemple, me serait funeste loin de m'être utile. Probablement sa mort ne devra avoir lieu que dans plusieurs mois, mais elle aura lieu. J'exige qu'il meure par le poison, et j'aimerais mieux le laisser vivre que de le voir atteint d'un coup de feu. Pour des intérêts que je ne veux pas vous expliquer, j'exige que votre vie soit sauvée.

Ferrante était ravi de ce ton d'autorité que la duchesse prenait avec lui : ses yeux brillaient d'une profonde joie. Ainsi que nous l'avons dit, il était horriblement maigre; mais on voyait qu'il avait été fort beau dans sa première jeunesse, et il croyait être encore ce qu'il avait été jadis. Suis-je fou, se dit-il, ou bien la duchesse veut-elle un jour, quand je lui aurai donné cette preuve de dévouement, faire de moi l'homme le plus heureux ? Et dans le fait, pourquoi

pas ? Est-ce que je ne vaux point cette poupée de comte
Mosca qui, dans l'occasion, n'a rien pu pour elle, pas même
faire évader monsignore Fabrice ?

— Je puis vouloir sa mort dès demain, continua la
duchesse, toujours du même air d'autorité. Vous connaissez cet immense réservoir d'eau qui est au coin du palais,
tout près de la cachette que vous avez occupée quelquefois; il est un moyen secret de faire couler toute cette eau
dans la rue : hé bien! ce sera là le signal de ma vengeance.
Vous verrez, si vous êtes à Parme, ou vous entendrez dire,
si vous habitez les bois, que le grand réservoir du palais
Sanseverina a crevé. Agissez aussitôt, mais par le poison, et
surtout n'exposez votre vie que le moins possible. Que
jamais personne ne sache que j'ai trempé dans cette affaire.

— Les paroles sont inutiles, répondit Ferrante avec un
enthousiasme mal contenu : je suis déjà fixé sur les moyens
que j'emploierai. La vie de cet homme me devient plus
odieuse qu'elle n'était, puisque je n'oserai vous revoir tant
qu'il vivra. J'attendrai le signal du réservoir crevé dans la
rue. Il salua brusquement et partit. La duchesse le regardait
marcher.

Quand il fut dans l'autre chambre, elle le rappela.

— Ferrante! s'écria-t-elle; homme sublime!

Il rentra, comme impatient d'être retenu; sa figure était
superbe en cet instant.

— Et vos enfants ?

— Madame, ils seront plus riches que moi; vous leur
accorderez peut-être quelque petite pension.

— Tenez, lui dit la duchesse en lui remettant une sorte
de gros étui en bois d'olivier, voici tous les diamants qui
me restent; ils valent cinquante mille francs.

— Ah, madame! vous m'humiliez!... dit Ferrante avec
un mouvement d'horreur; et sa figure changea du tout
au tout.

— Je ne vous reverrai jamais avant l'action : prenez, je
le veux, ajouta la duchesse avec un air de hauteur qui
atterra Ferrante; il mit l'étui dans sa poche et sortit.

La porte avait été refermée par lui. La duchesse le rappela de nouveau; il rentra d'un air inquiet : la duchesse
était debout au milieu du salon; elle se jeta dans ses bras.
Au bout d'un instant, Ferrante s'évanouit presque de
bonheur; la duchesse se dégagea de ses embrassements, et
des yeux lui montra la porte.

— Voilà le seul homme qui m'ait comprise, se dit-elle,
c'est ainsi qu'en eût agi Fabrice, s'il eût pu m'entendre.

Il y avait deux choses dans le caractère de la duchesse, elle voulait toujours ce qu'elle avait voulu une fois ; elle ne remettait jamais en délibération ce qui avait été une fois décidé. Elle citait à ce propos un mot de son premier mari, l'aimable général Pietranera : quelle insolence envers moi-même ! disait-il ; pourquoi croirai-je avoir plus d'esprit aujourd'hui que lorsque je pris ce parti ?

De ce moment, une sorte de gaieté reparut dans le caractère de la duchesse. Avant la fatale résolution, à chaque pas que faisait son esprit, à chaque chose nouvelle qu'elle voyait, elle avait le sentiment de son infériorité envers le prince, de sa faiblesse et de sa duperie ; le prince, suivant elle, l'avait lâchement trompée, et le comte Mosca, par suite de son génie courtisanesque, quoique innocemment, avait secondé le prince. Dès que la vengeance fut résolue, elle sentit sa force, chaque pas de son esprit lui donnait du bonheur. Je croirais assez que le bonheur immoral qu'on trouve à se venger en Italie tient à la force d'imagination de ce peuple ; les gens des autres pays ne pardonnent pas à proprement parler, ils oublient.

La duchesse ne revit Palla que vers les derniers temps de la prison de Fabrice. Comme on l'a deviné peut-être, ce fut lui qui donna l'idée de l'évasion : il existait dans les bois, à deux lieues de Sacca, une tour du moyen âge, à demi ruinée, et haute de plus de cent pieds ; avant de parler une seconde fois de fuite à la duchesse, Ferrante la supplia d'envoyer Ludovic, avec des hommes sûrs, disposer une suite d'échelles auprès de cette tour. En présence de la duchesse, il y monta avec les échelles, et en descendit avec une simple corde nouée ; il renouvela trois fois l'expérience, puis il expliqua de nouveau son idée. Huit jours après, Ludovic voulut aussi descendre de cette vieille tour avec une corde nouée : ce fut alors que la duchesse communiqua cette idée à Fabrice.

Dans les derniers jours qui précédèrent cette tentative, qui pouvait amener la mort du prisonnier, et de plus d'une façon, la duchesse ne pouvait trouver un instant de repos qu'autant qu'elle avait Ferrante à ses côtés ; le courage de cet homme électrisait le sien ; mais l'on sent bien qu'elle devait cacher au comte ce voisinage singulier. Elle craignait, non pas qu'il se révoltât, mais elle eût été affligée de ses objections, qui eussent redoublé ses inquiétudes. Quoi ! prendre pour conseiller intime un fou reconnu comme tel, et condamné à mort ! Et, ajoutait la duchesse, se parlant à elle-même, un homme qui, par la suite, pouvait faire de si étranges choses! Ferrante se trouvait dans le salon de la duchesse au moment où le comte vint lui donner connaissance de la conversation que le prince avait eue avec Rassi; et, lorsque le comte fut sorti, elle eut beaucoup à faire pour empêcher Ferrante de marcher sur-le-champ à l'exécution d'un affreux dessein!

— Je suis fort maintenant! s'écriait ce fou; je n'ai plus de doute sur la légitimité de l'action!

— Mais, dans le moment de colère qui suivra inévitablement, Fabrice serait mis à mort!

— Mais ainsi on lui épargnerait le péril de cette descente : elle est possible, facile même, ajoutait-il; mais l'expérience manque à ce jeune homme.

On célébra le mariage de la sœur du marquis Crescenzi, et ce fut à la fête donnée dans cette occasion que la duchesse rencontra Clélia, et put lui parler sans donner de soupçons aux observateurs de bonne compagnie. La duchesse elle-même remit à Clélia le paquet de cordes dans le jardin, où ces dames étaient allées respirer un instant. Ces cordes, fabriquées avec le plus grand soin, mi-parties de chanvre et de soie, avec des nœuds, étaient fort menues et assez flexibles; Ludovic avait éprouvé leur solidité, et, dans toutes leurs parties, elles pouvaient porter sans se rompre un poids de huit quintaux. On les avait comprimées de façon à en former plusieurs paquets de la forme d'un volume *in-quarto;* Clélia s'en empara, et promit à la duchesse que tout ce qui était humainement possible serait accompli pour faire arriver ces paquets jusqu'à la tour Farnèse.

— Mais je crains la timidité de votre caractère; et d'ailleurs, ajouta poliment la duchesse, quel intérêt peut vous inspirer un inconnu ?

— M. del Dongo est malheureux, *et je vous promets que par moi il sera sauvé!*

Mais la duchesse, ne comptant que fort médiocrement sur la présence d'esprit d'une jeune personne de vingt ans, avait pris d'autres précautions dont elle se garda bien de faire part à la fille du gouverneur. Comme il était naturel de le supposer, ce gouverneur se trouvait à la fête donnée pour le mariage de la sœur du marquis Crescenzi. La duchesse se dit que, si elle lui faisait donner un peu de narcotique, on pourrait croire dans le premier moment qu'il s'agissait d'une attaque d'apoplexie, et alors, au lieu de le placer dans sa voiture pour le ramener à la citadelle, on pourrait, avec un peu d'adresse, faire prévaloir l'avis de se servir d'une litière, qui se trouverait par hasard dans la maison où se donnait la fête. Là se rencontreraient aussi des hommes intelligents, vêtus en ouvriers employés pour la fête, et qui, dans le trouble général, s'offriraient obligeamment pour transporter le malade jusqu'à son palais si élevé. Ces hommes, dirigés par Ludovic, portaient une assez grande quantité de cordes, adroitement cachées sous leurs habits. On voit que la duchesse avait réellement l'esprit égaré depuis qu'elle songeait sérieusement à la fuite de Fabrice. Le péril de cet être chéri était trop fort pour son âme, et surtout durait trop longtemps. Par excès de précautions, elle faillit faire manquer cette fuite, ainsi qu'on va le voir. Tout s'exécuta comme elle l'avait projeté, avec cette seule différence que le narcotique produisit un effet trop puissant ; tout le monde crut, et même les gens de l'art, que le général avait une attaque d'apoplexie.

Par bonheur, Clélia, au désespoir, ne se douta en aucune façon de la tentative si criminelle de la duchesse. Le désordre fut tel au moment de l'entrée à la citadelle de la litière où le général, à demi-mort, était enfermé, que Ludovic et ses gens passèrent sans objection ; ils ne furent fouillés que pour la bonne forme au pont de l'*Esclave*. Quand ils eurent transporté le général jusqu'à son lit, on les conduisit à l'office, où les domestiques les traitèrent fort bien ; mais après ce repas, qui ne finit que fort près du matin, on leur expliqua que l'usage de la prison exigeait que, pour le reste de la nuit, ils fussent enfermés à clef dans les salles basses du palais ; le lendemain au jour ils seraient mis en liberté par le lieutenant du gouverneur.

Ces hommes avaient trouvé le moyen de remettre à Ludovic les cordes dont ils s'étaient chargés, mais Ludovic eut beaucoup de peine à obtenir un instant d'attention de Clélia. À la fin, dans un moment où elle passait d'une chambre à une autre, il lui fit voir qu'il déposait des paquets de corde dans l'angle obscur d'un des salons du premier étage. Clélia fut profondément frappée de cette circonstance étrange : aussitôt elle conçut d'atroces soupçons.

— Qui êtes-vous ? dit-elle à Ludovic.

Et, sur la réponse fort ambiguë de celui-ci, elle ajouta :

— Je devrais vous faire arrêter ; vous ou les vôtres vous avez empoisonné mon père !... Avouez à l'instant quelle est la nature du poison dont vous avez fait usage, afin que le médecin de la citadelle puisse administrer les remèdes convenables ; avouez à l'instant, ou bien, vous et vos complices, jamais vous ne sortirez de cette citadelle !

— Mademoiselle a tort de s'alarmer, répondit Ludovic, avec une grâce et une politesse parfaites; il ne s'agit nullement de poison; on a eu l'imprudence d'administrer au général une dose de laudanum, et il paraît que le domestique chargé de ce crime a mis dans le verre quelques gouttes de trop; nous en aurons un remords éternel; mais mademoiselle peut croire que, grâce au ciel, il n'existe aucune sorte de danger : M. le gouverneur doit être traité pour avoir pris, par erreur, une trop forte dose de laudanum; mais, j'ai l'honneur de le répéter à mademoiselle, le laquais chargé du crime ne faisait point usage de poisons véritables, comme Barbone, lorsqu'il voulut empoisonner monseigneur Fabrice. On n'a point prétendu se venger du péril qu'a couru monseigneur Fabrice; on n'a confié à ce laquais maladroit qu'une fiole où il y avait du laudanum, j'en fais serment à mademoiselle! Mais il est bien entendu que, si j'étais interrogé officiellement, je nierais tout.

D'ailleurs, si mademoiselle parle à qui que ce soit de laudanum et de poison, fût-ce à l'excellent don Cesare, Fabrice est tué de la main de mademoiselle. Elle rend à jamais impossible tous les projets de fuite; et mademoiselle sait mieux que moi que ce n'est pas avec du simple laudanum que l'on veut empoisonner monseigneur; elle sait aussi que quelqu'un n'a accordé qu'un mois de délai pour ce crime, et qu'il y a déjà plus d'une semaine que l'ordre fatal a été reçu. Ainsi, si elle me fait arrêter, ou si seulement elle dit un mot à don Cesare ou à tout autre, elle retarde toutes nos entreprises de bien plus d'un mois, et j'ai raison de dire qu'elle tue de sa main monseigneur Fabrice.

Clélia était épouvantée de l'étrange tranquillité de Ludovic.

Ainsi, me voilà en dialogue réglé, se disait-elle, avec l'empoisonneur de mon père, et qui emploie des tournures polies pour me parler! Et c'est l'amour qui m'a conduite à tous ces crimes!...

Le remords lui laissait à peine la force de parler; elle dit à Ludovic :

— Je vais vous enfermer à clef dans ce salon. Je cours apprendre au médecin qu'il ne s'agit que de laudanum; mais, grand Dieu! comment lui dirai-je que je l'ai appris moi-même ? Je reviens ensuite vous délivrer.

Mais, dit Clélia revenant en courant d'auprès de la porte, Fabrice savait-il quelque chose du laudanum ?

— Mon Dieu non, mademoiselle, il n'y eût jamais

consenti. Et puis, à quoi bon faire une confidence inutile ?
nous agissons avec la prudence la plus stricte. Il s'agit de
sauver la vie à monseigneur, qui sera empoisonné d'ici à
trois semaines; l'ordre en a été donné par quelqu'un qui
d'ordinaire ne trouve point d'obstacle à ses volontés; et,
pour tout dire à mademoiselle, on prétend que c'est le
terrible fiscal général Rassi qui a reçu cette commission.

Clélia s'enfuit épouvantée : elle comptait tellement sur
la parfaite probité de don Cesare, qu'en employant certaine
précaution, elle osa lui dire qu'on avait administré au
général du laudanum, et pas autre chose. Sans répondre,
sans questionner, don Cesare courut au médecin.

Clélia revint au salon, où elle avait enfermé Ludovic
dans l'intention de le presser de questions sur le laudanum.
Elle ne l'y trouva plus : il avait réussi à s'échapper. Elle vit
sur une table une bourse remplie de sequins, et une petite
boîte renfermant diverses sortes de poisons. La vue de ces
poisons la fit frémir. Qui me dit, pensa-t-elle, que l'on n'a
donné que du laudanum à mon père, et que la duchesse
n'a pas voulu se venger de la tentative de Barbone ?

Grand Dieu! s'écria-t-elle, me voici en rapport avec les
empoisonneurs de mon père! Et je les laisse s'échapper!
Et peut-être cet homme, mis à la question, eût avoué autre
chose que du laudanum!

Aussitôt Clélia tomba à genoux fondant en larmes, et
pria la Madone avec ferveur.

Pendant ce temps, le médecin de la citadelle, fort étonné
de l'avis qu'il recevait de don Cesare, et d'après lequel il
n'avait affaire qu'à du laudanum, donna les remèdes convenables qui bientôt firent disparaître les symptômes les plus
alarmants. Le général revint un peu à lui comme le jour
commençait à paraître. Sa première action marquant de
la connaissance fut de charger d'injures le colonel commandant en second la citadelle, et qui s'était avisé de donner quelques ordres les plus simples du monde pendant
que le général n'avait pas sa connaissance.

Le gouverneur se mit ensuite dans une fort grande
colère contre une fille de cuisine qui, en lui apportant un
bouillon, s'avisa de prononcer le mot d'apoplexie.

— Est-ce que je suis d'âge, s'écria-t-il, à avoir des apo-
plexies ? Il n'y a que mes ennemis acharnés qui puissent
se plaire à répandre de tels bruits. Et d'ailleurs, est-ce que
j'ai été saigné, pour que la calomnie elle-même ose parler
d'apoplexie ?

Fabrice, tout occupé des préparatifs de sa fuite, ne put

concevoir les bruits étranges qui remplissaient la citadelle au moment où l'on y rapportait le gouverneur à demi mort. D'abord il eut quelque idée que sa sentence était changée, et qu'on venait le mettre à mort. Voyant ensuite que personne ne se présentait dans sa chambre, il pensa que Clélia avait été trahie, qu'à sa rentrée dans la forteresse on lui avait enlevé les cordes que probablement elle rapportait, et qu'enfin ses projets de fuite étaient désormais impossibles. Le lendemain, à l'aube du jour, il vit entrer dans sa chambre un homme à lui inconnu, qui, sans dire mot, y déposa un panier de fruits : sous les fruits était cachée la lettre suivante :

« Pénétrée des remords les plus vifs par ce qui a été fait, « non pas, grâce au ciel, de mon consentement, mais à « l'occasion d'une idée que j'avais eue, j'ai fait vœu à la « très sainte Vierge que si, par l'effet de sa sainte inter- « cession, mon père est sauvé, jamais je n'opposerai un « refus à ses ordres; j'épouserai le marquis aussitôt que « j'en serai requise par lui, et jamais je ne vous reverrai. « Toutefois, je crois qu'il est de mon devoir d'achever ce « qui a été commencé. Dimanche prochain, au retour de « la messe où l'on vous conduira à ma demande (songez à « préparer votre âme, vous pouvez vous tuer dans la dif- « ficile entreprise); au retour de la messe, dis-je, retardez « le plus possible votre rentrée dans votre chambre; vous y « trouverez ce qui vous est nécessaire pour l'entreprise « méditée. Si vous périssez, j'aurai l'âme navrée! Pourrez- « vous m'accuser d'avoir contribué à votre mort ? La « duchesse elle-même ne m'a-t-elle pas répété à diverses « reprises que la faction Raversi l'emporte ? on veut lier « le prince par une cruauté qui le sépare à jamais du comte « Mosca. La duchesse, fondant en larmes, m'a juré qu'il « ne reste que cette ressource : vous périssez si vous ne « tentez rien. Je ne puis plus vous regarder, j'en ai fait « le vœu; mais si dimanche, vers le soir, vous me voyez « entièrement vêtue de noir, à la fenêtre accoutumée, ce « sera le signal que la nuit suivante tout sera disposé autant « qu'il est possible à mes faibles moyens. Après onze heures, « peut-être seulement à minuit ou une heure, une petite « lampe paraîtra à ma fenêtre, ce sera l'instant décisif; « recommandez-vous à votre saint patron, prenez en hâte « les habits de prêtre dont vous êtes pourvu, et marchez.

« Adieu, Fabrice, je serai en prière, et répandant les « larmes les plus amères, vous pouvez le croire, pendant « que vous courrez de si grands dangers. Si vous périssez,

« je ne vous survivrai point; grand Dieu! qu'est-ce que je
« dis ? mais si vous réussissez, je ne vous reverrai jamais.
« Dimanche, après la messe, vous trouverez dans votre
« prison l'argent, les poisons, les cordes, envoyés par cette
« femme terrible qui vous aime avec passion, et qui m'a
« répété jusqu'à trois fois qu'il fallait prendre ce parti.
« Dieu vous sauve et la sainte Madone! »

Fabio Conti était un geôlier toujours inquiet, toujours
malheureux, voyant toujours en songe quelqu'un de ses
prisonniers lui échapper : il était abhorré de tout ce qui
était dans la citadelle; mais le malheur inspirant les mêmes
résolutions à tous les hommes, les pauvres prisonniers,
ceux-là même qui étaient enchaînés dans des cachots hauts
de trois pieds, larges de trois pieds et de huit pieds de longueur et où ils ne pouvaient se tenir debout ou assis, tous
les prisonniers, même ceux-là, dis-je, eurent l'idée de faire
chanter à leur frais un *Te Deum* lorsqu'ils surent que leur
gouverneur était hors de danger. Deux ou trois de ces
malheureux firent des sonnets en l'honneur de Fabio Conti.
O effet du malheur sur ces hommes! Que celui qui les
blâme soit conduit par sa destinée à passer un an dans un
cachot haut de trois pieds, avec huit onces de pain par jour
et *jeûnant* les vendredis.

Clélia, qui ne quittait la chambre de son père que pour
aller prier dans la chapelle, dit que le gouverneur avait
décidé que les réjouissances n'auraient lieu que le dimanche.
Le matin de ce dimanche, Fabrice assista à la messe et
au *Te Deum;* le soir il y eut feu d'artifice, et dans les salles
basses du château l'on distribua aux soldats une quantité
de vin quadruple de celle que le gouverneur avait accordée;
une main inconnue avait même envoyé plusieurs tonneaux
d'eau-de-vie que les soldats défoncèrent. La générosité
des soldats qui s'enivraient ne voulut pas que les cinq soldats qui faisaient faction comme sentinelles autour du
palais souffrissent de leur position; à mesure qu'ils arrivaient à leurs guérites, un domestique affidé leur donnait
du vin, et l'on ne sait par quelle main ceux qui furent
placés en sentinelle à minuit et pendant le reste de la nuit
reçurent aussi un verre d'eau-de-vie, et l'on oubliait à
chaque fois la bouteille auprès de la guérite (comme il a
été prouvé au procès qui suivit).

Le désordre dura plus longtemps que Clélia ne l'avait
pensé, et ce ne fut que vers une heure que Fabrice, qui,
depuis plus de huit jours, avait scié deux barreaux de sa
fenêtre, celle qui ne donnait pas vers la volière, commença

à démonter l'abat-jour ; il travaillait presque sur la tête des sentinelles qui gardaient le palais du gouverneur, ils n'entendirent rien. Il avait fait quelques nouveaux nœuds seulement à l'immense corde nécessaire pour descendre de cette terrible hauteur de cent quatre-vingts pieds. Il arrangea cette corde en bandoulière autour de son corps : elle le gênait beaucoup, son volume étant énorme ; les nœuds l'empêchaient de former masse, et elle s'écartait à plus de dix-huit pouces du corps. Voilà le grand obstacle, se dit Fabrice.

Cette corde arrangée tant bien que mal, Fabrice prit celle avec laquelle il comptait descendre les trente-cinq pieds qui séparaient sa fenêtre de l'esplanade où était le palais du gouverneur. Mais comme pourtant, quelque enivrées que fussent les sentinelles, il ne pouvait pas descendre exactement sur leurs têtes, il sortit, comme nous l'avons dit, par la seconde fenêtre de sa chambre, celle qui avait jour sur le toit d'une sorte de vaste corps de garde. Par une bizarrerie de malade, dès que le général Fabio Conti avait pu parler, il avait fait monter deux cents soldats dans cet ancien corps de garde abandonné depuis un siècle. Il disait qu'après l'avoir empoisonné on voulait l'assassiner dans son lit, et ces deux cents soldats devaient le garder. On peut juger de l'effet que cette mesure imprévue produisit sur le cœur de Clélia : cette fille pieuse sentait fort bien jusqu'à quel point elle trahissait son père, et un père qui venait d'être presque empoisonné dans l'intérêt du prisonnier qu'elle aimait. Elle vit presque dans l'arrivée imprévue de ces deux cents hommes un arrêt de la Providence qui lui défendait d'aller plus avant et de rendre la liberté à Fabrice.

Mais tout le monde dans Parme parlait de la mort prochaine du prisonnier. On avait encore traité ce triste sujet à la fête même donnée à l'occasion du mariage de la signora Giulia Crescenzi. Puisque pour une pareille vétille, un coup d'épée maladroit donné à un comédien, un homme de la naissance de Fabrice n'était pas mis en liberté au bout de neuf mois de prison et avec la protection du premier ministre, c'est qu'il y avait de la politique dans son affaire. Alors, inutile de s'occuper davantage de lui, avait-on dit ; s'il ne convenait pas au pouvoir de le faire mourir en place publique, il mourrait bientôt de maladie. Un ouvrier serrurier qui avait été appelé au palais du général Fabio Conti parla de Fabrice comme d'un prisonnier expédié depuis longtemps et dont on taisait la mort par politique. Le mot de cet homme décida Clélia.

CHAPITRE XXII

Dans la journée Fabrice fut attaqué par quelques réflexions sérieuses et désagréables, mais à mesure qu'il entendait sonner les heures qui le rapprochaient du moment de l'action, il se sentait allègre et dispos. La duchesse lui avait écrit qu'il serait surpris par le grand air, et qu'à peine hors de sa prison il se trouverait dans l'impossibilité de marcher ; dans ce cas il valait mieux pourtant s'exposer à être repris que se précipiter du haut d'un mur de cent quatre-vingts pieds. Si ce malheur m'arrive, disait Fabrice, je me coucherai contre le parapet, je dormirai une heure, puis je recommencerai ; puisque je l'ai juré à Clélia, j'aime mieux tomber du haut d'un rempart, si élevé qu'il soit, que d'être toujours à faire des réflexions sur le goût du pain que je mange. Quelles horribles douleurs ne doit-on pas éprouver avant la fin, quand on meurt empoisonné ! Fabio Conti n'y cherchera pas de façons, il me fera donner de l'arsenic avec lequel il tue les rats de sa citadelle.

Vers le minuit un de ces brouillards épais et blancs que le Pô jette quelquefois sur ses rives s'étendit d'abord sur la ville, et ensuite gagna l'esplanade et les bastions au milieu desquels s'élève la grosse tour de la citadelle. Fabrice crut voir que du parapet de la plate-forme, on n'apercevait plus les petits acacias qui environnaient les jardins établis par les soldats au pied du mur de cent quatre-vingts pieds. Voilà qui est excellent, pensa-t-il.

Un peu après que minuit et demi eut sonné, le signal de la petite lampe parut à la fenêtre de la volière. Fabrice était prêt à agir ; il fit un signe de croix, puis attacha à son lit la petite corde destinée à lui faire descendre les trente-cinq pieds qui le séparaient de la plate-forme où était le palais. Il arriva sans encombre sur le toit du corps de garde occupé depuis la veille par les deux cents hommes de renfort dont nous avons parlé. Par malheur les soldats, à minuit trois quarts qu'il était alors, n'étaient pas encore endormis ; pendant qu'il marchait à pas de loup sur le toit de grosses tuiles creuses, Fabrice les entendait qui disaient que le diable était sur le toit, et qu'il fallait essayer de le tuer d'un coup de fusil. Quelques voix prétendaient que ce souhait était d'une grande impiété, d'autres disaient que si l'on tirait un coup de fusil sans tuer quelque chose, le gouverneur les mettrait tous en prison pour avoir alarmé la garnison inutilement. Toute cette belle discussion faisait que Fabrice se hâtait le plus possible en marchant sur le toit et qu'il faisait beaucoup plus de bruit. Le fait est qu'au moment où, pendu à sa corde, il passa devant les fenêtres, par bonheur à quatre ou cinq pieds de distance à cause de l'avance du toit, elles étaient hérissées de baïonnettes. Quelques-uns ont prétendu que Fabrice toujours fou eut l'idée de jouer le rôle du diable, et qu'il jeta à ces soldats une poignée de sequins. Ce qui est sûr, c'est qu'il avait semé des sequins sur le plancher de sa chambre, et il en sema aussi sur la plate-forme dans son trajet de la tour Farnèse au parapet, afin de se donner la chance de distraire les soldats qui auraient pu se mettre à le poursuivre.

Arrivé sur la plate-forme et entouré de sentinelles qui ordinairement criaient tous les quarts d'heure une phrase entière : *Tout est bien autour de mon poste*, il dirigea ses pas vers le parapet du couchant et chercha la pierre neuve.

Ce qui paraît incroyable et pourrait faire douter du fait si le résultat n'avait eu pour témoin une ville entière, c'est que les sentinelles placées le long du parapet n'aient pas vu et arrêté Fabrice ; à la vérité, le brouillard dont nous avons parlé commençait à monter, et Fabrice a dit que lorsqu'il était sur la plate-forme, le brouillard lui semblait arrivé déjà jusqu'à moitié de la tour Farnèse. Mais ce brouillard n'était point épais, et il apercevait fort bien les sentinelles dont quelques-unes se promenaient. Il ajoutait que, poussé comme par une force surnaturelle, il alla se placer hardiment entre deux sentinelles assez voisines. Il défit tranquillement la grande corde qu'il avait autour du corps et qui s'embrouilla deux fois ; il lui fallut beaucoup de temps pour la débrouiller et l'étendre sur le parapet. Il entendait les soldats parler de tous les côtés, bien résolu à poignarder le premier qui s'avancerait vers lui. Je n'étais nullement troublé, ajoutait-il, il me semblait que j'accomplissais une cérémonie.

Il attacha sa corde enfin débrouillée à une ouverture
pratiquée dans le parapet pour l'écoulement des eaux, il
monta sur ce même parapet, et pria Dieu avec ferveur;
puis, comme un héros des temps de chevalerie, il pensa
un instant à Clélia. Combien je suis différent, se dit-il, du
Fabrice léger et libertin qui entra ici il y a neuf mois!
Enfin il se mit à descendre cette étonnante hauteur. Il agissait mécaniquement, dit-il, et comme il eût fait en plein
jour, descendant devant des amis, pour gagner un pari.
Vers le milieu de la hauteur, il sentit tout à coup ses bras
perdre leur force; il croit même qu'il lâcha la corde un
instant; mais bientôt il la reprit; peut-être, dit-il, il se
retint aux broussailles sur lesquelles il glissait et qui l'écor-
chaient. Il éprouvait de temps à autre une douleur atroce
entre les épaules, elle allait jusqu'à lui ôter la respiration.
Il y avait un mouvement d'ondulation fort incommode; il
était renvoyé sans cesse de la corde aux broussailles. Il
fut touché par plusieurs oiseaux assez gros qu'il réveillait
et qui se jetaient sur lui en s'envolant. Les premières fois
il crut être atteint par des gens descendant de la citadelle
par la même voie que lui pour le poursuivre, et il s'apprê-
tait à se défendre. Enfin il arriva au bas de la grosse tour
sans autre inconvénient que d'avoir les mains en sang. Il
raconte que depuis le milieu de la tour, le talus qu'elle
forme lui fut fort utile; il frottait le mur en descendant,
et les plantes qui croissaient entre les pierres le retenaient
beaucoup. En arrivant en bas dans les jardins des soldats
il tomba sur un acacia qui, vu d'en haut, lui semblait avoir
quatre ou cinq pieds de hauteur, et qui en avait réellement
quinze ou vingt. Un ivrogne qui se trouvait là endormi
le prit pour un voleur. En tombant de cet arbre, Fabrice
se démit presque le bras gauche. Il se mit à fuir vers le
rempart, mais, à ce qu'il dit, ses jambes lui semblaient
comme du coton; il n'avait plus aucune force. Malgré le
péril, il s'assit et but un peu d'eau-de-vie qui lui restait.
Il s'endormit quelques minutes au point de ne plus savoir
où il était; en se réveillant il ne pouvait comprendre comment, se trouvant dans sa chambre, il voyait des arbres.
Enfin la terrible vérité revint à sa mémoire. Aussitôt il
marcha vers le rempart; il y monta par un grand escalier.
La sentinelle, qui était placée tout près, ronflait dans sa
guérite. Il trouva une pièce de canon gisant dans l'herbe;
il y attacha sa troisième corde; elle se trouva un peu trop
courte, et il tomba dans un fossé bourbeux où il pouvait y
avoir un pied d'eau. Pendant qu'il se relevait et cherchait

à se reconnaître, il se sentit saisi par deux hommes : il eut
peur un instant; mais bientôt il entendit prononcer près
de son oreille et à voix basse : Ah! monsignore! monsignore! Il comprit vaguement que ces hommes apparte-
naient à la duchesse; aussitôt il s'évanouit profondément.
Quelque temps après il sentit qu'il était porté par des
hommes qui marchaient en silence et fort vite; puis on
s'arrêta, ce qui lui donna beaucoup d'inquiétude. Mais il
n'avait ni la force de parler ni celle d'ouvrir les yeux; il
sentait qu'on le serrait; tout à coup il reconnut le parfum
des vêtements de la duchesse. Ce parfum le ranima; il
ouvrit les yeux; il put prononcer les mots : Ah! chère amie!
puis il s'évanouit de nouveau profondément.

Le fidèle Bruno, avec une escouade de gens de police
dévoués au comte, était en réserve à deux cents pas; le
comte lui-même était caché dans une petite maison tout
près du lieu où la duchesse attendait. Il n'eût pas hésité,
s'il l'eût fallu, à mettre l'épée à la main avec quelques officiers à demi-solde, ses amis intimes; il se regardait comme
obligé de sauver la vie à Fabrice, qui lui semblait grandement exposé, et qui jadis eût eu sa grâce signée du prince,
si lui Mosca n'eût eu la sottise de vouloir éviter une sottise
écrite au souverain.

Depuis minuit la duchesse, entourée d'hommes armés
jusqu'aux dents, errait dans un profond silence devant les
remparts de la citadelle; elle ne pouvait rester en place,
elle pensait qu'elle aurait à combattre pour enlever Fabrice
à des gens qui le poursuivraient. Cette imagination ardente
avait pris cent précautions, trop longues à détailler ici, et
d'une imprudence incroyable. On a calculé que plus de
quatre-vingts agents étaient sur pied cette nuit-là, s'attendant à se battre pour quelque chose d'extraordinaire. Par
bonheur, Ferrante et Ludovic étaient à la tête de tout cela,
et le ministre de la police n'était pas hostile; mais le comte
lui-même remarqua que la duchesse ne fut trahie par personne, et qu'il ne sut rien comme ministre.

La duchesse perdit la tête absolument en revoyant
Fabrice; elle le serrait convulsivement dans ses bras, puis
fut au désespoir en se voyant couverte de sang : c'était
celui des mains de Fabrice; elle le crut dangereusement
blessé. Aidée d'un de ses gens, elle lui ôtait son habit pour
le panser, lorsque Ludovic, qui, par bonheur, se trouvait
là, mit d'autorité la duchesse et Fabrice dans une des
petites voitures qui étaient cachées dans un jardin près de
la porte de la ville, et l'on partit ventre à terre pour aller

passer le Pô près de Sacca. Ferrante, avec vingt hommes bien armés, faisait l'arrière-garde, et avait promis sur sa tête d'arrêter la poursuite. Le comte, seul et à pied, ne quitta les environs de la citadelle que deux heures plus tard, quand il vit que rien ne bougeait. Me voici en haute trahison! se disait-il ivre de joie.

Ludovic eut l'idée excellente de placer dans une voiture un jeune chirurgien attaché à la maison de la duchesse, et qui avait beaucoup de la tournure de Fabrice.

— Prenez la fuite, lui dit-il, du côté de Bologne; soyez fort maladroit, tâchez de vous faire arrêter; alors coupez-vous dans vos réponses, et enfin avouez que vous êtes Fabrice del Dongo; surtout gagnez du temps. Mettez de l'adresse à être maladroit, vous en serez quitte pour un mois de prison, et madame vous donnera 50 sequins.

— Est-ce qu'on songe à l'argent quand on sert madame ?

Il partit, et fut arrêté quelques heures plus tard, ce qui causa une joie bien plaisante au général Fabio Conti et à Rassi, qui, avec le danger de Fabrice, voyait s'envoler sa baronnie.

L'évasion ne fut connue à la citadelle que sur les six heures du matin, et ce ne fut qu'à dix qu'on osa en instruire le prince. La duchesse avait été si bien servie que, malgré le profond sommeil de Fabrice, qu'elle prenait pour un évanouissement mortel, ce qui fit que trois fois elle fit arrêter la voiture, elle passait le Pô dans une barque comme quatre heures sonnaient. Il y avait des relais sur la rive gauche; on fit encore deux lieues avec une extrême rapidité, puis on fut arrêté plus d'une heure pour la vérification des passeports. La duchesse en avait de toutes les sortes pour elle et pour Fabrice; mais elle était folle ce jour-là, elle s'avisa de donner dix napoléons au commis de la police autrichienne, et de lui prendre la main en fondant en larmes. Ce commis, fort effrayé, recommença l'examen. On prit la poste; la duchesse payait d'une façon si extravagante, que partout elle excitait les soupçons en ce pays où tout étranger est suspect. Ludovic lui vint encore en aide; il dit que Mme la duchesse était folle de douleur, à cause de la fièvre continue du jeune comte Mosca, fils du premier ministre de Parme, qu'elle emmenait avec elle consulter les médecins de Pavie.

Ce ne fut qu'à dix lieues par delà le Pô que le prisonnier se réveilla tout à fait, il avait une épaule luxée et force écorchures. La duchesse avait encore des façons si extraordinaires que le maître d'une auberge de village, où l'on dîna, crut avoir affaire à une princesse du sang impérial, et allait lui faire rendre les honneurs qu'il croyait lui être dus, lorsque Ludovic dit à cet homme que la princesse le ferait immanquablement mettre en prison s'il s'avisait de faire sonner les cloches.

Enfin, sur les six heures du soir, on arriva au territoire piémontais. Là seulement Fabrice était en toute sûreté; on le conduisit dans un petit village écarté de la grande route; on pansa ses mains, et il dormit encore quelques heures.

Ce fut dans ce village que la duchesse se livra à une action non seulement horrible aux yeux de la morale, mais qui fut encore bien funeste à la tranquillité du reste de sa vie. Quelques semaines avant l'évasion de Fabrice, et un jour que tout Parme était allé à la porte de la citadelle pour tâcher de voir dans la cour l'échafaud qu'on dressait en son honneur, la duchesse avait montré à Ludovic, devenu le factotum de sa maison, le secret au moyen duquel on faisait sortir d'un petit cadre de fer, fort bien caché, une des pierres formant le fond du fameux réservoir d'eau du palais Sanseverina, ouvrage du treizième siècle, et dont nous avons parlé. Pendant que Fabrice dormait dans la *trattoria* de ce petit village, la duchesse fit appeler Ludovic; il la crut devenue folle, tant les regards qu'elle lui lançait étaient singuliers.

— Vous devez vous attendre, lui dit-elle, que je vais vous donner quelques milliers de francs : eh bien! non; je vous connais, vous êtes un poète, vous auriez bientôt mangé cet argent. Je vous donne la petite terre de la Ricciarda, à une lieue de Casal-Maggiore. Ludovic se jeta à ses pieds fou de joie, et protestant avec l'accent du cœur que ce n'était point pour gagner de l'argent qu'il avait contribué à sauver monsignore Fabrice; qu'il l'avait toujours aimé d'une façon particulière depuis qu'il avait eu l'honneur de le conduire une fois en sa qualité de troisième cocher de madame. Quand cet homme, qui réellement avait du cœur, crut avoir assez occupé de lui une aussi grande dame, il prit congé; mais elle, avec des yeux étincelants, lui dit :

— Restez.

Elle se promenait sans mot dire dans cette chambre de cabaret, regardant de temps à autre Ludovic avec des yeux incroyables. Enfin cet homme, voyant que cette étrange promenade ne prenait point de fin, crut devoir adresser la parole à sa maîtresse.

— Madame m'a fait un don tellement exagéré, tellement

au-dessus de tout ce qu'un pauvre homme tel que moi pouvait s'imaginer, tellement supérieur surtout aux faibles services que j'ai eu l'honneur de rendre, que je crois en conscience ne pas pouvoir garder sa terre de la Ricciarda. J'ai l'honneur de rendre cette terre à madame, et de la prier de m'accorder une pension de quatre cents francs.

— Combien de fois en votre vie, lui dit-elle avec la hauteur la plus sombre, combien de fois avez-vous ouï dire que j'avais déserté un projet une fois énoncé par moi ?

Après cette phrase, la duchesse se promena encore durant quelques minutes; puis, s'arrêtant tout à coup, elle s'écria :

— C'est par hasard et parce qu'il a su plaire à cette petite fille, que la vie de Fabrice a été sauvée! S'il n'avait été aimable, il mourait. Est-ce que vous pourrez me nier cela ? dit-elle en marchant sur Ludovic avec des yeux où éclatait la plus sombre fureur. Ludovic recula de quelques pas et la crut folle, ce qui lui donna de vives inquiétudes pour la propriété de sa terre de la Ricciarda.

— Eh bien! reprit la duchesse du ton le plus doux et le plus gai, et changée du tout au tout, je veux que mes bons habitants de Sacca aient une journée folle et de laquelle ils se souviennent longtemps. Vous allez retourner à Sacca, avez-vous quelque objection ? Pensez-vous courir quelque danger ?

— Peu de chose, madame : aucun des habitants de Sacca ne dira jamais que j'étais de la suite de monsignore Fabrice. D'ailleurs, si j'ose le dire à madame, je brûle de voir *ma* terre de la Ricciarda : il me semble si drôle d'être propriétaire!

— Ta gaieté me plaît. Le fermier de la Ricciarda me doit, je pense, trois ou quatre ans de son fermage : je lui fais cadeau de la moitié de ce qu'il me doit, et l'autre moitié de tous ces arrérages, je te la donne, mais à cette condition : tu vas aller à Sacca, tu diras qu'après-demain est le jour de la fête d'une de mes patronnes, et, le soir qui suivra ton arrivée, tu feras illuminer mon château de la façon la plus splendide. N'épargne ni argent ni peine : songe qu'il s'agit du plus grand bonheur de ma vie. De longue main j'ai préparé cette illumination; depuis plus de trois ans j'ai réuni dans les caves du château tout ce qui peut servir à cette noble fête; j'ai donné en dépôt au jardinier toutes les pièces d'artifice nécessaires pour un feu magnifique : tu le feras tirer sur la terrasse qui regarde le Pô. J'ai quatre-vingt-neuf grands tonneaux de vin dans mes caves, tu feras établir quatre-vingt-neuf fontaines de vin dans mon parc. Si le lendemain il reste une bouteille de vin qui ne soit pas bue, je dirai que tu n'aimes pas Fabrice. Quand les fontaines de vin, l'illumination et le feu d'artifice seront bien en train, tu t'esquiveras prudemment, car il est possible, et c'est mon espoir, qu'à Parme toutes ces belles choses-là paraissent une insolence.

— C'est ce qui n'est pas possible, seulement c'est sûr; comme il est certain aussi que le fiscal Rassi, qui a signé la sentence de monsignore, en crèvera de rage. Et même... ajouta Ludovic avec timidité, si madame voulait faire plus de plaisir à son pauvre serviteur que de lui donner la moitié des arrérages de la Ricciarda, elle me permettrait de faire une petite plaisanterie à ce Rassi...

— Tu es un brave homme! s'écria la duchesse avec transport, mais je te défends absolument de rien faire à Rassi; j'ai le projet de le faire pendre en public, plus tard. Quant à toi, tâche de ne pas te faire arrêter à Sacca, tout serait gâté si je te perdais.

— Moi, madame! Quand j'aurai dit que je fête une des patronnes de madame, si la police envoyait trente gendarmes pour déranger quelque chose, soyez sûre qu'avant d'être arrivés à la croix rouge qui est au milieu du village, pas un d'eux ne serait à cheval. Ils ne se mouchent pas du coude, non, les habitants de Sacca; tous contrebandiers finis et qui adorent madame.

— Enfin, reprit la duchesse d'un air singulièrement dégagé, si je donne du vin à mes braves gens de Sacca, je veux inonder les habitants de Parme; le même soir où mon château sera illuminé, prends le meilleur cheval de mon écurie, cours à mon palais, à Parme, et ouvre le réservoir.

— Ah! l'excellente idée qu'a madame! s'écria Ludovic, riant comme un fou, du vin aux braves gens de Sacca, de l'eau aux bourgeois de Parme qui étaient si sûrs, les misérables, que monsignore Fabrice allait être empoisonné comme le pauvre L...

La joie de Ludovic n'en finissait point; la duchesse regardait avec complaisance ses rires fous; il répétait sans cesse : Du vin aux gens de Sacca et de l'eau à ceux de Parme! Madame sait sans doute mieux que moi que lorsqu'on vida imprudemment le réservoir, il y a une vingt-taine d'années, il y eut jusqu'à un pied d'eau dans plusieurs des rues de Parme.

— Et de l'eau aux gens de Parme, répliqua la duchesse en riant. La promenade devant la citadelle eût été remplie

de monde si l'on eût coupé le cou à Fabrice... Tout le
monde l'appelle *le grand coupable*... Mais, surtout, fais cela
avec adresse, que jamais personne vivante ne sache que
cette inondation a été faite par toi, ni ordonnée par moi.
Fabrice, le comte lui-même, doivent ignorer cette folle
plaisanterie... Mais j'oubliais les pauvres de Sacca ; va-t'en
écrire une lettre à mon homme d'affaires, que je signerai ;
tu lui diras que pour la fête de ma sainte patronne il distribue cent sequins aux pauvres de Sacca et qu'il t'obéisse
en tout pour l'illumination, le feu d'artifice et le vin ;
que le lendemain surtout il ne reste pas une bouteille pleine
dans mes caves.

— L'homme d'affaires de madame ne se trouvera
embarrassé qu'en un point : depuis cinq ans que madame a
le château, elle n'a pas laissé dix pauvres dans Sacca.

— *Et de l'eau pour les gens de Parme !* reprit la duchesse
en chantant. Comment exécuteras-tu cette plaisanterie ?

— Mon plan est tout fait : je pars de Sacca sur les
neuf heures, à dix et demie mon cheval est à l'auberge
des *Trois Ganaches*, sur la route de Casal-Maggiore et de
ma terre de la Ricciarda ; à onze heures je suis dans ma
chambre au palais, et à onze heures et un quart de l'eau
pour les gens de Parme, et plus qu'ils n'en voudront, pour
boire à la santé du grand coupable. Dix minutes plus tard
je sors de la ville par la route de Bologne. Je fais, en
passant, un profond salut à la citadelle, que le courage
de monsignore et l'esprit de madame viennent de déshonorer ; je prends un sentier dans la campagne, de moi
bien connu, et je fais mon entrée à la Ricciarda.

Ludovic leva les yeux sur la duchesse et fut effrayé : elle
regardait fixement la muraille nue à six pas d'elle, et, il
faut en convenir, son regard était atroce. Ah ! ma pauvre
terre ! pensa Ludovic ; le fait est qu'elle est folle ! La
duchesse le regarda et devina sa pensée.

— Ah ! monsieur Ludovic le grand poète, vous voulez
une donation par écrit : courez me chercher une feuille de
papier. Ludovic ne se fit pas répéter cet ordre, et la
duchesse écrivit de sa main une longue reconnaissance
antidatée d'un an, et par laquelle elle déclarait avoir reçu,
de Ludovic San-Micheli la somme de 80.000 francs, et lui
avoir donné en gage la terre de la Ricciarda. Si après douze
mois révolus la duchesse n'avait pas rendu lesdits 80.000
francs à Ludovic, la terre de la Ricciarda resterait sa propriété.

Il est beau, se disait la duchesse, de donner à un servi-

teur fidèle le tiers à peu près de ce qui me reste pour
moi-même.

— Ah çà! dit la duchesse à Ludovic, après la plaisanterie du réservoir, je ne te donne que deux jours pour te
réjouir à Casal-Maggiore. Pour que la vente soit valable,
dis que c'est une affaire qui remonte à plus d'un an. Reviens
me rejoindre à Belgirate, et cela sans le moindre délai;
Fabrice ira peut-être en Angleterre où tu le suivras.

Le lendemain de bonne heure la duchesse et Fabrice
étaient à Belgirate.

On s'établit dans ce village enchanteur; mais un chagrin
mortel attendait la duchesse sur ce beau lac. Fabrice
était entièrement changé; dès les premiers moments où il
s'était réveillé de son sommeil, en quelque sorte léthar-
gique, après sa fuite, la duchesse s'était aperçue qu'il se
passait en lui quelque chose d'extraordinaire. Le sentiment
profond par lui caché avec beaucoup de soin était assez
bizarre, ce n'était rien moins que ceci : il était au désespoir
d'être hors de prison. Il se gardait bien d'avouer cette
cause de sa tristesse, elle eût amené des questions auxquelles il ne voulait pas répondre.

— Mais quoi! lui disait la duchesse étonnée, cette horrible sensation lorsque la faim te forçait à te nourrir, pour
ne pas tomber, d'un de ces mets détestables fournis
par la cuisine de la prison, cette sensation, y a-t-il ici quelque goût singulier, est-ce que je m'empoisonne en cet
instant, cette sensation ne te fait pas horreur?

— Je pensais à la mort, répondait Fabrice, comme je
suppose qu'y pensent les soldats : c'était une chose possible
que je pensais bien éviter par mon adresse.

Ainsi quelle inquiétude, quelle douleur pour la duchesse!
Cet être adoré, singulier, vif, original, était désormais sous
ses yeux en proie à une rêverie profonde; il préférait la
solitude même au plaisir de parler de toutes choses, et à
cœur ouvert, à la meilleure amie qu'il eût au monde.
Toujours il était bon, empressé, reconnaissant auprès de
la duchesse, il eût comme jadis donné cent fois sa vie pour
elle; mais son âme était ailleurs. On faisait souvent
quatre ou cinq lieues sur ce lac sublime sans se dire une
parole. La conversation, l'échange de pensées froides désormais possible entre eux, eût peut-être semblé agréable à
d'autres; mais eux se souvenaient encore, la duchesse surtout, de ce qu'était leur conversation avant ce fatal combat
avec Giletti qui les avait séparés. Fabrice devait à la
duchesse l'histoire des neuf mois passés dans une horrible

prison, et il se trouvait que sur ce séjour il n'avait à dire que des paroles brèves et incomplètes.

Voilà ce qui devait arriver tôt ou tard, se disait la duchesse avec une tristesse sombre. Le chagrin m'a vieillie, ou bien il aime réellement, et je n'ai plus que la seconde place dans son cœur. Avilie, atterrée par ce plus grand des chagrins possibles, la duchesse se disait quelquefois : Si le ciel voulait que Ferrante fût devenu tout à fait fou ou manquât de courage, il me semble que je serais moins malheureuse. Dès ce moment ce demi-remords empoisonna l'estime que la duchesse avait pour son propre caractère. Ainsi, se disait-elle avec amertume, je me repens d'une résolution prise : Je ne suis donc plus une del Dongo !

Le ciel l'a voulu, reprenait-elle : Fabrice est amoureux, et de quel droit voudrais-je qu'il ne fût pas amoureux ? Une seule parole d'amour véritable a-t-elle jamais été échangée entre nous ?

Cette idée si raisonnable lui ôta le sommeil, et enfin ce qui montrait que la vieillesse et l'affaiblissement de l'âme étaient arrivées pour elle avec la perspective d'une illustre vengeance, elle était cent fois plus malheureuse à Belgirate qu'à Parme. Quant à la personne qui pouvait causer l'étrange rêverie de Fabrice, il n'était guère possible d'avoir des doutes raisonnables : Clélia Conti, cette fille si pieuse, avait trahi son père puisqu'elle avait consenti à enivrer la garnison, et jamais Fabrice ne parlait de Clélia ! Mais, ajoutait la duchesse se frappant la poitrine avec désespoir, si la garnison n'eût pas été enivrée, toutes mes inventions, tous mes soins devenaient inutiles ; ainsi c'est elle qui l'a sauvé !

C'était avec une extrême difficulté que la duchesse obtenait de Fabrice des détails sur les événements de cette nuit, qui, se disait la duchesse, autrefois eût formé entre nous le sujet d'un entretien sans cesse renaissant ! Dans ces temps fortunés, il eût parlé tout un jour et avec une verve et une gaieté sans cesse renaissantes sur la moindre bagatelle que je m'avisais de mettre en avant.

Comme il fallait tout prévoir, la duchesse avait établi Fabrice au port de Locarno, ville suisse à l'extrémité du lac Majeur. Tous les jours elle allait le prendre en bateau pour de longues promenades sur le lac. Eh bien ! une fois qu'elle s'avisa de monter chez lui, elle trouva sa chambre tapissée d'une quantité de vues de la ville de Parme qu'il avait fait venir de Milan ou de Parme même, pays qu'il aurait dû tenir en abomination. Son petit salon,

changé en atelier, était encombré de tout l'appareil d'un
peintre à l'aquarelle, et elle le trouva finissant une troisième vue de la tour Farnèse et du palais du gouverneur.

— Il ne te manque plus, lui dit-elle d'un air piqué, que
de faire de souvenir le portrait de cet aimable gouverneur
qui voulait seulement t'empoisonner. Mais j'y songe, continua la duchesse, tu devrais lui écrire une lettre d'excuses
d'avoir pris la liberté de te sauver et de donner un ridicule
à sa citadelle.

La pauvre femme ne croyait pas dire si vrai : à peine
arrivé en lieu de sûreté, le premier soin de Fabrice avait
été d'écrire au général Fabio Conti une lettre parfaitement
polie et dans un certain sens bien ridicule ; il lui demandait
pardon de s'être sauvé, alléguant pour excuse qu'il avait
pu croire que certain subalterne de la prison avait été
chargé de lui administrer du poison. Peu lui importait ce
qu'il écrivait, Fabrice espérait que les yeux de Clélia
verraient cette lettre, et sa figure était couverte de larmes
en l'écrivant. Il la termina par une phrase bien plaisante :
il osait dire que, se trouvant en liberté, souvent il lui
arrivait de regretter sa petite chambre de la tour Farnèse.
C'était là la pensée capitale de sa lettre, il espérait que
Clélia la comprendrait. Dans son humeur écrivante, et
dans l'espoir d'être lu par quelqu'un, Fabrice adressa des
remerciements à don Cesare, ce bon aumônier qui lui avait
prêté des livres de théologie. Quelques jours plus tard,
Fabrice engagea le petit libraire de Locarno à faire le
voyage de Milan, où ce libraire, ami du célèbre bibliomane
Reina, acheta les plus magnifiques éditions qu'il pût
trouver des ouvrages prêtés par don Cesare. Le bon aumônier reçut ces livres et une belle lettre qui lui disait que,
dans des moments d'impatience, peut-être pardonnables à
un pauvre prisonnier, on avait chargé les marges de ces
livres de notes ridicules. On le suppliait en conséquence
de les remplacer dans sa bibliothèque par les volumes que
la plus vive reconnaissance se permettait de lui présenter.

Fabrice était bien bon de donner le simple nom de
notes aux griffonnages infinis dont il avait chargé les marges
d'un exemplaire in-folio des œuvres de saint Jérôme. Dans
l'espoir qu'il pourrait renvoyer ce livre au bon aumônier,
et l'échanger contre un autre, il avait écrit jour par jour
sur les marges un journal fort exact de tout ce qui lui
arrivait en prison ; les grands événements n'étaient autre
chose que des extases d'*amour divin* (ce mot divin en rem-
plaçait un autre qu'on n'osait écrire). Tantôt cet amour

divin conduisait le prisonnier à un profond désespoir, d'autres fois une voix entendue à travers les airs rendait quelque espérance et causait des transports de bonheur. Tout cela, heureusement, était écrit avec une encre de prison, formée de vin, de chocolat et de suie, et don Cesare n'avait fait qu'y jeter un coup d'œil en replaçant dans sa bibliothèque le volume de saint Jérôme. S'il en avait suivi les marges, il aurait vu qu'un jour le prisonnier, se croyant empoisonné, se félicitait de mourir à moins de quarante pas de distance de ce qu'il avait aimé le mieux dans ce monde. Mais un autre œil que celui du bon aumônier avait lu cette page depuis la fuite. Cette belle idée : *Mourir près de ce qu'on aime!* exprimée de cent façons différentes, était suivie d'un sonnet où l'on voyait que l'âme séparée, après des tourments atroces, de ce corps fragile qu'elle avait habité pendant vingt-trois ans, poussée par cet instinct de bonheur naturel à tout ce qui exista une fois, ne remonterait pas au ciel se mêler aux chœurs des anges aussitôt qu'elle serait libre et dans le cas où le jugement terrible lui accorderait le pardon de ses péchés; mais que, plus heureuse après la mort qu'elle n'avait été durant la vie, elle irait à quelques pas de la prison, où si longtemps elle avait gémi, se réunir à tout ce qu'elle avait aimé au monde. Et ainsi, disait le dernier vers du sonnet, j'aurai trouvé mon paradis sur la terre.

Quoiqu'on ne parlât de Fabrice à la citadelle de Parme que comme d'un traître infâme qui avait violé les devoirs les plus sacrés, toutefois le bon prêtre don Cesare fut ravi par la vue des beaux livres qu'un inconnu lui faisait parvenir; car Fabrice avait eu l'attention de n'écrire que quelques jours après l'envoi, de peur que son nom ne fît renvoyer tout le paquet avec indignation. Don Cesare ne parla point de cette attention à son frère, qui entrait en fureur au seul nom de Fabrice; mais depuis la fuite de ce dernier, il avait repris toute son ancienne intimité avec son aimable nièce; et comme il lui avait enseigné jadis quelques mots de latin, il lui fit voir les beaux ouvrages qu'il recevait. Tel avait été l'espoir du voyageur. Tout à coup Clélia rougit extrêmement, elle venait de reconnaître l'écriture de Fabrice. De grands morceaux fort étroits de papier jaune étaient placés en guise de signets en divers endroits du volume. Et comme il est vrai de dire qu'au milieu des plats intérêts d'argent, et de la froideur décolorée des pensée vulgaires qui remplissent notre vie, les démarches inspirées par une vraie passion manquent rarement de produire leur effet; comme si une divinité propice prenait le soin de les conduire par la main, Clélia, guidée par cet instinct et par la pensée d'une seule chose au monde, demanda à son oncle de comparer l'ancien exemplaire de saint Jérôme avec celui qu'il venait de recevoir. Comment dire son ravissement au milieu de la sombre tristesse où l'absence de Fabrice l'avait plongée, lorsqu'elle trouva sur les marges de l'ancien saint Jérôme le sonnet dont nous avons parlé, et les mémoires, jour par jour, de l'amour qu'on avait senti pour elle!

Dès le premier jour elle sut le sonnet par cœur; elle le chantait, appuyée sur sa fenêtre, devant la fenêtre, désormais solitaire, où elle avait vu si souvent une petite ouverture se démasquer dans l'abat-jour. Cet abat-jour avait été démonté pour être placé sur le bureau du tribunal et servir de pièce de conviction dans un procès ridicule que Rassi instruisait contre Fabrice, accusé du crime de s'être sauvé, ou, comme disait le fiscal en en riant lui-même, *de s'être dérobé à la clémence d'un prince magnanime!*

Chacune des démarches de Clélia était pour elle l'objet d'un vif remords, et depuis qu'elle était malheureuse les remords étaient plus vifs. Elle cherchait à apaiser un peu les reproches qu'elle s'adressait, en se rappelant le vœu *de ne jamais revoir Fabrice,* fait par elle à la Madone lors du demi-empoisonnement du général, et depuis chaque jour renouvelé.

Son père avait été malade de l'évasion de Fabrice, et, de plus, il avait été sur le point de perdre sa place, lorsque le prince, dans sa colère, destitua tous les geôliers de la tour Farnèse, et les fit passer comme prisonniers dans la prison de la ville. Le général avait été sauvé en partie par l'intercession du comte Mosca, qui aimait mieux le voir enfermé au sommet de sa citadelle, que rival actif et intrigant dans les cercles de la cour.

Ce fut pendant les quinze jours que dura l'incertitude relativement à la disgrâce du général Fabio Conti, réellement malade, que Clélia eut le courage d'exécuter le sacrifice qu'elle avait annoncé à Fabrice. Elle avait eu l'esprit d'être malade le jour des réjouissances générales, qui fut aussi celui de la fuite du prisonnier, comme le lecteur s'en souvient peut-être; elle fut malade aussi le lendemain, et, en un mot, sut si bien se conduire, qu'à l'exception de geôlier Grillo, chargé spécialement de la garde de Fabrice, personne n'eut de soupçons sur sa complicité, et Grillo se tut.

Mais aussitôt que Clélia n'eut plus d'inquiétudes de ce côté, elle fut plus cruellement agitée encore par ses justes remords. Quelle raison au monde, se disait-elle, peut diminuer le crime d'une fille qui trahit son père ?

Un soir, après une journée passée presque tout entière à la chapelle et dans les larmes, elle pria son oncle, don Cesare, de l'accompagner chez le général, dont les accès de fureur l'effrayaient d'autant plus, qu'à tout propos il y mêlait des imprécations contre Fabrice, cet abominable traître.

Arrivée en présence de son père, elle eut le courage de lui dire que si toujours elle avait refusé de donner la main au marquis Crescenzi, c'est qu'elle ne sentait aucune inclination pour lui, et qu'elle était assurée de ne point trouver le bonheur dans cette union. A ces mots, le général entra en fureur ; et Clélia eut assez de peine à reprendre la parole. Elle ajouta que si son père, séduit par la grande fortune du marquis, croyait devoir lui donner l'ordre précis de l'épouser, elle était prête à obéir. Le général fut tout étonné de cette conclusion, à laquelle il était loin de s'attendre ; il finit pourtant par s'en réjouir. Ainsi, dit-il à son frère, je ne serai pas réduit à loger dans un second étage, si ce polisson de Fabrice me fait perdre ma place par son mauvais procédé.

Le comte Mosca ne manquait pas de se montrer profondément scandalisé de l'évasion de ce *mauvais sujet* de Fabrice, et répétait dans l'occasion la phrase inventée par Rassi sur le plat procédé de ce jeune homme, fort vulgaire d'ailleurs, qui s'était soustrait à la clémence du prince. Cette phrase spirituelle, consacrée par la bonne compagnie, ne prit point dans le peuple. Laissé à son bon sens, et tout en croyant Fabrice fort coupable, il admirait la résolution qu'il avait fallu pour se lancer d'un mur si haut. Pas un être de la cour n'admira ce courage. Quant à la police, fort humiliée de cet échec, elle avait découvert officiellement qu'une troupe de vingt soldats gagnés par les distributions d'argent de la duchesse, cette femme si atrocement ingrate, et dont on ne prononçait plus le nom qu'avec un soupir, avaient tendu à Fabrice quatre échelles liées ensemble, et de quarante-cinq pieds de longueur chacune : Fabrice ayant tendu une corde qu'on avait liée aux échelles, n'avait eu que le mérite fort vulgaire d'attirer ces échelles à lui. Quelques libéraux connus par leur imprudence, et entre autre le médecin C ***, agent payé directement par le prince, ajoutaient, mais en se compromettant, que cette police atroce avait eu la barbarie de faire fusiller huit des malheureux soldats qui avaient facilité la fuite de cet ingrat Fabrice. Alors il fut blâmé même des libéraux véritables, comme ayant causé par son imprudence la mort de huit pauvres soldats. C'est ainsi que les petits despotismes réduisent à rien la valeur de l'opinion *.

* Tr. J. F. M. 31.

CHAPITRE XXIII

Au milieu de ce déchaînement général, le seul archevêque Landriani se montra fidèle à la cause de son jeune ami; il osait répéter, même à la cour de la princesse, la maxime de droit suivant laquelle, dans tout procès, il faut réserver une oreille pure de tout préjugé pour entendre les justifications d'un absent.

Dès le lendemain de l'évasion de Fabrice, plusieurs personnes avaient reçu un sonnet assez médiocre qui célébrait cette fuite comme une des belles actions du siècle, et comparait Fabrice à un ange arrivant sur la terre les ailes étendues. Le surlendemain soir, tout Parme répétait un sonnet sublime. C'était le monologue de Fabrice se laissant glisser le long de la corde, et jugeant les divers incidents de sa vie. Ce sonnet lui donna rang dans l'opinion par deux vers magnifiques, tous les connaisseurs reconnurent le style de Ferrante Palla.

Mais ici il me faudrait chercher le style épique : où trouver des couleurs pour peindre les torrents d'indignation qui tout à coup submergèrent tous les cœurs bien pensants, lorsqu'on apprit l'effroyable insolence de cette illumination du château de Sacca ? Il n'y eut qu'un cri contre la duchesse; même les libéraux véritables trouvèrent que c'était compromettre d'une façon barbare les pauvres suspects retenus dans les diverses prisons, et exaspérer inutilement le cœur du souverain. Le comte Mosca déclara qu'il ne restait plus qu'une ressource aux anciens amis de la duchesse, c'était de l'oublier. Le concert d'exécration fut donc unanime : un étranger passant par la ville eût été frappé de l'énergie de l'opinion publique. Mais en ce pays où l'on sait apprécier le plaisir de la vengeance, l'illumination de Sacca et la fête admirable donnée dans le parc à plus de six mille paysans eurent un immense succès. Tout le monde répétait à Parme que la duchesse avait fait distribuer mille sequins à ses paysans; on expliquait ainsi l'accueil un peu dur fait à une trentaine de gendarmes que la police avait eu la nigauderie d'envoyer dans ce petit village, trente-six heures après la soirée sublime et l'ivresse générale qui l'avait suivie. Les gendarmes, accueillis à coups de pierres, avaient pris la fuite, et deux d'entre eux, tombés de cheval, avaient été jetés dans le Pô.

Quant à la rupture du grand réservoir d'eau du palais Sanseverina, elle avait passé à peu près inaperçue : c'était pendant la nuit que quelques rues avaient été plus ou moins inondées, le lendemain on eût dit qu'il avait plu. Ludovic avait eu soin de briser les vitres d'une fenêtre du palais, de façon que l'entrée des voleurs était expliquée.

On avait même trouvé une petite échelle. Le seul comte Mosca reconnut le génie de son amie.

Fabrice était parfaitement décidé à revenir à Parme aussitôt qu'il le pourrait; il envoya Ludovic porter une longue lettre à l'archevêque, et ce fidèle serviteur revint mettre à la poste au premier village du Piémont, à Sannazaro, au couchant de Pavie, une épître latine que le digne prélat adressait à son jeune protégé. Nous ajouterons un détail qui, comme plusieurs autres sans doute, fera longueur dans les pays où l'on n'a plus besoin de précautions. Le nom de Fabrice del Dongo n'était jamais écrit; toutes les lettres qui lui étaient destinées étaient adressées à Ludovic San Micheli, à Locarno en Suisse, ou à Belgirate en Piémont. L'enveloppe était faite d'un papier grossier, le cachet mal appliqué, l'adresse à peine lisible, et quelquefois ornée de recommandations dignes d'une cuisinière; toutes les lettres étaient datées de Naples six jours avant la date véritable.

Du village piémontais de Sannazaro, près de Pavie, Ludovic retourna en toute hâte à Parme : il était chargé d'une mission à laquelle Fabrice mettait la plus grande importance; il ne s'agissait de rien moins que de faire parvenir à Clélia Conti un mouchoir de soie sur lequel était imprimé un sonnet de Pétrarque. Il est vrai qu'un mot était changé à ce sonnet : Clélia le trouva sur sa table deux jours après avoir reçu les remerciements du marquis Crescenzi qui se disait le plus heureux des hommes, et il n'est pas besoin de dire quelle impression cette marque d'un souvenir toujours constant produisit sur son cœur.

Ludovic devait chercher à se procurer tous les détails

possibles sur ce qui se passait à la citadelle. Ce fut lui qui apprit à Fabrice la triste nouvelle que le mariage du marquis Crescenzi semblait désormais une chose décidée ; il ne se passait presque pas de journée sans qu'il donnât une fête à Clélia, dans l'intérieur de la citadelle. Une preuve décisive du mariage c'est que ce marquis, immensément riche et par conséquent fort avare, comme c'est l'usage parmi les gens opulents du nord de l'Italie, faisait des préparatifs immenses, et pourtant il épousait une fille *sans dot*. Il est vrai que la vanité du général Fabio Conti, fort choquée de cette remarque, la première qui se fût présentée à l'esprit de tous ses compatriotes, venait d'acheter une terre de plus de 300.000 francs, et cette terre, lui qui n'avait rien, il l'avait payée comptant, apparemment des deniers du marquis. Aussi le général avait-il déclaré qu'il donnait cette terre en mariage à sa fille. Mais les frais d'acte et autres, montant à plus de 12.000 francs, semblèrent une dépense fort ridicule au marquis Crescenzi, être éminemment logique. De son côté il faisait fabriquer à Lyon des tentures magnifiques de couleurs, fort bien agencées et calculées pour l'agrément de l'œil, par le célèbre Pallagi, peintre de Bologne. Ces tentures, dont chacune contenait une partie prise dans les armes de la famille Crescenzi, qui, comme l'univers le sait, descend du fameux Crescentius, consul de Rome en 985, devaient meubler les dix-sept salons qui formaient le rez-de-chaussée du palais du marquis. Les tentures, les pendules et les lustres rendus à Parme coûtèrent plus de 350.000 francs ; le prix des glaces nouvelles, ajoutées à celles que la maison possédait déjà, s'éleva à 200.000 francs. A l'exception de deux salons, ouvrages célèbres du *Parmesan*, le grand peintre du pays après le divin Corrège, toutes les pièces du premier et du second étage étaient maintenant occupées par les peintres célèbres de Florence, de Rome et de Milan, qui les ornaient de peintures à fresque. Fokelberg, le grand sculpteur suédois ; Tenerani de Rome, et Marchesi de Milan, travaillaient depuis un an à dix bas-reliefs représentant autant de belles actions de Crescentius, ce véritable grand homme. La plupart des plafonds, peints à fresque, offraient aussi quelque allusion à sa vie. On admirait généralement le plafond où Hayez, de Milan, avait représenté Crescentius reçu dans les Champs-Élysées par François Sforce ; Laurent le Magnifique, le roi Robert, le tribun Cola di Rienzi, Machiavel, le Dante et les autres grands hommes du moyen âge. L'admiration pour ces âmes d'élite est supposée faire épigramme contre les gens au pouvoir.

Tous ces détails magnifiques occupaient exclusivement l'attention de la noblesse et des bourgeois de Parme, et percèrent le cœur de notre héros lorsqu'il les lut racontés, avec une admiration naïve, dans une longue lettre de plus de vingt pages que Ludovic avait dictée à un douanier de Casal-Maggiore.

Et moi je suis si pauvre! se disait Fabrice, quatre mille livres de rente en tout et pour tout! c'est vraiment une insolence à moi d'oser être amoureux de Clélia Conti, pour qui se font tous ces miracles.

Un seul article de la longue lettre de Ludovic, mais celui-là écrit de sa mauvaise écriture, annonçait à son maître qu'il avait rencontré le soir, et dans l'état d'un homme qui se cache, le pauvre Grillo son ancien geôlier, qui avait été mis en prison, puis relâché. Cet homme lui avait demandé un sequin par charité, et Ludovic lui en avait donné quatre au nom de la duchesse. Les anciens geôliers récemment mis en liberté, au nombre de douze, se préparaient à donner une fête à coups de couteau (un *trattamento di cortellate*) aux nouveaux geôliers leurs successeurs, si jamais ils parvenaient à les rencontrer hors de la citadelle. Grillo avait dit que presque tous les jours il y avait sérénade à la forteresse, que mademoiselle Clélia Conti était fort pâle, souvent malade, et *autres choses semblables*. Ce mot ridicule fit que Ludovic reçut, courrier par courrier, l'ordre de revenir à Locarno. Il revint, et les détails qu'il donna de vive voix furent encore plus tristes pour Fabrice.

On peut juger de l'amabilité dont celui-ci était pour la pauvre duchesse; il eût souffert mille morts plutôt que de prononcer devant elle le nom de Clélia Conti. La duchesse abhorrait Parme; et, pour Fabrice, tout ce qui rappelait cette ville était à la fois sublime et attendrissant.

La duchesse avait moins que jamais oublié sa vengeance; elle était si heureuse avant l'incident de la mort de Giletti! et maintenant, quel était son sort! elle vivait dans l'attente d'un événement affreux dont elle se serait bien gardée de dire un mot à Fabrice, elle qui autrefois, lors de son arrangement avec Ferrante, croyait tant réjouir Fabrice en lui apprenant qu'un jour il serait vengé.

On peut se faire quelque idée maintenant de l'agrément des entretiens de Fabrice avec la duchesse : un silence morne régnait presque toujours entre eux. Pour augmenter les agréments de leurs relations, la duchesse avait cédé à la tentation de jouer un mauvais tour à ce neveu trop chéri. Le comte lui écrivait presque tous les jours; apparemment il envoyait des courriers comme du temps de leurs amours, car ses lettres portaient toujours le timbre de quelque petite ville de la Suisse. Le pauvre homme se torturait l'esprit pour ne pas parler trop ouvertement de sa tendresse, et pour construire des lettres amusantes; à peine si on les parcourait d'un œil distrait. Que fait, hélas! la fidélité d'un amant estimé, quand on a le cœur percé par la froideur de celui qu'on lui préfère?

En deux mois de temps la duchesse ne lui répondit qu'une fois et ce fut pour l'engager à sonder le terrain auprès de la princesse, et à voir si, malgré l'insolence du feu d'artifice, on recevrait avec plaisir une lettre d'elle duchesse. La lettre qu'il devait présenter, s'il le jugeait à propos, demandait la place de chevalier d'honneur de la princesse, devenue vacante depuis peu, pour le marquis Crescenzi, et désirait qu'elle lui fût accordée en considération de son mariage. La lettre de la duchesse était un chef-d'œuvre : c'était le respect le plus tendre et le mieux exprimé; on n'avait pas admis dans ce style courtisanesque le moindre mot dont les conséquences, même les plus éloignées, pussent n'être pas agréables à la princesse. Aussi la réponse respirait-elle une amitié tendre et que l'absence met à la torture.

« Mon fils et moi, lui disait la princesse, n'avons pas
« eu une soirée un peu passable depuis votre départ si
« brusque. Ma chère duchesse ne se souvient donc plus
« que c'est elle qui m'a fait rendre une voix consultative
« dans la nomination des officiers de ma maison? Elle se
« croit donc obligée de me donner des motifs pour la
« place du marquis, comme si son désir exprimé n'était
« pas pour moi le premier des motifs? Le marquis aura la
« place, si je puis quelque chose; et il y en aura toujours
« une dans mon cœur, et la première, pour mon aimable
« duchesse. Mon fils se sert absolument des mêmes
« expressions, un peu fortes pourtant dans la bouche d'un
« grand garçon de vingt et un ans, et vous demande des
« échantillons de minéraux de la vallée d'Orta, voisine de
« Belgirate. Vous pouvez adresser vos lettres, que j'espère
« fréquentes, au comte, qui vous déteste toujours et que
« j'aime surtout à cause de ces sentiments. L'archevêque
« aussi vous est resté fidèle. Nous espérons tous vous
« revoir un jour : rappelez-vous qu'il le faut. La marquise
« Ghisleri, ma grande maîtresse, se dispose à quitter ce

« monde pour un meilleur : la pauvre femme m'a fait bien
« du mal ; elle me déplaît encore en s'en allant mal à pro-
« pos ; sa maladie me fait penser au nom que j'eusse mis
« autrefois avec tant de plaisir à la place du sien, si toute-
« fois j'eusse pu obtenir ce sacrifice de l'indépendance de
« cette femme unique qui, en nous fuyant, a emporté avec
« elle toute la joie de ma petite cour, etc., etc. »

C'était donc avec la conscience d'avoir cherché à hâter,
autant qu'il était en elle, le mariage qui mettait Fabrice
au désespoir, que la duchesse le voyait tous les jours. Aussi
passaient-ils quelquefois quatre ou cinq heures à voguer
ensemble sur le lac, sans se dire un seul mot. La bienveillance était entière et parfaite du côté de Fabrice ; mais il
pensait à d'autres choses, et son âme naïve et simple ne lui
fournissait rien à dire. La duchesse le voyait, et c'était son
supplice.

Nous avons oublié de raconter en son lieu que la duchesse
avait pris une maison à Belgirate, village charmant, et qui
tient tout ce que son nom promet (voir un beau tournant
du lac). De la porte-fenêtre de son salon, la duchesse pouvait mettre le pied dans sa barque. Elle en avait pris une
fort ordinaire, et pour laquelle quatre rameurs eussent
suffi ; elle en engagea douze, et s'arrangea de façon à avoir
un homme de chacun des villages situés aux environs de
Belgirate. La troisième ou quatrième fois qu'elle se trouva
au milieu du lac avec tous ces hommes bien choisis, elle fit
arrêter le mouvement des rames.

— Je vous considère tous comme des amis, leur dit-elle,
et je veux vous confier un secret. Mon neveu Fabrice s'est
sauvé de prison ; et peut-être, par trahison, on cherchera à
le reprendre, quoiqu'il soit sur votre lac, pays de franchise.
Ayez l'oreille au guet, et prévenez-moi de tout ce que vous
apprendrez. Je vous autorise à entrer dans ma chambre le
jour et la nuit.

Les rameurs répondirent avec enthousiasme ; elle savait
se faire aimer. Mais elle ne pensait pas qu'il fût question
de reprendre Fabrice : c'était pour elle qu'étaient tous ces
soins, et, avant l'ordre fatal d'ouvrir le réservoir du palais
Sanseverina, elle n'y eût pas songé.

Sa prudence l'avait aussi engagée à prendre un appartement au port de Locarno pour Fabrice ; tous les jours il
venait la voir, ou elle-même allait en Suisse. On peut juger
de l'agrément de leurs perpétuels tête-à-tête par ce détail :
La marquise et ses filles vinrent les voir deux fois, et la
présence de ces étrangères leur fit plaisir ; car, malgré les

liens du sang, on peut appeler étrangère une personne qui
ne sait rien de nos intérêts les plus chers, et que l'on ne
voit qu'une fois par an.

La duchesse se trouvait un soir à Locarno, chez Fabrice,
avec la marquise et ses deux filles. L'archiprêtre du pays
et le curé étaient venus présenter leurs respects à ces
dames : l'archiprêtre, qui était intéressé dans une maison
de commerce, et se tenait fort au courant des nouvelles,
s'avisa de dire :

— Le prince de Parme est mort !

La duchesse pâlit extrêmement; elle eut à peine le courage de dire :

— Donne-t-on des détails ?

— Non, répondit l'archiprêtre; la nouvelle se borne à
dire la mort, qui est certaine.

La duchesse regarda Fabrice. J'ai fait cela pour lui, se
dit-elle; j'aurais fait mille fois pis, et le voilà qui est là
devant moi indifférent et songeant à une autre ! Il était
au-dessus des forces de la duchesse de supporter cette
affreuse pensée; elle tomba dans un profond évanouissement. Tout le monde s'empressa pour la secourir; mais,
en revenant à elle, elle remarqua que Fabrice se donnait
moins de mouvement que l'archiprêtre et le curé; il rêvait
comme à l'ordinaire.

— Il pense à retourner à Parme, se dit la duchesse, et
peut-être à rompre le mariage de Clélia avec le marquis;
mais je saurai l'empêcher. Puis, se souvenant de la présence
des deux prêtres, elle se hâta d'ajouter :

— C'était un grand prince, et qui a été bien calomnié !
C'est une perte immense pour nous !

Les deux prêtres prirent congé, et la duchesse, pour
être seule, annonça qu'elle allait se mettre au lit.

— Sans doute, se disait-elle, la prudence m'ordonne
d'attendre un mois ou deux avant de retourner à Parme;
mais je sens que je n'aurai jamais cette patience; je souffre
trop ici. Cette rêverie continuelle, ce silence de Fabrice,
sont pour mon cœur un spectacle intolérable. Qui me l'eût
dit que je m'ennuierais en me promenant sur ce lac charmant, en tête à tête avec lui, et au moment où j'ai fait pour
le venger plus que je ne puis lui dire ! Après un tel spectacle, la mort n'est rien. C'est maintenant que je paie les
transports de bonheur et de joie enfantine que je trouvais
dans mon palais à Parme lorsque j'y reçus Fabrice revenant de Naples. Si j'eusse dit un mot, tout était fini, et
peut-être que, lié avec moi, il n'eût pas songé à cette petite

Clélia; mais ce mot me faisait une répugnance horrible. Maintenant elle l'emporte sur moi. Quoi de plus simple ? elle a vingt ans; et moi, changée par les soucis, malade, j'ai le double de son âge!... Il faut mourir, il faut finir! Une femme de quarante ans n'est plus quelque chose que pour les hommes qui l'ont aimée dans sa jeunesse! Maintenant je ne trouverai plus que des jouissances de vanité; et cela vaut-il la peine de vivre ? Raison de plus pour aller à Parme, et pour m'amuser. Si les choses tournaient d'une certaine façon, on m'ôterait la vie. Eh bien! où est le mal ? Je ferai une mort magnifique, et, avant que de finir, mais seulement alors, je dirai à Fabrice : Ingrat! c'est pour toi!... Oui, je ne puis trouver d'occupation pour ce peu de vie qui me reste qu'à Parme; j'y ferai la grande dame. Quel bonheur si je pouvais être sensible maintenant à toutes ces distinctions qui autrefois faisaient le malheur de la Raversi! Alors, pour voir mon bonheur, j'avais besoin de regarder dans les yeux de l'envie... Ma vanité a un bonheur; à l'exception du comte peut-être, personne n'aura pu deviner quel a été l'événement qui a mis fin à la vie de mon cœur... J'aimerai Fabrice, je serai dévouée à sa fortune, mais il ne faut pas qu'il rompe le mariage de la Clélia, et qu'il finisse par l'épouser... Non, cela ne sera pas!

La duchesse en était là de son triste monologue, lorsqu'elle entendit un grand bruit dans la maison.

— Bon! se dit-elle, voilà qu'on vient m'arrêter; Ferrante se sera laissé prendre, il aura parlé. Eh bien, tant mieux! je vais avoir une occupation; je vais leur disputer ma tête. Mais *primo*, il ne faut pas se laisser prendre.

La duchesse, à demi vêtue, s'enfuit au fond de son jardin : elle songeait déjà à passer par-dessus un petit mur et à se sauver dans la campagne; mais elle vit qu'on entrait dans sa chambre. Elle reconnut Bruno, l'homme de confiance du comte : il était seul avec sa femme de chambre. Elle s'approcha de la porte-fenêtre. Cet homme parlait à la femme de chambre des blessures qu'il avait reçues. La duchesse rentra chez elle, Bruno se jeta presque à ses pieds, la conjurant de ne pas dire au comte l'heure ridicule à laquelle il arrivait.

— Aussitôt la mort du prince, ajouta-t-il, M. le comte a donné l'ordre, à toutes les postes, de ne pas fournir de chevaux aux sujets des états de Parme. En conséquence, je suis allé jusqu'au Pô avec les chevaux de la maison; mais au sortir de la barque, ma voiture a été renversée, brisée, abîmée, et j'ai eu des contusions si graves que je n'ai pu monter à cheval, comme c'était mon devoir.

— Eh bien! dit la duchesse, il est trois heures du matin : je dirai que vous êtes arrivé à midi; vous n'allez pas me contredire.

— Je reconnais bien les bontés de madame.

La politique dans une œuvre littéraire, c'est un coup de pistolet au milieu d'un concert, quelque chose de grossier et auquel pourtant il n'est pas possible de refuser son attention.

Nous allons parler de fort vilaines choses, et que, pour plus d'une raison, nous voudrions taire; mais nous sommes forcés d'en venir à des événements qui sont de notre domaine, puisqu'ils ont pour théâtre le cœur des personnages.

— Mais, grand Dieu! comment est mort ce grand prince ? dit la duchesse à Bruno.

— Il était à la chasse des oiseaux de passage, dans les marais, le long du Pô, à deux lieues de Sacca. Il est tombé dans un trou caché par une touffe d'herbe : il était tout en sueur, et le froid l'a saisi; on l'a transporté dans une maison isolée, où il est mort au bout de quelques heures. D'autres prétendent que MM. Catena et Borone sont morts aussi, et que tout l'accident provient des casseroles de cuivre du paysan chez lequel on est entré, qui étaient remplies de vert-de-gris. On a déjeuné chez cet homme. Enfin, les têtes exaltées, les jacobins, qui racontent ce qu'ils désirent, parlent de poison. Je sais que mon ami Toto, fourrier de la cour, aurait péri sans les soins généreux d'un manant qui paraissait avoir de grandes connaissances en médecine, et lui a fait faire des remèdes fort singuliers. Mais on ne parle déjà plus de cette mort du prince : au fait, c'était un homme cruel. Lorsque je suis parti, le peuple se rassemblait pour massacrer le fiscal général Rassi : on voulait aussi aller mettre le feu aux portes de la citadelle, pour tâcher de faire sauver les prisonniers. Mais on prétendait que Fabio Conti tirerait ses canons. D'autres assuraient que les canonniers de la citadelle avaient jeté de l'eau sur leur poudre et ne voulaient pas massacrer leurs concitoyens. Mais voici qui est bien plus intéressant : tandis que le chirurgien de Sandolaro arrangeait mon pauvre bras, un homme est arrivé de Parme, qui a dit que le peuple ayant trouvé dans les rues Barbone, ce fameux commis de la citadelle, l'a assommé, et ensuite on est allé le pendre à l'arbre de la promenade qui est le plus voisin de la citadelle. Le peuple était en marche pour aller briser cette belle statue du prince qui est dans les jardins de la cour. Mais M. le comte a pris un bataillon de la garde, l'a rangé devant la statue, et a fait dire au peuple qu'aucun de ceux qui entreraient dans les jardins n'en sortirait vivant, et le peuple avait peur. Mais ce qui est bien singulier, et que cet homme arrivant de Parme, et qui est un ancien gendarme, m'a répété plusieurs fois, c'est que M. le comte a donné des coups de pied au général P..., commandant la garde du prince, et l'a fait conduire hors du jardin par deux fusiliers, après lui avoir arraché ses épaulettes.

— Je reconnais bien là le comte, s'écria la duchesse avec un transport de joie qu'elle n'eût pas prévu une minute auparavant : il ne souffrira jamais qu'on outrage notre princesse; et quant au général P..., par dévouement pour ses maîtres légitimes, il n'a jamais voulu servir l'usurpateur, tandis que le comte, moins délicat, a fait toutes les campagnes d'Espagne, ce qu'on lui a souvent reproché à la cour.

La duchesse avait ouvert la lettre du comte, mais en interrompait la lecture pour faire cent questions à Bruno.

La lettre était bien plaisante; le comte employait les termes les plus lugubres, et cependant la joie la plus vive éclatait à chaque mot; il évitait les détails sur le genre de mort du prince, et finissait sa lettre par ces mots :

« Tu vas revenir sans doute, mon cher ange! mais je te
« conseille d'attendre un jour ou deux le courrier que la
« princesse t'enverra, à ce que j'espère, aujourd'hui ou
« demain; il faut que ton retour soit magnifique comme
« ton départ a été hardi. Quant au grand criminel qui est
« auprès de toi, je compte bien le faire juger par douze
« juges appelés de toutes les parties de cet état. Mais, pour
« faire punir ce monstre-là comme il le mérite, il faut
« d'abord que je puisse faire des papillotes avec la pre-
« mière sentence, si elle existe. »

Le comte avait rouvert sa lettre :

« Voici bien une autre affaire : je viens de faire distribuer
« des cartouches aux deux bataillons de la garde; je vais
« me battre et mériter de mon mieux ce surnom de Cruel
« dont les libéraux m'ont gratifié depuis si longtemps.
« Cette vieille momie de général P... a osé parler dans la

« caserne d'entrer en pourparlers avec le peuple à demi
« révolté. Je t'écris du milieu de la rue; je vais au palais,
« où l'on ne pénétrera que sur mon cadavre. Adieu! Si je
« meurs, ce sera en t'adorant *quand même*, ainsi que j'ai
« vécu! N'oublie pas de faire prendre 300.000 francs dépo-
« sés en ton nom chez D..., à Lyon.

« Voilà ce pauvre diable de Rassi pâle comme la mort,
« et sans perruque; tu n'as pas d'idée de cette figure! Le
« peuple veut absolument le pendre; ce serait un grand
« tort qu'on lui ferait, il mérite d'être écartelé. Il se réfu-
« giait à mon palais, et m'a couru après dans la rue; je ne
« sais trop qu'en faire... je ne veux pas le conduire au
« palais du prince, ce serait faire éclater la révolte de ce
« côté. F... verra si je l'aime; mon premier mot à Rassi a
« été : Il me faut la sentence contre M. del Dongo, et
« toutes les copies que vous pouvez en avoir, et dites à
« tous ces juges iniques, qui sont cause de cette révolte,
« que je les ferai tous pendre, ainsi que vous, mon cher
« ami, s'ils soufflent un mot de cette sentence, qui n'a
« jamais existé. Au nom de Fabrice, j'envoie une compa-
« gnie de grenadiers à l'archevêque. Adieu, cher ange!
« mon palais va être brûlé, et je perdrai les charmants por-
« traits que j'ai de toi. Je cours au palais pour faire desti-
« tuer cet infâme général P..., qui fait des siennes; il flatte
« bassement le peuple, comme autrefois il flattait le feu
« prince. Tous ces généraux ont une peur du diable; je
« vais, je crois, me faire nommer général en chef. »

La duchesse eut la malice de ne pas envoyer réveiller
Fabrice; elle se sentait pour le comte un accès d'admiration
qui ressemblait fort à de l'amour. Toutes réflexions faites,
se dit-elle, il faut que je l'épouse. Elle le lui écrivit aussitôt,
et fit partir un de ses gens. Cette nuit, la duchesse n'eut
pas le temps d'être malheureuse.

Le lendemain, sur le midi, elle vit une barque montée
par dix rameurs et qui fendait rapidement les eaux du lac;
Fabrice et elle reconnurent bientôt un homme portant la
livrée du prince de Parme : c'était en effet un de ses courriers qui, avant de descendre à terre, cria à la duchesse :
— La révolte est apaisée! Ce courrier lui remit plusieurs
lettres du comte, une lettre admirable de la princesse et une
ordonnance du prince Ranuce-Ernest V, sur parchemin,
qui la nommait duchesse de San Giovanni et grande maîtresse de la princesse douairière. Ce jeune prince, savant
en minéralogie, et qu'elle croyait un imbécile, avait eu

l'esprit de lui écrire un petit billet; mais il y avait de
l'amour à la fin. Le billet commençait ainsi :

« Le comte dit, madame la duchesse, qu'il est content
« de moi; le fait est que j'ai essuyé quelques coups de fusil
« à ses côtés et que mon cheval a été touché : à voir le
« bruit qu'on fait pour si peu de chose, je désire vivement
« assister à une vraie bataille, mais que ce ne soit pas
« contre mes sujets. Je dois tout au comte; tous mes géné-
« raux, qui n'ont pas fait la guerre, se sont conduits comme
« des lièvres; je crois que deux ou trois se sont enfuis
« jusqu'à Bologne. Depuis qu'un grand et déplorable évé-
« nement m'a donné le pouvoir, je n'ai point signé d'ordon-
« nance qui m'ait été aussi agréable que celle qui vous
« nomme grande maîtresse de ma mère. Ma mère et moi,
« nous nous sommes souvenus qu'un jour vous admiriez
« la belle vue que l'on a du *palazzeto* de San Giovanni,
« qui jadis appartint à Pétrarque, du moins on le dit; ma
« mère a voulu vous donner cette petite terre; et moi, ne
« sachant que vous donner, et n'osant vous offrir tout ce
« qui vous appartient, je vous ai faite duchesse dans mon
« pays; je ne sais si vous êtes assez savante pour savoir que
« Sanseverina est un titre romain. Je viens de donner le
« grand cordon de mon ordre à notre digne archevêque,
« qui a déployé une fermeté bien rare chez les hommes de
« soixante-dix ans. Vous ne m'en voudrez pas d'avoir rap-
« pelé toutes les dames exilées. On me dit que je ne dois
« plus signer, dorénavant, qu'après avoir écrit les mots
« *votre affectionné :* je suis fâché que l'on me fasse prodi-
« guer une assurance qui n'est complètement vraie que
« quand je vous écris

« *Votre affectionné,*

« RANUCE-ERNEST. »

Qui n'eût dit, d'après ce langage, que la duchesse allait
jouir de la plus haute faveur ? Toutefois elle trouva quelque
chose de fort singulier dans d'autres lettres du comte,
qu'elle reçut deux heures plus tard. Il ne s'expliquait point
autrement, mais lui conseillait de retarder de quelques
jours son retour à Parme, et d'écrire à la princesse qu'elle
était fort indisposée. La duchesse et Fabrice n'en partirent
pas moins pour Parme aussitôt après dîner. Le but de la
duchesse, que toutefois elle ne s'avouait pas, était de presser le mariage du marquis Crescenzi; Fabrice, de son côté,
fit la route dans des transports de bonheur fous, et qui

semblèrent ridicules à sa tante. Il avait l'espoir de revoir
bientôt Clélia; il comptait bien l'enlever, même malgré
elle, s'il n'y avait que ce moyen de rompre son mariage

Le voyage de la duchesse et de son neveu fut très gai.
A une poste avant Parme, Fabrice s'arrêta un instant pour
reprendre l'habit ecclésiastique; d'ordinaire il était vécu
comme un homme en deuil. Quand il rentra dans la
chambre de la duchesse :

— Je trouve quelque chose de louche et d'inexplicable,
lui dit-elle, dans les lettres du comte. Si tu m'en croyais,
tu passerais ici quelques heures; je t'enverrai un courrier
dès que j'aurai parlé à ce grand ministre.

Ce fut avec beaucoup de peine que Fabrice se rendit à
cet avis raisonnable. Des transports de joie dignes d'un
enfant de quinze ans marquèrent la réception que le comte
fit à la duchesse, qu'il appelait sa femme. Il fut longtemps
sans vouloir parler politique, et, quand enfin on en vint
à la triste raison :

— Tu as fort bien fait d'empêcher Fabrice d'arriver
officiellement; nous sommes ici en pleine réaction. Devine
un peu le collègue que le prince m'a donné comme ministre de la justice! c'est Rassi, ma chère, Rassi, que j'ai
traité comme un gueux qu'il est, le jour de nos grandes
affaires. A propos, je t'avertis qu'on a supprimé tout ce qui
s'est passé ici. Si tu lis notre gazette, tu verras qu'un
commis de la citadelle, nommé Barbone, est mort d'une
chute de voiture. Quant aux soixante et tant de coquins que
j'ai fait tuer à coups de balles, lorsqu'ils attaquaient la statue du prince dans les jardins, ils se portent fort bien, seulement ils sont en voyage. Le comte Zurla, ministre de
l'intérieur, est allé lui-même à la demeure de chacun de ces
héros malheureux, et a remis quinze sequins à leurs familles
ou à leurs amis, avec ordre de dire que le défunt était en
voyage, et menace très expresse de la prison, si l'on s'avisait de faire entendre qu'il avait été tué. Un homme de
mon propre ministère, les affaires étrangères, a été envoyé
en mission auprès des journalistes de Milan et de Turin,
afin qu'on ne parle pas du *malheureux événement*, c'est le
mot consacré; cet homme doit pousser jusqu'à Paris et
Londres, afin de démentir dans tous les journaux, et
presque officiellement, tout ce qu'on pourrait dire de nos
troubles. Un autre agent s'est acheminé vers Bologne et
Florence. J'ai haussé les épaules.

Mais le plaisant, à mon âge, c'est que j'ai eu un moment
d'enthousiasme en parlant aux soldats de la garde et arra-

chant les épaulettes de ce pleutre de général P... En cet
instant j'aurais donné ma vie, sans balancer, pour le prince;
j'avoue maintenant que c'eût été une façon bien bête de
finir. Aujourd'hui, le prince, tout bon jeune homme qu'il
est, donnerait cent écus pour que je mourusse de maladie;
il n'ose pas encore me demander ma démission, mais nous
nous parlons le plus rarement possible, et je lui envoie
une quantité de petits rapports par écrit, comme je le pra-
tiquais avec le feu prince, après la prison de Fabrice. A
propos, je n'ai point fait des papillotes avec la sentence
signée contre lui, par la grande raison que ce coquin de
Rassi ne me l'a point remise. Vous avez donc fort bien fait
d'empêcher Fabrice d'arriver ici officiellement. La sentence
est toujours exécutoire; je ne crois pas pourtant que le
Rassi osât faire arrêter notre neveu aujourd'hui, mais il
est possible qu'il l'ose dans quinze jours. Si Fabrice veut
absolument rentrer en ville, qu'il vienne loger chez moi.

— Mais la cause de tout ceci ? s'écria la duchesse
étonnée.

— On a persuadé au prince que je me donne des airs de
dictateur et de sauveur de la patrie, et que je veux le mener
comme un enfant; qui plus est, en parlant de lui, j'aurais
prononcé le mot fatal : cet *enfant*. Le fait peut être vrai,
j'étais exalté ce jour-là : par exemple, je le voyais un grand
homme, parce qu'il n'avait point trop de peur au milieu
des premiers coups de fusil qu'il entendît de sa vie. Il ne
manque point d'esprit, il a même un meilleur ton que son
père : enfin, je ne saurais trop le répéter, le fond du cœur
est honnête et bon; mais ce cœur sincère et jeune se crispe
quand on lui raconte un tour de fripon, et croit qu'il faut
avoir l'âme bien noire soi-même pour apercevoir de telles
choses : songez à l'éducation qu'il a reçue!...

— Votre Excellence devait songer qu'un jour il serait
le maître, et placer un homme d'esprit auprès de lui.

— D'abord, nous avons l'exemple de l'abbé de Condil-
lac, qui, appelé par le marquis de Felino, mon prédécesseur, ne fit de son élève que le roi des nigauds. Il allait à
la procession, et, en 1796, il ne sut pas traiter avec le général Bonaparte, qui eût triplé l'étendue de ses états. En
second lieu, je n'ai jamais cru rester ministre dix ans de
suite. Maintenant que je suis désabusé de tout, et cela
depuis un mois, je veux réunir un million, avant de laisser
à elle-même cette pétaudière que j'ai sauvée. Sans moi,
Parme eût été république pendant deux mois, avec le poète
Ferrante Palla pour dictateur.

Ce mot fit rougir la duchesse. Le comte ignorait tout.

— Nous allons retomber dans la monarchie ordinaire du dix-huitième siècle : le confesseur et la maîtresse. Au fond, le prince n'aime que la minéralogie, et peut-être vous, madame. Depuis qu'il règne, son valet de chambre dont je viens de faire le frère capitaine, ce frère a neuf mois de service, ce valet de chambre, dis-je, est allé lui fourrer dans la tête qu'il doit être plus heureux qu'un autre parce que son profil va se trouver sur les écus. A la suite de cette belle idée est arrivé l'ennui.

Maintenant il lui faut un aide de camp, remède à l'ennui. Eh bien! quand il m'offrirait ce fameux million qui nous est nécessaire pour bien vivre à Naples ou à Paris, je ne voudrais pas être son remède à l'ennui, et passer chaque jour quatre ou cinq heures avec Son Altesse. D'ailleurs, comme j'ai plus d'esprit que lui, au bout d'un mois il me prendrait pour un monstre.

Le feu prince était méchant et envieux, mais il avait fait la guerre et commandé des corps d'armée, ce qui lui avait donné de la tenue; on trouvait en lui l'étoffe d'un prince, et je pouvais être ministre bon ou mauvais. Avec cet honnête homme de fils candide et vraiment bon, je suis forcé d'être un intrigant. Me voici le rival de la dernière femmelette du château, et rival fort inférieur, car je mépriserai cent détails nécessaires. Par exemple, il y a trois jours, une de ces femmes qui distribuent les serviettes blanches tous les matins dans les appartements a eu l'idée de faire perdre au prince la clef d'un de ses bureaux anglais. Sur quoi Son Altesse a refusé de s'occuper de toutes les affaires dont les papiers se trouvent dans ce bureau; à la vérité pour vingt francs on peut faire détacher les planches qui en forment le fond, ou employer de fausses clefs; mais Ranuce-Ernest V m'a dit que ce serait donner de mauvaises habitudes au serrurier de la cour.

Jusqu'ici il lui a été absolument impossible de garder trois jours de suite la même volonté. S'il fût né monsieur le marquis un tel, avec de la fortune, ce jeune prince eût été un des hommes les plus estimables de sa cour, une sorte de Louis XVI; mais comment, avec sa naïveté pieuse, va-t-il résister à toutes les savantes embûches dont il est entouré ? Aussi le salon de votre ennemie la Raversi est plus puissant que jamais; on y a découvert que moi, qui ai fait tirer sur le peuple, et qui étais résolu à tuer trois mille hommes s'il le fallait, plutôt que de laisser outrager la statue du prince qui avait été mon maître, je suis un libéral enragé, je voulais faire signer une constitution, et cent absurdités pareilles. Avec ces propos de république, les fous nous empêcheraient de jouir de la meilleure des monarchies... Enfin, madame, vous êtes la seule personne du parti libéral actuel dont mes ennemis me font le chef, sur le compte de qui le prince ne se soit pas expliqué en termes désobligeants; l'archevêque, toujours parfaitement honnête homme, pour avoir parlé en termes raisonnables de ce que j'ai fait *le jour malheureux*, est en pleine disgrâce.

Le lendemain du jour qui ne s'appelait pas encore *malheureux*, quand il était encore vrai que la révolte avait existé, le prince dit à l'archevêque que, pour que vous n'eussiez pas à prendre un titre inférieur en m'épousant, il me ferait duc. Aujourd'hui je crois que c'est Rassi, anobli par moi lorsqu'il me vendait les secrets du feu prince, qui va être fait comte. En présence d'un tel avancement je jouerai le rôle d'un nigaud.

— Et le pauvre prince se mettra dans la crotte.

— Sans doute : mais au fond il *est le maître*, qualité qui, en moins de quinze jours, fait disparaître le *ridicule*. Ainsi, chère duchesse, faisons comme au jeu de tric-trac, *allons-nous-en*.

— Mais nous ne serons guère riches.

— Au fond, ni vous ni moi n'avons besoin de luxe. Si vous me donnez à Naples une place dans une loge à San Carlo et un cheval, je suis plus que satisfait; ce ne sera jamais le plus ou moins de luxe qui nous donnera un rang à vous et à moi, c'est le plaisir que les gens d'esprit du pays pourront trouver peut-être à venir prendre une tasse de thé chez vous.

— Mais, reprit la duchesse, que serait-il arrivé, le *jour malheureux*, si vous vous étiez tenu à l'écart comme j'espère que vous le ferez à l'avenir ?

— Les troupes fraternisaient avec le peuple, il y avait trois jours de massacre et d'incendie (car il faut cent ans à ce pays pour que la république n'y soit pas une absurdité), puis quinze jours de pillage, jusqu'à ce que deux ou trois régiments fournis par l'étranger fussent venus mettre le holà. Ferrante Palla était au milieu du peuple, plein de courage et furibond comme à l'ordinaire; il avait sans doute une douzaine d'amis qui agissaient de concert avec lui, ce dont Rassi fera une superbe conspiration. Ce qu'il y a de sûr, c'est que, porteur d'un habit d'un délabrement incroyable, il distribuait l'or à pleines mains.

La duchesse, émerveillée de toutes ces nouvelles, se hâta d'aller remercier la princesse.

Au moment de son entrée dans la chambre, la dame d'atours lui remit la petite clef d'or que l'on porte à la ceinture, et qui est la marque de l'autorité suprême dans la partie du palais qui dépend de la princesse. Clara Paolina se hâta de faire sortir tout le monde; et, une fois seule avec son amie, persista pendant quelques instants à ne s'expliquer qu'à demi. La duchesse ne comprenait pas trop ce que tout cela voulait dire, et ne répondait qu'avec beaucoup de réserve. Enfin, la princesse fondit en larmes, et, se jetant dans les bras de la duchesse, s'écria : Les temps de mon malheur vont recommencer : mon fils me traitera plus mal que ne l'a fait son père!

— C'est ce que j'empêcherai, répliqua vivement la duchesse. Mais d'abord j'ai besoin, continua-t-elle, que Votre Altesse Sérénissime daigne accepter ici l'hommage de toute ma reconnaissance et de mon profond respect.

— Que voulez-vous dire ? s'écria le princesse remplie d'inquiétude, et craignant une démission.

— C'est que toutes les fois que Voltre Altesse Séré-nissime me permettra de tourner à droite le menton trem-blant de ce magot qui est sur sa cheminée, elle me permettra aussi d'appeler les choses par leur vrai nom.

— N'est-ce que ça, ma chère duchesse ? s'écria Clara Paolina en se levant, et courant elle-même mettre le magot en bonne position; parlez donc en toute liberté, madame la grande maîtresse, dit-elle avec un ton de voix char-mant.

— Madame, reprit celle-ci, Votre Altesse a parfaitement vu la position; nous courons, vous et moi, les plus grands dangers; la sentence contre Fabrice n'est point révoquée; par conséquent, le jour où l'on voudra se défaire de moi et vous outrager, on le remet en prison. Notre position est aussi mauvaise que jamais. Quant à moi personnellement, j'épouse le comte, et nous allons nous établir à Naples ou à Paris. Le dernier trait d'ingratitude dont le comte est victime en ce moment, l'a entièrement dégoûté des affaires, et, sauf l'intérêt de Votre Altesse Sérénissime, je ne lui conseillerais de rester dans ce gâchis qu'autant que le prince lui donnerait une somme énorme. Je demanderai à Votre Altesse la permission de lui expliquer que le comte, qui avait 130.000 francs en arrivant aux affaires, possède à peine aujourd'hui 20.000 livres de rente. C'était en vain que depuis longtemps je le pressais de songer à sa fortune.

Pendant mon absence, il a cherché querelle aux fermiers généraux du prince, qui étaient des fripons; le comte les a remplacés par d'autres fripons qui lui ont donné 800.000 francs.

— Comment! s'écria la princesse étonnée; mon Dieu! que je suis fâchée de cela!

— Madame, répliqua la duchesse d'un très grand sang-froid, faut-il retourner le nez du magot à gauche?

— Mon Dieu, non, s'écria la princesse; mais je suis fâchée qu'un homme du caractère du comte ait songé à ce genre de gain.

— Sans ce vol, il était méprisé de tous les honnêtes gens.

— Grand Dieu! est-il possible?

— Madame, reprit la duchesse, excepté mon ami, le marquis Crescenzi, qui a 3 ou 400.000 livres de rente, tout le monde vole ici; et comment ne volerait-on pas dans un pays où la reconnaissance des plus grands services ne dure pas tout à fait un mois? Il n'y a donc de réel et de survivant à la disgrâce que l'argent. Je vais me permettre, madame, des vérités terribles.

— Je vous les permets, moi, dit la princesse avec un profond soupir, et pourtant elles me sont cruellement désagréables.

— Eh bien! madame, le prince votre fils, parfaitement honnête homme, peut vous rendre bien plus malheureuse que ne fit son père; le feu prince avait du caractère à peu près comme tout le monde. Notre souverain actuel n'est pas sûr de vouloir la même chose trois jours de suite; par conséquent, pour qu'on puisse être sûr de lui, il faut vivre continuellement avec lui et ne le laisser parler à personne. Comme cette vérité n'est pas bien difficile à deviner, le nouveau parti ultra, dirigé par ces deux bonnes têtes, Rassi et la marquise Raversi, va chercher à donner une maîtresse au prince. Cette maîtresse aura la permission de faire sa fortune et de distribuer quelques places subalternes; mais elle devra répondre au parti de la constante volonté du maître.

Moi, pour être bien établie à la cour de Votre Altesse, j'ai besoin que le Rassi soit exilé et conspué; je veux, de plus, que Fabrice soit jugé par les juges les plus honnêtes que l'on pourra trouver: si ces messieurs reconnaissent, comme je l'espère, qu'il est innocent, il sera naturel d'accorder à monsieur l'archevêque que Fabrice soit son coadjuteur avec future succession. Si j'échoue, le comte et moi nous nous retirons; alors, je laisse en partant ce conseil à

Votre Altesse Sérénissime : elle ne doit jamais pardonner à Rassi, et jamais non plus sortir des états de son fils. De près, ce bon fils ne lui fera pas de mal sérieux.

— J'ai suivi vos raisonnements avec toute l'attention requise, répondit la princesse en souriant; faudra-t-il donc que je me charge du soin de donner une maîtresse à mon fils ?

— Non pas, madame, mais faites d'abord que votre salon soit le seul où il s'amuse.

La conversation fut infinie dans ce sens, les écailles tombaient des yeux de l'innocente et spirituelle princesse.

Un courrier de la duchesse alla dire à Fabrice qu'il pouvait entrer en ville, mais en se cachant. On l'aperçut à peine : il passait sa vie déguisé en paysan dans la baraque en bois d'un marchand de marrons, établi vis-à-vis de la porte de la citadelle, sous les arbres de la promenade.

CHAPITRE XXIV

La duchesse organisa des soirées charmantes au palais, qui n'avait jamais vu tant de gaieté ; jamais elle ne fut plus aimable que cet hiver, et pourtant elle vécut au milieu des plus grands dangers ; mais aussi, pendant cette saison critique, il ne lui arriva pas deux fois de songer avec un certain degré de malheur à l'étrange changement de Fabrice. Le jeune prince venait de fort bonne heure aux soirées aimables de sa mère, qui lui disait toujours :

— Allez-vous-en donc gouverner ; je parie qu'il y a sur votre bureau plus de vingt rapports qui attendent un oui ou un non, et je ne veux pas que l'Europe m'accuse de faire de vous un roi fainéant pour régner à votre place.

Ces avis avaient le désavantage de se présenter toujours dans les moments les plus inopportuns, c'est-à-dire quand Son Altesse, ayant vaincu sa timidité, prenait part à quelque charade en action qui l'amusait fort. Deux fois la semaine il y avait des parties de campagne où, sous prétexte de conquérir au nouveau souverain l'affection de son peuple, la princesse admettait les plus jolies femmes de la bourgeoisie. La duchesse, qui était l'âme de cette cour joyeuse, espérait que ces belles bourgeoises, qui toutes voyaient avec une envie mortelle la haute fortune du bourgeois Rassi, raconteraient au prince quelqu'une des friponneries sans nombre de ce ministre. Or, entre autres idées enfantines, le prince prétendait avoir un ministère *moral*.

Rassi avait trop de sens pour ne pas sentir combien ces soirées brillantes de la cour de la princesse, dirigées par son ennemie, étaient dangereuses pour lui. Il n'avait pas voulu remettre au comte Mosca la sentence fort légale rendue contre Fabrice ; il fallait donc que la duchesse ou lui disparussent de la cour.

Le jour de ce mouvement populaire, dont maintenant

il était de bon ton de nier l'existence, on avait distribué de l'argent au peuple. Rassi partit de là : plus mal mis encore que de coutume, il monta dans les maisons les plus misérables de la ville, et passa des heures entières en conversation réglée avec leurs pauvres habitants. Il fut bien récompensé de tant de soins : après quinze jours de ce genre de vie il eut la certitude que Ferrante Palla avait été le chef secret de l'insurrection, et bien plus, que cet être, pauvre toute sa vie comme un grand poète, avait fait vendre huit ou dix diamants à Gênes.

On citait entre autres cinq pierres de prix qui valaient réellement plus de 40.000 francs, et que, *dix jours avant la mort du prince*, on avait laissées pour 35.000 francs, parce que, disait-on, *on avait besoin d'argent*.

Comment peindre les transports de joie du ministre de la justice à cette découverte ? Il s'apercevait que tous les jours on lui donnait des ridicules à la cour de la princesse douairière, et plusieurs fois le prince, parlant d'affaires avec lui, lui avait ri au nez avec toute la naïveté de la jeunesse. Il faut avouer que le Rassi avait des habitudes singulièrement plébéiennes : par exemple, dès qu'une discussion l'intéressait, il croisait les jambes et prenait son soulier dans la main; si l'intérêt croissait, il étalait son mouchoir de coton rouge sur sa jambe, etc., etc. Le prince avait beaucoup ri de la plaisanterie d'une des plus jolies femmes de la bourgeoisie, qui, sachant d'ailleurs qu'elle avait la jambe fort bien faite, s'était mise à imiter ce geste élégant du ministre de la justice.

Rassi sollicita une audience extraordinaire et dit au prince :

— Votre Altesse voudrait-elle donner cent mille francs pour savoir au juste quel a été le genre de mort de son auguste père ? avec cette somme, la justice serait mise à même de saisir les coupables, s'il y en a.

La réponse du prince ne pouvait être douteuse.

A quelque temps de là, la *Chékina* avertit la duchesse qu'on lui avait offert une grosse somme pour laisser examiner les diamants de sa maîtresse par un orfèvre; elle avait refusé avec indignation. La duchesse la gronda d'avoir refusé; et, à huit jours de là, la Chékina eut des diamants à montrer. Le jour pris pour cette exhibition des diamants. le comte Mosca plaça deux hommes sûrs auprès de chacun des orfèvres de Parme, et sur le minuit il vint dire à la duchesse que l'orfèvre curieux n'était autre que le frère de Rassi. La duchesse, qui était fort gaie ce soir-là (on jouait au palais une comédie *dell'arte*, c'est-à-dire où chaque personnage invente le dialogue à mesure qu'il le dit, le plan seul de la comédie est affiché dans la coulisse), la duchesse, qui jouait un rôle, avait pour amoureux dans la pièce le comte Baldi, l'ancien ami de la marquise Raversi, qui était présente. Le prince, l'homme le plus timide de ses états, mais fort joli garçon et doué du cœur le plus tendre, étudiait le rôle du comte Baldi, et voulait le jouer à la seconde représentation.

— J'ai bien peu de temps, dit la duchesse au comte, je parais à la première scène du second acte; passons dans la salle des gardes.

Là, au milieu de vingt gardes du corps, tous fort éveillés et fort attentifs aux discours du premier ministre et de la grande maîtresse, la duchesse dit en riant à son ami :

— Vous me grondez toujours quand je dis des secrets inutilement. C'est par moi que fut appelé au trône Ernest V; il s'agissait de venger Fabrice, que j'aimais alors bien plus qu'aujourd'hui, quoique toujours fort innocemment. Je sais bien que vous ne croyez guère à cette innocence, mais peu importe, puisque vous m'aimez malgré mes crimes. Eh bien! voici un crime véritable : j'ai donné tous mes diamants à une espèce de fou fort intéressant, nommé Ferrante Palla, je l'ai même embrassé pour qu'il fît périr l'homme qui voulait faire empoisonner Fabrice. Où est le mal ?

— Ah! voilà donc où Ferrante avait pris de l'argent pour son émeute! dit le comte, un peu stupéfait; et vous me racontez tout cela dans la salle des gardes!

— C'est que je suis pressée, et voici le Rassi sur les traces du crime. Il est bien vrai que je n'ai jamais parlé d'insurrection, car j'abhorre les jacobins. Réfléchissez là-dessus, et dites-moi votre avis après la pièce.

— Je vous dirai tout de suite qu'il faut inspirer de l'amour au prince... Mais en tout bien tout honneur, au moins!

On appelait la duchesse pour son entrée en scène, elle s'enfuit.

Quelques jours après, la duchesse reçut par la poste une grande lettre ridicule, signée du nom d'une ancienne femme de chambre à elle; cette femme demandait à être employée à la cour, mais la duchesse avait reconnu du premier coup d'œil que ce n'était ni son écriture ni son style. En ouvrant la feuille pour lire la seconde page, la duchesse vit tomber à ses pieds une petite image miracu-

leuse de la Madone, pliée dans une feuille imprimée d'un
vieux livre. Après avoir jeté un coup d'œil sur l'image,
la duchesse lut quelques lignes de la vieille feuille imprimée. Ses yeux brillèrent, et elle y trouvait ces mots :

« Le tribun a pris cent francs par mois, non plus; avec
« le reste on voulut ranimer le feu sacré dans des âmes
« qui se trouvèrent glacées par l'égoïsme. Le renard est
« sur mes traces, c'est pourquoi je n'ai pas cherché à voir
« une dernière fois l'être adoré. Je me suis dit, elle n'aime
« pas la république, elle qui m'est supérieure par l'esprit
« autant que par les grâces et la beauté. D'ailleurs, com-
« ment faire une république sans républicains ? Est-ce que
« je me tromperais ? Dans six mois, je parcourrai, le micro-
« scope à la main, et à pied, les petites villes d'Amérique,
« je verrai si je dois encore aimer la seule rivale que vous
« ayez dans mon cœur. Si vous recevez cette lettre,
« madame la baronne, et qu'aucun œil profane ne l'ait
« lue avant vous, faites briser un des jeunes frênes plantés
« à vingt pas de l'endroit où j'osai vous parler pour la
« première fois. Alors je ferai enterrer, sous le grand buis
« du jardin que vous remarquâtes une fois en mes jours
« heureux, une boîte où se trouveront de ces choses qui
« font calomnier les gens de mon opinion. Certes, je me
« fusse bien gardé d'écrire si le renard n'était sur mes
« traces, et ne pouvait arriver à cet être céleste; voir le
« buis dans quinze jours. »

Puisqu'il a une imprimerie à ses ordres, se dit la duchesse,
bientôt nous aurons un recueil de sonnets, Dieu sait le
nom qu'il m'y donnera!

La coquetterie de la duchesse voulut faire un essai;
pendant huit jours elle fut indisposée, et la cour n'eut plus
de jolies soirées. La princesse, fort scandalisée de tout
ce que la peur qu'elle avait de son fils l'obligeait de faire
dès les premiers moments de son veuvage, alla passer ces
huit jours dans un couvent attenant à l'église où le feu
prince était inhumé. Cette interruption des soirées jeta
sur les bras du prince une masse énorme de loisir, et porta
un échec notable au crédit du ministre de la justice.
Ernest V comprit tout l'ennui qui le menaçait si la duchesse
quittait la cour, ou seulement cessait d'y répandre la joie.
Les soirées recommencèrent, et le prince se montra de
plus en plus intéressé par les comédies *dell'arte*. Il avait
le projet de prendre un rôle, mais n'osait avouer cette
ambition. Un jour, rougissant beaucoup, il dit à la
duchesse : Pourquoi ne jouerais-je pas moi aussi ?

— Nous sommes tous ici aux ordres de Votre Altesse;
si elle daigne m'en donner l'ordre, je ferai arranger le plan
d'une comédie, toutes les scènes brillantes du rôle de
Votre Altesse seront avec moi, et comme les premiers jours
tout le monde hésite un peu, si Votre Altesse veut me
regarder avec quelque attention, je lui dirai les réponses
qu'elle doit faire. Tout fut arrangé et avec une adresse
infinie. Le prince fort timide avait honte d'être timide; les
soins que se donna la duchesse pour ne pas faire souffrir
cette timidité innée firent une impression profonde sur le
jeune souverain.

Le jour de son début, le spectacle commença une demi-
heure plus tôt qu'à l'ordinaire, et il n'y avait dans le salon,
au moment où l'on passa dans la salle de spectacle, que
huit ou dix femmes âgées. Ces figures-là n'imposaient
guère au prince, et d'ailleurs, élevées à Munich dans les
vrais principes monarchiques, elle applaudissaient toujours. Usant de son autorité comme grande maîtresse, la
duchesse ferma à clef la porte par laquelle le vulgaire des
courtisans entrait au spectacle. Le prince, qui avait de
l'esprit *littéraire* et une belle figure, se tira fort bien de ses
premières scènes; il répétait avec intelligence les phrases
qu'il lisait dans les yeux de la duchesse, ou qu'elle lui
indiquait à demi-voix. Dans un moment où les rares spectateurs applaudissaient de toutes leurs forces, la duchesse
fit un signe, la porte d'honneur fut ouverte, et la salle
de spectacle occupée en un instant par toutes les jolies
femmes de la cour, qui, trouvant au prince une figure
charmante et l'air fort heureux, se mirent à applaudir; le
prince rougit de bonheur. Il jouait le rôle d'un amoureux
de la duchesse. Bien loin d'avoir à lui suggérer des paroles,
bientôt elle fut obligée de l'engager à abréger les scènes;
il parlait d'amour avec un enthousiasme qui souvent embarrassait l'actrice; ses répliques duraient cinq minutes. La
duchesse n'était plus cette beauté éblouissante de l'année
précédente; la prison de Fabrice, et, bien plus encore, le
séjour sur le lac Majeur avec Fabrice, devenu morose et
silencieux, avait donné dix ans de plus à la belle Gina.
Ses traits s'étaient marqués, ils avaient plus d'esprit et
moins de jeunesse.

Ils n'avaient plus que bien rarement l'enjouement du
premier âge; mais à la scène, avec du rouge et tous les
secours que l'art fournit aux actrices, elle était encore la
plus jolie femme de la cour. Les tirades passionnées, débi-
tées par le prince, donnèrent l'éveil aux courtisans; tous

se disaient ce soir-là : Voici la Balbi de ce nouveau règne.
Le comte se révolta intérieurement. La pièce finie, la
duchesse dit au prince devant toute la cour :

— Votre Altesse joue trop bien; on va dire que vous
êtes amoureux d'une femme de trente-huit ans, ce qui
fera manquer mon établissement avec le comte. Ainsi, je
ne jouerai plus avec Votre Altesse, à moins que le prince
ne me jure de m'adresser la parole comme il le ferait à
une femme d'un certain âge, à Mme la marquise Raversi,
par exemple.

On répéta trois fois la même pièce; le prince était fou
de bonheur; mais, un soir, il parut fort soucieux.

— Ou je me trompe fort, dit la grande maîtresse à sa
princesse, ou le Rassi cherche à nous jouer quelque tour;
je conseillerais à Votre Altesse d'indiquer un spectacle
pour demain; le prince jouera mal, et, dans son désespoir,
il vous dira quelque chose.

Le prince joua fort mal en effet; on l'entendait à peine,
et il ne savait plus terminer ses phrases. A la fin du premier
acte, il avait presque les larmes aux yeux; la duchesse se
tenait auprès de lui, mais froide et immobile. Le prince,
se trouvant un instant seul avec elle, dans le foyer des
acteurs, alla fermer la porte.

— Jamais, lui dit-il, je ne pourrai jouer le second et le
troisième acte; je ne veux pas absolument être applaudi
par complaisance; les applaudissements qu'on me donnait
ce soir me fendaient le cœur. Donnez-moi un conseil, que
faut-il faire ?

— Je vais m'avancer sur la scène, faire une profonde
révérence à Son Altesse, une autre au public, comme un
véritable directeur de comédie, et dire que l'acteur qui
jouait le rôle de *Lélio*, se trouvant subitement indisposé,
le spectacle se terminera par quelques morceaux de
musique. Le comte Rusca et la petite Ghisolfi seront ravis
de pouvoir montrer à une aussi brillante assemblée leurs
petites voix aigrelettes.

Le prince prit la main de la duchesse, et la baisa avec
transport.

— Que n'êtes-vous un homme, lui dit-il, vous me
donneriez un bon conseil : Rassi vient de déposer sur mon
bureau cent quatre-vingt-deux dépositions contre les prétendus assassins de mon père. Outre les dépositions, il y a
un acte d'accusation de plus de deux cents pages; il me faut
lire tout cela, et, de plus, j'ai donné ma parole de n'en
rien dire au comte. Ceci mène tout droit à des supplices;

déjà il veut que je fasse enlever en France, près d'Antibes, Ferrante Palla, ce grand poète que j'admire tant. Il est là sous le nom de Poncet.

— Le jour où vous ferez pendre un libéral, Rassi sera lié au ministère par des chaînes de fer, et c'est ce qu'il veut avant tout ; mais Votre Altesse ne pourra plus annoncer une promenade deux heures à l'avance. Je ne parlerai ni à la princesse, ni au comte du cri de douleur qui vient de vous échapper ; mais, comme d'après mon serment je ne dois avoir aucun secret pour la princesse, je serais heureuse si Votre Altesse voulait dire à sa mère les mêmes choses qui lui sont échappées avec moi.

Cette idée fit diversion à la douleur d'acteur *chuté* qui accablait le souverain.

— Eh bien ! allez avertir ma mère, je me rends dans son grand cabinet.

Le prince quitta les coulisses, traversa le salon par lequel on arrivait au théâtre, renvoya d'un air dur le grand chambellan et l'aide de camp de service qui le suivaient ; de son côté la princesse quitta précipitamment le spectacle ; arrivée dans le grand cabinet, la grande maîtresse fit une profonde révérence à la mère et au fils, et les laissa seuls. On peut juger de l'agitation de la cour, ce sont là les choses qui la rendent si amusante. Au bout d'une heure le prince lui-même se présenta à la porte du cabinet et appela la duchesse ; la princesse était en larmes, son fils avait une physionomie tout altérée.

Voici des gens faibles qui ont de l'humeur, se dit la grande maîtresse, et qui cherchent un prétexte pour se fâcher contre quelqu'un. D'abord la mère et le fils se disputèrent la parole pour raconter les détails à la duchesse, qui dans ses réponses eut grand soin de ne mettre en avant aucune idée. Pendant deux mortelles heures les trois acteurs de cette scène ennuyeuse ne sortirent pas des rôles que nous venons d'indiquer. Le prince alla chercher lui-même les deux énormes portefeuilles que Rassi avait déposés sur son bureau ; en sortant du grand cabinet de sa mère, il trouva toute la cour qui attendait. — Allez-vous-en, laissez-moi tranquille ! s'écria-t-il, d'un ton fort impoli et qu'on ne lui avait jamais vu. Le prince ne voulait pas être aperçu portant lui-même les deux portefeuilles, un prince ne doit rien porter. Les courtisans disparurent en un clin d'œil. En repassant le prince ne trouva plus que les valets de chambre qui éteignaient les bougies ; il les renvoya avec fureur, ainsi que le pauvre Fontana, aide de camp de service, qui avait eu la gaucherie de rester, par zèle.

— Tout le monde prend à tâche de m'impatienter ce soir, dit-il avec humeur à la duchesse, comme il rentrait dans le cabinet ; il lui croyait beaucoup d'esprit et il était furieux de ce qu'elle s'obstinait évidemment à ne pas ouvrir un avis. Elle, de son côté, était résolue à ne rien dire qu'autant qu'on lui demanderait son avis *bien expressément*. Il s'écoula encore une grosse demi-heure avant que le prince, qui avait le sentiment de sa dignité, se déterminât à lui dire : — Mais, madame, vous ne dites rien.

— Je suis ici pour servir la princesse, et oublier bien vite ce qu'on dit devant moi.

— Eh bien ! madame, dit le prince en rougissant beaucoup, je vous ordonne de me donner votre avis.

— On punit les crimes pour empêcher qu'ils ne se renouvellent. Le feu prince a-t-il été empoisonné ? C'est ce qui est fort douteux ; a-t-il été empoisonné par les jacobins ? c'est ce que Rassi voudrait bien prouver, car alors il devient pour Votre Altesse un instrument nécessaire à tout jamais. Dans ce cas, Votre Altesse, qui commence son règne, peut se promettre bien des soirées comme celle-ci. Vos sujets disent généralement, ce qui est de toute vérité, que Votre Altesse a de la bonté dans le caractère ; tant qu'elle n'aura pas fait pendre quelque libéral, elle jouira de cette réputation, et bien certainement personne ne songera à lui préparer du poison.

— Votre conclusion est évidente, s'écria la princesse avec humeur ; vous ne voulez pas que l'on punisse les assassins de mon mari !

— C'est qu'apparemment, madame, je suis liée à eux par une tendre amitié.

La duchesse voyait dans les yeux du prince qu'il la croyait parfaitement d'accord avec sa mère pour lui dicter un plan de conduite. Il y eut entre les deux femmes une succession assez rapide d'aigres reparties, à la suite desquelles la duchesse protesta qu'elle ne dirait plus une seule parole, et elle fut fidèle à sa résolution ; mais le prince, après une longue discussion avec sa mère, lui ordonna de nouveau de dire son avis.

— C'est ce que je jure à Vos Altesses de ne point faire !

— Mais c'est un véritable enfantillage ! s'écria le prince.

— Je vous prie de parler, madame la duchesse, dit la princesse d'un air digne.

— C'est ce dont je vous supplie de me dispenser, madame ; mais Votre Altesse, ajouta la duchesse en s'adressant au prince, lit parfaitement le français; pour calmer nos esprit agités, voudrait-elle *nous* lire une fable de La Fontaine ?

La princesse trouva ce *nous* fort insolent, mais elle eut l'air à la fois étonné et amusé, quand la grande maîtresse, qui était allée du plus grand sang-froid ouvrir la bibliothèque, revint avec un volume des *Fables* de La Fontaine; elle le feuilleta quelques instants, puis dit au prince, en le lui présentant :

— Je supplie Votre Altesse de lire *toute* la fable.

LE JARDINIER ET SON SEIGNEUR

Un amateur de jardinage
Demi-bourgeois, demi-manant,
Possédait en certain village
Un jardin assez propre, et le clos attenant.
Il avait de plant vif fermé cette étendue :
Là croissaient à plaisir l'oseille et la laitue,
De quoi faire à Margot pour sa fête un bouquet,
Peu de jasmin d'Espagne et force serpolet.
Cette félicité par un lièvre troublée
Fit qu'au seigneur du bourg notre homme se plaignit.
Ce maudit animal vient prendre sa goulée
Soir et matin, dit-il, et des pièges se rit;
Les pierres, les bâtons y perdent leur crédit :
Il est sorcier, je crois. — Sorcier! je l'en défie,
Repartit le seigneur : fût-il diable, Miraut,
En dépit de ses tours, l'attrapera bientôt.
Je vous en déferai, bonhomme, sur ma vie,
— Et quand ? — Et dès demain, sans tarder plus longtemps.
La partie ainsi faite, il vient avec ses gens.
— Çà, déjeunons, dit-il : vos poulets sont-ils tendres ?
L'embarras des chasseurs succède au déjeuner.
Chacun s'anime et se prépare;
Les trompes et les cors font un tel tintamarre
Que le bonhomme est étonné.
Le pis fut que l'on mit en piteux équipage
Le pauvre potager. Adieu planches, carreaux;
Adieu chicorée et poireaux;
Adieu de quoi mettre au potage.
Le bonhomme disait : Ce sont là jeux de prince.
Mais on le laissait dire; et les chiens et les gens
Firent plus de dégât en une heure de temps
Que n'en auraient fait en cent ans
Tous les lièvres de la province.

Petits princes, videz vos débats entre vous;
De recourir aux rois vous seriez de grands fous.
Il ne les faut jamais engager dans vos guerres,
Ni les faire entrer sur vos terres.

Cette lecture fut suivie d'un long silence. Le prince se

promenait dans le cabinet, après être allé lui-même remettre le volume à sa place.

— Eh bien! madame, dit la princesse, daignerez-vous parler ?

— Non pas, certes, madame! tant que Son Altesse ne m'aura pas nommée ministre; en parlant ici, je courrais risque de perdre ma place de grande maîtresse.

Nouveau silence d'un gros quart d'heure; enfin la princesse songea au rôle que joua jadis Marie de Médicis, mère de Louis XIII : tous les jours précédents, la grande maîtresse avait fait lire par la lectrice l'excellente *Histoire de Louis XIII*, de M. Bazin. La princesse, quoique fort piquée, pensa que la duchesse pourrait fort bien quitter le pays, et alors Rassi, qui lui faisait une peur affreuse, pourrait bien imiter Richelieu et la faire exiler par son fils. Dans ce moment, la princesse eût donné tout au monde pour humilier sa grande maîtresse; mais elle ne pouvait : elle se leva, et vint, avec un sourire un peu exagéré, prendre la main de la duchesse et lui dire :

— Allons, madame, prouvez-moi votre amitié en parlant.

— Eh bien; deux mots sans plus : brûler, dans la cheminée que voilà, tous les papiers réunis par cette vipère de Rassi, et ne jamais lui avouer qu'on les a brûlés.

Elle ajouta tout bas, et d'un air familier, à l'oreille de la princesse :

— Rassi peut être Richelieu!

— Mais, diable! ces papiers me coûtent plus de quatre-vingt mille francs! s'écria le prince fâché.

— Mon prince, répliqua la duchesse avec énergie, voilà ce qu'il en coûte d'employer des scélérats de basse naissance. Plût à Dieu que vous pussiez perdre un million, et ne jamais prêter créance aux bas coquins qui ont empêché votre père de dormir pendant les six dernières années de son règne.

Le mot *basse naissance* avait plu extrêmement à la princesse, qui trouvait que le comte et son amie avaient une estime trop exclusive pour l'esprit, toujours un peu cousin germain du jacobinisme.

Durant le court moment de profond silence, rempli par les réflexions de la princesse, l'horloge du château sonna trois heures. La princesse se leva, fit une profonde révérence à son fils, et lui dit : — Ma santé ne me permet pas de prolonger davantage la discussion. Jamais de ministre de *basse naissance;* vous ne m'ôterez pas de l'idée que

votre Rassi vous a volé la moitié de l'argent qu'il vous a
fait dépenser en espionnage. La princesse prit deux bougies
dans les flambeaux et les plaça dans la cheminée, de façon
à ne pas les éteindre; puis, s'approchant de son fils, elle
ajouta : — La fable de La Fontaine l'emporte, dans mon
esprit, sur le juste désir de venger un époux. Votre Altesse
veut-elle me permettre de brûler *ces écritures ?* Le prince
restait immobile.

Sa physionomie est vraiment stupide, se dit la duchesse;
le comte a raison : le feu prince ne nous eût pas fait veiller
jusqu'à trois heures du matin, avant de prendre un parti.

La princesse, toujours debout, ajouta :

— Ce petit procureur serait bien fier, s'il savait que ses
paperasses, remplies de mensonges, et arrangées pour procurer son avancement, ont fait passer la nuit aux deux
plus grands personnages de l'état.

Le prince se jeta sur un des portefeuilles comme un
furieux, et en vida tout le contenu dans la cheminée. La
masse des papiers fut sur le point d'étouffer les deux bougies; l'appartement se remplit de fumée. La princesse vit
dans les yeux de son fils qu'il était tenté de saisir une
carafe et de sauver ces papiers, qui lui coûtaient quatre-
vingt mille francs.

— Ouvrez donc la fenêtre! cria-t-elle à la duchesse
avec humeur. La duchesse se hâta d'obéir; aussitôt tous
les papiers s'enflammèrent à la fois; il se fit un grand bruit
dans la cheminée, et bientôt il fut évident qu'elle avait pris
feu.

Le prince avait l'âme petite pour toutes les choses d'argent; il crut voir son palais en flammes, et toutes les
richesses qu'il contenait détruites; il courut à la fenêtre
et appela la garde d'une voix toute changée. Les soldats
en tumulte étant accourus dans la cour à la voix du prince,
il revint près de la cheminée qui attirait l'air de la fenêtre
ouverte avec un bruit réellement effrayant; il s'impatienta,
jura, fit deux ou trois tours dans le cabinet comme un
homme hors de lui, et, enfin, sortit en courant.

La princesse et sa grande maîtresse restèrent debout,
l'une vis-à-vis de l'autre, et gardant un profond silence.

— La colère va-t-elle recommencer ? se dit la duchesse;
ma foi, mon procès est gagné. Et elle se disposait à être
fort impertinente dans ses répliques, quand une pensée
l'illumina; elle vit le second portefeuille intact. Non, mon
procès n'est gagné qu'à moitié! Elle dit à la princesse, d'un
air assez froid :

— Madame m'ordonne-t-elle de brûler le reste de ces papiers ?

— Et où les brûlerez-vous ? dit la princesse avec humeur.

— Dans la cheminée du salon; en les y jetant l'un après l'autre, il n'y a pas de danger.

La duchesse plaça sous son bras le portefeuille regorgeant de papiers, prit une bougie et passa dans le salon voisin. Elle prit le temps de voir que ce portefeuille était celui des dépositions, mit dans son châle cinq ou six liasses de papiers, brûla le reste avec beaucoup de soin, puis disparut sans prendre congé de la princesse.

— Voici une bonne impertinence, se dit-elle en riant; mais elle a failli, par ses affectations de veuve inconsolable, me faire perdre la tête sur un échafaud.

En entendant le bruit de la voiture de la duchesse, la princesse fut outrée contre sa grande maîtresse.

Malgré l'heure indue, la duchesse fit appeler le comte; il était au feu du château, mais parut bientôt avec la nouvelle que tout était fini. — Ce petit prince a réellement montré beaucoup de courage, et je lui en ai fait mon compliment avec effusion.

— Examinez bien vite ces dépositions, et brûlons-les au plus tôt.

Le comte lut et pâlit.

— Ma foi, ils arrivaient bien près de la vérité; cette procédure est fort adroitement faite, ils sont tout à fait sur les traces de Ferrante Palla; et, s'il parle, nous avons un rôle difficile.

— Mais il ne parlera pas, s'écria la duchesse; c'est un homme d'honneur celui-là : brûlons, brûlons.

— Pas encore. Permettez-moi de prendre les noms de douze ou quinze témoins dangereux, et que je me permettrai de faire enlever, si jamais le Rassi veut recommencer.

— Je rappellerai à Votre Excellence que le prince a donné sa parole de ne rien dire à son ministre de la justice de notre expédition nocturne.

— Par pusillanimité, et de peur d'une scène, il la tiendra.

— Maintenant, mon ami, voici une nuit qui avance beaucoup notre mariage; je n'aurais pas voulu vous apporter en dot un procès criminel, et encore pour un péché que me fit commettre mon intérêt pour un autre.

Le comte était amoureux, lui prit la main, s'exclama; il avait les larmes aux yeux.

— Avant de partir, donnez-moi des conseils sur la conduite que je dois tenir avec la princesse; je suis excédée de fatigue, j'ai joué une heure la comédie sur le théâtre, et cinq heures dans le cabinet.

— Vous vous êtes assez vengée des propos aigrelets de la princesse, qui n'étaient que de la faiblesse, par l'impertinence de votre sortie. Reprenez demain avec elle sur le ton que vous aviez ce matin; le Rassi n'est pas encore en prison ou exilé, nous n'avons pas encore déchiré la sentence de Fabrice.

Vous demandiez à la princesse de prendre une décision, ce qui donne toujours de l'humeur aux princes et même aux premiers ministres; enfin vous êtes sa grande maîtresse, c'est-à-dire sa petite servante. Par un retour, qui est immanquable chez les gens faibles, dans trois jours le Rassi sera plus en faveur que jamais; il va chercher à faire pendre quelqu'un : tant qu'il n'a pas compromis le prince, il n'est sûr de rien.

Il y a eu un homme blessé à l'incendie de cette nuit; c'est un tailleur, qui a, ma foi, montré une intrépidité extraordinaire. Demain, je vais engager le prince à s'appuyer sur mon bras, et à venir avec moi faire une visite au tailleur; je serai armé jusqu'aux dents et j'aurai l'œil au guet; d'ailleurs ce jeune prince n'est point encore haï. Moi, je veux l'accoutumer à se promener dans les rues, c'est un tour que je joue au Rassi, qui certainement va me succéder, et ne pourra plus permettre de telles imprudences. En revenant de chez le tailleur, je ferai passer le prince devant la statue de son père; il remarquera les coups de pierre qui ont cassé le jupon à la romaine dont le nigaud de statuaire l'a affublé; et, enfin, le prince aura bien peu d'esprit si de lui-même il ne fait pas cette réflexion : Voilà ce qu'on gagne à faire pendre des jacobins. A quoi je répliquerai : Il faut en pendre dix mille ou pas un : la Saint-Barthélemy a détruit les protestants en France.

Demain, chère amie, avant ma promenade, faites-vous annoncer chez le prince, et dites-lui : Hier soir, j'ai fait auprès de vous le service de ministre, je vous ai donné des conseils, et, par vos ordres, j'ai encouru le déplaisir de la princesse; il faut que vous me payiez. Il s'attendra à une demande d'argent, et froncera le sourcil; vous le laisserez plongé dans cette idée malheureuse le plus longtemps que vous pourrez; puis vous direz : Je prie Votre Altesse d'ordonner que Fabrice soit jugé *contradictoirement* (ce qui veut dire lui présent) par les douze juges les plus respectés

de vos états. Et, sans perdre de temps, vous lui présenterez à signer une petite ordonnance écrite de votre belle
main, et que je vais vous dicter; je vais mettre, bien
entendu, la clause que la première sentence est annulée.
A cela, il n'y a qu'une objection; mais, si vous menez l'affaire chaudement, elle ne viendra pas à l'esprit du prince.
Il peut vous dire : Il faut que Fabrice se constitue prisonnier à la citadelle. A quoi vous répondrez : Il se constituera
prisonnier à la prison de la ville (vous savez que j'y suis
le maître, tous les soirs, votre neveu viendra vous voir).
Si le prince vous répond : Non, sa fuite a écorné l'honneur
de ma citadelle, et je veux, pour la forme, qu'il rentre
dans la chambre où il était; vous répondrez à votre tour :
Non, car là il serait à la disposition de mon ennemi Rassi;
et, par une de ces phrases de femme que vous savez si bien
lancer, vous lui ferez entendre que, pour fléchir Rassi,
vous pourrez bien lui raconter l'*auto-da-fé* de cette nuit;
s'il insiste, vous annoncerez que vous allez passer quinze
jours à votre château de Sacca.

Vous allez faire appeler Fabrice et le consulter sur cette
démarche qui peut le conduire en prison. Pour tout prévoir, si, pendant qu'il est sous les verrous, Rassi, trop
impatient, me fait empoisonner, Fabrice peut courir des
dangers. Mais la chose est peu probable; vous savez que
j'ai fait venir un cuisinier français, qui est le plus gai des
hommes, et qui fait des calembours; or, le calembour est
incompatible avec l'assassinat. J'ai déjà dit à notre ami
Fabrice que j'ai retrouvé tous les témoins de son action
belle et courageuse; ce fut évidemment ce Giletti qui voulut l'assassiner. Je ne vous ai pas parlé de ces témoins,
parce que je voulais vous faire une surprise, mais ce plan
a manqué; le prince n'a pas voulu signer. J'ai dit à notre
Fabrice que, certainement, je lui procurerai une grande
place ecclésiastique; mais j'aurai bien de la peine si ses
ennemis peuvent objecter en cour de Rome une accusation
d'assassinat.

Sentez-vous, Madame, que, s'il n'est pas jugé de la
façon la plus solennelle, toute sa vie le nom de Giletti sera
désagréable pour lui ? Il y aurait une grande pusillanimité
à ne pas se faire juger, quand on est sûr d'être innocent.
D'ailleurs, fût-il coupable, je le ferais acquitter. Quand je
lui ai parlé, le bouillant jeune homme ne m'a pas laissé
achever, il a pris l'almanach officiel, et nous avons choisi
ensemble les douze juges les plus intègres et les plus
savants; la liste faite, nous avons effacé six noms, que nous

avons remplacés par six jurisconsultes, mes ennemis personnels, et, comme nous n'avons pu trouver que deux ennemis, nous y avons suppléé par quatre coquins dévoués à Rassi.

Cette proposition du comte inquiéta mortellement la duchesse, et non sans cause ; enfin, elle se rendit à la raison, et, sous la dictée du ministre, écrivit l'ordonnance qui nommait les juges.

Le comte ne la quitta qu'à six heures du matin ; elle essaya de dormir, mais en vain. A neuf heures, elle déjeuna avec Fabrice, qu'elle trouva brûlant d'envie d'être jugé ; à dix heures, elle était chez la princesse, qui n'était point visible ; à onze heures, elle vit le prince, qui tenait son lever, et qui signa l'ordonnance sans la moindre objection. La duchesse envoya l'ordonnance au comte, et se mit au lit.

Il serait peut-être plaisant de raconter la fureur de Rassi, quand le comte l'obligea à contresigner, en présence du prince, l'ordonnance signée le matin par celui-ci ; mais les événements nous pressent.

Le comte discuta le mérite de chaque juge, et offrit de changer les noms. Mais le lecteur est peut-être un peu las de tous ces détails de procédure, non moins que de toutes ces intrigues de cour. De tout ceci, on peut tirer cette morale, que l'homme qui approche de la cour compromet son bonheur, s'il est heureux, et, dans tous les cas, fait dépendre son avenir des intrigues d'une femme de chambre.

D'un autre côté, en Amérique, dans la république, il faut s'ennuyer toute la journée à faire une cour sérieuse aux boutiquiers de la rue, et devenir aussi bête qu'eux ; et là, pas d'Opéra.

La duchesse, à son lever du soir, eut un moment de vive inquiétude : on ne trouvait plus Fabrice ; enfin, vers minuit, au spectacle de la cour, elle reçut une lettre de lui. Au lieu de se constituer prisonnier *à la prison de la ville*, où le comte était le maître, il était allé reprendre son ancienne chambre à la citadelle, trop heureux d'habiter à quelques pas de Clélia.

Ce fut un événement d'une immense conséquence : en ce lieu il était exposé au poison plus que jamais. Cette folie mit la duchesse au désespoir ; elle en pardonna la cause, un fol amour pour Clélia, parce que décidément dans quelques jours elle allait épouser le riche marquis Crescenzi. Cette folie rendit à Fabrice toute l'influence qu'il avait eue jadis sur l'âme de la duchesse.

C'est ce maudit papier que je suis allée faire signer qui lui donnera la mort! Que ces hommes sont fous avec leurs idées d'honneur! Comme s'il fallait songer à l'honneur dans les gouvernements absolus, dans les pays où un Rassi est ministre de la justice! Il fallait bel et bien accepter la grâce que le prince eût signée tout aussi facilement que la convocation de ce tribunal extraordinaire. Qu'importe, après tout, qu'un homme de la naissance de Fabrice soit plus ou moins accusé d'avoir tué lui-même, et l'épée au poing, un histrion tel que Giletti!

A peine le billet de Fabrice reçu, la duchesse courut chez le comte, qu'elle trouva tout pâle.

— Grand Dieu! chère amie, j'ai la main malheureuse avec cet enfant, et vous allez encore m'en vouloir. Je puis vous prouver que j'ai fait venir hier soir le geôlier de la prison de la ville; tous les jours, votre neveu serait venu prendre du thé chez vous. Ce qu'il y a d'affreux, c'est qu'il est impossible à vous et à moi de dire au prince que l'on craint le poison, et le poison administré par Rassi; ce soupçon lui semblerait le comble de l'immoralité. Toutefois, si vous l'exigez, je suis prêt à monter au palais; mais je suis sûr de la réponse. Je vais vous dire plus; je vous offre un moyen que je n'emploierais pas pour moi. Depuis que j'ai le pouvoir en ce pays, je n'ai pas fait périr un seul homme, et vous savez que je suis tellement nigaud de ce côté-là, que quelquefois, à la chute du jour, je pense encore à ces deux espions que je fis fusiller un peu légèrement en Espagne. Eh bien; voulez-vous que je vous défasse de Rassi ? Le danger qu'il fait courir à Fabrice est sans bornes; il tient là un moyen sûr de me faire déguerpir.

Cette proposition plut extrêmement à la duchesse; mais elle ne l'adopta pas.

— Je ne veux pas, dit-elle au comte, que, dans notre retraite, sous ce beau ciel de Naples, vous ayez des idées noires le soir.

— Mais, chère amie, il me semble que nous n'avons que le choix des idées noires. Que devenez-vous, que deviens-je moi-même, si Fabrice est emporté par une maladie ?

La discussion reprit de plus belle sur cette idée, et la duchesse la termina par cette phrase :

— Rassi doit la vie à ce que je vous aime mieux que Fabrice; non, je ne veux pas empoisonner toutes les soirées de la vieillesse que nous allons passer ensemble.

La duchesse courut à la forteresse; le général Fabio

Conti fut enchanté d'avoir à lui opposer le texte formel des lois militaires : personne ne peut pénétrer dans une prison d'état sans un ordre signé du prince.

— Mais le marquis Crescenzi et ses musiciens viennent chaque jour à la citadelle ?

— C'est que j'ai obtenu pour eux un ordre du prince.

La pauvre duchesse ne connaissait pas tous ses malheurs. Le général Fabio Conti s'était regardé comme personnellement déshonoré par la fuite de Fabrice : lorsqu'il le vit arriver à la citadelle, il n'eût pas dû le recevoir, car il n'avait aucun ordre pour cela. Mais, se dit-il, c'est le ciel qui me l'envoie pour réparer mon honneur et me sauver du ridicule qui flétrirait ma carrière militaire. Il s'agit de ne pas manquer à l'occasion : sans doute on va l'acquitter, et je n'ai que peu de jours pour me venger.

CHAPITRE XXV

L'arrivée de notre héros mit Clélia au désespoir : la pauvre fille, pieuse et sincère avec elle-même, ne pouvait se dissimuler qu'il n'y aurait jamais de bonheur pour elle loin de Fabrice ; mais elle avait fait vœu à la Madone, lors du demi-empoisonnement de son père, de faire à celui-ci le sacrifice d'épouser le marquis Crescenzi. Elle avait fait le vœu de ne jamais revoir Fabrice, et déjà elle était en proie aux remords les plus affreux, pour l'aveu auquel elle avait été entraînée dans la lettre qu'elle avait écrite à Fabrice la veille de sa fuite. Comment peindre ce qui se passa dans ce triste cœur lorsque, occupée mélancoliquement à voir voltiger ses oiseaux, et levant les yeux par habitude et avec tendresse vers la fenêtre de laquelle autrefois Fabrice la regardait, elle l'y vit de nouveau qui la saluait avec un tendre respect.

Elle crut à une vision que le ciel permettait pour la punir ; puis l'atroce réalité apparut à sa raison. Ils l'ont repris, se dit-elle, et il est perdu ! Elle se rappelait les propos tenus dans la forteresse après la fuite ; les derniers des geôliers s'estimaient mortellement offensés. Clélia regarda Fabrice, et malgré elle ce regard peignit en entier la passion qui la mettait au désespoir.

Croyez-vous, semblait-elle dire à Fabrice, que je trouverai le bonheur dans ce palais somptueux qu'on prépare pour moi ? Mon père me répète à satiété que vous êtes aussi pauvre que nous ; mais, grand Dieu ! avec quel bonheur je partagerais cette pauvreté ! Mais, hélas ! nous ne devons jamais nous revoir.

Clélia n'eut pas la force d'employer les alphabets : en regardant Fabrice elle se trouva mal et tomba sur une chaise à côté de la fenêtre. Sa figure reposait sur l'appui de cette fenêtre ; et, comme elle avait voulu le voir jusqu'au dernier moment, son visage était tourné vers Fabrice, qui pouvait l'apercevoir en entier. Lorsque après quelques instants elle rouvrit les yeux, son premier regard fut pour Fabrice : elle vit des larmes dans ses yeux; mais ces larmes étaient l'effet de l'extrême bonheur; il voyait que l'absence ne l'avait point fait oublier. Les deux pauvres jeunes gens restèrent quelque temps comme enchantés dans la vue l'un de l'autre. Fabrice osa chanter, comme s'il s'accompagnait de la guitare, quelques mots improvisés et qui disaient : *C'est pour vous revoir* que je suis revenu en prison : *on va me juger.*

Ces mots semblèrent réveiller toute la vertu de Clélia : elle se leva rapidement, se cacha les yeux, et, par les gestes les plus vifs, chercha à lui exprimer qu'elle ne devait jamais le revoir; elle l'avait promis à la Madone, et venait de le regarder par oubli. Fabrice osant encore exprimer son amour, Clélia s'enfuit indignée et se jurant à elle-même que jamais elle ne le reverrait, car tels étaient les termes précis de son vœu à la Madone : *Mes yeux ne le reverront jamais.* Elle les avait inscrits dans un petit papier que son oncle Cesare lui avait permis de brûler sur l'autel au moment de l'offrande, tandis qu'il disait la messe.

Mais, malgré tous les serments, la présence de Fabrice dans la tour Farnèse avait rendu à Clélia toutes ses anciennes façons d'agir. Elle passait ordinairement toutes ses journées seule, dans sa chambre. A peine remise du trouble imprévu où l'avait jetée la vue de Fabrice, elle se mit à parcourir le palais, et pour ainsi dire à renouveler connaissance avec tous ses amis subalternes. Une vieille femme très bavarde employée à la cuisine lui dit d'un air de mystère : Cette fois-ci, le seigneur Fabrice ne sortira pas de la citadelle.

— Il ne commettra plus la faute de passer par-dessus les murs, dit Clélia; mais il sortira par la porte, s'il est acquitté.

— Je dis et je puis dire à Votre Excellence qu'il ne sortira que les pieds les premiers de la citadelle.

Clélia pâlit extrêmement, ce qui fut remarqué de la vieille femme, et arrêta tout court son éloquence. Elle se dit qu'elle avait commis une imprudence en parlant ainsi devant la fille du gouverneur, dont le devoir allait être de dire à tout le monde que Fabrice était mort de maladie. En remontant chez elle, Clélia rencontra le médecin de la prison, sorte d'honnête homme timide qui lui dit d'un air tout effaré que Fabrice était bien malade. Clélia pouvait à peine se soutenir; elle chercha partout son oncle, le bon abbé don Cesare, et enfin le trouva à la chapelle, où il priait avec ferveur ; il avait la figure renversée. Le dîner sonna. A table, il n'y eut pas une parole d'échangée entre les deux frères ; seulement, vers la fin du repas, le général adressa quelques mots fort aigres à son frère. Celui-ci regarda les domestiques, qui sortirent.

— Mon général, dit don Cesare au gouverneur, j'ai l'honneur de vous prévenir que je vais quitter la citadelle : je donne ma démission.

— Bravo ! bravissimo ! pour me rendre suspect !... Et la raison, s'il vous plaît ?

— Ma conscience.

— Allez, vous n'êtes qu'un cabotin ! vous ne connaissez rien à l'honneur.

Fabrice est mort, se dit Clélia ; on l'a empoisonné à dîner, ou c'est pour demain. Elle courut à la volière, résolue de chanter en s'accompagnant avec le piano. Je me confesserai, se dit-elle, et l'on me pardonnera d'avoir violé mon vœu pour sauver la vie d'un homme. Quelle ne fut pas sa consternation lorsque, arrivée à la volière, elle vit que les abat-jour venaient d'être remplacés par des planches attachées aux barreaux de fer ! Éperdue, elle essaya de donner un avis au prisonnier par quelques mots plutôt criés que chantés. Il n'y eut de réponse d'aucune sorte ; un silence de mort régnait déjà dans la tour Farnèse. Tout est consommé, se dit-elle. Elle descendit hors d'elle-même, puis remonta afin de se munir du peu d'argent qu'elle avait et de petites boucles d'oreilles en diamants ; elle prit aussi, en passant, le pain qui restait du dîner, et qui avait été placé dans un buffet. S'il vit encore, mon devoir est de le sauver. Elle s'avança d'un air hautain vers la petite porte de la tour ; cette porte était ouverte, et l'on venait seulement de placer huit soldats dans la pièce aux colonnes du rez-de-chaussée. Elle regarda hardiment ces soldats ; Clélia comptait adresser la parole au sergent qui devait les commander : cet homme était absent. Clélia s'élança sur le petit escalier de fer qui tournait en spirale autour d'une colonne ; les soldats la regardèrent d'un air fort ébahi, mais, apparemment à cause de son châle de dentelle et de son chapeau, n'osèrent rien lui dire. Au premier étage il n'y avait personne ; mais, en arrivant au second, à l'entrée du corridor qui, si le lecteur s'en souvient, était fermé par trois portes en barreaux de fer et conduisait à la chambre de Fabrice, elle trouva un guichetier à elle inconnu, et qui lui dit d'un air effaré :

— Il n'a pas encore dîné.

— Je le sais bien, dit Clélia avec hauteur. Cet homme n'osa l'arrêter. Vingt pas plus loin, Clélia trouva assis sur la première des six marches en bois qui conduisaient à la chambre de Fabrice un autre guichetier fort âgé et fort rouge qui lui dit résolument :

— Mademoiselle, avez-vous un ordre du gouverneur ?

— Est-ce que vous ne me connaissez pas ?

Clélia, en ce moment, était animée d'une force surnaturelle, elle était hors d'elle-même. Je vais sauver mon mari, se disait-elle.

Pendant que le vieux guichetier s'écriait : Mais mon devoir ne me permet pas... Clélia montait rapidement les six marches ; elle se précipita contre la porte : une clef énorme était dans la serrure ; elle eut besoin de toutes ses forces pour la faire tourner. A ce moment, le vieux guichetier à demi ivre saisissait le bas de sa robe ; elle entra vivement dans la chambre, referma la porte en déchirant sa robe, et, comme le guichetier la poussait pour entrer après elle, elle la ferma avec un verrou qui se trouvait sous sa main. Elle regarda dans la chambre et vit Fabrice assis devant une fort petite table où était son dîner. Elle se précipita sur la table, la renversa, et, saisissant le bras de Fabrice, lui dit :

— As-tu mangé ?

Ce tutoiement ravit Fabrice. Dans son trouble, Clélia oubliait pour la première fois la retenue féminine, et laissait voir son amour.

Fabrice allait commencer ce fatal repas : il la prit dans ses bras et la couvrit de baisers. Ce dîner était empoisonné, pensa-t-il : si je lui dis que je n'y ai pas touché, la religion reprend ses droits et Clélia s'enfuit. Si elle me regarde au contraire comme un mourant, j'obtiendrai d'elle qu'elle ne me quitte point. Elle désire trouver un moyen de rompre son exécrable mariage, le hasard nous le présente : les geôliers vont s'assembler, ils enfonceront la porte, et voici une esclandre telle que peut-être le marquis Crescenzi en sera effrayé, et le mariage rompu.

Pendant l'instant de silence occupé par ces réflexions, Fabrice sentit que déjà Clélia cherchait à se dégager de ses embrassements.

— Je ne me sens point encore de douleurs, lui dit-il, mais bientôt elles me renverseront à tes pieds ; aide-moi à mourir.

— O mon unique ami ! lui dit-elle, je mourrai avec toi.

Elle le serrait dans ses bras, comme par un mouvement convulsif.

Elle était si belle, à demi vêtue et dans cet état d'extrême passion, que Fabrice ne put résister à un mouvement presque involontaire. Aucune résistance ne fut opposée.

Dans l'enthousiasme de passion et de générosité qui suit un bonheur extrême, il lui dit étourdiment :

— Il ne faut pas qu'un indigne mensonge vienne souiller les premiers instants de notre bonheur : sans ton courage je ne serais plus qu'un cadavre, ou je me débattrais contre d'atroces douleurs ; mais j'allais commencer à dîner lorsque tu es entrée, et je n'ai point touché à ces plats.

Fabrice s'étendait sur ces images atroces pour conjurer l'indignation qu'il lisait dans les yeux de Clélia. Elle le regarda quelques instants, combattue par deux sentiments violents et opposés, puis elle se jeta dans ses bras. On entendit un grand bruit dans le corridor, on ouvrait et on fermait avec violence les trois portes de fer, on parlait en criant.

— Ah ! si j'avais des armes ! s'écria Fabrice ; on me les a fait rendre pour me permettre d'entrer. Sans doute ils viennent pour m'achever ! Adieu, ma Clélia, je bénis ma mort puisqu'elle a été l'occasion de mon bonheur. Clélia l'embrassa et lui donna un petit poignard à manche d'ivoire, dont la lame n'était guère plus longue que celle d'un canif.

— Ne te laisse pas tuer, lui dit-elle, et défends-toi jusqu'au dernier moment ; si mon oncle l'abbé a entendu le bruit, il a du courage et de la vertu, il te sauvera ; je vais leur parler. En disant ces mots elle se précipita vers la porte.

— Si tu n'es pas tué, dit-elle avec exaltation, en tenant le verrou de la porte, et tournant la tête de son côté, laisse-toi mourir de faim plutôt que de toucher à quoi que ce soit. Porte ce pain toujours sur toi. Le bruit s'approchait, Fabrice la saisit à bras le corps, prit sa place auprès de la porte, et ouvrant cette porte avec fureur, il se précipita sur l'escalier de bois de six marches. Il avait à la main le petit poignard à manche d'ivoire, et fut sur le point d'en percer le gilet du général Fontana, aide de camp du prince, qui recula bien vite, en s'écriant tout effrayé : — Mais je viens vous sauver, monsieur del Dongo.

Fabrice remonta les six marches, dit dans la chambre : *Fontana vient me sauver* ; puis, revenant près du général sur les marches de bois, s'expliqua froidement avec lui. Il le pria fort longuement de lui pardonner un premier mouvement de colère. — On voulait m'empoisonner; ce dîner qui est là devant moi, est empoisonné; j'ai eu l'esprit de ne pas y toucher, mais je vous avouerai que ce procédé m'a choqué. En vous entendant monter, j'ai cru qu'on venait m'achever à coups de dague... Monsieur le général, je vous requiers d'ordonner que personne n'entre dans ma chambre : on ôterait le poison, et notre bon prince doit tout savoir.

Le général, fort pâle et tout interdit, transmit les ordres indiqués par Fabrice aux geôliers d'élite qui le suivaient : ces gens, tout penauds de voir le poison découvert, se hâtèrent de descendre; ils prenaient les devants, en apparence, pour ne pas arrêter dans l'escalier si étroit l'aide de camp du prince, et en effet pour se sauver et disparaître. Au grand étonnement du général Fontana, Fabrice s'arrêta un gros quart d'heure au petit escalier de fer autour de la colonne du rez-de-chaussée; il voulait donner le temps à Clélia de se cacher au premier étage.

C'était la duchesse qui, après plusieurs démarches folles, était parvenue à faire envoyer le général Fontana à la citadelle; elle y réussit par hasard. En quittant le comte Mosca aussi alarmé qu'elle, elle avait couru au palais. La princesse, qui avait une répugnance marquée pour l'énergie qui lui semblait vulgaire, la crut folle, et ne parut pas du tout disposée à tenter en sa faveur quelque démarche insolite. La duchesse, hors d'elle-même, pleurait à chaudes larmes, elle ne savait que répéter à chaque instant :

— Mais, madame, dans un quart d'heure Fabrice sera mort par le poison!

En voyant le sang-froid parfait de la princesse, la duchesse devint folle de douleur. Elle ne fit point cette réflexion morale, qui n'eût pas échappé à une femme élevée dans une des ces religions du Nord qui admettent l'examen personnel : j'ai employé le poison la première, et je péris par le poison. En Italie, ces sortes de réflexions, dans les moments passionnés, paraissent de l'esprit fort plat, comme ferait à Paris un calembour en pareille circonstance.

La duchesse, au désespoir, hasarda d'aller dans le salon où se tenait le marquis Crescenzi, de service ce jour-là. Au retour de la duchesse à Parme, il l'avait remerciée avec effusion de la place de chevalier d'honneur à laquelle, sans elle, il n'eût jamais pu prétendre. Les protestations de dévouement sans bornes n'avaient pas manqué de sa part. La duchesse l'aborda par ces mots :

— Rassi va faire empoisonner Fabrice qui est à la citadelle. Prenez dans votre poche du chocolat et une bouteille d'eau que je vais vous donner. Montez à la citadelle, et donnez-moi la vie en disant au général Fabio Conti que vous rompez avec sa fille s'il ne vous permet pas de remettre vous-même à Fabrice cette eau et ce chocolat.

Le marquis pâlit, et sa physionomie, loin d'être animée par ces mots, peignit l'embarras le plus plat; il ne pouvait croire à un crime si épouvantable dans une ville aussi morale que Parme, et où régnait un si grand prince, etc.; et encore, ces platitudes, il les disait lentement. En un mot, la duchesse trouva un homme honnête, mais faible au possible et ne pouvant se déterminer à agir. Après vingt phrases semblables interrompues par les cris d'impatience de Mme Sanseverina, il tomba sur une idée excellente : le serment qu'il avait prêté comme chevalier d'honneur lui défendait de se mêler de manœuvres contre le gouvernement.

Qui pourrait se figurer l'anxiété et le désespoir de la duchesse, qui sentait que le temps volait ?

— Mais, du moins, voyez le gouverneur, dites-lui que je poursuivrai jusqu'aux enfers les assassins de Fabrice!...

Le désespoir augmentait l'éloquence naturelle de la duchesse, mais tout ce feu ne faisait qu'effrayer davantage le marquis et redoubler son irrésolution; au bout d'une heure, il était moins disposé à agir qu'au premier moment.

Cette femme malheureuse, parvenue aux dernières limites du désespoir, et sentant bien que le gouverneur ne refuserait rien à un gendre aussi riche, alla jusqu'à se jeter à ses genoux : alors la pusillanimité du marquis Crescenzi sembla augmenter encore; lui-même, à la vue de ce spectacle étrange, craignit d'être compromis sans le savoir; mais il arriva une chose singulière : le marquis, bon homme au fond, fut touché des larmes et de la position, à ses pieds, d'une femme aussi belle et surtout aussi puissante.

Moi-même, si noble et si riche, se dit-il, peut-être un jour je serai aussi aux genoux de quelque républicain! Le marquis se mit à pleurer, et enfin il fut convenu que la duchesse, en sa qualité de grande maîtresse, le présenterait à la princesse, qui lui donnerait la permission de remettre à Fabrice un petit panier dont il déclarerait ignorer le contenu.

La veille au soir, avant que la duchesse sût la folie faite par Fabrice d'aller à la citadelle, on avait joué à la cour une comédie *dell'arte;* et le prince, qui se réservait toujours les rôles d'amoureux à jouer avec la duchesse, avait été tellement passionné en lui parlant de sa tendresse, qu'il eût été ridicule, si, en Italie, un homme passionné ou un prince pouvait jamais l'être!

Le prince, fort timide, mais toujours prenant fort au sérieux les choses d'amour, rencontra dans l'un des corridors du château la duchesse qui entraînait le marquis Crescenzi, tout troublé, chez la princesse. Il fut tellement surpris et ébloui par la beauté pleine d'émotion que le désespoir donnait à la grande maîtresse, que, pour la première fois de sa vie, il eut du caractère. D'un geste plus qu'impérieux il renvoya le marquis et se mit à faire une déclaration d'amour dans toutes les règles à la duchesse. Le prince l'avait sans doute arrangée longtemps à l'avance, car il y avait des choses assez raisonnables.

— Puisque les convenances de mon rang me défendent de me donner le suprême bonheur de vous épouser, je vous jurerai sur la sainte hostie consacrée, de ne jamais me marier sans votre permission par écrit. Je sens bien, ajoutait-il, que je vous fais perdre la main d'un premier ministre, homme d'esprit et fort aimable; mais enfin il a cinquante-six ans, et moi je n'en ai pas encore vingt-deux. Je croirais vous faire injure et mériter vos refus si je vous parlais des avantages étrangers à l'amour; mais tout ce qui tient à l'argent dans ma cour parle avec admiration de la preuve d'amour que le comte vous donne, en vous laissant la dépositaire de tout ce qui lui appartient. Je serai trop heureux de l'imiter en ce point. Vous ferez un meilleur usage de ma fortune que moi-même, et vous aurez l'entière disposition de la somme annuelle que mes ministres remettent à l'intendant général de ma couronne; de façon que ce sera vous, madame la duchesse, qui déciderez des sommes que je pourrai dépenser chaque mois. La duchesse trouvait tous ces détails bien longs; les dangers de Fabrice lui perçaient le cœur.

— Mais vous ne savez donc pas, mon prince, s'écriat-elle, qu'en ce moment, on empoisonne Fabrice dans votre citadelle! Sauvez-le! je crois tout.

L'arrangement de cette phrase était d'une maladresse complète. Au seul mot de poison, tout l'abandon, toute la bonne foi que ce pauvre prince moral apportait dans cette conversation disparurent en un clin d'œil; la duchesse ne s'aperçut de cette maladresse que lorsqu'il n'était plus temps d'y remédier, et son désespoir fut augmenté, chose qu'elle croyait impossible. Si je n'eusse pas parlé de poison,

se dit-elle, il m'accordait la liberté de Fabrice. O cher
Fabrice! ajouta-t-elle, il est donc écrit que c'est moi qui
dois te percer le cœur par mes sottises!

La duchesse eut besoin de beaucoup de temps et de
coquetteries pour faire revenir le prince à ses propos
d'amour passionné; mais il resta profondément effarouché.
C'était son esprit seul qui parlait; son âme avait été glacée
par l'idée du poison d'abord, et ensuite par cette autre idée,
aussi désobligeante que la première était terrible : on
administre du poison dans mes états, et cela sans me le
dire! Rassi veut donc me déshonorer aux yeux de l'Europe!
Et Dieu sait ce que je lirai le mois prochain dans les
journaux de Paris!

Tout à coup l'âme de ce jeune homme si timide se
taisant, son esprit arriva à une idée.

— Chère duchesse! vous savez si je vous suis attaché.
Vos idées atroces sur le poison ne sont pas fondées, j'aime
à le croire; mais enfin elles me donnent aussi à penser,
elles me font presque oublier pour un instant la passion
que j'ai pour vous, et qui est la seule que de ma vie j'ai
éprouvée. Je sens que je ne suis pas aimable; je ne suis
qu'un enfant bien amoureux; mais enfin mettez-moi à
l'épreuve.

Le prince s'animait assez en tenant ce langage.

— Sauvez Fabrice, et je crois tout! Sans doute je suis
entraînée par les craintes folles d'une âme de mère; mais
envoyez à l'instant chercher Fabrice à la citadelle, que je
le voie. S'il vit encore, envoyez-le du palais à la prison de
la ville, où il restera des mois entiers, si Votre Altesse
l'exige, et jusqu'à son jugement.

La duchesse vit avec désespoir que le prince, au lieu
d'accorder d'un mot une chose aussi simple, était devenu
sombre; il était fort rouge, il regardait la duchesse, puis
baissait les yeux et ses joues pâlissaient. L'idée de poison,
mal à propos mise en avant, lui avait suggéré une idée
digne de son père ou de Philippe II : mais il n'osait
l'exprimer.

— Tenez, madame, lui dit-il enfin comme se faisant
violence, et d'un ton fort peu gracieux, vous me méprisez
comme un enfant, et de plus, comme un être sans grâces :
eh bien! je vais vous dire une chose horrible, mais qui
m'est suggérée à l'instant par la passion profonde et vraie
que j'ai pour vous. Si je croyais le moins du monde au
poison, j'aurais déjà agi, mon devoir m'en faisait une loi;
mais je ne vois dans votre demande qu'une fantaisie pas-

sionnée, et dont peut-être, je vous demande la permission
de le dire, je ne vois pas toute la portée. Vous voulez
que j'agisse sans consulter mes ministres, moi qui règne
depuis trois mois à peine! vous me demandez une grande
exception à ma façon d'agir ordinaire, et que je crois fort
raisonnable, je l'avoue. C'est vous, madame, qui êtes ici
en ce moment le souverain absolu, vous me donnez des
espérances pour l'intérêt qui est tout pour moi; mais,
dans une heure, lorsque cette imagination de poison,
lorsque ce cauchemar aura disparu, ma présence vous
deviendra importune, vous me disgracierez, madame. Eh
bien! il me faut un serment : jurez, madame, que si Fabrice
vous est rendu sain et sauf, j'obtiendrai de vous, d'ici à
trois mois, tout ce que mon amour peut désirer de plus
heureux; vous assurerez le bonheur de ma vie entière en
mettant à ma disposition une heure de la vôtre, et vous serez
toute à moi.

En cet instant, l'horloge du château sonna deux heures.
Ah! il n'est plus temps peut-être, se dit la duchesse.

— Je le jure, s'écria-t-elle avec des yeux égarés.

Aussitôt le prince devint un autre homme; il courut
à l'extrémité de la galerie où se trouvait le salon des aides
de camp.

— Général Fontana, courez à la citadelle ventre à terre,
montez aussi vite que possible à la chambre où l'on garde
M. del Dongo et amenez-le-moi, il faut que je lui parle
dans vingt minutes, et dans quinze s'il est possible.

— Ah! général, s'écria la duchesse qui avait suivi le
prince, une minute peut décider de ma vie. Un rapport
faux sans doute me fait craindre le poison pour Fabrice :
criez-lui dès que vous serez à portée de la voix, de ne pas
manger. S'il a touché à son repas, faites-le vomir, dites-lui
que c'est moi qui le veux, employez la force s'il le faut;
dites-lui que je vous suis de bien près, et croyez-moi votre
obligée pour la vie.

— Madame la duchesse, mon cheval est sellé, je passe
pour savoir manier un cheval, et je cours ventre à terre,
je serai à la citadelle huit minutes avant vous.

— Et moi, madame la duchesse, s'écria le prince, je
vous demande quatre de ces huit minutes.

L'aide de camp avait disparu, c'était un homme qui
n'avait pas d'autre mérite que celui de monter à cheval.
A peine eut-il refermé la porte, que le jeune prince, qui
semblait avoir du caractère, saisit la main de la duchesse.

— Daignez, madame, lui dit-il avec passion, venir avec

moi à la chapelle. La duchesse, interdite pour la première fois de sa vie, le suivit sans mot dire. Le prince et elle parcoururent en courant toute la longueur de la grande galerie du palais, la chapelle se trouvant à l'autre extrémité. Entré dans la chapelle, le prince se mit à genoux, presque autant devant la duchesse que devant l'autel.

— Répétez le serment, dit-il avec passion; si vous aviez été juste, si cette malheureuse qualité de prince ne m'eût pas nui, vous m'eussiez accordé par pitié pour mon amour ce que vous me devez maintenant parce que vous l'avez juré.

— Si je revois Fabrice non empoisonné, s'il vit encore dans huit jours, si Son Altesse le nomme coadjuteur avec future succession de l'archevêque Landriani, mon honneur, ma dignité de femme, tout par moi sera foulé aux pieds, et je serai à Son Altesse.

— Mais, *chère amie*, dit le prince avec une timide anxiété et une tendresse mélangées et bien plaisantes, je crains quelque embûche que je ne comprends pas, et qui pourrait détruire mon bonheur; j'en mourrais. Si l'archevêque m'oppose quelqu'une de ces raisons ecclésiastiques qui font durer les affaires des années entières, qu'est-ce que je deviens ? Vous voyez que j'agis avec une entière bonne foi; allez-vous être avec moi un petit jésuite ?

— Non : de bonne foi, si Fabrice est sauvé, si, de tout votre pouvoir, vous le faites coadjuteur et futur archevêque, je me déshonore et je suis à vous.

Votre Altesse s'engage à mettre *approuvé* en marge d'une demande que monseigneur l'archevêque vous présentera d'ici à huit jours.

— Je vous signe un papier en blanc, régnez sur moi et sur mes états, s'écria le prince rougissant de bonheur et réellement hors de lui. Il exigea un second serment. Il était tellement ému, qu'il en oubliait la timidité qui lui était si naturelle, et, dans cette chapelle du palais où ils étaient seuls, il dit à voix basse à la duchesse des choses qui, dites trois jours auparavant, auraient changé l'opinion qu'elle avait de lui. Mais chez elle le désespoir que lui causait le danger de Fabrice avait fait place à l'horreur de la promesse qu'on lui avait arrachée.

La duchesse était bouleversée de ce qu'elle venait de faire. Si elle ne sentait pas encore toute l'affreuse amertume du mot prononcé, c'est que son attention était occupée à savoir si le général Fontana pourrait arriver à temps à la citadelle.

Pour se délivrer des propos follement tendres de cet enfant et changer un peu le discours, elle loua un tableau célèbre du Parmesan, qui était au maître-autel de cette chapelle.

— Soyez assez bonne pour me permettre de vous l'envoyer, dit le prince.

— J'accepte, reprit la duchesse; mais souffrez que je coure au-devant de Fabrice.

D'un air égaré, elle dit à son cocher de mettre ses chevaux au galop. Elle trouva sur le pont du fossé de la citadelle le général Fontana et Fabrice, qui sortaient à pied.

— As-tu mangé ?

— Non, par miracle.

La duchesse se jeta au cou de Fabrice, et tomba dans un évanouissement qui dura une heure et donna des craintes d'abord pour sa vie, et ensuite pour sa raison.

Le gouverneur Fabio Conti avait pâli de colère à la vue du général Fontana : il avait apporté de telles lenteurs à obéir à l'ordre du prince, que l'aide de camp, qui supposait que la duchesse allait occuper la place de maîtresse régnante, avait fini par se fâcher. Le gouverneur comptait faire durer la maladie de Fabrice deux ou trois jours, et voilà, se disait-il, que le général, un homme de la cour, va trouver cet insolent se débattant dans les douleurs qui me vengent de sa fuite.

Fabio Conti, tout pensif, s'arrêta dans le corps de garde du rez-de-chaussée de la tour Farnèse, d'où il se hâta de renvoyer les soldats; il ne voulait pas de témoins à la scène qui se préparait. Cinq minutes après il fut pétrifié d'étonnement en entendant parler Fabrice, et le voyant, vif et alerte, faire au général Fontana la description de la prison. Il disparut.

Fabrice se montra un parfait *gentleman* dans son entrevue avec le prince. D'abord il ne voulut point avoir l'air d'un enfant qui s'effraie à propos de rien. Le prince lui demandant avec bonté comment il se trouvait : — Comme un homme, Altesse Sérénissime, qui meurt de faim, n'ayant par bonheur ni déjeuné, ni dîné. Après avoir eu l'honneur de remercier le prince, il sollicita la permission de voir l'archevêque avant de se rendre à la prison de la ville. Le prince était devenu prodigieusement pâle, lorsque arriva dans sa tête d'enfant l'idée que le poison n'était point tout à fait une chimère de l'imagination de la duchesse. Absorbé dans cette cruelle pensée, il ne répondit

pas d'abord à la demande de voir l'archevêque, que Fabrice
lui adressait ; puis il se crut obligé de réparer sa distraction
par beaucoup de grâces.

— Sortez seul, monsieur, allez dans les rues de ma
capitale sans aucune garde. Vers les dix ou onze heures vous
vous rendrez en prison, où j'ai l'espoir que vous ne
resterez pas longtemps.

Le lendemain de cette grande journée, la plus remarquable de sa vie, le prince se croyait un petit Napoléon ;
il avait lu que ce grand homme avait été bien traité par
plusieurs des jolies femmes de sa cour. Une fois Napoléon
par les bonnes fortunes, il se rappela qu'il l'avait été devant
les balles. Son cœur était encore tout transporté de la fermeté de sa conduite avec la duchesse. La conscience d'avoir
fait quelque chose de difficile en fit un tout autre homme
pendant quinze jours ; il devint sensible aux raisonnements
généreux ; il eut quelque caractère.

Il débuta ce jour-là par brûler le patente de comte dressée
en faveur de Rassi, qui était sur son bureau depuis un mois.
Il destitua le général Fabio Conti, et demanda au colonel
Lange, son successeur, la vérité sur le poison. Lange,
brave militaire polonais, fit peur aux geôliers, et dit au
prince qu'on avait voulu empoisonner le déjeuner de
M. del Dongo ; mais il eût fallu mettre dans la confidence
un trop grand nombre de personnes. Les mesures furent
mieux prises pour le dîner ; et, sans l'arrivée du général
Fontana, M. del Dongo était perdu. Le prince fut consterné ; mais, comme il était réellement fort amoureux, ce
fut une consolation pour lui de pouvoir se dire : Il se trouve
que j'ai réellement sauvé la vie à M. del Dongo, et la
duchesse n'osera pas manquer à la parole qu'elle m'a donnée. Il arriva à une autre idée : Mon métier est bien plus
difficile que je ne le pensais ; tout le monde convient que la
duchesse a infiniment d'esprit, la politique est ici d'accord
avec mon cœur. Il serait divin pour moi qu'elle voulût être
mon premier ministre.

Le soir, le prince était tellement irrité des horreurs
qu'il avait découvertes, qu'il ne voulut pas se mêler de la
comédie.

— Je serais trop heureux, dit-il à la duchesse, si vous
vouliez régner sur mes états comme vous régnez sur mon
cœur. Pour commencer, je vais vous dire l'emploi de ma
journée. Alors il lui conta tout fort exactement : la brûlure
de la patente de comte de Rassi, la nomination de Lange,
son rapport sur l'empoisonnement, etc., etc. Je me trouve

bien peu d'expérience pour régner. Le comte m'humilie par ses plaisanteries, il plaisante même au conseil, et, dans le monde, il tient des propos dont vous allez contester la vérité; il dit que je suis un enfant qu'il mène où il veut. Pour être prince, madame, on n'en est pas moins homme, et ces choses-là fâchent. Afin de donner de l'invraisemblance aux histoires que peut faire M. Mosca, l'on m'a fait appeler au ministère ce dangereux coquin Rassi, et voilà ce général Conti qui le croit encore tellement puissant, qu'il n'ose avouer que c'est lui ou la Raversi qui l'ont engagé à faire périr votre neveu; j'ai bonne envie de renvoyer tout simplement par devant les tribunaux le général Fabio Conti; les juges verront s'il est coupable de tentative d'empoisonnement.

— Mais, mon prince, avez-vous des juges ?

— Comment! dit le prince étonné.

— Vous avez des jurisconsultes savants et qui marchent dans la rue d'un air grave; du reste, ils jugeront toujours comme il plaira au parti dominant dans votre cour.

Pendant que le jeune prince, scandalisé, prononçait des phrases qui montraient sa candeur bien plus que sa sagacité, la duchesse se disait :

— Me convient-il bien de laisser déshonorer Conti ? Non, certainement, car alors le mariage de sa fille avec ce plat honnête homme de marquis Crescenzi devient impossible.

Sur ce sujet, il y eut un dialogue infini entre la duchesse et le prince. Le prince fut ébloui d'admiration. En faveur du mariage de Clélia Conti avec le marquis Crescenzi, mais avec cette condition expresse, par lui déclarée avec colère à l'ex-gouverneur, il lui fit grâce sur sa tentative d'empoisonnement; mais, par l'avis de la duchesse, il l'exila jusqu'à l'époque du mariage de sa fille. La duchesse croyait n'aimer plus Fabrice d'amour, mais elle désirait encore passionnément le mariage de Clélia Conti avec le marquis; il y avait là le vague espoir que peu à peu elle verrait disparaître la préoccupation de Fabrice.

Le prince, transporté de bonheur, voulait, ce soir-là, destituer avec scandale le ministre Rassi. La duchesse lui dit en riant :

— Savez-vous un mot de Napoléon ? Un homme placé dans un lieu élevé, et que tout le monde regarde, ne doit point se permettre de mouvements violents. Mais ce soir il est trop tard, renvoyons les affaires à demain.

Elle voulait se donner le temps de consulter le comte,

auquel elle raconta fort exactement tout le dialogue de la
soirée, en supprimant, toutefois, les fréquentes allusions
faites par le prince à une promesse qui empoisonnait
sa vie. La duchesse se flattait de se rendre tellement nécessaire qu'elle pourrait obtenir un ajournement indéfini en
disant au prince : Si vous avez la barbarie de vouloir me
soumettre à cette humiliation, que je ne vous pardonnerais
point, le lendemain je quitte vos états.

Consulté par la duchesse sur le sort de Rassi, le comte
se montra très philosophe. Le général Fabio Conti et lui
allèrent voyager en Piémont.

Une singulière difficulté s'éleva pour le procès de
Fabrice : les juges voulaient l'acquitter par accclamation, et
dès la première séance. Le comte eut besoin d'employer la
menace pour que le procès durât au moins huit jours, et
que les juges se donnassent la peine d'entendre tous les
témoins. Ces gens sont toujours les mêmes, se dit-il.

Le lendemain de son acquittement, Fabrice del Dongo
prit enfin possession de la place de grand vicaire du bon
archevêque Landriani. Le même jour, le prince signa les
dépêches nécessaires pour obtenir que Fabrice fût nommé
coadjuteur avec future succession, et, moins de deux mois
après, il fut installé dans cette place.

Tout le monde faisait compliment à la duchesse sur l'air
grave de son neveu; le fait est qu'il était au désespoir.
Dès le lendemain de sa délivrance, suivie de la destitution
et de l'exil du général Fabio Conti, et de la haute faveur de
la duchesse, Clélia avait pris refuge chez la comtesse Cantarini, sa tante, femme fort riche, fort âgée, et uniquement
occupée des soins de sa santé. Clélia eût pu voir Fabrice :
mais quelqu'un qui eût connu ses engagements antérieurs,
et qui l'eût vue agir maintenant, eût pu penser qu'avec les
dangers de son amant son amour pour lui avait cessé. Non
seulement Fabrice passait le plus souvent qu'il le pouvait
décemment devant le palais Cantarini, mais encore il avait
réussi, après des peines infinies, à louer un petit appartement vis-à-vis les fenêtres du premier étage. Une fois,
Clélia s'étant mise à la fenêtre à l'étourdie, pour voir
passer une procession, se retira à l'instant, et comme
frappée de terreur; elle avait aperçu Fabrice, vêtu de noir,
mais comme un ouvrier fort pauvre, qui la regardait d'une
des fenêtres de ce taudis qui avait des vitres de papier
huilé, comme sa chambre à la tour Farnèse. Fabrice eût
bien voulu pouvoir se persuader que Clélia le fuyait par
suite de la disgrâce de son père, que la voix publique attri-

buait à la duchesse; mais il connaissait trop une autre cause de cet éloignement, et rien ne pouvait le distraire de sa mélancolie.

Il n'avait été sensible ni à son acquittement, ni à son installation dans de belles fonctions, les premières qu'il eût eues à remplir dans sa vie, ni à sa belle position dans le monde, ni enfin à la cour assidue que lui faisaient tous les ecclésiastiques et tous les dévots du diocèse. Le charmant appartement qu'il avait au palais Sanseverina ne se trouva plus suffisant. A son extrême plaisir, la duchesse fut obligée de lui céder tout le second étage de son palais et deux beaux salons au premier, lesquels étaient toujours remplis de personnages attendant l'instant de faire leur cour au jeune coadjuteur. La clause de future succession avait produit un effet surprenant dans le pays; on faisait maintenant des vertus à Fabrice de toutes ces qualités fermes de son caractère, qui autrefois scandalisaient si fort les courtisans pauvres et nigauds.

Ce fut une grande leçon de philosophie pour Fabrice que de se trouver parfaitement insensible à tous ces honneurs, et beaucoup plus malheureux dans cet appartement magnifique, avec dix laquais portant sa livrée, qu'il n'avait été dans sa chambre de bois de la tour Farnèse, environné de hideux geôliers, et craignant toujours pour sa vie. Sa mère et sa sœur, la duchesse V ★★★, qui vinrent à Parme pour le voir dans sa gloire, furent frappées de sa profonde tristesse. La marquise del Dongo, maintenant la moins romanesque des femmes, en fut si profondément alarmée, qu'elle crut qu'à la tour Farnèse on lui avait fait prendre quelque poison lent. Malgré son extrême discrétion, elle crut devoir lui parler de cette tristesse si extraordinaire, et Fabrice ne répondit que par des larmes.

Une foule d'avantages, conséquence de sa brillante position, ne produisaient chez lui d'autre effet que de lui donner de l'humeur. Son frère, cette âme vaniteuse et gangrénée par le plus vil égoïsme, lui écrivit une lettre de congratulation presque officielle, et à cette lettre était joint un mandat de 50.000 francs, afin qu'il pût, disait le nouveau marquis, acheter des chevaux et une voiture dignes de son nom. Fabrice envoya cette somme à sa sœur cadette, mal mariée.

Le comte Mosca avait fait faire une belle traduction, en italien, de la généalogie de la famille Valserra del Dongo, publiée jadis en latin par l'archevêque de Parme, Fabrice. Il la fit imprimer magnifiquement avec le texte latin en regard ; les gravures avaient été traduites par de superbes lithographies faites à Paris. La duchesse avait voulu qu'un beau portrait de Fabrice fût placé vis-à-vis celui de l'ancien archevêque. Cette traduction fut publiée comme étant l'ouvrage de Fabrice pendant sa première détention. Mais tout était anéanti chez notre héros, même la vanité si naturelle à l'homme ; il ne daigna pas lire une seule page de cet ouvrage qui lui était attribué. Sa position dans le monde lui fit une obligation d'en présenter un exemplaire magnifiquement relié au prince, qui crut lui devoir un dédommagement pour la mort cruelle dont il avait été si près, et lui accorda les grandes entrées de sa chambre, faveur qui donne l'*excellence* *.

---

* 4. 9. 28. 26. x. 38 fir. s. 6. f. last 26 m. 29.
  3 Ri d. f. g. p. ha. s. so. p.

LIVRE TROISIÈME

CHAPITRE XXVI

Les seuls instants pendant lesquels Fabrice eut quelque chance de sortir de sa profonde tristesse, étaient ceux qu'il passait caché derrière un carreau de vitre, par lequel il avait fait remplacer un carreau de papier huilé à la fenêtre de son appartement vis-à-vis le palais Contarini, où, comme on sait, Clélia s'était réfugiée; le petit nombre de fois qu'il l'avait vue depuis qu'il était sorti de la citadelle, il avait été profondément affligé d'un changement frappant, et qui lui semblait du plus mauvais augure. Depuis sa faute, la physionomie de Clélia avait pris un caractère de noblesse et de sérieux vraiment remarquable; on eût dit qu'elle avait trente ans. Dans ce changement si extraordinaire, Fabrice aperçut le reflet de quelque ferme résolution. A chaque instant de la journée, se disait-il, elle se jure à elle-même d'être fidèle au vœu qu'elle a fait à la Madone, et de ne jamais me revoir.

Fabrice ne devinait qu'en partie les malheurs de Clélia; elle savait que son père, tombé dans une profonde disgrâce, ne pouvait rentrer à Parme et reparaître à la cour (chose sans laquelle la vie était impossible pour lui) que le jour de son mariage avec le marquis de Crescenzi, elle écrivit à son père qu'elle désirait ce mariage. Le général était alors réfugié à Turin, et malade de chagrin. A la vérité, le contrecoup de cette grande résolution avait été de la vieillir de dix ans.

Elle avait fort bien découvert que Fabrice avait une fenêtre vis-à-vis le palais Contarini; mais elle n'avait eu le malheur de le regarder qu'une fois; dès qu'elle apercevait un air de tête ou une tournure d'homme ressemblant un peu à la sienne, elle fermait les yeux à l'instant. Sa piété profonde et sa confiance dans le secours de la Madone étaient désormais ses seules ressources. Elle avait la dou-

leur de ne pas avoir d'estime pour son père; le caractère
de son futur mari lui semblait parfaitement plat et à la
hauteur des façons de sentir du grand monde; enfin, elle
adorait un homme qu'elle ne devait jamais revoir, et qui
pourtant avait des droits sur elle. Cet ensemble de destinée
lui semblait le malheur parfait, et nous avouerons qu'elle
avait raison. Il eût fallu, après son mariage, aller vivre à
deux cents lieues de Parme.

Fabrice connaissait la profonde modestie de Clélia; il
savait combien toute entreprise extraordinaire, et pouvant
faire anecdote, si elle était découverte, était assurée de lui
déplaire. Toutefois, poussé à bout par l'excès de sa mélancolie et par ces regards de Clélia qui constamment se
détournaient de lui, il osa essayer de gagner deux domestiques de Mme Contarini, sa tante. Un jour, à la tombée
de la nuit, Fabrice, habillé comme un bourgeois de campagne, se présenta à la porte du palais, où l'attendait l'un
des domestiques gagnés par lui; il s'annonça comme arrivant de Turin, et ayant pour Clélia des lettres de son père.
Le domestique alla porter son message, et le fit monter
dans une immense antichambre, au premier étage du palais.
C'est en ce lieu que Fabrice passa peut-être le quart
d'heure de sa vie le plus rempli d'anxiété. Si Clélia le
repoussait, il n'y avait plus pour lui d'espoir de tranquillité. Afin de couper court aux soins importuns dont m'accable ma nouvelle dignité, j'ôterai à l'Église un mauvais
prêtre, et, sous un nom supposé, j'irai me réfugier dans
quelque chartreuse. Enfin, le domestique vint lui annoncer
que Mlle Clélia Conti était disposée à le recevoir. Le courage manqua tout à fait à notre héros; il fut sur le point
de tomber de peur en montant l'escalier du second étage.

Clélia était assise devant une petite table qui portait une
seule bougie. A peine elle eut reconnu Fabrice sous son
déguisement, qu'elle prit la fuite et alla se cacher au fond
du salon.

— Voilà comment vous êtes soigneux de mon salut, lui
cria-t-elle, en se cachant la figure avec les mains. Vous le
savez pourtant, lorsque mon père fut sur le point de périr
par suite du poison, je fis vœu à la Madone de ne jamais
vous voir. Je n'ai manqué à ce vœu que ce jour, le plus
malheureux de ma vie où je crus en conscience devoir
vous soustraire à la mort. C'est déjà beaucoup que, par une
interprétation forcée et sans doute criminelle, je consens
à vous entendre.

Cette dernière phrase étonna tellement Fabrice, qu'il

lui fallut quelques secondes pour s'en réjouir. Il s'était
attendu à la plus vive colère, et à voir Clélia s'enfuir;
enfin la présence d'esprit lui revint et éteignit la bougie
unique. Quoiqu'il crût avoir bien compris les ordres de
Clélia, il était tout tremblant en avançant vers le fond du
salon où elle s'était réfugiée derrière un canapé; il ne
savait s'il ne l'offenserait pas en lui baisant la main;
elle était toute tremblante d'amour, et se jeta dans ses
bras.

— Cher Fabrice, lui dit-elle, combien tu as tardé de
temps à venir! Je ne puis te parler qu'un instant, car c'est
sans doute un grand péché; et lorsque je promis de ne te
voir jamais, sans doute j'entendais aussi promettre de ne te
point parler. Mais comment as-tu pu poursuivre avec tant
de barbarie l'idée de vengeance qu'a eue mon pauvre père?
car enfin c'est lui d'abord qui a été presque empoisonné
pour faciliter ta fuite. Ne devais-tu pas faire quelque chose
pour moi qui ai tant exposé ma bonne renommée afin de
te sauver? Et d'ailleurs te voilà tout à fait lié aux ordres
sacrés; tu ne pourrais plus m'épouser quand même je
trouverais un moyen d'éloigner cet odieux marquis. Et
puis comment as-tu osé, le soir de la procession, prétendre
me voir en plein jour, et violer ainsi, de la façon la plus
criante, la sainte promesse que j'ai faite à la Madone?

Fabrice la serrait dans ses bras, hors de lui de surprise
et de bonheur.

Un entretien qui commençait avec cette quantité de
choses à se dire ne devait pas finir de longtemps. Fabrice
lui raconta l'exacte vérité sur l'exil de son père; la duchesse
ne s'en était mêlée en aucune sorte, par la grande raison
qu'elle n'avait pas cru un seul instant que l'idée du poison
appartînt au général Conti; elle avait toujours pensé que
c'était un trait d'esprit de la faction Raversi, qui voulait
chasser le comte Mosca. Cette vérité historique longuement développée rendit Clélia fort heureuse; elle était
désolée de devoir haïr quelqu'un qui appartenait à Fabrice. Maintenant elle ne voyait plus la duchesse d'un œil
jaloux.

Le bonheur que cette soirée établit ne dura que quelques
jours.

L'excellent don Cesare arriva de Turin; et, puisant de
la hardiesse dans la parfaite honnêteté de son cœur, il osa
se faire présenter à la duchesse. Après lui avoir demandé
sa parole de ne point abuser de la confiance qu'il allait lui
faire, il avoua que son frère, abusé par un faux point

d'honneur, et qui s'était cru bravé et perdu dans l'opinion par la fuite de Fabrice, avait cru devoir se venger.

Don Cesare n'avait pas parlé deux minutes, que son procès était gagné : sa vertu parfaite avait touché la duchesse, qui n'était point accoutumée à un tel spectacle. Il lui plut comme nouveauté.

— Hâtez le mariage de la fille du général avec le marquis Crescenzi, et je vous donne ma parole que je ferai tout ce qui est en moi pour que le général soit reçu comme s'il revenait de voyage. Je l'inviterai à dîner; êtes-vous content ? Sans doute il y aura du froid dans les commencements, et le général ne devra point se hâter de demander sa place de gouverneur de la citadelle. Mais vous savez que j'ai de l'amitié pour le marquis, et je ne conserverai point de rancune contre son beau-père.

Armé de ces paroles, don Cesare vint dire à sa nièce qu'elle tenait en ses mains la vie de son père, malade de désespoir. Depuis plusieurs mois il n'avait paru à aucune cour.

Clélia voulut aller voir son père, réfugié, sous un nom supposé, dans un village près de Turin; car il s'était figuré que la cour de Parme demandait son extradition à celle de Turin, pour le mettre en jugement. Elle le trouva malade et presque fou. Le soir même elle écrivit à Fabrice une lettre d'éternelle rupture. En recevant cette lettre, Fabrice, qui développait un caractère tout à fait semblable à celui de sa maîtresse, alla se mettre en retraite au couvent de Velleja, situé dans les montagnes, à dix lieues de Parme. Clélia lui écrivait une lettre de dix pages : elle lui avait juré jadis de ne jamais épouser le marquis sans son consentement; maintenant elle le lui demandait, et Fabrice le lui accorda du fond de sa retraite de Velleja, par une lettre remplie de l'amitié la plus pure.

En recevant cette lettre dont, il faut l'avouer, l'amitié l'irrita, Clélia fixa elle-même le jour de son mariage, dont les fêtes vinrent encore augmenter l'éclat dont brilla cet hiver la cour de Parme.

Ranuce-Ernest V était avare au fond; mais il était éperdument amoureux, et il espérait fixer la duchesse à sa cour : il pria sa mère d'accepter une somme fort considérable, et de donner des fêtes. La grande maîtresse sut tirer un admirable parti de cette augmentation de richesses; les fêtes de Parme, cet hiver-là, rappelèrent les beaux jours de la cour de Milan et de cet aimable prince Eugène, vice-roi d'Italie, dont la bonté laisse un si long souvenir.

Les devoirs du coadjuteur l'avaient rappelé à Parme;
mais il déclara que, par des motifs de piété, il continuerait
sa retraite dans le petit appartement que son protecteur,
monseigneur Landrini, l'avait forcé de prendre à l'archevêché; et il alla s'y enfermer, suivi d'un seul domestique.
Ainsi il n'assista à aucune des fêtes si brillantes de la cour,
ce qui lui valut à Parme et dans son futur diocèse une
immense réputation de sainteté. Par un effet inattendu de
cette retraite qu'inspirait seule à Fabrice sa tristesse profonde et sans espoir, le bon archevêque Landriani, qui
l'avait toujours aimé, et qui, dans le fait, avait eu l'idée de
le faire coadjuteur, conçut contre lui un peu de jalousie.
L'archevêque croyait avec raison devoir aller à toutes les
fêtes de la cour, comme il est d'usage en Italie. Dans ces
occasions, il portait son costume de grande cérémonie, qui,
à peu de chose près, est le même que celui qu'on lui voyait
dans le chœur de sa cathédrale. Les centaines de domestiques réunis dans l'antichambre en colonnade du palais ne
manquaient pas de se lever et de demander sa bénédiction
à monseigneur, qui voulait bien s'arrêter et la leur donner.
Ce fut dans un de ces moments de silence solennel que
monseigneur Landriani entendit une voix qui disait :
Notre archevêque va au bal, et monsignore del Dongo ne
sort pas de sa chambre!

De ce moment prit fin à l'archevêché l'immense faveur
dont Fabrice y avait joui; mais il pouvait voler de ses
propres ailes. Toute cette conduite, qui n'avait été inspirée
que par le désespoir où le plongeait le mariage de Clélia,
passa pour l'effet d'une piété simple et sublime, et les
dévotes lisaient, comme un livre d'édification, la traduction de la généalogie de sa famille, où perçait la vanité la
plus folle. Les libraires firent une édition lithographiée de
son portrait, qui fut enlevée en quelques jours, et surtout
par les gens du peuple; le graveur, par ignorance, avait
reproduit autour du portrait de Fabrice plusieurs des orne-
ments qui ne doivent se trouver qu'aux portraits des
évêques, et auxquels un coadjuteur ne saurait prétendre.
L'archevêque vit un de ces portraits, et sa fureur ne connut
plus de bornes; il fit appeler Fabrice, et lui adressa les
choses les plus dures, et dans des termes que la passion
rendit quelquefois fort grossiers. Fabrice n'eut aucun effort
à faire, comme on le pense bien, pour se conduire comme
l'eût fait Fénelon en pareille occurrence; il écouta l'archevêque avec toute l'humilité et tout le respect possibles; et,
lorsque ce prélat eut cessé de parler, il lui raconta toute

l'histoire de la traduction de cette généalogie faite par les ordres du comte Mosca, à l'époque de sa première prison. Elle avait été publiée dans des fins mondaines, et qui toujours lui avaient semblé peu convenables pour un homme de son état. Quant au portrait, il avait été parfaitement étranger à la seconde édition, comme à la première ; et le libraire lui ayant adressé à l'archevêché, pendant sa retraite, vingt-quatre exemplaires de cette seconde édition, il avait envoyé son domestique en acheter un vingt-cinquième ; et, ayant appris par ce moyen que ce portrait se vendait trente sous, il avait envoyé cent francs comme paiement des vingt-quatre exemplaires.

Toutes ces raisons, quoique exposées du ton le plus raisonnable par un homme qui avait bien d'autres chagrins dans le cœur, portèrent jusqu'à l'égarement la colère de l'archevêque ; il alla jusqu'à accuser Fabrice d'hypocrisie.

— Voilà ce que c'est que les gens du commun, se dit Fabrice, même quand ils ont de l'esprit !

Il avait alors un souci plus sérieux ; c'étaient les lettres de sa tante, qui exigeait absolument qu'il vînt reprendre son appartement au palais Sanseverina, ou que du moins il vînt la voir quelquefois. Là Fabrice était certain d'entendre parler des fêtes splendides données par le marquis Crescenzi à l'occasion de son mariage : or, c'est ce qu'il n'était pas sûr de pouvoir supporter sans se donner en spectacle.

Lorsque la cérémonie du mariage eut lieu, il y avait huit jours entiers que Fabrice s'était voué au silence le plus complet, après avoir ordonné à son domestique et aux gens de l'archevêché avec lesquels il avait des rapports de ne jamais lui adresser la parole.

Monsignore Landriani ayant appris cette nouvelle affectation, fit appeler Fabrice beaucoup plus souvent qu'à l'ordinaire, et voulut avoir avec lui de fort longues conversations ; il l'obligea même à des conférences avec certains chanoines de campagne, qui prétendaient que l'archevêché avait agi contre leurs privilèges. Fabrice prit toutes ces choses avec l'indifférence parfaite d'un homme qui a d'autres pensées. Il vaudrait mieux pour moi, pensait-il, me faire chartreux ; je souffrirais moins dans les rochers de Velleja.

Il alla voir sa tante, et ne put retenir ses larmes en l'embrassant. Elle le trouva tellement changé, ses yeux, encore agrandis par l'extrême maigreur, avaient tellement l'air de lui sortir de la tête, et lui-même avait une apparence tellement chétive et malheureuse, avec son petit habit noir et râpé de simple prêtre, qu'à ce premier abord la duchesse, elle aussi, ne put retenir ses larmes; mais un instant après, lorsqu'elle se fut dit que tout ce changement dans l'apparence de ce beau jeune homme était causé par le mariage de Clélia, elle eut des sentiments presque égaux en véhémence à ceux de l'archevêque, quoique plus habilement contenus. Elle eut la barbarie de parler longuement de certains détails pittoresques qui avaient signalé les fêtes charmantes données par le marquis Crescenzi. Fabrice ne répondait pas; mais ses yeux se fermèrent un peu par un mouvement convulsif, et il devint encore plus pâle qu'il ne l'était, ce qui d'abord eût semblé impossible. Dans ces moments de vive douleur, sa pâleur prenait une teinte verte.

Le comte Mosca survint, et ce qu'il voyait, et qui lui semblait incroyable, le guérit enfin tout à fait de la jalousie que jamais Fabrice n'avait cessé de lui inspirer. Cet homme habile employa les tournures les plus délicates et les plus ingénieuses pour chercher à redonner à Fabrice quelque intérêt pour les choses de ce monde. Le comte avait toujours eu pour lui beaucoup d'estime et assez d'amitié; cette amitié, n'étant plus contre-balancée par la jalousie, devint en ce moment presque dévouée. En effet, il a bien acheté sa belle fortune, se disait-il, en récapitulant ses malheurs. Sous prétexte de lui faire voir le tableau du Parmesan que le prince avait envoyé à la duchesse, le comte prit à part Fabrice :

— Ah çà, mon ami, parlons en hommes : puis-je vous être bon à quelque chose ? Vous ne devez point redouter de questions de ma part; mais enfin l'argent peut-il vous être utile, le pouvoir peut-il vous servir ? Parlez, je suis à vos ordres; si vous aimez mieux écrire, écrivez-moi.

Fabrice l'embrassa tendrement et parla du tableau.

— Votre conduite est le chef-d'œuvre de la plus fine politique, lui dit le comte en revenant au ton léger de la conversation; vous vous ménagez un avenir fort agréable, le prince vous respecte, le peuple vous vénère, votre petit habit noir râpé fait passer de mauvaises nuits à monsignore Landriani. J'ai quelque habitude des affaires, et je puis vous jurer que je ne saurais quel conseil vous donner pour perfectionner ce que je vois. Votre premier pas dans le monde à vingt-cinq ans vous fait atteindre à la perfection. On parle beaucoup de vous à la cour; et savez-vous à quoi vous devez cette distinction unique à votre âge ? au petit habit noir râpé. La duchesse et moi nous disposons, comme vous le savez, de l'ancienne maison de Pétrarque sur cette belle colline au milieu de la forêt, aux environs du Pô : si jamais vous êtes las des petits mauvais procédés de l'envie, j'ai pensé que vous pourriez être le successeur de Pétrarque, dont le renom augmentera le vôtre. Le comte se mettait l'esprit à la torture pour faire naître un sourire sur cette figure d'anachorète, mais il n'y put parvenir. Ce qui rendait le changement plus frappant, c'est qu'avant ces derniers temps, si la figure de Fabrice avait un défaut, c'était de présenter quelquefois, hors de propos, l'expression de la volupté et de la gaieté.

Le comte ne le laissa point partir sans lui dire que, malgré son état de retraite, il y aurait peut-être de l'affectation à ne pas paraître à la cour le samedi suivant, c'était le jour de naissance de la princesse. Ce mot fut un coup de poignard pour Fabrice. Grand Dieu ! pensa-t-il, que suis-je venu faire dans ce palais ! Il ne pouvait penser sans frémir à la rencontre qu'il pouvait faire à la cour. Cette idée absorba toutes les autres ; il pensa que l'unique ressource qui lui restât était d'arriver au palais au moment précis où l'on ouvrirait les portes des salons.

En effet, le nom de monsignore del Dongo fut un des premiers annoncés à la soirée de grand gala, et la princesse le reçut avec toute la distinction possible. Les yeux de Fabrice étaient fixés sur la pendule, et, à l'instant où elle marqua la vingtième minute de sa présence dans ce salon, il se levait pour prendre congé, lorsque le prince entra chez sa mère. Après lui avoir fait la cour quelques instants, Fabrice se rapprochait de la porte par une savante manœuvre, lorsque vint éclater à ses dépens un de ces petits riens de cour que la grande maîtresse savait si bien ménager : le chambellan de service lui courut après pour lui dire qu'il avait été désigné pour faire le whist du prince. A Parme, c'est un honneur insigne et bien au-dessus du rang que le coadjuteur occupait dans le monde. Faire le whist était un honneur marqué même pour l'archevêque. A la parole du chambellan, Fabrice se sentit percer le cœur, et quoique ennemi mortel de toute scène publique, il fut sur le point d'aller lui dire qu'il avait été saisi d'un étourdissement subit ; mais il pensa qu'il serait en butte à des questions et à des compliments de condoléance, plus intolérables encore que le jeu. Ce jour-là il avait horreur de parler.

Heureusement le général des frères mineurs se trouvait au nombre des grands personnages qui étaient venus faire leur cour à la princesse. Ce moine, fort savant, digne émule des Fontana et des Duvoisin, s'était placé dans un coin reculé du salon : Fabrice prit poste debout devant lui de façon à ne point apercevoir la porte d'entrée, et lui parla théologie. Mais il ne put faire que son oreille n'entendît pas annoncer M. le marquis et madame la marquise Crescenzi. Fabrice, contre son attente, éprouva un violent mouvement de colère.

— Si j'étais *Borso Valserra*, se dit-il (c'était un des généraux du premier Sforce), j'irais poignarder ce lourd marquis, précisément avec ce petit poignard à manche d'ivoire que Clélia me donna ce jour heureux, et je lui apprendrais s'il doit avoir l'insolence de se présenter avec cette marquise dans un lieu où je suis!

Sa physionomie changea tellement, que le général des frères mineurs lui dit :

— Est-ce que Votre Excellence se trouve incommodée ?

— J'ai un mal à la tête fou... ces lumières me font mal... et je ne reste que parce que j'ai été nommé pour la partie de whist du prince.

A ce mot, le général des frères mineurs, qui était un bourgeois, fut tellement déconcerté, que, ne sachant plus que faire, il se mit à saluer Fabrice, lequel, de son côté, bien autrement troublé que le général des mineurs, se prit à parler avec une volubilité étrange; il entendait qu'il se faisait un grand silence derrière lui et ne voulait pas regarder. Tout à coup un archet frappa un pupitre; on joua une ritournelle, et la célèbre madame P... chanta cet air de Cimarosa autrefois si célèbre :

Quelle pupille tenere !

Fabrice tint bon aux premières mesures, mais bientôt sa colère s'évanouit, et il éprouva un besoin extrême de répandre des larmes. Grand Dieu! se dit-il, quelle scène ridicule ! et avec mon habit encore ! Il crut plus sage de parler de lui.

— Ces maux de tête excessifs, quand je les contrarie, comme ce soir, dit-il au général des frères mineurs, finissent par des accès de larmes qui pourraient donner pâture à la médisance dans un homme de notre état; ainsi, je prie Votre Révérence Illustrissime de permettre que je pleure en la regardant, et de n'y pas faire autrement attention.

— Notre père provincial de Catanzara est atteint de la même incommodité, dit le général des mineurs. Et il commença à voix basse une histoire infinie.

Le ridicule de cette histoire, qui avait amené le détail des repas du soir de ce père provincial, fit sourire Fabrice, ce qui ne lui était pas arrivé depuis longtemps ; mais bientôt il cessa d'écouter le général des mineurs. Madame P... chantait, avec un talent divin, un air de Pergolèse (la princesse aimait la musique surannée). Il se fit un petit bruit à trois pas de Fabrice ; pour la première fois de la soirée il détourna les yeux. Le fauteuil qui venait d'occasionner ce petit craquement sur le parquet était occupé par la marquise Crescenzi, dont les yeux remplis de larmes rencontrèrent en plein ceux de Fabrice, qui n'étaient guère en meilleur état. La marquise baissa la tête ; Fabrice continua à la regarder quelques secondes : il faisait connaissance avec cette tête chargée de diamants ; mais son regard exprimait la colère et le dédain. Puis, se disant : *et mes yeux ne te regarderont jamais*, il se retourna vers son père général, et lui dit :

— Voici mon incommodité qui me prend plus fort que jamais.

En effet, Fabrice pleura à chaudes larmes pendant plus d'une demi-heure. Par bonheur, une symphonie de Mozart, horriblement écorchée, comme c'est l'usage en Italie, vint à son secours et l'aida à sécher ses larmes.

Il tint ferme et ne tourna pas les yeux vers la marquise Crescenzi ; mais madame P... chanta de nouveau, et l'âme de Fabrice, soulagée par les larmes, arriva à un état de repos parfait. Alors la vie lui apparut sous un nouveau jour. Est-ce que je prétends, se dit-il, pouvoir l'oublier entièrement dès les premiers moments ? cela me serait-il possible ? Il arriva à cette idée : Puis-je être plus malheureux que je ne le suis depuis deux mois ? et si rien ne peut augmenter mon angoisse, pourquoi résister au plaisir de la voir. Elle a oublié ses serments ; elle est légère : toutes les femmes ne le sont-elles pas ? Mais qui pourrait lui refuser une beauté céleste ? Elle a un regard qui me ravit en extase, tandis que je suis obligé de faire effort sur moi-même pour regarder les femmes qui passent pour les plus belles ! eh bien ! pourquoi ne pas me laisser ravir ? ce sera du moins un moment de répit.

Fabrice avait quelque connaissance des hommes, mais aucune expérience des passions, sans quoi il se fût dit que ce plaisir d'un moment, auquel il allait céder, rendrait inutiles tous les efforts qu'il faisait depuis deux mois pour oublier Clélia.

Cette pauvre femme n'était venue à cette fête que forcée

par son mari; elle voulait du moins se retirer après une demi-heure, sous prétexte de santé, mais le marquis lui déclara que, faire avancer sa voiture pour partir, quand beaucoup de voitures arrivaient encore, serait une chose tout à fait hors d'usage, et qui pourrait même être interprétée comme une critique indirecte de la fête donnée par la princesse.

— En ma qualité de chevalier d'honneur, ajouta le marquis, je dois me tenir dans le salon aux ordres de la princesse, jusqu'à ce que tout le monde soit sorti : il peut y avoir et il y aura sans doute des ordres à donner aux gens, ils sont si négligents! Et voulez-vous qu'un simple écuyer de la princesse usurpe cet honneur ?

Clélia se résigna; elle n'avait pas vu Fabrice; elle espérait encore qu'il ne serait pas venu à cette fête. Mais au moment où le concert allait commencer, la princesse ayant permis aux dames de s'asseoir, Clélia fort peu alerte pour ces sortes de choses, se laissa ravir les meilleures places auprès de la princesse, et fut obligée de venir chercher un fauteuil au fond de la salle, jusque dans le coin reculé où Fabrice s'était réfugié. En arrivant à son fauteuil, le costume singulier en un tel lieu du général des frères mineurs arrêta ses yeux, et d'abord elle ne remarqua pas l'homme mince et revêtu d'un simple habit noir qui lui parlait; toutefois un certain mouvement secret arrêtait ses yeux sur cet homme. Tout le monde ici a des uniformes ou des habits richement brodés : quel peut être ce jeune homme en habit noir si simple ? Elle le regardait profondément attentive, lorsqu'une dame, en venant se placer, fit faire un mouvement à son fauteuil. Fabrice tourna la tête : elle ne le reconnut pas, tant il était changé. D'abord elle se dit : Voilà quelqu'un qui lui ressemble, ce sera son frère aîné; mais je ne le croyais que de quelques années plus âgé que lui, et celui-ci est un homme de quarante ans. Tout à coup elle le reconnut à un mouvement de la bouche.

Le malheureux, qu'il a souffert! se dit-elle; et elle baissa la tête accablée par la douleur, et non pour être fidèle à son vœu. Son cœur était bouleversé par la pitié; qu'il était loin d'avoir cet air après neuf mois de prison! Elle ne le regarda plus; mais, sans tourner précisément les yeux de son côté, elle voyait tous ses mouvements.

Après le concert, elle le vit se rapprocher de la table de jeu du prince, placée à quelques pas du trône; elle respira quand Fabrice fut ainsi fort loin d'elle.

Mais le marquis Crescenzi avait été fort piqué de voir

sa femme reléguée aussi loin du trône; toute la soirée il
avait été occupé à persuader à une dame assise à trois fauteuils de la princesse, et dont le mari lui avait des obligations d'argent, qu'elle ferait bien de changer de place avec
la marquise. La pauvre femme résistant, comme il était
naturel, il alla chercher le mari débiteur, qui fit entendre
à sa moitié la triste voix de la raison, et enfin le marquis
eut le plaisir de consommer l'échange, il alla chercher sa
femme.

— Vous serez toujours trop modeste, lui dit-il; pourquoi marcher ainsi les yeux baissés ? on vous prendra pour
une de ces bourgeoises tout étonnées de se trouver ici, et
que tout le monde est étonné d'y voir. Cette folle de
grande maîtresse n'en fait jamais d'autres! Et l'on parle de
retarder les progrès du jacobinisme! Songez que votre mari
occupe la première place mâle de la cour de la princesse;
et quand même les républicains parviendraient à supprimer la cour et même la noblesse, votre mari serait encore
l'homme le plus riche de cet État. C'est là une idée que
vous ne vous mettez point assez dans la tête.

Le fauteuil où le marquis eut le plaisir d'installer sa
femme n'était qu'à six pas de la table de jeu du prince;
elle ne voyait Fabrice qu'en profil, mais elle le trouva
tellement maigri, il avait surtout l'air tellement au-dessus
de tout ce qui pouvait arriver en ce monde, lui qui autrefois
ne laissait passer aucun incident sans dire son mot, qu'elle
finit par arriver à cette affreuse conclusion : Fabrice
était tout à fait changé; il l'avait oubliée; s'il était tellement
maigri, c'était l'effet des jeûnes sévères auxquels sa piété
se soumettait. Clélia fut confirmée dans cette triste idée
par la conversation de tous ses voisins : le nom du coadjuteur était dans toutes les bouches; on cherchait la cause de
l'insigne faveur dont on le voyait l'objet : lui, si jeune,
être admis au jeu du prince! On admirait l'indifférence
polie et les airs de hauteur avec lesquels il jetait ses cartes,
même quand il coupait Son Altesse.

— Mais cela est incroyable, s'écriaient de vieux courtisans; la faveur de sa tante lui tourne tout à fait la tête...
mais, grâce au ciel, cela ne durera pas; notre souverain
n'aime pas que l'on prenne de ces petits airs de supériorité.
La duchesse s'approcha du prince; les courtisans qui se
tenaient à distance fort respectueuse de la table de jeu, de
façon à ne pouvoir entendre de la conversation du prince
que quelques mots au hasard, remarquèrent que Fabrice
rougissait beaucoup. Sa tante lui aura fait la leçon, se

dirent-ils, sur ses grands airs d'indifférence. Fabrice venait
d'entendre la voix de Clélia, elle répondait à la princesse
qui, en faisant son tour dans le bal, avait adressé la parole
à la femme de son chevalier d'honneur. Arriva le moment
où Fabrice dut changer de place au whist; alors il se trouva
précisément en face de Clélia, et se livra plusieurs fois au
bonheur de la contempler. La pauvre marquise, se sentant
regardée par lui, perdait tout à fait contenance. Plusieurs
fois elle oublia ce qu'elle devait à son vœu : dans son désir
de deviner ce qui se passait dans le cœur de Fabrice, elle
fixait les yeux sur lui.

Le jeu du prince terminé, les dames se levèrent pour
passer dans la salle du souper. Il y eut un peu de désordre.
Fabrice se trouva tout près de Clélia; il était encore très
résolu, mais il vint à reconnaître un parfum très faible
qu'elle mettait dans ses robes; cette sensation renversa
tout ce qu'il s'était promis. Il s'approcha d'elle et prononça
à demi-voix et comme se parlant à soi-même, deux vers
de ce sonnet de Pétrarque, qu'il lui avait envoyé du lac
Majeur, imprimé sur un mouchoir de soie : « Quel n'était
« pas mon bonheur quand le vulgaire me croyait mal-
« heureux, et maintenant que mon sort est changé! »

Non, il ne m'a point oubliée, se dit Clélia, avec un transport de joie. Cette belle âme n'est point inconstante!

> *Non, vous ne me verrez jamais changer,*
> *Beaux yeux qui m'avez appris à aimer.*

Clélia osa se répéter à elle-même ces deux vers de
Pétrarque.

La princesse se retira aussitôt après le souper; le prince
l'avait suivie jusque chez elle, et ne reparut point dans les
salles de réception. Dès que cette nouvelle fut connue,
tout le monde voulut partir à la fois; il y eut un désordre
complet dans les antichambres; Clélia se trouva tout près
de Fabrice; le profond malheur peint dans ses traits lui
fit pitié. — Oublions le passé, lui dit-elle, et gardez ce
souvenir d'*amitié*. En disant ces mots, elle plaçait son
éventail de façon à ce qu'il pût le prendre.

Tout changea aux yeux de Fabrice : en un instant il fut
un autre homme; dès le lendemain il déclara que sa retraite
était terminée, et revint prendre son magnifique appartement au palais Sanseverina. L'archevêque dit et crut que la
faveur que le prince lui avait faite en l'admettant à son
jeu avait fait perdre entièrement la tête à ce nouveau

saint : la duchesse vit qu'il était d'accord avec Clélia.
Cette pensée, venant redoubler le malheur que donnait le
souvenir d'une promesse fatale, acheva de la déterminer à
faire une absence. On admira sa folie. Quoi ! s'éloigner de
la cour au moment où la faveur dont elle était l'objet
paraissait sans bornes ! Le comte, parfaitement heureux
depuis qu'il voyait qu'il n'y avait point d'amour entre
Fabrice et la duchesse, disait à son amie : — Ce nouveau
prince est la vertu incarnée, mais je l'ai appelé *cet enfant :*
me pardonnera-t-il jamais ? Je ne vois qu'un moyen de me
remettre réellement bien avec lui, c'est l'absence. Je vais
me montrer parfait de grâces et de respects, après quoi je
suis malade et je demande mon congé. Vous me le permet-
trez, puisque la fortune de Fabrice est assurée. Mais me
ferez-vous le sacrifice immense, ajouta-t-il en riant, de
changer le titre sublime de duchesse contre un autre bien
inférieur ? Pour m'amuser, je laisse toutes les affaires ici
dans un désordre inextricable; j'avais quatre ou cinq travailleurs dans mes divers ministères, je les ai fait mettre à
la pension depuis deux mois, parce qu'ils lisent les journaux français; et je les ai remplacés par des nigauds
incroyables.

Après notre départ, le prince se trouvera dans un tel
embarras, que, malgré l'horreur qu'il a pour le caractère de
Rassi, je ne doute pas qu'il ne soit obligé de le rappeler, et
moi je n'attends qu'un ordre du tyran qui dispose de mon
sort, pour écrire une lettre de tendre amitié à mon ami
Rassi, et lui dire que j'ai tout lieu d'espérer que bientôt
on rendra justice à son mérite *.

---

* P y E in Olo.

CHAPITRE XXVII

Cette conversation sérieuse eut lieu le lendemain du retour de Fabrice au palais Sanseverina ; la duchesse était encore sous le coup de la joie qui éclatait dans toutes les actions de Fabrice. Ainsi, se disait-elle, cette petite dévote m'a trompée ! Elle n'a pas su résister à son amant seulement pendant trois mois.

La certitude d'un dénoûment heureux avait donné à cet être si pusillanime, le jeune prince, le courage d'aimer ; il eut quelque connaissance des préparatifs de départ que l'on faisait au palais Sanseverina ; et son valet de chambre français, qui croyait peu à la vertu des grandes dames, lui donna du courage à l'égard de la duchesse. Ernest V se permit une démarche qui fut sévèrement blâmée par la princesse et par tous les gens sensés de la cour ; le peuple y vit le sceau de la faveur étonnante dont jouissait la duchesse. Le prince vint la voir dans son palais.

— Vous partez, lui dit-il d'un ton sérieux qui parut odieux à la duchesse, vous partez ; vous allez me trahir et manquer à vos serments ! Et pourtant, si j'eusse tardé dix minutes à vous accorder la grâce de Fabrice, il était mort. Et vous me laissez malheureux ! et sans vos serments je n'eusse jamais eu le courage de vous aimer comme je fais ! Vous n'avez donc pas d'honneur !

— Réfléchissez mûrement, mon prince. Dans toute votre vie y a-t-il eu d'espace égal en bonheur aux quatre mois qui viennent de s'écouler ? Votre gloire comme souverain, et, j'ose le croire, votre bonheur comme homme aimable, ne se sont jamais élevés à ce point. Voici le traité que je vous propose : si vous daignez y consentir, je ne serai pas votre maîtresse pour un instant fugitif, et en vertu d'un serment extorqué par la peur, mais je consacrerai tous les instants de ma vie à faire votre félicité, je serai

toujours ce que j'ai été depuis quatre mois, et peut-être
l'amour viendra-t-il couronner l'amitié. Je ne jurerais pas
du contraire.

— Eh bien! dit le prince ravi, prenez un autre rôle,
soyez plus encore, régnez à la fois sur moi et sur mes états,
soyez mon premier ministre; je vous offre un mariage tel
qu'il est permis par les tristes convenances de mon rang;
nous en avons un exemple près de nous : le roi de Naples
vient d'épouser la duchesse de Partana. Je vous offre
tout ce que je puis faire, un mariage du même genre. Je
vais ajouter une idée de triste politique pour vous montrer
que je ne suis plus un enfant, et que j'ai réfléchi à tout. Je
ne vous ferai point valoir la condition que je m'impose d'être
le dernier souverain de ma race, le chagrin de voir de mon
vivant les grandes puissances disposer de ma succession;
je bénis ces désagréments fort réels, puisqu'ils m'offrent
un moyen de plus de vous prouver mon estime et ma
passion.

La duchesse n'hésita pas un instant; le prince l'ennuyait,
et le comte lui semblait parfaitement aimable; il n'y avait
au monde qu'un homme qu'on pût lui préférer. D'ailleurs
elle régnait sur le comte, et le prince, dominé par les exigences de son rang, eût plus ou moins régné sur elle. Et
puis, il pouvait devenir inconstant et prendre des maî-
tresssses; la différence d'âge semblerait, dans peu d'années,
lui en donner le droit.

Dès le premier instant, la perspective de s'ennuyer
avait décidé de tout; toutefois la duchesse, qui voulait
être charmante, demanda la permission de réfléchir.

Il serait trop long de rapporter ici les tournures de
phrases presque tendres et les termes infiniment gracieux
dans lesquels elle sut envelopper son refus. Le prince se
mit en colère; il voyait tout son bonheur lui échapper. Que
devenir après que la duchesse aurait quitté sa cour ? D'ailleurs, quelle humiliation d'être refusé! Enfin qu'est-ce
que va me dire mon valet de chambre français quand
je lui conterai ma défaite ?

La duchesse eut l'art de calmer le prince, et de ramener
peu à peu la négociation à ses véritables termes.

— Si Votre Altesse daigne consentir à ne point presser
l'effet d'une promesse fatale, et horrible à mes yeux, comme
me faisant encourir mon propre mépris, je passerai ma vie
à sa cour, et cette cour sera toujours ce qu'elle a été cet
hiver; tous mes instants seront consacrés à contribuer à
son bonheur comme homme, et à sa gloire comme souve-

rain. Si elle exige que j'obéisse à mon serment, elle aura flétri le reste de ma vie, et à l'instant elle me verra quitter ses états pour n'y jamais rentrer. Le jour où j'aurai perdu l'honneur sera aussi le dernier jour où je vous verrai.

Mais le prince était obstiné comme les êtres pusillanimes; d'ailleurs son orgueil d'homme et de souverain était irrité du refus de sa main; il pensait à toutes les difficultés qu'il eût eues à surmonter pour faire accepter ce mariage, et que pourtant il s'était résolu à vaincre.

Durant trois heures on se répéta de part et d'autre les mêmes arguments, souvent mêlés de mots fort vifs. Le prince s'écria :

— Vous voulez donc me faire croire, madame, que vous manquez d'honneur ? Si j'eusse hésité aussi longtemps le jour où le général Fabio Conti donnait du poison à Fabrice, vous seriez occupée aujourd'hui à lui élever un tombeau dans une des églises de Parme.

— Non pas à Parme, certes, dans ce pays d'empoisonneurs.

— Eh bien! partez, madame la duchesse, reprit le prince avec colère, et vous emporterez mon mépris.

Comme il s'en allait, la duchesse lui dit à voix basse :

— Eh bien! présentez-vous ici à dix heures du soir, dans le plus strict incognito, et vous ferez un marché de dupe. Vous m'aurez vue pour la dernière fois, et j'eusse consacré ma vie à vous rendre aussi heureux qu'un prince absolu peut l'être dans ce siècle de jacobins. Et songez à ce que sera votre cour quand je n'y serai plus pour la tirer par force de sa platitude et de sa méchanceté naturelles.

— De votre côté, vous refusez la couronne de Parme, et mieux que la couronne, car vous n'eussiez point été une princesse vulgaire, épousée par politique, et qu'on n'aime point; mon cœur est tout à vous, et vous vous fussiez vue à jamais la maîtresse absolue de mes actions comme de mon gouvernement.

— Oui, mais la princesse votre mère eût eu le droit de me mépriser comme une vile intrigante.

— Eh bien! j'eusse exilé la princesse avec une pension.

Il y eut encore trois quarts d'heure de répliques incisives. Le prince, qui avait l'âme délicate, ne pouvait se résoudre ni à user de son droit, ni à laisser partir la duchesse. On lui avait dit qu'après le premier moment obtenu, n'importe comment, les femmes reviennent.

Chassé par la duchesse indignée, il osa reparaître tout tremblant et fort malheureux à dix heures moins trois

minutes. A dix heures et demie, la duchesse montait en
voiture et partait pour Bologne. Elle écrivit au comte
dès qu'elle fut hors des états du prince :

« Le sacrifice est fait. Ne me demandez pas d'être gaie
« pendant un mois. Je ne verrai plus Fabrice; je vous
« attends à Bologne, et quand vous voudrez je serai la
« comtesse Mosca. Je ne vous demande qu'une chose, ne
« me forcez jamais à reparaître dans le pays que je quitte,
« et songez toujours qu'au lieu de 150.000 livres de rentes,
« vous allez en avoir 30 ou 40 tout au plus. Tous les sots
« vous regardaient bouche béante, et vous ne serez plus
« considéré qu'autant que vous voudrez bien vous abaisser
« à comprendre toutes leurs petites idées. Tu l'as voulu,
« Georges Dandin! »

Huit jours après, le mariage se célébrait à Pérouse, dans
une église où les ancêtres du comte ont leurs tombeaux.
Le prince était au désespoir. La duchesse avait reçu de lui
trois ou quatre courriers, et n'avait pas manqué de lui
renvoyer sous enveloppes ses lettres non décachetées.
Ernest V avait fait un traitement magnifique au comte, et
donné le grand cordon de son ordre à Fabrice.

— C'est là surtout ce qui m'a plu de ses adieux. Nous
nous sommes séparés, disait le comte à la nouvelle comtesse
Mosca della Rovere, les meilleurs amis du monde; il m'a
donné un grand cordon espagnol, et des diamants qui
valent bien le grand cordon. Il m'a dit qu'il me ferait duc,
s'il ne voulait se réserver ce moyen pour vous rappeler dans
ses états. Je suis donc chargé de vous déclarer, belle mission
pour un mari, que si vous daignez revenir à Parme, ne
fût-ce que pour un mois, je serai fait duc, sous le nom que
vous choisirez, et vous aurez une belle terre.

C'est ce que la duchesse refusa avec une sorte d'horreur.

Après la scène qui s'était passée au bal de la cour, et qui
semblait assez décisive, Clélia parut ne plus se souvenir
de l'amour qu'elle avait semblé partager un instant; les
remords les plus violents s'étaient emparés de cette âme
vertueuse et croyante. C'est ce que Fabrice comprenait
fort bien, et malgré toutes les espérances qu'il cherchait
à se donner, un sombre malheur ne s'en était pas moins
emparé de son âme. Cette fois cependant le malheur ne
le conduisit point dans la retraite, comme à l'époque du
mariage de Clélia.

Le comte avait prié *son neveu* de lui mander avec exactitude ce qui se passait à la cour, et Fabrice, qui commençait

à comprendre tout ce qu'il lui devait, s'était promis de remplir cette mission en honnête homme.

Ainsi que la ville et la cour, Fabrice ne doutait pas que son ami n'eût le projet de revenir au ministère, et avec plus de pouvoir qu'il n'en avait jamais eu. Les prévisions du comte ne tardèrent pas à se vérifier : moins de six semaines après son départ, Rassi était premier ministre ; Fabio Conti, ministre de la guerre, et les prisons, que le comte avait presque vidées, se remplissaient de nouveau. Le prince, en appelant ces gens-là au pouvoir, crut se venger de la duchesse ; il était fou d'amour et haïssait surtout le comte Mosca comme un rival.

Fabrice avait bien des affaires ; monseigneur Landriani, âgé de soixante-douze ans, étant tombé dans un grand état de langueur et ne sortant presque plus de son palais, c'était au coadjuteur à s'acquitter de presque toutes ses fonctions.

La marquise Crescenzi, accablée de remords, et effrayée par le directeur de sa conscience, avait trouvé un excellent moyen pour se soustraire aux regards de Fabrice. Prenant prétexte de la fin d'une première grossesse, elle s'était donné pour prison son propre palais ; mais ce palais avait un immense jardin. Fabrice sut y pénétrer et plaça dans l'allée que Clélia affectionnait le plus des fleurs arrangées en bouquets, et disposées dans un ordre qui leur donnait un langage, comme jadis elle lui en faisait parvenir tous les soirs dans les derniers jours de sa prison à la tour Farnèse.

La marquise fut très irritée de cette tentative ; les mouvements de son âme étaient dirigés tantôt par les remords, tantôt par la passion. Durant plusieurs mois elle ne se permit pas de descendre une seule fois dans le jardin de son palais ; elle se faisait même scrupule d'y jeter un regard.

Fabrice commençait à croire qu'il était séparé d'elle pour toujours, et le désespoir commençait aussi à s'emparer de son âme. Le monde où il passait sa vie lui déplaisait mortellement, et s'il n'eût été intimement persuadé que le comte ne pouvait trouver la paix de l'âme hors du ministère, il se fût mis en retraite dans son petit appartement de l'archevêché. Il lui eût été doux de vivre tout à ses pensées, et de n'entendre plus la voix humaine que dans l'exercice officiel de ses fonctions.

Mais, se disait-il, dans l'intérêt du comte et de la comtesse Mosca, personne ne peut me remplacer.

Le prince continuait à le traiter avec une distinction qui le plaçait au premier rang dans cette cour, et cette faveur il la devait en grande partie à lui-même. L'extrême réserve qui, chez Fabrice, provenait d'une indifférence allant jusqu'au dégoût pour toutes les affectations ou les petites passions qui remplissent la vie des hommes, avait piqué la vanité du jeune prince; il disait souvent que Fabrice avait autant d'esprit que sa tante. L'âme candide du prince s'apercevait à demi d'une vérité : c'est que personne n'approchait de lui avec les mêmes dispositions de cœur que Fabrice. Ce qui ne pouvait échapper, même au vulgaire des courtisans, c'est que la considération obtenue par Fabrice n'était point celle d'un simple coadjuteur, mais l'emportait même sur les égards que le souverain montrait à l'archevêque. Fabrice écrivait au comte que si jamais le prince avait assez d'esprit pour s'apercevoir du gâchis dans lequel les ministres Rassi, Fabio Conti, Zurla et autres de même force avaient jeté ses affaires, lui, Fabrice, serait le canal naturel par lequel il ferait une démarche, sans trop compromettre son amour-propre.

Sans le souvenir du mot fatal, *cet enfant*, disait-il à la comtesse Mosca, appliqué par un homme de génie à une auguste personne, l'auguste personne se serait déjà écriée : Revenez bien vite et chassez-moi tous ces va-nu-pieds. Dès aujourd'hui, si la femme de l'homme de génie daignait faire une démarche, si peu significative qu'elle fût, on rappellerait le comte avec transport; mais il rentrera par une bien plus belle porte, s'il veut attendre que le fruit soit mûr. Du reste, on s'ennuie à ravir dans les salons de la princesse, on n'y a pour se divertir que la folie du Rassi, qui, depuis qu'il est comte, est devenu maniaque de noblesse. On vient de donner des ordres sévères pour que toute personne qui ne peut pas prouver huit quartiers de noblesse *n'ose plus* se présenter aux soirées de la princesse (ce sont les termes du rescrit). Tous les hommes qui sont en possession d'entrer le matin dans la grande galerie, et de se trouver sur le passage du souverain lorsqu'il se rend à la messe, continueront à jouir de ce privilège; mais les nouveaux arrivants devront faire preuve des huit quartiers. Sur quoi l'on a dit qu'on voit bien que Rassi est sans quartier.

On pense que de telles lettres n'étaient point confiées à la poste. La comtesse Mosca répondait de Naples : « Nous avons un concert tous les jeudis, et conversation tous les dimanches; on ne peut pas se remuer dans nos salons. Le comte est enchanté de ses fouilles, il y consacre mille francs par mois, et vient de faire venir des ouvriers des montagnes de l'Abruzze, qui ne lui coûtent que vingt-trois sous par jour. Tu devrais bien venir nous voir. Voici plus de vingt fois, monsieur l'ingrat, que je vous fais cette sommation. »

Fabrice n'avait garde d'obéir : la simple lettre qu'il écrivait tous les jours au comte ou à la comtesse lui semblait une corvée presque insupportable. On lui pardonnera quand on saura qu'une année entière se passa ainsi, sans qu'il pût adresser une parole à la marquise. Toutes ses tentatives pour établir quelque correspondance avaient été repoussées avec horreur. Le silence habituel que, par ennui de la vie, Fabrice gardait partout, excepté dans l'exercice de ses fonctions et à la cour, joint à la pureté parfaite de ses mœurs, l'avait mis dans une vénération si extraordinaire qu'il se décida enfin à obéir aux conseils de sa tante.

« Le prince a pour toi une vénération telle, lui écrivait-elle, qu'il faut t'attendre bientôt à une disgrâce ; il te prodiguera les marques d'inattention et les mépris atroces des courtisans suivront les siens. Ces petits despotes, si honnêtes qu'ils soient, sont changeants comme la mode et par la même raison : l'ennui. Tu ne peux trouver de forces contre le caprice du souverain que dans la prédication. Tu improvises si bien en vers ! essaye de parler une demi-heure sur la religion ; tu diras des hérésies dans les commencements ; mais paye un théologien savant et discret qui assistera à tes sermons, et t'avertira de tes fautes, tu les répareras le lendemain. »

Le genre de malheur que porte dans l'âme un amour contrarié, fait que toute chose demandant de l'attention et de l'action devient une atroce corvée. Mais Fabrice se dit que son crédit sur le peuple, s'il en acquérait, pourrait un jour être utile à sa tante et au comte, pour lequel sa vénération augmentait tous les jours, à mesure que les affaires lui apprenaient à connaître la méchanceté des hommes. Il se détermina à prêcher, et son succès, préparé par sa maigreur et son habit râpé, fut sans exemple. On trouvait dans ses discours un parfum de tristesse profonde, qui, réuni à sa charmante figure et aux récits de la haute faveur dont il jouissait à la cour, enleva tous les cœurs de femme. Elles inventèrent qu'il avait été un des plus braves capitaines de l'armée de Napoléon. Bientôt ce fait absurde fut hors de doute. On faisait garder des places dans les églises où il devait prêcher ; les pauvres s'y établissaient par spéculation dès cinq heures du matin.

Le succès fut tel que Fabrice eut enfin l'idée, qui changea tout dans son âme, que, ne fût-ce que par simple curiosité, la marquise Crescenzi pourrait bien un jour venir assister à l'un de ses sermons. Tout à coup le public ravi s'aperçut que son talent redoublait; il se permettait, quand il était ému, des images dont la hardiesse eût fait frémir les orateurs les plus exercés; quelquefois, s'oubliant soi-même, il se livrait à des moments d'inspiration passionnée, et tout l'auditoire fondait en larmes. Mais c'était en vain que son œil *aggrottato* cherchait parmi tant de figures tournées vers la chaire celle dont la présence eût été pour lui un si grand événement.

Mais si jamais j'ai ce bonheur, se dit-il, ou je me trouverai mal, ou je resterai absolument court. Pour parer à ce dernier inconvénient, il avait composé une sorte de prière tendre et passionnée qu'il plaçait toujours dans sa chaire, sur un tabouret; il avait le projet de se mettre à lire ce morceau, si jamais la présence de la marquise venait le mettre hors d'état de trouver un mot.

Il apprit un jour, par ceux des domestiques du marquis qui étaient à sa solde, que des ordres avaient été donnés afin que l'on préparât pour le lendemain la loge de la *Casa Crescenzi* au grand théâtre. Il y avait une année que la marquise n'avait paru à aucun spectacle, et c'était un ténor qui faisait fureur et remplissait la salle tous les soirs qui la faisait déroger à ses habitudes. Le premier mouvement de Fabrice fut une joie extrême. Enfin je pourrai la voir toute une soirée! On dit qu'elle est bien pâle. Et il cherchait à se figurer ce que pouvait être cette tête charmante, avec des couleurs à demi effacées par les combats de l'âme.

Son ami Ludovic, tout consterné de ce qu'il appelait la folie de son maître, trouva, mais avec beaucoup de peine, une loge au quatrième rang, presque en face de celle de la marquise. Une idée se présenta à Fabrice : J'espère lui donner l'idée de venir au sermon, et je choisirai une église fort petite, afin d'être en état de la bien voir. Fabrice prêchait ordinairement à trois heures. Dès le matin du jour où la marquise devait aller au spectacle, il fit annoncer qu'un devoir de son état le retenant à l'archevêché pendant toute la journée, il prêcherait par extraordinaire à huit heures et demie du soir, dans la petite église de Sainte-Marie de la Visitation, située précisément en face d'une des ailes du palais Crescenzi. Ludovic présenta de sa part une quantité énorme de cierges aux religieuses de la Visitation, avec prière d'illuminer à jour leur église. Il eut toute une compagnie de grenadiers de la garde, et l'on plaça une sentinelle, la baïonnette au bout du fusil, devant chaque chapelle, pour empêcher les vols.

Le sermon n'était annoncé que pour huit heures et demie, et à deux heures l'église étant entièrement remplie, l'on peut se figurer le tapage qu'il y eut dans la rue solitaire que dominait la noble architecture du palais Crescenzi. Fabrice avait fait annoncer qu'en l'honneur de *Notre-Dame de Pitié*, il prêcherait sur la pitié qu'une âme généreuse doit avoir pour un malheureux, même quand il serait coupable.

Déguisé avec tout le soin possible, Fabrice gagna sa loge au théâtre au moment de l'ouverture des portes, et quand rien n'était encore allumé. Le spectacle commença vers huit heures, et quelques minutes après il eut cette joie qu'aucun esprit ne peut concevoir s'il ne l'a pas éprouvée, il vit la porte de la loge Crescenzi s'ouvrir; peu après, la marquise entra; il ne l'avait pas vue aussi bien depuis le jour où elle lui avait donné son éventail. Fabrice crut qu'il suffoquerait de joie; il sentait des mouvements si extraordinaires, qu'il se dit : Peut-être je vais mourir! Quelle façon charmante de finir cette vie si triste! Peut-être je vais tomber dans cette loge; les fidèles réunis à la Visitation ne me verront point arriver, et demain, ils apprendront que leur futur archevêque s'est oublié dans une loge de l'Opéra, et encore, déguisé en domestique et couvert d'une livrée! Adieu toute ma réputation! Et que me fait ma réputation!

Toutefois, vers les huit heures trois quarts, Fabrice fit effort sur lui-même; il quitta sa loge des quatrièmes et eut toutes les peines du monde à gagner, à pied, le lieu où il devait quitter son habit de demi-livrée et prendre un vêtement plus convenable. Ce ne fut que vers les neuf heures qu'il arriva à la Visitation, dans un état de pâleur et de faiblesse tel que le bruit se répandit dans l'église que M. le coadjuteur ne pourrait pas prêcher ce soir-là. On peut juger des soins que lui prodiguèrent les religieuses, à la grille de leur parloir intérieur où il s'était réfugié. Ces dames parlaient beaucoup; Fabrice demanda à être seul quelques instants, puis il courut à sa chaire. Un de ses aides de camp lui avait annoncé, vers les trois heures, que l'église de la Visitation était entièrement remplie, mais de gens appartenant à la dernière classe et attirés apparemment par le spectacle de l'illumination. En entrant en chaire, Fabrice fut agréablement surpris de trouver toutes les chaises occupées par les jeunes gens à la mode et par les personnages de la plus haute distinction.

Quelques phrases d'excuses commencèrent son sermon et furent reçues avec des cris comprimés d'admiration. Ensuite vint la description passionnée du malheureux dont il faut avoir pitié pour honorer dignement la *Madone de Pitié*, qui, elle-même, a tant souffert sur la terre. L'orateur était fort ému ; il y avait des moments où il pouvait à peine prononcer les mots de façon à être entendu dans toutes les parties de cette petite église. Aux yeux de toutes les femmes et de bon nombre des hommes, il avait l'air lui-même du malheureux dont il fallait prendre pitié, tant sa pâleur était extrême. Quelques minutes après les phrases d'excuses par lesquelles il avait commencé son discours, on s'aperçut qu'il était hors de son assiette ordinaire : on le trouvait ce soir-là d'une tristesse plus profonde et plus tendre que de coutume. Une fois on lui vit les larmes aux yeux : à l'instant il s'éleva dans l'auditoire un sanglot général et si bruyant, que le sermon en fut tout à fait interrompu.

Cette première interruption fut suivie de dix autres ; on poussait des cris d'admiration, il y avait des éclats de larmes ; on entendait à chaque instant des cris tels que : Ah ! sainte Madone ! Ah ! grand Dieu ! L'émotion était si générale et si invincible dans ce public d'élite, que personne n'avait honte de pousser des cris, et les gens qui y étaient entraînés ne semblaient point ridicules à leurs voisins.

Au repos qu'il est d'usage de prendre au milieu du sermon, on dit à Fabrice qu'il n'était resté absolument personne au spectacle ; une seule dame se voyait encore dans sa loge, la marquise Crescenzi. Pendant ce moment de repos on entendit tout à coup beaucoup de bruit dans la salle : c'étaient les fidèles qui votaient une statue à M. le coadjuteur. Son succès dans la seconde partie du discours fut tellement fou et mondain, les élans de contrition chrétienne furent tellement remplacés par des cris d'admiration tout à fait profanes, qu'il crut devoir adresser, en quittant la chaire, une sorte de réprimande aux auditeurs. Sur quoi tous sortirent à la fois avec un mouvement qui avait quelque chose de singulier et de compassé ; et, en arrivant à la rue, tous se mettaient à applaudir avec fureur et à crier : *E viva del Dongo !*

Fabrice consulta sa montre avec précipitation, et courut à une petite fenêtre grillée qui éclairait l'étroit passage de l'orgue à l'intérieur du couvent. Par politesse envers la foule incroyable et insolite qui remplissait la rue, le suisse du palais Crescenzi avait placé une douzaine de torches dans ces mains de fer que l'on voit sortir des murs de face des palais bâtis au moyen âge. Après quelques minutes, et longtemps avant que les cris eussent cessé, l'événement que Fabrice attendait avec tant d'anxiété arriva, la voiture de la marquise, revenant du spectacle, parut dans la rue; le cocher fut obligé de s'arrêter, et ce ne fut qu'au plus petit pas, et à force de cris, que la voiture put gagner la porte.

La marquise avait été touchée de la musique sublime, comme le sont les cœurs malheureux, mais bien plus encore de la solitude parfaite du spectacle lorsqu'elle en apprit la cause. Au milieu du second acte, et le *ténor* admirable étant en scène, les gens même du parterre avaient tout à coup déserté leurs places pour aller tenter fortune et essayer de pénétrer dans l'église de la Visitation. La marquise, se voyant arrêtée par la foule devant sa porte, fondit en larmes. Je n'avais pas fait un mauvais choix! se dit-elle.

Mais précisément à cause de ce moment d'attendrissement elle résista avec fermeté aux instances du marquis et de tous les amis de la maison, qui ne concevaient pas qu'elle n'allât point voir un prédicateur aussi étonnant. Enfin, disait-on, il l'emporte même sur le meilleur ténor de l'Italie! Si je le vois, je suis perdue! se disait la marquise.

Ce fut en vain que Fabrice, dont le talent semblait plus brillant chaque jour, prêcha encore plusieurs fois dans cette même petite église, voisine du palais Crescenzi, jamais il n'aperçut Clélia, qui même à la fin prit de l'humeur de cette affectation à venir troubler sa rue solitaire, après l'avoir déjà chassée de son jardin.

En parcourant les figures de femmes qui l'écoutaient, Fabrice remarquait depuis assez longtemps une petite figure brune fort jolie, et dont les yeux jetaient des flammes. Ces yeux magnifiques étaient ordinairement baignés de larmes dès la huitième ou dixième phrase du sermon. Quand Fabrice était obligé de dire des choses longues et ennuyeuses pour lui-même, il reposait assez volontiers ses regards sur cette tête dont la jeunesse lui plaisait. Il apprit que cette jeune personne s'appelait Anetta Marini, fille unique et héritière du plus riche marchand drapier de Parme, mort quelques mois auparavant.

Bientôt le nom de cette Anetta Marini, fille du drapier, fut dans toutes les bouches; elle était devenue éperdument amoureuse de Fabrice. Lorsque les fameux

sermons commencèrent, son mariage était arrêté avec
Giacomo Rassi, fils aîné du ministre de la justice, lequel ne
lui déplaisait point; mais à peine eut-elle entendu deux
fois monsignore Fabrice, qu'elle déclara qu'elle ne voulait
plus se marier; et, comme on lui demandait la cause d'un
si singulier changement, elle répondit qu'il n'était pas
digne d'une honnête fille d'épouser un homme en se sentant éperdument éprise d'un autre. Sa famille chercha
d'abord sans succès quel pouvait être cet autre.

Mais les larmes brûlantes qu'Anetta versait au sermon
mirent sur la voie de la vérité; sa mère et ses oncles lui
ayant demandé si elle aimait monsignore Fabrice, elle
répondit avec hardiesse que, puisqu'on avait découvert la
vérité, elle ne s'avilirait point par un mensonge; elle
ajouta que, n'ayant aucun espoir d'épouser l'homme
qu'elle adorait, elle voulait du moins n'avoir plus les yeux
offensés par la figure ridicule du *contino* Rassi. Ce ridicule
donné au fils d'un homme que poursuivait l'envie de toute
la bourgeoisie devint, en deux jours, l'entretien de toute
la ville. La réponse d'Anetta Marini parut charmante, et
tout le monde la répéta. On en parla au palais Crescenzi
comme on en parlait partout.

Clélia se garda bien d'ouvrir la bouche sur un tel sujet
dans son salon; mais elle fit des questions à sa femme de
chambre, et, le dimanche suivant, après avoir entendu la
messe à la chapelle de son palais, elle fit monter sa femme
de chambre dans sa voiture, et alla chercher une seconde
messe à la paroisse de Mlle Marini. Elle y trouva réunis
tous les beaux de la ville attirés par le même motif; ces
messieurs se tenaient debout près de la porte. Bientôt, au
grand mouvement qui se fit parmi eux, la marquise comprit que cette Mlle Marini entrait dans l'église; elle se
trouva fort bien placée pour la voir, et, malgré sa piété,
ne donna guère d'attention à la messe. Clélia trouva à
cette beauté bourgeoise un petit air décidé qui, suivant
elle, eût pu convenir tout au plus à une femme mariée
depuis plusieurs années. Du reste elle était admirablement
bien prise dans sa petite taille, et ses yeux, comme l'on dit
en Lombardie, semblaient faire la conversation avec les
choses qu'ils regardaient. La marquise s'enfuit avant la fin
de la messe.

Dès le lendemain, les amis de la maison Crescenzi, lesquels venaient tous les soirs passer la soirée, racontèrent
un nouveau trait ridicule de l'Anetta Marini. Comme sa
mère, craignant quelque folie de sa part, ne laissait que

peu d'argent à sa disposition, Anetta était allée offrir une magnifique bague en diamants, cadeau de son père, au célèbre Hayez, alors à Parme pour les salons du palais Crescenzi, et lui demander le portrait de M. del Dongo; mais elle voulut que ce portrait fût vêtu simplement de noir, et non point en habit de prêtre. Or, la veille, la mère de la petite Anetta avait été bien surprise, et encore plus scandalisée de trouver dans la chambre de sa fille un magnifique portrait de Fabrice del Dongo, entouré du plus beau cadre que l'on eût doré à Parme depuis vingt ans.

CHAPITRE XXVIII

Entraîné par les événements, nous n'avons pas eu le temps d'esquisser la race comique de courtisans qui pullulent à la cour de Parme et faisaient de drôles de commentaires sur les événements par nous racontés. Ce qui rend en ce pays-là un petit noble, garni de ses trois ou quatre mille livres de rente, digne de figurer en bas noirs, aux *levers* du prince, c'est d'abord de n'avoir jamais lu Voltaire et Rousseau : cette condition est peu difficile à remplir. Il fallait ensuite savoir parler avec attendrissement du rhume du souverain, ou de la dernière caisse de minéralogie qu'il avait reçue de Saxe. Si après cela on ne manquait pas à la messe un seul jour de l'année, si l'on pouvait compter au nombre de ses amis intimes deux ou trois gros moines, le prince daignait vous adresser une fois la parole tous les ans, quinze jours avant ou quinze jours après le premier janvier, ce qui vous donnait un grand relief dans votre paroisse, et le percepteur des contributions n'osait pas trop vous vexer si vous étiez en retard sur la somme annuelle de cent francs à laquelle étaient imposées vos petites propriétés.

M. Gonzo était un pauvre hère de cette sorte, fort noble, qui, outre qu'il possédait quelque petit bien, avait obtenu par le crédit du marquis Crescenzi une place magnifique, rapportant mille cent cinquante francs par an. Cet homme eût pu dîner chez lui, mais il avait une passion : il n'était à son aise et heureux que lorsqu'il se trouvait dans le salon de quelque grand personnage qui lui dît de temps à autre : *Taisez-vous, Gonzo, vous n'êtes qu'un sot.* Ce jugement était dicté par l'humeur, car Gonzo avait presque toujours plus d'esprit que le grand personnage. Il parlait à propos de tout et avec assez de grâce : de plus, il était prêt à changer d'opinion sur une grimace du maître de

la maison. A vrai dire, quoique d'une adresse profonde
pour ses intérêts, il n'avait pas une idée, et quand le prince
n'était pas enrhumé, il était quelquefois embarrassé au
moment d'entrer dans un salon.

Ce qui dans Parme avait valu une réputation à Gonzo,
c'était un magnifique chapeau à trois cornes, garni d'une
plume noire un peu délabrée, qu'il mettait, même en frac;
mais il fallait voir la façon dont il portait cette plume,
soit sur la tête, soit à la main; là était le talent et l'importance. Il s'informait avec une anxiété véritable de l'état
de santé du petit chien de la marquise, et si le feu eût pris
au palais Crescenzi, il eût exposé sa vie pour sauver un
de ces beaux fauteuils de brocart d'or, qui depuis tant
d'années accrochaient sa culotte de soie noire, quand par
hasard il osait s'y asseoir un instant.

Sept ou huit personnages de cette espèce arrivaient tous
les soirs à sept heures dans le salon de la marquise Crescenzi. A peine assis, un laquais magnifiquement vêtu d'une
livrée jonquille toute couverte de galons d'argent, ainsi
que la veste rouge qui en complétait la magnificence,
venait prendre les chapeaux et les cannes des pauvres
diables. Il était immédiatement suivi d'un valet de chambre
apportant une tasse de café infiniment petite, soutenue
par un pied d'argent en filigrane; et toutes les demi-heures
un maître d'hôtel, portant épée et habit magnifique à la
française, venait offrir des glaces.

Une demi-heure après les petits courtisans râpés, on
voyait arriver cinq ou six officiers parlant haut et d'un air
tout militaire et discutant habituellement sur le nombre
et l'espèce des boutons que doit porter l'habit du soldat
pour que le général en chef puisse remporter des victoires.
Il n'eût pas été prudent de citer dans ce salon un journal
français; car, quand même la nouvelle se fût trouvée des
plus agréables, par exemple cinquante libéraux fusillés en
Espagne, le narrateur n'en fût pas moins resté convaincu
d'avoir lu un journal français. Le chef-d'œuvre de l'habileté de tous ces gens-là était d'obtenir tous les dix ans
une augmentation de pension de cent cinquante francs.
C'est ainsi que le prince partage avec sa noblesse le plaisir
de régner sur les paysans et sur les bourgeois.

Le principal personnage, sans contredit, du salon Crescenzi, était le chevalier Foscarini, parfaitement honnête
homme; aussi avait-il été un peu en prison sous tous les
régimes. Il était membre de cette fameuse chambre des
députés qui, à Milan, rejeta la loi de l'enregistrement

présentée par Napoléon, trait peu fréquent dans l'histoire. Le chevalier Foscarini, après avoir été vingt ans l'ami de la mère du marquis, était resté l'homme influent dans la maison. Il avait toujours quelque conte plaisant à faire, mais rien n'échappait à sa finesse; et la jeune marquise, qui se sentait coupable au fond du cœur, tremblait devant lui.

Comme Gonzo avait une véritable passion pour le grand seigneur, qui lui disait des grossièretés et le faisait pleurer une ou deux fois par an, sa manie était de chercher à lui rendre de petits services; et, s'il n'eût été paralysé par les habitudes d'une extrême pauvreté, il eût pu réussir quelquefois, car il n'était pas sans une certaine dose de finesse et une beaucoup plus grande d'effronterie.

Le Gonzo, tel que nous le connaissons, méprisait assez la marquise Crescenzi, car de sa vie elle ne lui avait adressé une parole peu polie; mais enfin elle était la femme de ce fameux marquis Crescenzi, chevalier d'honneur de la princesse, et qui, une fois ou deux par mois, disait à Gonzo :

— Tais-toi, Gonzo, tu n'es qu'une bête.

Le Gonzo remarqua que tout ce qu'on disait de la petite Anetta Marini faisait sortir la marquise, pour un instant, de l'état de rêverie et d'incurie où elle restait habituellement plongée jusqu'au moment où onze heures sonnaient, alors elle faisait le thé, et en offrait à chaque homme présent, en l'appelant par son nom. Après quoi, au moment de rentrer chez elle, elle semblait trouver un moment de gaieté, c'était l'instant qu'on choisissait pour lui réciter les sonnets satiriques.

On en fait d'excellents en Italie : c'est le seul genre de littérature qui ait encore un peu de vie; à la vérité il n'est pas soumis à la censure, et les courtisans de la *casa* Crescenzi annonçaient toujours leur sonnet par ces mots : Madame la marquise veut-elle permettre que l'on récite devant elle un bien mauvais sonnet ? et quand le sonnet avait fait rire et avait été répété deux ou trois fois, l'un des officiers ne manquait pas de s'écrier : M. le ministre de la police devrait bien s'occuper de faire un peu pendre les auteurs de telles infamies. Les sociétés bourgeoises, au contraire, accueillent ces sonnets avec l'admiration la plus franche, et les clercs de procureurs en vendent des copies.

D'après la sorte de curiosité montrée par la marquise, Gonzo se figura qu'on avait trop vanté devant elle la beauté de la petite Marini, qui d'ailleurs avait un million de fortune, et qu'elle en était jalouse. Comme avec son sourire continu et son effronterie complète envers tout ce qui n'était pas noble, Gonzo pénétrait partout, dès le lendemain il arriva dans le salon de la marquise, portant son chapeau à plumes d'une certaine façon triomphante et qu'on ne lui voyait guère qu'une fois ou deux chaque année, lorsque le prince lui avait dit : *Adieu, Gonzo.*

Après avoir salué respectueusement la marquise, Gonzo ne s'éloigna point comme de coutume pour aller prendre place sur le fauteuil qu'on venait de lui avancer. Il se plaça au milieu du cercle, et s'écria brutalement : — J'ai vu le portrait de monseigneur del Dongo. Clélia fut tellement surprise qu'elle fut obligée de s'appuyer sur le bras de son fauteuil; elle essaya de faire tête à l'orage, mais bientôt fut obligée de déserter le salon.

— Il faut convenir, mon pauvre Gonzo, que vous êtes d'une maladresse rare, s'écria avec hauteur l'un des officiers qui finissait sa quatrième glace. Comment ne savez-vous pas que le coadjuteur, qui a été l'un des plus braves colonels de l'armée de Napoléon, a joué jadis un tour pendable au père de la marquise, en sortant de la citadelle où le général Conti commandait, comme il fût sorti de la *Steccata* (la principale église de Parme) ?

— J'ignore en effet bien des choses, mon cher capitaine, et je suis un pauvre imbécile qui fais des bévues toute la journée.

Cette réplique, tout à fait dans le goût italien, fit rire aux dépens du brillant officier. La marquise rentra bientôt; elle s'était armée de courage, et n'était pas sans quelque vague espérance de pouvoir elle-même admirer ce portrait de Fabrice, que l'on disait excellent. Elle parla des éloges du talent de Hayez, qui l'avait fait. Sans le savoir elle adressait des sourires charmants au Gonzo qui regardait l'officier d'un air malin. Comme tous les autres courtisans de la maison se livraient au même plaisir, l'officier prit la fuite, non sans vouer une haine mortelle au Gonzo; celui-ci triomphait, et, le soir, en prenant congé, fut engagé à dîner pour le lendemain.

— En voici bien d'une autre! s'écria Gonzo, le lendemain, après le dîner, quand les domestiques furent sortis; n'arrive-t-il pas que notre coadjuteur est tombé amoureux de la petite Marini!...

On peut juger du trouble qui s'éleva dans le cœur de Clélia en entendant un mot aussi extraordinaire. Le marquis lui-même fut ému.

— Mais Gonzo, mon ami, vous battez la campagne comme à l'ordinaire! et vous devriez parler avec un peu plus de retenue d'un personnage qui a eu l'honneur de faire onze fois la partie de whist de Son Altesse!

— Eh bien! monsieur le marquis, répondit le Gonzo avec la grossièreté des gens de cette espèce, je puis vous jurer qu'il voudrait bien aussi faire la partie de la petite Marini. Mais il suffit que ces détails vous déplaisent; ils n'existent plus pour moi, qui veux avant tout ne pas choquer mon adorable marquis.

Toujours, après le dîner, le marquis se retirait pour faire la sieste. Il n'eut garde, ce jour-là; mais le Gonzo se serait plutôt coupé la langue que d'ajouter un mot sur la petite Marini; et, à chaque instant, il commençait un discours, calculé de façon à ce que le marquis pût espérer qu'il allait revenir aux amours de la petite bourgeoise. Le Gonzo avait supérieurement cet esprit italien qui consiste à différer avec délices de lancer le mot désiré. Le pauvre marquis, mourant de curiosité, fut obligé de faire des avances : il dit à Gonzo que, quand il avait le plaisir de dîner avec lui, il mangeait deux fois davantage. Gonzo ne comprit pas, et se mit à décrire une magnifique galerie de tableaux que formait la marquise Balbi, la maîtresse du feu prince; trois ou quatre fois il parla de Hayez, avec l'accent plein de lenteur de l'admiration la plus profonde. Le marquis se disait : Bon! il va arriver enfin au portrait commandé par la petite Marini! Mais c'est ce que Gonzo n'avait garde de faire. Cinq heures sonnèrent, ce qui donna beaucoup d'humeur au marquis, qui était accoutumé à monter en voiture à cinq heures et demie, après sa sieste, pour aller au *Corso*.

— Voilà comment vous êtes, avec vos bêtises! dit-il grossièrement au Gonzo; vous me ferez arriver au *Corso* après la princesse, dont je suis le chevalier d'honneur, et qui peut avoir des ordres à me donner. Allons! dépêchez! dites-moi en peu de paroles, si vous le pouvez, ce que c'est que ces prétendus amours de monseigneur le coadjuteur?

Mais le Gonzo voulait réserver ce récit pour l'oreille de la marquise, qui l'avait invité à dîner; il *dépêcha* donc, en fort peu de mots, l'histoire réclamée, et le marquis, à moitié endormi, courut faire sa sieste. Le Gonzo prit une tout autre manière avec la pauvre marquise. Elle était restée tellement jeune et naïve au milieu de sa haute fortune, qu'elle crut devoir réparer la grossièreté avec laquelle le marquis venait d'adresser la parole au Gonzo. Charmé de ce succès, celui-ci retrouva toute son éloquence, et se fit un plaisir, non moins qu'un devoir, d'entrer avec elle dans des détails infinis.

La petite Anetta Marini donnait jusqu'à un sequin par place qu'on lui retenait au sermon; elle arrivait toujours avec deux de ses tantes et l'ancien caissier de son père. Ces places, qu'elle faisait garder dès la veille, étaient choisies en général presque vis-à-vis la chaire, mais un peu du côté du grand autel, car elle avait remarqué que le coadjuteur se tournait souvent vers l'autel. Or, ce que le public avait remarqué aussi, c'est que *non rarement* les yeux si parlants du jeune prédicateur s'arrêtaient avec complaisance sur la jeune héritière, cette beauté si piquante; et apparemment avec quelque attention, car, dès qu'il avait les yeux fixés sur elle, son sermon devenait savant; les citations y abondaient, l'on n'y trouvait plus de ces mouvements qui partent du cœur; et les dames, pour qui l'intérêt cessait presque aussitôt, se mettaient à regarder la Marini et à en médire.

Clélia se fit répéter jusqu'à trois fois tous ces détails singuliers. A la troisième, elle devint fort rêveuse; elle calculait qu'il y avait justement quatorze mois qu'elle n'avait vu Fabrice. Y aurait-il un bien grand mal, se disait-elle, à passer une heure dans une église, non pour voir Fabrice, mais pour entendre un prédicateur célèbre? D'ailleurs, je me placerai loin de la chaire, et je ne regarderai Fabrice qu'une fois en entrant et une autre fois à la fin du sermon... Non, se disait Clélia, ce n'est pas Fabrice que je vais voir, je vais entendre le prédicateur étonnant! Au milieu de tous ces raisonnements, la marquise avait des remords; sa conduite avait été si belle depuis quatorze mois! Enfin, se dit-elle, pour trouver quelque paix avec elle-même, si la première femme qui viendra ce soir a été entendre prêcher monsignore del Dongo, j'irai aussi; si elle n'y est point allée, je m'abstiendrai.

Une fois ce parti pris, la marquise fit le bonheur du Gonzo en lui disant:

— Tâchez de savoir quel jour le coadjuteur prêchera, et dans quelle église? Ce soir, avant que vous ne sortiez, j'aurai peut-être une commission à vous donner.

A peine Gonzo parti pour le Corso, Clélia alla prendre l'air dans le jardin de son palais. Elle ne se fit pas l'objection que depuis dix mois elle n'y avait pas mis les pieds. Elle était vive, animée; elle avait des couleurs. Le soir, à chaque ennuyeux qui entrait dans le salon, son cœur palpitait d'émotion. Enfin on annonça le Gonzo, qui, du

premier coup d'œil, vit qu'il allait être l'homme nécessaire
pendant huit jours ; la marquise est jalouse de la petite
Marini, et ce serait, ma foi, une comédie bien montée, se
dit-il, que celle dans laquelle la marquise jouerait le premier rôle, la petite Anetta la soubrette, et monsignore del
Dongo l'amoureux ! Ma foi, le billet d'entrée ne serait pas
trop payé à deux francs. Il ne se sentait pas de joie, et,
pendant toute la soirée, il coupait la parole à tout le monde
et racontait les anecdotes les plus saugrenues (par exemple,
la célèbre actrice et le marquis de Pequigny, qu'il avait
apprise la veille d'un voyageur français). La marquise, de
son côté, ne pouvait tenir en place ; elle se promenait dans le
salon, elle passait dans une galerie voisine du salon, où le
marquis n'avait admis que des tableaux coûtant chacun
plus de vingt mille francs. Ces tableaux avaient un langage
si clair ce soir-là qu'ils fatiguaient le cœur de la marquise à
force d'émotion. Enfin, elle entendit ouvrir les deux bat-
tants, elle courut au salon ; c'était la marquise Raversi !
Mais en lui adressant les compliments d'usage, Clélia sentait que la voix lui manquait. La marquise lui fit répéter
deux fois la question :

— Que dites-vous du prédicateur à la mode ? qu'elle
n'avait point entendue d'abord.

— Je le regardais comme un petit intrigant, très digne
neveu de l'illustre comtesse Mosca ; mais à la dernière fois
qu'il a prêché, tenez, à l'église de la Visitation, vis-à-vis
de chez vous, il a été tellement sublime, que, toute haine
cessante, je le regarde comme l'homme le plus éloquent
que j'aie jamais entendu.

— Ainsi vous avez assisté à un de ses sermons ? dit
Clélia toute tremblante de bonheur.

— Mais, comment, dit la marquise en riant, vous ne
m'écoutiez donc pas ? Je n'y manquerais pas pour tout au
monde. On dit qu'il est attaqué de la poitrine, et que bientôt il ne prêchera plus !

A peine la marquise sortie, Clélia appela le Gonzo dans
la galerie.

— Je suis presque résolue, lui dit-elle, à entendre ce
prédicateur si vanté. Quand prêchera-t-il ?

— Lundi prochain, c'est-à-dire dans trois jours ; et l'on
dirait qu'il a deviné le projet de Votre Excellence ; car il
vient prêcher à l'église de la Visitation.

Tout n'était pas expliqué ; mais Clélia ne trouvait plus
de voix pour parler ; elle fit cinq ou six tours dans la galerie,
sans ajouter une parole. Gonzo se disait : Voilà la vengeance

qui la travaille. Comment peut-on être assez insolent pour
se sauver d'une prison, surtout quand on a l'honneur d'être
gardé par un héros tel que le général Fabio Conti !

— Au reste, il faut se presser, ajouta-t-il avec une fine
ironie ; il est touché à la poitrine. J'ai entendu le docteur
Rambo dire qu'il n'a pas un an de vie ; Dieu le punit d'avoir
rompu son ban en se sauvant traîtreusement de la citadelle.

La marquise s'assit sur le divan de la galerie, et fit signe
à Gonzo de l'imiter. Après quelques instants, elle lui remit
une petite bourse où elle avait préparé quelques sequins. —
Faites-moi retenir quatre places.

— Sera-t-il permis au pauvre Gonzo de se glisser à la
suite de Votre Excellence ?

— Sans doute ; faites retenir cinq places... Je ne tiens
nullement, ajouta-t-elle, à être près de la chaire ; mais
j'aimerais à voir Mlle Marini, que l'on dit si jolie.

La marquise ne vécut pas pendant les trois jours qui la
séparaient du fameux lundi, jour du sermon. Le Gonzo,
pour qui c'était un insigne honneur d'être vu en public à
la suite d'une aussi grande dame, avait arboré son habit
français avec l'épée ; ce n'est pas tout, profitant du voisinage du palais, il fit porter dans l'église un fauteuil doré
magnifique destiné à la marquise, ce qui fut trouvé de la
dernière insolence par les bourgeois. On peut penser ce
que devint la pauvre marquise, lorsqu'elle aperçut ce
fauteuil, et qu'on l'avait placé précisément vis-à-vis la
chaire. Clélia était si confuse, baissant les yeux, et réfugiée
dans un coin de cet immense fauteuil, qu'elle n'eut pas
même le courage de regarder la petite Marini, que le Gonzo
lui indiquait de la main, avec une effronterie dont elle ne
pouvait revenir. Tous les êtres non nobles n'étaient absolument rien aux yeux du courtisan.

Fabrice parut dans la chaire ; il était si maigre, si pâle,
tellement *consumé*, que les yeux de Clélia se remplirent de
larmes à l'instant. Fabrice dit quelques paroles, puis
s'arrêta, comme si la voix lui manquait tout à coup ; il
essaya vainement de commencer quelques phrases ; il se
retourna, et prit un papier écrit.

— Mes frères, dit-il, une âme malheureuse et bien digne
de toute votre pitié vous engage, par ma voix, à prier pour
la fin de ses tourments, qui ne cesseront qu'avec sa vie.

Fabrice lut la suite de son papier fort lentement ; mais
l'expression de sa voix était telle, qu'avant le milieu de la
prière tout le monde pleurait, même le Gonzo. — Au moins

on ne me remarquera pas, se disait la marquise en fondant en larmes.

Tout en lisant le papier écrit, Fabrice trouva deux ou trois idées sur l'état de l'homme malheureux pour lequel il venait solliciter les prières des fidèles. Bientôt les pensées lui arrivèrent en foule. En ayant l'air de s'adresser au public, il ne parlait qu'à la marquise. Il termina son discours un peu plus tôt que de coutume, parce que, quoi qu'il pût faire, les larmes le gagnaient à un tel point qu'il ne pouvait plus prononcer d'une manière intelligible. Les bons juges trouvèrent ce sermon singulier, mais égal au moins, pour le pathétique, au fameux sermon prêché aux lumières. Quant à Clélia, à peine eut-elle entendu les dix premières lignes de la prière lue par Fabrice, qu'elle regarda comme un crime atroce d'avoir pu passer quatorze mois sans le voir. En rentrant chez elle, elle se mit au lit pour pouvoir penser à Fabrice en toute liberté; et le lendemain d'assez bonne heure, Fabrice reçut un billet ainsi conçu:

« On compte sur votre honneur; cherchez quatre *braves*
« de la discrétion desquels vous soyez sûrs, et demain au
« moment où minuit sonnera à la *Steccata*, trouvez-vous
« près d'une petite porte qui porte le numéro 19, dans la
« rue Saint-Paul. Songez que vous pouvez être attaqué,
« ne venez pas seul. »

En reconnaissant ces caractères divins, Fabrice tomba à genoux et fondit en larmes : Enfin, s'écria-t-il, après quatorze mois et huit jours! Adieu les prédications.

Il serait bien long de décrire tous les genres de folies auxquels furent en proie, ce jour-là, les cœurs de Fabrice et de Clélia. La petite porte indiquée dans le billet n'était autre que celle de l'orangerie du palais Crescenzi, et, dix fois dans la journée, Fabrice trouva le moyen de la voir. Il prit des armes, et seul, un peu avant minuit, d'un pas rapide, il passait près de cette porte, lorsque à son inexprimable joie, il entendit une voix bien connue, dire d'un ton très bas :

— Entre ici, ami de mon cœur.

Fabrice entra avec précaution, et se trouva à la vérité dans l'orangerie, mais vis-à-vis une fenêtre fortement grillée et élevée, au-dessus du sol, de trois ou quatre pieds. L'obscurité était profonde, Fabrice avait entendu quelque bruit dans cette fenêtre, et il en reconnaissait la grille avec la main, lorsqu'il sentit une main, passée à travers les barreaux, prendre la sienne et la porter à des lèvres qui lui donnèrent un baiser.

— C'est moi, lui dit une voix chérie, qui suis venue ici
pour te dire que je t'aime, et pour te demander si tu veux
m'obéir.

On peut juger de la réponse, de la joie, de l'étonnement
de Fabrice; après les premiers transports, Clélia lui dit :

— J'ai fait vœu à la Madone, comme tu sais, de ne
jamais te voir; c'est pourquoi je te reçois dans cette obscurité profonde. Je veux bien que tu saches que, si jamais tu
me forçais à te regarder en plein jour, tout serait fini entre
nous. Mais d'abord, je ne veux pas que tu prêches devant
Anetta Marini, et ne va pas croire que c'est moi qui ai eu
la sottise de faire porter un fauteuil dans la maison de Dieu.

— Mon cher ange, je ne prêcherai plus devant qui que
ce soit; je n'ai prêché que dans l'espoir qu'un jour je te
verrais.

— Ne parle pas ainsi, songe qu'il ne m'est pas permis,
à moi, de te voir.

Ici, nous demandons la permission de passer, sans en
dire un seul mot, sur un espace de trois années.

A l'époque où reprend notre récit, il y avait déjà longtemps que le comte Mosca était de retour à Parme, comme
premier ministre, plus puissant que jamais.

Après ces trois années de bonheur divin, l'âme de
Fabrice eut un caprice de tendresse qui vint tout changer.
La marquise avait un charmant petit garçon de deux ans,
Sandrino, qui faisait la joie de sa mère; il était toujours
avec elle ou sur les genoux du marquis Crescenzi; Fabrice
au contraire, ne le voyait presque jamais; il ne voulut pas
qu'il s'accoutumât à chérir un autre père. Il conçut le
dessein d'enlever l'enfant avant que ses souvenirs fussent
bien distincts.

Dans les longues heures de chaque journée où la marquise ne pouvait voir son ami, la présence de Sandrino
la consolait; car nous avons à avouer une chose qui semblera bizarre au nord des Alpes, malgré ses erreurs elle était
restée fidèle à son vœu; elle avait promis à la Madone,
l'on se le rappelle peut-être, de ne *jamais voir* Fabrice;
telles avaient été ses paroles précises : en conséquence elle
ne le recevait que de nuit, et jamais il n'y avait de lumières
dans l'appartement.

Mais tous les soirs il était reçu par son amie; et, ce qui
est admirable, au milieu d'une cour dévorée par la curiosité
et par l'ennui, les précautions de Fabrice avaient été si
habilement calculées, que jamais cette *amicizia*, comme on
dit en Lombardie, ne fut même soupçonnée. Cet amour

était trop vif pour qu'il n'y eût pas des brouilles ; Clélia était fort sujette à la jalousie, mais presque toujours les querelles venaient d'une autre cause. Fabrice avait abusé de quelque cérémonie publique pour se trouver dans le même lieu que la marquise et la regarder, elle saisissait alors un prétexte pour sortir bien vite, et pour longtemps exilait son ami.

On était étonné à la cour de Parme de ne connaître aucune intrigue à une femme aussi remarquable par sa beauté et l'élévation de son esprit ; elle fit naître des passions qui inspirèrent bien des folies, et souvent Fabrice aussi fut jaloux.

Le bon archevêque Landriani était mort depuis longtemps ; la piété, les mœurs exemplaires, l'éloquence de Fabrice l'avaient fait oublier ; son frère aîné était mort et tous les biens de la famille lui étaient arrivés. A partir de cette époque il distribua chaque année aux vicaires et aux curés de son diocèse les cent et quelque mille francs que rapportait l'archevêché de Parme.

Il eût été difficile de rêver une vie plus honorée, plus honorable et plus utile que celle que Fabrice s'était faite, lorsque tout fut troublé par ce malheureux caprice de tendresse.

— D'après ce vœu que je respecte et qui fait pourtant le malheur de ma vie puisque tu ne veux pas me voir de jour, dit-il un jour à Clélia, je suis obligé de vivre constamment seul, n'ayant d'autre distraction que le travail ; et encore le travail me manque. Au milieu de cette façon sévère et triste de passer les longues heures de chaque journée, une idée s'est présentée, qui fait mon tourment et que je combats en vain depuis six mois : mon fils ne m'aimera point ; il ne m'entend jamais nommer. Élevé au milieu du luxe aimable du palais Crescenzi, à peine s'il me connaît. Le petit nombre de fois que je le vois, je songe à sa mère, dont il me rappelle la beauté céleste et que je ne puis regarder, et il doit me trouver une figure sérieuse, ce qui, pour les enfants, veut dire triste.

— Eh bien ! dit la marquise, où tend tout ce discours qui m'effraye ?

— A ravoir mon fils ; je veux qu'il habite avec moi ; je veux le voir tous les jours, je veux qu'il s'accoutume à m'aimer ; je veux l'aimer moi-même à loisir. Puisqu'une fatalité unique au monde veut que je sois privé de ce bonheur dont jouissent tant d'âmes tendres, et que je ne passe pas ma vie avec tout ce que j'adore, je veux du moins avoir auprès de moi un être qui te rappelle à mon cœur, qui te remplace en quelque sorte. Les affaires et les hommes me sont à charge dans ma solitude forcée ; tu sais que l'ambition a toujours été un mot vide pour moi, depuis l'instant où j'eus le bonheur d'être écroué par Barbone, et tout ce qui n'est pas sensation de l'âme me semble ridicule dans la mélancolie qui loin de toi m'accable.

' On peut comprendre la vive douleur dont le chagrin de son ami remplit l'âme de la pauvre Clélia ; sa tristesse fut d'autant plus profonde qu'elle sentait que Fabrice avait une sorte de raison. Elle alla jusqu'à mettre en doute si elle ne devait pas tenter de rompre son vœu. Alors elle eût reçu Fabrice de jour comme tout autre personnage de la société, et sa réputation de sagesse était trop bien établie pour qu'on en médît. Elle se disait qu'avec beaucoup d'argent elle pourrait se faire relever de son vœu ; mais elle sentait aussi que cet arrangement tout mondain ne tranquilliserait pas sa conscience, et peut-être le ciel irrité la punirait de ce nouveau crime.

D'un autre côté, si elle consentait à céder au désir si naturel de Fabrice, si elle cherchait à ne pas faire le malheur de cette âme tendre qu'elle connaissait si bien, et dont son vœu singulier compromettait si étrangement la tranquillité, quelle apparence d'enlever le fils unique d'un des plus grands seigneurs d'Italie sans que la fraude fût découverte ? Le marquis Crescenzi prodiguerait des sommes énormes, se mettrait lui-même à la tête des recherches, et tôt ou tard l'enlèvement serait connu. Il n'y avait qu'un moyen de parer à ce danger, il fallait envoyer l'enfant au loin, à Edimbourg, par exemple, ou à Paris ; mais c'est à quoi la tendresse d'une mère ne pouvait se résoudre. L'autre moyen proposé par Fabrice, et en effet le plus raisonnable, avait quelque chose de sinistre augure et de presque encore plus affreux aux yeux de cette mère éperdue ; il fallait, disait Fabrice, feindre une maladie ; l'enfant serait de plus en plus mal, enfin il viendrait à mourir pendant une absence du marquis Crescenzi.

Une répugnance qui, chez Clélia, allait jusqu'à la terreur, causa une rupture qui ne put durer.

Clélia prétendait qu'il ne fallait pas tenter Dieu ; que ce fils si chéri était le fruit d'un crime, et que, si encore l'on irritait la colère céleste, Dieu ne manquerait pas de le retirer à lui. Fabrice reparlait de sa destinée singulière : L'état que le hasard m'a donné, disait-il à Clélia, et mon amour m'obligent à une solitude éternelle, je ne puis, comme la plupart de mes confrères, avoir les douceurs d'une société intime, puisque vous ne voulez me recevoir que dans l'obscurité, ce qui réduit à des instants, pour ainsi dire, la partie de ma vie que je puis passer avec vous.

Il y eut bien des larmes répandues. Clélia tomba malade ; mais elle aimait trop Fabrice pour se refuser constamment au sacrifice terrible qu'il lui demandait. En apparence, Sandrino tomba malade ; le marquis se hâta de faire appeler les médecins les plus célèbres, et Clélia rencontra dès cet instant un embarras terrible qu'elle n'avait pas prévu ; il fallait empêcher cet enfant adoré de prendre aucun des remèdes ordonnés par les médecins ; ce n'était pas une petite affaire.

L'enfant, retenu au lit plus qu'il ne fallait pour sa santé. devint réellement malade. Comment dire au médecin la cause de ce mal ? Déchirée par deux intérêts contraires et si chers, Clélia fut sur le point de perdre la raison. Fallait-il consentir à une guérison apparente, et sacrifier ainsi tout le fruit d'une feinte si longue et si pénible ? Fabrice, de son côté, ne pouvait ni se pardonner la violence qu'il exerçait sur le cœur de son amie, ni renoncer à son projet. Il avait trouvé le moyen d'être introduit toutes les nuits auprès de l'enfant malade, ce qui avait amené une autre complication. La marquise venait soigner son fils, et quelquefois Fabrice était obligé de la voir à la clarté des bougies, ce qui semblait au pauvre cœur malade de Clélia un péché horrible et qui présageait la mort de Sandrino. C'était en vain que les casuistes les plus célèbres, consultés sur l'obéissance à un vœu, dans le cas où l'accomplissement en serait évidemment nuisible, avaient répondu que le vœu ne pouvait être considéré comme rompu d'une façon criminelle, tant que la personne engagée par une promesse envers la Divinité s'abstenait non pour un vain plaisir des sens, mais pour ne pas causer un mal évident. La marquise n'en fut pas moins au désespoir, et Fabrice vit le moment où son idée bizarre allait amener la mort de Clélia et celle de son fils.

Il eut recours à son ami intime, le comte Mosca, qui, tout vieux ministre qu'il était, fut attendri de cette histoire d'amour qu'il ignorait en grande partie.

— Je vous procurerai l'absence du marquis pendant cinq ou six jours au moins : quand la voulez-vous ?

A quelque temps de là, Fabrice vint dire au comte que tout était préparé pour que l'on pût profiter de l'absence.

Deux jours après, comme le marquis revenait à cheval

d'une de ses terres aux environs de Mantoue, des brigands, soldés apparemment par une vengeance particulière, l'enlevèrent, sans le maltraiter en aucune façon, et le placèrent dans une barque, qui employa trois jours à descendre le Pô et à faire le même voyage que Fabrice avait exécuté autrefois après la fameuse affaire Giletti. Le quatrième jour, les brigands déposèrent le marquis dans une île déserte du Pô, après avoir eu le soin de le voler complètement, et de ne lui laisser ni argent ni aucun effet ayant la moindre valeur. Le marquis fut deux jours entiers avant de pouvoir regagner son palais à Parme; il le trouva tendu de noir et tout son monde dans la désolation.

Cet enlèvement, fort adroitement exécuté, eut un résultat bien funeste : Sandrino, établi en secret dans une grande et belle maison où la marquise venait le voir presque tous les jours, mourut au bout de quelques mois. Clélia se figura qu'elle était frappée par une juste punition, pour avoir été infidèle à son vœu à la Madone : elle avait vu si souvent Fabrice aux lumières, et même deux fois en plein jour et avec des transports si tendres, durant la maladie de Sandrino! Elle ne survécut que de quelques mois à ce fils si chéri, mais elle eut la douceur de mourir dans les bras de son ami.

Fabrice était trop amoureux et trop croyant pour avoir recours au suicide; il espérait retrouver Clélia dans un meilleur monde, mais il avait trop d'esprit pour ne pas sentir qu'il avait beaucoup à réparer.

Peu de jours après la mort de Clélia, il signa plusieurs actes par lesquels il assurait une pension de mille francs à chacun de ses domestiques, et se réservait, pour lui-même, une pension égale; il donnait des terres, valant cent milles livres de rente à peu près, à la comtesse Mosca; pareille somme à la marquise del Dongo, sa mère, et ce qui pouvait rester de la fortune paternelle, à l'une de ses sœurs mal mariée. Le lendemain après avoir adressé à qui de droit la démission de son archevêché et de toutes les places dont l'avaient successivement comblé la faveur d'Ernest V et l'amitié du premier ministre, il se retira à la *Chartreuse de Parme*, située dans les bois voisins du Pô, à deux lieues de Sacca.

La comtesse Mosca avait fort approuvé, dans le temps, que son mari reprît le ministère, mais jamais elle n'avait voulu consentir à rentrer dans les états d'Ernest V. Elle tenait sa cour à Vignano, à un quart de lieue de Casal-Maggiore, sur la rive gauche du Pô, et par conséquent dans les états de l'Autriche. Dans ce magnifique palais de Vignano, que le comte lui avait fait bâtir, elle recevait les jeudis toute la haute société de Parme, et tous les jours ses nombreux amis. Fabrice n'eût pas manqué un jour de venir à Vignano. La comtesse en un mot réunissait toutes les apparences du bonheur, mais elle ne survécut que fort peu de temps à Fabrice, qu'elle adorait, et qui ne passa qu'une année dans sa Chartreuse.

Les prisons de Parme étaient vides, le comte immensément riche, Ernest V adoré de ses sujets qui comparaient son gouvernement à celui des grands-ducs de Toscane.

TO THE HAPPY FEW

TABLE DES MATIÈRES

Chronologie 9

Préface 21

LA CHARTREUSE DE PARME

Avertissement 35

Livre Premier 37

Livre Second 257

PUBLICATIONS NOUVELLES

ANSELME DE CANTORBERY
Proslogion (717).

ARISTOTE
De l'âme (711).

ASTURIAS
Une certaine mulâtresse (676).

BALZAC
Un début dans la vie (613). Le Colonel Chabert (734). La Recherche de l'absolu (755). Le Cousin Pons (779). La Rabouilleuse (821). César Birotteau (854).

BARBEY D'AUREVILLY
Un prêtre marié (740).

BICHAT
Recherches physiologiques sur la vie et la mort (808).

CALDERON
La Vie est un songe (693).

CHRÉTIEN DE TROYES
Le Chevalier au lion (569). Lancelot ou le chevalier à la charrette (556).

CONDORCET
Cinq mémoires sur l'instruction publique (783).

CONFUCIUS
Entretiens (799).

CONRAD
Typhon (796).

CREBILLON
La Nuit et le moment (736).Le Sopha (846).

DA PONTE
Don Juan (939). Les Noces de Figaro (941). Cosi fan tutte (942).

DANTE
L'Enfer (725). Le Purgatoire (724). Le Paradis (726).

DARWIN
L'Origine des espèces (685).

DOSTOÏEVSKI
L'Eternel Mari (610). Notes d'un souterrain (683). Le Joueur (866).

DUMAS
Les Bords du Rhin (592). La Reine Margot (798). La Dame de Monsoreau (850 et 851).

ESOPE
Fables (721).

FITZGERALD
Absolution. Premier mai. Retour à Babylone (695).

GENEVOIX
Rémi des Rauches (745).

GRADUS PHILOSOPHIQUE (773).

HAWTHORNE
Le Manteau de Lady Eléonore et autres contes (681). La maison aux sept pignons (585).

HUGO
Les Contemplations (843)

HUME
Les Passions. Traité sur la nature humaine, livre II - Dissertation sur les passions (557). La Morale. Traité de la nature humaine, livre III (702). L'Entendement. Traité de la nature humaine, livre I et appendice (701).

IBSEN
Une maison de poupée (792). Peer Gynt (805).

JEAN DE LA CROIX
Poésies (719).

JOYCE
Gens de Dublin (709).

KAFKA
Dans la colonie pénitentiaire et autres nouvelles (564). Un Jeûneur (730).

KANT
Vers la paix perpétuelle. Que signifie s'orienter dans la pensée. Qu'est-ce que les Lumières ? (573). Anthropologie (665). Métaphysique des mœurs (715 et 716). Théorie et pratique (689).

KIPLING
Le Premier Livre de la jungle (747). Le Second Livre de la jungle (748).

LA FONTAINE
Fables (781).

LAMARCK
Philosophie zoologique (707).

LEIBNIZ
Système de la nature et de la communication des substances (774).

LOCKE
Lettre sur la tolérance et autres textes (686).

LOPE DE VEGA
Fuente Ovejuna (698).

MALEBRANCHE
Traité de morale (837).

MARIVAUX
Les Acteurs de bonne foi. La Dispute. L'Epreuve (166). La Fausse Suivante. L'Ecole des mères. La Mère confidente (612).

MAUPASSANT
Notre cœur (650). Boule de suif (584). Pierre et Jean (627). Bel-Ami (737). Une vie (738).

MUSSET
Confession d'un enfant du siècle (769).

NERVAL
Les Chimères - Les Filles du feu (782).

NIETZSCHE
Le Livre du philosophe (660). Ecce homo – Nietzsche contre Wagner (572). L'Antéchrist (753).

PASTEUR
Ecrits scientifiques et médicaux (825).

PIRANDELLO
Ce soir on improvise - Chacun son idée - Six personnages en quête d'auteur (744). Feu Mattia Pascal (735).

PLATON
Ménon (491). Phédon (489). Timée-Critias (618). Sophiste (687). Théétète (493). Parménide (688). Platon par lui-même (785).

PLAUTE
Théâtre (600).

PLUTARQUE
Vies parallèles, I (820).

QUESNAY
Physiocratie (655).

RABELAIS
Gargantua (751). Pantagruel (752). Tiers Livre (767). Quart Livre (766).

RILKE
Lettres à un jeune poète (787).

RICARDO
Des principes de l'économie politique et de l'impôt (663).

ROUSSEAU
Essai sur l'origine des langues et autres textes sur la musique (682).

SHAKESPEARE
Henry V (658). La Tempête (668). Beaucoup de bruit pour rien (670). Roméo et Juliette (669). La Mégère apprivoisée (743). Macbeth (771). La Nuit des rois (756). Hamlet (762).

STEVENSON
L'Ile au Trésor (593). Voyage avec un âne dans les Cévennes (601). Le Creux de la vague (679). Le Cas étrange du Dr Jekyll et M. Hyde (625).

STRINDBERG
Tschandala (575). Au bord de la vaste mer (677).

TCHEKHOV
La Steppe (714). Oncle Vania - Trois sœurs (807).

TÉRENCE
Théâtre (609).

THOMAS D'AQUIN
Contre Averroès (713).

TITE-LIVE
La Seconde Guerre Punique I (746). La Seconde Guerre Punique II (940).

TOLSTOÏ
Maître et serviteur (606).

TWAIN
Huckleberry Finn (700).

VICO
De l'antique sagesse de l'Italie (742).

VILLIERS DE L'ISLE-ADAM
L'Eve future (704).

VILLON
Poésies (741).

VOLTAIRE
Candide, Zadig, Micromégas (811).

WAGNER
La Walkyrie (816). L'Or du Rhin (817). Le Crépuscule des dieux (823). Siegfried (824).

WHARTON
Vieux New-York (614). Fièvre romaine (818).

WILDE
Salomé (649).

GF – TEXTE INTÉGRAL – GF

96/08/54153-VIII-1996 – Impr. MAURY Eurolivres SA, 45300 Manchecourt.
Nº d'édition GF002625. – 4ᵉ trimestre 1964. – Printed in France.